酒吧长谈

| 略萨作品：精装珍藏版 |

Mario Vargas Llosa

Conversación en la Catedral

〔秘鲁〕马里奥·巴尔加斯·略萨——著
孙家孟——译

人民文学出版社
PEOPLE'S LITERATURE PUBLISHING HOUSE

著作权合同登记号　图字 01-2025-2010

Mario Vargas Llosa
CONVERSACIÓN EN LA CATEDRAL

图书在版编目(CIP)数据

酒吧长谈/(秘)马里奥·巴尔加斯·略萨著；孙家孟译.
—北京：人民文学出版社，2021（2026.1 重印）
（略萨作品：精装珍藏版）
ISBN 978-7-02-015947-5

Ⅰ.①酒…　Ⅱ.①马…　②孙…　Ⅲ.①长篇小说—秘鲁—现代
Ⅳ.①I778.45

中国版本图书馆 CIP 数据核字(2019)第 298307 号

责任编辑　**朱卫净　陶媛媛**
装帧设计　**汪佳诗**

出版发行　**人民文学出版社**
社　　址　**北京市朝内大街 166 号**
邮政编码　**100705**

印　　制　**凸版艺彩(东莞)印刷有限公司**
经　　销　**全国新华书店等**

字　　数　**482 千字**
开　　本　**890 毫米×1240 毫米　1/32**
印　　张　**21.5**
版　　次　**2011 年 4 月北京第 1 版**
印　　次　**2026 年 1 月第 13 次印刷**

书　　号　**978-7-02-015947-5**
定　　价　**128.00 元**

如有印装质量问题，请与本社图书销售中心调换。电话：010-65233595

目录

MARIO VARGAS LLOSA

Malecón paul Harris 194, Barranco

Lima 4, Ferzú

Lima, 23 de enero de 1990

Señor Sun Jiameng

Profesor Principal

Departamento de Español

Universidad de Nanjing

Nanjing

CHINA POPULAR

Estimado señor Sun Jiameng:

Muchas gracias por su carinosa carta del 23 de septiembre, la que acaba de llegar a mis manos a través de la Embajada del Perú en Pekín. Le agradezco especialmente el esfuerzo que usted realiza en traducir y difundir mis obras en China. Le deseo muchos éxitos en sus proyectos y un buen año 1990.

Lo saluda cordialmente,

Mario·Vargas Llosa

尊敬的孙家孟先生：

非常感谢您 9 月 23 日的热情来信，您的信我是通过秘鲁驻北京大使馆收到的。我尤其感谢您在中国翻译及介绍我的作品中所作的努力。祝您事业成功，新年万事如意！

致以
衷心的敬意

马里奥·巴尔加斯·略萨（签名）
1990 年 1 月 23 日于利马

主要人物表

圣地亚哥·萨瓦拉：亦称小萨，本书主人公。
费尔民·萨瓦拉：圣地亚哥之父，大资产阶级。
卡约·贝尔穆德斯：内政部办公厅主任，后继埃斯皮纳和阿尔贝赖斯之后被提升为内政部长。
安布罗修·帕尔多：贝尔穆德斯儿时的朋友，后成为他的司机、保镖，后又为费尔民·萨瓦拉开车。
索伊拉：圣地亚哥之母
奇斯帕斯：圣地亚哥之兄
蒂蒂：圣地亚哥之妹
安娜：圣地亚哥之妻
阿伊达：圣地亚哥的大学同学、女友。
哈柯沃：圣地亚哥的大学同学。
波佩耶·阿雷瓦洛：圣地亚哥的妹夫。
埃米略·阿雷瓦洛：波佩耶之父，参议员。
奥登希娅：歌女，艺名“缪斯”，后成为贝尔穆德斯的情妇。
凯妲：妓女
阿玛莉娅·塞尔达：先后在费尔民·萨瓦拉和奥登希娅家当用人，安布罗修的妻子。

特里尼达·洛佩斯：纺织工人，阿玛莉娅的前夫，后被奥德里亚政权杀害。

埃斯皮纳：外号“塞拉诺”（即山区佬），内政部长，后被解职。曾推荐贝尔穆德斯为内政部办公厅主任。

阿尔贝赖斯：埃斯皮纳的继任。

帕雷德斯：总统外甥，由上尉升为将军。贝尔穆德斯的好友。

阿尔西比亚德斯：内政部办公厅秘书处主任

耶雷纳：陆军部长

兰达：参议员

洛萨诺：贝尔穆德斯的亲信

鲁多维柯·潘托哈：洛萨诺手下打手，安布罗修的好友，后升为警察局凶杀科三等警官。

伊波利托：洛萨诺手下打手

特里福尔修：安布罗修之父，埃米略·阿雷瓦洛的打手。

卡利托斯：《纪事报》记者，圣地亚哥的好友。

贝塞利达：《纪事报》侦破新闻版记者

诺尔文：《最后一点钟》记者

塔里奥：意大利人，安莎通讯社驻利马的代理人。

2010年西语版序①

1948年到1956年，秘鲁处于曼努埃尔·阿波利纳里奥·奥德里亚将军的军事独裁时期。在那八年里，秘鲁闭关锁国，政府宣布所有政党均为非法组织，公民活动被禁止，报刊媒体受到严格审查，出现了数不清的政治犯和流亡者。我们这一代秘鲁人就是在这种环境里从小孩成长为小伙，又从小伙成长为男人的。比起其他罪行，政府无休止的贪污腐败行为造成的伤害无疑更严重，它们从权力中心蔓延到各个部门和机构，最后使得整个社会都腐化堕落了。

那一时期，秘鲁社会在精神层面上表现出的无耻、麻木、屈从和腐化是这部小说的创作基础。在这部小说中，我利用自由这一小说家的特权，重塑了那段压抑时期秘鲁的政治和社会状况。我是在苦熬过那段时期的十年之后，在巴黎开始创作这本小说的，当时的我如饥似渴地阅读托尔斯泰、巴尔扎克和福楼拜的作品，靠当记者谋生。后来我又在利马，在大雪纷飞的普尔曼（华盛顿）和袋鼠谷（伦敦）的一条半月形小街上——那时我还同时在玛丽女王学院和国王学院教书——继续写，最后于1969年在波多黎各写完全书。在那之后，我又对这部小说进行过多次修订。我从没在其他任何一部小说上花费过如此多的功夫。所以，如果从大火中仅能抢救出我的一部作品，我会选这一部。

马里奥·巴尔加斯·略萨

伦敦，1998年6月

① 此篇序文的译者为侯健先生。

既然小说被认为是一个民族的秘史，那么，要成为真正的小说家，就必须对社会生活进行调查。

——巴尔扎克：《夫妇纠纷》

千面之国（代序）

一

我出生的城市阿雷基帕[1]位于秘鲁南部安第斯山的一座山谷里。这座城市以其教权主义、造反精神、律师、火山、一望无云的蓝天、美味大虾、地方主义以及“下雪”而名扬全国。所谓下雪，是神经官能症的一种暂时性的症状。某天，一个最为温顺的阿雷基帕人突然会对人家的问候不予理睬；连续几个小时把脸拉得长长的；能干出最古怪的事，能说出最古怪的话；意见稍微不一致，他就有可能在最好朋友的颈后砍上一刀。对此，没有人感到奇怪，也没有人生气，因为大家都知道那个人正在“下雪”，而他明天又会像往常那样成为温和而无害的人。虽说在我出生的第二年，我的家人就带我离开了阿雷基帕，而且从此以后我再也没有在阿雷基帕居住过，但我一直认为我是一个阿雷基帕人。我也认为那些在秘鲁流传的针对我们的玩笑，譬如说我们骄傲自大、令人反感甚至发疯，都出于嫉妒心。我们讲的西班牙语非常纯正；我们的建筑奇迹圣卡达莉娜修道院曾吸引了五百名妇女移居；我们的城市曾是秘鲁历史上大规模地震和多次革命的舞台。难道不是这样吗？

从一岁到十岁，我住在玻利维亚的柯恰潘巴市。在这座城市，我既天真又幸福。我还记得我所干的事和我认识的人，但最难忘的是我阅读过的书籍：《桑德坎的故事》[2] 的故事，诺查丹玛斯[3]的作品，

---

① 秘鲁第二大城市。

② 意大利作家埃米里奥·萨尔加里（Emilio Salgari，1862—1911）的冒险小说，主人公桑德坎（Sandokan）绰号“马来西亚之虎”。

③ 诺查丹玛斯（Nostradamus，1503—1566），法国医生，写了许多预言故事。

《三个火枪手》，卡略斯特罗[1]的作品，《汤姆·索耶历险记》，《辛巴达航海旅行记》，海盗、冒险家和匪徒的故事，浪漫的爱情故事，还有我母亲藏在床头柜中的那些诗歌（其实我并不懂，只是视为禁果的诱惑）。阅读这些书籍是我最美好的时刻。我把喜欢的书全看完了，这太令人难熬了。有时我自己想出某些新的篇章，或是改变某一作品的结局。这种对他人作品进行的“续作”或“补充”就是我最初的写作，也是我写故事才能的最初表现。

像所有移居他乡的家庭一样，侨居异国增强了我们的爱国心。直到十岁，我一直坚信生为秘鲁人是我最大的幸运。我头脑中的秘鲁与其说是同现实的秘鲁相联系着的，不如说是同印加帝王和征服者的那个国家相联系着的。只是到了 1946 年，我才真正地认识了现实的秘鲁，那一年，我们家从柯恰潘巴迁到了皮乌拉[2]，因为我的祖父被任命为该市的地方长官。我们走的是陆路，在阿雷基帕作了短暂停留。我还记得，在踏上故乡土地的那一刻，我是那么激动；我也还记得，我的伯父对我是那么宠爱。伯父叫埃德华多，是个单身汉，也是一位对宗教极为虔诚的律师。他有个女仆，叫伊诺森西娅。他的生活犹如西班牙内地的绅士，穿着整齐，有条不紊。在那旧式家具、古老挂像和古旧杂物中间，他也渐渐地衰老了。我也记得在卡玛纳奇耶，当我第一次看到大海时的那股兴奋劲儿。我的祖父母被我磨得没办法，不得不把汽车停下来，让我在那荒凉的海滩上扎了个猛子。但那次海浴洗礼并不成功，因为一只螃蟹夹了我一下。尽管如此，对秘鲁海岸这份一见钟情式的情谊却延续了下来。这三千公里的沿海沙漠几乎没有被从安第斯山流下的河水渗浸过，只是被太平洋的海水冲刷着，却受到了一些人的恶意中伤。那些誓死捍卫印第安传统的人，那些仇恨一切西班牙事物的人，都指责我国的沿海地区轻浮、媚外。他们认为秘

---

① 意大利冒险家。

② 秘鲁皮乌拉省的省会。

鲁的政治经济中心由山区转移到沿海（即由库斯科①转移到利马）是一种不幸，因为这一转移产生了令人窒息的中央集权主义，使得秘鲁变成了一只大蜘蛛：这个国家的头部（即首都）硕大无朋，四肢却细小羸弱。一位历史学家把利马和沿海称作“反秘鲁”。而我，作为一个阿雷基帕人，也就是说，作为一个“山区佬”，在这场争论中本应该站在安第斯山一边来反对沿海沙漠地区的。然而，如果让我在沿海地区、安第斯山区和亚马孙森林地区（按经度划分的秘鲁三个地区）三者之中进行选择的话，很可能我是站在沙漠和海浪一边的。

沿海是印加帝国的外围地区，其文明也是从库斯科辐射过来的。虽说印加文明在西班牙征服之前不是唯一的秘鲁文化，但可以说是一种最强有力的文化，它从秘鲁一直延伸到玻利维亚、厄瓜多尔以及智利、哥伦比亚和阿根廷的一部分。它只短短地存在了一个半世纪。在此期间，印加帝王们征服了几十座城镇，修建了道路和灌溉工程，修筑了城堡和要塞，并且建立了行政系统，使得产出足以养活所有秘鲁人。这一点，以后的任何政权都未能做到。尽管如此，我从未对印加帝王们有过好感。虽说他们留下的纪念性建筑物，譬如马丘比丘②和萨克萨瓦曼③使我惊服，但我一直在想，秘鲁的愁苦（即我们性格的突出特点）也正是根源于印加帝国。那是一个军团化的官僚主义社会，人像蚂蚁一样被组织起来，一台无所不能的压缩机粉碎了人们的一切个性。

印加帝王们为了控制其统治下的人民，施展了最狡猾的诡计：他们自命为神，分封诸侯，移民他乡，把村镇居民迁离故土，“嫁接”在遥远的异乡。流传至今的用克楚亚语④写成的最古老的诗歌就是表现这些人在异乡感到惆怅而怀念自己失去的故土的悲歌。远在苏联大

① 秘鲁南方城市，古印加帝国首都。

② 秘鲁地名，内有古代印加帝国的要塞，圣城遗址。

③ 位于库斯科北部山峦上的古印加城堡。

④ 秘鲁印第安人的语言。

百科全书和乔治·奥威尔的小说《1984》出版前五个世纪，印加帝国就施行了政治上的古为今用：每个印加帝王登上宝座时，都伴有一批“阿矛塔”（即学者），他们负责修改历史，以证明印加的历史是在当今帝王的统治下才达到高峰的，先帝们的一切丰功伟绩都归功于现今的帝王，导致要想恢复被神秘歪曲了的历史就成了不可能。印加帝王们有一种相当精密的计数法，即结绳计数法，但他们没有文字。有一种理论认为，这些帝王们根本不想有文字，因为文字对他们那样的社会将构成一种危险。我一直认为这一理论是有道理的。印加帝王们的艺术是严峻的、冰冷的，既缺乏想象力，也没有印加帝国之前各种文化（如纳斯卡①文化和帕拉卡斯②文化）所表现出的技艺。精致非凡的羽毛毯、图案神秘的纺织品就是上述两个文化的产物，它们至今仍然保持着鲜艳的色彩和魅力。

继印加帝国之后，压榨秘鲁人民的另一台压缩机是西班牙的统治，征服者把他们的语言和宗教带到了秘鲁，通行至今。对殖民统治不加区别地备加颂扬与对印加帝国加以理想化，都是荒谬的。殖民统治把秘鲁变成了包括若干共和国在内的总督府所在地，把利马变成了拥有豪华宫廷、重要学术活动和典礼活动的首都，但也意味着宗教愚昧主义，即宗教裁判和检查制度。这一制度甚至禁止阅读某种体裁的文学作品，即小说，且对无神论者和异教徒进行迫害。所谓无神论者和异教徒，在许多情况下不过是那些敢于思考的人罢了。殖民统治同时也意味着剥削印第安人和黑人，以及建立一个在经济上拥有特权的阶层。这一阶层至今仍然存在，并把秘鲁变成了一个贫富极端分化的国家。独立仅仅是政治上的现象，而这个少数人享有现代化生活的特权、多数人愚昧贫困的社会毫无改变。印加帝国、殖民统治和共和国这三个时期的历史使我认识到，我们生活在其统治下的历届政权根本无力把秘鲁人之间的两极分化缩小到可以容忍的程度。这一创伤是不

①② 纳斯卡和帕拉卡斯为秘鲁地名，分别以印加帝国前的文化和陵园而闻名。

可能用任何纪念性的建筑物、显赫的战功和辉煌的宫廷加以补偿的。

当然，我刚从玻利维亚返国时根本没有想过上述的一切。我家的习惯是按《圣经》办事，每次搬家都是全体一道搬，叔伯、姑婶、堂兄弟姐妹跟在家庭的支柱即祖父母的后面一道搬。就这样，我们到了皮乌拉，这是一座四郊都是荒漠的城市。这是我在秘鲁的第一次经历。在萨雷斯教派中学里，我的同学们嘲笑我，因为我的口音是山区人口音，发 r 和 s 两个音时，口中嘘嘘作响，也因为我相信婴儿是白鹳从巴黎衔来的。他们向我解释说，这种事不会在空中发生。

我的脑海中充满了我在皮乌拉生活的那些岁月中的形象。皮乌拉人是外向型的，很外向，爱开玩笑，也很热情。那时，皮乌拉人喝的是质量很好的玉米酒，跳的是当地的丹德罗舞。乔洛和白人之间的关系比起其他地区来也不那么紧张。皮乌拉人不拘礼节、喜好热闹的性格缩短了人与人之间的社交距离。恋人们在姑娘的阳台下奉献小夜曲，遭到阻挠的就把姑娘抢走，把她劫持到某个庄园住上一两天。等双方家庭和解之后，就是一个幸福的结局：敲敲打打地在教堂里举行宗教婚礼。抢亲是事先宣布的，也是受到庆贺的，就像庆贺河水来临一样，因为皮乌拉的河水一年只来那么几个月，给种棉花的庄园带来了生命。

皮乌拉这个美好的城市，充满了各种奇闻轶事，足以点燃人们的想象力。曼加切利亚①区都是些泥巴茅草盖的房子，玉米酒的质量最好；加依纳塞拉区则位于河流和屠场区之间。两个居民区互相仇恨，甚至有时双方进行“野战”。还有“绿房子”，那是该市的第一家妓院，是在荒漠中建立起来的，每晚灯火辉煌，人声嘈杂，人影憧憧。萨雷斯教派的神父对“绿房子”的存在大发雷霆，我却感到惊异，受到吸引。我连续几个小时地谈论它，偷看它，对里面发生的事进行想象。“绿房子”是不结实的木质结构，曼加切利亚区的一支乐队在里

① 曼加切利亚指印欧混血人，有时也指印第安人，带有鄙视意味。

面演奏，皮乌拉人前去吃饭、听音乐、谈生意，还有做爱。一对对的男女就在露天里、星光下、沙地上做爱。这是我童年时代最富有诱惑力的回忆，《绿房子》就是从这个回忆中产生的。在这部小说中，我企图通过妓院在皮乌拉人的生活和想象中所引起的混乱和一群冒险家在亚马孙河流域的所作所为及其不幸遭遇，以虚构的方式把秘鲁两个相距遥远、差别很大的地区——沙漠地区和森林地区——联结起来。我的第一部作品《首领们》中的九个故事也是受到了我对皮乌拉的回忆的驱使而写的。这部短篇小说集出版之后，有些评论家认为，书中存在“欺弱凌小”这一具有拉美特点的影子。是否如此，我也不知道。但我知道，与我同龄的秘鲁人是在温柔的暴力或粗暴的柔情中成长的。我只是企图把这一点在我最初的几个故事中再现出来。

二

我是在童年刚刚结束的时候到达利马的，从一开始我就厌恶这座城市，因为在这个城市里，我是相当不幸的。我的父母早就分开了，十年后重归于好。同父亲住在一起，就得同祖父母和叔伯们分开，就得服从一个我并不熟悉而又极为严厉的人强加给我的规矩。我对利马最初的回忆，总是同不愉快的经历联系着。我们当时住在玛格达雷娜区，那是典型的中产阶级居民区。每当我考了好分数，就到住在观花埠①的舅舅们的家里去度周末，这是对我的奖赏。观花埠位于海边，也更为繁华，在那里，我结识了一群与我同龄的男孩和女孩，我同他们一起做少年时代的游戏，这就是所谓“有了自己的天地”。我等于另外有了一个家庭，它就位于街角处。我们一起踢足球，偷着吸烟，学跳曼波舞，还向女孩求爱。同我们后面几代的人相比，我们可以说老实得像天使。今天的利马青年第一次领圣餐后就立即做爱，尚在变

① 秘鲁首都利马的一个高级住宅商业区。此名是当地华侨所译。

声期间就吸了第一口大麻，而我们当时根本不知道毒品的存在。我们干的调皮事只不过是偷偷地去看被禁的影片（即被教会检查制度列为“不适合女士”的影片），或是在星期六家庭聚会之前在街角的店铺里喝上一杯“上尉”（即开胃酒与皮斯科酒的混合液，被认为是有毒的），因为家庭聚会上从来不供应烈性酒。我还记得，我们这些十四五岁的男孩曾经进行过一次很严肃的讨论，讨论在星期天下午场的电影院里如何正正经经地吻自己的恋人。被吉亚柯莫·卡萨诺瓦[①]大言不惭地称之为“意大利式”的接吻方式（即用舌头接吻），作为不赦之罪被一致排除了。

当时（20 世纪 40 年代末）的利马还是一个不大的城市，安全，静谧，但注重表面。人们住在互不往来的居民区里：富人、有钱人住在奥兰迪亚区和圣伊西德罗区；收入较高的中产阶级住在观花埠；收入较低的中产阶级住在玛格达雷娜区、圣米格尔区和巴兰科区；穷人则住在维多利亚区、林塞区、桥下区和波尔维尼尔区。我们这些特权阶层的孩子从来见不到穷苦的孩子，甚至连他们的存在都未发觉。穷孩子们住在别处，住在自己的区里，住在远郊那些犯罪层出不穷的危险地方。我们圈子里的孩子如果不离开利马，可能一生都认为自己是住在一个只讲西班牙语的国家，一个只有白人和印欧混血人的国家，根本不知道还有几百万（全国人口的三分之一）印第安人讲克楚亚语，过着完全两样的生活。

我很幸运能在某些方面打破这个界限。我现在认为这是一种幸运，但是在当时（1950 年）简直是一场悲剧。我父亲早就发现了我在写诗，因而很为我的前途担心，因为他认为一个诗人注定要饿死，同时也为我是否缺少“男子气”而担心。因为某些圈子认为，所有的诗人都搞同性恋。这一说法流传颇广。为了防止我陷入此种险境，他

① 吉亚柯莫·卡萨诺瓦（Giacomo Casanova，1725—1798），意大利威尼斯人，是一位唐璜式人物，作品有《回忆录》等。

认为最理想的抗毒素就是莱昂修·普拉多军事学校，于是我在这个军校里住校学习了两年。莱昂修·普拉多是秘鲁社会的一个缩影，进此学校的有特权阶层的孩子（因而他们的父母等于把他们送进了教养所），有中等阶层的孩子（他们想学得军事专业），也有贫困阶层的孩子（因为军校有助学金制度，这为最贫穷人家的孩子打开了大门）。这是秘鲁为数不多的富人、穷人、不富不穷的人兼收，白人、乔洛、印第安人、黑人、华人、利马人、外省人并蓄的学校之一。与外界隔离，遵行军事纪律，还有那粗野、凶暴、以强凌弱的气氛，对我来说都是难以忍受的。然而我觉得，我在这两年中学会了如何认识真正的秘鲁社会，包括上述的两极分化、穷人和富人之间的紧张关系、偏见、胡作非为和不满情绪。这样，一个观花埠的孩子就不会怀疑上述事物的存在了。我感谢莱昂修·普拉多军事学校还由于另外一个原因，就是它提供给我的经历成了我第一部长篇小说的素材。尽管其中有许多虚构的成分，但《城市与狗》再现了秘鲁这个微型世界的生活。这部小说受到了引人瞩目的虐待：有一千册在军校的庭院中被当众焚烧，还有一些将军对小说进行了粗暴的攻击，其中一位将军说，这部小说只有一个头脑堕落的人才能写得出。还有一位将军，他的想象力更为丰富，说这部小说得到了厄瓜多尔政府的资助，以此来诋毁秘鲁陆军的名声。作品取得了很大的成功，但我怀疑起这到底是由于它的优秀还是由于这些丑闻。

最近二十年来，几百万山区人口流入利马，在贫民区（为了好听，人们称之为“新建区”）定居下来。这些贫民区包围了原来的市区。与我们那时不同，在现在的利马，中产阶级的子弟们一打开自家的窗子就能发现秘鲁的现实。到处是穷人，他们有的沿街叫卖，也有的流浪街头；有的坐地乞讨，也有的当众抢劫。利马拥有五百万人口（也许是六百万），问题成堆：垃圾成山、交通不便、住房紧张、犯罪不断……这使它失去不少往日的魅力，譬如殖民时代的住宅区、带有百叶窗的阳台、怡人的宁静和互相泼水喧闹的狂欢节。现在全秘鲁的人口、全秘鲁的所有问题都集中在利马了，它确实成了名副其实的一国之都了。

有人说，恨与爱常相混淆，这大概有道理。我一生都在谈论利马的弊病，但这个城市也有许多使我动情的东西，譬如利马的细雾。这种薄纱般的雾从五月到十一月一直蒙在利马城上空。麦尔维尔①路过此地时，这薄纱般的细雾也给他留下了深刻的印象。他在《白鲸》中称利马为“想象中最为愁苦、怪异的城市”，因为“蒙上一层白色的轻纱，它那可怕的愁苦反而有增无减”。我喜欢利马那蒙蒙的细雨，这细雨肉眼看不见，却使人感到宛如蜘蛛脚在脸上搔弄，使得一切都是潮渍渍的，使得我们这些市民在冬日里觉得自己是个两栖动物。我喜欢利马那海水冰冷、白浪滔滔的海边，那是冲浪运动的理想之地。我喜欢利马那古老的体育场，常去观看足球赛，为大学体育队鼓掌叫好。然而，我知道这些只是我个人的喜好，因为我的祖国最美好的事物并不在利马，而在内地，在沙漠，在安第斯山，在森林地带。

秘鲁的一位超现实主义作家塞萨尔·莫罗在他的一首诗的下面狠狠地写上了“写于可怕的利马”的字样。几年之后，另一位作家塞巴斯蒂安·萨拉萨尔·蓬迪以此侮辱性的字眼为题，写了一篇散文，专门用来打破利马神话，粉碎故事、传说和当地白人音乐中对这座城市的理想化，并展示这座城市虚假的一面与现实的一面的鲜明对比。前者富有摩尔和安达露西亚情调：精细的百叶窗后面，神秘而邪恶的美女半遮半露，正在勾引往假发上撒香粉的绅士；后者则是问题重重，肮脏不堪，充满仇恨。整个秘鲁文学可分为两大倾向，一是吹捧利马，一是诅咒利马。而真正的利马很可能既不像有些人描绘的那么美好，也不像有些人讲述的那么可怕。

总的说来，利马是一座没有个性的城市，却有着某些吸引人的地

① 赫尔曼·麦尔维尔（Herman Melville，1819—1891），美国作家，作品有《白鲸》等。

方，如广场、修道院和教堂，作为斗牛场地的阿乔广场更是其中的瑰宝。自殖民时代以来，利马一直保持着对斗牛的爱好，一个喜好观看斗牛的利马人同西班牙人或墨西哥人一样内行。我就是个斗牛迷，在十月集市期间总是力图不漏掉任何一场斗牛。这个爱好是我舅舅胡安培养出来的，他是我的母系众多亲戚中的一员。他的父亲是著名斗牛士胡安·贝尔蒙特的朋友，这位斗牛士曾把自己在利马斗牛时穿的服装赠送给了我舅舅的父亲。这套服装一直像文物似的保存在我舅舅胡安的家里，只在重大节日时，才拿出来给我们这些孩子们看。

同斗牛一样，军事独裁也是利马所特有的。我这一代的秘鲁人，在暴力政权下度过的时光要长于在民主政权下度过的时光。我亲身经历的第一个独裁政权就是曼努埃尔·阿图罗·奥德里亚将军①从1948年到1956年的独裁。这一时期，正是我这一代的秘鲁人从孩提到成年的时期。奥德里亚将军推翻了阿雷基帕籍的律师何塞·路易斯·布斯塔曼特②，他是我祖父的表兄弟，我们在柯恰潘巴居住的时候，我就认识了他。他那时曾来我祖父母家住过一段时间。我还记得他讲话很吸引人，我们都把嘴巴张得大大的听他讲话。我也还记得，他在离去时往我手里塞了零花钱。布斯塔曼特在1945年大选中是民主阵线的候选人。民主阵线是一个联合阵线，其中拉乌尔·阿亚·德·拉托雷的阿普拉党③占大多数。作为左派中心的阿普拉党人曾被历届独裁政权镇压过。布斯塔曼特是无党派人士，阿普拉党提名他为候选人是因为他们提不出自己的人选。布斯塔曼特获多数票当选之后，阿普拉党就立即开始了活动，想把他当作自己的傀儡。与此同时，野蛮反动

---

① 曼努埃尔·阿图罗·奥德里亚（Manuel Arturo Odría，1896—1974），秘鲁军人，1948年发动军事政变上台，1956年在全国各大城市的群众运动冲击下垮台，统治秘鲁达八年之久。

② 何塞·路易斯·布斯塔曼特（José Luis Bustamante，1894—1989），秘鲁总统（1945—1948），1948年被奥德里亚军事政变推翻。

③ 即美洲人民革命联盟，西班牙文简称APRA的音译，或称人民党，由维克托·拉乌尔·阿亚·德·拉托雷创建。

的秘鲁右派也对布斯塔曼特充满了刻骨的仇恨，他们认为布斯塔曼特是黑色畜生（指阿普拉党）的工具。布斯塔曼特维护了自己的独立性，顶住了来自左右两种势力的压力。他在任期内尊重言论自由和工会活动，也尊重各个政党。然而由于街头骚乱、政治犯罪和各种暴动，他只在任三个年头就被奥德里亚发动的政变推翻了。我小的时候很钦佩这位打着蝴蝶领结、走路似卓别林的布斯塔曼特先生，现在仍然钦佩，因为人们说他身上发生过我国历届总统身上从未曾发生过的怪事：他离任时比上任时更穷；为了不给人以口实说他偏心，他待对手宽容，对自己人却很严厉；他极为尊重法律，以致造成了政治上的自杀。

随着奥德里亚将军的上台，在秘鲁，野蛮统治恢复了。虽然奥德里亚也屠杀、监禁和流放了为数不少的秘鲁人，但其血腥的程度仍比不上同时代的南美其他独裁政权。然而，作为一种补偿，他却更为腐化。这不仅由于政府头头们中饱私囊，还由于其他一些更为严重的事件：造谣生事、卖官鬻爵、敲诈勒索、出卖告密、胡作非为……成了普遍的社会现象，污染了国内生活。

我正是在那个时期（1953 年）考上圣马可大学的。我学的是法律和文学。我的家庭本来希望我考天主教大学，那是一所当时所谓“体面人家”子弟上的大学。但是我在十四五岁时就失去了信仰，不愿意当个阔少爷。早在军校的最后一年，我就发现了一些社会问题。当时我是以一个小孩子的浪漫方式发现了社会上的偏见和不平等。我愿意同穷人一样，希望搞一次革命，给秘鲁人带来正义。圣马可是一所不信神的国立大学，有着不妥协的传统，这一点与它的学术成就同样吸引着我。

那时，独裁政权已经捣毁了圣马可大学，许多教授流亡国外。在我入学的前一年（1952 年），一次大搜捕把几十名学生投进了监狱或流放异国。互相猜疑的气氛笼罩了教室，因为独裁政权派了许多警察假扮学生注册学习，各政党被宣布为非法，阿普拉党和共产党（当时双方还很对立）只能在地下活动。

考进圣马可不久后，我就开始参加卡魏德的活动。起这个名字是为了恢复被独裁政权破坏得相当厉害的共产党组织。我们这些人参加它的活动，对独裁政权并不构成一种威胁。我们分成小小的支部进行秘密集会，学习马克思主义，印刷反政府的传单，同阿普拉党进行斗争，商量如何让圣马可支持工人的斗争。我们的一大功绩是促成了圣马可举行声援电车工人的罢课。当时是斯大林时期，在文学领域中，党的官方美学理论是社会主义现实主义。我想这就是首先使我对卡魏德失望的东西。尽管我有所保留地（这也是由于我所相信的萨特对我的“反影响”）不得已接受了辩证唯物主义和历史唯物主义，但我永远不能接受那种扼杀了幻想、把文学创作变成一系列宣传手法的理论。我们的争论没完没了，在一次争论中，我把尼古拉·奥斯特洛夫斯基的《钢铁是怎样炼成的》说成一部乏味的小说，却对腐朽的安德烈·纪德的《人间食物》加以辩护。我的一个同志说：“你是个头脑不发达的人。”

从某种意义上讲，我确实是个“头脑不发达”的人。我当时贪婪地、以不断增强着的敬佩之情阅读着一系列被当时的马克思主义者称之为“西方文化的掘墓人”的作家们的作品，其中有亨利·米勒、乔伊斯、海明威、普鲁斯特、玛尔罗、塞利纳①、博尔赫斯，特别是福克纳等人的作品。在大学期间，我记得最牢的也许并不是在课堂上学的，而是从小说中学到的，从讲述约克纳帕塔法郡的故事中学到的。我还记得我那时手执纸笔阅读《八月之光》《野蛮的棕榈》《我弥留之际》《喧嚣与骚动》时那种心醉神迷的样子。在阅读中，我学到了一个故事可能拥有无数复杂的风格和不同的音韵以及结构和概念上的丰富多彩。我了解到，要很好地描述一个故事，就要求作者有着魔术师般的技巧。我青年时代的文学榜样如萨特渐渐地褪了色，我现在不可

① 塞利纳（Louis-Ferdinand Cline，1894—1961），法国作家，作品有《长夜行》。

能再去重读他的作品了，但是福克纳对我来说仍然是第一流的作家。每当我重读他的作品，我都愈加相信，他的作品是“小说写作技巧大全”，足以媲美伟大的古典作品。在20世纪50年代，我们拉美人喜欢阅读欧美人的作品，几乎不问津自己人的作品。现在，这种情况改变了，拉丁美洲的读者发现了自己的作家。与此同时，世界其他地区的读者也发现了拉美的作家。

三

在那几年中，有一件事对我来说相当重要，那就是我认识了独裁政权中负责保安工作的头头。除了奥德里亚本人以外，他是最遭人恨的人物了。我当时是圣马可大学学生联合会的代表，当时许多圣马可的学生被关在监狱里。我们了解到，这些学生就睡在牢房的地上，既无垫子也无毯子，于是我们进行了募捐，买了毯子。但是当我们想送进去的时候，监狱（当时的监狱就是现在舍拉顿饭店的所在地，据说当年在牢房里受到刑讯的冤魂仍在游荡）里的人对我们说，只有内政部办公厅主任堂阿历杭德罗·埃斯帕萨·萨尼亚图才有权同意把毯子交给犯人。于是联合会作了个决议，派五名代表去会见此人。我就是五人代表之一。

我至今仍然保留着在位于意大利广场的内政部里近距离看到这个可怕人物时给我留下的深刻印象：他是个矮小的人，五十多岁，面似羊皮，令人生厌。他仿佛从水中看着我们，我们的话他根本没听，任凭我们讲。当我们声音颤抖着讲完之后，他仍然死盯着我们看，一言不发，好像在嘲笑我们那副困惑的样子。随后，他打开写字台的抽屉，拿出几期小报《卡魏德》，那是我们秘密印刷的油印小报。当然，我们在报纸上对他进行了攻击。他说：“哪篇文章是你们中的哪个人写的，你们在何处集会油印小报，你们的支部进行何种密谋，我都了如指掌。”实际上确是如此，他似乎无所不在。然而，与此同时，他又给人一种可怜虫、碌碌无为的庸人印象。在那次会见中见到他，使我第一次产生了写《酒吧长谈》这部小说的想法。十五年后，这部小说才写成。我想在小说中描写奥德里亚八年统治下的独裁政权给人们的日常生活以及学习、工作、爱情、梦想和志向所留下的影响。我费了好长时间才找到了一条贯穿众多人物和情节的总线，这就是一个在独裁政权中当过保镖和密探的人，同一个依靠独裁政权而发迹者的儿子（后来又当了记者）偶然相遇，以及二人之间进行的贯穿整部小说的谈话。小说出版后，那位已经退出政治舞台、致力于慈善事业的前内政部办公厅主任评论说："如果巴尔加斯·略萨早点儿来找我，我还可以提供给他一些更为有趣的素材。"

正如莱昂修·普拉多军事学校使我认识了我的国家那样，新闻工作帮助我打开了我的国家许多方面的大门。这一职业促使我深入探索各个领域、各个阶层、各种地方和各种活动。早在十五岁的时候，我就从事新闻工作了，那是在中学四年级的假期里，我先是作为地方版后来又作为侦破版的编辑在《纪事报》工作。夜间跑警察局，打听发生了什么样的犯罪、偷盗、抢劫和交通事故，调查类似"夜蝴蝶"那样引人注目的案件。这一切都是非常令人着迷的。譬如，在波尔维尼尔区，一名妓女被刺身亡，这案子促使我来往于利马各个妓院、下等舞厅、龟奴和同性恋者常去的酒吧。那时，报人同流氓（起码也是名声最糟的流浪汉）之间的界限很难划清。一天的工作下来，照例跟同事们钻进某个咖啡馆（这种咖啡馆很赚钱，一般说来都由华人招待，地上铺满锯末以掩盖醉汉们的呕吐物），然后再到妓院去。妓院为了遮掩丑闻，给侦破版的记者优惠待遇。

在大学的最后几年里，我在一家电台（即泛美电台）里工作过，负责写新闻稿。在电台里，我有机会了解到广播剧的制作，那是一个令人眼花缭乱的世界，多愁善感又恐怖瘆人。巧妙的偶然加上无限的装模作样，简直就是19世纪"报屁股文学"的现代翻版，却拥有众多的听众。据说，一个行人走在利马的任何一条大街上都能听到费利克斯·B. 凯赫特《生的权利》的章节，收听这部广播剧的不止一户人家。这个令人眼花缭乱而又奇特的小小世界为我的另一部小说提供了题材，那就是《胡利娅姨妈和作家》。表面上看，那是一部描写广播剧制作和情节剧写作的小说，但实质上是对我自己为什么要写作、什么是写作这些疑问的描述。这些问题一直缠绕着我，我也为此奉献了自己的大半生，却从来未弄明白。从小时候起，我就想把我经历的种种事情写成故事。我一直摆脱不掉这一诱惑，甚至有时有这样一种印象，即我一生的所作所为或是别人对我的所作所为都只不过是为了编故事而找的借口。不断地把现实移植为故事，其背后到底是什么？是企图把某段偏爱的经历从飞逝的时间之口中拯救出来吗？是想通过改头换面的手法使痛苦而可怕的事实变得轻松一些吗？也许仅仅是一种游戏，是文字与幻想的杂乱堆砌？我越写下去，这个问题就越难以回答。

1957 年，我大学毕业，第二年交了论文，并获得去马德里攻读博士学位的奖学金。到欧洲去，想办法再到巴黎去，是我阅读大仲马、凡尔纳和雨果的作品以来一直梦寐以求的事。我幸福地整装待发，正在此时，一个偶然的事件为我提供了去亚马孙地区旅行的机会。一个叫做胡安·柯玛斯的墨西哥人类学家想周游上玛拉尼昂河①，因为阿瓜鲁纳人②和汪毕萨人③的部落就在那里。考察队中还有一个空缺，于是在朋友的帮助下，我去了。

在上玛拉尼昂河流域的那几个星期里，我们参观了部落、屯子和村镇。那是一次难忘的经历，因为那次旅行向我展示了我的国家的另外一个天地（正如我所见到的那样，秘鲁是一个五光十色的国家）。从利马到奇凯斯和乌拉库萨这两个屯子，等于从 20 世纪跳回石器时代，等于同赤身裸体生活在最原始状态之中并受着非常残酷的剥削的同胞们进行接触。剥削者们也都是些可怜的赤脚的半文盲商人，他们

---

① 亚马孙河上游的一条支流。

②③ 均系印第安人的分支。

用以低得可笑的价钱从部落里购得橡胶和皮毛，印第安人如果有任何摆脱他们的企图，他们便野蛮地加以惩罚。我们到达乌拉库萨的时候，酋长出来迎接我们。酋长是阿瓜鲁纳人，叫胡姆。见到他、听他讲述自己的经历是非常令人震惊的，因为此人不久前由于企图建立一间合作社而痛遭毒打。在上玛拉尼昂河地区的遥远村落里，我看到并亲身体验到了我国人民为生存而斗争的残酷现实。然而，亚马孙地区并不仅仅意味着苦难、暴行及不同思想、不同历史时期的秘鲁人困苦的共居生活，它也是一个繁茂的世界，一个拥有不可思议的力量的世界。从城市里来的人在那里可以发现尚未被驯服、尚未被洗劫的大自然：壮观湍急的河流、原始林莽、仿佛从神话中走出来的动物以及过着冒险生活却自由自在的男男女女。他们过着就像我在孩提时代欣喜地阅读过的探险小说中的主人公所过的那种生活。我想我还从来没有做过收获如此丰富的旅行。我在 1958 年的那次旅行中的所闻、所见、所做的许多事情后来都被我酿成了故事。

在那次旅行中，我第一次直觉到被以赛亚·伯林①称之为“矛盾着的真理”的东西。在圣玛利亚·德·涅瓦那小小的镇子里，于 20 世纪 40 年代建立了一个传教所，修女们为部落的女孩们开办了一所学校。但是由于女孩们不愿意上学，修女们就求助于警察，强迫女孩们上学。有些女孩在传教所里待上一段时间后，就同家人失去了联系，不能返家重过以前的生活了。那么这些女孩们怎么办呢？于是她们被托付给代表“文明”的人们，即路经圣玛利亚·德·涅瓦镇的工程师、军人和商人，等等。这些人却把女孩们带走当了用人。富于戏剧性的是，修女们不仅没有发觉这一善举的恶果，反而还要把这一善举坚持到底，以此来证明她们那真正的英雄主义。实际上，修女们的生活条件也相当艰苦，在河流涨水的几个月中，她们处于完全与世隔绝的困苦状态。用世界上最美好的愿望，作出无限的牺牲，却给人们

① 以赛亚·伯林（Isaiah Berlin，1909—1997），出生于俄国的犹太人，学者。

造成了如此巨大的灾难，这就是我要永远记取的教训。这一教训使我明白了善与恶之间的界限是可以双向的。这一教训也向我指明，在判断人们的行为时，在对社会问题决定加以解决时，你如果想使你所采取的手段不会导致比疾病更有害的恶果，那么你就必须慎重行事。

我到了欧洲，直到 1974 年才返国定居。我二十二岁出国，三十八岁回国，在这期间发生了许多事。我回国后在很多方面变成了另外一个人，但在我与自己国家的关系上，我想我还是保持着童年时的那种看法。这种关系不能用概念而只能用比喻加以说明。我认为秘鲁本身就是一个不治之症，我同它的关系是紧张的、冷酷的，但充满着以粗暴为特点的激情。小说家胡安·卡洛斯·奥内蒂①有一次曾说，作为作家，我与他的区别是，我与文学关系是夫妇关系，而他与文学的关系是通奸关系。我觉得我与秘鲁的关系与其说是夫妇关系，不如说也是一种通奸关系，也就是说，充满了疑惧、迷恋与狂热。我对各种形式的“民族主义”的反对是自觉的，我认为“民族主义”是人类最大的缺点之一，是为最糟糕的走私行为打掩护的。然而事实是，我国的事物，有的使我恼火，也有的使我兴奋。在我国正在发生着的或发生过的事都不可避免地与我密切相关。如果能作一番衡量，其结果很可能是在我写作的时刻，离我的眼前最近的正是秘鲁的缺点。也许我对困扰着秘鲁的各种问题批评得过于严厉，从而有失公允了。不过，我认为在这种批评的后面有着深深的休戚相关之情。虽然我恨秘鲁，但是，正如塞萨尔·巴列霍②的诗句所说，这种恨总是浸渗着柔情。

略萨

1989 年 4 月

① 胡安·卡洛斯·奥内蒂（Juan Carlos Onetti，1909—1994），乌拉圭作家。

② 塞萨尔·巴列霍（Cesar Vallejo，1892—1938），秘鲁著名作家、诗人。

谨将此书以最诚挚的感情献给住在佩蒂·杜阿路上的博尔赫斯研究者路易斯·洛埃萨①和“海豚”阿维拉尔多·奥肯多②。

你们永远的兄弟　小萨特③

① 秘鲁作家，作品有《蛇皮》等，为作者的大学同学。

② 秘鲁诗人，作者的好友。

③ 作者上学时，朋友们给他起的外号。

第一部

1

圣地亚哥站在《纪事报》社的门口，漠然地向塔克纳路望去：一辆接一辆的小汽车、参差错落的褪了色的建筑物仿佛在浓雾中飘荡的霓虹灯广告架。这是一个灰蒙蒙的中午。秘鲁是从什么时候倒霉的？车辆在威尔逊路口的红灯处停了下来，几个报童在汽车中间转来转去叫卖晚报。圣地亚哥迈开脚步，朝格尔梅纳路走去。他双手插在衣袋里低头走着，身前身后都是行人，这些人都是到圣马丁广场的。小萨①，你就像秘鲁一样，也是从某个时候倒霉的。圣地亚哥想道：我到底是从什么时候倒霉的？到了克利伊昂饭店对面，一只狗跑过来舔他的脚。去，滚开，你要是条疯狗可怎么办？他想道：秘鲁算是倒霉了，卡利托斯也倒霉了，一切全完蛋了，毫无办法。圣地亚哥抬头一看，只见开往观花埠的私人汽车②站台上排着一溜长队。于是他穿过广场，这时他一眼看到诺尔文正坐在塞拉酒吧里：喂，兄弟。啊，小萨，你坐。诺尔文手里摆弄着一杯混味酒，让一个擦皮鞋的人给自己擦皮鞋。他邀请圣地亚哥喝一杯。看样子他还没喝醉，圣地亚哥坐了

---

① 萨瓦拉是圣地亚哥的姓，朋友们都称他为小萨。后文中圣地亚哥回忆往事或独白时也往往自称小萨。

② 沿公共汽车线行驶，以补充公共汽车之不足，一般是小轿车，个体经营。

下来，叫擦鞋人也给自己擦擦。好了，先生，马上就好，管保把您的鞋擦得跟镜子一样亮。

“好久没见了，社论撰写人先生。”诺尔文说道，“你在社论组工作要比在地方版愉快吧？”

“社论组的工作少一些。我每天很早就去上班，一拿到题目，我就捂着鼻子，两三个小时写下来，一拉链子，好了①。”圣地亚哥耸耸肩。他想：也许我就是从那天倒的霉。那天社长把他叫去，要了一瓶水晶牌冰镇啤酒，向他问道：小萨，你愿不愿意顶替奥尔甘比德写社论？你上过大学，社论总是能写的，对吧，小萨？

“要是我，把全世界的黄金给我我也不去写社论。”诺尔文说道，“你消息不灵通，干报业这一行全靠消息灵通。小萨，我死也不离开侦破新闻组，你信不信？顺便问一下，卡利托斯大概见阎王去了吧？”

“还在医院里，很快会让他出院的。”圣地亚哥说，“他发誓要戒酒了。”

“听说有一天夜里他上床的时候看见满床都是蟑螂和蜘蛛②，是真的吗？”诺尔文说道。

“他一掀被子，成群的蜘蛛和耗子一齐向他扑过来。”圣地亚哥说，“他光着屁股就跑到了街上，还大喊大叫的。”

诺尔文笑了起来。圣地亚哥闭上了眼睛：由于地震，乔里约斯区的房子都变成了一个个带有铁栅的木桶和满是裂痕的洞穴，里面堆满了杂七杂八的什物，还住着干瘪的老太婆，她们满身灰垢，像是发了霉，静脉曲张的双腿趿拉着拖鞋。一个人影在木桶般的房子中间乱跑，他的惊呼声震撼了黏渍渍的清晨，惹恼了追赶着他的蚂蚁和蝎子。圣地亚哥想道：卡利托斯是在借酒浇愁，用酗酒来反抗

① 此处圣地亚哥把写社论比作解大便。

② 此处及下文若干地方都指出卡利托斯神经不正常。

那慢性的死亡。你做得对，卡利托斯，每个人都应该尽可能地避开秘鲁。

“早晚有一天，我也会看见这些小虫子。”诺尔文好奇似的看着手里的混味酒，苦笑着说道，“小萨，记者没有不喝酒的。喝酒给人带来灵感，你信不信？”

擦鞋人给诺尔文擦完鞋，又吹着口哨在圣地亚哥的鞋上抹鞋油。《最后一点钟》那边怎么样了？那群强盗都说了些什么？他们对你的寡情薄义很不满意，小萨，他们希望你像过去那样经常去看望他们。你现在时间多得很，小萨，你还在别处兼职吗？

“我也就读读书，每天都睡午觉。”圣地亚哥说道，“也许我会再去注册攻读法律。”

“你当报人还没做到消息灵通，又想搞什么别的文凭了。”诺尔文怜悯地看了他一眼，“你就在社论组干下去吧。等你毕业当了律师，干脆离开报界。我看你正在变成资产阶级。”

“我都三十岁了。”圣地亚哥说道，“想变成资产阶级也太晚了。”

“你都三十岁了？”诺尔文沉思了起来，“我也才三十，可看上去像是你爸爸。在侦破新闻组工作简直把人给毁了，你信不信？”

塞拉酒吧的桌子旁都是一张张男人的面孔、一双双颓唐无神的目光、一只只伸向烟灰缸和啤酒杯的大手。圣地亚哥想道：卡利托斯说得对，这儿的人真难看……我今天是怎么了？擦鞋人挥手赶跑了在桌子间气喘吁吁乱窜的两条狗。

“《纪事报》发动的预防狂犬病运动到什么时候才能结束？”诺尔文说道，“太讨厌了，今天早晨又用了一整版谈这事。”

“所有反狂犬病的社论都是我写的。”圣地亚哥说道，“对我来说，写关于古巴和越南的社论比写这种社论更烦人。啊，现在不用排队了，我得去乘车了。”

“跟我去吃午饭吧，我请客。”诺尔文说道，“小萨，撇下老婆，让我们回忆回忆以前的好日子吧。”

热腾腾的豚鼠①、凉丝丝的啤酒、桥下区那家卡哈玛尔卡角饭馆、在青绿色岩石间潺潺穿流的利马克河那混浊的河水、海地饭店那泥汤般的咖啡、米尔顿饭店的赌台、混味酒、诺尔文家中的淋浴、同贝塞利达一起在价格优惠的妓院里的夜间狂欢、酸楚楚的梦境、昏沉沉的头脑、清晨起来的赊账早饭。是呀，我很可能就是从那个时候倒的霉。

"安娜给我做了虾汤，不回家就吃不上了。"圣地亚哥说道，"改日再说，兄弟。"

"你真是怕老婆，"诺尔文说道，"唉，你算是完蛋了，小萨。"

不是你说的那样，兄弟。诺尔文抢着付了啤酒钱和擦皮鞋的钱，二人握手告别。圣地亚哥又来到了车站。他乘的那辆私人汽车是雪佛兰牌的，里面开着收音机：请喝印加可乐，清凉爽口。接着是一支圆舞曲：河流啊、峡谷啊，我的秘鲁啊。这是赫苏斯·瓦斯盖斯②那饱经沧桑的嗓子。汽车开到市中心地带交通堵塞了，但是共和国大街和阿雷基帕路③却很冷清，汽车可以开得很快。又是一支圆舞曲：利马女郎水性杨花。土生白人作的曲子怎么都是那么……那么操蛋？圣地亚哥想道：我今天是怎么了？他头垂至胸，双眼微闭，仿佛在偷看自己的肚皮：见鬼，小萨，你一坐下，衣服底下的肚皮就显出来了，难道你这是第一次喝啤酒吗？十五、二十年前就喝了。有四个星期没去看妈妈和蒂蒂了，小萨，谁能想得到波佩耶都要毕业当建筑师了，而你最后还是写关于利马的反狗运动社论了。圣地亚哥思忖道：要不了多久我就会变成个大肚皮。我得去洗洗土耳其浴，得去平台俱乐部打打网球，不出六个月，肥膘就可以减少，肚皮就会像十五岁时那么平凹。要做就快，别那么懒洋洋的，还是动动吧。他想，还是得运动运动，这才是办法。观花埠的公园到了，啊，断壁路到了，沿堤大街到

① 这是利马人喜欢吃的一种佳肴。

② 20世纪60年代秘鲁著名女歌唱家。

③ 利马主要街道之一，后文有提及。

了。我在贝纳维德斯①路拐角处下车，师傅。圣地亚哥下了车，双手插在衣袋里，低着头朝波尔达大街走去。我今天是怎么了？天空仍然阴沉沉的，空气变得更加沉闷了，下起了蒙蒙细雨②。在这个国家里，连下雨都是这种倒霉的雨，他想，要是下一场瓢泼大雨该有多好啊！柯利纳影院在放什么电影？蒙特卡洛影院呢？玛尔萨诺戏院在上演什么戏？唉，还是先吃午饭吧，然后看一章《对歌》③，迷迷糊糊地就会催我睡上一个黏糊糊的午觉。最好是上演《莉菲菲》④ 那样的侦探片，或是《骑兵浴血战》那样的西部片。不过安娜要听她的广播剧，她早就在报纸上划好了。我今天是怎么了？他想，要是检查机关禁演那些无聊的墨西哥剧，我和安娜就不必总是意见相左了。看完午场电影又干什么？我们可以沿着堤岸散步，在内柯切亚公园里的水泥蘑菇凉亭中吸支烟，在黑暗中倾听大海的吼叫，然后再手牵手地回到窄小胡同的家里。亲爱的，我们报社争吵得很厉害。唉，赫胥黎啊！圣地亚哥一个呵欠接着一个呵欠。两间房子里又要充满了烟雾和油腻味。亲爱的，你饿了吧？清晨的闹钟、淋浴时的冷水、私人汽车、哥尔梅纳路、在众多的行人中间匆匆而行、社长的声音：小萨，你喜欢写银行罢工、渔业危机还是喜欢写以色列问题？或许值得努力一番，搞个文凭，他想，但这不是走回头路吗？他看到了窄小胡同里那栋外表粗糙、黄墙红顶、窗上装有黑色栏杆的矮房子。门开着，但是逗人的巴杜盖没有又叫又跳地出来迎接他。亲爱的，你到华人那儿去买东西怎么连门也不关？然而她并未出门，在家里。安娜，你怎么了？安娜走了出来，头发散乱，两眼哭得红肿：亲爱的，巴杜盖让人捉走了。

---

① 贝纳维德斯曾任两届（1914—1915 和 1933—1935）秘鲁总统，后文有提及。

② 利马冬天终日阴天，有时还下毛毛细雨。

③ 作者为《天演论》的作者赫胥黎之孙阿尔多斯·赫胥黎。

④ 美国系列侦探影片。

“硬是从我手里抢走的。”安娜哭泣着说道，“是几个令人恶心的黑人干的，他们把巴杜盖装在卡车上就拉走了。这简直是抢劫，抢劫!”

圣地亚哥在她额角上吻了一下：安静点儿，亲爱的。他抚摸着她的脸蛋：是怎么回事？他搂着她的肩回到屋子里：小傻瓜，别哭了。

“我往《纪事报》社给你打电话，你不在。”安娜又要哭，“简直是一群土匪，都是黑人，个个都是一副逃犯的面孔。我本来是拉着链子的，他们一下子就把巴杜盖抢过去，装上卡车了。简直是抢劫。”

“先吃午饭，然后我去狗场把巴杜盖找回来。”圣地亚哥又吻了她一下，“他们不会把它怎么样的，别犯傻了。”

“巴杜盖又是蹬腿又是摇尾，”安娜用围裙擦了擦眼睛，叹了一口气，“可怜的小家伙好像很懂事。亲爱的，太可怜了。”

“是硬从你手里抢走的?”圣地亚哥说道，“太不讲道理了，我去跟他们吵。”

他抓起甩在椅子上的上衣朝门口走去，但是安娜拦住了他：还是先吃饭吧，快吃，亲爱的。安娜的声音很甜，面颊上有两个酒窝，目光伤感，面色苍白。

“虾汤大概冷了。”她笑了笑，嘴唇在发抖，“你瞧，这事儿搞得我把什么都忘了，亲爱的，唉，可怜的巴杜盖。”

二人坐在贴窗的桌子旁一声不吭地吃饭。窗子朝着胡同的院子，院子的地面是红褐色的，跟平台俱乐部的网球场一个颜色；有一条铺着卵石的曲径，沿着径边种满了天竺葵。虾汤冷了，一层油沾在盘沿上，新鲜虾都变成罐头虾了。我本来是要到圣马丁大街的华人铺子去买醋的，亲爱的，突然一辆卡车在我身旁停了下来，跳下两个黑人，一副土匪、逃犯的样子，再难看也没有了。一个人推了我一把，另一个人就把链子夺走了。等我醒过劲来，他们早把巴杜盖装上卡车带走了。太可怜了，可怜的巴杜盖。圣地亚哥站了起来：这简直是横行霸道，我去跟他们讲理。安娜又抽泣起来。你瞧，你瞧。我还担心他们会把狗杀掉，亲爱的。

“他们不会把巴杜盖怎么样的，心肝。”他在安娜脸上吻了一下，一阵肉香，一股咸味，“你等着吧，我这就把它找回来。”

圣地亚哥一路小跑，到了波尔达大街拐角圣马丁大街上的药店里，借了电话就往《纪事报》社打。接电话的是法律组的索洛萨诺：见鬼，我怎么知道狗场在什么地方，小萨？

“您的狗给捉走了？”药店主人把头凑上来说道，“狗场在陆军桥一带，您可得赶快去，我姐夫那条墨西哥种的狗就让他们给杀了。那真是一条可爱的狗。”

圣地亚哥又是一路小跑，跑到拉尔柯路，登上一辆私人汽车。从哥伦布大街到陆军桥不知要多少钱，他数了数皮夹里的钱，还有一百八十索尔。到了星期天大概会一文不剩了。安娜从医院辞了职，太可惜了。今晚最好别去看电影了。可怜的巴杜盖，从今以后我再也不写反狂犬病的社论了。圣地亚哥在哥伦布大街下了车，在鲍洛涅希①广场上叫住一辆出租汽车。司机：先生，我不知道狗场在哪儿。5月2日②广场上一个卖冰棒的给他们指了路：一直往前，小河附近有块牌子，上写“市府狂犬收留所”的就是。那是一片大空场，土坯砌的围墙七扭八歪，墙的颜色是粪便色的。圣地亚哥想道：这就是利马的颜色，也是秘鲁的颜色。空场两侧各有一排茅屋，但是到了远处，茅屋就交叉了起来，而且越来越密集。席子、茅草、瓦片和铅皮盖的房顶简直构成了一座迷宫，色调灰暗，年久失修，吱吱作响。空场入口处有一间脏兮兮的小屋，门前有块牌子，上写着“管理处”。一个只穿衬衣、戴眼镜的秃顶男人伏在堆满纸片的写字台上打瞌睡。圣地亚哥敲了敲桌子：有人把我的狗抢来了，硬是从我太太手里抢走的，他妈的，事情不能就这样算完！那个人吓了一跳，翘起头来：

① 秘鲁民族英雄，在与智利的战争（1879—1883）中牺牲。

② 1866年5月2日，西班牙找借口炮轰卡亚俄港，被秘鲁击退。

“您怎么一进办公室就喊他妈的，”秃顶男人一面傻乎乎地揉眼睛，一面做了个鬼脸，“请您放尊重些。”

“要是我的狗出了什么事，咱们没完！”圣地亚哥掏出记者证，又在桌子上拍了一下，“侵犯我太太的那些家伙要后悔的，我说话算数！”

“请您安静些。”秃顶人看了看记者证，打了个呵欠，满脸的气恼消失了，却变成了一种恬静的倦怠神情，“您的狗是两小时前给抓来的吗？那肯定还在卡车刚拉来的那群狗里。”

别这样，记者朋友，这事儿谁也不能怪，秃顶人那无精打采的声音跟他的眼睛一样睡意朦胧，跟他的嘴角上的皱纹一样充满了痛苦：这也是一个倒霉人。捉狗人的工资是按件计的，当然有时就不免干过了头，但是又有什么办法？为了填饱肚子而奋斗嘛。这时空场上发出了几声闷响，仿佛是透过软木般的墙壁钻进来的。这是狗在吠叫。秃顶人淡淡一笑，懒洋洋地站起来，嘟嘟囔囔地走出了办公室。二人来到一块空地上，走进一间散发着尿味的棚屋。棚屋中排列着许多铁笼，笼里挤满了狗，一个挨着一个，在笼里不停地蹦跳，一面吠叫着一面嗅闻着铁丝网。圣地亚哥弯身在每个笼子前查看：不是这只。他在那群混杂的狗中仔细地查看狗嘴、脊背和尾巴，尾巴有的是直挺挺的，有的是不停摆动着的：这里没有。秃顶人无精打采地拖着脚步走在他的身旁。

“您看到了吧？已经没有地方可放了。”秃顶人突然抗议起来，“可您的报纸还在攻击我们，真不公平。市政府想缓和一下贫富分化，我们就得创造奇迹。”

“他妈的，”圣地亚哥说道，“这儿也没有。”

“耐心点儿。”秃顶人叹了一口气，“还有四个棚屋没看呢。”

二人又回到空地，地上翻得乱七八糟，净是杂草、粪便和发臭的水洼。在第二间棚屋里有一个铁笼摇晃得比别的铁笼都厉害，铁丝网直震动。一个白花花、毛茸茸的东西在弹跳，冒出来，又陷到狗群中。这还不错，这还不错，他看到了一半狗嘴、一段狗尾，红红的眼睛像是刚刚哭过：亲爱的巴杜盖！它还系着那条链子呢！太不讲道理了，妈的！秃顶人：请您镇静些，镇静些，我这就叫人把它抓出来。他步履迟缓地走了，片刻之后带了一个穿工装的矮小的黑人回来：潘克拉斯，过来，把那条白毛狗抓出来。黑人打开铁笼，把别的狗扒拉开，抓住白毛狗的脖子把它递给了圣地亚哥。可怜的巴杜盖还在发抖。圣地亚哥放开手，向后退了一步，掸了掸衣服。

“这些放出来的狗总是又拉又尿。”黑人笑了，“这也是一种表示高兴的方式：我们出狱了。”

圣地亚哥在巴杜盖身旁跪了下来，搔搔它的头，让它舔自己的手。巴杜盖还在发抖，还在滴尿，像是喝醉了一样东摇西摆，到了空地上才开始蹦跳，嗅着土地，撒欢儿地跑起来。

“请您跟我来一下，瞧瞧我们是在什么条件下工作的。”秃顶人抓起圣地亚哥的胳臂，对他生硬地笑了笑，“最好在您的报上写篇文章，要求政府给我们增加工资。”

棚屋散发着臭味，周围全是瓦砾，阴沉沉的灰色天空，一阵阵的潮气。离他们五米开外，一个黑色的人影正站在一条麻袋旁使劲拖一条腊肠狗。那狗一面狂吠一面抵抗，野性的吠声同其矮小的身子很不相称。它歇斯底里地扭滚着。潘克拉斯，去帮帮他。矮个子黑人跑过去解开麻袋，那个人立即把腊肠狗塞进麻袋，然后用一根细绳把麻袋扎好，放倒在地上。巴杜盖叫了起来，扯着链条，直呻吟。你怎么啦？巴杜盖惊恐地望着，嘶哑地叫着。原来两个黑人手里拿着棍棒在“一二、一二”地边喊边在麻袋上敲击，麻袋跳了起来，弹了起来，里面在狂吠。“一——二!”二人在吼叫，在敲击。圣地亚哥惶恐不堪地闭上了眼睛。

“我们秘鲁还处在石器时代，朋友。”秃顶人的脸上露出一丝酸不酸、甜不甜的微笑，“您瞧他们是在什么条件下工作的，您说这合理吗?”

麻袋不动了，二人又乱击几下，把大棒抛在地上，擦擦脸，搓搓手。

“从前，杀狗是按照上帝指示的方法，可现在钱不够啊。”秃顶人抱怨道，“写篇文章吧，记者朋友。”

“您知道这儿的工资是多少吗?”潘克拉斯做着手势说道，接着又转向另外那个黑人，“给他讲讲吧，这位先生是记者，让他在报上呼吁呼吁。”

那个黑人个子比潘克拉斯要高，也比他年轻。他向三人跟前凑了凑，这时圣地亚哥才看清了他的面孔，啊！手中的链子一下子落了下来，巴杜盖欢叫着跑了开去。圣地亚哥张了张嘴又闭上了：啊!

“每捉一条狗只给一个索尔，老爷。”那黑人说道，“而且还得把打死的狗拉到垃圾站去烧掉。老爷，才给一个索尔。”

这人不是他，黑人都长得差不多，不可能是他，圣地亚哥思忖着，可为什么不可能是他呢?那黑人一弯腰提起了麻袋。啊，是他，是他！黑人把麻袋拉到空地一个角落里，同其他血迹斑斑的麻袋堆在一起，然后用手抹着额角踯躅返回。是他，是他！潘克拉斯用肘顶了那黑人一下：兄弟，快去吃午饭吧。

“他们也就是在这儿发发牢骚，等随车出去捉狗的时候就全不顾了。”秃顶人说道，“今天早晨你们把这位先生的狗抓来了，狗还戴着链子，而且还跟他太太在一起。你们这些混蛋!”

那黑人举起双臂。是他，没错！今天早晨我们根本没随车出去，老爷，我们用棒打了一早晨的狗。是他，听那声音，看那体格，是他！不过比从前好像老了三十岁。那线条分明的嘴唇、扁塌的鼻子，还有那鬈曲的头发，都跟他一模一样，但现在眼皮底下出现了紫色的眼袋，脖子上出现了皱纹，那口马牙上出现了黄绿色的齿垢。圣地亚哥想道：这副牙齿原来白极了。他现在样子全变了，一副落魄的样子，比以前更瘦、更脏，而且老，但是走路的样子还是那么豪爽、缓慢，双腿还是像蜘蛛那么细，一双大手长满了树皮状的硬茧，嘴边挂着唾沫痕迹。大家又穿过空场回到办公室。巴杜盖在圣地亚哥的脚上蹭来蹭去。圣地亚哥琢磨着：他还没认出我来，我先不要说，不要跟他讲。他怎么能认出你来？小萨！那时你才十七八岁！你现在是个三十岁的老头子。秃顶人把复写纸夹在纸片中，乱涂了几行又歪又斜的字。那黑人倚在门口直舔嘴唇。

“朋友，请您在这儿签个字。说真的，请您帮个忙，在《纪事报》上为我们要求增加工资。”秃顶人看了那黑人一眼，“你不是去吃午饭了吗？”

“我能不能预支几个钱？”那黑人向前走了一步，神态自然地解释道，“口袋里空了，老爷。”

“给你半镑①吧。”秃顶人打了个呵欠，“我只有这点儿了。”

那黑人看也不看就把钱装在口袋里，同圣地亚哥一起走了出来。一长串的卡车、公共汽车和小轿车在陆军桥下穿行。我如果跟他讲了，他会怎么样？波列斯大街上的那片泥房子笼罩在浓雾之中。他会不会撒腿就跑？远处，那片房子仿佛在梦境中见到的一样。圣地亚哥朝那黑人的眼睛看了一眼，正好那黑人也在看他。

“你们要是打死我的狗，我想我完全有可能杀死你们。”他勉强地笑了笑。

不，小萨，他没认出你来。那黑人专注地听着，眼神浑浊无光，但充满了恭敬。他老了，而且迟钝了，圣地亚哥思忖道，他也倒了霉。

“您的白毛狗是今天早晨被他们捉来的？”黑人眼中出人意料地闪现了一丝光芒，“大概是塞斯佩德斯那黑人干的。这人什么都不在乎，还钻到人家花园里弄断人家的狗链呢。为了赚那么几个索尔，他什么事都干得出来。”

---

① 1镑等于10索尔。

二人来到了通向阿尔丰索·乌加德①大街的阶梯下，巴杜盖在地上打滚，冲着灰蒙蒙的天空汪汪直叫。

“安布罗修!”圣地亚哥笑了一下，犹豫了一会儿，又笑了，“你不是安布罗修吗?”

他倒是没有撒腿就跑，但是什么也没说，只是用惊愕呆傻的神情盯着圣地亚哥。突然，在他的眼光里出现一种昏沉沉的神色。

“你把我给忘了?”圣地亚哥犹豫了片刻，笑了一下，又犹豫了起来，“我是圣地亚哥，堂费尔民②的儿子。”

一双大手举了起来：老爷，您是圣地亚哥少爷?安布罗修愣住不动了，仿佛在犹疑是扼死他还是拥抱他：您是堂费尔民的儿子?他又是惊愕，又是激动，声音都变了，双眼一个劲儿地眨动，仿佛瞎了一样。圣地亚哥：不错，你不认识我了?你这家伙，可我在空场上一眼就认出你来了，怎么样?你这家伙。一双大手兴奋地举起来了。见鬼!那双手又在空中来回晃动着：我的上帝，您长得真快呀!安布罗修拍打着圣地亚哥的肩膀和背部，连眼睛都笑起来了。他终于说道：我太高兴了，少爷!

“看到您都长大成人了，简直难以相信。”安布罗修在他身上又是拍打又是打量，笑着说道，“看到您这样子，我真不敢相信，少爷。我当然认得出您来，这会儿我当然认出来了。您真像您爸爸，也有点像索伊拉太太。”

蒂蒂小姐呢?一双大手晃过来晃过去，不知是激动还是惊恐。奇斯帕斯先生呢?安布罗修把圣地亚哥从臂摸到肩，又摸到背，露出感动、回忆往事的神情，尽量把声音放得自然些。这不是太巧了吗?简直是踏破铁鞋无觅处呀，少爷!啊，见鬼，这么长时间之后又相遇了。

---

① 秘鲁英雄，在与智利战争中牺牲。

② “堂”是西班牙文中对男子的尊称，一般放在名字之前。

“这趟路跑得我都渴了，”圣地亚哥说道，“来，我们去喝点儿什么。你知道这附近有酒馆吗?”

“我知道，有个地方我常去吃饭。”安布罗修说道，“叫‘大教堂’酒吧，是穷人去的地方，不知您喜欢不?”

“有冰啤酒喝就行。”圣地亚哥说道，“走吧，安布罗修。”

圣地亚哥少爷也喝啤酒了，真叫人不敢相信。安布罗修笑了，露出了又黄又绿又结实的大牙。唉，日子过得真快。二人登上了阶梯，阿尔丰索·乌加德大街第一街区是几个带有围墙的场院，其中一个场院是福特汽车公司的白色车库。向左拐的街口上是中央铁道局的仓库，无情的瓦斯已把仓库腐蚀得斑驳破烂了。一辆装满木箱的卡车挡住了“大教堂”酒吧的门口。酒吧里，铅皮的天花板下，一群乱嗡嗡的吃客挤坐在桌旁的板凳上。柜台后面有两名只穿衬衣的人在监视着那些正在大嚼大饮的人们，都是些五官棱角分明、古铜色面孔的人。一个歪系着围裙的矮小的山区佬①正在给顾客端上热气腾腾的汤、啤酒和米饭。一台五颜六色的落地式电唱机正在轰轰作响，发出“亲爱的”“热烈的吻”“亲热”等字眼。透过烟雾、噪声、菜味、酒味和一群群苍蝇的嗡嗡声可以看到酒吧尽头有一堵千疮百孔的墙，透过孔隙可以看到外面的石块、茅屋、河流和铅灰色的天空。一个肥胖的女人汗流浃背地在噼啪作响的炉火前掌勺。落地式电唱机旁边有一张空桌子，桌面坑坑洼洼，还画着一颗被箭穿透了的心和一个女人的名字：萨杜妮娜。

“我已经吃过饭了，你自己要点儿什么吃吧。”圣地亚哥说道。

“来两瓶水晶牌啤酒，越凉越好。”安布罗修手作话筒状高声喊道，“一盘鱼汤、面包、菜豆加米饭。”

你真不该来，也不该跟他讲话，小萨，你这是自找倒霉，你是发疯了。圣地亚哥思忖着，那场噩梦又要出现了。这都怪你自己，小

---

① 秘鲁的地形分为沿海地区、森林地区和高山地区。沿海人看不起山区人。

萨，可怜的爸爸，可怜的老头子。

“这些人都是些司机，附近破烂工厂里的工人，”安布罗修指着周围的人说道，好像是在替自己解释，“都是从阿根廷路①来的，因为这儿的饭菜还过得去，也便宜。”

山区佬端来了啤酒，圣地亚哥把两只杯子斟满。祝您健康，少爷。也祝你健康，安布罗修。一股说不出的强烈味道使人头昏脑涨，冲淡、扼杀了人脑里的记忆。

“你怎么找了个这么倒霉的工作，安布罗修？你在狗场干了很久吗？”

“才一个月，少爷。我能进狗场还得感谢狂犬病呢，人早就满了。这确是个倒霉的工作、累死人的工作，不过也很容易，只要跟车出去逮狗就行了。”

酒吧里汗味、葱蒜味、尿味和垃圾堆味混在一起，电唱机发出的音乐夹杂着嗡嗡的人声，马达声和喇叭声传入人耳都走了样，变得混沌不清。扭歪了的面孔、高突的颧骨、被刻板劳动或是怠惰搞得昏睡的眼神②在饭桌之间飘来荡去，在柜台前堆成一串，也堵在门口。安布罗修接过圣地亚哥递过来的香烟吸了起来，又把烟屁股抛到地上，用脚踩进地里。他咂咂作响地嚼着汤里的鱼，拿起鱼刺一直吮到发亮。他一面狼吞虎咽地把面包塞到嘴里，大口大口地咽着啤酒，并用手抹着脸上的汗水，一面听着圣地亚哥讲话，不时地回答或问上几句。岁月不知不觉地就把人给毁了，少爷。圣地亚哥思忖着：我怎么还不离开？我该走了。圣地亚哥又要了啤酒，斟满杯，抓起自己的酒杯。他一面讲话、回忆，一面打瞌睡、想心事。他观察着啤酒上面的泡沫，每个泡沫犹如一个小小的火山口，静静地张开嘴喷出黄色的泡泡，然后又消失在被人手捂温了的黄色液体中。他眼也不闭地喝着

① 利马一条工厂比较集中的大街。

② 同前面提到的“棱角分明、古铜色面孔”一样，都是指印第安人。

酒，打着嗝，掏出香烟点上吸了起来。他弯下身子去抚摸巴杜盖：妈的，事情算是过去了。他讲，安布罗修也讲。安布罗修的眼袋发紫，鼻翼像长跑过后似的扇动起来。后来他每饮一口就吐一口唾沫，出神地凝视着苍蝇，在回忆往事，在倾听，一会儿悲一会儿喜，一会儿悲喜交加。他的眼光一会儿怒，一会儿惊，一会儿走了神；有时还哼上几声。他的头发已经发白。工装外面罩着一件上衣，大概原来是蓝色的，扣子都掉了。衬衣的高领子像根绳子缠绕在颈部。圣地亚哥朝他那双大鞋看了一眼，鞋上满是泥泞，都走了样，穿的时间太久。他讲话的声音时断时续，是那么结结巴巴、畏畏缩缩，那么小心翼翼，似在苦苦哀求。然后他又听到这声音充满了恭敬、急切和内疚，却是一种失败者的声音。他不是比当年老了三十岁、四十岁，而是老了一百岁。他不仅变得意志消沉、老态龙钟、愣头愣脑，大概还得了肺病。他比卡利托斯，比你，还要倒霉千倍，小萨。我该走了，我得走了。然而圣地亚哥又要了瓶啤酒。你醉了，小萨，瞧你马上要哭出声来了。在我们这个国家里，生活总是虐待老百姓，少爷，自从由您家出来后，我的经历就像电影里的冒险故事一样。生活待我也不好啊，安布罗修。圣地亚哥又要了啤酒。我是不是要吐？辛辣的煎炒气味、脚臭和狐臭的气味在翻腾、笼罩在人们的头上。人们的头发又直又硬，有的人在额前的头发上抹了油膏，有的人在满是头屑的扁平后脑勺上涂了发蜡。落地式唱机的音乐断断续续。记忆中那些鼠窃狗盗的形象出现在眼前，比起在座那些酒足饭饱的面孔、血盆大口和苍白无须的面颊显得更为清晰和难以磨灭。再来瓶啤酒！我们这个国家简直是个蟋蟀罐，秘鲁就像一个巧妙的七巧板，对不对，少爷？奥德里亚分子和阿普拉分子原来是不共戴天的仇人，可现在好得穿一条裤子，简直令人难以置信，对不对，少爷？您爸爸要是还活着会怎么看呢？二人交谈着，这中间圣地亚哥不时地听到安布罗修尊敬、胆怯而又放胆地说着：我得走了，少爷。隔着堆满酒瓶的长桌，安布罗修眼光中流露出醉意和恐惧，在他眼里变成了一个矮小而无害的人。巴杜盖“汪”

地叫了一声，接着就不停地吠了起来。圣地亚哥感到内心掀起一阵旋风、一阵兴奋，感到时间停滞了，只有臭气。我们还在交谈吗？唱机停了，接着又打雷似的响了起来。浓浓的臭气仿佛是一条被分割成若干段的河流，有烟草味、酒味、人体味，还有剩菜味。各种气味在酒吧那热腾腾而又沉重的空气中回旋缭绕。突然，所有这些气味被一种高于一切、不可战胜的臭气吸收了：爸爸，你、我都错了。这是一种失败的味道。人们不断地进来，吃饭，朗声大笑，高声喧哗；也有人吃完饭出去；而柜台后那两个华人苍白的身影则永远一成不变。二人谈谈停停，饮酒吸烟。当山区佬走过来躬身收拾堆满酒瓶的桌子时，其他的桌子都空了，唱机停了，炉火也不再噼啪作响，只有巴杜盖还汪汪地叫着。桌面上只剩下了萨杜妮娜的名字。山区佬用熏黑的手指在算账。安布罗修急忙把脸凑向圣地亚哥：少爷，您感觉不舒服？有点儿头痛，很快会过去的。圣地亚哥想道：我扮演了一个可笑的角色，我喝得太多了，赫胥黎。他想道：亲爱的，你的巴杜盖我领回来了，平安无事。我回来迟了，碰上了个朋友。你站起来吧，别喝了，小萨。安布罗修伸手掏钱，圣地亚哥用胳臂一拦：别讨厌，你这家伙，我来付。他突然绊了一跤，安布罗修和山区佬赶忙扶住他。放开我，我自己能走，我感觉很好。见鬼，少爷，这是怎么说的，您喝得太多了。圣地亚哥双眼盯着肮脏的地板，在空桌子、瘸椅子之间一步一步地向前挨：我好了，过去了。他的头脑渐渐地清醒，醉意离开了他的双腿，眼神也逐渐亮了起来，但是各式各样的人物形象仍留在眼前。巴杜盖不耐烦地叫着，在他脚下钻来钻去。

“还算不错，钱还够付账。少爷，您真的没什么不舒服的感觉？”

“还有点儿头晕，但这不是醉。喝酒对我来说没什么，我头晕是因为想得太多。”

“我们谈了整整四个小时，少爷，我不知回去怎么交代，可能要把工作丢了。这一点您是不会理解的。唉，不管怎么说，我要感谢您的啤酒和午饭，还有这次谈话。但愿有一天我能回请您，少爷。”

二人走出来到了人行道上，山区佬关上了酒吧的大木门，挡在门口的卡车已经开走了。浓雾使得各个建筑物的门面模糊不清，在午后那灰蒙蒙的光线中流动着一串串的小汽车、卡车和公共汽车，千篇一律，令人感到压抑。周围一个人也没有，远处的行人仿佛没有面孔的影子在雾幕中滑行。圣地亚哥思量着：该分手了，到此为止吧，再也不要见他了。就算我没见过他、从未跟他交谈过吧。痛痛快快地洗个淋浴，睡个觉，一切就都过去了。

“您真的没事吗，少爷？要不要我送送您？”

“感到不舒服的是你。”圣地亚哥说道，嘴唇仿佛动都没动，“整个一下午，整整四个小时，你一直感到不舒服。”

“您可别这么想。我的脑子很清醒，也不怕喝酒。”安布罗修说着笑，片刻之后，他突然张大嘴不动了，一只手僵硬地停留在下巴上，整个人呆住了。他那外衣的领子竖着，离圣地亚哥有一米远。巴杜盖竖起耳朵，露出大牙，时而瞧瞧圣地亚哥，时而瞅瞅安布罗修，还一面用脚刨地，也许是感到奇怪，也许是感到不安、恐惧。从“大教堂”酒吧里传来了拖椅子的声音，大概在用水冲地。

“你很清楚我的话是什么意思，”圣地亚哥说道，“别装傻了。”

小萨，他不愿意也不可能理解你的话。他仍在呆立不动，他的眼光中一直流露着那种不可救药的盲从，那种顽固而残忍的阴暗心理。

“我等着您呢，万一您需要我送呢，少爷。”安布罗修垂下眼帘，嗫嗫嚅嚅地低声说道，“要不，我给您叫辆出租汽车，也就是说……”

“《纪事报》需要一个看门的，”圣地亚哥也压低了声音，“这工作比起狗场来还不算太坏。我可以帮忙，让他们雇你，没有身份证也行。到时候你会比现在好得多。不过，你别再跟我装傻了。”

“好，好，”他的神色越来越不安，嗓音也好像变得尖起来，“您怎么了，少爷？您的脸色不好。”

“我把我这个月的工资全部给你，”圣地亚哥的声音突然哽住了，但还没哭出来。他站得笔挺，眼睛睁得大大的，“三千五百索尔。给你这笔钱，你可以说出来了吧，对不对？”

圣地亚哥沉默了，垂下了头。这沉默仿佛有一种不可抵御的力量，使安布罗修的身子自动地往后退了一步。他缩了缩身体，把手举到胸前，好像准备自卫，又好像准备进攻。巴杜盖吠了起来。

“您的酒劲上来了？”安布罗修的声音嘶哑了，走了调，“您怎么了？您要干什么？”

“你别装疯卖傻，”圣地亚哥闭上眼吸了一口气，“我们坦率地谈谈吧，‘缪斯’① 是怎么回事？我爸爸是怎么回事？是不是他命令你干的？你别怕，没关系，我只是想知道知道是不是我爸爸命令你干的。”

他噎住了。安布罗修又向后退了一步。圣地亚哥看到他紧张地蹲了下来，由于恐惧，也许由于激怒，眼珠都要瞪出来了。你别跑，过来。圣地亚哥思忖着：他并没有变呆，他也不傻。过来，过来！安布罗修一侧身，挥起拳头，好像在进行威胁，也好像要告别。

“我得走了，免得您为自己说出的话而后悔。”安布罗修的声音嘶哑了，也充满了怜悯，“我不需要工作。您要知道，我不接受您的恩惠，更不想要您的钱。您要知道，您那位爸爸不配做爸爸。您知道这一点就行了。您也见鬼去吧，少爷！”

“好了，这就够了，我毫不在乎。”圣地亚哥说道，“可你别走，过来，过来！”

他的脚下一声短叫，原来是巴杜盖看到安布罗修那黑黝黝的身体正贴着仓库的围墙消失在陆军桥的阶梯之中，在福特公司车库大窗的照耀下，那身影显得很突出。

“这就够了。”圣地亚哥哭了，他弯下身抚摸巴杜盖硬挺挺的尾巴和喘着气的小嘴，“我们走吧，巴杜盖。”

圣地亚哥直起身子，又抽泣起来。他掏出手帕擦了擦眼睛，背靠

---

① 即后文中奥登希娅的艺名。缪斯，希腊神话中掌管文艺和科学的女神。

在“大教堂”酒吧的门口动也不动地呆了几秒钟。眼泪又流了下来，满是泪痕的面孔被细雨淋着。巴杜盖蹭着他的足踝，舔着他的皮鞋。他迈开脚步，双手插在衣袋里，慢慢地向5月2日广场走去。广场纪念碑下躺着几个人，周围堆满了烟头、果皮和纸片。在几个街角处，人们在拦挡裹着泥泞驶向郊区的破烂的公共汽车。一名警察在同一个摊贩争吵，二人都面目可憎，表情沮丧，怒声怒气，却是一种空虚的愤怒。圣地亚哥绕过广场，到了哥尔梅纳路，拦住一辆出租汽车。您的狗不会弄脏座位吧？不会的，师傅，不会弄脏的，我到观花埠波尔达大街。他上了车，把巴杜盖放在膝上。衣服底下的肚皮太大了，得打网球、游泳、玩哑铃，要么就像卡利托斯那样自我麻痹，酒精中毒。他闭上眼睛，把头靠在坐椅背上，用手抚摸着巴杜盖的脊背、耳朵、冰冷的嘴和颤抖着的腹部。巴杜盖，你算是得救了，离开了狗场。可我，没有人会把我从狗场中救出来，小萨。明天我要去医院探望卡利托斯，给他捎本书去，但不是赫胥黎的。出租汽车在嘈杂的、没有照明的街上跑着。他在黑暗中听着马达声、哨声和一闪即逝的人声。小萨，你没接受诺尔文的邀请同他吃午饭太遗憾了。圣地亚哥想道：安布罗修用大棒杀狗，我却用社论杀狗。他比我强，我付出的代价更大，倒的霉也更大。他想道：可怜的爸爸啊。出租汽车减低了速度，圣地亚哥睁开眼：对角街就在前面，大街迎着出租汽车的前玻璃斜穿过来，一片银色。满街跑着小汽车，霓虹广告闪闪烁烁。浓雾给圆形公园的树木罩上一层白色，教堂的塔楼仿佛在灰色的雾中蒸发掉了，无花果树的顶部不停地摇摇摆摆。在这儿停下吧。他付了钱，巴杜盖叫了起来。他放开巴杜盖，只见它像球一样滚进了胡同口，听到它在胡同里汪汪直叫。圣地亚哥整整上衣、领带，接着听到安娜的欢呼声，他可以想象她的表情。他走进胡同的院子，各家矮小房子的窗子都露出了灯光。他看到安娜的影子，她正抱着巴杜盖向他走来：我紧张极了，真不放心，亲爱的。

“我们进去说吧，不然这家伙要把整个胡同吵翻了天。”圣地亚哥轻轻地吻了安娜一下，“巴杜盖，别叫了。”

他走进浴室，一面小便、洗脸，一面听安娜讲话：出了什么事，亲爱的？怎么这么晚才回来？安娜在逗巴杜盖：还不错，你给找到了。他又听到巴杜盖那幸福的吠声。他走出浴室，只见安娜坐在小客厅里，怀里抱着巴杜盖。他在安娜的身边坐了下来，吻着她的额角。

“你喝酒了。”安娜抓住他的上衣，半喜半嗔地看着他，“一股啤酒味。你别否认，你喝酒了，对不对？”

“我遇到了一个很久没见面的家伙，就一起喝啤酒去了。我脱不开身呀，亲爱的。”

“可我在家里都快急疯了，”她的声音中有抱怨，有撒娇，也有爱怜，“你却在同你那位好朋友喝啤酒。起码你也得给我打个电话呀，打到德国女人家里，亲爱的。”

“酒吧没有电话，我们钻到一个下等酒吧去了。”圣地亚哥微笑着说，一面直打呵欠，伸懒腰，“我也不愿意总麻烦那个德国疯女人。我太累了，头疼得厉害。”

太好了，谁让你一下午都叫人担心，我都快精神分裂了。安娜用手摸了摸他的前额，看着他，向他微笑，跟他低声讲话，捏弄着他的耳朵：这可爱的脑瓜儿疼了，太好了，亲爱的。圣地亚哥吻了她一下。你要不要睡一会儿？要不要把窗帘给你拉上，心肝？好的。他站了起来，接着就倒在床上了。安娜和巴杜盖的影子在他周围转来转去，好像是在捉迷藏。

“糟糕的是我把钱全花了，亲爱的，恐怕挨不到星期一了。”

“管它呢，这有什么关系，反正圣马丁大街那个华人铺子一直同意赊账。那个华人最善良了。”

“糟糕的是我们不能看电影了。今天演什么好片子？”

“柯利纳影院演一部马龙·白兰度的片子。”安娜的声音远了，仿佛是穿过水流到达他耳边的，“是你喜欢的那种侦探片。你要想看，我就找德国女人去借钱。”

她很高兴，小萨，她原谅了你，因为你把巴杜盖找了回来。他想，这会儿她是幸福的。

“我去借钱，然后我们去看电影。不过你得答应我，以后不要不打招呼就同朋友去喝酒了。”安娜笑着说，声音越来越远。

圣地亚哥想道：我答应你。窗帘的一角翘了起来，他看见了外面一角阴暗的天空。他可以猜到，外面一直在下那倒霉的细雨下在窄小的胡同里，下在观花埠，下在整个利马。

2

波佩耶·阿雷瓦洛在观花埠的海滩上度过了一个上午。观花埠的姑娘们对他说：你看台阶也白看，蒂蒂是不会来的。果然，蒂蒂那天早晨没去洗海浴。他中午不到就怏怏地往家里走。他一面登上断壁路的斜坡，一面还在想着蒂蒂的小鼻子、刘海头和眼睛。他激动了：蒂蒂，你什么时候才理我？什么时候？到了家里，他那头红褐色的头发还是湿漉漉的，满是雀斑的面孔还感到晒得发烫。他发现参议员在等他。过来，小雀斑，我们来谈一谈。二人走进书房，关上了门。参议员：你还想读建筑系？是的，爸爸，我当然想，只是入学考试太难了，参加考试的人太多了，能考上的却寥寥无几，我一定加把劲儿复习，爸爸，说不定能考上呢。儿子中学毕了业，没有一门功课不及格，参议员感到很满意。从年底开始，参议员就像个妈妈那样对儿子，一月份又给他增加了零花钱，从一镑增加到两镑。波佩耶没想到爸爸对他会这么好。好吧。小雀斑，考建筑系这么难，你最好今年不要去冒险了，不如先上个预科，好好学习，到明年就会有把握些。你看怎么样，小雀斑？太好了，爸爸。波佩耶容光焕发，双眼发亮：我一定埋头苦干，拼命地读，到了明年一定能考上。他本来还担心这个夏天过不好，不能去海边游泳，下午不能去看电影，不能和朋友聚会。要是成天到晚地啃数学、物理、化学，作了这么多牺牲之后又考不上，那岂不白白损失一个暑假吗？而现在，这一切都可以恢复了：观花埠的海滩、铁掌俱乐部的海浪、安贡区①的海湾，现在这一切都由想象变成现实了。雷乌罗戏院、蒙特卡洛电影院、柯利纳电影院里的池座太美了。可以同蒂蒂到舞厅去跳波莱罗②了，那舞厅就像彩色影片里的一样。你高兴吗？参议员问道。我太高兴了。父子二人向餐厅走去，波佩耶想道，我爸爸真是个好人。参议员：就这样了，小雀斑。可是暑假一结束，你就得拼命干，你得答应我。波佩耶：我发誓，爸爸。在饭桌上，参议员跟儿子开了玩笑：萨瓦拉的女儿对你还没有意思，小雀斑？他脸红了：有这么点意思了，爸爸。老太婆说话了：谈恋爱你还小着呢，别叫人笑掉大牙了。参议员说道：瞧你说的，他已经长大了。蒂蒂是个漂亮的姑娘，你可别后退，小雀斑。女人喜欢扭扭捏捏，我费了好大劲才取得这个老太婆的欢心的。老太婆笑了，笑得要死。电话铃响了，管家跑了进来：您朋友圣地亚哥来的电话，少爷。小雀斑，我有急事要跟你见面。那就三点钟在拉尔柯路口的美味冰激凌店见面，好不好，瘦子？好，三点，准时，小雀斑。参议员笑着说：你要是总缠着蒂蒂，你这位大舅子可要揍你了。波佩耶想，今天老头子的兴致可真好：不会的，我和圣地亚哥是好朋友。老太婆皱起眉头：圣地亚哥这孩子脑子里少根弦，不是吗？波佩耶把一匙冰激凌送到嘴边：谁说的？又咬了口蛋白酥：也许我能说服圣地亚哥带我到他家去听音乐，并且叫上蒂蒂，一块聊聊。老太婆没完没了：是索伊拉本人星期五玩牌时说的。她说圣地亚哥最近使她和费尔民头痛，成天同蒂蒂、奇斯帕斯吵，越来越不听话了，还顶嘴。波佩耶反驳说：可瘦子期末考试考了第一名，他父母还要怎么样？

“这孩子不愿上天主教大学，光想上圣马可大学③。”索伊拉太太

---

① 利马远郊区的海湾，有钱人避暑的地方。

② 一种西班牙舞。

③ 拉美历史最悠久的大学之一，是国立大学，而天主教大学是贵族化的大学。

说道，“为这事，费尔民一晚上都没睡着觉。”

“我会说服他的，索伊拉，你别管。”堂费尔民说道，“他这岁数正是摇摆不定的时候，要好好引导他。你越骂他，他越不买你的账。”

“光劝不行，揍一顿他就听话了，”索伊拉太太说道，“你就是不会教育他。”

“蒂蒂和那个总到我们家来的小伙子结婚了。”圣地亚哥说道，“他叫波佩耶·阿雷瓦洛，就是那个雀斑脸阿雷瓦洛。”

“瘦子跟他老头子的关系不太好，两个人的想法不一样。”波佩耶说道。

“乳臭未干、还在流鼻涕的孩子能有什么想法！”参议员笑了。

“好好学习，毕了业当上律师，你才能搞政治。”堂费尔民说道，“对不对，瘦儿子？”

“瘦子对他爸爸帮助奥德里亚反对布斯塔曼特感到很恼火。”波佩耶说道，“他是反对军人的。”

“他是亲布斯塔曼特的？”参议员说道，“费尔民还认为他是全家最有才能的人呢。他要是佩服布斯塔曼特这个软骨头，我看不能算是有才能。”

“布斯塔曼特可能是个软骨头，但为人正派，还当过外交官。”波佩耶的妈妈说道，“而奥德里亚是个臭丘八，臭乔洛①。”

“你别忘了，我可是拥护奥德里亚的参议员。”参议员笑了，“傻瓜，别总骂人家臭乔洛了。”

“瘦子想上圣马可大学，因为他不喜欢神父，而喜欢接近人民。”波佩耶说道，“话又说回来了，这个人就是别扭。要是他爸妈让他上圣马可，他又会说，不，我要上天主教大学。”

“索伊拉说得对，上圣马可会失掉许多关系。”波佩耶的妈妈说

---

① 乔洛，指印欧混血儿，有时也指印第安人，带有鄙视之意。（“乔洛”所指比较复杂，作者在《普林斯顿文学课》中有较详尽的展开说明。）

道，“有钱人家的孩子都上天主教大学。”

“天主教大学也有让人害怕的印第安人，妈妈。”波佩耶说道。

“费尔民现在同卡约·贝尔穆德斯好得穿一条裤子，那个毛头小伙子还需要什么关系！”参议员说道，“好了，小雀斑，你可以走了。”

波佩耶从桌边站起来，刷了牙，梳了头，就出门了。才两点四十分，慢慢磨时间吧。我们不是好朋友吗，圣地亚哥？在蒂蒂面前帮我一把吧。他走到拉尔柯路，阳光照得他直眨眼。他停下来观看奈尔逊商店的橱窗：羊皮做的船形鞋，配上褐色或黄色衬衣，太棒了。他比圣地亚哥早到美味冰激凌店。他在一张可以看到拉尔柯路的桌子旁坐了下来，要了一客香荚兰冰激凌牛奶①。要是说服不了圣地亚哥带我到他家去听唱片，我们就去看下午场的电影，要不，就到柯柯·贝塞拉那儿去赌钱。瘦子想跟我谈什么呢？这时圣地亚哥走了进来，脸拉得长长的，眼睛似乎刚发过烧。小雀斑，我家老头子和老太婆把阿玛莉娅辞退了。信贷银行支行刚刚开门。透过美味冰激凌店的窗子，波佩耶看着喧闹的银行大门把等候在人行道上的人吞进去。是个大晴天。挤满人的公共汽车不断地开过去，男男女女只好在大街拐角处抢乘私人汽车。为什么等到现在才把她辞退呢，瘦子？圣地亚哥耸了耸肩：我爸爸妈妈不愿意让我以为是由于那天晚上的事才把她辞退的，好像我是傻子似的。圣地亚哥哭丧着脸，栗色的头发垂在前额，显得更瘦了。侍者走近，圣地亚哥指了指波佩耶的杯子。也要香荚兰的？是的。事情不至于这么严重，波佩耶给他打气，她会在别处找到工作的，现在到处需要女用人。圣地亚哥看了看自己的指甲：阿玛莉娅是个好人，我、奇斯帕斯或蒂蒂情绪一不好就骂她，拿她出气，而她从不在爸妈面前告状，小雀斑。波佩耶用麦秆搅着冰激凌牛奶，我怎么才能说服你带我到你家去听唱片呢，我的大舅子？他吸了一口泡沫。

---

① 加香味冰激凌等后摇成泡沫状的牛奶饮料。

“你家那位老太婆在我家那位参议员夫人面前发牢骚，说你要上圣马可。”波佩耶说道。

“她还可以到罗马国王那儿去发牢骚。”圣地亚哥说道。

“既然他们这么讨厌圣马可，你干脆上天主教大学好了，这有什么关系！”波佩耶说道，“是不是天主教大学要求严？”

“我爹妈才不管严不严呢。”圣地亚哥说道，“他们不喜欢圣马可，因为学生都是些乔洛，那儿总搞政治。就是因为这些。”

“你净给自己找麻烦，”波佩耶说道，“你什么都反对，对什么都要妄加评论，对事情太认真了。瘦子，还是别自寻烦恼了。”

“收起你的劝告吧。”圣地亚哥说道。

“你也别自以为什么都懂，瘦子。”波佩耶说道，“你读书很用功，这很好，但你没有理由认为别人都是笨蛋。昨天晚上你那样对待柯柯，我不知他怎么能忍受下来。”

“我就是不愿去望弥撒，干吗一定要向那个神父解释呢？”圣地亚哥说道。

“也就是说，你自认为是个无神论者了？”波佩耶说道。

“我不认为我是无神论者，”圣地亚哥说道，“我不喜欢那个神父并不等于不信上帝。”

“你不去望弥撒，你的家人怎么说？”波佩耶说道，“拿蒂蒂来说吧，她怎么看？”

“那乔洛女用人的事使我很痛心，小雀斑。”圣地亚哥说道。

“忘掉算了，别犯傻了。”波佩耶说道，“说起蒂蒂，她今天早晨怎么没去海滩？”

“她跟女朋友到赛艇俱乐部去了。”圣地亚哥说道，“我说你怎么还不接受教训？”

“就是红头发、有雀斑的那位？”安布罗修说道，“参议员堂埃米略·阿雷瓦洛的儿子？我当然知道。蒂蒂小姐跟他结婚了？”

“我不喜欢有雀斑的，也不喜欢红头发的。”蒂蒂做了个怪相，

“而他二者兼备。呜呵，真叫人恶心。”

“我最感痛心的是，由于我的过错，她被辞退了。”圣地亚哥说道。

“其实是奇斯帕斯的过错。”波佩耶安慰他说，“你本来也并不知道‘育亨宾’① 是干什么用的。”

现在大家光用“奇斯帕斯”② 称呼圣地亚哥的哥哥了。以前当他想在平台俱乐部练习举重露一手的时候，人们都叫他泰山③·奇斯帕斯。他在海军学校当过几个月的士官生，后来被开除了（据他本人讲是因为他打了一名少尉）。之后就成天东游西荡、酗酒、赌博、打架，无所不为，经常在圣费尔南多广场威胁圣地亚哥，指着波佩耶、托尼奥、柯柯和拉洛说：喂，超级学者，你想跟哪个人较量较量？可是自从进了堂费尔民的办公室工作以后，就变得正经了。

“我知道是干什么用的，只是从来没见过。”圣地亚哥说道，“你认为这药真会使女人动情吗？”

“是奇斯帕斯胡说，”波佩耶低声说道，“他真的跟你说过能使女人动情？”

“是的，但是用过了量就要死人了，奇斯帕斯少爷。”安布罗修说道，“您可别给我惹祸，小心，要是给您爸爸捉住，我就完蛋了。”

“他跟你说过，只要用一小匙，任何女人都会跟你睡觉，是吗？”波佩耶低声说道，“我看这都是他胡编的，瘦子。”

“需要试验试验，”圣地亚哥说道，“哪怕光是为了证实一下，小雀斑。”

圣地亚哥哧哧地笑起来，说不下去了。波佩耶也笑了。在谁身上试验呢？这可就难了。二人激动异常，扭扭捏捏，你推我搡，桌子上的冰激凌牛奶随着二人的打闹摇晃起来。我们都成疯子了，瘦子，奇

① 一种迷醉药。

② 意为“火花”。

③ 美国电影《人猿泰山》中的主人公。

斯帕斯给你这药的时候都说了些什么？奇斯帕斯和圣地亚哥兄弟俩相处得就像狗与猫，互不相容。只要有可能，奇斯帕斯就给圣地亚哥使坏；而一有机会，圣地亚哥也给奇斯帕斯来一家伙。没准儿你哥哥在给你使坏呢，瘦子。不，小雀斑。有一次奇斯帕斯兴高采烈地回到家里，他在赛马中赢了一大笔钱。他在睡觉前钻进圣地亚哥的房间里，这是从来没有过的。他劝圣地亚哥说：到岁数了，你也该活动活动了，这么大的人还是个童男，你不害臊吗？说着递给圣地亚哥一支香烟。奇斯帕斯又说道：别扭扭捏捏的，有女人了没有？圣地亚哥骗他说有了。奇斯帕斯关心地说：是时候了，说真的，你应该破贞了，瘦子。

“我不是一直求你带我逛妓院去吗？”圣地亚哥说道。

“你要是得了脏病，老头子非要我命不可。”奇斯帕斯说道，“再说，男子汉搞女人要自己想法子，花钱买不算本事。你不是自以为什么都行吗？可在女人问题上你还懵懵懂懂的呢，超级学者。”

“我从来没认为自己什么都行，”圣地亚哥说道，“人犯我，我才犯人。好了，奇斯帕斯，带我去逛妓院吧。”

“那你为什么总是跟老头子争论？”奇斯帕斯说道，“无论什么问题你都唱反调，这使他很不高兴。”

“只在他为奥德里亚辩护时我才反对。”圣地亚哥说道，“好了，奇斯帕斯。”

“你为什么反对军人？”奇斯帕斯说道，“奥德里亚怎么惹着你了？”

“他是靠武力上台的，”圣地亚哥说道，“而且把许多人投入了监狱。”

“他逮捕的都是阿普拉分子和共产党。”奇斯帕斯说道，“他对这些人太好了，要是我，早就把他们枪毙了。布斯塔曼特执政期间，全国一片混乱，正派人都不能安居乐业。”

“你就不是个正派人，”圣地亚哥说道，“布斯塔曼特时期你就总是游手好闲的。”

“你想挨揍怎么着，超级学者!”奇斯帕斯说道。

“咱们是人各有志。”圣地亚哥说道，“好了，带我去妓院吧。”

“去妓院？没门儿。”奇斯帕斯说道，“不过，我教你一个办法能搞上女人。”

“‘育亨宾’在药店里能配到吗?”波佩耶说道。

“是私下买到的，”圣地亚哥说道，“这是违禁品。”

“放一点点在可口可乐或是热狗里，”奇斯帕斯说道，“你就等着吧，慢慢就会起作用。等她动情了，一切就看你的了。”

“比如说吧，奇斯帕斯，”圣地亚哥说道，“这种药能用在多大岁数的女人身上?”

“你不至于笨得给十岁小女孩用这种药吧。”奇斯帕斯笑了，“对十四岁的女孩子就可以用，但只要一点点。虽说十四岁的女孩不容易得手，但用了这药你就可以为所欲为。”

“这是真的?”波佩耶说道，“他给你的会不会是一撮盐，或是白糖?”

“我用舌尖尝了尝，”圣地亚哥说道，“没什么气味，是一种有点儿辣的药粉。”

街上的人多了起来，人们争先恐后地想挤上那超载的公共汽车和私人汽车。人们不排队，而是挤成一堆，向白蓝两色的公共汽车挥手，但汽车停也不停就驶过去了。忽然，人群中出现了两个同样娇小的身影，两个女郎额前都飘着黑色的头发：那是瓦耶列斯特拉家的孪生姐妹。波佩耶撩开窗帘向她们打招呼，但姐妹俩没看到他，也许是没认出他，她们只是不耐烦地直跺脚，光彩照人的小脸蛋不时地望着信贷银行门上的大钟。瘦子，她们大概是到市中心去看电影。每看到一辆私人汽车，她们就神态坚决地凑上去，但总是被挤了出来。

“她们也许只有两个人，”波佩耶说道，“我们跟她们一起看电影去，瘦子。”

“你不是爱蒂蒂爱得要命吗？怎么总是变化无常呢？”圣地亚哥说道。

“可我只愿意为蒂蒂一个人去死。”波佩耶说道，“如果不去看电影，就带我到你家去听唱片，我也同意。”

圣地亚哥心不在焉地摇摇头：我搞了点儿钱，想去送给那个乔洛姑娘，她住在苏尔基约区。波佩耶瞪大了眼睛：送给阿玛莉娅？接着他放声大笑：因为你爹妈把她赶了出来，你就把自己的零花钱送给她？圣地亚哥把麦秆折成两段：不是零花钱，是我从扑满里取出来的。波佩耶用手指了指自己的太阳穴：我看你要进疯人院了，瘦子。圣地亚哥说；由于我的过错她才被辞退，送点钱给她有什么不好？我看你是爱上那个乔洛姑娘了。五镑钱可是个不小的数目，我们还不如请那对孪生姐妹去看电影呢。这时两个姑娘已经乘上了一辆绿色的莫里斯牌汽车。波佩耶：唉，晚了，兄弟。这时圣地亚哥已经点上了一支烟。

“我想奇斯帕斯肯定不会给自己的未婚妻用‘育亨宾’，这都是他胡编的，好叫你出丑。”波佩耶说道，“你难道会给一个正派的姑娘用这种药粉吗？”

“对未婚妻当然不能用，”圣地亚哥说道，“但对风骚的娘们儿为什么不可以用呢，你说是不是？”

“那你怎么办？”波佩耶说道，“是用掉它还是丢掉它？”

我本来想丢掉它，小雀斑。圣地亚哥脸红了，放低了声音，嗫嗫嚅嚅地说，后来我想了很久，想出了个主意。但仅仅是为了看看这药的效力到底如何，你看怎么样？

“你真傻，简直是莫名其妙，五镑钱可以干好多事呢。”波佩耶说道，“不过，随你便，反正是你自己的钱。”

“那你陪我去一趟，小雀斑。”圣地亚哥说道，“就在这儿附近，苏尔基约区。”

“不过回来后得到你家去听唱片，”波佩耶说道，“把蒂蒂也叫上。”

“你他妈的光为自己打算，小雀斑。”圣地亚哥说道。

“要是你爹妈知道了呢？”波佩耶说道，“要是奇斯帕斯知道了呢？”

“我爹妈要去安贡海滩，星期一才回来。”圣地亚哥说道，“奇斯帕斯也到一个朋友的庄园去了。”

“你可要想好，她可别出事，可别昏过去。”

“我们就给她放一丁点儿。”圣地亚哥说道，“别那么婆婆妈妈，小雀斑。”

波佩耶的眼睛闪亮了一下：有一次在安贡我们偷看阿玛莉娅，你还记得吗，瘦子？从屋顶的平台上可以看到用人的浴室，二人把脸挤在窗上一动不动地偷看。向下可以看到一个轮廓模糊的人影和一件黑色的浴衣。这乔洛姑娘太够意思了，瘦子。圣地亚哥和波佩耶旁边桌子上的一对男女站了起来。安布罗修指着女的说：那是个夜蝴蝶，成天到“大教堂”来拉客。二人看到那一对走到拉尔柯路上，穿过雪尔大街。汽车站上这时已经没有人了，公共汽车和私人汽车驶过去，一半都是空的。他们唤来侍者，分摊着付了账。你怎么知道那女的是妓女？“大教堂”是酒吧、饭馆，兼幽会旅馆，少爷，厨房后面有一间小屋子，租金是每小时两索尔。圣地亚哥和波佩耶沿拉尔柯路一面走，一面欣赏着从商店里出来的姑娘和用车推着咿呀学语的婴儿的太太。在公园门口，波佩耶买了一份《最后一点钟》，高声念出上面登的笑话，翻翻体育版，在“白色”小店门口：你好，拉洛。在里卡多·帕尔玛①林荫大道上把报纸揉成一团，二人踢来踢去，纸球坏了就抛在苏尔基约区的街角。

“就怕阿玛莉娅一发火把我赶出来。”圣地亚哥说道。

“五镑钱也是一笔可观的数目了，”波佩耶说道，“管保她像接待

---

① 秘鲁作家，著有《秘鲁的传说》等。

国王一样接待你。”

到了观花影院附近，二人看到了对面的露天市场，都是些木板、席子和帐篷搭的摊子。有卖花的，有卖陶器的，也有卖水果的。从影院中传出了枪声、马蹄声、印第安人的叫喊声和小孩的呼叫声：正在放映《亚利桑那凶杀案》。二人停下来看电影广告，上面那瘦瘦的牛仔画得很糟糕。

“我有点儿紧张，”圣地亚哥说道，“昨天我失眠了一整夜，大概就是为了这事。”

“你又找借口了，不会发生什么事的，别婆婆妈妈的。到了关键时刻你就装孬了。要不，我们就去看电影。”

“我没装孬，现在没事了。”圣地亚哥说道，“你在这儿等一会儿，我先去看看爹妈走了没有。”

汽车不在，他们走了。二人从花园跳进去，穿过花砖砌的喷泉。她要是睡下了呢？把她叫醒呗，小雀斑。圣地亚哥打开房门，嘎的一声开了灯，黑暗消失了，看见了客厅里的地毯、挂画、镜子、茶几和上面的烟灰缸、台灯。波佩耶刚要坐下，圣地亚哥说：干脆上楼到我房间去吧。二人走过门廊和门廊旁的桌子，到了装有铸铁扶手的楼梯那儿。圣地亚哥把波佩耶留在楼梯转弯的平台处：你进去放唱片吧，我去叫她。房间里挂着中学的球赛小旗、一张奇斯帕斯的照片和一张蒂蒂的照片。蒂蒂穿着第一次领圣餐时的服装。真漂亮，波佩耶想。斗橱上放着一个猪形扑满，那猪耳大嘴长。还有几盆花。波佩耶在床上坐下，打开床头柜上的收音机：是一支费利贝·宾格洛①的圆舞曲。这时响起了脚步声，瘦子进来了：她这就来，小雀斑。圣地亚哥看到她没有睡：给我们送点儿可口可乐上来。二人笑了。嘘，她来了。是她吗？是她。她走到了门口，用惊奇、疑惑的眼光打量着他俩。她一言未发，后退一步倚在门框上。她身穿一件粉红色毛衣，里

① 秘鲁著名作曲家。

面衬衫的扣子未扣上。她是阿玛莉娅，可又不是，波佩耶想道，因为她以前一直是扎着围裙在瘦子家中忙来忙去的，手里不是端着托盘就是拿着掸子。这时她披头散发地站在那里：您好，少爷。她穿着男人的大鞋，看得出她有点害怕了。你好，阿玛莉娅。

“我妈妈告诉我，说你离开我们家了。”圣地亚哥说道，“你走了，我很难过。”

阿玛莉娅在门口侧身让路，看了波佩耶一眼：您好，少爷。波佩耶在街上朝她友好地微微一笑。她转向圣地亚哥：不是我自己想离开的，是索伊拉太太把我辞退的。为什么要辞退我，太太？索伊拉太太：这是我的事，你现在就去收拾东西。阿玛莉娅说着用手压平头发，整好衬衫。圣地亚哥面色尴尬地听她叙述。我是不愿意离开您家的，少爷，我求了太太好久，但是没有用。

“把盘子放在茶几上吧。”圣地亚哥说道，“等等，我们在听音乐。”

阿玛莉娅把盛着杯子和可口可乐的漆盘放在奇斯帕斯照片的前面，带着满面好奇的神色在斗橱前站住了。她穿着白色的制服和与制服配套的平跟鞋，但没戴围裙和头巾。干吗在那儿站着？来，坐下，还有地方。阿玛莉娅轻轻地笑了：我怎么能坐呢？索伊拉太太是不喜欢我走进少爷们的房间的，您难道不知道？傻瓜，我妈今天不在。圣地亚哥声音突然变得紧张起来：我和波佩耶都不会说出去的，坐呀，傻瓜。阿玛莉娅又笑了：您现在这么说，可您一生气就说出来了，太太该臭骂我了。瘦子不会说出去的，他说话算话，波佩耶说道，别装模作样了，快坐下吧。阿玛莉娅看看圣地亚哥，又看看波佩耶，在床的一角坐了下来，脸色很严肃。圣地亚哥站起来向漆盘走去。他可别大意，可别放多了，波佩耶思量着又看了阿玛莉娅一眼，指了指收音机：你喜欢这些人唱的吗？唱得真棒，对吗？我喜欢，唱得太好了。阿玛莉娅双手放在膝上，笔挺地坐着，半闭着眼睛，仿佛要更好地欣赏：这是北方歌手唱的。圣地亚哥继续倒着可口可乐。波佩耶不安地偷偷看着他。阿玛莉娅？你会跳舞吗？跳圆舞曲、波莱罗还是哇拉恰[①]？阿玛莉娅微微一笑，严肃起来，接着又是微微一笑：不，我不会。她向床沿上滑了滑，交叉起双臂，这动作很不自然，好像身上的衣服太窄小了似的，又好像背上有刺，可是她那映在镶木地板上的影子并未移动。

“我给你送点儿钱来，用这钱买点儿什么吧。”圣地亚哥说道。

“给我的？”阿玛莉娅看了钞票一眼，但没去拿，“索伊拉太太付了我全月的工资，少爷。”

“这不是我妈给你的，”圣地亚哥说道，“这是我送给你的。”

“您把自己的钱送给我，少爷？”她脸红了，迷惑不解地望着瘦子，“这我怎么能接受呢？”

“别傻了，”圣地亚哥非给不可，“拿着，阿玛莉娅。”

圣地亚哥带头举起杯一饮而尽。这时收音机正在放《西波涅》[②]。波佩耶早已打开了窗子，可以看到外面的花园；街角的路灯照亮了大街上的树木，喷泉的水面上闪烁着水银般的光芒，泉沿的花砖在闪闪发亮。但愿别出事，瘦子。好吧，我喝，少爷，祝您健康！阿玛莉娅喝了一大口，喘了口气，把杯子从嘴边拿下，还剩半杯。真好喝，凉丝丝的。波佩耶走近床边。

“你要是愿意，我们来教你跳舞。”圣地亚哥说道，“这样，等你有了未婚夫，就可以跟他去参加晚会，而不至于干看着别人跳舞了。”

“没准儿人家早就有未婚夫了。”波佩耶说道，“阿玛莉娅，你坦白，有没有？”

“小雀斑，你瞧她笑的那样子。”圣地亚哥抓起她的一条胳臂，“你肯定有了，你的秘密我们早就发现了，阿玛莉娅。”

“你有了，你有了，”波佩耶一屁股在她身旁坐了下来，抓住她的

---

① 加勒比海区一种民间舞蹈。

② 歌颂古巴土著民族西波涅的歌曲。

另一只胳臂，“瞧你笑的，坏妞儿。”

阿玛莉娅笑弯了腰，她摆动着双臂，但是圣地亚哥和波佩耶仍然抓住不放。有什么呀，少爷，我没有未婚夫。阿玛莉娅一边说，一边用肘推搡着，想把二人推开。圣地亚哥抱住了她的腰，波佩耶把手放到了她的膝上。阿玛莉娅使劲用手推开：这可不行，少爷，别碰我。波佩耶又扑了过来：坏妞儿，坏妞儿。没准儿你会跳舞，你骗我们说不会，你坦白。好吧，少爷，我收下了。为了表示不是装腔作势，她拿起了钞票，用手卷了起来，放进了毛衣的口袋：我要您的钱，心里真是过意不去，您现在连星期天看电影的钱都没有了。

“你别担心，”波佩耶说道，“他没钱，我们一伙人可以凑钱请他看电影。”

“朋友嘛，理应如此。”阿玛莉娅睁大了眼，好像突然想起了什么，“噢，快请进，哪怕只坐一会儿呢。请原谅，家里太穷了。”

没等二人拒绝，她就跑进了屋里，二人只得随她走了进去。屋里到处是油渍、烟垢，有几把椅子、几张圣像和两张破床。我们不能坐很久，阿玛莉娅，我们还有约会。她点点头，用裙子擦了擦房间当中的桌子：就坐一会儿。她眼睛里闪现了一丝狡黠的光芒：你们先谈着，我去买点东西，一会儿就回来。圣地亚哥和波佩耶互相看了一眼，感到既惊奇又高兴。她简直变成另外一个人了，瘦子，她疯了。阿玛莉娅格格的笑声在房间里回荡着，满面汗水，满眼泪水，扭捏作态，弄得睡床发出了吱吱的响声。这时，她随着音乐有节奏地拍着手：对，对，我会跳舞，有一次有人带我到甜水俱乐部跳舞，还有一次是在有乐队伴奏的地方跳过。她疯了，波佩耶思忖着站了起来，关上收音机，打开唱机，然后返身坐在床上：现在我想看看你跳舞跳得怎么样，你很高兴，坏妞儿，来，我们俩跳。可是圣地亚哥却抢先站了起来：她本来是要跟我跳的，小雀斑。妈的，因为她是你家的用人，你就不讲道理，波佩耶想着，蒂蒂回来就糟了。他感到双膝发软：妈的，我要回去了。这时阿玛莉娅站了起来，一个人在房间里旋转着，笨拙地撞在家具上，低声唱着，盲目地旋转着，直到圣地亚哥一把搂住了她。波佩耶把头撑在枕头上，一伸手关上了台灯。房间黑了，可是还有路灯光线稀稀疏疏地照在二人身上。波佩耶看着他们俩转着圈，听着阿玛莉娅的尖叫，他把手伸进了裤袋。我会跳舞，您看到了吧，少爷？唱片停止了，圣地亚哥在床上坐了下来，阿玛莉娅靠在窗上，背对着他们不停地笑。奇斯帕斯没说错，你瞧她那样子。别讲话，妈的。阿玛莉娅边唠叨，边唱歌，还不停地大笑，仿佛喝醉了酒。小雀斑，她连看我们都不看，眼睛都斜了，圣地亚哥有点害怕，她要是昏过去可怎么办？波佩耶在他耳边说道：别净说傻话，你干脆把她弄到床上去吧。他的声音坚决、急切：我都硬起来了，瘦子，你呢？圣地亚哥说话的声调带有吝啬的意味，显得沉重，你也来吧，小雀斑。我们俩一块把她脱光，摸她，跟她干，瘦子。阿玛莉娅半个身子探向花园，缓缓地摇摆着，嘴里嘟嘟哝哝，波佩耶看见她的身影反衬在黑暗的天空之中。他又放了一张唱片，接着又是一张。圣地亚哥欠身站起。雷奥·玛利尼①的歌声在小提琴的衬托下简直和天鹅绒一样柔润，波佩耶想道。他看见圣地亚哥向阳台走去，两个人影连在一起了。我给你出主意，你倒把我甩在一边了，你跟我要心眼，有你好看的，妈的。这时，二人一动不动地呆在那里，乔洛姑娘个子矮，似乎吊在瘦子身上。他是不是正在干她？妈的。波佩耶隐约听到圣地亚哥的声音：你不累吗？这声音发涩、懒软，仿佛喉咙被扼住一样。你要不要躺一会儿？那你把她抱进来好了，波佩耶想道。二人来到他的身旁。阿玛莉娅闭着眼，仍然像个夜游神似的跳着舞，瘦子的手在她的背部滑上滑下，然后在她背后消失了。波佩耶已经分不清他们的面孔：圣地亚哥在吻她。我给晾在这儿了，妈的。少爷们，请喝可口可乐。

“我还拿来了麦秆，”阿玛莉娅说道，“你们不是喜欢用麦秆喝

---

① 20世纪50年代波多黎各著名歌唱家。

吗?”

“你干吗这么麻烦。”圣地亚哥说道，“我们早想走了。”

阿玛莉娅递上可口可乐和麦秆，拖过一把椅子，在他们对面坐了下来。她这时已经梳好了头发，系了腰带，扣好了衬衣和毛衣上的扣子。她看着二人喝，自己却不喝。

“傻瓜，你不该这么破费。”波佩耶说道。

“我花的不是自己的钱，是圣地亚哥少爷送给我的钱。”阿玛莉娅笑了，“略微招待一下而已。”

房门开着，外面天色开始暗下来，远处传来电车的隆隆声，人行道上充满了人声、笑声，人们匆匆地奔走着，有些人则停下片刻往屋里看。

“工厂下班了，”阿玛莉娅说道，“很可惜您爸爸的制药厂不在附近，我到阿根廷路去得坐电车，接着还得转公共汽车。”

“你要去制药厂工作?”圣地亚哥说道。

“是的，从下星期一开始。”阿玛莉娅说道，“您爸爸没跟您讲过?”

她提着箱子走出来，刚好碰见堂费尔民。我把你安排去制药厂工作，你愿意不愿意?她：我当然愿意，堂费尔民。于是他打电话给奇斯帕斯，叫奇斯帕斯打电话给卡里约，叫卡里约给阿玛莉娅安排工作。小题大做，波佩耶想道。

“啊，太好了。”圣地亚哥说道，“在制药厂工作肯定比待在家里强。”

波佩耶掏出彻斯特费尔德牌香烟，递给圣地亚哥一支，犹豫了一会儿又递了一支给阿玛莉娅。我不抽烟，少爷。

“也许你会抽，你又像上次那样骗我们了。”波佩耶说道，“上次你说不会跳舞，其实你会。”

波佩耶看到她的脸色发白了，不……少爷。他听到她结结巴巴地说，也察觉到圣地亚哥在椅子上坐立不安。我闯祸了，他想。阿玛莉娅低下了头。

“我是开玩笑。”波佩耶说道，感到面孔发烧，“有什么不好意思的，上次又没出事，傻瓜。”

她的脸色逐渐恢复了过来，声音也正常了：我不愿意想起那件事，少爷。那天她感到很不舒服，第二天脑子昏沉沉的像是一锅粥，手也不听使唤。她抬起脸，向二人看了一眼，感到胆怯、羡慕、佩服：怎么他们喝可口可乐从来不感到不适呢？波佩耶看了圣地亚哥一眼，圣地亚哥也望了他一眼。二人同时朝阿玛莉娅看了一眼。她吐了一整夜：我这辈子再也不喝可口可乐了，不过，我喝过啤酒，可一点儿事也没有，喝汽水、喝百事可乐都没事。这可口可乐是不是过期了，少爷？波佩耶咬紧牙根，掏出手帕使劲地擤鼻子，他紧捏着鼻子，感到胃都要爆炸了。唱片停了，现在可以结束了，波佩耶赶忙把手从裤袋中抽出来。在半明半暗的光线中，圣地亚哥和阿玛莉娅仍然抱在一起。过来，过来坐一会儿，波佩耶听见阿玛莉娅说：音乐停了，少爷。她的声音有点发涩：那位少爷干吗把灯关了？她无力地挥动着手臂：让他把灯打开，不然我可要走了。她有气无力地抱怨着，仿佛一种不可战胜的睡意或是厌倦使她平息了下来：我不愿意在黑暗里，我不喜欢这样。她就像一个模糊不清的影子，房间里许多影子中的一个。她仿佛做游戏似的在床头柜和斗橱之间挣扎着，接着又站起来跌跌撞撞地凑近他俩。快把她弄到花园里去，小雀斑。凭什么叫我去？她撞在一个东西上，脚踝碰痛了。你别走呀，快把她扶到床上来。放开我，少爷！阿玛莉娅的叫声越来越高，我这是怎么啦，少爷，我疯了。这时波佩耶扳住她的肩膀。放开我。你放开她。波佩耶拖着她。您胆子太大了，太不检点了。她双眼紧闭，呼吸急促，同他俩滚到了床上。好了，瘦子。她还在笑：别胳肢我。她仍在双臂乱挥，双腿乱蹬。波佩耶愁苦地笑了笑。小雀斑，你出去，让我来。我不出去，为什么要我出去？圣地亚哥推着波佩耶，波佩耶也推着圣地亚哥：我不出去。黑暗中衣服皮肤都湿了，乱作一团。几条腿缠在一起，手掌、胳臂、毯子缠绕不清。你们要把我闷死了，少爷，我喘不过气来了。瞧你笑得这样子，坏妞儿。您起来吧，放开我吧。她的声音显得透不过气来，她喘着粗气，上气不接下气：畜生！突然，嘘……一阵推推搡搡，低声惊叫。圣地亚哥：嘘……波佩耶：嘘……听。街门的声音。嘘……是蒂蒂吧，他想。他感到自己的身子一下子瘫了。圣地亚哥跑到窗前，波佩耶惊呆了：蒂蒂，是蒂蒂。

“我们该走了，阿玛莉娅。”圣地亚哥站了起来，把瓶子放在桌上，“谢谢你请我们喝可口可乐。”

“应该谢谢您呢，少爷。”阿玛莉娅说道，“谢谢您来看我，谢谢您送我的钱。”

“到我们家来玩呀。”圣地亚哥说道。

“我是要去的，少爷。”阿玛莉娅说道，“代我向蒂蒂小姐问好。”

“起来，快出去，还等什么！”圣地亚哥说道，“你快把衬衣整好，把头梳好，白痴！”

圣地亚哥开了灯，把头发抹抹平，波佩耶把衬衣放在裤子里，惊恐地望着他。快跑出去，从房间里跑出去。但是阿玛莉娅还坐在床上，二人不得不把她拉起来，她眼睛直愣愣地摇摆着，抓住了床头柜。快，快！圣地亚哥把床罩拉平，波佩耶跑过去把唱机的插头拔掉。你还不快出去，白痴。可她还是动弹不得，只是神色惊恐地看着他们。她正从他们的手中滑出去。正在此刻，房门打开了，二人赶忙把阿玛莉娅放开。你好，妈妈。波佩耶看了看索伊拉太太，强笑了一下。索伊拉太太穿着长裤，戴着石榴红色的头巾。晚上好，索伊拉太太。索伊拉太太两眼含笑：看了看圣地亚哥，又看了看阿玛莉娅，笑意渐渐退去，消失了。你好，爸爸。圣地亚哥看到索伊拉太太的后面是堂费尔民的那张圆脸，灰鬓、短须、两眼含笑：你好，瘦儿子，你妈妈没兴趣了，所以……你好，小雀斑，你早来了？堂费尔民穿着无领衬衣，外罩一件夏用夹克衫，脚登船形鞋。他走进房间，向波佩耶伸出手：您好呀，我的先生。

“阿玛莉娅，你怎么还没睡？都十二点了。”索伊拉太太说道。

“我们都快饿死了，所以把她叫醒给我们做几块三明治，”圣地亚哥说道，“你们不是要在安贡过夜吗？”

“你妈妈突然想起来明天请了客人吃午饭。”堂费尔民说道，“你妈妈真让人扫兴，而且没有一次不是这样。”

波佩耶用眼角扫了一下，看到阿玛莉娅端着漆盘走了出去，她眼睑低垂，走路笔挺。这还差不多！

“你妹妹留在瓦亚利诺家了。”堂费尔民说道，“结果我这个周末的休息计划泡汤了。”

“已经十二点了，太太？”波佩耶说道，“我得赶快回去了，不知不觉都十二点了，我还以为才十点呢。”

“参议员最近怎么样？”堂费尔民说道，“他很久没去俱乐部①了。”

大家把波佩耶送到街上，圣地亚哥在他肩上拍了一下。他也告别；再见，阿玛莉娅。二人向电车轨道走去，走进胜利饭店买了一盒烟。店里挤满了醉汉和玩台球的人。

“五镑钱白白丢了，充什么好汉呀！”波佩耶说道，“说到底，我们倒是给这个乔洛姑娘帮了个大忙，你爸爸给她安排了个更好的工作。”

“可我们那次把她捉弄得够呛。”圣地亚哥说道，“给她这五镑钱，我并不后悔。”

“我只是说说而已。倒是你破了财。”波佩耶说道，“我们那次并没对她怎么样，你又给了她五镑钱，可以不必过意不去了。”

二人沿着电车轨道到了里卡多·帕尔玛大学，在林荫大道的树木下，在成串的汽车中间边吸烟边走路。

“她说是因为可口可乐过期了，你不觉得可笑吗？”波佩耶说道，

---

① 指国立俱乐部，是利马上层人物聚会的地方。

“你说，她是真傻还是假傻？我实在忍不住了，笑得小便都出来了。”

“我问你一个问题，”圣地亚哥说道，“我是一副倒霉相吗？”

“我跟你说一件事，”波佩耶说道，“她出去给我们买可口可乐是不是有意的？是不是想试探一下，希望我们再干一次那天晚上的事？”

“你满脑子都是脏东西。”圣地亚哥说道。

“您说到哪儿去了。”安布罗修说道，“您当然不是一副倒霉相，少爷。”

“好，好，那乔洛姑娘是个圣女，我满脑子脏东西，好不好？”波佩耶说道，“到你家听唱片去，怎么样？”

“你这么干是为了我？”堂费尔民说道，“是为了我，黑家伙？无赖，你简直发疯了！”

“我发誓，您没有倒霉相，少爷。”安布罗修说道，“您不是拿我开心吧？”

“蒂蒂不在家，”圣地亚哥说道，“她跟女朋友看电影去了。”

“喂，你可别泼冷水，瘦子，”波佩耶说道，“你骗我，是不是？你可是答应过我的，瘦子。”

“也就是说，倒霉的人不一定有倒霉相，安布罗修。”圣地亚哥说道。

3

一路上，中尉连个呵欠都没打，一直谈论着革命[1]，他向开吉普车的中士解释现在奥德里亚上台了，阿普拉得靠边站了。他一面谈，一面吸带有鸟粪味的香烟。二人一大早就从利马出发了，只在苏尔柯区停留了一下，为了向检查公路上来往车辆的一支巡逻队出示通行证。吉普开进钦恰地区[2]时是早晨七点钟。这儿看不到革命的迹象，街上充满了小学生的喧闹声；街角也看不到部队。中尉跳出车来到人行道上，走进“我的祖国”咖啡馆。他听到收音机在军队进行曲的衬托下播报两天前他就听到了的公报。他肘撑柜台，要了一杯牛奶咖啡和一客黄油干酪三明治。他问那个面目可憎、只穿着背心招待他的男人认不认识此地的一个商人，卡约·贝尔穆德斯。那人转动着双眼：他们是不是来抓他的？他难道是阿普拉分子？怎么可能？他从来不过问政治，政治这东西是游手好闲的人搞的，不是有工作的人搞的。中尉说：我是为了一件私事来找他的。您在这儿是不会遇到他的，他从不上这儿来，他住在教堂后面一座黄色的小房子里，那儿只有他的房

---

① 指奥德里亚为推翻布斯塔曼特发动的政变。
② 属伊卡省，此处指上钦恰，即钦恰地区的重镇，位于利马南边。

子是黄色的，邻居的房子都是白色、灰色和褐色的。中尉敲了敲门，等了一会儿，接着听到一阵脚步声。一个声音问道，谁呀？

“贝尔穆德斯先生在家吗？”中尉说道。

大门吱吱呀呀地打开了，出来一个妇人，黑黝黝的面孔满是斑痕，一副傻相。老爷①，钦恰人常说：今非昔比。她年轻的时候还是蛮漂亮的呢。老爷，一夜之间全变了，变化真大啊！那妇人头发散乱，肩上的毛料披巾像是粗麻布做的。

“他不在。”她一侧身，用贪婪的小眼睛疑惧地看着中尉，“您有什么事？我是他太太。”

“他很快就会回来吗？”中尉向妇人惊奇而疑惑地打量了一下，“我可以等他一会儿吗？”

她闪过身，让他走进门来。房间里，笨重结实的家具、没有花的大花盆、缝纫机、布满污斑（或许是小洞，也许是苍蝇）的墙壁使得中尉头昏眼花。妇人打开了一扇窗子，太阳的火舌钻了进来。一切都是破旧不堪，而且挤满了东西。角落里堆满了大箱子和一垛垛的报纸。妇人嘟嘟哝哝地说了声请原谅，接着就消失在黑洞洞的门廊里。老爷，您问我她真的是他的老婆吗？当然是的，是他堂堂正正的老婆。有一段历史震撼了整个钦恰呢。您问我事情是怎样开始的？事情是好几年前贝尔穆德斯一家离开弗洛尔家的庄园以后发生的。他们全家有三口人：布伊特列、虔诚的卡塔莉娜夫人，还有他们的儿子堂卡约，他那时才刚刚会爬。布伊特列本来是庄园的工头，人们说他到钦恰来是因为偷了东西被弗洛尔家庄园给辞退了。在钦恰，他开始从事高利贷。谁缺钱用了，就到布伊特列那儿去借。我需要多少多少。您拿什么作抵押？这个戒指、这块表。要是不还钱，抵押品就归他了。他收的利息简直是太高了，结果总是负债人倒霉，所以人们都叫布伊

---

① 此节和以后各节中有“老爷”字样的，都是安布罗修对堂费尔民讲的话。

特列①。老爷，他是靠吃尸体过活的，没几年的工夫他就发了财。贝纳维德斯将军的政府开始监禁和放逐阿普拉分子的时候，他就用金制的锁把钱财锁了起来。警察局副局长努涅斯下令，拉斯卡丘恰上尉就把阿普拉分子都投进了监狱，接着又来威胁布伊特列。于是他把全部东西变卖了，卖的钱三个人平分。有了钱，布伊特列就身价百倍了，老爷，他甚至当过钦恰的镇长，戴着礼帽出现在中心广场，出现在国庆节的观礼台上，真是不可一世。他趾高气扬，因为他的儿子总是有鞋穿，从不与印第安人来往。小时候我们还一起踢足球、一起到果园去偷水果。那时我去他们家，布伊特列倒还不在乎，后来他们发了财，就不让我去了。布伊特列骂堂卡约：我下次要是看见你跟他在一起……我是不是给他当过仆人？不，老爷，我是他的朋友，不过只是在这么小的时候。我那黑妈妈在堂卡约住的那条街的拐角处开了一个铺子，我和堂卡约经常在那儿闲逛。后来布伊特列就不让我们一起玩了。老爷，生活就是这样呀。堂卡约后来被送到何塞·帕尔多中学去读书，我跟着我的黑妈妈（她一直为我爸爸特里福尔修的事感到无脸见人）到了玛拉②。当我们再次回到钦恰的时候，堂卡约就同何塞·帕尔多中学的一个同学成了至交，那人叫塞拉诺③。我在街上碰到他就不能用“你”，而必须用“您”称呼他了。堂卡约在学校的表演会上朗诵、演讲，在节日游行中打旗。大家都说他是全钦恰的神童，未来的天才。布伊特列一谈起儿子就眉飞色舞，说什么他将来一定能当大官。别人也都这么说。后来他果然当了大官，不是吗，老爷？

“您说他会耽搁很久吗？”中尉把烟头往烟灰缸里一压，“您知道他现在在什么地方吗？”

“我结婚了，”圣地亚哥说道，“你还没结婚吗？”

“有时候他很晚才回家吃午饭。”妇人含混不清地说，“你要是愿

① 意为兀鹰。
② 利马北边的小镇。
③ 意为“山区佬”，即后文的埃斯皮纳。

意，就留个话。”

“您结婚了，少爷？这么年轻就结婚了？”安布罗修说道。

“我还是等等吧。”中尉说道，“但愿他别太晚回来。”

堂卡约在中学上到最后一年的时候，布伊特列打算把他送到利马去学法律，大家也说堂卡约是当律师的材料。我当时住在钦恰镇口上那个村子里，就在现在叫做格罗修·普拉多的村子的附近，老爷。就在那个村子里，有一次堂卡约被我撞见了，我发现他正在偷看人家。我当时想：那个妞儿是谁呢？他在跟那姑娘干？没有，老爷，他只是像疯子一样死盯着人家看。他装作没事的样子，装作照看猪的样子，或装作等人的样子，把书放在地上，跪下来直朝村里看，眼睛都快瞪出来了。我问他看谁。您问他到底看谁？看罗莎，老爷。罗莎是卖牛奶女人杜牡拉的女儿，是个瘦姑娘，没什么特殊的地方，只是有点儿像白种姑娘，不像个印第安人。有的人小时候很丑，长大了就好看了，可是罗莎一开始还过得去，到了最后却变成个丑老妖了。所谓过得去，就是不好不坏。有些女人，白种男人光顾了一次，下次再见面就可能忘记掉了，罗莎就是这种女人。乳房一半露在外面，身体结实健壮，仅此而已。但是人很邋遢，连去望弥撒也不打扮打扮。她在钦恰街上赶着驮着大瓮的驴子，挨家挨户地叫卖用葫芦盛的牛奶。杜牡拉的女儿跟布伊特列的儿子搞在一起，您瞧这不是出丑吗，老爷？那时，布伊特列开了一家五金店和一家杂货店，据说，他认为等儿子获得博士学位从利马回来，他的买卖就可以像泡沫一样发起来。卡塔莉娜夫人经常去教堂，成了神父的密友，她为救济穷人组织摸彩活动，还参加了国际天主教行动俱乐部。但有谁能想象得到，布伊特列的儿子竟会围着卖牛奶女人的女儿转，而最后两个人也确实结婚了，老爷。大概是她那走路的样子，或是别的什么东西引起了堂卡约的兴趣。据说有人就是喜欢平平常常的小动物，而不喜欢良种动物。不过，堂卡约一开始很可能是这么想的：我先干了她，然后再甩掉她。她呢，也发现了堂卡约对她馋涎欲滴，她也许这么想：我先让他干了，然后就缠住他不放。最后还是堂卡约失败了，老爷。您有何贵干？中尉睁开眼睛，一跃而起。

“对不起，我睡着了。”中尉用手抹抹脸，咳了一声，“您是贝尔穆德斯先生？”

丑妇人身旁站着一个男人，面孔干瘦，表情生硬，四十岁左右，身穿衬衣，腋下夹着一个皮包，裤脚极宽，遮住了皮鞋。这是海员穿的裤子，也许是马戏团小丑穿的裤子，中尉想起来了。

“愿为您效劳。”那人说道，神情显得厌倦，也许是不高兴，“让您久等了。”

“请您整理行装，”中尉欢快地说道，“我要带您去利马。”

然而那人不动声色，面无笑意，眼中既无惊讶也无恐惧，更无高兴的神情，只是用刚进来时那种冷漠的神色观察着中尉。

“去利马？”他曼声说道，目光无神，“在利马有谁会需要我？”

“是埃斯皮纳上校本人。”中尉以胜利者的神态轻声说道，“内政部长埃斯皮纳本人。”

妇人张大了嘴，而贝尔穆德斯却眼也不眨一下。他毫无表情地呆了一会儿，接着一丝笑意扰乱了他面孔上那昏昏欲睡、厌倦的神色。一秒钟后，他眼光中又流露出一种无所谓、厌烦的神气。他大概感到肝痛，这可要痛苦一辈子，中尉想，这也是可以理解的，找了这么个老婆嘛。贝尔穆德斯把皮包往沙发上一扔。

“对了，我昨天听说埃斯皮纳当上了军事委员会的一个部长。”他掏出一盒印加牌香烟，无精打采地递给中尉一支，“那山区佬没跟您说他为什么要见我吗？”

“他只是说急着要见您，”他管上校叫山区佬？中尉想道，“他只是命令我把您带到利马去，哪怕是用手枪把您押去。”

贝尔穆德斯一屁股坐在一把大椅子上，交叉双腿，吐了一口烟，烟雾模糊了他的面孔。等烟雾散了，中尉看到他在冲自己微笑。中尉思忖着：这微笑好像是赐给我的一种恩惠，也好像是在嘲弄我。

“今天就离开钦恰有点难。”他懈怠怠、懒洋洋地说道，“我要同这儿的庄园敲定一笔生意。”

“既然大家称他为内政部长，他的话就不容违抗。”中尉说道，“请吧，贝尔穆德斯先生。”

“两台崭新的拖拉机，还有一笔可观的佣金，”贝尔穆德斯仿佛在向墙上的污斑、洞眼或苍蝇解释，“到利马去玩一趟，我可没这个闲心，尤其是在这个节骨眼。”

“拖拉机?”中尉做出发怒的表情，“您最好用脑袋想一想，我们别浪费时间了。”

贝尔穆德斯抽了一口烟，一双冷漠的小眼睛半睁半闭，不紧不慢地喷吐着烟雾。

“一个人要是被各种票据压得喘不过气来就只能想着拖拉机，毫无办法。”他说道，仿佛根本没听见中尉的话也没看见中尉似的，“请您告诉山区佬，过两天我再去。”

中尉看着他，感到惊愕，感到很有意思，也感到迷惑不解。到了这一步我可要掏枪顶在您胸前了，贝尔穆德斯先生，到了这一步，人们可就要耻笑您了。可是堂卡约满不在乎，老爷，他常常逃学到我们村子来，村里的妇女对他指指点点，交头接耳，笑他。罗莎，小罗莎，你看谁来了？杜牡拉的那位女儿可得意呢，老爷。您想想，布伊特列的儿子到村子里来看她，真了不起。可她并不马上出来跟他讲话，而是一跃而起，往女友家里跑，一路上还咯咯直笑，太骚了。可是堂卡约并不在乎她这无礼的举动，好像他的情火烧得更旺了。杜牡拉的女儿就像电影里那种精明女人一样，老爷，她妈妈就更不用提了。谁都发觉了这点，只有堂卡约不知道，他忍受着，等待着，不断地到村子里来。这乔洛姑娘早晚落在我手里，黑家伙。但实际上是他落到人家手里了，老爷。您看看，她没因为您看上了她而感激您，反而得意起来了，堂卡约，算了，叫她见鬼去吧，堂卡约。可他简直像是吃了迷魂药，总是跟在她屁股后面追。人们开始说起闲话来。流言蜚语多着呢，堂卡约。去他妈的，我行我素，现在我需要跟她睡觉。那好吧，谁又能说一个不字呢，任何阔少都可以爱上一个乔洛姑娘，跟她睡觉，这关谁的事，对吧，老爷？不过，堂卡约追求那个姑娘还真像是那么回事似的，这不是发疯吗？更奇怪的是罗莎根本不睬他，装出满不在乎的样子。

“我们已经加好了油，也通知了利马，说您三点半左右到达。”中尉说道，“什么时候出发，听您的，贝尔穆德斯先生。”

贝尔穆德斯换了件衬衣，穿上一套灰色西装，手里是皮包，头上是一顶皱巴巴的帽子，戴着太阳镜。

“这就是您的全部行装？”中尉说道。

“还有四十只箱子呢！”贝尔穆德斯咕咕哝哝地说道，“走吧，我想今天就返回钦恰。”

妇人看着中尉在估量吉普车里的汽油，这时她已经把围裙解了下来，瘦窄的衣服勾勒出她那鼓胀胀的肚皮和又宽又厚的胯部。中尉向她伸出手：请原谅吧，我把您丈夫抢走了。可她并没有笑。贝尔穆德斯已经上了车，坐在吉普的后座上。她看着自己的丈夫，好像很恨他，又好像以后再也见不到他了似的。中尉也思量着上了车，他看到贝尔穆德斯含混地向妇人道了再见。大家出发了。阳光炙人，大街上空荡荡的，一股臭气从路面上升起，各家房子上的玻璃在闪着光点。

“您很久没去利马了吧？”中尉尽量显得和气些。

“我每年去两三趟，去做生意。”他不动声色，平淡地说道，声音轻微、懒散、刻板，仿佛对全世界都感到不满，“是代表这儿的几个农业公司去的。”

“我们并没有正式结婚，但是我总算是有过老婆了。”安布罗修说道。

“您的生意怎么会不顺手呢？”中尉说道，“这儿的庄园主不都是大富翁吗？这儿的棉花产量很高，对吗？”

“你有过老婆？”圣地亚哥说道，“也就是说你跟她掰了？”

"在过去的时代里，生意还顺手。"贝尔穆德斯说道。看样子他还不是全秘鲁最令人讨厌的人，因为埃斯皮纳上校还活着，中尉想道，但是除了上校，要数他最令人讨厌了。"由于实行股票行情的管制，种棉花的人就不可能像过去那样赚钱了。现在要拼老命才能卖出一点点儿棉花。"

"我老婆死在普卡尔帕①了，少爷。"安布罗修说道，"给我留下了一个女儿。"

"为此我们才搞了这次革命。"中尉兴致勃勃地说，"混乱局面结束了，现在陆军上了台，别人全靠边站。您可以看到奥德里亚在台上，情况会好起来的。"

"真的吗？"贝尔穆德斯打了个呵欠，"我们这个国家，人事变来变去，可情况却总是好不了。"

"您不看报吗？也不听广播？"中尉面带笑容谈个没完，"大清洗已经开始。阿普拉分子、坏蛋、共产党都给关进监狱了，连一个小爬虫都不会漏网。"

"你到普卡尔帕干什么去了？"圣地亚哥说道。

"还会有别的爬虫出来的。"贝尔穆德斯粗暴地说道，"要在秘鲁横扫一切小爬虫，就必须投几个炸弹，大家都同归于尽。"

"去工作，少爷。"安布罗修说道，"更确切地说，是去找工作。"

"您这话是开玩笑还是认真说的？"中尉说道。

"我爹娘知道你去过普卡尔帕吗？"圣地亚哥说道。

"我不喜欢开玩笑。"贝尔穆德斯说道，"我说话从来是严肃的。"

吉普车正在通过一个峡谷，空气中充满了海货味，远处可以望见沙丘和沙地。中士叼着香烟在开车，中尉把军帽一直拉到耳下。

过来，黑家伙，咱们来喝杯啤酒。我们两个像朋友一样长谈了一番，老爷。他需要我，我想，当然是为了罗莎的事。他搞到了一辆小

---

① 秘鲁洛列托省的一个城市。

卡车和一个地方，而且说服了他的朋友，那个山区佬。他希望我也能帮他一把，这也是为了以防万一。您问会出什么事？难道她有父兄？没有，只有一个妈妈，也是个肮脏货。我说，我倒是很愿意帮助您，只是……我不是怕杜牡拉，堂卡约，也不是怕村里的人，只是您的爸爸……堂卡约。要是布伊特列知道了，堂卡约非挨棍子不可。他？他不会知道的，黑家伙，他要在利马待三天呢，等他回来，我们早就把罗莎送回村子了。我相信了他的谎话，老爷，我是在上当的情况下帮了他的忙的。绑架一个姑娘，美美地玩她一夜，然后放掉，这是一回事，而跟这姑娘结婚则是另一回事了，对不对，老爷？堂卡约这个强盗把我和山区佬都给耍了，我们都蒙在鼓里，只有罗莎和杜牡拉知道内情。在钦恰，人们都说取得最后胜利的是那卖牛奶女人的女儿，罗莎从每天赶驴卖牛奶一下子变成了阔太太，变成了布伊特列的儿媳妇。其他人全失败了，堂卡约、他的父母，甚至连杜牡拉也失败了，因为她失去了女儿。也就是说，罗莎很有一套，正像有人说的那样，这么一个狡猾的小人物最后中了彩，老爷。您问我是怎么帮助他的，老爷？他叫我九点钟到广场，我去了，等了一会儿，他和山区佬把我接上了车。兜了几个圈子，等人们都回家睡觉了，他们把车停在聋子堂毛罗·克鲁斯家的附近，原来堂卡约约姑娘十点钟见面。当然，她去赴约了，怎么能不去呢？她一出现，堂卡约就走上前迎她，我们则等在车里。堂卡约大概跟她说了些什么，也许是她猜出了什么，只见她撒腿就跑，堂卡约放声大喊：抓住她。我下车追上了她，抓住她的肩膀，把她揪了回来，塞进车里。我就是在这时候发觉罗莎狡猾的伎俩的，老爷。我发觉她早就谋划好了，因为她当时既不喊也不叫，跑得很慢，而且只是轻轻地抓我，捶我。事情本来是最容易不过的，只要她一大声叫喊，就会有人出来，半个村子的人都会向我们扑来，您说是不是？那姑娘本来就愿意让人抢，等着人来抢，简直是只母狼。什么？她吓坏了，喊不出声来了？可是在我扛着她的时候，她还踢我，抓我，双手捂脸装出哭的样子呢，可我看不出她在哭。山区佬一踩油门沿着小路就把小卡车开走了。到了那个地方，堂卡约下了车。罗莎呢，根本用不着人抱，自己就钻进房子里去了。您说说，老爷。完了事我就回家睡觉了，一路上，我想，看罗莎明天有什么脸见人。这事她肯定要告诉杜牡拉，杜牡拉肯定要告诉我那黑妈妈，而我那黑妈妈非骂死我不可。但是后来的事简直叫人揣摸不透。第二天罗莎根本没回家，堂卡约也没回家。第三天、第四天也没回家。杜牡拉在村子里哭得像泪人似的，卡塔莉娜夫人在钦恰也哭得像泪人似的，我恨不得有个地缝钻进去。过了三天，布伊特列回来了，报告了警察局，其实杜牡拉早就向警察局报告了。您就想想吧，老爷，当时谣言满天飞。我跟山区佬在街上遇上了连话也不敢说，他也害怕极了。过了两个星期，二人才双双出现，老爷。谁也没拿着枪逼着他们强迫他们到教堂结婚，否则就让他们进坟墓，而是他们出于自己的意愿找了个神父结婚的。后来有人说看见他们在中心广场下了公共汽车，也有人看见堂卡约挽着罗莎的胳臂，就像散步回来似的，双双走进布伊特列的家。您想想，老爷，他们肯定是突然而至，堂卡约肯定掏出了结婚证书向老子说：我们结婚了。老爷，您可以想象布伊特列是什么脸色。简直是胡闹。

“那儿是不是在抓爬虫，中尉?”贝尔穆德斯带着令人反感的微笑指着大学公园说道，“圣马可大学出什么事了?”

军用路障堵塞了大学公园的四个路口，满街都是戴着钢盔的士兵、突击队员和骑兵。从圣马可大学的墙上垂下来几幅标语，上写：“打倒独裁!”“只有阿普拉才能救秘鲁!”硕大的正门紧闭着，丧幛在阳台上飘荡，房顶上露出几个小小的人头在窥视着士兵和警察的行动，从大学的墙后传出了时高时低的嘈杂声和阵阵的鼓掌声。

“10 月 27 日①起，一些阿普拉分子就钻进大学里来了。”中尉向守在阿万凯路上的路障的军官做着手势，“狗改不了吃屎。”

---

① 即 1948 年 10 月 27 日，奥德里亚发动政变上台的日子。

“那为什么不给他们吃子弹？”贝尔穆德斯说道，“军队难道就是这样大清洗的？”

一名少尉走近吉普车，行了礼，检查了中尉递过去的通行证。

“那些颠覆分子怎么样？”中尉指着圣马可大学问道。

“还在那儿闹腾呢，”少尉说道，“有时还抛几块石子。您可以通过了，中尉。”

卫兵移开鹿砦，吉普车穿过了大学公园，只见丧幛上面钉着白色纸板，上写“我们为自由举丧”，还用黑墨画着胫骨和骷髅。

“要是我，就给他们吃子弹，但是埃斯皮纳上校想用饥饿使他们投降。”中尉说道。

“各省的局势如何？”贝尔穆德斯说道，“我想北方大概有点儿麻烦，那儿的阿普拉势力不弱。”

“一切正常。什么阿普拉仍在控制秘鲁，都是鬼话。”中尉说道，“您看见了，阿普拉的头头们都躲到外国使馆避难去了。这是一次和平的革命，从来没有过。如果上级同意，圣马可大学的事我一分钟之内就能解决。”

市中心的各条街道上没有军事行动，只是在意大利广场再次出现了头戴钢盔的士兵。贝尔穆德斯从吉普车上下来，伸了个懒腰，走了几步，又冷漠地望着中尉，等他赶上来。

“您从来没到部里来过吗？”中尉鼓励他说，“房子是老了些，但里面的办公室可漂亮呢，上校的办公室还挂着画，应有尽有。”

二人走了进去。不到两分钟，门又开了。里面仿佛发生了地震，卡约和罗莎跌跌撞撞地跑了出来，布伊特列像公牛似的追打着他们，用污言秽语臭骂他们，老爷。大家都拍手称快。布伊特列发怒倒不是冲着杜牡拉的女儿来的，好像他并没打她，而是冲着自己的儿子发火。他一拳把儿子打倒在地，又一脚把他踢了起来。就这样，一直打到中心广场。在中心广场，人们拦住了他，不然他非把儿子打死不可。儿子就这样结婚了，他才不甘心呢，而且一直不同意，当然，从此以后也就没有同堂卡约见面，再没有给他钱。堂卡约不得已，开始自己挣钱养活自己和罗莎。这位被布伊特列认为是未来天才的人连中学都未读完。给他们主持婚礼的如果不是个神父，而是市长，布伊特列一眨眼就可以把事情解决。然而对上帝有什么办法呢，老爷？何况卡塔莉娜夫人又是个虔诚的信徒。他们可能去同神父商量了，而神父也可能对他们说：毫无办法，教会就是教会，只有死亡才能把他们分开。毫无办法，他绝望了，据说他打了主持婚礼的神父一棍子。这下子教堂就不愿为他赎罪了。最后，作为惩罚，教堂令他为钦恰的新建教堂捐建一座塔楼，也就是说，连教堂都从这件事中捞到了油水，老爷。布伊特列再也没同堂卡约夫妇见面，似乎只是在他感到自己快要死了的时候才问道：我有孙子了吗？也许如果有了孙子，他早就原谅堂卡约了，可是罗莎不但变成了个丑八怪，而且肚子一直没大起来。据说，布伊特列为了让儿子什么也继承不到，开始花天酒地，施舍穷人，花钱如流水。要不是死神突然而至，他早就把教堂后面的那所房子送给别人了，没来得及啊，老爷。您问为什么堂卡约能跟那个白痴婆娘过这么多年？好多人也这么也对布伊特列说：堂卡约对罗莎的爱情早晚要消失，早晚会把她还给杜牲拉，那时您就会重新把儿子留在身边了。您说是因为他反正把父亲惹恼了，就破罐子破摔了，老爷？您说是因为他恨自己的父亲，只是为了让他父亲失望，为了让他父亲看到在他身上寄托的希望已然破灭，自暴自弃，从而把父亲气死？老爷，您是这样认为的？为了使自己的父亲痛苦，不惜任何代价，甚至不惜把自己变成一堆垃圾？我不明白，老爷。既然您这样认为，就可能是这样。别这样，老爷，我们不是在愉快地谈话吗？您感到不舒服？哦，您这不是议论布伊特列和堂卡约，而是在谈圣地亚哥少爷的事呀。是吧，老爷？好吧，我住嘴，老爷。我明白了，您现在没跟我谈话，我什么也没说，老爷。您别生气，老爷。

“普卡尔帕是什么样子的？”圣地亚哥问道。

“是个不起眼的小镇。”安布罗修说道，“您没去过？”

“我这一生做梦都想外出旅行，可是只到过离利马一千八百米远的地方，而且就这么一次。”圣地亚哥说道，“你倒还旅行了几次。”

“那也是在时运不佳的时候，少爷。”安布罗修说道，“普卡尔帕给予我的只是不幸。”

“也就是说，你的情况并不妙，”埃斯皮纳上校说道，“比我们同班同学都要糟，你没有一个铜钱，你变成了一个乡巴佬。”

“我没时间像咱班同学那样干。”贝尔穆德斯镇静地说道，不卑不亢地看着埃斯皮纳，“当然，你混得比咱班同学加起来都好。”

“你那时是优等生，最聪明，最用功。”埃斯皮纳说道，“托尔多说贝尔穆德斯肯定会成为总统，埃斯皮纳只配给他当部长，还记得吗？”

“说真的，你那时就想当部长。”贝尔穆德斯说着，不阴不阳地笑了，“现在好了，你真的当上部长了，你该满意了，对吗？”

“这不是我自己要求的，不是我自己活动的。”埃斯皮纳上校无可奈何地张开双臂，“这是他们强加给我的，我只是作为义务接受。”

“在钦恰，人们都说你本来是亲阿普拉的军人，参加过阿亚·德·拉托雷举行的鸡尾酒会。”贝尔穆德斯又笑了，表示不相信，“可现在你却把阿普拉分子当小爬虫来抓。这是你派去接我的那个中尉说的。噢，顺便问一下，你为什么给我这么大的荣幸，把我找了来？现在可以告诉我了吧。”

办公室的门打开了，一个神色谨慎的男人手捧文件，鞠着躬走了进来：可以吗，部长先生？上校：以后再说吧，阿尔西比亚德斯博士。上校做了个手势阻止来人：不要让任何人打断我们。那人又鞠了个躬：是，部长先生。他出去了。

“部长先生，”贝尔穆德斯干咳一声，丝毫不为旧日的情谊所动；他迷迷瞪瞪地环顾了一下四周，“真令人难以置信，我现在居然坐在这里，咱们俩都已年过半百。”

埃斯皮纳上校向贝尔穆德斯微笑着。上校的头发脱落了许多，但留在前额上的头发连一根白丝都没有，古铜色的面孔是那么丰润。他的眼睛在贝尔穆德斯那饱经风霜、毫无表情的黑脸庞上，在他那蜷缩在红色天鹅绒大椅子里苦行僧似的衰老身体上转来转去。

“你是被那荒唐的婚事毁了。”埃斯皮纳用父亲般的体贴口气说道，“这是你一生中铸成的大错，卡约，我早有预见，还记得吗？”

“你派人把我找来就是为了谈我的婚姻问题？”贝尔穆德斯既不发火，也不冲动，用他那一贯冷漠的声调说道，“你再说一个字，我就要走了。”

“你还是老脾气，容不得批评。”埃斯皮纳笑了，“罗莎好吗？我知道你们还没有孩子。”

“你要是认为合适，我们还是开门见山吧。”贝尔穆德斯说道，眼神中流露出一丝倦意，不耐烦地噘着嘴。在埃斯皮纳的身后，从窗子望出去，只见大块大块的乌云衬托着众多的房顶、屋檐、平台，房顶满是垃圾。

“虽说我们很少见面，可你仍是我最知心的朋友，”上校近乎伤心地说，“从小我就敬重你，比你对我更敬重。我佩服你，甚至嫉妒你。”

贝尔穆德斯警惕地盯着上校，仍然不动声色。他手中的香烟已经燃尽，烟灰落在地毯上，卷卷烟雾像海浪撞击褐色岩石一样碰在他的脸上飞散而去。

“还在我给布斯塔曼特当部长的时候，咱班同学都来找过我，只有你没来过。”埃斯皮纳说道，“为什么不来呢？当时你的境遇并不好嘛。我们过去像亲兄弟一样，我当时本来是可以帮助你的。”

“他们像狗似的来舔你的手，是求你介绍工作还是建议跟你合伙做生意？”贝尔穆德斯说道，“我没来找你，你大概以为我发财了，要不就是死了。”

“我那时知道你活着，而且知道你快要饿死了。”埃斯皮纳说道，“别打断我，让我说下去。”

“可你说话还是这么慢条斯理的，”贝尔穆德斯说道，“还和在何塞·帕尔多上学时一样，一巴掌打不出一个屁来。”

“我想为你做点儿什么。”埃斯皮纳咕哝道，“你说吧，我能为你做点儿什么？”

“给我派辆车，送我回钦恰。”贝尔穆德斯轻声说道，“一辆吉普或一张车票。到利马来这趟，我可能要失掉一笔很有甜头的生意。”

“你对自己的命运很满意，至死也不在乎当个一文不名的乡巴佬。”埃斯皮纳说道，“你已经没有当年的雄心壮志了，卡约。”

“但是我还有一股傲气，”贝尔穆德斯干巴巴地说道，“我不喜欢受人恩惠。你要说的全说完了？”

上校观察着他，仿佛在打量他，也仿佛在捉摸他，那浮在唇边的真诚的微笑消失了。他合起涂着指甲油的双手，把头凑上去。

“干脆点儿吧，开门见山，好不好，卡约？”他突然坚定地说。

“早该如此。”贝尔穆德斯把烟头摁在烟灰缸里，“说话转弯抹角，净兜圈子，我都烦了。”

“奥德里亚需要有自己的亲信。”上校一板一眼地说道，仿佛突然变得不那么自信和无拘无束了，“在这里，可以说所有人都站在我们一边，也可以说根本没有一个人站在我们一边。《新闻报》和农业协会只希望我们取消股票管制，保护自由贸易。”

“这不成问题，你们本来就准备满足他们的要求嘛。”贝尔穆德斯说道，“对不对？”

“《新闻报》把奥德里亚称作祖国的救星，仅仅是出于仇恨阿普拉。”埃斯皮纳上校说道，“这些人仅仅希望我们让阿普拉靠边站。”

“这已是既成事实，”贝尔穆德斯说道，“不是问题，对不对？”

“埃索国际公司、塞罗铜业公司①，还有别的公司，仅仅希望有一个强有力的政府，让工会老实点儿。”埃斯皮纳不理他，继续说道，“各有各的打算，你看清楚没有？”

“出口商、阿普拉的反对者、美国佬，还有陆军都支持奥德里

---

① 均系美国资本。

亚，”贝尔穆德斯说道，“他拥有金钱和权势。我不明白他还有什么不满意的，不能贪心太重啊！”

“总统非常了解这群婊子养的心里在想什么。”埃斯皮纳上校说道，“今天支持你，明天就从背后捅你一刀。”

“就像你们捅了布斯塔曼特一刀一样。”贝尔穆德斯微微一笑，可是上校并没笑，“只要让他们满意，他们就会支持政府。往后他们还可以再找一位将军把你们打倒。秘鲁不一直是这样吗？”

“这次不能允许，”埃斯皮纳说道，“我们要把背部保护好。”

“我觉得这想法不错，”贝尔穆德斯憋回去一个呵欠，“可我能起什么屁作用呢？”

“我跟总统谈到了你，”埃斯皮纳上校观察了一会儿自己的话所引起的效果，但贝尔穆德斯仍然不为所动，他把肘部撑在椅子扶手上，以掌支颐，动也不动地听着，“我们在物色内务部办公厅主任人选的时候，你的名字到了我的嘴边，我就说出来了。我没干蠢事吧？”

上校沉默了。一种不快、疲倦、怀疑，也许是痛心的表情扭歪了他的嘴巴，眼睛也变小了。他若有所失地停顿了片刻，然后看了看贝尔穆德斯的面孔：他仍然是那副脸色，镇静自若地等他讲下去。

“这是一个无名的职务，但对国家安全很重要。”上校接下去说，“我是不是干了一件蠢事？有人提醒我：你需要一名亲信，一个左右手。于是你的名字就到了我的嘴边，我就说出来了，也没多考虑。你瞧，我对你是很坦率的。我是不是干了件蠢事？”

贝尔穆德斯又拿出一支香烟点上，瘪着嘴吸了一口，看了看烟火、烟雾、窗子和利马城那些肮脏的房顶。

“我有把握，只要你愿意，就一定能成为我的人。”埃斯皮纳上校说道。

“看来你非常信任老同学。”贝尔穆德斯终于说话了，声音很低，上校只得把头凑上去，“你选中了我这个失意的而对做你的左右手又毫无经验的乡巴佬，对我来说太荣幸了，山区佬。”

“你别讽刺人。”埃斯皮纳在桌上轻轻一击，“你说吧，接受还是不接受？”

“这种事可不是立刻就能决定的。”贝尔穆德斯说道，“给我几天时间，让我考虑考虑。”

“我半个小时也不给你，你现在就得回答我。”埃斯皮纳说道，“六点钟，总统在总统府等我。你要是接受，我们就一起去，我把你介绍给总统；要是不接受，你就回钦恰。”

“内务部办公厅主任的职责范围，我可以想象得出，”贝尔穆德斯说道，“可是薪水是多少，我就估计不出来了。”

“基本工资加上职务津贴，”埃斯皮纳上校说道，“我估计也就是五六千索尔的样子，不算多。”

“对一般的生活水平来说，是够了。”贝尔穆德斯微微一笑，“我是个一般的人，这薪水也够用了。”

“那就一言为定。”埃斯皮纳上校说道，“可你还没回答我，我是不是干了一件蠢事？”

“这只能由时间来回答，山区佬。”贝尔穆德斯微笑一下，轻轻的。

您问山区佬一直没认出我来吗？我给堂卡约当司机那会儿，山区佬不知多少次乘过我的车子了，老爷，我送他回家也不知有多少次了。他也许认出我来了，但他从来没表露过，老爷。他那时是部长，而我是个无名小卒。承认我们过去很熟悉，他会感到有失面子。而且我知道他曾参与过劫持杜牡拉的女儿这件事，这对他来说不是什么光彩的事。为了不让我这张黑脸给他带来不愉快的回忆，他早就把我从脑海中抹掉了，老爷。每次他见到我，都像第一次看到一个司机一样。我向他问好，早安，午安，他也只是照例回答。噢，我现在要告诉您一件事，老爷。罗莎真的变成个印第安丑妇人了，满脸净是黑斑。不过，她的一生叫人从心底里感到同情，不是吗，老爷？不管怎么说，她到底是堂卡约的结发妻子啊，您说是不是，老爷？但是堂卡约把她甩在钦恰了。堂卡约成了要人，而她什么也享受不到。您问她这些年怎么过的？堂卡约来到利马，她仍然住在那座小黄房子里，没准儿现在还在那里等死呢。不过堂卡约并没有像后来抛弃奥登希娅太太那样分文不给地抛弃了她，而是按月给她抚慰金。堂卡约好几次都对我说：黑家伙，别忘了提醒我给罗莎寄钱。罗莎这些年都干了什么？谁知道呢，老爷。大概还是老样子，无亲无故，因为自从结婚以来，她就一直没再见村里的人，连杜牡拉都没见。大概是堂卡约禁止她见人，老爷，杜牡拉一直骂骂咧咧，就是因为女儿不肯在家里接待她。不过，这还不是主要的，她一直没能进入钦恰的社交界，有什么办法呢？谁愿意同卖牛奶女人的女儿聚会呢？尽管她成了堂卡约的妻子，鞋也穿上，每天洗脸，可是大家都看到过她那时赶着驴子挨门挨户送牛奶的样子。再说，大家也知道布伊特列一直不承认她是儿媳妇。因此她只能被关在堂卡约在圣何塞医院后面买下的一间小屋子里，过着修女般的生活。她从不走出家门一步，因为在街上人们总是对她指指点点的。她感到羞耻，也许是因为害怕见到布伊特列，到后来就是出于习惯了。我倒是看到她几次，有时是在市场里，有时是她把木盆端到大街上，跪在人行道上搓衣服。当年的那种精明劲儿、为了攀上个富翁所使的伎俩现在全没用了。她得到的仅仅是个姓氏，改变了阶级成分，却失去了朋友，失去了母亲。您问堂卡约吗，老爷？他那时倒是有不少朋友，每星期六都到蓝天酒吧去大喝啤酒，要么就到天堂花园去玩金蟾吞金①。他还逛妓院，据说他总是带两个妓女开房间。他很少带罗莎一同出去，老爷，连看电影都单独去。你问他那时干什么工作吗，老爷？他在克鲁斯大街上的百货店、银行、公证处都工作过，后来就向庄园主推销拖拉机。他在那小房子里住了一年之后，情况有所好转，就搬到南区去了。我那时当上了跨区长途汽车的司机，很少在钦恰停留。有一次我到钦恰，人们告诉我布伊特列死了，堂卡约和罗莎得以同虔诚的卡塔莉娜夫人住在一起。卡塔莉娜夫

① 一种向青蛙模型的口中投掷钱币的赌博。

人是在布斯塔曼特执政期间去世的，老爷。奥德里亚上台后，堂卡约时来运转，钦恰人都说罗莎要盖新房子了，要用仆人了。根本没那么回事，老爷。那时人们简直要踏破了罗莎家的门槛，《钦恰之声》报登出了堂卡约的照片，称他是高贵的钦恰人，您想，谁不想找罗莎帮个忙啊：给我丈夫弄个职位吧；给我儿子弄份助学金吧；在某处给我兄弟弄个教员当当，要么弄个局长当当吧。而那些阿普拉分子、老阿普拉分子的家属则哭着来找：求求堂卡约放了我的侄子吧；请他准许我叔叔回国吧。于是杜牡拉的女儿开始报复了，老爷，那些曾经让她下不来台的人都遭报了。据说罗莎在门口接待他们，对所有人都摆出一副冷脸：您的儿子被捕了？啊，太遗憾了；给您前夫的儿子弄个职位？叫他到利马找我丈夫去谈吧，再见。不过这些我都是听说的，老爷，您想，我那时不也是在利马吗？您问谁劝我来找堂卡约，老爷？是我那黑妈妈。我一开始不愿意来，据说凡是来求他的钦恰人都被赶走了。不过他倒是没赶我，老爷。他帮了忙，我还真得感谢他呢。是的，他恨钦恰人，谁知道为什么呢？您也看到了，他根本没为钦恰做什么好事，连小学都没给自己的故乡盖一所。过了一段时间，大家开始说奥德里亚的坏话了，被放逐的阿普拉分子又回到了钦恰。据说为了保护罗莎，警察局副局长还给小黄房子派了个警察。您看，堂卡约多么遭人恨呀，老爷。自从堂卡约进了政府，夫妇俩就没在一起生活过，也不见面。大家也都知道，罗莎如果遇害，对堂卡约一点儿损失也没有，反倒给他帮了忙，这岂不是干了件傻事？堂卡约不仅不爱她，甚至由于她变丑还很恨她呢。老爷，您不相信吗？

“你瞧，总统对你的接待有多么客气。”埃斯皮纳上校说道，“这回你可看到将军是什么样的人了吧。”

“我脑子都乱了。”贝尔穆德斯咕哝道，“我需要理理思绪。”

“你去休息休息去吧。”埃斯皮纳说道，“明天我把你介绍给部里的人，再给你谈谈情况。可是你得告诉我，你高兴吗？”

“我也不知道高兴不高兴，”贝尔穆德斯说道，“我像喝醉了酒一样，真的。”

“好吧，我理解，这是你向我表示感谢的方式。”埃斯皮纳笑了。

“我只带了这个皮包来利马，”贝尔穆德斯说道，“我还以为几个小时就能办完事情呢。”

“你需要钱吗?”埃斯皮纳说道，“肯定需要，你这家伙。我先借给你一点，明天再叫出纳预支点给你。”

“你在普卡尔帕遭到了什么不幸?”圣地亚哥说道。

“我到附近找个小旅馆，”贝尔穆德斯说道，“明天一早就来。”

“是为了我？为了我?”堂费尔民说道，“恐怕是为了你自己吧，你这样做是为了好把我控制在你手里，你这个可怜的无赖。”

“是一个我以为是朋友的人把我介绍到普卡尔帕去的。”安布罗修说道，“到那儿去吧，黑家伙，那儿有金山玉树。简直是一派谎言，少爷，胡编乱造。唉，我要是跟您讲一讲呀，我非……”

埃斯皮纳把贝尔穆德斯送到办公室门口，伸出手握了握。贝尔穆德斯一手提包一手拿帽走了出来。他仿佛在闷头苦思，惘然若失，神情严肃，连内政部大门口的军官给他敬礼他都没睬。满街是人，喧声嘈杂。他混入人群，在狭窄而拥挤的人行道上走着，仿佛被一种漩涡或巫术拖来拖去，不时地在一个角落、门廊或路灯下站下来点一支烟，在阿桑加罗大街的一家咖啡馆里要了杯柠檬茶慢慢地啜着，离开时给了双倍小费。他又在团结大街①挤在一间门廊里的小书店中翻了翻封面五光十色的小说。被人手摸脏的书字体很小，他心不在焉地翻着。最后，一本题为《神秘的莱斯博斯岛》② 的小说照亮了他的眼睛，他付钱买下走了出来。他一手夹着皮包，一手拿着揉皱的帽子，一支接一支地吸着烟，在市中心游荡了一会儿，直至天黑下来，街上的人少了，才走进毛利旅馆，开了个房间。在旅馆里，人家递给他一

① 利马最繁华的大街之一，位于圣马丁广场附近。

② 是一本讲女性同性恋的小说。从后文可看出贝尔穆德斯是个性虐狂，也有观看女性搞同性恋的恶习。

张卡片，在职业一栏上，他举笔想了一会儿，最后填上了“官员”二字。房间在三楼，窗子外是旅馆的内院。他钻进浴缸洗了个澡，穿着内衣就上了床。他用手抚摸着《神秘的莱斯博斯岛》，神不守舍地在那又挤又小的黑字中间浏览着；接着熄灯，但是许多个小时之后，他才入睡。失眠的时候，他仰卧着，身子一动不动，任凭香烟在手指间燃着。他紧张地呼吸，在黑暗中两眼瞪着天花板。

4

“地点是普卡尔帕，过错是那个叫做伊拉留·莫拉雷斯的人。也就是说，你知道自己是在何时何地如何倒霉的人。”圣地亚哥说道，“我要是能知道自己是在何时倒霉的，叫我干什么我都愿意。”

她还记得吗？会不会把书带来？夏季正在过去，看起来像五点钟了，可实际上才两点。圣地亚哥回想：她把书带来了，她还记得。他迫不及待地走进花砖铺地、破柱支顶、布满灰尘的门厅，心情十分愉快。他回想：那时我希望考上圣马可大学，她也想入圣马可。我很乐观，我确实考上了，她也考上了。啊，小萨，你感到很幸福。

“您还年轻，身体也健康，又有工作，还有妻子，”安布罗修说道，“怎么能说倒霉了呢，少爷？”

考生们有的单个，有的成堆，都在埋头复习笔记。这些人中有多少能考上呢？阿伊达在哪儿？考生们有的仿佛参加宗教游行似的在庭院里漫步转着圈子，有的坐在破长椅上复习，有的则靠在肮脏的墙上低声互相提问。男女乔洛们啊，有钱人家的子弟是不会到这里来的，圣地亚哥回想：妈妈，你说得对。

“在我离开家以前，也就是说，当我考上圣马可的时候，我还是个单纯的小伙子。”圣地亚哥说道。

他认出几个一起参加过笔试的人，互相微笑一下，打个招呼，但是阿伊达还没来，他走到门口去等。他听到一堆人在谈地理，一个男青年一动不动，低着头仿佛祈祷似的在背诵秘鲁各届总督①的名字。

“您就好像富翁们一边看斗牛一边吸的那个东西②，是吗？”安布罗修笑了。

圣地亚哥看到阿伊达走过来，她仍然穿着笔试那天穿的枣红色直筒连衣裙和平底鞋。她在拥挤的门厅里走着，一副用功的中学生派头。她左顾右盼，仿佛在寻找什么东西或者什么人；面庞像个大小孩，不施脂粉，既无光彩，也无风度，一双成年人的眼睛射出僵硬的目光。她的双唇张开了，一张男性的嘴张开了，他看到她笑了，皮肤粗糙的面孔变得柔和了，放出了光彩。他看到她向自己走来：你好，阿伊达！

“我那时视金钱如粪土，自以为了不起。”圣地亚哥说道，“在这种意义上讲，我还是很单纯的。”

“在我们格罗修·普拉多村里，有一个叫梅尔乔丽达的虔诚女教徒，自己有什么就施舍什么，成天到晚地做祈祷。”安布罗修说道，“您是不是从小就想当个圣徒，像她那样的圣徒？”

“我把《黑夜留在后面》③ 给你带来了，”圣地亚哥说道，“希望你喜欢。”

“你总是跟我谈起这本书，所以我特别想看看。”阿伊达说道，“我也给你带来了那本法国人写的关于中国革命的小说。”

“考场就在普诺路上赫罗尼莫神父大街那一段上？”安布罗修说道，“在那座房子里，经常向我们这样的穷人施舍钱财呢，是那儿吧？”

---

① 指西班牙殖民统治时的总督。

② 西班牙文中“单纯”和“雪茄”谐音。

③ 后文中德国作家瓦尔丹（Jan Valtin，1905—1951）所著传记，原书名为 *La noche quedó atrás*（*Out of the night*）。

"我入圣马可那年就是在那儿参加考试的。"圣地亚哥说道，"我以前爱过观花埠的姑娘，可是我第一次真正的恋爱是在赫罗尼莫神父大街那儿。"

"不太像小说，倒像是一部历史书。"阿伊达说道。

"啊，后来怎么样了？"安布罗修说道，"她也爱上您了？"

"我这本虽说是自传，读起来却像本小说。"圣地亚哥说道，"你可以看看'长刀之夜'那一章，是讲德国革命的，写得太棒了，你看看吧。"

"是讲革命的？"阿伊达把书翻了翻，声调和目光中充满了怀疑，"这位瓦尔丹到底是共产党还是反共分子？"

"我也不知道她是不是爱我，也不知道她是否晓得我爱她。"圣地亚哥说道，"有时我以为她是爱我的，可有时候又觉得她并不爱我。"

"您不知道，她不晓得，真复杂。难道这种事永远是不可知的，少爷？"安布罗修说道，"那位姑娘是什么人？"

"我可警告你，如果瓦尔丹是个反共分子，我就把书还给你。"阿伊达的柔声曼语变成了挑战口气，"我可是个共产党。"

"你是共产党？"圣地亚哥惊愕地看了她一眼，"你真是共产党？"

圣地亚哥回想着，她那时想成为共产党，但还不是。他感到心跳得厉害，感到吃惊。在圣马可什么也学不到，瘦子，那儿光搞政治，是阿普拉分子和共产党分子的窝点，秘鲁的不满分子都集中在那儿了。他回想着，可怜的爸爸啊！小萨，你还没进圣马可就发现了这一情况了吧，你瞧！

"实际上我既是，又不是。"阿伊达承认道，"因为我不知道这儿的共产党在什么地方。"

连秘鲁有没有共产党都不知道，怎么能是共产党员呢？也许奥德里亚把所有的共产党员都关起来、流放了或杀害了。阿伊达：要是口试通过了，我就可以进圣马可，到那时我就进行调查，同幸存者建立联系，研究马克思主义，然后加入共产党。圣地亚哥回忆着，她那时用挑战的目光看着我，仿佛在说：来吧，跟我辩论吧。她的声音是轻柔的，目光却很放肆。你说他们是无神论者，是狂热的无神论者，来吧，聪明的人，否定我吧。他回想着：我那时吃惊地听她说道：小萨，共产党是存在的。他回想，我是不是就在那儿爱上她的？

“是圣马可的一个同学，”圣地亚哥说道，“喜欢谈论政治，相信革命。”

“好家伙，您别是爱上了个阿普拉分子了吧，少爷？”

“阿普拉分子已经不相信革命了，”圣地亚哥说道，“她是个共产党。”

“好家伙，”安布罗修说道，“您真有两下子，少爷。”

又有一些考生来到了赫罗尼莫神父大街，他们拥进门厅、庭院，有的则跑去看钉在黑板上的名字，有的在死啃笔记。整座庭院忙忙碌碌，充满了嘈杂的人声。

“你这样盯着我看，好像我是个怪物。”阿伊达说道。

“你想到哪儿去了，我尊重各种思想，再说，我也是……说了你也不相信……”圣地亚哥沉默了片刻，脑子里在找词儿，最后结结巴巴地说道，“我的思想也很激进。”

“啊哈，我为你高兴。”阿伊达说道，“我们今天是口试？拖得太久了，学过的东西我都混起来，一点都记不清了。”

“你要是愿意，我们就一起复习复习。”圣地亚哥说道，“你最怕哪门课？”

“世界历史。”阿伊达说道，“我们来互相提问吧，一边散步，一边提问，这样比坐着学习效率高，你觉得呢？”

二人穿过两旁是教室、地铺红色瓷砖的门厅。建筑物的尽头有一座小庭院，那里人比较少。她住在什么地方？圣地亚哥闭上眼睛，仿佛看到一间窄小却干净的房子，家具少而精，又仿佛看到房子周围的街道和行人的面孔，是粗暴、安详、严峻的还是高傲的呢？他们身穿工装或灰色外衣，碰碰撞撞地走在人行道上。他也仿佛听到了行人的谈话：是表示互相关心？是隐晦的秘密谈话？他想这些人全是工人，全是共产党人。他决定了：我不亲布斯塔曼特，也不亲阿普拉，我要成为共产党员。但是他们之间的区别到底何在呢？我又不能问她，她会以为我是个傻瓜呢，要慢慢地向她试探，没准整个夏天她也在这样思考呢。一双野性的小眼睛盯在思考题上，在窄小的房间里走来走去，她家可能光线不足，她要记笔记就得坐在桌前，用一只没罩的油灯或是蜡烛照明，嘴唇慢慢地翕动着，眼睛一睁一闭的。有时她可能站起来，在房间里踱着步子，口里背诵着人名、日期。她昼夜不分，意志坚强。她爸爸大概是个工人吧？妈妈大概是个用人吧？圣地亚哥回想着，啊，小萨啊！二人一面慢慢地踱着步，一面低声互相提问。法老诸王朝、巴比伦、尼尼微。她在家中听说过共产主义没有？第一次世界大战的起因。她要是知道了我老子是亲奥德里亚的，她会怎么想？马恩河①的战役。也许她再也不愿意跟我来往了。唉！小萨！唉，爸爸，我恨你。圣地亚哥回想道：我们在互相提问，然而又没有互相提问，我们正在成为朋友。你是不是在国立中学读的书？是的，在一所中心学校读的，你呢？我是在圣马丽亚读的。那是一所有钱人家子弟读书的学校，里面各种设备一应俱全，但是很糟糕。但这不是我的过错，是我父母把我送进去的，我倒是很想上瓜达鲁贝中学。阿伊达放声大笑；你别脸红，我是没有阶级偏见的。在魏顿②发生了什么事件？圣地亚哥回想道：我们都曾对大学生活寄予很大的希望，二人都入了党，一起去印刷厂，一起躲藏在工会里，一起被关进监狱，一起被流放。傻瓜，在凡尔登发生了一场战役，不是签订条约。圣地亚哥：对，瞧我多笨，现在你来回答：克伦威尔是谁？我们对自己也曾寄予过很大希望，他回想。

“您那时考进了圣马可，还剃了光头，蒂蒂小姐和奇斯帕斯少爷

① 法国塞纳河支流，第一次世界大战中，德军两次在此受挫。
② 法国城市，1916 年法军在此大败德军。

还笑您，叫您南瓜头呢。”安布罗修说道，“您考上了，您爸爸可高兴呢，少爷。”

穿裙子的谈论书本；不是男人，可都很懂政治，小萨啊。玛斯柯达、雏鸡、松鼠这些高级酒吧和俱乐部失去了光彩，观花埠的那些漂亮小妞儿模糊了，消失了。圣地亚哥回想道：我发现了一个女人，她可以干更多的事，不光是为了跟人睡觉，不光是为了让人想念，让人追逐，是的，她可以干更多的事，她要学法律和教育。我要学法律和文科。

“你是电影明星，还是小丑，还是……”圣地亚哥说道，“瞧你这副打扮，涂脂抹粉的。”

“你要学什么文科专业？”阿伊达说道，“学哲学？”

“我愿意怎么打扮就怎么打扮，你管得着吗？”蒂蒂说道，“谁问你了，你有什么权力管我？”

“我想学文学，”圣地亚哥说道，“可现在还没决定。”

“学文学的人都想当诗人，”阿伊达说道，“你也一样？”

“别吵了！”索伊拉太太说道，“像狗和猫似的，总是吵个没完，够了！”

“我偷偷地在本子上写过几首诗。”圣地亚哥说道，“我不愿意让别人看见，也不愿意让别人知道。你瞧，我那时还是很单纯的。”

“你别因为我问你是不是想当诗人就脸红。”阿伊达笑了，“别那么资产阶级气。”

“他们叫您超级学者，您就生气。”安布罗修说道，“你们仨那时总是吵啊吵的，少爷。”

“你赶快去换身衣服，把脸洗洗，”圣地亚哥说道，“你今天哪儿也别去，蒂蒂。”

“蒂蒂去看电影又有什么不好？”索伊拉太太说道，“从什么时候起你对妹妹这么严厉了？可你自己倒是个自由派，无神论者！”

“她不是去看电影，是跟贝贝·雅涅斯那家伙去‘松榭’跳舞。”

圣地亚哥说道，“他们今天早晨打电话约会，让我听见了。”

“跟贝贝·雅涅斯去‘松榭’?”奇斯帕斯说道，“跟那个装模作样的家伙?”

“我不是想当诗人，只是喜欢文学而已。”圣地亚哥说道。

“你疯了，蒂蒂!”堂费尔民说道，“这是真的吗，蒂蒂?”

“他说谎，他说谎!”蒂蒂气得直哆嗦，用眼睛直瞪着圣地亚哥，“坏蛋，白痴，我恨你，该死的!”

“我也很喜欢文学。”阿伊达说道，“在学教育的同时，我也要选修文学和西班牙文。”

“你以为这样就能骗过父母吗？我把你这……”索伊拉太太说道，“你疯了，怎么能骂哥哥坏蛋呢!”

“你这岁数还不能上舞厅，小鬼。”堂费尔民说道，“你今天不能出去。明天，星期六也不要出去。”

“我非把那个贝贝·雅涅斯揍扁不可。”奇斯帕斯说道，“爸爸，我去把他干掉算了。”

蒂蒂又哭又叫：坏蛋。把茶杯也打翻了：你怎么不死！索伊拉太太：你疯了，你疯了。就你好，个子这么大，一副女人腔。索伊拉太太：你把台布弄脏了。去写你那女人腔的歪诗吧，别在这儿像女人似的说长道短了。蒂蒂从桌旁站起来，冲出餐厅，还一边喊着：歪诗、造谣、女人腔、该死的、坏蛋。她噔噔地上了楼，嘭地关上了门。圣地亚哥用小匙在杯子里搅着，好像刚刚才放了糖似的。

“蒂蒂说的是真的吗?”堂费尔民微笑着说道，“你在写诗，瘦儿子?”

“他把本子藏在百科全书后面，那些诗我和蒂蒂都读过了。”奇斯帕斯说道，“都是些情诗，也有写印加王的。别害臊，超级学者。你瞧，爸爸，他脸都红了。”

“连字都不识，你根本看不懂。”圣地亚哥说道。

“世界上又不是只有你才识字，”索伊拉太太说道，“别这么自高自大。”

“去写你那女人腔的诗吧，超级学者。”奇斯帕斯说道。

“你们学的都是些什么呀。送你们进利马最好的中学，就是为了这个？”索伊拉太太叹气道，“总在大人面前像粗人一样互相辱骂。”

“你在写诗怎么不告诉我？”堂费尔民说道，“拿来给我看看，瘦儿子。”

“都是奇斯帕斯和蒂蒂胡说。”圣地亚哥期期艾艾地说道，“你别理他们，爸爸。”

三个主考官到了，给整个学校带来一片吓人的沉寂。男女青年们看到三个主考官在管理人员的引导下穿过门厅，走进一间教室。等着唤我进去吧，她也要进去的。嗡嗡的人声又响了起来，比刚才更为杂乱。阿伊达和圣地亚哥又回到了小庭院。

“你肯定能通过，而且能得高分数。”圣地亚哥说道，“每个考签你都能一字不差地背下来。”

“你别这样说，有许多东西我还不会呢。”阿伊达说道，“你也肯定能考上。”

“我啃了一个夏天。”圣地亚哥说道，“要是考不上，我就开枪自杀。”

“我是反对自杀行为的。”阿伊达说道，“自杀代表懦弱。”

“这都是神父们的胡说。”圣地亚哥说道，“要有很大的勇气才能自杀呢。”

“我才不管什么神父不神父的呢，”阿伊达说道。圣地亚哥回想道：那对小眼睛仿佛在说：你敢辩论吗？“我不信神，我是无神论者。”

“那当然。”圣地亚哥立即接上说，“我也是无神论者。”

二人又散起步来，互相提问，有时也走了题，忘掉了思考题，聊起天来，争论不休，意见有时一致，有时不一致，也有时开开玩笑。时间飞快地过去了，突然他听到：圣地亚哥·萨瓦拉！赶快去，阿伊达向他微微一笑，祝你抓上个容易的题目。圣地亚哥穿过人墙，走进了考场。你不记得了，小萨？那时你抓的是什么题？三个主考官是什么样子的？你怎么回答的？我都不记得了，反正我是高高兴兴地走出考场的。

“您只记得您喜欢的那位姑娘，别的都忘了。”安布罗修说道，“这也是很自然的，少爷。”

那天，我看到什么都喜欢，圣地亚哥回想道，包括那年久失修的建筑物，考生们那鞋油色、土色或是像患了瘟疫似的面孔，充满不安的气氛，还有阿伊达的话。你那时感觉如何？我当时就像第一次领圣餐一样高兴，他回想道。

“你也来参加了，圣地亚哥领圣餐你就参加，”蒂蒂要哭，“可我领圣餐那次你就没参加，我再也不爱你了。”

“来，吻我一下，别发傻了，”堂费尔民说道，“我来参加是因为瘦子考了第一名。你要是得了好分数，我不也就参加了吗？你们三个我都疼爱，一样疼爱。”

“你只是说说而已，实际上并不是这样。”奇斯帕斯说道，“我的圣餐礼你也没参加。”

“你们这种嫉妒劲儿会叫瘦子扫兴的。”堂费尔民说道，“别净惹我发笑了，大家都来，上车吧。”

“到铁掌俱乐部去吃冰激凌牛奶和热狗吧，爸爸。”圣地亚哥说道。

“到战神广场去玩转马，爸爸。”奇斯帕斯说道。

“我们还是到铁掌俱乐部吧。”堂费尔民说道，“今天是瘦子领圣餐，应该依着他。”

圣地亚哥跑出教室，但是在到达阿伊达跟前之前，他不得不忍受考生们的一连串问题：是当场给分吗？是大问题还是小问题？阿伊达微笑着迎接他：看你的脸色就知道你考得很好。太好了，你用不着开枪自杀了。

“在抽签之前，我想，我宁愿用灵魂换取一个容易的题目。”圣地亚哥说道，“要是真的有魔鬼存在，我就得进地狱。不过，只要能达到目的，可以不择手段。”

“不管是灵魂还是魔鬼，都不存在。”她又来了，又来了，“如果你认为目的就是一切，可以不顾手段，那你就是纳粹。”

“她什么都反对，对什么都发表意见，像吵架似的争论不休。”圣地亚哥说道。

“倒是个爱争论的姑娘。别人说白，她非说黑；别人说黑，她非说白。”安布罗修说道，“这是逗引男人的伎俩，不过，也的确有效。”

“我当然等着你，”圣地亚哥说道，“我再帮你复习一会儿，好不好？”

波斯历史、查理曼大帝、阿斯特卡①、夏洛蒂·科黛②、奥匈帝国消亡的外因、丹东的诞生和死亡。祝你抽个容易的考题，祝你通过考试。二人来到外面的庭院，坐在一张长椅上。一个报童走进来叫卖晚报。他们身旁的一个青年买了一份《商报》，读了一会儿之后说道：可耻，太不像话了。二人转脸去看他，这个青年指着一条标题和一幅留着小胡子男人的照片给他俩看。这人被捕、被流放还是被杀害了？这人是谁呀？啊，小萨，这人是哈柯沃。哈柯沃生着黄发，细高个子，明亮的眼睛放射着怒火，他把弯曲的手指放在报纸的照片上，用拖长的声调发着牢骚：秘鲁的情况越来越糟了。哈柯沃生着奶油色的面孔，讲话却是山区人的怪异口音：正如冈萨雷斯·普拉达③所说，手指一摁到处出脓。在观花埠的街上，圣地亚哥从远处匆匆地看到过这张面孔。

---

① 墨西哥的土著居民。

② 夏洛蒂·科黛（Charlotte de Corday，1769—1793），法国大革命中刺杀马拉的女人。

③ 冈萨雷斯·普拉达（González Prada，1848—1918），秘鲁思想家，作家，著有《自由之页》《斗争的时刻》等。

“也是个共产党?”安布罗修说道，“唉，圣马可简直成了颠覆分子的老巢了，少爷。”

圣地亚哥回想：哈柯沃也是个单纯的人，也是个起来背叛自己的肤色和阶级的人，也是个起来背叛自己和秘鲁的人。他又回想：不知他现在是不是还那么单纯？生活是不是幸福？

“没那么多的颠覆分子，安布罗修。我们三个第一次凑到一起，而且是偶然的。”

“您从来不把圣马可的朋友往家里带，”安布罗修说道，“可您总是在家同波佩耶少爷和中学同学喝茶。”

圣地亚哥回想：小萨，让哈柯沃、埃克托尔、索洛萨诺看到你住在什么地方，同什么样的人住在一起，让他们认识一下你的老娘，让他们听你老子讲话，让阿伊达听到蒂蒂净说些漂亮的蠢话，你是不是感到羞耻？他回想：也许让我爹娘知道我同什么人在一起，让奇斯帕斯和蒂蒂看到马丁内斯那张出土陶器般的乔洛人面孔，我才会感到羞耻呢。他回想：入学第一天，你心中就没有了爹娘、波佩耶和观花埠了，小萨，你在决裂，你进入了另一个世界。我们是被关在另一个世界吗？他回想着，可我在同谁决裂呢？进入一种什么样的世界呢？

“那些人一听我议论奥德里亚就都躲开了。”哈柯沃指着一些正在散开的考生说道，并用一种毫无嘲讽之意的好奇眼光看了他们一眼，“你们是不是也害怕了?”

“害怕?”阿伊达在长椅上把身子一挺，“我敢说奥德里亚是个独裁者、杀人犯，我敢在这儿讲，在大街上讲，在任何地方我都敢讲!”

她跟《你往何处去》① 里的姑娘一样单纯，甚至当走向坟墓、到了竞技场、投身于凶狮的爪牙之中，都表现得那么迫不及待。哈柯沃不知所措地听着她讲，她也忘掉了考试：奥德里亚是个靠刺刀的支撑上了台的独裁者。她的声音越来越高，还不停地挥舞双手，哈柯沃点

① 波兰作家显克微支（Henryk Sienkiewicz，1846—1916）的长篇历史小说。

头表示同意，同情地望着她。奥德里亚解散了政党，取消了新闻自由，现在他的气焰更嚣张了，还命令军队屠杀阿雷基帕人；眼下，他更是鬼迷心窍，监禁、放逐、刑讯了许多人，数也数不清。圣地亚哥观察着阿伊达和哈柯沃，突然，他回想道：小萨，你当时感到自己受折磨、遭放逐和被背叛了。他打断了阿伊达：奥德里亚是秘鲁历史上最坏的独裁者。

“他是不是历史上最坏的我不知道，”阿伊达说道，“但起码是最坏的之一。”

“时间会作出判断的，你等着瞧吧。”圣地亚哥说道，“他肯定是历史上最坏的。”

“历史地看问题，除了无产阶级专政，其他一切专政都是一丘之貉。”哈柯沃说道。

“阿普拉和共产党有什么区别，你知道吗?”圣地亚哥说道。

“不能给他时间，要让他来不及成为历史上最坏的独裁者。”阿伊达说道，“要在他成为最坏的独裁者之前就把他打倒。”

“阿普拉人多，共产党人少，”安布罗修说道，“此外还会有什么区别?”

“我想那几个人不是因为你议论奥德里亚被吓走的，他们在复习功课。”圣地亚哥说道，“圣马可的人都应该是进步分子。”

圣地亚哥回想道：哈柯沃睃了我一眼，好像我背上生有天使身上的翅膀，好像我是个好心的傻孩子。圣可马跟以前不一样了，小萨。有些词儿你不晓得，也不懂，你应该学习学习，弄懂什么是阿普拉主义，什么是法西斯主义，什么是共产主义；弄懂为什么圣马可大学跟以前不一样了。那是因为自从奥德里亚政变后，这些党派的领导人受到了迫害，各系的联合中心被解散，各班级充满了特务学生。圣地亚哥轻狂地打断了他：哈柯沃，你住在观花埠吧，我好像在那儿见到过你。哈柯沃脸红了，勉强地点点头。阿伊达放声大笑：原来你们两个都是观花埠人，原来你们两个都是有钱人家的少爷。圣地亚哥回想：

哈柯沃并不喜欢开玩笑，他那双蓝眼睛教训人似的盯着阿伊达，以一种耐心的、山区人的口音，坦然地向她解释道：一个人住在什么地方并不重要，主要要看他的思想、行为。阿伊达：对，但我这话不是认真说的，只是像少爷们那样开开玩笑而已。圣地亚哥：我要多看书，多学习，像他那样学习马克思主义。唉，小萨啊。看门人又喊了一个人的名字，哈柯沃站了起来：是叫我。他自信而镇静地缓步向教室走去。圣地亚哥向阿伊达投去一个眼光：他很聪明吧？他聪明极了，而且很懂政治。圣地亚哥暗下决心：我一定要比他懂得更多。

“学生里真的有密探吗？”阿伊达说道。

“要是在我们班级发现了，我们就把他们踢死，揍他们。”

“你讲这话就好像你已经考上了似的，谁像你这样呀！”阿伊达说道，“我们再复习一会儿吧。”

但是，还没等二人重新开始散步、互相提问，哈柯沃就慢腾腾地从教室出来了。他穿的是一身窄小的、褪了色的蓝色西装。他面带笑意，却又有点儿扫兴：这考试，简直是开玩笑。阿伊达，你放心，主考团主席是个化学家，他的文科知识比你、我还不如，你回答问题要沉着，谁一犹豫，他就给谁打低分。圣地亚哥回想：这个人不怎么样。可是当叫到阿伊达时，他还是同哈柯沃一起把阿伊达送到教室门口，又一起回到长椅上单独地聊了起来。圣地亚哥回想：看样子，他还不错嘛。小萨，那只是因为你的嫉妒心消失了。他回想：我开始佩服他了。他两年前就中学毕业了，去年因为患伤寒没能考上圣马可。他讲话像斧砍一样干脆，他的话使我头昏眼晕，什么帝国主义、唯心主义，我仿佛野人看到了摩天大楼似的；什么唯物主义，社会意识，我感到思想很乱，也感到刚才那样看他是不道德的。他病好了以后，每天到文科系来散步，到国立图书馆去看书。他知识渊博，有问必答，什么话题都能谈，但是对自己的事讳莫如深。你在哪个中学读的书？我是犹太人出身，兄弟姐妹好几个。你家住在哪条街？你别急着向我提问题。他解释问题既冗长又缺乏个性：阿普拉主义是改良主义，只有共产主义才是革命。圣地亚哥回想：他后来有时很敬重我，也有时恨我，但会不会像我嫉妒他那样地嫉妒我呢？他想学法律和历史。我入神地听着他说。小萨，你们将要在一起学习，一起去地下印刷厂，一起图谋起义，一起入党，一起为革命做准备工作了。可是他那时对我是怎么想的呢？现在又是怎样看我呢？圣地亚哥回想。阿伊达回到了长椅前，两眼发光：我抽了第一号考题，一口气说下去，都说累了。圣地亚哥和哈柯沃向她表示祝贺，二人吸了一支烟，同阿伊达一起来到了街上。许多汽车亮着灯行驶在赫罗尼莫神父大街上，清风拂面，令人感到凉爽。三人走在阿桑加罗大街上，兴奋地、滔滔不绝地交谈着。到了大学公园，阿伊达渴了，哈柯沃也感到饿了。我们干吗不去吃点儿什么呢？圣地亚哥建议道。好主意！阿伊达和哈柯沃同声说道。圣地亚哥：我请客。阿伊达：呜呵，这儿太资产阶级化了。圣地亚哥回想：那次我们到哥尔梅纳路上那家有歌舞表演的餐馆去，不是为了吃面包烤肉，而是为了谈谈个人的计划，交交朋友。我们当时也有争论，嗓子都喊哑了。以后那种兴奋、激动，那种慷慨大方，那种友谊，就全都消失了。

“中午和晚上这个地方人就满了。”哈柯沃说道，“学生们课后都到这儿来。”

“我想干脆告诉你们一下，”圣地亚哥在桌下的手攥得紧紧的，直咽唾沫，“我父亲是亲政府的。”

一阵沉默，哈柯沃和阿伊达长时间地交换着眼色。圣地亚哥听到手表在一秒一秒地走动。他咬紧牙关：爸爸，我恨你。

“我早就料到你和那个萨瓦拉沾亲带故，”阿伊达终于说话了，仿佛吊唁似的苦笑着，“不过，这有什么关系呢？你和你爸爸是两回事。”

“伟大的革命家都是资产阶级出身。”哈柯沃鼓舞他说，但未动感情，“他们同自己的阶级决裂，变成了具有工人阶级思想意识的人。”

他举了几个例子。圣地亚哥回想：我当时很感动，也很感谢他。

接着圣地亚哥告诉他们，他曾和学校的神父就宗教问题争论过，也同自己的父亲和住区里的朋友进行过政治辩论。哈柯沃这时开始翻阅着桌上的几本书：《人的状况》① 是本很有意思的书，虽说有点浪漫色彩。《黑夜留在后面》这本书不值一看，作者是反共的。

“只是在结尾处有点反共，”圣地亚哥表示反对，“那也是因为共产党不愿意帮助他从纳粹手中赎回妻子。”

“这更糟。”哈柯沃解释说，“作者是个变节分子，而且太重感情。”

“难道重感情的人就不能革命吗?”阿伊达说道，有点儿不高兴。

哈柯沃思考了片刻，耸了耸肩：在有些情况下也许能革命。

“但是，叛徒总归是最卑鄙的人，你们看看阿普拉就明白了。”他补充说，“要么革命到底，要么干脆别革命。”

“你是共产党吗?”阿伊达说道，仿佛是在问几点钟。哈柯沃震动了一下，他的面颊泛红了，向周围望了一眼，干咳着磨时间。

“我是共产党的同情者，”他慎重地说道，“共产党处在非法状态之中，很难同他们进行接触；再说，要成为共产党员，还得多多学习。”

“我也是同情者。”阿伊达高兴地说道，“幸会，幸会。”

“我也是。”圣地亚哥说道，“我对共产主义所知甚少，但我愿意多多了解，只是不知道到哪儿去了解，怎么去了解。”

哈柯沃缓慢而深沉地挨个看了看他们的眼睛，仿佛在估计他们是不是真心的，是不是郑重的，然后又向周围看了一眼，接着凑近他们：有一个旧书店，就在市中心。有一天，哈柯沃发现了这家书店，他起初只是进去看看，在翻阅一些书的时候，他发现有一期叫做《苏维埃文化》的旧杂志，很有趣。都是些被禁的书刊。后来圣地亚哥去

① 原文为 *La condición humana*，法国作家马尔罗（André Malraux，1901—1976）的作品，是讲中国革命的。

看了，在书架上积压着一些一般书店不卖的书和警察局曾经从图书馆撤下来的书。在被潮气腐蚀了的墙壁暗影下，在蛛网和烟垢中，三人翻阅着富有爆炸性的书籍，进行讨论，摘录笔记。在那狼嘴般漆黑的夜里，在临时准备的油灯下，三人作摘要，交换想法，阅读，接受教育，同资产阶级决裂，用工人阶级思想武装自己。

“在那家书店里会不会有更多的杂志?”圣地亚哥问道。

“也许有。”哈柯沃说道，“你们要是愿意，我们一块去看看。明天，怎么样?”

“我们还可以去看展览，参观博物馆。”阿伊达说道。

“当然，利马的博物馆我一个都没去过呢。”哈柯沃说道。

“我也没有。”圣地亚哥说道，“我们可以利用开学前的这几天把所有的博物馆都参观一遍。”

“我们上午参观博物馆，下午跑旧书店。”哈柯沃说道，“我认识很多旧书店，有时能碰到好书。”

“革命、书籍、博物馆。”圣地亚哥说道，“你瞧，这些就是头脑单纯的人干的事。”

“我还以为单纯的人就是那些没跟女人睡过觉的人呢，少爷。”安布罗修说道。

“我们还可以找个下午去看电影，看场好电影。”阿伊达说道，“圣地亚哥这个资产阶级要是愿意，我们就让他请客。”

“我连一杯白水也不再请你了。”圣地亚哥说道，“我们明天哪儿见面? 几点?”

“是瘦儿子吗?”堂费尔民说道，“口试难吗? 你自己觉得能考上吗，瘦儿子?”

“十点钟在圣马丁广场见，”哈柯沃说道，“在汽车站那儿。”

“我想能考上，爸爸，”圣地亚哥说道，“你可以不必期待我有朝一日去考天主教大学了。”

“瞧你，这么爱记仇，应该揪你的耳朵。”堂费尔民说道，“这么说，你通过了，成了大学生了。过来，瘦儿子，拥抱我一下。”

圣地亚哥回想：那一夜，我没睡着觉，我敢肯定阿伊达也没睡着，哈柯沃也没睡着。他回想：我觉得所有的大门都为我敞着，但是后来不知何时又都对我关上了。

“考上了圣马可，你算是如愿以偿了。”索伊拉太太说道，“我想你一定很高兴。”

“高兴极了，妈妈。”圣地亚哥说道，“尤其是因为我永远不必同阔佬们打交道了，你想象不出我有多么高兴。”

“既然你的意图是想成为个乔洛，那你为什么不给人当仆人去？那不更好吗，超级学者！”奇斯帕斯说道，“光脚走路，不洗澡，浑身虱子，多好呀。”

“最主要的是，他考上了大学，”堂费尔民说道，“天主教大学固然很好，但是愿意学习的人在哪儿都能学习。”

“天主教大学并不比圣马可好，爸爸，”圣地亚哥说道，“那是培养神父的学校，而我根本不愿跟什么神父打交道。我恨神父。”

“你要进地狱了，傻瓜。”蒂蒂说道，“爸爸，你竟容忍他跟你顶嘴？”

“你有这种偏见，我很难过，爸爸。”圣地亚哥说道。

“这不是偏见，我不在乎你的同学是白人、黑人还是黄人，”堂费尔民说道，“我只是希望你能学到东西，不要浪费时间，不要像奇斯帕斯那样连个专业都没有。”

“超级学者跟你吵，你就拿我杀气。”奇斯帕斯说道，“这太不公平了，爸爸！”

“搞政治不能说是浪费时间。”圣地亚哥说道，“在秘鲁难道只有军人才能搞政治吗？”

“先是反对神父，这会儿又反对军人了，你总是反对个没完。”奇斯帕斯说道，“换个话题好不好，超级学者，你简直像走了纹的唱片。”

“你到得真准时。”阿伊达说道，“你走路时还自言自语的，真有意思。”

“跟你在一起总是不痛快，”堂费尔民说道，“大家对你那么亲热，可你总是叫人扫兴。”

“因为我有点儿疯疯癫癫的，”圣地亚哥说道，“跟我在一起，你不害怕吗？”

“好，好，别哭了，别下跪，我相信你，你是为了我好才那么干的。”堂费尔民说道，“可你想到没有，这么干不仅不能帮我的忙，反而会毁了我。上帝给你脑袋是干什么用的？你这无赖！”

“真的吗？我就喜欢疯子。”阿伊达说道，“我在犹豫是学法律还是学心理学呢。”

“问题是我太宠你了，你就目中无人了，瘦儿子，”堂费尔民说道，“快回房间睡觉去吧。”

“你惩罚我就不给我零用钱，而惩罚瘦子只是叫他去睡觉。”蒂蒂说道，“这太不公平了，爸爸！”

“问题是，没有人能知足常乐。”安布罗修说道，“就说您吧，什么都有了还不满意，就更不用说我了，您说对吧？”

“爸爸，停发他的零用钱。”奇斯帕斯说道，“干吗要偏爱他？”

“你要是决定学法律，那我就很高兴。”圣地亚哥说道，“你瞧，哈柯沃来了。”

“我跟瘦子谈话，你们别捣乱。”堂费尔民说道，“不听话，就不给你们零花钱。”

5

制药厂发给阿玛莉娅一副胶质手套、一条围裙，并且告诉她：你就当个装瓶工吧。药片落下来，装瓶女工们就得把药片整齐地装进小药瓶里，然后在上面加一小块棉花。给药瓶加盖的叫加盖工，给药瓶贴标签的叫贴签工。在长桌末端有四名妇女，她们把药瓶收起来整齐地装进马粪纸箱，这些妇女称作包装工。阿玛莉娅旁边的女工叫赫尔特鲁迪丝·拉玛，她的手指动作极快。阿玛莉娅八点上工，十二点休息，两点再上工，六点下班。在她进药厂工作十五天之后，她的姨母从苏尔基约区搬到利蒙希约区去住了。起初，阿玛莉娅还回姨母家吃午饭，但是乘公共汽车很费钱，时间也太紧。有一天，她两点一刻才到，监工的说道：你以为你是厂主介绍来的，就可以随随便便吗？赫尔特鲁迪丝劝她说：像我们一样，把午饭带来吃吧，既省钱，又省时间。从此，她就每天带上一块三明治和水果，跟赫尔特鲁迪丝一块到阿根廷路的一条小渠边去吃午饭，渠旁每天都有一些摊贩在那儿卖柠檬水和刨冰，也有一些隔壁工厂的男工来逗惹她们。阿玛莉娅想：比起以前，工作轻松了，工资也多了，还交上了个女朋友。不过，她还是有点想念她那间小屋，想念蒂蒂小姐。她对赫尔特鲁迪丝说：那个倒霉鬼，我根本不想他。

圣地亚哥：你说的是阿玛莉娅？安布罗修：是的，您还记得她吗，少爷？

阿玛莉娅在药厂工作还不到一个月就认识了特里尼达。这个人连说粗话都比别人来得俏皮。她有时单独一个人时想起他的胡说八道就不禁笑出声来。有一天，赫尔特鲁迪丝·拉玛对她说：这个人很讨人喜欢，但是总有那么点儿神神叨叨的，对不对？又有一天，赫尔特鲁迪丝对她说：瞧你对他笑的那样子。还有一天，她对阿玛莉娅说：看样子你喜欢上那个疯子了。阿玛莉娅说：你才喜欢上他了呢。但是她内心在想：我真的喜欢上他了吗？圣地亚哥：你的老婆是阿玛莉娅？死在普卡尔帕了？一天下午，她看到特里尼达在电车站等她，大大方方地随她上了电车，一屁股就坐在她的身边，并且讲起笑话来，什么黑种姑娘受人欢迎，乔洛姑娘骄傲自大。她呢，表情很严肃，但内心笑得要死。特里尼达给她买了车票，阿玛莉娅下车的时候他还打了招呼：回见，亲爱的。特里尼达人很瘦，褐色皮肤，疯疯癫癫；深栗色的直发，是个漂亮的小伙子；眼角有点往上斜。阿玛莉娅跟他混熟了以后就说他有华人的血统，而他则说阿玛莉娅是个白皮肤的乔洛姑娘，二人可以配成很好的一对。安布罗修：是的，她是个白皮肤的乔洛姑娘，少爷。还有一次，特里尼达陪她到市中心去了一趟，是乘电车去的，回利蒙希约区的时候才乘汽车，也是特里尼达买的票。阿玛莉娅想，他真会省钱。特里尼达倒是一直想请她吃点心，但阿玛莉娅总是说不，不愿接受。那我们就下车吧，亲爱的。您先下吧，请。不能跟他太近乎。我们先认识一下，我就下车，他说着向她伸出手去：我叫特里尼达·洛佩斯，非常高兴认识你。阿玛莉娅也向他伸出手去。我叫阿玛莉娅·塞尔达，非常高兴。第二天，在渠边，他在她身旁坐下，就跟赫尔特鲁迪丝谈了起来：您这位女朋友太可爱了，她简直叫我睡不着觉。赫尔特鲁迪丝也跟他搭起话来，交上了朋友。后来赫尔特鲁迪丝对阿玛莉娅说：你还是跟那个疯子谈谈吧，这样你就会把那个叫安布罗修的忘掉。阿玛莉娅：那家伙我连想都不去想了。赫尔特鲁迪丝：真的？圣地亚哥：是不是阿玛莉娅在我家当用人的时候，你跟她搞上的？阿玛莉娅感到特里尼达的胡说八道很不入耳，但是她很喜欢他的嘴巴，也喜欢他从不动手动脚占便宜。他第一次想占便宜是在去利蒙希约区的公共汽车上。车很挤，人挨着人，她感到他在摩挲自己，但她又躲不开，只得装作没事的样子。特里尼达严肃地盯着她，慢慢地把脸凑上去，蓦地吻了她一下，并说：我爱你。阿玛莉娅感到面孔发烧，好像听到有人在笑。这太不像话了。二人一下车她就发火了：你在众人面前侮辱我，你这个流氓！特里尼达对她说：你正是我要找的女人，我一直把你挂在心上。阿玛莉娅：男人的话一句也不能信，你只是想寻个乐子。二人向阿玛莉娅家中走去，快到家的时候，特里尼达说：过来，我们到街角那儿待一会儿。就在街角处他又吻了阿玛莉娅：你真漂亮！他拥抱着阿玛莉娅，声音也软了下来：我爱你，你看，你知道你把我迷成什么样子了。阿玛莉娅推开他的手，不让他解衬衣、掀裙子。安布罗修：就在那时，他们相爱了，只是后来事情才严重起来。

特里尼达在药厂附近一家纺织厂做工，他对阿玛莉娅说：我生在帕卡斯玛约①，在特鲁希约②的一个汽车库工作过。至于因涉嫌阿普拉而被捕一事则是后来告诉她的。一天，二人在阿雷基帕路散步，看到一所带有花园树木的房子，周围有一道壕沟，还有巡逻队和警察③。特里尼达举起左手，凑向阿玛莉娅的耳根说道：维克托·拉乌尔，热爱阿普拉的人民向你致敬！阿玛莉娅：你疯了！特里尼达：这儿是哥伦比亚大使馆，阿亚·德·拉托雷在里面避难，奥德里亚不许他出国，所以大使馆外面有这么多警察。这时他忽然笑了起来，对阿

---

① 秘鲁利贝尔达省的一个地区。

② 秘鲁第三大城市。

③ 奥德里亚上台后，加紧迫害阿普拉和共产党，1949 年 1 月 3 日，阿普拉领导人阿亚·德·拉托雷躲入哥伦比亚驻秘鲁大使馆避难，直至 1954 年 4 月，奥德里亚才迫于国际舆论准其出国。

玛莉娅说：一天晚上我和一个伙伴①用汽车喇叭按阿普拉万岁的节奏，巡逻队就追我们，最后被他们逮捕了。特里尼达，你是阿普拉？我烧成灰都是阿普拉。你被捕过？被捕过，你瞧，我对你多么信任。他又说：我十年前就加入阿普拉了，特鲁希约那个汽车库的工人都是阿普拉。他还向阿玛莉娅解释说：维克托·拉乌尔·德·拉托雷是个学者；阿普拉是秘鲁穷人和乔洛人的政党。我第一次被捕是在特鲁希约，是在街上刷“阿普拉万岁”标语时被警察捉住的。我从警察局出来后，汽车库不要我了，所以我就来到了利马。在利马，党在维塔特区的一个工厂里给我找了个工作。在布斯塔曼特执政期间，我是保政府派，经常同伙伴们去破坏寡头要人和红萝卜们②的示威游行，每次都被打得鼻青脸肿。倒不是我无能，是我这体力不帮忙。阿玛莉娅：当然，你太瘦了。特里尼达：可我还是挺勇敢的，第二次被捕时，特务们打掉了我两颗牙，就算这样，我也没揭发别人。10 月 3 日，卡亚俄港暴乱后③，布斯塔曼特宣布阿普拉非法，维塔特区的伙伴们对我说：你躲起来吧。我说我不怕，我什么也没干。我照常去工厂做工。后来，10 月 27 日，奥德里亚发动了政变。同志们对我说：你还不躲起来？我说：不。十一月的第一个星期里，有一天我刚下班，一个家伙凑上来：您是特里尼达·洛佩斯？您的表兄在那辆车子里等您。我撒腿就跑，我根本没有表兄。他们最后还是抓住了我。在警察局里，他们逼我揭发我们这一派的恐怖活动计划。我说：什么计划？什么我们这一派？他们又逼我：地下出版的《论坛报》是在哪儿编辑的？是谁编辑的？我这两颗牙就是在那儿被他们打掉的。阿玛莉娅：你满口的牙不是好好的吗？他：我镶了假牙，看不出来。那次我被关

---

① 阿普拉成员之间互称“伙伴”。

② 指共产党人。

③ 布斯塔曼特执政后期，右派准备的一次政变已迫在眉睫，1948 年 10 月 3 日，阿普拉中的少壮派在秘鲁最大的港口卡亚俄港首先举行起义。两天之后起义被镇压。三个星期之后，奥德里亚政变上台。

了八个月，警察局、拘留所、岛上监狱，我都蹲过。我被释放出来的时候，体重减了十公斤。我又闲待了三个月，后来就进了阿根廷路上的这家纺织厂。现在的日子还算好过，我成了熟练工。由于哥伦比亚大使馆那件事，我被捉到警察局，那天晚上我想：我算是完蛋了。可是他们都认为我是酒后失态，第二天就把我放了。现在我得当心两件事。阿玛莉娅：要当心别搞政治，你的事已经进入档案了。特里尼达：还要当心女人，女人都是些能咬死人的毒蛇，我也把她们入档了。阿玛莉娅：当真？特里尼达：可是你却出现了，所以我又陷进去了。圣地亚哥：在我们家里，谁也不知道你和阿玛莉娅有一手，我哥哥、妹妹和父母都不知道。特里尼达要吻她，阿玛莉娅：放开我，把手拿开。安布罗修：你们不知道，因为我们是偷偷摸摸相爱的，少爷。特里尼达：我爱你，贴着我，你就有感觉了。圣地亚哥：为什么要偷偷摸摸的？

当阿玛莉娅知道特里尼达坐过牢，而且还有可能再次被捕的时候，她害怕极了，所以这事她连赫尔特鲁迪丝都没告诉。但是不久以后她发现，比起政治来，特里尼达对体育运动更感兴趣。各项运动中，他最喜欢的是足球；各个足球队中，他最喜欢的是市府足球队。为了占到好位子，他早早就把阿玛莉娅拖到体育场。在比赛过程中，他喊得嗓子都哑了。看到瘦子苏阿雷斯被人射中了球门，他就骂粗话。当他还在维塔特区做工的时候，曾在市府足球队的青年队中踢过。现在，他在阿根廷路上那家纺织厂里自己组织了一个队，每星期六下午都有比赛。他对阿玛莉娅说：你和体育运动就是我的嗜好。阿玛莉娅想道：这倒是真的，他很少喝酒，也不像个好色鬼。除了足球，他还喜欢拳击，即自由式拳击。他经常带阿玛莉娅到月亮公园去看比赛，还向她解释说：那个穿斗牛士披风上场的漂亮小伙子叫维森特·加西亚，是西班牙人的后裔。他跟美国人比赛时，特里尼达总是为他鼓掌，倒不是因为他技术好，而是因为：至少，他是个秘鲁人。阿玛莉娅喜欢佩塔，真有风度。比赛正酣之际，佩塔突然对裁判说：

暂停。接着就掏出梳子梳梳弄乱了的头发。她最讨厌托罗，他总是靠用手指捅人家眼睛和用飞脚踢人家腹部取胜。在月亮公园里根本看不到妇女，净是些肆无忌惮的醉汉，观众席上也常常大打出手，比赛场上还热闹。阿玛莉娅对他说：为了让你高兴，我陪你去看足球，但拳击就算了，你还是带我去看电影吧。他说：就按你说的办，亲爱的。然而他总是想方设法带她去月亮公园。他把《纪事报》上的拳击广告指给她看，跟她大谈点穴和扫蹚腿。还说：今晚如果“蒙古人”胜了，“医生”就得把面具摘下来①，这太激动人心了，你说是不是？阿玛莉娅对他说：不是，还不是老一套。不过，那时她已经跟特里尼达好上了，所以有时也就让步了：好吧，今天晚上就去月亮公园。他呢？感到幸福极了。

一个星期天，二人看完拳击去吃包子，阿玛莉娅发现他神情异样地盯着自己，她问：你怎么了？他：你还是离开你姨妈，跟我来住吧。阿玛莉娅装出生气的样子，于是二人争论开了。后来阿玛莉娅告诉赫尔特鲁迪丝·拉玛：他一直坚持，最后还是我被说服了。她跟他到了米隆内斯小区，他住的地方。当天晚上二人就吵了一架。起初，他对她很亲热，又是拥抱，又是接吻，以一种迷醉的声调唤她亲爱的。但是天一亮，她看到他脸色发白，眼圈发黑，头发蓬乱，双唇发抖：告诉我，你跟多少男人睡过？阿玛莉娅：只跟过一个（傻瓜，你太傻了！赫尔特鲁迪丝对她说），跟我做用人那家的司机，再没有别人碰过我了。安布罗修：为了不让您父母撞见，少爷，难道我们愿意偷偷摸摸的吗？特里尼达大骂了起来，骂她，也骂自己，说是以前对她太尊重了。骂着骂着就一个巴掌把她打翻在地。这时有人叫门了，特里达尼把门打开，阿玛莉娅看到一个老头儿。老头儿问道：特里尼达，出了什么事？特里尼达又把老头儿痛骂一顿。阿玛莉娅穿好衣服跑了出来。那天早晨，在药厂里，药片总是从她手指间溜下来，她真

① 自由式拳击的规则，失败者必须摘下面具。

是有苦难言。赫尔特鲁迪丝对她说：男人们都有自尊心，谁让你告诉他的呢？你应该否认，傻瓜，应该否认。赫尔特鲁迪丝又安慰她道：他会原谅你的，会来找你的。她：我恨他，我死也不会跟他和解。安布罗修：我们两个吵了架，阿玛莉娅也走了，后来她又爱上了别人。圣地亚哥：这我知道，跟一个阿普拉分子好上了。安布罗修：很久以后，一次偶然的机会我们才又见了面。那天下午，她回到利蒙希约区，她姨妈骂她是坏蛋，不尊重姨妈。姨妈根本不相信她是在女友家过的夜，说她将来肯定要堕落，下次再不回家睡觉，就把她赶出去。几天来，阿玛莉娅一直茶饭不思，无精打采，连夜失眠，昏昏沉沉。一天下午，她走出药厂，在车站上一眼就看见了特里尼达。他随她上了电车，阿玛莉娅连看也不看他一眼，但是听着他的述说感到浑身发热。她想道：蠢货，闹了半天你还是爱他的。特里尼达求她原谅。她：我一辈子也不会原谅你，我是为了让你高兴才到你房间去的。他：把过去的都忘掉吧，亲爱的，别那么要强了。到了利蒙希约，他想拥抱她，她一把推开他，并威胁说要喊警察。二人边讲边扭在一起，最后阿玛莉娅软了下来。在经常分手的那个街角上，他叹息着说：那夜以后，我每晚都借酒消愁，阿玛莉娅，爱情比自尊心更有力量，阿玛莉娅。她终于偷偷地把自己的东西从姨妈家拿了出来，二人在夜幕降临时手拉手地来到了米隆内斯小区。在胡同里，阿玛莉娅遇到了上次钻进房间来的老头儿，特里尼达作了介绍：她叫阿玛莉娅，我的妻子，堂阿塔纳修。当晚，特里尼达要阿玛莉娅辞去工作，他说：难道我没有手？难道我不能挣钱养活两个人？你为我做饭、洗衣、养孩子。工程师卡里约对阿玛莉娅说：我祝贺你，我要告诉堂费尔民你要结婚了。赫尔特鲁迪丝眼泪汪汪地拥抱着她：你走了，我很难过，但也为你高兴。跟阿玛莉娅同居的那个人是阿普拉分子？您怎么知道的，少爷？赫尔特鲁迪丝说：他会对你好的，他不会欺骗你的。因为阿玛莉娅到我家来过两次，求我爸爸帮忙释放那个阿普拉分子，安布罗修。

阿玛莉娅想道：特里尼达爱讲笑话，对我也很亲热，赫尔特鲁迪丝讲的话正在实现。由于特里尼达一个人挣钱，就不能两个人都去体育场了，特里尼达只好一个人去了。但是两个人还是每星期天一起去看电影。阿玛莉娅跟罗莎丽奥太太交上了朋友。罗莎丽奥太太是给人洗衣服的，也住在那个胡同里，有很多孩子，人很善良。阿玛莉娅经常帮她捆包袱。有时堂阿塔纳修也过来跟她俩聊聊天。堂阿塔纳修是卖彩票的，嗜酒，对邻居的事了如指掌。特里尼达一般在六点左右回家，那时候阿玛莉娅已经把饭做好了。一天，她对特里尼达说道：我好像是有了，亲爱的。特里尼达对她说：你先是给我套上一条绳索，现在又钉上个钉子。但愿是个男孩，到时候人们准会说是你的弟弟，啊，小鬼的妈妈可真年轻。后来阿玛莉娅回忆，那几个月可以说是她一生中最幸福的日子，她总是回忆着二人一起看电影、一起在市中心和疗养区散步，有时在利马克河畔吃烤肉、同罗莎丽奥太太一起参加紫花节①晚会的情景。安布罗修：后来那个纺织工人死了。圣地亚哥：死了？真的？安布罗修：是疯死的，可阿玛莉娅认为是在奥德里亚执政期间被人用棍子打死的。有一天特里尼达回到家里，情绪很坏：他妈的，工资不增加，说是由于经济危机，可现在又他妈的要搞罢工了。他嘟嘟囔囔地：这些狗娘养的头头，都是他妈的拿政府津贴的黄色工会头头，他们都是在特务的支持下选上的，现在又谈什么罢工了。到头来，他们不会出事，可我是被入了档案的。他们肯定会说，鼓动罢工的是那个阿普拉分子。罢工果然举行了，第二天，堂阿塔纳修跑进来：一支巡逻队来到门口把特里尼达抓走了。阿玛莉娅和罗莎丽奥太太赶到警察局。你到那儿去问吧；你到别处问问，没有人知道有个特里尼达·洛佩斯。阿玛莉娅向罗莎丽奥太太借了几个钱赶到观花埠，但是到了堂费尔民的家门前却又不敢敲门了。堂费尔民马上会出来的。她在门对面来回走着，突然看到了安布罗修。他又惊又

① 秘鲁传统的民间节日。

喜，但是一看到阿玛莉娅怀孕了就大发其火：啊哈，啊哈，你是来给我看大肚皮的，啊哈！阿玛莉娅哭了起来：我不是来找你的，让我进去！安布罗修：你真的跟一个纺织工人同居了？肚子里的孩子是他的？阿玛莉娅径直走了进去，甩下安布罗修一个人在那儿自言自语。阿玛莉娅在花园里一面等着，一面观看天竺葵的架子、花砖砌的喷水池和花园深处她曾经住过的小房间。她感到一阵悲伤，双膝颤抖起来。她那泪水朦胧的眼睛看到有人出来了：您好，圣地亚哥少爷。你好，阿玛莉娅。圣地亚哥长高了，变成男子汉了，但仍然是那么瘦。我是来看望您们的，少爷，您的脑袋怎么了？圣地亚哥摘下软帽，头上一层短发，显得很难看：我把头剃光了。作为洗礼，考上圣马可的人都剃光了头，只是我的头发长得太慢。阿玛莉娅放声大哭：堂费尔民是个善心人，希望他能帮我一个忙，我的丈夫什么坏事也没干，他是无辜被捕的，上帝会感谢堂费尔民的，少爷。这时堂费尔民穿着睡袍走了出来：镇静点儿，姑娘，出了什么事？圣地亚哥把事情说了一遍，她一再说：我丈夫什么坏事也没干，堂费尔民，他不是阿普拉分子，他只喜欢踢足球。最后堂费尔民笑了：你等一会儿，等一会儿，让我们来想想办法。说着他就去打电话了，打了很久。阿玛莉娅又看到了这个家，又看到了安布罗修，再想想特里尼达的事，她感到万分激动。堂费尔民说道：事情解决了，你告诉他别再惹是生非了。阿玛莉娅想上前吻他的手，堂费尔民：镇静些，姑娘，只要没死，事情就好办。阿玛莉娅跟索伊拉太太和蒂蒂小姐度过了一个上午。蒂蒂小姐真漂亮，一对眼睛大大的。索伊拉太太留她吃了午饭，临别时还给了她两镑钱：拿去给孩子买点儿东西。

特里尼达第二天就回到了米隆内斯，他火冒三丈：这群黄色工会头头，把什么都往我身上推。阿玛莉娅从来没听过他这么粗声讲话：他们血口喷人，妈的×，那些特务对我拳打脚踢，叫我揭发。鬼知道什么人、什么事。他对黄色工会头头比对特务还要恨：等阿普拉上了台，有这些兔崽子好看的，有这些向奥德里亚卖身投靠的人好看的。

纺织厂告诉他：你已经不在编制之中了，你因旷工被辞退了。特里尼达：我知道，去找工会，他们是不会理我的，去找部里也不会有什么结果。阿玛莉娅：你光骂黄色工会头头不是浪费时间吗？还是去找个工作吧。于是特里尼达一家工厂一家工厂地跑，但人们告诉他，经济危机还没有过去。于是二人只好靠借债度日。阿玛莉娅突然发现他比以前更会撒谎了。圣地亚哥：安布罗修，阿玛莉娅是怎么死的？特里尼达每天八点离家，半小时后就回来了，往床上一躺：我跑遍了整个利马找工作，我累死了。阿玛莉娅：你不是刚出去就回来了吗？安布罗修：是动了一次手术死的，少爷。特里尼达：我都被入档了，那些黄色工会头头把我的材料都转到别的工厂去了，人们都拿我当瘟神，我不会找到工作了。阿玛莉娅：别总是骂黄色头头了，还是去找工作吧，不然我们会饿死的。他说：我走不动了，我病了。她：什么病？特里尼达把手指伸到嗓子眼里，引起一阵阵痉挛和呕吐：你瞧我病成这个样子，怎么能出去找工作？于是阿玛莉娅又去了观花埠一趟，在索伊拉太太面前痛哭了一场。索伊拉太太对堂费尔民讲了，堂费尔民对奇斯帕斯说：告诉卡里约，还是恢复阿玛莉娅的工作吧。阿玛莉娅回到家里告诉特里尼达说药厂又雇佣她了，特里尼达却眼望着屋顶一言不发。别那么傲气，我做工挣钱，等你病好了再说。这有什么不好的，你不是生病了吗？特里尼达说：我现在倒下了，你就来让我难堪，是谁叫你这样做的？

赫尔特鲁迪丝·拉玛看到阿玛莉娅又回到药厂做工，感到十分高兴，监工的却说：你的后台真硬，走了，来了，像穿裙子那么方便。头几天，药片总是从手指间滑落，周围积满了药瓶。但是一星期之后技术就恢复了。罗莎丽奥太太对阿玛莉娅说：你应该带他去看看病，你没见他成天净胡说八道吗？他在骗人，每次吃饭的时候，一谈找工作他就没正经，过后又跟正常人一样了。特里尼达一吃完饭就把手指伸进嘴里，又咳又吐，接着就说：我生病了，亲爱的。阿玛莉娅要是不理他，他就像没事似的自己擦净秽物，过了一会儿就忘掉了自己的病：药厂的工作怎么样？接着又是开玩笑，又是跟她亲热。阿玛莉娅思量着，背着他祈祷着，哭泣着：会过去的，他会恢复原来的样子的！然而，事情并未好转，更有甚者，他索性跑到胡同口向过往行人大喊：你们这些黄色工会的头头！说着又要用拳击飞腿踢人家，要点人家的穴。阿玛莉娅对赫尔特鲁迪丝说道：他那么瘦，每次人家把他送回家里时都是被打得头破血流的。有一天，他还没把手指捅进嘴里就吐了，面色苍白。第二天，阿玛莉娅把他送到工人医院，医生说是神经痛，叫他每次头痛就吃几小匙药。从此以后，特里尼达就整天嚷嚷头痛得要炸了，但是一吃药就恶心。阿玛莉娅骂他：你装病玩，结果真的生病了。特里尼达变得更加桀骜不驯、牢骚满腹、玩世不恭了，两个人几乎没法交谈。每次看到阿玛莉娅收工回来，他就说：怎么，你还不把我甩掉？圣地亚哥：你们的女儿呢？特里尼达总是歪躺在床上：不动弹我才感觉好些。有时他跟堂阿塔纳修聊聊天，但从来不再问起阿玛莉娅腹中的孩子。阿玛莉娅对他说：我的肚子又大了，里面有动静了。他呢，只是望着她，仿佛根本听不懂她在说什么。由于呕吐，他几乎吃不进东西。阿玛莉娅从药厂偷了几个小纸袋，让他吐在里面，别吐在地上。他却故意朝着桌子、床上张开嘴，用令人生厌的尖声说道：你要是嫌我吐，你就滚！女儿留在普卡尔帕了，少爷。过后特里尼达又后悔了：原谅我吧，亲爱的，我坏，你再容忍我一段时间吧，我很快就要死的。二人还去看电影，阿玛莉娅鼓动他去体育场，但是他抓住自己的头发：不，我是病人。他瘦得像条狗，裤子本来连裤腰都系不上，现在却显得宽宽大大的了。他也不像以前那样叫阿玛莉娅给他剪头发了。圣地亚哥：你干吗把女儿留在普卡尔帕？赫尔特鲁迪丝对特里尼达说：你为这么点儿小事就垂头丧气，跌个跤就爬不起来，就甘心让老婆养活自己？但是阿玛莉娅自从他变成这个鬼样子以后反而更加爱他了，她无时无刻不在惦记着他。每当听到他胡说八道的时候，她就感到世界快到头了；每次他在黑暗中扯下她的衣服，她就感到一阵眩晕。安布罗修：阿玛莉娅在普卡尔帕交了个朋友，那位太太准备抚养我们的女儿。特里尼达的头痛病时好时坏，时停时发，阿玛莉娅一直闹不清到底是真的，还是装出来的，又或者是被他夸大了的。安布罗修：再说，我当时惹了一场祸，就匆匆地离开普卡尔帕了。但是特里尼达的呕吐病一直没有痊愈，阿玛莉娅对他说：这都是你自己闹的。他却说：这都是黄色工会头头搞出来的，亲爱的，我以后再也不会骗你了。

一天，阿玛莉娅在胡同口碰见了罗莎丽奥太太，后者双手叉腰，两眼冒火：特里尼达把塞莱丝特关在房里想强行无礼，我说要叫警察，他才开门。阿玛莉娅找到特里尼达，他也怨气冲天：罗莎丽奥太太太欠考虑了，明知道我在警察局挂了号，她还要喊警察，而且她想得也太邪了，我对那个塞莱丝特根本不感兴趣，只是想跟她开开玩笑。阿玛莉娅破口大骂：无耻，忘恩负义，靠老婆养活的疯子！最后用鞋子打了他一顿。特里尼达又喊又叫，双手乱舞，也不反抗。当晚，他双手抱头躺在地上起不来，阿玛莉娅和堂阿塔纳修把他拖到街上，乘了一辆出租汽车，到医疗站打了一针，然后一步一步地走回米隆内斯。特里尼达走在中间，每走一个街区就停下来休息一会儿。回到家里，二人把他放倒，他在入睡前说了一番让阿玛莉娅失声痛哭的话：你还是抛弃我吧，跟我在一起会毁了你一生的。我快不行了，你再找一个能更好地照顾你的人吧！安布罗修：我的女儿叫阿玛莉塔·奥登希娅①，现在大概有五六岁了，少爷。

一天，阿玛莉娅从药厂下工回家，看到特里尼达高兴得又蹦又跳：我们的灾难过去了，我有工作了。他又是抱她，又是拧她，看样子幸福极了。阿玛莉娅惊呆呆地问他：可是，你的病呢？他：好了，我完全好了。他又对她说：我在街上遇到了伙伴佩德罗·弗洛雷斯，他也是个阿普拉，我同他一起在岛上监狱里坐过牢，我跟他讲了我的遭遇。他说：你跟我来吧，他把我带到卡亚俄港，把我介绍给另外一

---

① 此系双名，阿玛莉塔是阿玛莉娅的昵称。

些伙伴。当天下午，码头上就有活可干。你瞧，阿玛莉娅，伙伴总归是伙伴。我从心底感到自己是个阿普拉，维克托·拉乌尔万岁！工资不多，但这无关紧要，问题是我又有劲头了。从此，特里尼达每天很早离家，但总比阿玛莉娅先到家，脾气也变好了。他说：我的头也不太痛了，伙伴们陪我去看医生，给我打了几针，连钱也不收。你瞧，阿玛莉娅，党在照顾我，党就是我的家。佩德罗·弗洛雷斯从来不到米隆内斯来，有好几个晚上，都是特里尼达出去同他见面。阿玛莉娅有些嫉妒了，特里尼达笑了：你对我帮助这么大，我还会欺骗你？我发誓，我是和伙伴们参加秘密会议去的。阿玛莉娅说：别再搞政治了，再搞要杀头的。特里尼达不再骂黄色头头了，但仍然呕吐不止。好几个下午，阿玛莉娅都看见他在床上躺着，两眼深陷，食欲不振。一天晚上，他又出去开会了，堂阿塔纳修走进来对她说：你来一下。然后，把她带到街角处，她看到特里尼达正一个人坐在人行道上吸烟。阿玛莉娅偷偷地窥视了片刻，等他回到胡同里，阿玛莉娅问道：你还好吧？他：很好，我们讨论了很长时间。阿玛莉娅思量着：他别是另有所欢了吧，但为什么对我还是那么亲热呢？特里尼达工作后的第一个星期，工资信封连拆都没拆，等着阿玛莉娅回来：我们给罗莎丽奥太太买点儿礼物吧，平平她的气。他们挑了一瓶香水。接着他又问：你想买点儿什么，亲爱的？阿玛莉娅说：最好还是把钱留着付房租吧。但是他说：我喜欢把钱花在你身上，亲爱的。安布罗修：叫阿玛莉塔是为了纪念她妈妈；叫奥登希娅是为了纪念一位太太，阿玛莉娅曾在这位太太家当过用人，少爷，阿玛莉娅很喜欢她，不过她也去世了。堂费尔民说道：你干了这种事，就必须离开这里，无赖！特里尼达对阿玛莉娅说：你救了我，告诉我，你想要点什么？阿玛莉娅：我们去看电影吧。于是二人看了一部莉贝尔塔·拉玛尔凯①主演的片子。故事情节很悲惨，同他们二人的境遇很相似，阿玛莉娅叹着气走

① 阿根廷电影女演员。

出了电影院。特里尼达说：你的感情真丰富，亲爱的，你太好了。二人开了一会儿玩笑，特里尼达想起了阿玛莉娅肚子里的孩子，他摸了摸她的肚皮：小鬼头真胖。罗莎丽奥太太看到香水放声痛哭，对特里尼达说道：你太叫我感动了，拥抱我一下吧。第二个星期，特里尼达说：我们去看望看望你的姨妈吧，她知道你要有孩子了，就会跟你和好的。于是二人到了利蒙希约。特里尼达先进去，接着姨妈就张着双臂跑出来叫阿玛莉娅。二人在姨妈家中吃了饭。阿玛莉娅思量着：灾难过去了，一切都好了。这段时期她已经感到身子重了。赫尔特鲁迪丝和药厂里别的女伴早就为娃娃做了衣裳。

特里尼达不见了。那天阿玛莉娅跟赫尔特鲁迪丝去看医生，回到米隆内斯时天色已经晚了，特里尼达不在家。天亮了，他还没回来。早晨十点的样子，一辆出租汽车开到胡同口停下了，车上下来一个人打听阿玛莉娅：我想同你单独谈谈，我是佩德罗·弗洛雷斯。他让阿玛莉娅上了汽车，阿玛莉娅问道：我丈夫出了什么事？佩德罗·弗洛雷斯说：他被捕了。阿玛莉娅：这都怪您。他望着阿玛莉娅，仿佛她是个疯子。是您怂恿他搞政治的。佩德罗·弗洛雷斯：我？搞政治？我从来没搞过政治，也永远不会去搞政治，我讨厌政治，太太，是特里尼达这疯子昨天晚上闯了祸，把我也牵连进去了。接着他告诉阿玛莉娅，二人从巴兰科区一个小型晚会出来，跑过哥伦比亚大使馆的时候，特里尼达说：停一会儿，我要下车。佩德罗·弗洛雷斯以为他要小便，但是他下了车就喊：他妈的黄色工会头头，阿普拉万岁，维克托·拉乌尔万岁。我吓得开车就跑，只见警察把他带走了。阿玛莉娅哭道：这都怪您，怪阿普拉，他又要挨打了！佩德罗·弗洛雷斯：您怎么啦，您在说些什么呀，我不是阿普拉，他也从来没加入过阿普拉，这我都一清二楚，因为我们俩是表兄弟，我们俩是在维多利亚区长大的，是在同一所房子里出生的，太太。阿玛莉娅抽泣着：您骗人，他生在帕卡斯玛约。佩德罗·弗洛雷斯：谁让您相信他这些鬼话的？我发誓，他生在利马，从来没离开过利马一步，也从来没搞过政治，只是在奥德里亚政变的时候，不知道为什么他被捕了，大概是捉错了。出狱后他头脑发昏，硬说自己是北方人，是阿普拉。您最好去警察局一趟，告诉他们他是酒后失态，他们会释放他的。佩德罗·弗洛雷斯走了，把阿玛莉娅留在胡同口。罗莎丽奥太太陪着阿玛莉娅又到堂费尔民家求情，堂费尔民打完电话说：他不在警察局，你明天再来吧，我打听打听。但是第二天早晨，一个小男孩走进胡同：特里尼达·洛佩斯在圣胡安·德·迪奥斯医院里。到了医院，阿玛莉娅和罗莎丽奥太太被人指点着从一个大厅到一个大厅，最后，一个有着男人胡须的老嬷嬷：啊，对。接着就劝阿玛莉娅：你要认命啊，上帝把你丈夫接走了。就在阿玛莉娅痛哭流涕之际，人们告诉罗莎丽奥太太，特里尼达是今天一大早在医院门口被人发现的，是得了脑溢血死的。

阿玛莉娅几乎连为特里尼达哭一场都未哭成。下葬的第二天，她姨妈和罗莎丽奥太太就把她送进产科医院了，因为她感到持续的疼痛。那天一早，孩子一生下来就死了。她在产科医院里住了五天，同病房的黑人妇女生了个混血儿，那黑人妇女一直在找话跟她谈，而她只是回答对、好、不。罗莎丽奥太太和姨妈天天来看她，给她带吃的来。她既不感到痛苦，也不感到伤心，只是感到疲倦，食而无味，话都懒得说。第四天上，赫尔特鲁迪丝来了：你怎么也不通知一声，卡里约工程师可能认为你在旷工呢，幸好你有堂费尔民这个后台。阿玛莉娅心里暗想：随便他怎样认为吧。阿玛莉娅出院后，到墓地给特里尼达送去几支马蹄莲，罗莎丽奥太太在坟上给他放了张圣像。佩德罗·弗洛雷斯用小棍在墓碑表面的石膏上写的字都还在。阿玛莉娅感到乏力、空虚、厌倦。等有了钱，我给你买块石碑，请人用金字刻上特里尼达·洛佩斯的名字。她慢条斯理地跟特里尼达聊起天来：为什么现在情况好转了，你却走了。说着她又骂了起来，你为什么总对我说谎。她又告诉他：我被送进了产科医院，孩子死了，你要是看到孩子该有多好啊。回到米隆内斯，她又记起了他那件蓝色上衣，特里尼达生前总说这是他的礼服，说阿玛莉娅扣子钉得不好，钉上了总掉下来。他们那间小屋被人锁起来了，原来房主人带来了一个货商，把屋里的东西全给卖了，罗莎丽奥太太央求说：留下点她丈夫的东西给她作个纪念吧。但是房主人根本不理。阿玛莉娅：算了，有什么办法呢。姨妈在利蒙希约的那间小屋子招了个房客，也没有地方了。罗莎丽奥太太有两间住房，在其中一间里为她腾出了一块地方。圣地亚哥：你闯了什么祸？又为什么匆匆离开普卡尔帕？第二个星期，赫尔特鲁迪丝·拉玛来到了米隆内斯：你怎么还不去上班，你要叫人等到什么时候？阿玛莉娅：我再也不回药厂了。那你干什么去？什么也不干，我就待在这儿，除非人家赶我走。罗莎丽奥太太：傻瓜，我永远也不会赶你走。你为什么不愿意回药厂？我也不知道，反正我是不想去了。阿玛莉娅说话火气很大，赫尔特鲁迪丝也就不敢再问了。出了个大乱子，为了一辆卡车的事，我不得不躲起来，少爷，我连想都不愿想。罗莎丽奥太太强迫她吃饭，劝慰她，想方设法使她忘掉往事。阿玛莉娅睡在塞莱丝特和赫苏斯二人中间，后者是罗莎丽奥太太的最小的女儿，她直发牢骚，说阿玛莉娅晚上总是跟特里尼达谈话，总是跟自己的儿子讲话：阿玛莉娅帮罗莎丽奥太太用木盆洗衣服，在绳子上晾衣服，用煤火烧熨斗。这些活都是她在毫无感觉的情况下做的，她的脑子里一片空白，双手无力。天黑了，天亮了，黄昏又来临了。赫尔特鲁迪丝来看望她，姨妈也来。她呢，听着她们讲话，对什么都回答对、是的，也对她们捎来的礼物表示感谢。罗莎丽奥太太每天都问她：你还在想特里尼达？她：是的，也想我的孩子。罗莎丽奥太太对她说：你跟特里尼达简直一模一样，你低头了，没斗志了，还是把不幸忘掉吧，你还年轻，还能重新生活。阿玛莉娅大门不出，一个劲儿地洗呀，补啊，很少梳洗。一天，她照了镜子，心想：特里尼达要是看到你这副样子，肯定不会爱你了。到了晚上，每当堂阿塔纳修回到家里，她就过来跟他聊天。堂阿塔纳修的小屋子很矮，她都站不直，地上铺着一块破垫子，还堆满了各种杂物。二人一面聊天，堂阿塔纳修掏出小酒瓶，一面喝着。堂阿塔纳修，您说会不会是特务们打了他，看他快要死了，就把他丢在圣胡安·德·迪奥斯医院门口了？堂阿塔纳修有时说：对，可能是这样。有时却说：不会的，可能是他们把他放了，他感到不舒服，就自己一个人到医院去了。也有的时候说：反正是死了，这些都无关紧要了，你还是想想自己，忘掉他吧。

6

小萨，是不是由于上一年级的时候看到圣马可是个大妓院，而不是像你所想的那样的天堂，你就倒霉了？您不喜欢圣马可什么，少爷？圣地亚哥回想：倒不是因为圣马可六月才开学，而不像别的学校那样四月就开学，也不是因为那里的教授像书桌那样都老朽了，而是因为一谈起读书，同学们都不感兴趣；一谈起政治，他们的眼睛里就流露出一种冷漠的神情。乔洛们的表现跟富家少爷们简直一模一样，安布罗修。阿伊达说：教员们的工资少得可怜，他们不得不在政府各部门兼职，在中学里兼课，还能要求他们什么呢？哈柯沃说道：应该理解学生们的麻木不仁，这是体制造成的，需要有人来鼓动他们，宣传他们，组织他们。但是共产党在何处？哪怕是阿普拉，又在何处？难道所有的共产党人都入了狱，都被流放了？圣地亚哥：现在说这些都是马后炮，当时我并没发现这些，我还是挺喜欢圣马可的。那位教授在一年之内只解释了《西方》杂志上刊登的《逻辑研究概要》中的两章，但不这样又怎么办呢？胡塞尔①也许会说：要从现象学上取消

① 爱德蒙德·胡塞尔（Edmund Husserl，1859—1938），奥地利哲学家，现象学的创始人。

狂犬病的问题，先放一放再说。你看教务长的脸色：那利马的狗所造成的严重局势怎么办？那位只进行拼写测验的教授怎么样了？那位在考试时问学生弗洛伊德①犯过什么错误的教授的情况又是如何？

“你错了，一个人应该博览群书，包括蒙昧主义的作品。”圣地亚哥说道。

“能从原文读作品就太有意思了。”阿伊达说道，“我很想学学法文、英文，甚至德文。”

“博览群书，但还要有批判精神。”哈柯沃说道，“进步的书籍你总是觉得不好，颓废的作品你却认为很好。这就是我对你的批评。”

“我仅仅说《钢铁是怎样炼成的》没意思，我喜欢《城堡》。”圣地亚哥表示不同意，“但我并没有把问题普遍化。”

“那是因为奥斯特洛夫斯基的作品翻译得不好，而卡夫卡的作品翻得好。别再争了。”阿伊达说道。

讲历史渊源的那位矮瘦、大肚皮、蓝眼、白发的老教授怎么样了？他讲得真好，我真想改学历史，不学心理学了，阿伊达说道。哈柯沃：是的，不过，可惜他是搞西班牙文化的，不是搞印第安土著文化的。最初几天教室挤得满满的，后来人慢慢地减少了。到了九月，只有一半学生来上课，在教室里找个位子并不那么困难了。圣地亚哥回想：不是学生们对教授失望，不是教授没学问或不好好教，而是因为学生们根本不愿意学习了。阿伊达说道：因为学生们穷，不得不去工作。哈柯沃：也因为受到了资产阶级形式主义的影响，只重视文凭，要想毕业根本用不着上课，用不着对课程有兴趣，也用不着去钻研，只要耐心等待就行了。瘦儿子，你对圣马可满意吗？全秘鲁最有学问的人都在圣马可执教，这是真的？你怎么变得这么沉默了，瘦儿子？爸爸，我很满意；爸爸，是真的，全秘鲁最有学问的人都在圣马可教书；我并没变得沉默，爸爸。索伊拉太太说道：你像个幽灵似的

① 弗洛伊德（Freud，1856—1939），奥地利心理学家。

在家中进进出出，关在自己的房间里，跟家人都不照面，像头冬眠的熊。奇斯帕斯：你读书读得都快变成对眼了。蒂蒂：你为什么不跟波佩耶出去玩了，超级学者？圣地亚哥回想：因为有哈柯沃和阿伊达就够了，因为他们的友谊是排他性的，这友谊能使一切变得那么丰富多彩，能使一切失去的都得到补偿。他回想，我是不是从上了圣马可开始倒霉的？

三人上同样的课程，坐在一条板凳上，一起去圣马可图书馆或国立图书馆。只有睡觉才勉强分开。三人阅读同样的书籍，看同样的电影，为同一张报纸发火。每天中午、下午放学，三人坐在哥尔梅纳路上的帕雷尔莫酒吧中一连长谈几个小时，在阿桑加罗大街上的点心店里一连几个小时地争论，在法院后面那家台球咖啡馆里一连几个小时地评论政局。有时三人钻到电影院里，有时逛书店，有时则像寻求冒险一样，长时间地在整个城市中漫步。这种并非基于异性吸引的兄弟般的友谊看起来是永恒的。

“我们赞赏同样的事物，我们也仇恨同样的事物，但并不是在任何问题上我们的意见都是一致的。”圣地亚哥说道，“这也是非常可贵的。”

“但您那时为什么那么痛苦？”安布罗修说道，“为了那个姑娘？”

“我从来没有跟她单独相处过。”圣地亚哥说道，“我并没感到痛苦，只是有点感到腹内有条蠕虫①。仅此而已。”

“您想使她爱上您，但又不能，因为她有了别人。”安布罗修说道，“一个男人喜欢一个女人，离她又近，但又没有办法。我懂得这种滋味是什么样的。”

“你对阿玛莉娅也有过这种感情吗？”圣地亚哥说道。

“我看过一部电影，就是写这种感情的。”安布罗修说道。

哈柯沃说：圣马可大学是全国的一面镜子。二十年前，这些教授

① 是一种对嫉妒心理的描写，后文屡有提及。

也许都是进步人士，读过许多书，但是后来由于不得不兼搞别的工作，或是由于社会风气，就都变成庸人，变成资产阶级了。蓦地，那条小蠕虫又纠缠不清地爬到了胃部。阿伊达说：学生也有过错，他们都喜欢这种体制嘛。圣地亚哥说：既然大家都有过错，我们就只好无所作为了。哈柯沃：解决问题的办法就是进行大学的体制改革。杂乱的谈话、热烈的争论都被那酸溜溜的小蠕虫干扰了，打乱了。注意力也被一种忧伤或是怀念的狂飙破坏了。可以搞平行授课，双重管理，大学属于人民，哈柯沃说道，凡是有能力的人都可以进大学讲课，学生可以赶掉不称职的教授，既然老百姓不能进大学，那么就让大学去深入老百姓。为此您感到忧伤，您虚构了二人单独散步的情景，所以您要怀念这种散步，对吗？圣地亚哥说道：既然圣马可是全国的一面镜子，那么只要秘鲁还是这么糟，圣马可就永远也好不了。阿伊达：要想根治各种弊端，改革是不行的，要进行革命。但是我们是学生，我们的活动范围仅仅是学校，哈柯沃说过，搞改革实际上就是搞革命，要分阶段进行，而且不能悲观。

“您是嫉妒您的朋友了。”安布罗修说道，“嫉妒心是世界上最有害的东西。”

“哈柯沃肯定也嫉妒过我。”圣地亚哥说道，“但我们两个都在掩饰着。”

“他那时肯定希望能像变魔术似的看您一眼您就消失了，好让他自己跟那姑娘单独在一起。”安布罗修笑了。

“他是我最好的朋友，”圣地亚哥说道，“我对他又恨，又爱，又佩服。”

“你不要怀疑一切。”哈柯沃说道，“要么肯定一切，要么怀疑一切，这是典型的资产阶级。”

“我不是怀疑一切，”圣地亚哥说道，“这也是话赶话说出来的。”

“说真的，到目前为止，我们还没超出空谈理论的范围。”阿伊达说道，“我们似乎应该做点什么，不要光空谈。”

“光我们三个人是不行的，”哈柯沃说道，“我们先要同进步学生建立接触。”

“我们入学已经两个月了，但还没遇到一个进步分子。”圣地亚哥说道，“我倾向于认为进步分子根本不存在。”

“他们必须小心点儿，这也是可以理解的。”哈柯沃说道，“他们早晚会出现的。”

果然，小心翼翼、顾虑重重的进步学生神秘地一个一个地出现了，但犹如一闪即逝的影子：你们是文科一年级的吧？课间休息时，这些人往往坐在系里庭院的某条长椅上，好像是在为被捕的学生购买床垫募捐；有时也在法律系的喷水池周围散步，同别的系、别年级的学生交谈几句：他们被关在监狱的牢房里，睡在硬地上。在这种短暂迅速的对话中，在不信任感过去之后，怎么还没有人打破疑虑跟他们三人谈起募捐之事呢？他们注意到，或是自以为注意到，有人在精明地试探他们的想法，仅仅是一种慎重的试探，暗示一下人们正在准备某种即将到来的事件；或是暗暗表示，让他们也以同样秘密的方式表示一下他们是可以信赖的。但谈话丝毫不涉及政治，只说这次募捐是一种人道主义的举动，甚至只说这是一种基督徒的慈善行为。这些人单独地、匆匆地出现在圣马可，走近他们，谈那么一小会儿，而且谈的内容都是模模糊糊的；然后就在消失了几天之后重新出现了。虽说真诚而热情，但他们那乔洛人、华人、黑人的笑容始终流露着戒备的神情；他们那内地人的口音讲出的话始终是模棱两可的；他们的穿着始终是那破旧的、褪了色的衣服和旧鞋子，有时腋下夹着一些报刊和书籍。他们简单地问道：你们是学什么的？哪儿的人？叫什么？在哪儿住？像是阴天的干雷，一种突然的信任感蓦地拨响了沉闷的谈话：在奥德里亚政变时，那个法律系的学生同别的同学一起躲进了圣马可。这种信任感又燃炽了谈话：这个人被捕过，在狱中进行过绝食。接着又透露：他被放出来才一个月。这种透露在三人心中激起了一种急切的兴奋和强烈的好奇：当各系联合中心和学生联合会还在起作用的时候，也就是说，在警察解散学生组织、监禁其领导人之前，那个人是经济系的代表。

“你每次故意晚回家是为了不跟我们一道吃饭，即使屈尊跟我们一道吃饭，也是金口难开。”索伊拉太太说道，“是不是在学校里让人把舌头割掉了？”

“那人既反对奥德里亚，也反对共产党，”哈柯沃说道，“是个阿普拉分子，你们信不信？”

“装聋作哑是为了引人注目。”奇斯帕斯说道，“天才是不愿意浪费时间跟庸人讲话的，对不对，超级学者？”

“蒂蒂小姐有几个孩子了？”安布罗修说道， “您有几个了，少爷？”

“我看他更像个托洛茨基分子，因为他总是讲列琴①的好话。”阿伊达说道，“你没听见他说列琴是托洛茨基分子吗？”

“蒂蒂有两个孩子，我还没有，我还不想当爸爸。”圣地亚哥说道，“也许有一天我会决定要一个。到了我们这种地步，有什么办法呢？”

“一天到晚总是迷迷糊糊的，一对眼睛像是被卡住脖子的小羊。”蒂蒂说道，“你在学校里大概爱上什么人了吧？”

“每晚我回家，总看到你的台灯在亮着。”堂费尔民说道，“读书是好的，但也应该懂点交际，瘦儿子。”

“是的，我爱上了一个梳辫子、光脚走路、只会讲克楚亚语②的姑娘。”圣地亚哥说道，“你有兴趣见见吗？”

“我那黑妈妈说过，每个孩子都是自己夹着面包来到世上的。”安布罗修说道，“我对她说：要我说，你本来是可以生一大堆的。我妈妈已经长眠在地下了。”

---

① 列琴（Lechín，1914—2001），玻利维亚左翼民族主义革命党领导人，著名工运领袖。

② 秘鲁印第安人的语言。

“我每次回家总感到有点儿累，所以回房间了，爸爸。”圣地亚哥说道，“说我不愿意跟你们讲话，难道我疯了不成?”

“我一跟你讲话，你就这样，真是头难弄的驴子。”蒂蒂说道。

“你不疯，只是有点儿怪。”堂费尔民说道，“现在只剩下我们俩了，瘦儿子，你可以跟我说心里话了，你是不是有什么问题?”

“另外那个人倒可能是共产党员，”哈柯沃说道，“他对玻利维亚事件①的见解是符合马克思主义的。”

“没什么问题，爸爸。”圣地亚哥说道，“什么问题也没有，真的。”

“潘克拉斯很久以前在哇乔得了个儿子。一天他老婆跑了，以后就一直没见面。”安布罗修说道，“从此以后，他一直想方设法要见到孩子，要看孩子是不是跟他一样丑，否则，他死都不瞑目。”

“那人接近我们，不是为了试探我们，是为了要跟你在一起。”圣地亚哥说道，“他光跟你一个人说话，瞧他那副笑容。你征服了他，阿伊达。”

“你净往坏处想，资产阶级!”阿伊达说道。

“我很理解他，因为我现在也是整天地想念阿玛莉塔·奥登希娅。”安布罗修说道，“总是想她现在怎样了，像谁。”

“你以为只有资产阶级才往坏处想?”圣地亚哥说道，“难道革命者就不想女人?”

“好了，一谈资产阶级你就生气。”阿伊达说道，“别这么敏感，老兄，别资产阶级气了，唉，瞧我又说漏了嘴。”

“我们去喝杯牛奶咖啡吧。”哈柯沃说道，“来吧，莫斯科请客。”

这些人是单独行动的叛逆者还是某个地下组织的成员？其中有没

---

① 1951 年 5 月，埃斯登索罗在大选中提出矿山国有化、土地改革等口号，但美国扶植巴利维安为首的军人集团建立了独裁政权。1952 年 4 月，玻利维亚爆发人民武装起义，推翻巴利维安政权，埃斯登索罗就任总统，实行了其在竞选时提出的部分纲领。

有密探？他们从来不在一起，很少同时出现。他们之间互不认识，或许是装作互不相识。有时似乎想透露些什么重要的东西，但是欲言又止。他们的那些暗示、提示，褪了色的西装，还有那事先准备好了的行动方式，在三人中引起了不安、怀疑和一种由于疑虑或害怕而不得不控制住的敬佩心理。那些他们偶然才能遇上的面孔开始出现在三人课后常去的咖啡馆里。那些人是不是被派来进行试探的？他们像影子一样，谦卑地坐在三人占据的桌子旁。如此说来，我们应该向他们表示一下，让他们知道在我们面前用不着掩饰了。阿伊达说道：我们班上有两个特务在校外活动。哈柯沃说道：没等特务们引人上钩，我们就发现了，他们不得不坦白。圣地亚哥说道：特务们辩解说，他们这样做，将来可以从一般的律师提升到一个好职位。阿伊达：这些蠢货连说谎都不会。谈话开始不那么空洞了，有时还具有一种极为大胆的政治色彩。这种谈话经常是从某件趣闻、玩笑、流言蜚语，或是从打听某事开始的。华盛顿说，危险的并不是那些身份公开的人，而是那些没列入警察编制的领津贴的密探。接着就是吞吞吐吐、似乎偶然提出的问题：一年级班上的气氛如何？有没有苦闷情绪？同学们对时事是否关心？是不是多数人关心重建联合中心？谈话越来越玄虚莫测，转弯抹角，滑向了国际问题：你们对玻利维亚的革命有什么想法？你们对危地马拉①怎么看？三人感到兴奋、鼓舞，于是大声发表开意见了。让密探们去听吧！让他们来抓人吧！阿伊达这样鼓励着自己。圣地亚哥回想：阿伊达当时最兴奋，她激动得都控制不住自己了。他回想：她这样最危险了。她首先大胆地把谈话从玻利维亚、危地马拉引到了秘鲁。我们生活在军事独裁的统治之下，她那双乌黑的眼睛发亮了；尽管玻利维亚的革命是一次自由主义的革命，她的鼻子竖起来了；尽管危地马拉的革命还不是一次资产阶级民主革命，她的太阳穴

① 1951 年，阿本斯当选危地马拉总统，实行土地改革，执行比较独立自主的外交政策，触犯了美国垄断资本的利益。1954 年，美国策动阿马斯等反动军人推翻了阿本斯政府。

跳得更快了；但比起秘鲁来好多了，她前额上的头发在跳动；秘鲁在受着一个卑鄙的将军的统治，她一边讲一边用手击额；一群强盗在统治着秘鲁，她的小拳头击在桌上。那些影子般一闪即逝的人感到坐立不宁、惶恐不安了。在这种时候，他们不是打断她改变话题，就是站起来走掉。

"您爸爸说，是圣马可害了您。"安布罗修说道，"他说您不爱他了，这要怪圣马可。"

"你使得华盛顿很尴尬，"哈柯沃说道，"他要是党员，就必须小心点。在他面前你骂奥德里亚得低声点，否则就要把他牵连进去。"

"我爸爸跟你说我不爱他了?"圣地亚哥说道。

"你以为华盛顿走掉是由于这个?"阿伊达说道。

"他这一辈子最关心的就是搞清楚您为什么不爱他了，少爷。"安布罗修说道。

他是法律系三年级学生，白人，来自山区，性格活泼，讲话从来不像别人那样一本正经、故弄玄虚、说教训人。三人最先知道的名字就是他：华盛顿。他那身浅灰色的衣服、他那两排总是露在外面的结实的牙齿和他开的玩笑，给帕雷尔莫酒吧、台球咖啡馆或是经济系的庭院谈话带来一种富有人情味的气氛。这种气氛在同别人那种封闭式的、公式般的对话中是没有的。他是第一个从一闪即逝的影子变为有血有肉的人，圣地亚哥回想着，他是第一个成为熟人、朋友的人。

"他为什么以为我不爱他了?"圣地亚哥说道，"我爸爸还跟你说了我些什么?"

"我们为什么不组织个学习小组呢?"华盛顿心不在焉地说道。

三个人停止了思考，停止了呼吸，六只眼睛紧紧地盯着他。

"学习小组?"阿伊达一字一字地说道，"学习什么?"

"您爸爸不是跟我说的，"安布罗修说道，"是跟您妈妈、哥哥、妹妹和朋友说的。他们在汽车里谈，我开车时听到的。"

"学习马克思主义，"华盛顿很自然地说道，"学校里没这门课，但是作为一般的文化知识对我们是很有用的。你们不这样认为吗?”

“你比我更了解我的爸爸。”圣地亚哥说道,“告诉我,他还说了我些什么?”

“这一定很有意思,”哈柯沃说道,“咱们组织个小组吧。”

“我怎么能比您更了解您的爸爸呢?”安布罗修说道,“瞧您想的,少爷。”

“问题是要搞到书,”阿伊达说道,“旧书店里只有一两本过期的《苏维埃文化》。”

“我知道,他肯定跟你谈到过我。”圣地亚哥说道,“不过,也没关系,你要不愿说,就算了。”

“书倒是可以搞到,但是要小心点儿,”华盛顿说道,“学习马克思主义意味着冒险,会被认为是共产党而记入档案。当然,这你们了解得很清楚。”

马克思主义小组就这样诞生了,三人不知不觉地开始参加了活动,沉浸在渴望已久、极具吸引力的地下活动之中。他们也发现了位于乔塔街上那家热闹的书店和那个戴太阳镜、胡子雪白的西班牙老人,他在店后保存有20世纪出版社和劳塔罗出版社出版的那本书。他们买下书,包好皮,贪婪地阅读着。这本书一连好几个星期都使得小组的讨论热烈异常。这是一本问答式的教材。圣地亚哥回想:那本书叫做《哲学入门》,作者是乔治·波利采尔①。就这样,他们认识了埃克托尔,在此之前,埃克托尔也是一个一闪即逝的影子,他们了解到这个寡言少语、高瘦得像只长颈鹿的人是学经济的,靠当广播员维持生活。大家决定每星期聚会两次,他们长时间地讨论在何处聚会,最后选定埃克托尔在赫苏斯·玛丽娅区的宿舍,从那时起,一连几个月,大家每星期四、六都到那儿去。每次去的时候,总是感到有

① 乔治·波利采尔(Georges Politzer,1903—1942),法国哲学家,1942年被纳粹杀害。

人在跟踪、监视，所以在进门之前总要小心地望望四周。每次都是三点左右到达。埃克托尔的房间很大，但很旧，有两扇朝街的窗子，位于一个聋子老太婆办的寄宿公寓的二楼。有时聋子老太婆上楼来高声问他们：要喝茶吗？阿伊达坐在床上，圣地亚哥回想：否定之否定。埃克托尔坐在地上，圣地亚哥回想：质变。圣地亚哥坐在那唯一的一把椅子上，他回想：矛盾的统一。哈柯沃坐在窗台上，圣地亚哥回想：马克思纠正了被黑格尔颠倒了的辩证法。华盛顿总是站着，圣地亚哥回想：他是为了长高些。他不禁笑了。对波利采尔的书，每人每次解释一章，然后大家对此解释进行讨论。每次聚会都持续两三个小时，甚至四个小时。会后，两个两个地离开，房间里则充满了烟雾和热气。过后，他们三人总是在某个公园、某条大街或某个咖啡馆再聚会一次，继续讨论。阿伊达：华盛顿会不会是党员？三人都在猜测。哈柯沃猜道：埃克托尔是党员吗？圣地亚哥说道：党到底存在不存在？三人继续热烈地讨论：自我批评怎么做？就这样，他们通过了一年级的考试。就这样，夏天过去了，圣地亚哥回想：一次也没去海滩。就这样，第二学年开始了。

小萨，是不是因为在二年级的时候由于开始觉得光学习马克思主义不够，还必须信仰，你就倒霉了？你倒霉是不是由于缺乏信仰，小萨？您对上帝缺乏信仰，少爷？我对任何事物都缺乏信仰，安布罗修。波利采尔说，关于上帝的想法，关于“纯精神”创造宇宙的想法，都是毫无意义的，时空之外的上帝是不存在的。圣地亚哥，你的脸色跟平常不一样。波利采尔说，只有同意唯心主义的神秘论，从而不受科学的检验，才能信仰一个时间之外的上帝，也就是说，一个在任何时候都不存在的上帝；才能信仰一个空间之外的上帝，也就是说，一个在任何地方都不存在的上帝。最糟糕的是，我那时总爱怀疑，安布罗修，最理想的是能够闭上眼睛说上帝是存在的或是不存在，并且信仰其中的一种说法。圣地亚哥发觉自己在学习小组里有时说谎。阿伊达：你嘴上说相信、同意，内心却在怀疑。波利采尔说，建立在科学结论之上的唯物主义认为，物质是存在于空间和某一时刻，即时间之中的。最好能够攥紧拳头，咬着牙说：阿普拉能解决问题，宗教能解决问题，共产主义也能解决问题，并且相信其中的一种说法，安布罗修，这样，生活就会自己进行，人们也就用不着感到空虚了，安布罗修。您那时不相信神父，从小就不去望弥撒，少爷，但您确实相信宗教，相信上帝，难道大家不应该信仰上帝吗？波利采尔的结论是，因此，宇宙不可能是造出来的，因为：为了创造世界，上帝需要不是任何时刻的时刻（对上帝来说时间是不存在的），这样一来，世界就必须是从无到有了。阿伊达说道：小萨，你就这么想不开？哈柯沃：既然无论如何要有信仰才能有所作为，那么对上帝宁可信其无，不可信其有。圣地亚哥：我也是这样认为的，阿伊达，我愿相信波利采尔的话是对的。哈柯沃：我烦恼的是我总是怀疑。阿伊达：总是不能肯定，哈柯沃。小萨，这是小资产阶级的不可知论，是用来掩饰其唯心主义的。阿伊达就没有怀疑？哈柯沃就那么相信波利采尔？阿伊达：对什么都怀疑是一种致命的弱点，它会使你瘫痪，无所作为。哈柯沃：它会使你终日探索，自己折磨自己，而不去行动，这样一来，世界就永远不会改变。这话可当真？不会有假？阿伊达：小萨，要行动就得有信仰，而信仰上帝并未曾有助于改变任何事物。哈柯沃：因此，还是要信仰能够改变事物的马克思主义，小萨。华盛顿：难道要向工人灌输系统的怀疑论吗？埃克托尔：难道要向农民灌输充足理由论吗？圣地亚哥回想：我当时也想，当然不能这样，小萨。最好当时能够把眼一闭：马克思主义是以科学为依据的；把拳头一攥：宗教就是无知；把脚一跺：上帝并不存在；把牙咬得咯咯响：阶级斗争是历史的动力；咬紧牙关，深吸一口气：无产阶级摆脱了资产阶级的剥削，也就解放了全人类；冲啊：也就将建立一个没有阶级的世界。圣地亚哥回想：小萨，可结果你没能够这样做，你过去是、现在是、将来是、到死你都是个小资产阶级。圣地亚哥想：难道儿时的奶水、中学的教育、家庭、所居住的市区就那么强大有力？你去望弥撒、忏悔、每月第一个星期五去领圣餐，还有祈祷，这一切都在起作用。骗人，我不相信。我经常到聋子老太婆的寄宿公寓去，量变导致质变，对，对，这才是起作用的。马克思以前，最伟大的思想家是狄德罗①。对，对。突然，圣地亚哥又感到了小蠕虫：骗人，我不相信。

“最主要的是，他们都未发现我在说谎。”圣地亚哥说道，“我说我没在写诗啦，我信上帝啦，我不信上帝啦，等等，我一直都在说谎，在骗他们。”

“您最好别再喝了，少爷。”安布罗修说道。

“在中学里、在家里、在区里、在学习小组里、在大学部②里，甚至在《纪事报》里，”圣地亚哥说道，“我这辈子都在干自己并不相信的事，一辈子都在装假。”

“爸爸把你那些共产主义的书都丢到垃圾堆里去了，这太好了，哈哈。”蒂蒂说道。

“我这辈子一直想信仰某种东西，”圣地亚哥说道，“却一直在撒谎。我没有信仰。”

小萨，你是由于缺乏信仰才倒霉的吗？会不会是由于你太胆怯了？车库里那只装旧报纸的大箱子里除了新版的波利采尔作品之外，又积累了许多别的书。圣地亚哥回想：都是些学习小组阅读过、讨论过的书，《怎么办?》《家庭、社会和国家的起源》③。他回想道：那些书装订很差，字体也小，《法兰西内战》被大家读得书页上沾满了手指印。经过事先的观察、询问、试探，学习小组又一致通过地吸收了

---

① 狄德罗（Diderot，1713—1784），法国哲学家，法国百科全书派的创始人。

② 即卡魏德组织的大学部，卡魏德是当时秘鲁共产党的化名，也是其机关报的名称。卡魏德是印加帝国的战士，在1535年保卫萨克萨瓦曼城堡的战役中宁死不屈，跳城而死。

③ 原文如此。应为《家庭、私有制和国家的起源》。

几个人：先是学人类学的印第安人马丁内斯，后是学医的索洛萨诺，还有一个几乎患有白癜风的黑人姑娘，外号叫“白鹤”。这样一来，埃克托尔的房间就显得小了，定期聚会也使得聋子老太婆的眼睛露出了警觉的神色，于是大家决定：还是滚吧。阿伊达提出到她家去，“白鹤”也愿意把房间奉献出来。大家决定，在赫苏斯·玛丽娅区佩蒂·杜阿路上一所糊着百合花墙纸的公寓房子里和利马克河畔一所红砖房子里轮流聚会。第一次到阿伊达家的时候，大家受到了一个高个子白发老人的热情招待。阿伊达：这是我爸爸。老人一面挨个儿和每个人握手，一面忧愁地望着大家。老人本来是排字工人、工会领导人，在桑切斯·塞罗①执政期间被捕过，差一点死于心脏病猝发。现在白天在一家印刷厂做工，晚上在《商报》做校对，已经不搞政治了。他知不知道我们到你家来是学习马克思主义的？知道。他不在乎吗？当然不，他还认为这样做挺好呢。

“你跟你爸相处得就像朋友一样，肯定很愉快。”圣地亚哥说道。

“自从我妈妈去世后，”阿伊达说道，“这可怜的人又做爸爸又做朋友和妈妈。”

“我要是想同爸爸和睦相处，就得隐瞒自己的真实思想。”圣地亚哥说道，“他从来不赞成我。”

“和一个资产阶级老爷是没办法讲通的。”阿伊达说道。

圣地亚哥回想：根据量变到质变的理论，小组也就从一个学习的组织变成了讨论政治的集会。从阐述马利亚特基②的文章到批判《新闻报》上的社论；从学习历史唯物主义到谴责卡约·贝尔穆德斯的暴行；从议论阿普拉的资产阶级化到谴责潜在敌人托洛茨基派所散布的流言蜚语。大家发现有三个人是托洛茨基分子，于是大家一连几个小

---

① 桑切斯·塞罗（Sánchez Cerro），秘鲁政党“革命联盟”的创始人，秘鲁总统（1930—1933）。

② 何塞·卡洛斯·马利亚特基（Mariátegui），秘鲁共产党的前身秘鲁社会党的创始人。

时，成天成月地想识破他们、调查他们、窥视他们、招惹他们：啊，知识分子，不安分的知识分子们。这三个人在圣马可的庭院里荡来荡去，满嘴都是革命言辞，挑拨性言辞，什么社会动荡啊、正统派啊，等等。托派的人数多吗？少得可怜，但是极为危险，华盛顿说道。索洛萨诺说道：他们是为警察局干事的吧？埃克托尔：也许，不过，不管干不干，起的作用是一样的。哈柯沃说：制造分裂、散布混乱、转移视线、毒化气氛，比直接告密还坏。为了捉弄托洛茨基分子，躲避密探，大家一致同意，在学校里不凑在一起，在走廊里遇上了也不要停下来谈话。圣地亚哥回想：学习小组团结、合作、互相支持，但是只在我们三个人之间才存在友谊。我们这个小圈子的三头聚会会不会使其余的人不高兴？三个人仍然一起去听课，上图书馆，上咖啡馆，在庭院中散步，看电影。《米兰的奇迹》使得他们振奋不已。影片结尾处出现的鸽子是和平鸽，还有那国际歌的音乐。维多里奥·德·西卡①是个共产党人吧？区里的某家电影院只要上映俄国影片，三个人就满怀希望和热情地急着赶去看，哪怕明明知道是一部老掉牙的、净是没完没了的芭蕾舞场面的影片。

“您感到冷吗？”安布罗修说道，“您的肚子在抽筋？”

“跟小时候一样，每天晚上都这样。”圣地亚哥说道，“我在黑暗中惊醒，以为自己要死去。我动都不能动，既打不开灯，也喊不出来。我蜷缩在床上，浑身是汗，颤抖不已。”

“经济系有一个人可以参加我们小组，”华盛顿说道，“问题是我们小组的人太多了。”

“您这病是怎么得的，少爷？”安布罗修说道。

“是的，我们再这么多人开会就太不慎重了。”埃克托尔说道，“我们最好分成两个组。”

---

① 维多里奥·德·西卡（Victorio de Sica，1902—1974），意大利著名电影导演，作品有《偷自行车的人》。

“分就分吧，我那时是最赞成的，连想都没想。”圣地亚哥说道，“几个星期之后，我每天醒来都像白痴一样不停地自言自语：这可不行，这可不行。”

“我们根据什么原则来分组呢?”印第安人马丁内斯说道，“要分就快点儿，不要浪费时间。”

“他着急了，因为他要分析剩余价值，他准备得很充分。”华盛顿笑了。

“我们可以抓阄儿。”埃克托尔说道。

“靠运气不合理。”哈柯沃说道，“我建议按姓氏的字母顺序来分。”

“当然，这样最合理，也最容易。”“白鹤”说道，“前四名分在一组，其余的在另一组。”

圣地亚哥回想：当时，我并未感到心脏受到打击，蠕虫也未出现，只感到惊愕、混乱。他回想：只是突然感到不自在，有一种顽固的想法：我错了。这是一种顽固的想法：我错了吗?

“赞成哈柯沃建议的人请举手。”华盛顿说道。

圣地亚哥更加不自在了，脑子一片混乱，突然感到一阵胆怯，这一切使他讲不出话来。在别人举手几秒钟后，他才举起了手。

他没有掉过头去看阿伊达，也没看哈柯沃，而是慢条斯理地点燃了一支烟，翻了翻恩格斯的著作，和索洛萨诺交换了一个微笑。

“好了，马丁内斯，你可以露一手了。”华盛顿说道，“剩余价值是怎么回事?”

圣地亚哥回想：不光是革命，哈柯沃还有一颗心，一颗温暖却隐蔽着的心，一个机灵的小脑袋，反应快，工于心计。他早就计划好了还是临时提出来的?革命、友谊、嫉妒、羡慕，一切都混成一团了，混在一起了，我的思想也乱了。小萨呀，哈柯沃也是上帝用肮脏的泥土造出来的啊。

“世界上根本不存在单纯的人。”圣地亚哥说道，“那次就是个例子。”

“您后来再没看见那位姑娘了吗？”安布罗修说道。

“跟她见面的次数减少了，哈柯沃倒是每星期跟她见两次面。”圣地亚哥说道，“我痛苦，感到受骗了，但不是由于道义上的原因，而是由于嫉妒。我那时胆子太小，不敢……”

“那个人大狡猾了，”安布罗修说道，“因此您到现在还不原谅他那次的卑鄙行径。”

印第安人马丁内斯的手势和声调跟学校里的老师一样：总之，剩余价值就是没有报酬的劳动。他反复、有力地讲着：剩余价值是劳动者白白生产出的那一部分产品，它使资本得以积累。圣地亚哥长时间地望着他那古铜色的圆脸，长时间地听着他那富有教学感的声调。他的周围都是一些香烟的红火，每当人们把手送往唇边，红火就亮一下。尽管有这么多人挤在一个狭小的空间里，圣地亚哥却感到空虚。蠕虫又出现了，缓慢而单调地在他腹内蠕动。

“我就像这些小虫子，在危险面前缩作一团，一动不动，等着人们来踩、来割自己的头。”圣地亚哥说道，“一个既胆怯又无信仰的人就像同时患了梅毒和麻风。”

“您怎么净讲自己的坏话，少爷？”安布罗修说道，“要是别人这样说您，您就不能容忍了。”

圣地亚哥回想：是不是原本似乎永恒的东西已经破灭？我感到痛苦是为她，为自己，还是为了哈柯沃？可是，小萨，你仍然像往常一样装出不在乎的样子，甚至比往常还镇静。你同哈柯沃和阿伊达离开会场，一面向市中心走去一面大谈恩格斯、剩余价值，根本不给人家时间插话。你大谈波利采尔、“白鹤”、马克思，滔滔不绝，人家一开口，你就打断人家。你没话找话，急急忙忙，长篇大论，思想混乱，只是为了永不结束你的独白。你臆造、夸张、说谎，你在受罪，只是为了不让别人提起哈柯沃的建议，不让别人讲出从星期六开始他们将在佩蒂·杜阿路开会，而你则要去利马克河畔；只是为了使自己觉得现在三人在一起仍像第一次那样。然而事实并非如此。三人穿过中心广场，可怕的是，在这里不像以前那样呼吸与共、思想相通了，就像同爸爸的谈话一样，某种矫揉造作、互相欺骗的东西把三人分割开了，使三人产生了误解，开始变成敌人。三人来到团结大街，谁也不看谁一眼。圣地亚哥讲个没完没了，另外两个只是听着。不知阿伊达对分组的事感到遗憾还是同哈柯沃事先商量好了？到了圣马丁广场，天色已晚。圣地亚哥看了看手表，跑去乘公共汽车。他是同他们握了手才匆匆离去的，但是没有约明天何时何地见面。圣地亚哥回想：这还是第一次呢。

小萨，你是不是在第二学年最后几个星期、期末考试之前无事可做的日子里倒的霉？圣地亚哥发疯似的阅读着，在小组里工作，努力去信仰马克思主义，人一天天瘦了下来。索伊拉太太说：光吃煮鸡蛋，光喝橘子水和麦片粥，人瘦得光剩下骨头架子了，体重轻得早晚有一天要飞上天。奇斯帕斯说：难道吃饭也妨碍你实现理想吗，超级学者？我不吃饭，因为一看见你这副面孔我就倒胃口。奇斯帕斯：打你一个耳光，超级学者，我可要打了。三个人仍然继续会面。每当圣地亚哥走进教室坐在他俩旁边，每当三人一起到帕雷尔莫咖啡馆去喝咖啡、到孤儿点心店去喝紫玉米酒或是去台球咖啡馆去吃夹馅面包，那蠕虫的头就必然出现，从肌肉组织和筋骨中钻出来，从血管和骨髓中钻出来。从头部钻出来后，就剩那酸溜溜的躯体。三个人仍然交谈，议论课程、下次的考试、联合中心、选举前的准备工作、各自小组里的讨论情况，还有被捕者的情况、奥德里亚的独裁、玻利维亚和危地马拉的局势。圣地亚哥回想：我们三人仍继续见面，那只是因为圣马可和政治把我们联系在一起，仅仅是偶然相遇，仅仅是出于责任感。学习小组开会后他们二人单独会面吗？他们还跟以前一样跟您一起参观博物馆、逛书店、看电影吗？他们思念您、想您、谈论您吗？

“你的电话，一个姑娘打来的。”蒂蒂说道，“保密功夫做得挺好嘛，她是谁？”

“你要是用另外那部电话偷听，我就弹你的脑壳。”

“你能到我家来一会儿吗？”阿伊达说道，“你没事吧？我没打扰你吧？”

“瞧你说的，我这就去。”圣地亚哥说道，“半小时，最多半小时后我就到。”

“呜咿，我这就去，呜咿，瞧你说的。”蒂蒂说道，“你能到我家来一会儿吗？呜咿，多么动听的声音啊。”

当他在拉尔柯路和何塞·冈萨雷斯路交叉口等汽车的时候，蠕虫又出现了。汽车沿阿雷基帕路上行的时候，蠕虫越长越大。他蜷缩在汽车里的一角，感到那蠕虫硕大无比，黏糊糊的。他越来越感觉冰冷，恐惧，也觉得越来越有希望，这时他的背部被那蠕虫分泌出的液体弄得湿漉漉的。天色已由黄昏变成了黑夜。是不是发生了什么事？还是即将要发生什么事？他思忖着：一个月以来，他们只能在圣马可见面。圣地亚哥回想：以前她从来没给我打过电话。他思忖着：也许……她也会突然……他在佩蒂·杜阿路的拐角处望见了她，她那瘦小的身影仿佛溶化在微弱的灯光之中。她正在家门口等着他。圣地亚哥做手势向她打了招呼，看到她面色苍白，仍然穿着那套蓝色外衣、蓝色毛衣和中学生穿的那种可怕的黑皮鞋。她目光严肃，嘴角紧绷。他感到她的手在颤抖。

“原谅我把你叫来，我想跟你讲点儿事。”圣地亚哥回想：这拘束的声调对她来说似乎是不可能有的，她的声调这么胆怯，简直不可置信。“我们走一会儿好吗？”

“哈柯沃没跟你在一起？”圣地亚哥说道，“出了什么事？”

“喝这么多啤酒，您的钱够付账吗？”安布罗修说道。

“该发生的事发生了。”圣地亚哥说道，“我还以为早就发生了呢，实际上只是那天早晨才发生。”

今天早晨我们一直在一起。毒蛇似的蠕虫又出现了。我们没去上课，因为哈柯沃对我说：我想单独跟你谈谈。毒蛇宛似一把锋利的尖刀。我们在共和国大街上走着。一把尖刀变成了十把尖刀。我们在展览会公园小湖旁的椅子上坐了下来。阿雷基帕路的双行道上行驶着来来往往的汽车。一把尖刀慢慢地插了进去，另一把拔了出来，接着又慢慢地插进了一把。圣地亚哥和阿伊达在林荫道上走着，路上很暗，空无一人。另一把尖刀又插了进去，像是插入一个软皮面包，他的心像面包屑一样，碎了。那微弱的声音突然停止了。

"他想跟你单独谈什么？"圣地亚哥回想：我当时没看她，话语是从牙缝挤出来的。"他要跟你议论我？说我坏话？"

"不，不是想议论你，是想谈谈我的问题。"圣地亚哥回想：她的声音犹如小猫喵喵叫。"他给我来了个措手不及，我不知如何是好。"

"他到底跟你说了些什么？"圣地亚哥喃喃地说道。

"他说他爱我。"圣地亚哥回想：她的声音犹如巴杜盖小时候的哀叫声。

"十月的一天晚上，七点，在阿雷基帕路的第四街区上。"圣地亚哥说道，"我明白了，安布罗修，我就是在此时此地倒霉的。"

圣地亚哥把双手从衣袋中抽出，放到嘴边，哈了一口气，想竭力装出笑容。他看到阿伊达交叉着双臂停下脚步，在最近处找到一张椅子坐了下来。

"在这以前你从来没发觉？"圣地亚哥说道，"你知道他为什么建议这样划分小组吗？"

"他说，我们三人总在一起不好，我们几乎形成了一个小圈子，别人会不高兴的。我相信了他。"圣地亚哥回想：这微弱的声音显得那么没把握。"他说，这样分组不会带来什么变化，虽然我们分属两个小组，但我们三人还可以跟过去一样，一切照旧。我也相信了他。"

"他是想单独跟你相处。"圣地亚哥说道，"换了别人也会这样干的。"

"可是你生气了，不再找我们了。"圣地亚哥回想：她警觉了，难过了。"我们三人以后就不在一起了，根本没有像以前那样。"

“我没生气，一切还和以前一样。”圣地亚哥说道，“我只是发觉哈柯沃总想单独跟你相处，我是个多余的人，但是我们仍然和以前一样是朋友。”

圣地亚哥回想：我这话就像别人说的，不是我本人说的。小萨，你当时讲话有点儿太坚定，太自然了。这不是出于我的本心，不可能啊。圣地亚哥站在中立的高度去理解，去解释，去对她进行规劝。他思忖着：这不是我本人在讲话。圣地亚哥感到自己很渺小，受到了侮辱，感到有某种东西隐藏在自己的声音中。他回想：我那时感到有某种东西在滑掉、跑掉、逃掉，这东西既不是骄傲、怨恨，也不是屈辱，更不是嫉妒。他回想起来了：是怯弱。阿伊达听他讲着，一动不动，带着一种他弄不懂也不想弄懂的神情观察着他。她突然站了起来，二人沉默着又走了半个街区，而那些尖刀仍在顽固而默默地切割着他的心。

“我不知道怎么办才好，我的思想很乱，很犹豫，”最后，阿伊达说道，“因此，我才给你打电话，我想你也许可以帮助我。”

“我当时大谈起政治来。”圣地亚哥说道，“你懂我的意思吗，嗯？”

“那当然，”堂费尔民说道，“你必须离开我家，离开利马，销声匿迹。这不是为我自己考虑，无赖，我是为你着想。”

“你这话是什么意思？”圣地亚哥回想：她仿佛吃了一惊。

“我的意思是，爱情把人变成了个人主义者。”圣地亚哥说道，“接着就把爱情看得比什么都重，甚至比革命还重。”

“可是你说过，两者并不矛盾呀。”她喃喃地说道，圣地亚哥回想：她的声音极轻。“你现在又认为两者有矛盾了？你怎么能知道你以后永不恋爱了？”

“我那时什么都不相信，什么都不懂，”圣地亚哥说道，“我只有出走，逃避，销声匿迹。”

“您叫我到哪儿去呀，老爷？”安布罗修说道，“您不信任我了，您是在赶我走，老爷。”

“这样说来，你并没有犹豫；这样说来，你也爱上他了。”圣地亚哥说道，“对你和哈柯沃二人而言，很可能两者并不矛盾。再说，他是个很好的小伙子。”

“我知道他是个好小伙子，”阿伊达说道，“可我自己不知道我是不是爱他。”

“你是爱他的，我看出来了。”圣地亚哥说道，“不光我，小组里所有的人都看出来了。你应该接受他的爱，阿伊达。”

小萨，你坚持说哈柯沃是个好小伙子，你坚持说阿伊达爱上他了，你说他们将会相处得很好，你反复不停地这样说。她站在家门口一声不吭地听着。她双臂交叉，是不是在估摸圣地亚哥有多么傻？她低着头，是不是在衡量圣地亚哥有多么怯弱？她双脚并拢，是不是真的想要圣地亚哥给她忠告？圣地亚哥回想：她那时到底知不知道我爱她？她也许想看看我敢不敢向她讲出来？他回想：如果我讲出来，她又将说些什么呢？如果她先表态，我又将如果呢？唉，小萨！

有一天，圣地亚哥看到阿伊达和哈柯沃手牵手地走在哥尔梅纳路上，那天、那个星期、那个月以后，大家明白了，事实上华盛顿是两个小组之间受欢迎的联络人，你是不是在那个时候倒霉的？学习小组里几乎没有什么议论，只是华盛顿不慎开个玩笑：在那个小组里，两个人正在建筑爱情的小巢，一部无声的浪漫史。“白鹤”也偶尔流露那么一点：真是理想的一对儿。没有时间开玩笑了，学校选举即将来临，大家每天都要开会研究提什么样的候选人来代表联合中心、要不要接受组织联盟的建议、支持什么样的候选人名单、写什么样的墙报和传单。一天，华盛顿在“白鹤”家中召集两个小组开会，他笑容满面地走进利马克河畔的那间小屋：我带来了一样东西，是爆炸性的。圣地亚哥回想：那是卡魏德，秘鲁的共产党组织。大家挤在一起，香烟冒出的烟雾笼罩了挨个传递着的几张油印小报。啊，卡魏德。一双双发红的眼睛一次又一次地贪婪地阅读着。啊，秘鲁的共产党组织。

大家看着报上印的那个印第安人，他头戴耳帽，身披斗篷，足登皮凉鞋，面孔严峻，高举拳头在号召人们去战斗。刊头下面又重新出现了交叉着的斧头镰刀。大家高声朗读、解释、讨论，子弹似的向华盛顿提出一连串的问题。大家都把油印小报带回了家，圣地亚哥也忘掉了自己的不满情绪和缺乏信仰，忘掉了自己的失望、胆怯和嫉妒心。这并不是神话，秘鲁共产党并未因奥德里亚的迫害而销声匿迹。不顾卡约·贝尔穆德斯的迫害，男男女女仍在秘密集会，组织支部；他们不顾密探的监视和被流放的危险，仍在印刷卡魏德；他们不顾监禁和酷刑，仍在为革命作准备。圣地亚哥回想：华盛顿晓得谁是共产党，他们如何活动，在哪儿活动，我一定要加入共产党，一定要加入。那天晚上，他一面关上床头柜上的台灯，一面思索着：我要加入共产党。虽有危险，但他那时还是勇敢的，有所追求的。在黑暗中，他热血沸腾。在梦中，他仍然热血沸腾。不是吗？

7

“他坐过牢，也许是因为盗窃、杀人，也许是由于被人诬陷。”安布罗修说道，“我那黑妈妈说，但愿他死在狱里，可是后来他被释放了，我这才认识他。我这辈子只见过他一次，老爷。”

“对那些人进行审讯了没有？”卡约·贝尔穆德斯说道，“全是阿普拉分子吗？多少人有过前科？”

“注意，兀鹰来了，”特里福尔修说道，“注意，它飞下来了。”

中午，阳光直射在沙地上，一只眼睛血红、羽毛漆黑的兀鹰在纹丝不动的沙丘上面滑翔，它拢紧双翅，张着尖喙盘旋而下，在闪光的沙漠中引起一阵轻微的颤动。

“十五人有案底。”警察局长说道，“其中九人是阿普拉分子，三人是共产党分子，三人身份不明。另外十一人无前科。还未对他们进行审讯，堂卡约。”

那是条鬣蜥？只见它那两只前脚发狂地爬着，在沙地上激起一阵笔直的灰尘，仿佛一溜火星在燃烧，犹似一支无形的箭镞在拖行。那猛禽却不紧不慢地扇翅扫地而过，用尖喙一下子拦住了鬣蜥，把它叼起，在飞往天空的时候就把它弄死了。兀鹰一面朝着夏日明净而炎热的天空飞去，一面有条不紊地吞噬着鬣蜥。骄阳迎着兀鹰射出金色的长矛，刺得它闭起了眼睛。

“叫他们赶快审讯。”卡约·贝尔穆德斯说道，“受伤的人好些了没有?”

“我们就像两个互不信任的陌生人一样谈了一会儿，”安布罗修说道，“那是好几年前的一个晚上，在钦恰。从此我就再也没有他的消息了，少爷。”

“学生们不得不被送进了警察医院，堂卡约。”警察局长说道，“警察倒没什么，只是轻微的扭伤。”

兀鹰一个劲地往上飞。它一面消化着鬣蜥，一面在有阴影的地方向上飞。当它感到了炽热的光线，就庄严地画了个圈子，只见下面一团黑影，一个小斑点在那波浪状的、静止不动的、黄白两色的沙地上慢慢散开，那是围墙、铁栏围成的圆形铺石场地，里面是些半裸的人，他们躺在棚子的阴影下一动不动。铅皮搭成的棚顶反射着阳光。还有一辆吉普车、木桩、棕榈树、一道水流、一条宽沟、茅屋、房子、小汽车和种着树木的广场。

“我们在圣马可留下了一个连，并且正在派人修理被坦克冲倒的大门。”警察局长说道，“我们还在医学院留下了一个分队。但是看不出有示威的企图，没有什么动静，堂卡约。”

“把那些人的档案给我，我要呈给部长。”卡约·贝尔穆德斯说道。

兀鹰和谐地张开漆黑的双翅朝下飞去，庄严地盘旋了片刻，又在树上、河上和静止不动的沙漠上飞翔片刻，接着又从容不迫地在耀眼的铅皮上绕了几个圈子，盯着铅皮朝下飞了一点，根本没注意下面的那些人。他们在用围墙和铁栏杆围起来的三角形地带中时而贪婪地吵嚷叫喊，时而别有用心地沉静下来。兀鹰把注意力集中在棚顶上，它继续朝下飞，正在接近棚顶上的反光，难道它是被那光怪陆离的光线迷惑住了而被弄得目眩神迷的吗?

“是你下令攻占圣马可大学的吗?”埃斯皮纳上校说道，“是你?

也不跟我商量商量?"

"他黑皮肤，白头发，高个子，走起路来像个猿猴。"安布罗修说道，"他想知道钦恰有没有妓女，还拿了我一笔钱。我对他没有好感，老爷。"

"圣马可的事等会儿再说，你先告诉我这次旅行怎么样。"贝尔穆德斯说道，"北方的局势怎么样?"

兀鹰小心翼翼地伸出它那灰色的钩爪。它是想试试铅皮的承受力、温度还是想试试铅皮存在不存在呢？它收拢双翅，在铅皮棚顶上停了下来，警惕地东瞅瞅西望望。但是为时已晚。石块雨点般砸进了它的羽毛，打断了它的骨头，折弯了它的尖喙。石块从铅皮棚顶滚下场院，发出阵阵金属响声。

"那儿的局势不错，不过我想知道你是不是发疯了。"埃斯皮纳上校说道，"上校，圣马可被占领了；上校，突击队开进了圣马可。可我这个内政部长却如坠五里云雾。你疯了，卡约?"

猛禽滑得站立不稳，拼命挣扎着，灰色的铅皮渐渐被鲜血染红。兀鹰滑到棚顶边沿，掉了下来。几双饥饿的手接住它，争夺它，把它的毛拔个精光。人们笑着，骂着，土坯墙脚下的火堆噼啪地响着。

"咱老爷的眼力如何?"特里福尔修说道。"咱是干什么的？看你们谁敢不信。"

"圣马可这个疖子只用了两个小时就挤破了，无一人死亡。"贝尔穆德斯说道，"你不谢谢我，还问我是不是疯了，这太不公平了，山区佬。"

"那天晚上以后，我那黑妈妈也没再见到他。"安布罗修说道，"她认为他天生就是个坏蛋，少爷。"

"这样一来，外国就会抗议，这对我们的政权是很不利的。"埃斯皮纳上校说道，"总统希望避免麻烦，你难道不晓得?"

"对我们政权不利的应该是在利马的中心存在着一个颠覆策源地。"贝尔穆德斯说道，"几天之内，警察就可以撤出，圣马可就可以复课，一切都会平静下来。”

特里福尔修吃力地嚼着刚才赤手空拳猎获的肉块，手臂还在炙痛，黝黑的皮肤上还留着抓痕，烧烤猎获物的火堆还在冒烟。他眯缝着眼，蹲在铅皮棚子一个遮阴的角落里，也许是由于阳光的照射，也许是为了享受下巴咀嚼产生的快感。这快感还传到了颚间、舌头和喉咙，下咽的时候，烤肉上的细毛也在美美地轻搔着他的喉咙。

“不管怎么说，你没有得到批准。作决定的应该是我，部长，而不是你。”埃斯皮纳上校说道，“许多政府还没有承认我们，总统很恼火。”

“注意，有人来参观了。”特里福尔修说道，“注意，来了。”

“可美国承认了我们，这是最重要的。”贝尔穆德斯说道，“你不要担心总统，山区佬，我昨天晚上在行动之前跟他商量过了。”

其他的人，有的在炙人的阳光下荡来荡去：这时他们已经和好，不再互相仇恨了，已经忘掉了刚才还在为几块碎肉互相谩骂，又推又打了。有的则躺在墙根处，用手捂着眼睛，张着嘴呼呼大睡。他们浑身龌龊，赤着双脚，由于疲倦、饥饿和炎热，都变得粗俗了。

“这次该轮到谁了？”特里福尔修说道，“这次该叫谁了？”

“我认为那天晚上以前，他从来没伤害过我，”安布罗修说道，“虽然我跟他并不亲，可也从来没恼恨过他，老爷。说真的，那天晚上我倒是很可怜他。”

“我向总统保证不会死人，我做到了。”贝尔穆德斯说道，“你看，这是十五个被捕者的政治档案。我们将对圣马可进行清洗，只有这样做才能复课。你还不满意，山区佬？”

“您要理解我，少爷，我可怜他倒不是因为他坐过牢，”安布罗修说道，“是因为他像个叫花子，光着脚，脚趾甲有这么长，胳臂上都是伤疤。脸上倒没有伤痕，但是满面污垢。您瞧，我跟您讲话很坦率。”

“你做事好像眼里根本没有我这个人。”埃斯皮纳上校说道，“为什么不跟我商量一下?”

堂梅尔基亚德斯带着两名警卫沿着走廊走了过来，身后跟着一个高个子男人。男人头戴草帽，身穿白色上衣，系着蓝色领带，衬衣比上衣还要白。热风一吹，帽檐和帽顶就像绢纸一样直颤动。来人停下来，堂梅尔基亚德斯一面同陌生人讲话，一面朝庭院指指点点。

“因为当时的情况很危险，”贝尔穆德斯说道，“圣马可里的人很可能有武器，很可能开枪。我不愿意让鲜血洒在你的头上，山区佬。”

那个人不是律师，从来没有一个律师穿得这么好；也不是上级，因为今天没有像往常那样，一有人视察，就给犯人吃菜汤，叫犯人清扫牢房和厕所。不是律师，也不是上级，那人到底是谁呢?

“当然，这可能影响你的政治前途，但我已经向总统作了解释。”贝尔穆德斯说道，“决定是我作的，我负一切责任。如果有恶果，我就辞职，无损你山区佬一根毫毛。”

特里福尔修放下手中精光的骨头：实在不能再啃了。他挺了挺身子，头微垂，用惊恐的眼光望着走廊：堂梅尔基亚德斯仍在指指点点，用手指着他在说什么。

“现在事情很顺利，一切功劳都是你的。”埃斯皮纳上校说道，“总统会想，我推荐的人比我本人有能耐。”

“喂，你，特里福尔修!”堂梅尔基亚德斯喊道，“你没听见我在叫你吗? 还等什么?”

“总统晓得我是靠你得到这个职位的。”贝尔穆德斯说道，“总统也知道。只要你一皱眉头，我就得说声‘多谢了’，回老家卖我的拖拉机去。”

“喂，说你呢!”两名警卫一面挥手一面喊道，“喂，叫你了!”

“圣马可大学里只有三把弯刀、几瓶莫洛托夫鸡尾酒①，没什么了不起的。”贝尔穆德斯说道，“我命人留下了几把左轮、几把刀和几

① 一种内装汽油的瓶子，用来引爆。

个指套①，那是用来对付记者的。”

特里福尔修站起身来，跑步穿过庭院，扬起一阵灰尘。在离堂梅尔基亚德斯一米处停下来。其他犯人伸出头默默地望着，散步的人止住了脚步，睡着的人伏在地上看着。阳光直泻而下。

“你还召集了记者?”埃斯皮纳上校说道，“你难道不知道公报要由部长签字，只有部长才能召开记者招待会吗?”

“过来，特里福尔修，把那只桶举起来。堂埃米略·阿雷瓦洛想试试你的力气。”堂梅尔基亚德斯说道，“可别给我丢脸，我跟他说了，说你能举起来。”

“我召集记者是为了让你跟他们讲话。”贝尔穆德斯说道，“给你，这是详细报告、档案和供他们拍照的武器。我是想到了你才召集记者的，山区佬。”

“我什么事也没干，老爷!”特里福尔修又是眨眼又是叫冤，等了一会儿又叫起冤来，“我什么也没干。我起誓，堂梅尔基亚德斯。”

“好了，我们不要再说了，”埃斯皮纳上校说道，“不过你要知道，我本想在工会问题解决之后再解决圣马可问题的。”

黑色的圆桶放在栏杆下面，放在堂梅尔基亚德斯、两个警卫和那穿白色上衣的陌生人的脚下。其他犯人有的漠然处之，有的极感兴趣，也有的松了一口气。他们望着圆桶，望着特里福尔修，也有的带着嘲讽的神情互相交换着眼色。

“圣马可的问题现在并没有解决，可是，到了解决的时候了。”贝尔穆德斯说道，“这二十六个人是出头露面的，但是大部分头头还逍遥法外，现在应该下手了。”

“别发傻，快把这只桶举起来。”堂梅尔基亚德斯说道，“我晓得你什么事也没干。快，举起来让阿雷瓦洛先生看看。”

“工会比圣马可更为重要，要尽快进行清洗，”埃斯皮纳上校说

---

① 金属制，戴在手指上用来打人。

道，“现在还没有人出来讲话，但阿普拉在工人中间很有影响，一点火花就可以引起爆炸。”

“那次我病了，才在牢房里拉屎。”特里福尔修说道，“实在憋不住了，堂梅尔基亚德斯。我说的是实话。”

“我们会进行清洗的。”贝尔穆德斯说道，“凡是需要清洗的，我们都要清洗，山区佬。”

陌生人放声大笑，堂梅尔基亚德斯放声大笑，整个庭院也爆发了一阵大笑。陌生人走近栏杆，把手伸进衣袋，掏出一样闪闪发光的东西给特里福尔修看。

“你看了地下出版的《论坛报》了吗?”埃斯皮纳上校说道，“全是攻击陆军、攻击我们的胡说八道。应该阻止这种肮脏的小报继续流传。”

“举起这只桶，就赏我一个索尔，老爷?”特里福尔修眨眨眼，笑了，“当然，我举，我举，老爷。”

“当然，在钦恰，对他的议论很多，老爷。”安布罗修说道，“说什么他强奸幼女，拦路抢劫，还在一次斗殴中杀了人。他不一定干了这么多的坏事，但某些坏事肯定是干了，不然的话，为什么坐牢坐这么长时间呢?”

“你们这些军人还在用十年前的眼光看待阿普拉。”贝尔穆德斯说道，“他们的领导人已经老朽了，腐化了，不愿意送死了。肯定不会引起爆炸，也不会引发革命。我向你保证，这些小报会消失的。”

特里福尔修把一双大手举到面部（眼皮处已有皱纹，脖颈和鬈曲的鬓角处已有白发），向掌心吐了两口唾沫，又搓搓手，抢上前一步，拍了拍圆桶，又摇了摇，把自己的长腿、肥肚和宽胸贴在硬邦邦的桶身上，然后用两只长臂亲热地猛然一抱。

“我后来再也没见到过他，只有一次，我听到过对他的议论。”安布罗修说道，“有人在省里一些镇子上看到过他，那是在五十年代大选的时候。他在为参议员阿雷瓦洛竞选，又是贴标语又是撒传单，那是为了提名堂埃米略·阿雷瓦洛为候选人。那位阿雷瓦洛是您父亲的朋友，少爷。”

“堂卡约，名单搞好了。布斯塔曼特任命的警察局长和副局长中只有三名辞职。”阿尔西比亚德斯博士说道，“十二名警察局长、十五名副局长打来了电报，祝贺将军接管政府。其他的人还在保持沉默，他们大概希望能对他们的任命加以确认，但又不敢提出这一要求。”

特里福尔修眼睛一闭，猛地把圆桶搬了起来，脖颈和前额上青筋直绷，粗糙的面皮立即被汗水打湿，厚厚的嘴唇也发紫了。他弯着腰，用全身的力气承受着圆桶的重量。一只大手顺着桶边往下一扶，圆桶就扛上了肩。他扛着沉重的圆桶像醉汉一样趔趄了两步，骄傲地向栏杆处瞄了一眼，接着身子一拱，把圆桶放回地上。

“山区佬还以为他们会大批辞职，他就可以随意任命警察局长和副局长了呢。”贝尔穆德斯说道，“您瞧，亲爱的博士，上校根本不了解秘鲁人。”

“真像头牛，梅尔基亚德斯，你说得对，以他这个岁数真不简单。”穿白色上衣的陌生人把钱币向空中抛去。特里福尔修当空接住。“喂，你多大岁数了？”

“上校以为所有的人都跟自己一样，都是忠厚的人。”阿尔西比亚德斯博士说道，“不过，您说说看，堂卡约，那些警察局长和副局长为什么还要忠于可怜的布斯塔曼特呢？他已经一蹶不振了。”

“我也不知道。”特里福尔修笑了，头一歪，擦了擦脸上的汗水，“我有一把年纪了，比您大，老爷。”

“请您给拍了效忠电报的人确认一下职务，还有那些保持沉默的人。反正我们将要慢慢地把他们一个一个地都撤下来。”贝尔穆德斯说道，“对那些辞职的人，也要对他们过去提供的服务表示一下感谢。请告诉洛萨诺，让他给这些人立案。”

“有一个人是你喜欢的类型，伊波利托，”鲁多维柯说道，“是洛萨诺先生特意给我们送来的。”

“怎么搞的，卡约？全利马还在流传着令人作呕的讽刺性地下传单。”埃斯皮纳上校说道。

“我问你，地下报纸《论坛报》是什么人、在哪儿印刷的？怎么一眨眼就出来了？”伊波利托说道，“你瞧，你的确是我喜欢的那类人。”

“颠覆性的小报必须马上消灭，”贝尔穆德斯说道，“听懂了吗，洛萨诺？”

“准备好了吗，黑家伙？”堂梅尔基亚德斯说道，“你的脚大概发痒了吧，对不对，特里福尔修？”

“你不知道是什么人、在哪儿印刷的？”鲁多维柯说道，“那你在维塔特被捕的时候怎么口袋里揣着一份《论坛报》？”

“您问我准备好了没有，是吗，堂梅尔基亚德斯？”特里福尔修苦笑着说。

“我刚到利马的时候还给黑妈妈寄钱，也时常回去看望她，”安布罗修说道，“以后就不了。她去世的时候对我的情况一无所知，我感到很难过，老爷。”

“是别人塞进你口袋里的？你竟没有发觉？”伊波利托说道，“那你也太呆了。瞧你这裤子，包得这么紧，头发也抹得流油。这么说来，你根本不是阿普拉分子啰？连什么人、在哪儿印刷《论坛报》你也不知道啰？”

“你忘了，你今天出狱。”堂梅尔基亚德斯说道，“你难道在这儿待惯了，不想出去了？”

“黑妈妈的去世还是一个钦恰的老乡告诉我的呢，少爷。”安布罗修说道，“我那时正在给您父亲当司机。”

“没忘，老爷，没忘，老爷。”特里福尔修手舞足蹈起来，“可是，老爷，您是怎么想起来要放我出去的？”

“你瞧，伊波利托生气了，都是你惹的，你最好干脆点，都说出来。”鲁多维柯说道，“你要小心，你可是他喜欢的那种人。”

“犯人们不是不回答，而是不说实话，还互相推诿，”洛萨诺说道，“我们连觉也没睡，堂卡约，一连几夜都没合眼。不过，我发誓，我一定要消灭那些传单。”

“把手指给我，对，就这样，画个押。”堂梅尔基亚德斯说道，“好了，特里福尔修，你又自由了，不觉得意外吗？”

“秘鲁不是个文明国家，而是个野蛮无知的国家，”贝尔穆德斯说道，“对这些人不要瞻前顾后的，赶快把我需要知道的审个明白。”

“没想到你这么瘦，”伊波利托说道，“穿着衬衣和上衣，人都看不出来了，瞧，连骨头都能一根一根地数得清楚。”

“你还记得那位因为你举起圆桶给你一个索尔的阿雷瓦洛先生吗？”堂梅尔基亚德斯说道，“他是个庄园主，重要人物，你愿意跟他干事吗？”

“是谁？在哪儿？为什么这么快？”鲁多维柯说道，“你想让我们就这样度过一个晚上？伊波利托可又要生气了。”

“我当然记得，堂梅尔基亚德斯。”特里福尔修又是做手势，又是挤眉弄眼，连连点头，“我现在就走还是等您的命令，老爷？”

“你这身子要是给我打坏了，那我太难过了，”伊波利托说道，“我越来越喜欢你了。”

“阿雷瓦洛先生需要有人给他搞竞选，他是奥德里亚的朋友，就要当参议员了。”堂梅尔基亚德斯说道，“他给的工资高。你要好好利用这次机会，特里福尔修。”

“你连姓名还没告诉我们呢，”鲁多维柯说道，“难道连姓名也不知道，也忘了？”

“你先喝个大醉，找到自己的家，然后逛逛妓院。”堂梅尔基亚德斯说道，“星期一你就到他家去。他家就在伊卡①的路口，你一打听就会有人告诉你。”

---

① 指伊卡市，伊卡省的省会。

“你是一直这么胆小还是吓昏了头？”伊波利托说道，“连鸡巴都看不见了，这也是给吓的？”

“我一定记住，老爷，我还能指望什么呢。”特里福尔修说道，“我非常感谢您把我介绍给那位先生。”

“放开他吧，他都听不见你讲话了，伊波利托。”鲁多维柯说道，“我们到洛萨诺先生的办公室去吧，别管他了，伊波利托。”

警卫在他背上拍了一下：太好了，特里福尔修。接着就在他身后把大门一关：咱们是永别还是下次见，特里福尔修？特里福尔修迅速向前走去，他很熟悉这条土路，在头等牢房里就能看到。他很快就到达生长着树木的地方，这个地方他也是背熟了的。接着就沿着另一条土路向前走去。到达郊区的茅屋群之后，他并没有停留，反而加快了步伐，几乎跑步穿过那些茅屋和那些以惊愕、淡漠或恐惧的目光盯着他看的人影。

“并不是我不孝，不爱她，我那黑妈妈配得上进天堂，老爷，跟您一样。”安布罗修说道，“为了养活我，给我弄吃的，她干活干弯了腰。问题是生活使得人连自己的妈妈都没有时间顾得上。”

“我们把他放在一边了，因为伊波利托一失手就把他打得直说胡话，昏了过去，洛萨诺先生。”鲁多维柯说道，“我想那个特里尼达·洛佩斯不是阿普拉分子，他连阿普拉在哪儿都不知道。不过，您要是愿意，我们可以把他弄醒继续审问，先生。”

特里福尔修继续往前走，越走越急，越走越错。他那双赤脚有力地踏在石子路上。在几条进城的大街上，他辨别不出方向了。他越走越接近市中心，城市又长又宽，同他记忆中的城市完全不一样了，他的眼睛认不出来了。他放慢了速度，漫无目的地走了起来，最后在一片广场上的棕榈树荫下的一条长椅上躺了下来。在一个街角处，有一家店铺，抱着孩子的妇女不断地走进店铺。一些男孩子在抛石子打路灯，几条狗在狺狺而吠。特里福尔修不知不觉地哭了起来，然而是一种无声的哭泣。

“您的舅父①建议我同您谈一谈，上尉，另外，我也非常想认识您。”卡约·贝尔穆德斯说道，“在某种意义上讲，我们是同行，对吗？我们肯定会在一起合作一两次的。”

“我那黑妈妈是好心人，她这一生作的牺牲太大了。望弥撒从来不缺席。”安布罗修说道，“不过，她的脾气很特别，少爷。比如说吧，她从来不用手打我而是用棍子打。她说：打你是为了让你别像你爸爸那样。”

“久仰大名，贝尔穆德斯先生。”帕雷德斯上尉说道，“我的舅父和埃斯皮纳上校非常看重您，他们说，这一切都是您的功劳。”

特里福尔修站起身来，用广场上的泉水洗了洗脸，向两个路人打听去钦恰的公共汽车何时开，车票多少钱。接着他朝停满汽车的另一个广场走去，一路上不时地停下来看看女人和各种变了样的事物。他打听到了汽车，跟人讨价还价，又行乞讨了点钱，才登上一辆卡车，但是等了两个小时车才开。

“别提什么功劳了，在这方面您大大地超过了我，上尉。”贝尔穆德斯说道，“在革命中，您连手下的军官都豁出去了，现在连军事保安局也让您整得纳入了轨道。这都是您的舅父告诉我的，您可别否认。”

这趟旅行，特里福尔修一路站着。他手抓着车栏杆，朝着沙漠、天空和在沙丘中时隐时现的大海不停地嗅着，贪婪地看着。卡车驶进了钦恰，他睁大了眼睛东张西望，对城市的变化感到惶惑。太阳已经下山，清风习习，广场上的棕榈树叶在婆娑起舞，发出沙沙的响声。特里福尔修激动异常，目眩神迷，但他仍然急匆匆地从棕榈树下走过。

“革命时期的事嘛，倒是实在的，也用不着谦虚。”帕雷德斯上尉

---

① 指奥德里亚。原文为 tío，有叔伯、姑父，舅父、姨父之意。二人不同姓，“叔伯”可以排除，姑译为“舅父”。

说道，“不过，在保安局的问题上，我只不过是莫利纳上校的一个合作者，贝尔穆德斯先生。”

到村子里去的路程又漫长又曲折，因为特里福尔修的记忆总是搞错，他不得不时常向路人打听格罗修·普拉多村的入口处在什么地方。直到黑夜降临，万家灯火通明之时他才到达。格罗修·普拉多村已经没有茅屋了，盖起了结实的房子。村口两旁已经不是棉田，而是邻村的房屋了。然而他原来的那间茅屋原封未动，大门开着，他立即认出了托玛莎。她还是那么胖，那么黑，正坐在地上吃饭。她的左边还坐着一个女人。

“莫利纳上校是出头露面的，而您是真正使机器运转起来的人。”贝尔穆德斯说道，“这也是我从您的舅父那里知道的，上尉。”

“我那黑妈妈做梦都想买彩票中彩，老爷。”安布罗修说道，“在钦恰，一个卖冰激凌的中了彩，于是她想，也许上帝会让别人也中一次彩吧。她借钱买了几张彩票，把彩票供在圣母像前面，还点了蜡烛。但是她从来没中过，老爷。”

“可以想象得出，您这个内政部在布斯达曼斯特执政期间是什么样子的。到处是阿普拉分子，天天都有颠覆活动。”帕雷德斯上尉说道，“可当时的内政部并没能帮那群无赖多大的忙。”

特里福尔修一跃冲进房门，站在两个女人中间直捶胸号叫。那个陌生的女人惊叫一声，在胸前画起十字来。托玛莎蜷缩在地上愣愣地望着他，突然脸上的恐惧神色消失了，既不说话也不站起来，只是用拳头朝茅屋的门一指。但是特里福尔修并没有出去，而是哈哈大笑起来，欢快地一屁股坐在地上，在自己的腋下抓挠起来。

“起码帮他们消灭了痕迹。办公室的档案根本没什么用处，”贝尔穆德斯说道，“阿普拉分子把档案柜都弄走了。一切都得重新组建。关于这个问题，我正想和您谈谈呢，上尉，军事保安局对我们会有很大帮助呢。”

“啊，你是贝尔穆德斯先生的司机？”鲁多维柯说道，“非常高兴认识你，安布罗修，你是来帮我们解决贫民区问题的？”

“没问题，我们当然应该合作。”帕雷德斯说道，“您需要什么材料，我一定提供，贝尔穆德斯先生。”

“你回来干什么？谁叫你来的？谁请你来了？”托玛莎吼道，“你这副样子简直像个逃犯。你没见我的朋友一见你就吓跑了吗？你是什么时候给放出来的？”

“我有求于您的不只是提供材料，上尉。”贝尔穆德斯说道，“我想掌握军事保安局的全部政治档案，复制一份。”

“那个人叫伊波利托，身体比牛还壮。”鲁多维柯说道，“他马上就来，我会给你介绍的。他也不在正式编制之中，将来也肯定不会列入编制。我本人希望有朝一日交上好运，能列入正式编制。喂，安布罗修，你肯定是有编制的，对吗？”

“我们的档案是不能动的，属于军事机密。”帕雷德斯上尉说道，“我会把您的想法转告给莫利纳上校。不过他也不能作决定，最好由内政部长给陆军部长发函提出要求。”

“你的朋友跑了出去，好像我是个魔鬼似的。”特里福尔修笑了，“喂，托玛莎，这个给我吃了吧，我太饿了。”

“我正是要避免发函，上尉。”贝尔穆德斯说道，“内政部办公厅应该有一份档案副本，但不能让莫利纳上校知道，也不能让陆军部长知道。您懂我的意思吗？”

“这种活真累人，安布罗修。”鲁多维柯说道，“干起来一连几个小时，嗓子都喊哑了，力气也使尽了。任何一个有正式编制的人都可以走过来训斥你，洛萨诺先生还用减少工资来威胁你。所有人都感到这活累人，只有伊波利托那头牛不感到吃力。要我告诉你为什么吗？”

“有些绝密档案我是不能瞒着上级给您副本的。”帕雷德斯上尉说道，“所有军官和成千上万的文职人员的公事和私事都在上面。这就像中央银行的黄金储备，贝尔穆德斯先生。”

“是的，你必须离开此地。不过，眼下你要镇静些，喝口酒吧，你这无赖。”堂费尔民说道，“现在你先告诉我事情的经过，别哭了。”

“完全正确，上尉。那档案等于黄金储备，这我很清楚。”贝尔穆德斯说道，“您的舅父也很清楚，只有负责安全的人才能知道。我绝不是想惹莫利纳上校不痛快。”

“因为拷打一个人半小时之后，伊波利托那头牛的骚劲儿就上来了①。啪，骚劲儿就突然上来了。”鲁多维柯说道，“别人都感到泄气、厌烦，可他不，啪，骚劲儿就犯了。等你见到他就会了解。”

“相反，我是想使莫利纳上校得到提升，”贝尔穆德斯说道，“给他一支部队、一个大本营，归他指挥。而您则会成为代替莫利纳上校主管安全局最适当、最无争议的人选。这样我们就可以把两个单位一点一点地合并。”

“一夜也不行，一个小时也不行！”托玛莎说道，“你一分钟也不能待在这里。你马上给我走，特里福尔修。”

“您简直把我的舅父揣在口袋里了，朋友。”帕雷德斯上校说道，“您认识他才六个月，他就对您比对我还信任了。啊，我这是开玩笑。卡约，我们可以用‘你’彼此相称了，对不对？”

“犯人不说实话，倒不是因为他们勇敢，安布罗修，是因为胆小。”鲁多维柯说道，“等轮到你跟他们打交道，你就知道了。比如，你的头头是谁？是某某某，某某某。你是什么时候参加阿普拉的？我不是阿普拉。那你为什么说某某某、某某某是你的头头？他们不是头头。真累死人，我说的都是真的。”

“你的舅父懂得政权的生死存亡取决于保安局。”贝尔穆德斯说道，“现在人们全都鼓掌欢迎，可是要不了多久，就会发生摩擦，争权夺利。那时就全靠保安局来解决各种野心和不满。”

“我并不想住下来，我是来看看你。”特里福尔修说道，“我就要给伊卡的一个大富翁干事去了，他叫阿雷瓦洛，真的，托玛莎。”

---

① 伊波利托是个同性恋者。

“这我很清楚，”帕雷德斯上尉说道，“等阿普拉分子被消灭，政权内部就会出现反总统的敌人。”

“再比如说，你是共产党吗？你是阿普拉分子吗？我不是阿普拉，我不是共产党。”鲁多维柯说道，“你是胆小鬼，我们还没碰你，你就说谎了。一连几个小时，夜夜如此，可伊波利托对干这种活倒蛮起劲的。这下你知道他是什么样的人了吧？”

“因此，要作长远打算，”贝尔穆德斯说道，“目前最危险的人物都在民间，以后就在军队中。这下你知道为什么在档案问题上要秘密进行了吧？”

“佩尔佩铎埋在哪儿你都不问一声，安布罗修是不是还活着你也不问。”托玛莎说道，“你难道忘了你是有孩子的人？”

“我那黑妈妈是个热爱生活、性格开朗的女人，老爷。”安布罗修说道，“那可怜的女人怎么能跟一个对自己的儿子都掏刀子的人住在一起呢？当然啰，要不是我那黑妈妈爱上了他，我就不会出世了。在这个意义上讲，这对我倒是好事。”

“你应该搞一所房子，不能总住在旅馆里呀。”埃斯皮纳上校说道，“另外，作为内政部办公厅主任，你不坐配备给你的专车，这也太荒唐了。”

“我对死人不感兴趣，”特里福尔修说道，“不过，我倒是想见见安布罗修。他跟你住在一起吗？”

“因为我从没有过专车，再说。出租汽车比较方便。”贝尔穆德斯说道，“不过，你说得对，山区佬，以后我就坐了，不然那专车大概都生虫子了。”

“安布罗修明天就要去利马工作了。”托玛莎说道，“你要见他干什么？”

“我原来也不相信伊波利托是这种人，但他的确是这种人，安布罗修。”鲁多维柯说道，“是我亲眼看见的，不是别人告诉我的。”

“你不要这么谦逊，要使用你的特权。”埃斯皮纳上校说道，“你一头栽进办公室，一天工作十五个小时。你要知道，生活不完全是工作。你也要出去消遣消遣，卡约。”

“只是好奇，想看看安布罗修长得怎么样了。”特里福尔修说道，“我看他一眼就走。我说话算数，托玛莎。”

“在维塔特捉住了一个人，他就把这人交给了我们俩。那是我们俩第一次一起干。”鲁多维柯说道，“有正式编制的人倒还没训斥过我们，我们缺少人手。我就是在那次认识他的，安布罗修。”

“我是该消遣一下，山区佬，不过得先干完工作。”贝尔穆德斯说道，“我也要找一所房子，舒舒服服地住下来。”

“安布罗修本来是在这儿工作，当长途汽车司机，”托玛莎说道，“不过，在利马工作更好，所以我鼓动他去利马。”

“总统对你很满意，卡约。”埃斯皮纳上校说道，“你瞧，我帮他搞革命，可他更感谢我的是我向他推荐了你。”

“伊波利托拷打那家伙都出汗了，再打，汗出得更多了。最后把那家伙打得直说胡话。”鲁多维柯说道，“后来我看到伊波利托的裤裆突然像气球一样鼓了起来，这是真的，安布罗修。”

“那个朝这儿走来的大个子是安布罗修吗?”特里福尔修说道。

“我说：你还打？你都把他打傻了，把他打昏过去了。”鲁多维柯说道，“可他根本不听，安布罗修，他骚劲儿上来了，裤裆鼓得像个气球。我跟你说的都是真的，你会认识他的，我给你介绍。”

“现在要摆脱困境，希望全在你们身上。”堂费尔民说道。

“我一下子就认出你来了，”特里福尔修说道，“过来，安布罗修，拥抱我一下，让我看看你。”

“政府处在困境之中?”埃斯皮纳上校说道，“堂费尔民，您是在开玩笑吧？革命不是进行得一帆风顺吗?”

“我本应该去接您，”安布罗修说道，“可我不知道您已经出来了。”

“费尔民说得对，上校，”埃米略·阿雷瓦洛说道，“只要不举行大选，只要奥德里亚将军不是由秘鲁人的选票推上台，什么都不可能一帆风顺。”

“你没赶我出去，这真不错。”特里福尔修说道，“我以为你还是个孩子呢，你简直跟你这个黑爸爸一样老了。”

“大选只是形式主义，您说呢，上校？”堂费尔民说道，“然而这种形式主义是必不可少的。”

“现在你已经看到他了，赶快走吧。”托玛莎说道，“安布罗修明天就要动身，他得整理行装。”

“要举行大选，必须先使全国局势平息下来，不剩下一个阿普拉分子。”费罗博士说道，“不然，大选就会像炸弹一样在我们手中爆炸。”

“我们找个地方喝一杯去，安布罗修，”特里福尔修说道，“我们先谈谈，然后你再回来整行李。”

“您怎么不开口，贝尔穆德斯先生？”埃米略·阿雷瓦洛说道，“您似乎讨厌政治。”

“你想把坏名声传给自己的儿子是怎么着？”托玛莎说道，“你想让人家在街上看到他同你在一起？”

“不是似乎，我确实讨厌政治，”贝尔穆德斯说道，“再说，我也不懂政治。你们别笑，这是真的，所以我想还是听听你们的。”

父子二人在黑暗中沿着坑洼不平的街道穿过茅屋和少数砖房，向前走去。透过烛光和油灯灯光照亮了的窗子，可以看到各户人家边吃饭边闲谈。传来一股股泥土、粪便和葡萄的气味。

“虽说不懂政治，可您这个内政部办公厅主任干得却很好。”堂费尔民说道，“要不要再来一杯，堂卡约？”

二人走着，看见一头驴倒在路上，几条狗在暗处向他们吠叫。父子二人差不多一样高，他们一声不吭地走着，天空万里无云，气温很高，没有一丝风。坐在摇椅上休息的酒店老板看到他们走进来就站了起来，给他们端上一瓶啤酒后又坐了下去。二人在暗处碰杯干饮，仍然一言不发。

“基本上要注意两个问题。”费罗博士说道，“一是要维护接管政权的班子的团结，二是要毫不手软地进行大清洗。大学、工会、行政部门都要清洗，然后举行大选。这样大家才能为国家工作。”

“您问我这辈子希望成为什么样的人，少爷?”安布罗修说道，“这还用说？我想成为富翁。”

“这么说，你明天要去利马了?”特里福尔修说道，“你去利马干什么?”

“您希望成为幸福的人，是吗，少爷?”安布罗修说道，“我当然也希望幸福，可是，有钱和幸福是一回事呀。”

“一切都取决于贷款和信贷问题，”堂费尔民说道，“美国准备援助一个有秩序的政府，因此当时支持了我们的革命。现在他们希望我们举行大选，所以我们要顺着他们。”

“我要到利马去找工作，”安布罗修说道，“在首都挣的钱会多些。”

“美国佬都是形式主义者，我们要理解他们。”埃米略·阿雷瓦洛说道，“他们对将军很满意，只是要求我们保持民主形式。奥德里亚当选总统，他们就会向我们张开双臂，向我们提供我们需要的信贷。”

“你当司机有多长时间了?”特里福尔修说道。

“不过，应该首先使得民族爱国阵线，也就是说，复权运动①，不管叫什么吧，取得进展，”费罗博士说道，“为此，最基本的是要制定一个纲领，因此我要坚持这一点。”

“做正式司机才两年。”安布罗修说道，“一开始我是当助手，代替司机开车，后来开卡车，现在成了长途汽车司机。就在这儿附近的几个区里跑。”

---

① 奥德里亚在阿雷基帕发动政变时称自己的运动为“复权运动”，即只有他才能恢复秩序和法律的尊严。

“要制定一个民族主义、爱国主义的纲领，把一切健康的力量团结在周围，”埃米略·阿雷瓦洛说道，“要把工商界、职员和农民都团结过来，纲领的主张要简明可行。”

“也就是说，你成了一个自力更生的正经男子汉了。”特里福尔修说道，“所以托玛莎不愿意让人看见你跟我在一起，她做得对。你以为到了利马就能找到工作吗?”

“我们需要某种东西能使人们回忆起贝纳维德斯元帅那响亮的口号，”费罗博士说道，“即‘秩序、和平和劳动’。我想提出‘健康、教育和劳动’这个口号，你们看怎么样?”

“您还记得卖牛奶女人杜牡拉和她的女儿吗?”安布罗修说道，“她女儿和布伊特列的儿子结婚了。您还记得布伊特列吗?是我帮他儿子劫走新娘的。”

“当然，提名奥德里亚将军为候选人一定要讲究策略，”埃米略·阿雷瓦洛说道，“各个阶层要以自发的方式来提出这一要求。”

“布伊特列?那个放高利贷后来又当上镇长的人吗?”特里福尔修说道，“我记得他，记得。”

“他们会提将军为候选人的，堂埃米略。”埃斯皮纳上校说道，“将军日益受到人民的欢迎。人们已经看到，只用了几个月的工夫，全国就恢复到目前这种平静的局面，而过去到处是阿普拉和共产党，全国一片混乱。”

“布伊特列的儿子现在在政府里干事，当了大官。”安布罗修说道，“他也许能帮我在利马找个工作。”

“我们二人单独去喝一杯怎么样，堂卡约?”堂费尔民说道，“对费罗的长篇大论您不感到头痛?他一讲话我就头昏。”

“他当了官，很可能就不愿意理你呢。”特里福尔修说道，“很可能对你不屑一顾呢。”

“非常高兴，萨瓦拉先生。”贝尔穆德斯说道，“是的，费罗博士有点夸夸其谈了，不过看得出他很有经验。”

“为了取得他的好感，你要给他带点儿礼物去。”特里福尔修说道，“送给他一些能触动思乡之情的礼物。”

“他的经验太丰富了，二十年来，历届政府他都支持过。”堂费尔民笑了，“来吧，我有车。”

“我给他带几瓶葡萄酒去。”安布罗修说道，“您现在怎么办？回家去吗？”

“客随主便，”贝尔穆德斯说道，“就要威士忌吧，萨瓦拉先生。”

“我不想回去，你没见你妈妈是怎样对待我的吗？”特里福尔修说道，“不过，这并不能说明托玛莎是个坏女人。”

“我不懂政治，因为我从来不喜欢政治。”贝尔穆德斯说道，“只是客观情况使得我在晚年钻到政治里去了。”

“她说您抛弃她好几次了。”安布罗修说道，“每次回家只是为了要钱，而这钱是她做牛做马赚来的。”

“我也讨厌政治，但是有什么办法呢？”堂费尔民说道，“如果实干家袖手不管，让政治落在政客手里，那国家就完蛋了。”

“女人就是爱言过其实，托玛莎终究是个娘们儿。”特里福尔修说道，“我要到伊卡干事去了，以后可以回来看望看望她。”

“您真的从来没到过这个地方？”堂费尔民说道，“埃斯皮纳简直是在榨您的油，堂卡约。这儿的表演相当不错，您就会看到。不过，您可别以为我经常过夜生活，偶一为之而已。”

“这儿的情况怎么样？”特里福尔修说道，“以你这个岁数来说，你应该晓得，应该很熟悉了。我指的是女人，妓院，此地的妓院情况怎么样？”

她穿着一身白色的紧身舞衣，舞衣烁烁闪光，把她浑身的曲线清晰而生动地衬托出来，仿佛一丝不挂。她的皮肤同舞衣一样白。舞衣轻扫着地面，使她只能迈着小碎步，犹似蟋蟀在跳动。

“此地有两家妓院，一个比较贵，另一个便宜些。”安布罗修说道，“贵的那家收一镑，便宜的只要三个索尔，只是太差了。”

她的双肩白皙、浑圆、柔腴，白嫩嫩的脸蛋同她那披及背部的黑发形成鲜明的对照。她娇慵慵地噘起那贪婪的小嘴，仿佛要去咬那银白色的小型麦克风。一双明亮的大眼睛在桌子间瞟来瞟去。

“她叫缪斯，漂亮吧？”堂费尔民说道，“起码比刚才出场跳舞的那几个骨头架子要漂亮多了，只是嗓子不怎么出彩。”

“我不想带你一道去，你也别陪我，再说我也懂得最好不要让人看见你跟我在一起。”特里福尔修说道，“我想到那儿转转，只是去看看。那家便宜的在什么地方？”

“是的，非常漂亮，身材美，脸蛋也美。”贝尔穆德斯说道，“我倒是觉得她的嗓子还不坏。”

“就在附近，”安布罗修说道，“不过经常有警察出没，因为每天都有斗殴。”

“我告诉您，这位娇媚的美人不太像个女人，”堂费尔民说道，“她也喜欢女人。”

“这算不了什么，我对警察、斗殴早就习惯了。”特里福尔修说道，“好了，你付啤酒钱，我们走吧。”

“啊，真的？”贝尔穆德斯说道，“这么美的女人也喜欢那一套？真的？嗯？”

“我本该陪您去，可是去利马的汽车六点开，”安布罗修说道，“我的东西还在家里呢。”

“这么说您没有子女，堂卡约。”堂费尔民说道，“这就少了许多麻烦。我有三个孩子，现在就开始让我和索伊拉感到头痛了。”

“你把我送到门口就回去。”特里福尔修说道，“最好带我走一条让人看不见我们的路。”

“您有两个男孩，一个女孩？”贝尔穆德斯说道，“都长大了吧？”

父子二人来到街上。夜空晴朗，月亮照亮了水洼、沟渠和乱石子。二人走过空无一人的胡同。特里福尔修左顾右盼，好奇地观察着一切。安布罗修则把手插在衣袋中，用脚踢着石子。

“海军对一个孩子来说会有什么前途呢?”堂费尔民说道,“根本没前途。可是奇斯帕斯非要去不可,我只得动用我的影响让他进了海军。现在,您知道,他被开除了,学习上很懒惰,又无纪律。他很可能连个专业也没有,这最糟。当然,我可以活动活动,使他被原谅。不过我并不希望有个当水手的儿子,最好让他跟着我干。”

“都在这儿了,安布罗修?”特里福尔修说道,“就这两镑钱?一个大司机只有两镑钱?”

“您为什么不送他出国留学?”贝尔穆德斯说道,“没准儿环境一变,孩子就学好了。”

“我要是有,会给您的。”安布罗修说道,“刚才您不是一开口我就给您了吗。您掏刀子干吗?没必要,您瞧,回到家里,我就能再给您一点。这两镑您先留着,我再给您五镑。不过,不要威胁我。我很愿意帮助您,多给您点儿。来吧,我们到家里去拿。”

“根本不可能,我女人会想死他的。”堂费尔民说道,“让奇斯帕斯一个人在国外,索伊拉无论如何是不同意的。他被宠坏了。”

“不,我不去。”特里福尔修说道,“这点钱也够了,算我找你借的,我会还给你,反正我要去伊卡工作了。我刚才掏刀子你害怕了?我不会伤害你,你是我的儿子。我会还给你的,我说话算数。”

“您那小儿子是不是也很难弄?”贝尔穆德斯说道。

“我不要您还,是我送您的。”安布罗修说道,“我没害怕,根本没必要掏刀子,真的。您是我父亲,您一开口我就给您了。来吧,到家里来,我再给您五镑。”

“不,瘦子和奇斯帕斯刚好相反。”堂费尔民说道,“他在班上是第一名,每年期末都得奖。为了不让他太用功,还得限制他。真是个好孩子,堂卡约。”

“你大概在想,我比托玛莎说的还要坏。”特里福尔修说道,“我掏刀子习惯了。即使你一个索尔也不给我,我也不会对你怎么样的。我会还给你的,我说话算数。我一定还给你两镑钱,安布罗修。”

“看得出来您最喜欢小儿子。”贝尔穆德斯说道，“他学什么专业？”

“好吧，您愿意还就还吧。”安布罗修说道，“忘掉这事吧，我已经忘掉了。您不打算回家？不过，我还是要再给您五镑，我答应您了。”

“在上中学二年级，还什么都不懂呢。”堂费尔民说道，“我并不是只喜欢他，我对三个孩子都一样喜欢，不过我为有圣地亚哥这么个儿子感到骄傲。总之，您是理解的。”

“你大概在想我是一条狗，连自己的儿子都抢，竟对自己的儿子掏刀子。”特里福尔修说道，“我发誓，这钱算是你借给我的。”

“听您这么一讲，我真有点羡慕您了，萨瓦拉先生。”贝尔穆德斯说道，“作为爸爸，尽管心烦，但是总能得到补偿。”

“好了，好了，我相信您这是习惯，我相信您会还给我的。”安布罗修说道，“忘掉这事吧，拜托了！”

“您住在毛利旅馆吧？”堂费尔民说道，“来吧，我送您回去。”

“你是不是为有我这个爸爸感到羞耻？”特里福尔修说道，“坦率地告诉我。”

“不用了，谢谢，我想走走，毛利旅馆就在附近。”贝尔穆德斯说道，“非常高兴认识您，萨瓦拉先生。”

“瞧您想的，我有什么可感到羞耻的。”安布罗修说道，“来吧，我们一起到妓院去，如果您愿意。”

“你在这儿？”贝尔穆德斯说道，“你到这儿来干什么？”

“不，你还是回去整行李吧，不要让人看见你跟我在一起。”特里福尔修说道，“你是个好孩子，祝你在利马交好运。相信我，我一定把钱还给你，安布罗修。”

“人们把我支来支去，又让我在这儿等了好几个小时，堂卡约。”安布罗修说道，“我跟您说，我都想回钦恰了。”

“一般说来，内政部办公厅主任的司机相当于情报处人员，堂卡约。”阿尔西比亚德斯博士说道，“这涉及安全问题。不过，既然您愿意……”

“我是来找工作的，堂卡约。”安布罗修说道，“那嘎嘎乱响的大汽车我已经开厌了，我想您也许能给我安排个工作。”

“是的，我愿意，亲爱的博士。”贝尔穆德斯说道，“我认识这个黑人有年头了，我对他比对一个不认识的情报处人员还要信任。他就在门口，请您负责安排一下吧。”

“开车技术我绰绰有余，利马的交通规则也很快就能学会，堂卡约。”安布罗修说道，“您也正在找司机？这太巧了，堂卡约。”

“是，我来负责。”阿尔西比亚德斯说道，“我把他列入警察局的编制，要不就吸收他做情报人员，怎么都可以。今天就发给他一辆轿车。”

“好吧，我录用你了。”贝尔穆德斯说道，“你真有运气，安布罗修，你来得正巧。”

“干杯!”圣地亚哥说道。

8

书店开在一所带阳台的房子里，穿过颤巍巍的大门就可以看到书店位于房子尽头的一个角落里，用栏杆围着，里面空无一人。圣地亚哥九点前就到了，他浏览了一下门廊处的书架，翻阅了一会儿因年久而损伤了的书籍和掉了颜色的杂志。头戴软帽、两鬓灰白的老人冷漠地看了他一眼。圣地亚哥回想：那就是亲爱的马迪亚斯老人。老人接着用眼角扫了他一眼，最后走上来：你找什么书？我找一本关于法国大革命的书①。啊，老人笑了：在那边。也有时是："亨利·巴尔布斯先生住在这里吗？"或者是："堂布鲁诺·保埃尔在吗？"有时则一定要这样敲门。你搞错了就要闹笑话，小萨。老人把圣地亚哥引到一间屋子里，一垛垛的报纸塞满了房间，屋顶上吊着一盏银色吊灯，黑色的墙角处也堆着书。老人指着一把摇椅请他坐下。老人带有轻微的西班牙口音，一双眼睛仿佛会说话，三角形的胡子全白了。有没有人跟踪你？要多加小心啊，一切全靠你们青年人了。

"他都七十岁了，可还是那么纯真，卡利托斯。"圣地亚哥说道，"他是我认识的唯一这么大岁数的人。"

---

① 这一问一答是暗号。

老人亲热地向他挤挤眼睛就回到院子里去了。圣地亚哥好奇地翻阅起利马出版的杂志。他回想：都是些《花样》《世界》杂志。他把刊有马利亚特基①或巴列霍的文章的杂志抽了出来。

“对，以前秘鲁人在报上阅读巴列霍和马利亚特基的文章，”卡利托斯说道，“而现在只能读我们写的文章了，小萨，这简直是倒退。”

几分钟后，圣地亚哥看见哈柯沃和阿伊达手拉手地进来了。这时，蠕虫、毒蛇和尖刀已经没有了，他只感觉有一根尖针在刺，但也很快就消失了。他看到他们倚在古旧的书架上低声私语；他看到哈柯沃那不修边幅但精神愉快的样子；他看到当马迪亚斯走近时他们的手松了开来；他也看到哈柯沃的笑容消失了，皱着眉头，神情专注，一副抽象的、严肃的样子出现了，几个月来他一直给人们这种脸色看。他穿着一套咖啡色的西服（现在他很少穿别的衣服），衬衣皱巴巴的，领带的结也是松垮垮的。圣地亚哥回想：华盛顿曾开玩笑地说，他是想装成无产阶级的样子；索洛萨诺笑着说，他一星期内很少刮胡子，皮鞋也不擦，阿伊达迟早要甩掉他。

“那天搞得很神秘。我们不再做游戏了，”圣地亚哥说道，“而是要开始真干了，卡利托斯。”

那么，是不是在圣马可三年级开始发现卡魏德之后、那天聚会之前的这段时间里你倒霉的呢，小萨？从阅读、讨论到在圣马可散布油印传单，从聋子老太婆的公寓、利马克河畔的小屋到马迪亚斯的书店，从危险的游戏到真正的危险，一切都是从那天开始的。两个小组很久没有合起来开会了，圣地亚哥只有在圣马可才能见到哈柯沃和阿伊达。也有别的小组在活动，可是每次问华盛顿，他总是守口如瓶，一笑了之：祸从口出嘛。一天早晨，他把三人叫住：在某地、某时集合，只有你们三人去，你们将认识一名卡魏德成员，你们可以向他提

---

① 何塞·卡洛斯·马利亚特基（José Carlos Mariátegui，1894—1930），秘鲁政治家，秘鲁共产党创始人之一。

任何问题、任何疑问。圣地亚哥回想：我那天晚上一夜没有睡好。在庭院里，马迪亚斯不时地抬起头向他们微笑。他们正在庭院尽头的房间里吸烟，看杂志，不停地望向门廊和大街。

“让我们九点来，可现在都九点半了。”哈柯沃说道，“他也许不来了。”

“自从跟了哈柯沃，阿伊达的变化太大了。”圣地亚哥说道，“她总是开玩笑，看来很高兴。哈柯沃却严肃了起来，不梳头，不换衣。有人的时候，他从不对阿伊达微笑；当着我们大家的面，他几乎不理阿伊达。他是在为自己的幸福感到不好意思呢，卡利托斯。”

“做一名共产党员并不等于不再是秘鲁人了①。”阿伊达笑了，“他肯定十点才能到，你们等着瞧吧。”

差一刻十点，门廊处出现了一张鸟儿似的面孔，走路似跳，面黄如纸，穿着晃晃荡荡的西装，系着大红领带。三人看到来人正在同马迪亚斯讲话，之后一面东张西望一面走近了他们。他走进房间，朝三人微微一笑：对不起，我来晚了。他的双手非常纤细：我乘的公共汽车出了毛病。他盯着三人看，看得三人不知所措。

“谢谢你们等我。”圣地亚哥回想：同他的双手和面孔一样，他的声音也是纤细的。“同志们，向你们致以卡魏德兄弟般的敬礼！”

“那是我第一次听到同志这个称呼，卡利托斯，我小萨是个重感情的人，当时心直跳，你可以想象得出。”圣地亚哥说道，“我只知道他的化名：亚盖。以后也只是见到他几次。他原来是在卡魏德的工人部工作，我一直是在大学部。你瞧，他也是个单纯的人。”

圣地亚哥回想：那天早晨，我们都还不知道他在奥德里亚政变时是法律系的学生，在警察攻打圣马可时被捕，受尽了拷打，之后被流放到玻利维亚，在拉巴斯②又坐了六个月的牢，后来才秘密返回秘

① 秘鲁人自己认为有不遵守时间的习惯，故有此说。

② 玻利维亚首都。

鲁。当时我们只觉得他像只鸟儿。那天早晨，他一面用纤细的声音给三人简述党的历史，一面用那只纤细得像是患了痉挛症的黄手比画着，画着同样大小的圈子，还不停地用眼角瞥着庭院和大街。他说：我们的党是何塞·卡洛斯·马利亚特基创建的。党一诞生就发展壮大起来，培养了自己的干部，争取了工人阶级。圣地亚哥回想：他想让我们知道，我们是可以信赖的人，所以他并没有隐瞒共产党比起阿普拉一直是弱小的这一事实。但那个时期是党的黄金时代，当时出版了《阿矛塔》杂志①和《劳动报》，组织了工会，还向土著村社派遣了大学生。但是1930年马利亚特基一逝世，党就落入了冒险家和机会主义分子手里。圣地亚哥回想：马迪亚斯老人死后，乔塔街上的房子就被拆毁了，建起了现在这座带有窗子的、难看的大楼。那些冒险家和机会主义分子把一条退缩不前、半途而废的路线强加给党，于是群众就受到了阿普拉的影响。小萨，亚盖同志现在情况如何？当时的冒险家中有像拉维内斯②那样的人，这个人后来变成了帝国主义的代理人，帮助奥德里亚推翻了布斯塔曼特。圣地亚哥回想：亚盖会不会也叛变了？对困难重重的工作感到厌倦了？也许他已经娶妻生子，在某个部里工作了？当时的机会主义分子中有像特雷罗斯那样的人，他后来变成了虔诚的天主教徒，每年总在纪念奇迹上帝的迎神赛会上穿上紫色的长袍，拖着个十字架走在队伍中。圣地亚哥回想：亚盖如果没有坐牢，也许现在仍然在为党工作，用他那鸟儿般的声音给学生小组讲话。背叛和镇压几乎毁了我们的党。圣地亚哥回想：如果他仍在为党工作，会是亲苏的还是亲华的？是成了那些死于游击战的卡斯特罗派的一员，还是变成了托洛茨基分子？一九四五年，布斯塔曼特上台后，党恢复了合法地位，开始重建，开始在工人阶级中清除阿普拉改良主义的影响。圣地亚哥回想：亚盖会不会到莫斯科、北京或是哈瓦

① 马利亚特基创办的杂志。

② 拉维内斯（Ravines，生年不详），秘鲁共产党创始人之一，1942年被开除出党。

那去了呢？但是由于奥德里亚发动军事政变，我们党又遭到了破坏。圣地亚哥回想：亚盖会不会被指控为斯大林分子、修正主义分子或是冒险主义分子？于是整个中央委员会，几十个领导人、党员和同情者被捕入狱，被流放，有的惨遭杀害。圣地亚哥回想：亚盖还记得你吗，小萨？还记得那天早晨在马迪亚斯书店的事吗？还记得那天晚上在莫哥伊昂旅馆里发生的事吗？在那次动荡中幸存下来的支部费了好大力气才慢慢建立起卡魏德组织，印出了这些传单，并划分为工人部和大学部。这就是我要讲的，同志们。

“也就是说，卡魏德拥有的工人和学生人数极少。”阿伊达说道。

“我们是在极端困难的条件下进行工作的，往往是，一个同志被捕了，等于丧失了几个月的努力。”圣地亚哥回想：他用食指和拇指的指尖夹着香烟，连微笑也显得很拘束。“不过，尽管镇压得很凶，我们仍然在成长。”

“于是，你就被说服了，是吗，小萨？”卡利托斯说道。

“他说服了我，我相信了他的话。”圣地亚哥说道，“此外，看得出他是喜欢自己的工作的。”

“关于同其他非法组织共同行动的问题，党是什么立场？”哈柯沃说道，“比如阿普拉、托洛茨基派。”

“哈柯沃一点也不犹豫，很有信心。”圣地亚哥说道，“我当时很羡慕那些坚定信仰某一事物的人，卡利托斯。”

“我们是准备同阿普拉合作，共同反对独裁的，”亚盖说道，“然而阿普拉不愿意他们内部的右派指摘他们是极端分子，因而在所有问题上的表现都是反共的。托洛茨基派还不到十人，而且肯定是警察局的特务。”

“这是当时能够想到的最好的办法了，安布罗修，”圣地亚哥说道，“他说什么，你就信什么；他干什么，你就顺着他。”

“阿普拉既然亲帝国主义，为什么还能够继续取得人民的支持？”阿伊达说道。

“这里有习惯势力在作怪，又有他们的蛊惑宣传在起作用，还由于阿普拉牺牲了一些烈士，”亚盖说道，“特别是由于秘鲁右派的愚蠢，这些右派们不明白阿普拉已经不是他们的敌人，而是他们的同盟者了。他们仍然继续迫害阿普拉。这样，在人们面前就提高了阿普拉的威信。”

“这倒是真的，右派的愚蠢把阿普拉变成了一个伟大的党。”卡利托斯说道，“如果说左派仅能维持共济会的局面，这不能怪阿普拉，而是要怪左派中没有能人。”

“那是因为像你我这样的能人不愿去赴汤蹈火，”圣地亚哥说道，“我们沾沾自喜于批评那些愿意赴汤蹈火而又不是能人的人。你说对吗，卡利托斯？”

“我认为不对，因此我从来不谈政治。”卡利托斯说道，“你总像受虐狂患者似的强迫我谈政治，小萨。”

“现在轮到我来提问了，同志们。”亚盖仿佛不好意思似的微微一笑，“你们愿意参加卡魏德吗？当然，你们也可以作为同情者参加工作，不一定非要入党。”

“我现在就想入党。”阿伊达说道。

“不忙，你们可以考虑一段时间。”亚盖说道。

“早在学习小组的时候我们就充分考虑过了。”哈柯沃说道，“我也愿意入党。”

“我还是做个同情者吧。”圣地亚哥又感觉到了蠕虫、毒蛇和尖刀，“我还有疑问，我想在入党之前再多学习学习。”

“很好，同志，等所有的疑问都解决了再入党吧。”亚盖说道，“作为同情者，照样可以做一些有益的工作。”

“这件事证明了我小萨并不那么单纯，安布罗修，”圣地亚哥说道，“也证明了哈柯沃和阿伊达比我单纯。”

圣地亚哥回想：小萨，如果那天你入了党，情况又将会如何呢？党会不会把你拖进去，把你牵连得很深？会不会把你的疑问一扫殆尽，使你在几个月之后、几年之后成为一个有信仰的人，成为一名马克思主义者，成为一名单纯的无名英雄？小萨，你也可能过一种动荡的生活，像哈柯沃和阿伊达后来那样，几次进出监狱，被某些卑鄙的企业雇用而又辞退。那时你就不是在《纪事报》上发表反狂犬症的文章了，而是很可能在那印刷得极差的《团结报》① 上（当《团结报》有资金且不受阻于警察局的情况下）写文章，赞扬社会主义祖国②的科学进步，赞扬鲁林镇规划者工会以其提出的候选人名单取代亲工厂主的阿普拉提出的投降主义者候选人名单，从而取得胜利；也许会在那印刷得最糟的《红旗报》上写文章，反对苏联的修正主义，反对《团结报》中的叛徒；也许你会更勇敢些，加入某个起义小组，在游击战中梦想、行动、失败，最后像埃克托尔那样被捕入狱，或是像乔洛马丁内斯那样牺牲，在丛林中腐烂；也许你会在半秘密状态中出国，到莫斯科参加青年联欢节，到布达佩斯向记者大会致以兄弟般的敬礼，或是到哈瓦那、北京接受军事训练。不过，会不会也有可能你毕业了，当了律师，结了婚，成为工会的一名法律顾问或议员呢？是更加倒霉地维持原样还是更加幸福呢？圣地亚哥回想：唉，小萨呀！

“你不是由于害怕教条，而是由于一种无政府主义娇少爷的本能而不肯听命于他人。”卡利托斯说道，“也是由于你在内心深处害怕同那些吃好、穿好、散发香气的人们决裂。”

“可我确实讨厌过这种人，而且现在仍然讨厌。”圣地亚哥说道，“这是我唯一确信的一点，卡利托斯。”

“那么就是由于一种矛盾的心理状态，明明知道鸡蛋里没有骨头却偏偏要挑骨头。”卡利托斯说道，“你本来应该从事文学，而不是从事政治，小萨。”

“我懂，如果大家都去当聪明人，什么都怀疑，那么秘鲁就会永

① 1964年，秘鲁共产党分裂，分别组成秘鲁共产党（红旗）和秘鲁共产党（团结）。

② 指苏联。

远倒霉下去。”圣地亚哥说道，“我也懂得秘鲁非常需要教条主义者，卡利托斯。”

“不管是聪明人还是教条主义者，都会使秘鲁倒霉下去。”卡利托斯说道，“我们这个国家先天不足，后天失调，跟我们一样，小萨。”

“我们？我们难道是资本家吗？”圣地亚哥说道。

“我们是写无聊文章的。”卡利托斯说道，“我们都将和贝塞利达一样口吐白沫劳累而死。干杯，小萨。”

“我日复一日、年复一年地盼望加入共产党，机会来了，我却退缩了。”圣地亚哥说道，“我永远也搞不明白这是怎么回事，卡利托斯。”

“大夫，大夫，我肚子里有个东西，一会儿上，一会儿下，不知是什么。”卡利托斯说道，“那是一个发了疯的屁。太太，您那可爱的小脸蛋像个屁股，可怜的屁不知从哪儿出来。小萨，使你这辈子倒霉的正是一个发了疯的屁。”

亚盖向三人问道：你们愿意宣誓献身给社会主义和工人阶级吗？阿伊达和哈柯沃：是的，我宣誓。圣地亚哥在观望。接着大家都为自己取了化名。

“你不要自卑，”亚盖对圣地亚哥说道，“在大学部里，同情者和党员是一样的。”

亚盖向三人伸出手去：再见，同志们，十分钟后你们再出去。那天早晨，天气阴沉，空气潮湿。三人离开了马迪亚斯书店，走进哥尔梅纳路上的布兰萨咖啡馆，各要了一杯牛奶咖啡。

“我可以向你提个问题吗？”阿伊达说道，“你为什么不入党？你还有什么顾虑？”

“我跟你讲过了，”圣地亚哥说道，“我对有些事情还不太信服，我想……”

“你大概还不相信上帝是不存在的吧！”阿伊达笑了。

“谁也没有权利对他的决定提出异议，”哈柯沃说道，“让他再考虑一段时间吧。”

“我不是提出异议，但是我要对你说，”阿伊达笑着说，“你肯定不会入党。等你在圣马可毕了业，你就会忘掉革命，就会成为国际石油公司的律师、国立俱乐部的成员。”

“你聊以自慰的是，阿伊达的话并没有实现。”卡利托斯说道，“小萨，你既不是律师也不是国立俱乐部的成员，既不是无产阶级也不是资产阶级。你跟我一样，只不过是一堆可怜的粪便。”

“后来那个哈柯沃和阿伊达怎么样了？”安布罗修说道。

“二人结婚了，我想也有孩子了。我好几年没见到他们了，卡利托斯。”圣地亚哥说道，“在报上，我忘了是看到哈柯沃被捕还是被放出来的消息，才知道他还活着。”

“你还在嫉妒哈柯沃，”卡利托斯说道，“我要禁止你再谈这件事，总谈这件事对你比喝酒对我还伤身体。这简直成了你的怪癖，小萨，什么哈柯沃呀，什么阿伊达呀。”

“今天早晨《新闻报》上的消息太可怕了。”索伊拉太太说道，“这种暴行根本就不应该登出来。”

圣地亚哥回想：我还在为阿伊达的事嫉妒哈柯沃吗？不，已经不嫉妒了。那么对他的所作所为呢，小萨？他回想：我必须去看看他，跟他谈谈，了解了解这种充满牺牲的生活对他是好还是坏。我要了解了解他是否感到于心有愧。

“一看到犯罪的消息你就唠唠叨叨的，而你一看报又专门看这种消息。”蒂蒂说道，“你太滑稽了，妈妈。”

圣地亚哥回想：我起码不会感到孤独，我周围还有人，还有人在陪伴我，支持我。我还感到在学习小组，在支部，在大学部讨论问题时感到的那种热烈而又纠缠不清的气氛。

“又有小孩被怪物拐走鸡奸了？”堂费尔民说道。

“从那天起，我们见面的时候比以前更少了。”圣地亚哥说道，“我们的两个学习小组变成了两个支部，我们三人仍然分属两个支部，而在大学部的会议上，周围又都是别人。”

“你简直比报纸还坏，”索伊拉太太说道，“这种事不能在蒂蒂面前讲。”

“你们到底有多少人？你们到底干些什么鬼事情？”卡利托斯说道，“在奥德里亚执政期间，我从来没听说过卡魏德这个名字。”

“你以为我还是个十岁的孩子，妈妈？”蒂蒂说道。

“我一直不知道有多少人，”圣地亚哥说道，“不过我们干的都是反对奥德里亚的事，起码在学校里是。”

“你们谁也不愿意告诉我那可怕的消息是什么吗？”堂费尔民说道。

“那时你家里知道你在干什么吗？”卡利托斯说道。

“卖儿鬻女！”索伊拉太太说道，“难道还有比这更可怕的事吗？”

“我那时尽量不跟家人见面，不跟他们讲话，”圣地亚哥说道，“我和老头子、老太婆的关系越来越坏了。”

布诺①一连几天、几个星期没有下雨，干旱毁了收成，毁了牲畜，整村整村的村民出逃一空。报上登着印第安人和干旱景象的照片，印第安妇女背着子女在龟裂的田畦间游荡，牲畜瞪着眼睛在做垂死的挣扎。报上的标题和副标题都打了问号。

“妈妈，他们都是有感情的人，但是他们首先感到的是饥饿。”圣地亚哥说道，“他们卖儿鬻女，那是为了不让儿女饿死。”

是不是有人利用饥荒在布诺和胡利亚卡之间搞奴隶买卖？

“除了讨论报上的社论和阅读马克思主义的书籍，你们还干了些什么？”卡利托斯说道。

有印第安妇女把儿女卖给旅游者了？

“这些可怜的畜生根本不懂什么是儿女，什么是家庭。”索伊拉太太说道，“既然没吃的，就不要生孩子。”

---

① 秘鲁省份。其省会亦称布诺，位于的的喀喀湖畔。

“我们恢复了各系的联合中心和大学生联合会。”圣地亚哥说道，“我和哈柯沃都被选为年级代表。”

“我想你不至于把布诺不下雨的责任也推到政府身上吧。”堂费尔民说道，“奥德里亚很想帮助这些可怜的人，美国也提供了可观的捐赠，马上就会给他们运衣服和食物去。”

“对大学部来说，选举本身就是成功。”圣地亚哥说道，“在文学、法律和经济系中，卡魏德有八名代表，阿普拉的代表还要多些，但是如果我们一起投票，就能控制各系的联合中心。那些没有组织、不问政治的人很容易被我们分化。”

“什么美国佬的捐赠都塞满了奥德里亚分子的腰包，这种话你不要再讲了。”堂费尔民说道，“奥德里亚要求我主持美援分配委员会呢。”

“不过，在我们和阿普拉之间每达成一个协议都要费一番口舌，并经过一番无休止的争论。”圣地亚哥说道，“整整一年，我们净开会，在联合中心开会，在大学部开会，还同阿普拉举行秘密会议。”

“他没准儿也会说你贪污呢，爸爸。”奇斯帕斯说道，“对超级学者来说，在秘鲁，凡是富人都是剥削者和强盗。”

“《新闻报》还登了一条消息，好像是专门给你看的，妈妈。”蒂蒂说道，“在库斯科，有两个人死在狱里，解剖后发现他们肚子里有鞋拔子和皮鞋底。”

“你为什么对失去哈柯沃和阿伊达的友谊感到那么痛苦？”卡利托斯说道，“难道你在卡魏德里没有别的朋友吗？”

“你以为他们吃鞋底是出于无知吗，妈妈？”圣地亚哥说道。

“这个还在流鼻涕的小鬼就差骂我白痴、打我一巴掌了，费尔民。”索伊拉太太说道。

“所有的人都是我的朋友，但那是一般的友谊。”圣地亚哥说道，“跟这些人，我从来不谈个人私事。和哈柯沃、阿伊达的友谊则是情同骨肉。”

“你不是说报纸总是撒谎吗?”堂费尔民说道，“可为什么报纸一登政府做好事的消息，你就说是骗人；一登这种可怕的消息，你又说是真的了?”

“你不要一吃饭就让人扫兴，”蒂蒂说道，“你不能不争吵吗，超级学者?”

“不过，我可以告诉你，”圣地亚哥说道，“我对于上圣马可而不上天主教大学并不后悔，安布罗修。”

“我有一份《新闻报》的剪报，”阿伊达说道，“你看看吧，简直令人作呕。”

“因为多亏我考上了圣马可，我才没成为模范学生、模范儿子，也没成为模范律师，安布罗修。”圣地亚哥说道。

“报上说，干旱在南方造成了一触即发的局势，给煽动者提供了最适当的活动舞台。”阿伊达说道，“这还不算呢，你往下看。”

“也就是说，一个人在妓院里比在修道院里更能接近事实，安布罗修。”圣地亚哥说道。

“报上还宣传什么要让驻军加强警惕，要监视受灾的农民。”阿伊达说道，“他们关心干旱是因为害怕引发起义，而不是怕印第安人饿死。真是天下少有。”

“因为上了圣马可，我才倒霉的。”圣地亚哥说道，“反正在我们这个国家里，一个人即使自己不倒霉也要让别人倒霉。我并不后悔，安布罗修。”

“正是由于报纸写得如此露骨，才造成了一种刺激。”哈柯沃说道，“哪怕是丧失了斗志的人，只要打开任何一份报纸都会重新燃起对秘鲁资产阶级的仇恨。”

“这样说来，我们不是正在以我们的胡说八道鼓动着才十六岁的起义者吗?”卡利托斯说道，“你不要感到于心不安，小萨，你瞧，你仍然在帮助你过去的同伙，尽管是以曲折的方式。”

“你这是开玩笑，不过，也许不无道理。”圣地亚哥说道，“每次写连我自己都厌恶的文章的时候，我就尽量把文章写得令人作呕，没准儿第二天哪个娇少爷看了会感到胃部痉挛呢。唉，总算也能起点作用。”

门上贴着华盛顿说的那种招贴，粗大的“台球厅”三个字已被灰尘覆盖，但是图像——桌子、球棍和三个台球——仍很清楚，里面传出了打台球的噪声。就是这里。

“现在又有人说奥德里亚是贵族出身。”堂费尔民说道，“你们看《商报》了吗？说他是男爵的后裔。只要愿意，他就可以使用这个封号。”

圣地亚哥推开门走了进去，屋内有六张台球桌子，在绿色台布和光秃秃的房梁之间，人们的面孔被腾腾的烟雾熏得模糊不清。铁丝网罩在六张台子上，玩台球的人用球棍画着分数。

“那次电车工人罢工和你离家出走有什么联系吗？”卡利托斯说道。

圣地亚哥穿过台球场地，再穿过一间只摆着一张台球桌子的大厅，来到了一座散发着垃圾箱味道的庭院。庭院深处有一棵无花果树，树旁有一扇紧闭着的小门。他在门上敲了两下，等了片刻，又敲两下，接着有人开了门。

“奥德里亚还没有发觉，他要是允许人们继续对他这样阿谀奉承，他就会成为全利马的笑料。”索伊拉太太说道，“如果他是贵族，我们又是什么人呢！”

“阿普拉的人还没到。”埃克托尔说道，“进来吧，我们的同志都到了。”

“以前我们一直是在学生中间进行工作的，”圣地亚哥说道，“比如为被捕学生募捐，在各系的联合中心发表演说，散发传单和卡魏德机关报。而那次的电车工人罢工使我们有可能去干一番规模更大的事业。”

圣地亚哥走了进去，埃克托尔把门关上。屋子比台球场还要旧还要脏，为了腾空地方，四张球桌被移到了墙角处。卡魏德的代表分散坐在房间里。

“别人写文章说奥德里亚是贵族，他本人又有什么过错?”堂费尔民说道，“为了赚钱，那些狡猾的人什么事都编造得出来，甚至连家谱都能编造。”

华盛顿和乔洛马丁内斯站在门旁交谈，索洛萨诺坐在一张桌子旁翻阅报纸，阿伊达和哈柯沃几乎消失在暗幽幽的角落里，埃克托尔透过门缝向庭院窥视。

“电车工人罢工不是政治运动，而是为了增加工资。”圣地亚哥说道，“工会给圣马可大学生联合会写了一封信，要求学生给予支持。于是大学部中就有人认为这是一次很好的机会。”

“我们曾经告诉过阿普拉的人，让他们一个一个地进来，但他们根本不管什么安全不安全。”华盛顿说道，“这次他们肯定还会像往常那样一起进来。”

“干脆把写文章的人叫来，让他也查查我们的家谱。”索伊拉太太说道，“奥德里亚成了贵族，这太滑稽了。”

几分钟后，正如华盛顿所说，阿普拉二十几个代表中的五个人一起到了。他们是桑切斯·比维罗、阿雷瓦洛、乔奥阿、乌阿曼和沙迪瓦尔，他们同卡魏德的人混着坐了下来。大家未经投票，决定由沙迪瓦尔主持讨论。他那瘦削的面颊、瘦骨嶙峋的双手和额前发白的头发都使他具有一派负责人的风度。当然，在正式开会之前，大家还开了会儿玩笑，说了会儿笑话。

“我们大学部一致认为要设法在圣马可鼓动一次声援电车工人的罢课，卡利托斯。”圣地亚哥说道。

“我知道你为什么这样关心安全问题。”桑切斯·比维罗说道，“因为全国就你们几个共产党人。如果密探来了，我们这里的人全部被捕，共产党就会在秘鲁消失，而我们五个人不过是阿普拉这片汪洋大海中的一滴水。”

“落入这个大海里的人不会被海水淹死，却会被一种装腔作势的庸俗作风淹死。”

埃克托尔守在门旁负责放风。大家低声讲话，发出一种时高时低、持续不断的嗡嗡声；有时突然爆发出一阵笑声，一阵欢呼声。

“那时，我们大学部的代表无权决定一次罢课，我们在联合会中只有八票，”圣地亚哥说道，“但是加上阿普拉的人就有权决定了。于是我们同阿普拉分子在一间台球厅里开会。事情就这样开始了，卡利托斯。”

“我怀疑这些人会不会支持搞罢课，”阿伊达低声对圣地亚哥说道，“他们处在分裂状态之中。不过，要看桑切斯·比维罗的态度，他如果同意，别人就会跟着他走。你知道，他们全是绵羊，头头说什么都对。”

“在卡魏德内部，这种大辩论是第一次。”圣地亚哥说道，“我本来是反对举行声援罢课的，带头主张罢课的是哈柯沃。”

“好了，伙伴们，”沙迪瓦尔拍了两下掌，“大家凑近些，开会了。”

“我倒不是跟哈柯沃作对，”圣地亚哥说道，“我当时考虑的是学生们不会支持我们，罢课肯定要失败。但我是少数，结果罢课的建议通过了。”

“你们之间互称伙伴，”华盛顿笑了，“但我们跟你们只是在一起开会，你别把我们也拉进去，沙迪瓦尔。”

“同阿普拉的人开过的几次会就跟足球赛一样，”圣地亚哥说道，“以拥抱开始，却以拳打脚踢结束。”

“好吧，那么就称伙伴们、同志们吧。”沙迪瓦尔说道，“大家凑近些，不然我可要去看电影了。”

大家围着他形成个圈子，笑闹声逐渐停了下来。沙迪瓦尔突然像送葬似的严肃起来，简单地谈了开会的原因之后：伙伴们，同志们，今天晚上要在联合会中讨论电车工人提出的声援他们的要求，我们现在必须就是否在会上提出联合动议作出决定。哈柯沃举起手。

“大学部内部就像排练芭蕾舞一样筹备那几次会议。”圣地亚哥说道，“我们要轮番发言，每个人都要阐述一个不相同的理由，不能不加反驳地放过任何一种反对意见。”

哈柯沃的领带耷拉着，头发蓬乱，他低声讲着：罢课无论是对提高学生的政治觉悟——他双手下垂——还是对发展工人－学生联盟，都是一次极好的机会。他严肃地注视着沙迪瓦尔：还可以发起一次运动，把运动扩展到要求释放被捕学生，实行政治大赦方面去。哈柯沃讲完，乌阿曼举起了手。

“我反对罢课，理由和乌阿曼的一样，乌阿曼是阿普拉分子。”圣地亚哥说道，“但由于大学部通过了罢课的决议，我就得主张罢课，反驳乌阿曼。这就是民主集中制，卡利托斯。”

乌阿曼身材矮小，发言矫揉造作：大镇压以后，我们花了三年的工夫重建圣马可各系的联合中心和联合会。他的动作很优雅：我们怎能举行一次与学校事务毫无关系的罢课呢？基层组织会反对的。他一手抓住自己的翻领，另一只手像蝴蝶飞舞般地翻动着：基层组织如果反对，我们就会失掉学生们的信任。他的声音富有共鸣，很动听，有时却很刺耳：再说，还可能再次遭到镇压，我们各系的中心和联合会在能够行动之前可能再次被解散。

“我明白，一个政党的纪律必须如此，”圣地亚哥说道，“否则就会出现混乱。我这并不是为自己辩解，卡利托斯。”

“奥乔阿，你讲话别不着边际，”沙迪瓦尔说道，“讲话要切题。”

“对，我这就要说，”奥乔阿说道，“我要问：圣马可的大学生联合会是否已经强大到足以同独裁政权进行直接冲突的地步？”

“你干脆表明自己的态度吧，我们没时间了。”埃克托尔说道。

“如果还不够强大而硬要举行罢课，”奥乔阿说道，“那么我要问，联合会应该采取什么态度？”

“你怎么不去主持柯利诺斯牌牙膏的广告节目‘两万索尔答一

问’？”华盛顿说道。

“我要问，这会不会构成一种挑衅态度？”奥乔阿毫不动容，“我的建设性的回答是：是的。你问的是什么？是一种挑衅。”

“正是在这些会议里，我突然觉得，我永远也不会成为一名革命者，也不会成为一名真正的党员。”圣地亚哥说道，“我突然感到苦恼、眩晕，有一种白白浪费大量时间的感觉。”

“浪漫的青年是不喜欢空谈的，”卡利托斯说道，“而是喜欢轰轰烈烈的行动：投炸弹、射击、攻打军营。总之，喜欢小说里描写的事物，小萨。”

“我知道你对要在会上表态赞成罢课感到不自在，”阿伊达说道，“不过你放心，你看，所有的阿普拉的人都反对罢课。只要他们不赞成，联合会就会否决我们的动议。”

“应该发明一种药，一种泻药，来治治我的怀疑症，安布罗修。”圣地亚哥说道，“你瞧，那该有多方便，一吃就好：我什么都相信了。”

圣地亚哥举起手，没等沙迪瓦尔同意就开始讲起来：罢课可以使各系的中心得到巩固，可以使代表们得到锻炼。基层组织会支持的，基层组织选我们当代表不就表明他们信任我们吗？他的手揣在口袋里抠着指甲。

“就像每次去忏悔之前在星期四进行自我反省一样，”圣地亚哥说道，“我有没有想过裸体女人？是我主动想的还是魔鬼引诱我而我不能抵制？在黑暗中，裸体女人是自己闯进来的还是我请来的？等等。”

“你错了，你是个做党员的材料。”卡利托斯说道，“要是叫我讲违心的话，我的声音就会像驴叫、猪叫和鸟叫一样。”

“可你在《纪事报》干什么来着？”圣地亚哥说道，“我们每天都在干什么来着？”

桑托斯·比维罗举起手，他带着一种轻微的不安神情听完了各种发言。但是在发言之前，他闭上了眼睛，还咳嗽了一声，好像是在犹豫要不要发言。

“到了最后一刻，事情整个颠倒了过来。”圣地亚哥说道，“本来阿普拉是持反对意见的，罢课似乎不会举行了。这样一来，以后发生的事就会和现在两样，我也就不会进《纪事报》工作了，卡利托斯。”

桑托斯·比维罗说道：伙伴们，同志们，我想，我们最基本的斗争任务并不是进行学校改革，而是反对独裁。而要反对独裁，争取公众自由，争取释放被捕者，争取被流放者返国，争取政党合法化，最有效的方式，伙伴们，同志们，就是加强工人—学生联盟，也就是像一位伟大的哲学家所说的那样，加强体力劳动者和脑力劳动者之间的联盟。

“你要是再引用阿亚·德·拉托雷的话，我可要给你念《共产党宣言》了。”华盛顿说道，“我手头就有。”

“你就像个婊子，在人老珠黄的时候回忆自己的青春年华，小萨。”卡利托斯说道，“咱们两个在这一点上很不一样，我少年时代的梦想早已幻灭，但是我相信，最重要的将发生在明日而你在十八岁时就仿佛已死去。”

“你别打断他，不然他要收回自己的话了。”埃克托尔低声说道，“你没听见他赞成罢课嘛！”

是的，这是一次很好的机会，因为电车工人伙伴们表现得很英勇，很富有战斗力，而他们的工会又没被黄色头头所控制。代表们不应该拖基层组织的后腿，而应该给基层组织指明方向，唤醒他们。伙伴们，同志们，推动他们走向行动。

“桑托斯·比维罗发言之后，阿普拉的代表又讲了一遍，我们也又讲了一遍。”圣地亚哥说道，“达成一致后，大家离开了台球厅。当天晚上，联合会通过了决议：举行无限期罢课，声援电车工人。在罢课的第十天，我就被捕了，卡利托斯。”

“那次，你经受了火的洗礼，”卡利托斯说道，“更确切地说，你开始走向死亡，小萨。”

9

“说来，你当时去普卡尔帕，真还不如留在我们家。”圣地亚哥说道。

“对，留在您家要好多了，”安布罗修说道，“不过也很难说，少爷。”

他讲得多么好啊！特里福尔修喊道。广场上响起了稀疏的掌声，几个人举起了胳臂，也有人喊了声“万岁”。在主席台的台阶上，特里福尔修看到人群在笑，那笑声仿佛雨中的大海。手都拍痛了，但他仍然不停地鼓掌。

“第一，是谁命令你在哥伦比亚大使馆门前用鼓掌表示阿普拉万岁的？”鲁多维柯说道，“第二，你的同伙是谁？第三，他们现在在哪里？干脆点，特里尼达·洛佩斯。”

“顺便问一下，”圣地亚哥说道，“你那时为什么离开我们家？”

“请坐，兰达，我们唱感恩诗时站的时间太长了。”堂费尔民说道，“请坐，堂埃米略。”

“我服侍人服侍腻了，”安布罗修说道，“另外，我也想自己去闯一番事业，少爷。”①

---

① 安布罗修此处显然是说谎，以后数处，他都是向圣地亚哥说谎。

特里福尔修一会儿高喊“堂埃米略·阿雷瓦洛万岁”，一会儿欢呼“奥德里亚万岁”，还夹杂着几声“阿雷瓦洛——奥德里亚!”。主席台上有人向他示意，低声斥责他，命他不要打断阿雷瓦洛的话，但他不听，仍然带头鼓掌，并且最后一个停下来。

“胸衣卡得我喘不过气来，”参议员兰达说道，“我这个人不能穿礼服。我是个乡下佬，简直是见鬼。”

“快招，特里尼达·洛佩斯，”伊波利托说道，“是谁叫你这么干的？你的同伙是谁？他们在哪里？通通说出来。”

“我还以为是我爸爸把你辞退的呢。”圣地亚哥说道。

“我明白您为什么不接受奥德里亚的建议做利马的参议员了，费尔民，”阿雷瓦洛说道，“您也不愿意穿胸衣，戴礼帽。”

“瞧您想的，”安布罗修说道，“相反，他要求我继续给他开车，可我不想干了。您瞧，我犯了个大错误。”

特里福尔修不时地凑近主席台的栏杆，面朝人群，高举双臂：让我们为埃米略·阿雷瓦洛三呼万岁！接着自己吼了起来：乌拉！让我们为奥德里亚将军三呼万岁！接着他又自己大声吼了起来：乌拉！拉！拉！

“议会对无所事事的人来说，”堂费尔民说道，“对你们这些地主来说，是个不错的地方。”

“我上火了，特里尼达·洛佩斯，”伊波利托说道，“我可真的上火了，特里尼达。”

“我进参议院是因为总统坚持非让我做奇柯拉约①的候选人不可。”参议员兰达说道，“不过我现在后悔了，我的奥拉维庄园要顾不上了。唉，这可恨的胸衣。”

“你是怎么知道我爸爸去世的？”圣地亚哥说道。

“你别假惺惺的了，当上参议员让你年轻了十岁。”堂费尔民说

① 秘鲁北部省份兰巴耶凯的城市。

道，“你还要发什么牢骚？在这样的选举里，任何人都愿意做候选人。”

“我是从报上看到的，少爷。”安布罗修说道，“您想象不出我当时有多难过。您爸爸生前真是个大好人。”

这时广场上沸腾着歌声、人声和万岁声，然而当埃米略·阿雷瓦洛的声音在麦克风前一爆发，就把广场上的噪音压下去了。他的声音从市政厅的房顶上、钟楼上、棕榈树上和凉亭上发出来，传遍了整个广场。特里福尔修甚至给修女院装了扩音器。

“算了吧，兰达竞选才容易呢，候选人就他一个。”参议员阿雷瓦洛说道，“而在我们省里有两个候选人。不开玩笑，为了当选，我花费了十五万索尔。”

“你看到了吧，伊波利托上火了，而且干了你，”鲁多维柯说道，“是谁？哪些人？在哪儿？伊波利托可又要上火了，特里尼达。”

“奇柯拉约另一个候选人的名单上有阿普拉分子的签名，这怪谁呢？”参议员兰达笑了，“是选举委员会把他的候选资格取消的，不是我。”

小旗子都到哪儿去了？特里福尔修突然说道，两眼露出恐慌的神色。他自己的那面旗子一朵花似的挂在衬衣上。他一把扯下，以一种挑战的神气向人群招展开。有好几面旗子也举了起来，举过了大草帽和许多人为了遮阳自己叠制的纸帽。另外那些小旗呢？难道不知道旗子是干什么用的？怎么不拿出来？别讲话，黑鬼，一切都会顺利的，指挥者说道。特里福尔修：这些人酒倒是喝了，可是忘了举旗子，老爷。指挥者：别管他们，一切都很顺利。特里福尔修：我真看不惯这种忘恩负义的行为，老爷。

“您爸爸是什么病去世的，少爷？”安布罗修说道。

“兰达忙于选举，忙得年轻了，我却忙白了头。”参议员阿雷瓦洛说道，“别再谈选举了。我今天晚上要干它五次。”

“心脏病，”圣地亚哥说道，“也许是被我气死的。”

“五次？”参议员兰达笑了，“那你的屁股还受得了①，埃米略？”

“现在伊波利托又来劲了，”鲁多维柯说道，“哎呀，我的妈，你要遭殃了，特里尼达。”

“您可别这么说，少爷，”安布罗修说道，“堂费尔民最喜欢您了，他总是说他最喜欢的是瘦儿子。”

堂埃米略·阿雷瓦洛那雄赳赳、庄严的声音在广场上飘荡，传入泥土街道，消失在田地的庄稼中。他只穿着衬衣，在指手画脚地发表演说，闪闪发光的戒指就在特里福尔修的眼前晃来晃去。堂埃米略·阿雷瓦洛提高了声音，老爷发怒了吗？堂埃米略·阿雷瓦洛朝人群看了一眼，下面一片木呆呆的面孔和醉醺醺发红的眼睛，有的在抽烟，有的在打呵欠。老爷是不是因为人们不听他的演说而发怒了？

“你在竞选的时候跟粗人打交道打得太多了，都被传染了。”参议员阿雷瓦洛说道，“在议会演说时可不能开这种玩笑，兰达。”

“堂费尔民太喜欢您了，所以您弃家外出使他痛苦得要命，少爷。”安布罗修说道。

“那个美国佬跟我发牢骚，谈的就是这个问题。”堂费尔民说道，“他说选举结束了，而反对派的候选人还关在狱里，这给他的政府留下了很坏的印象。你们知道，这些美国佬都是些形式主义者。”

“堂费尔民每天都到您伯父克洛多米罗家去打听您的消息，”安布罗修说道，“总是问：你有瘦子的消息吗？他怎么样了？”

突然，堂埃米略·阿雷瓦洛的声音降了下来，他微笑了一下，又接着讲，仿佛很高兴。他微笑着，声音极为柔和。他挥动着双手，好像是在拖着红布，让公牛来撞自己的身体②。主席台上的其他人也微笑着。特里福尔修放心了，也笑了起来。

“是没有理由再关着人家了，随时都可以放出来。”参议员阿雷瓦

---

① 暗指阿雷瓦洛为被动同性恋者，是一种粗俗的玩笑。

② 斗牛的动作。

洛说道，“费尔民，您没告诉他们的大使吗？”

“哈，你总算开口了，”鲁多维柯说道，“你好像很喜欢伊波利托跟你亲热而不喜欢他打你。你说什么来着，特里尼达？”

“您爸爸还到巴兰科区您寄宿的那个公寓去了解呢，”安布罗修说道，“他问女房东：我儿子在干什么？我儿子身体好吗？”

“这些美国佬，真叫人难以理解。”参议员兰达说道，“大选前说应该把蒙塔涅关起来，而现在又说不应该了，还净往我们这儿派小丑大使。这些美国佬。”

“我爸爸还常到公寓去打听我？”圣地亚哥说道。

“我当然告诉美国人了，但是我昨晚跟埃斯皮纳谈的时候，他还在犹豫不决。”堂费尔民说道，“他说还要等等。如果现在就把蒙塔涅放出来，人们就会说当时抓他下牢是为了让奥德里亚在没有竞争对手的情况下赢得大选，而说他有所谓谋反计划都是骗人的鬼话。”

“什么？你是阿亚·德·拉托雷的得力助手？”鲁多维柯说道，“什么？你是阿普拉的最高领袖？阿亚·德·拉托雷是你的仆人？特里尼达，你在说什么呀？”

“当然，少爷，您爸爸一直在打听您。”安布罗修说道，“他给女房东钱，叫她别告诉您。”

“埃斯皮纳是个没救的胆小鬼，”参议员兰达说道，“显然，他还以为有人会相信所谓谋反计划的鬼话呢。连我的女用人都知道他们把蒙塔涅捉起来是为了让奥德里亚在大选中没有竞争者。”

“你这么跟我们开玩笑可不行，”伊波利托说道，“你想让我们傻蛋似的相信你的话吗，特里尼达？”

“老爷怕您知道了会生气。”安布罗修说道。

“说真的，把蒙塔涅关起来反倒把事情搞糟了，”参议员阿雷瓦洛说道，“我不明白当时为什么同意有个反对派的候选人而到最后一刻又畏缩，把人家的候选人捉起来。都怪那些政治顾问。阿尔贝赖斯、费罗那些白痴，还有您，费尔民。”

“您瞧，您爸爸多么爱您，少爷。”安布罗修说道。

“事情未能如愿以偿，堂埃米略，”堂费尔民说道，“在蒙塔涅问题上很可能是我们自己捉弄了自己。此外，我根本不赞成把蒙塔涅抓起来。总之，现在得把事情挽回来。”

特里福尔修叫喊着，双手像风车似的挥动着，喊声越来越高，犹如海浪在轰鸣：秘鲁万岁！主席台上一阵掌声，广场上一片欢呼声。特里福尔修挥舞着小旗：堂埃米略·阿雷瓦洛万岁！啊，人们的头顶上出现了许多小旗。奥德里亚万岁！啊，现在都举起了小旗。扩音器嘶哑地响了片刻，接着，国歌响遍了广场。

“当时埃斯皮纳通知我，说要以图谋不轨的罪名逮捕蒙塔涅。我就对他说，不会有人相信的，这只会对将军不利。我们不是在选举委员会和投票台上都有人吗？可埃斯皮纳是个白痴，根本不懂政治策略。”

“阿普拉的最高领袖和众多成员要来袭击警察局救你出去？”鲁多维柯说道，“你以为这样装疯卖傻就能唬住我们，特里尼达？”

“请您别以为我是好奇，少爷，我想知道，您当时为什么离家出走？”安布罗修说道，“跟您爸爸住在一起难道不好吗？”

堂埃米略·阿雷瓦洛在冒汗，他一面握着从四面八方伸过来的手，一面揩着额头上的汗水，向主席台上的人又是微笑，又是问好，又是拥抱。堂埃米略·阿雷瓦洛走向阶梯的时候，主席台的支架一直在摇摆不定。特里福尔修，现在轮到你了。

“正是由于跟爸爸住在一起太好了，我才出走的。”圣地亚哥说道，“我那时太单纯，太傻，以为生活富裕、做个阔少爷会毁了自己。”

“奇怪的是，监禁蒙塔涅的想法并不是山区佬提出来的，”堂费尔民说道，“也不是阿尔贝赖斯和费罗提出来的，而是贝尔穆德斯坚持并说服他们的。”

“我那时太单纯，太傻，总以为倒点儿霉就会锻炼成为一个坚强的人，安布罗修。”圣地亚哥说道。

“我不相信这一切竟会是一个小小的内政部办公厅主任、一个小职员出的主意。”参议员兰达说道，“这是山区佬埃斯皮纳编造出来的。如果事情不顺手，他可以把责任推给别人。”

特里福尔修站在阶梯下面，手推肘搡地保护着自己的座位，一面往手上吐唾沫一面崇敬地盯着堂埃米略结实的身躯、踩在地上的双脚和混杂在其他腿中间的双腿。这双腿正在向他走近。现在要看我的了。

“你应该相信，这是事实。”堂费尔民说道，“你别这么看不起他，别看他表面上装出不愿意的样子，可实际上这个小职员正在成为将军的心腹。”

“随你便吧，伊波利托，我把他送给你了。”鲁多维柯说道，“你干脆把这位最高领袖的疯病治好算了。”

“这么说来，您离家出走并不是因为您同您爸爸在政治思想上有分歧?”安布罗修说道。

“将军很信任他，认为他是个不可缺少的人物。”堂费尔民说道，“贝尔穆德斯一发表意见，费罗、阿尔贝赖斯、埃斯皮纳甚至连我都不管用了，仿佛都不存在了。在蒙塔涅的问题上我就看出来了。”

“我那可怜的爸爸没有政治思想，”圣地亚哥说道，“他只懂得政治上的利益关系。”

特里福尔修双脚一跃，跳上了最后一阶，他连推带搡挤到堂埃米略眼前，腰一弯就要把他举了起来。堂埃米略笑容满面：不，不要这样，朋友。他谦虚地、惊讶地：太感谢了，可是……特里福尔修放开他，迷惑不解地退后几步，眼睛一睁一闭地眨着：可是，可是什么呢?堂埃米略似乎也很困惑不解。挤在他周围的人开始窃窃私语起来。

“事实是，这个人即使不是必不可少的人，也是个有胆识的人，”参议员阿雷瓦洛说道，“他只用了一年半的时间就为我们消灭了阿普拉和共产党，使得我们有可能举行大选。”

“你还是阿普拉的领袖吗?”鲁多维柯说道，“好，太好了，伊波利托，你接着干吧。”

“逮捕蒙塔涅的来龙去脉是这样的。”堂费尔民说道，“一天，贝尔穆德斯离开了利马，过了两个星期又回来了。他说：将军，我跑遍了半个秘鲁，如果蒙塔涅在大选中成为候选人，您就会失败。”

你还等什么，白痴！指挥者说道。特里福尔修向堂埃米略投去一个抱歉的眼光，后者向他做了一个手势，让他快点。特里福尔修迅速地一弯腰就钻进了堂埃米略的裤裆下，把堂埃米略像羽毛似的举了起来。

“这是胡说八道，”参议员兰达说道，“蒙塔涅根本不会当选，他没钱进行竞选，而我们又控制着整个选举机器。”

“你为什么说我爸爸是个大好人?”圣地亚哥说道。

“但是所有的阿普拉分子都会投他的票，所有反对政府的人都会投他的票。”堂费尔民说道，“贝尔穆德斯说服了总统。总统说：在这种情况下竞选，我就会落选。总之，就这样，他们逮捕了蒙塔涅。”

“因为您爸爸是那么聪明，那么慷慨，少爷。”安布罗修说道，“反正一切都好。”

特里福尔修一面听着鼓掌声和欢呼声，一面在特耶斯、乌朗多、工头和指挥者的簇拥下扛着堂埃米略向前走着。他边走边喊：阿雷瓦洛一奥德里亚！他信心十足，镇静自若，紧紧抱着堂埃米略的双腿。他感到堂埃米略的手指放在自己的头发上，也看到堂埃米略正在挥动着另一只手向人们表示感谢，同向自己伸过手来的人握手。

“放开他吧，伊波利托，”鲁多维柯说道，“你没看见你把他弄昏过去了吗?”

“我不认为我爸爸是个大好人，他是个小人。”圣地亚哥说道，“我恨他。”

“他在装蒜，”伊波利托说道，“我马上证实给你看。”

绕场一周后，国歌也奏完了，接着一阵鼓响，大家静了下来。随后，人们跳起了玛丽内拉舞①，在攒动的人头和卖冷饮、吃食的摊子中间，特里福尔修看到了一对男女在跳舞。好了，把堂埃米略扛到汽车那儿去吧。是，老爷，扛到汽车那儿去。

“我们最好找奥德里亚谈谈。”参议员阿雷瓦洛说道，“费尔民，您对他讲讲您同美国大使的谈话。我们可以对他说，大选已经结束，可怜的蒙塔涅对任何人都不再构成威胁了，还是放了他吧，这样可以赢得各方面的好感。对奥德里亚就得这样做工作。”

“少爷啊，少爷，您怎么能这样说您爸爸呢，少爷？”安布罗修说道。

“你太了解那个乔洛②的心理状态了，参议员。”参议员兰达说道。

“你瞧，他不是装蒜，”鲁多维柯说道，“放开他吧，快！”

“可是我现在不恨他了，他既然已经死了，我也就不恨他了。”圣地亚哥说道，“他生前是个小人，但他本人并未察觉，他是无意的。再说，在我们这个国家里小人多如牛毛，而且我相信他也为此付出了代价，安布罗修。”

把堂埃米略放下来吧，指挥者说道。特里福尔修弯下腰，只见堂埃米略的双脚踏到了地上，在用手掸自己的裤子。特里福尔修钻进面包车，接着，特耶斯、乌朗多和工头也上了车。特里福尔修坐在前座。一群男男女女张大了嘴望着他们。特里福尔修放声大笑，把头探出车窗，朝他们喊道：堂埃米略万岁！

“没想到贝尔穆德斯在总统府中有这么大的影响力。”参议员兰达说道，“听说他有个情妇，是舞女之类的，是真的吗？”

“好吧，鲁多维柯，别大喊大叫的，”伊波利托说道，“我放开

① 秘鲁民间舞蹈。

② 指奥德里亚。

他了。”

“贝尔穆德斯刚刚在圣米格尔区为情妇买了所房子。”堂费尔民微笑着说道，“那女人原来是穆埃斯的情妇呢。”

“你在给我爸爸开车之前也曾给那个人干过事，你也认为那个人是个大好人?”圣地亚哥说道。

“他给缪斯买了所房子?”参议员兰达说道，“哎呀，那可是个有派头的女人，她真的给贝尔穆德斯当了情妇？那只小鸟儿眼界儿高，要想把她关在笼子里，腰包里没钱是不行的。”

“我想你下手太重了，妈的。”鲁多维柯说道，“动动吧，给他泼点水，别光在那儿待着。”

“那女人眼界儿太高了，硬是把穆埃斯送进了坟墓。”堂费尔民笑了，“她既搞同性恋又吸毒。”

“您说的是堂卡约?”安布罗修说道，“我从来没认为他是个好人。他跟您爸爸没法比。”

“不重，他还活着。”伊波利托说道，“你怕什么？我在他身上连抓痕都没留下，青肿块也没留下。他是吓昏过去的，鲁多维柯。”

“这种年月，利马有哪个人不搞同性恋？有哪个人不吸毒?”参议员兰达说道，“我们不是正在走向文明吗?”

“你给那婊子养的干事那会儿不觉得可耻吗?”圣地亚哥说道。

“就这样定了。我们明天再去找奥德里亚谈吧，”参议员阿雷瓦洛说道，“他今天刚刚戴上总统的绶带，要整天在镜子前自我欣赏呢。”

“我干吗要感到可耻呢?”安布罗修说道，“我当时并不知道堂卡约对您爸爸耍手腕，那时他们俩可要好呢，少爷。”

大家到了庄园，特里福尔修下了车，但并没去要吃的，而是走到小河旁去洗头、洗脸、洗手，接着就躺倒在后院脱粒房的房檐下。他感到双手和嗓子炙痛。他累了，但很高兴。他就在那里睡着了。

“洛萨诺先生，那家伙，就是叫特里尼达的那家伙，是的，就是他，他突然发疯了。”鲁多维柯说道。

“是那个在金球[1]家做过用人的女人，那个跟你睡过觉的女人，那个你爱上了的女人吗？你在街上又碰见她了？”凯妲说道。

“我很高兴您让人释放了蒙塔涅，堂卡约。”堂费尔民说道，“不久前，政府的敌人还在以此为口实散布谣言说大选是场闹剧呢。”

“他怎么会疯的？”洛萨诺先生说道，“他到底开口了没有？”

“实际上也确实是一场闹剧，您和我都得承认这一点。”卡约·贝尔穆德斯说道，“逮捕唯一的反对派候选人并不是最好的办法，但别无他法。主要是一定得让将军当选，不是这样吗？”

“那女人告诉你她丈夫死了，她的儿子也死了，是吗？”凯妲说道，“她在到处找工作，是吗？”

工头、乌朗多和特耶斯的喊声吵醒了特里福尔修，他们在他身旁坐了下来，递给他一支香烟，大家聊了起来。格罗修·普拉多村的集会也很成功，是吗？是的，很成功。比钦恰集会的人还要多？是的，很多。堂埃米略会不会当选？当然会当选。特里福尔修：堂埃米略要是当上了参议员到利马去，他们会不会辞退我？不会的，伙计，他们还是要雇佣你的，工头说道。乌朗多：你会留下来跟我们一起干的，放心吧。天气仍然很热，夕阳染红了棉田、庄园和石块。

“开口倒是开口了，但讲的全是胡言乱语，洛萨诺先生。”鲁多维柯说道，“他一会儿说自己是第二号领袖，一会儿又说自己是最高领袖，还说什么阿普拉分子要用大炮来劫他出狱。说真的，他确实疯了。”

“于是你就对那女人说圣米格尔区那所洋房需要女用人，是吗？”凯妲说道，“于是你就把她介绍给登奥希娅了，对不对？”

“您真的认为奥德里亚会败给蒙塔涅吗？”堂费尔民说道。

“你最好承认是他把你们吓坏了。”洛萨诺先生说道，“一对饭桶，兼傻瓜。”

---

① 指费尔民·萨瓦拉。

“也就是说，那女人叫阿玛莉娅，是星期一上工的。”凯姐说道，“也就是说，你简直傻透了，你以为别人会不知道吗？”

“不光是蒙塔涅，任何一个别的反对派都会当选。”卡约·贝尔穆德斯说道，“您难道还不了解秘鲁人，堂费尔民？我们秘鲁人的心态很复杂，喜欢支持弱者，支持在野派。”

“不是我们被吓坏了，洛萨诺先生，”伊波利托说道，“我们既不笨也不傻。您来看看我们把他打成什么样子了。”

“你让阿玛莉娅发誓，不要让奥登希娅知道是你告诉她奥登希娅需要用人的，是吗？”凯姐说道，“你对她说，如果臭卡约知道她认识你，就会把她辞退，是吗？”

正在这时，庄园的大门开了，指挥者走了进来。他穿过庭院，走到四人面前停了下来，用手朝特里福尔修一指：堂埃米略的钱包呢？婊子养的！

“我很遗憾您不接受参议员的职位。”卡约·贝尔穆德斯说道，“总统当时很希望您能成为议会中多数派的发言人，堂费尔民。”

“钱包？是我掏走的？”特里福尔修站了起来，拍着胸脯说道，“是我？老爷，会是我吗？”

“一对白痴！”洛萨诺先生说道，“为什么不把他送到医务所去，白痴？”

“你竟然偷起给你饭吃的人来了，”指挥者说道，“你这个臭名远扬的小偷，竟然偷起给你活干的人来了。”

“你太不了解女人了。”凯姐说道，“早晚有一天，她会告诉奥登希娅，说她认识你，说是你介绍她到圣米格尔那个家来的。而奥登希娅也早晚会告诉臭卡约，臭卡约又会告诉金球。到那时他们会要了你的命，安布罗修！”

特里福尔修跪了下来，又是哭，又是赌咒，但指挥者一点也不为所动：我要把你再次送进监狱里去，臭名远扬的罪犯、流氓！干脆点，把钱包交出来。这时，庄园的大门又开了，堂埃米略走了出来：

出了什么事?

“我们送了，可是医务所不收，洛萨诺先生，”鲁多维柯说道，“他们不愿意担责任。只有您下书面命令，他们才接收。”

“此事我们已经谈过了，堂卡约，”堂费尔民说道，“我是非常愿意为总统效劳的。但是当了参议员，就得一心一意地搞政治，这是我做不到的。”

“我什么也不会说出去，永远也不会，”凯妲说道，“我丝毫不感兴趣。你如果倒了霉，肯定不是因为我。”

“当个大使您也不接受吗?”卡约·贝尔穆德斯说道，“总统非常感谢您提供的合作，很想有所表示。您不感兴趣吗，堂费尔民?”

“堂埃米略，您瞧，他在侮辱我，”特里福尔修说道，“您听听他对我说的这些粗话。我感到委屈才哭了起来，堂埃米略。”

“想都没想过，”堂费尔民笑了笑说道，“我不是当参议员的料，也不是当外交官的料，堂卡约。”

“不是我干的，先生，”伊波利托说道，“他是自己发疯的，他一下子就嘴啃地倒了下去，先生，我们连碰都没碰他，请您相信吧，洛萨诺先生。”

“不是他偷的，伙计，”堂埃米略对指挥者说道，“大概是参加集会的某个乔洛干的。你还不至于卑鄙得连我都偷，对不对，特里福尔修?”

“您这种冷淡的态度会使总统伤心的，堂费尔民。”卡约·贝尔穆德斯说道。

“那我宁可砍掉自己的手，堂埃米略。”特里福尔修说道。

“你们把事情搞复杂了，”洛萨诺先生说道，“这事还得你们自己去解决，娘的!”

“不是我态度冷淡，您弄错了。”堂费尔民说道，“奥德里亚会有机会报答我为他提供的服务的。您看，您对我很坦率，我也对您坦诚相待，堂卡约。”

“你们要悄悄地把他拖出去，要小心点，”洛萨诺先生说道，“把他随便丢在一个地方。要是让人看见，你们就完蛋了，起码我先让你们完蛋，懂了吗？”

唉，你这个爱唠叨的黑家伙。堂埃米略说道，说完就同指挥者又走出了庄园。片刻后，乌朗多和工头也走了。特里福尔修，你竟随便让人骂娘。特耶斯笑着说。

“您总是请我客，我想回请您一次。”卡约·贝尔穆德斯说道，“我想找一天晚上请您来我家吃饭，堂费尔民。”

“那个骂我的人早晚落在我手里。”特里福尔修说道。

“事情办好了，先生。”鲁多维柯说道，“我们把他拖出去丢掉了，没有人看见。”

“你真的没掏他的钱包？”特耶斯说道，“对我你可别说谎，特里福尔修。”

“随便您定什么时间，”堂费尔民说道，“我一定去，堂卡约。”

“我掏了，但是他没有证据。”特里福尔修说道，“我们今晚到镇上去好不好？”

“我们把他丢在圣胡安·德·迪奥斯医院门口了，洛萨诺先生，”伊波利托说道，“没人看见我们。”

“我在圣米格尔区买了所房子，就在贝尔托洛托路附近。”卡约·贝尔穆德斯说道，“此外我还……不知您知不知道，堂费尔民？”

“你们把谁拖出去丢了？你们在说些什么呀？”洛萨诺先生说道，“怎么还没忘掉？娘的！”

“钱包里有多少钱，特里福尔修？”特耶斯说道。

“怎么说呢？我倒是听说了一点，听说的。”堂费尔民说道，“利马人都爱传闲话，您是知道的，堂卡约。”

“你别问，”特里福尔修说道，“反正我今晚请你喝酒就是了。”

“啊，对，啊，可是，当然，”鲁多维柯说道，“我们没把任何人拖出去丢掉，我们什么也没干。我都忘了，先生。”

“我是个乡巴佬，虽说来利马有一年半了，但还不懂这里的习俗，”卡约·贝尔穆德斯说道，“坦率地说，我有点不好意思，一直怕您不肯赏脸到我家来做客，堂费尔民。”

“我也是，洛萨诺先生，我早就忘了，真的。”伊波利托说道，“特里尼达·洛佩斯是什么人？我从来没见过。根本没这么个人。您看，我都忘掉了。”

特耶斯和乌朗多喝得醉醺醺地坐在酒馆的木椅上打盹，特里福尔修虽说也喝了不少啤酒，而且天气很热，但仍然很清醒。透过墙上的洞眼可以望见被阳光照得发白的铺沙小广场和投票者进进出出的茅屋。特里福尔修看着守卫在茅屋门口的警卫。整个一上午，警卫们到这里来喝了两次啤酒，这时又穿着制服站到那儿去了。从特耶斯和乌朗多的头顶望去，只见海滩像一条舌头伸延开去，海面上漂浮着一片片闪光的海带。在这儿，三人看到船只起航，逐渐消失在天际。他们吃了新鲜的柠檬鱼片、土豆煎鱼，也喝了啤酒，大量的啤酒。

“您以为我是个教士、呆子吗？”堂费尔民说道，“您瞧，堂卡约，我觉得您弄个情妇最好不过了。我非常高兴跟你们一起吃饭，您说多少次就多少次。”

特里福尔修看到了土路，看到了那辆红色面包车在狗吠声中穿过小广场，在酒馆前刹住了车，指挥者下了车：投票的人很多吗？多极了，一上午进进出出的都是人。指挥者穿着长靴、骑士裤和无扣衬衣：我可不愿意看见你们这副醉醺醺的样子，别再喝了。特里福尔修：可是有两个警察在那儿，老爷。这你不用担心，指挥者说着又登上面包车，在一片狗吠声和滚滚烟尘中消失。

“归根结底，这还是您促成的呢。”卡约·贝尔穆德斯说道，“您还记得我们一起去大使夜总会的那天晚上吗？”

投完票走出来的人不断地来到酒馆，酒馆老板娘在门口挡住他们：大选期间不营业，恕不招待。为什么对那几个人营业呢？老太婆根本不予解释：出去，不然我要喊警察了。人们骂骂咧咧地走了。

“我当然记得，”堂费尔民笑了，“但是我从来没想到您会被缪斯迷住，堂卡约。”

小广场上，几间茅屋的阴影已经拉长，比阳光照射到的地块还要多。这时红色的面包车又出现了，而且载满了人。特里福尔修朝那茅屋望去，只见一群选民好奇地望着面包车，两个警卫也不停地朝这儿张望。都准备好了，快点！指挥者向跳下车的人说道，投票马上就要截止了，票箱马上就要上封了。

“我知道你当时为什么要那么干，无赖。”堂费尔民说道，“不是由于她总找我要钱，不是由于她总讹诈我。”

特里福尔修、特耶斯和乌朗多走出酒馆，来到从车上下来的众人前面。一共不过十五人，特里福尔修认出来他们都是脱粒房的工人、小工，还有庄园里的两个仆人。这些人都穿着崭新的大鞋子、细布长裤，头戴大檐帽，眼睛通红，酒气熏天。

“您看卡约这个人怎么样?”埃斯皮纳上校说道，“我还以为他只会夜以继日地工作呢，没想到他竟把这么美的女人搞到了手。那娘儿们可真漂亮，不是吗，堂费尔民?”

特里福尔修等人在小广场上行进，拥在茅屋门口的人们开始窃窃私语，一个个躲开了。两个警卫迎上来。

“而是由于她给我写了那封匿名信，告诉我你有女人的事。”堂费尔民说道，“你根本不是给我报仇，而是给你自己报仇，无赖。”

“里面在捣鬼，”指挥者说道，“我们是来抗议的。”

“他使我很惊讶，”埃斯皮纳上校说道，“妈的，像卡约这样寡淡的人竟同一个风流娘儿们搞在一起了，真是难以相信，对不对，堂费尔民?”

“我们不能容忍在选举中捣鬼!”特耶斯说道，“奥德里亚将军万岁！堂埃米略·阿雷瓦洛万岁!”

“我们是在这儿维持秩序的，”其中一个警卫说道，“我们与投票无关。你们要抗议，就去找选举台上的人。”

"万岁!"其他人喊道,"阿雷瓦洛—奥德里亚!"

"而滑稽的是,是我劝他这么干的。"埃斯皮纳上校说道,"我曾对他说:你不能这么苦干,你要享受享受生活的乐趣。你瞧,他真搞上了个美人儿,堂费尔民。"

人们又凑了上来,同特里福尔修等人混在一起。人们看看这些人,又看看警卫,都笑了。这时茅屋门口出现了一个身材矮小的人,他惊奇地看了特里福尔修一眼:闹什么?此人身穿外衣,打着领带,戴着眼镜,小胡子上直冒汗。

"散开,散开!"矮个子说道,声音直发抖,"投票截止了,已经六点了。警卫,叫这些人走开。"

"你当时认为我会因为得知你有女人而把你辞退,"堂费尔民说道,"而且你也以为干了那件事就等于卡住了我的脖子,其实你是想讹诈我,无赖。"

"先生,他们说选举里有鬼。"一个警卫说道。

"博士,他们说是来抗议的。"另一个警卫说道。

"我曾经问过他什么时候把老婆从钦恰接来,"埃斯皮纳说道,"他说永远不接来了,就让她留在钦恰。您瞧,卡约这乡巴佬变得多坏,堂费尔民。"

"不错,有人想捣鬼,"一个家伙从茅屋中走出来,"有人想偷堂埃米略·阿雷瓦洛的选票。"

"喂,您是怎么啦?"矮子说道,眼睛瞪得圆圆的,像两个火盘子,"您不是作为阿雷瓦洛提名者的代表一直在监督投票吗?我们还没统计票数呢,捣什么鬼?"

"够了,别哭了,"堂费尔民说道,"难道不是这样吗?难道你不是这样想的吗?难道你不是因此才那样干的吗?"

"我们不干!"指挥者说道,"我们要进去!"

"不管怎么说,他还是有权乐一乐的,"埃斯皮纳上校说道,"只是他太公开了。我倒是希望将军不要认为他搞情妇是件坏事。"

特里福尔修一把抓住矮子的衣领，轻轻一提，把他从门口拖开，他看到矮子脸色发黄了，也感到矮个子在发抖。特里福尔修，紧跟着是特耶斯、乌朗多和指挥者，闯进了茅屋，到了里面，只见一个身穿工装的青年人站了起来嚷道：闲人不得入内，警察，警察！特耶斯猛地一下把他推翻在地，他倒在地上仍然不停地嚷着：警察，警察！特里福尔修把他提起按在一张椅子上：安静点儿，不要开口，伙计。特耶斯和乌朗多拿起票箱就往外走。矮子惊恐地瞪着特里福尔修：这是犯罪，你们要进监狱的！他的嗓子都喊破了。

“住口！你不是也收了门迪萨瓦尔①的钱了吗？”特耶斯说道。

“你也住口，我可要捂你的嘴了。”乌朗多说道。

“我们不能容忍有人作弊，”指挥者说道，“我们要把票箱送到省选举委员会去。”

“不过我想将军不会认为这是坏事，凡是卡约干的，他都认为是好事。”埃斯皮纳上校说道，“将军说我对国家最大的贡献就是把卡约挖掘出来，把他从内地弄出来同我一道工作。卡约简直把将军装在口袋里了，堂费尔民。”

“好了，对，对，”堂费尔民说道，“别哭了，无赖。”

特里福尔修坐在面包车的前座上，透过车窗看见那个矮子和穿工装的青年人正站在茅屋门口同警卫争吵。人们看看他们，有的朝面包车指指点点，有的则笑个不停。

“好了，你并不想讹诈我，而是想帮我的忙。”堂费尔民说道，“不过你还是按我说的去做吧。好了，听话，够了，别哭了。”

“我们等了这么久，原来就是为了抢票箱这点小事。”特里福尔修说道，“其实只有两个家伙是门迪萨瓦尔先生的人，别人都是看热闹的。”

“我没看不起你，也不恨你。”堂费尔民说道，“很好，你尊敬我，

---

① 阿雷瓦洛的竞选对手。

你是为我好，为了不让我受罪。好了，好，你不是无赖。”

“门迪萨瓦尔以为自己很有把握，”乌朗多说道，“他以为这是他的地盘就能获得多数票，结果鸡飞蛋打。”

“对，很好！”堂费尔民说了又说。

10

圣马可大学大门上的标语牌已经被警察扯下，墙上的“罢课万岁!”和“打倒奥德里亚!”的标语也早被刷掉。大学校园里看不见一个学生，供奉先行者的小教堂对面有几个警察挤在一堆。阿桑加罗大街的拐角处有两辆巡逻车，附近的场地上有一个突击队。圣地亚哥走过哥尔梅纳路，到了圣马丁广场。团结大街上每隔二十米就有一名警察在行人中间，他们毫不在乎地挎着冲锋枪，背着防毒面罩，腰上缠着一串催泪弹。下班的职员、流浪汉和猎艳者看着他们，或是反感，或是好奇，但并不害怕。中心广场上也有巡逻车，总统府的铁栏杆前，除了身穿黑红两色军服的岗哨，又加上了头戴钢盔的士兵。在桥那边的利马克区却连一个交警也没有。长着流氓面孔的年轻人和痨病鬼面孔的流氓坐在弗朗西斯科·皮萨罗①塑像旁陈旧的路灯下喷云吐雾，醉汉们摇摇晃晃地拥出酒馆。圣地亚哥就在这些酒馆、乞丐、衣衫褴褛的儿童和丧家犬中间向前走着。莫哥依昂是间狭长的旅馆，就像它所在的土路胡同一样。壁龛似的接待处空无一人，走廊和楼梯黑

---

① 弗朗西斯科·皮萨罗（Francisco Pizarro，1471—1541），征服秘鲁的西班牙殖民军将领。

暗无光。旅馆二层的那个房间，门的四周装饰着金黄色的门框，门要比门框小得多。作为暗号，圣地亚哥在门口敲了三下。推开门，他看到华盛顿的面孔、铺着毯子的帆布床、没有枕套的枕头、两把椅子和一个痰盂罐。

“市中心布满了警察，”圣地亚哥说道，“今天晚上还要搞一次飞行示威呢。”

“告诉你一个坏消息，乔洛马丁内斯从土木工程学院出来的时候被逮捕了。”华盛顿面容憔悴，眼圈发黑，严肃得仿佛变成了另一个人，“他的家人到警察局去看他，但没看到。”

天花板上吊着一只吊灯，唯一的灯泡挂得很高，射出暗淡的光线。

“现在阿普拉分子再也不能夸口说只有他们才作出牺牲了。”圣地亚哥说着，茫然地笑了。

“我们必须换个地方，”华盛顿说道，“连今天晚上的会议都很危险。”

“如果拷打他，你认为他会说出来吗?”圣地亚哥仿佛看到马丁内斯被绑在那儿，一个粗壮的人影使劲地拷打他，乔洛面孔上的肌肉收缩着，一副痛苦相，口里发出嗷嗷的叫声。

“谁知道呢?”华盛顿耸耸肩，低下头，片刻之后说道，“我对旅馆的那家伙也怀疑，今天下午他又看了我的证件。亚盖快要来了，我没能把马丁内斯被捕的事通知他。”

“最好赶快作出决定，然后离开这里。”圣地亚哥掏出一支香烟，点燃后连吸几口，接着又把烟盒掏出来递给华盛顿，“今天晚上，联合会一定要开会吗?”

“联合会有十二名代表被捕，剩下的人要开会。”华盛顿说道，“原则上是要开的，十点钟在医学院。”

“他们肯定会来逮捕我们。”圣地亚哥说道。

“也不一定，政府应该知道今天晚上可能宣布罢课结束，所以应该允许我们开会。”华盛顿说道，“无党派人士吓坏了，想后退。看样子阿普拉也是如此。”

“那我们怎么办?”圣地亚哥说道。

“这正是我们现在要讨论决定的。”华盛顿说道，“你瞧，这是从库斯科和阿雷基帕来的消息，在那里，事情进行得比我们这儿还糟。”

圣地亚哥走到帆布床跟前拿起两封信，一封是库斯科方面来的，是女性纤细的直体字，签名很潦草，带有一个菱形的装饰体。信上说：为了讨论举行声援罢课之事，支部同阿普拉进行了接触。但是警察提前行动了，同志们，警察占领了大学，解散了联合会，至少有二十人被捕，同志们。学生群众的情绪有些低落，但是，尽管受到挫折，逃脱了镇压的同志们士气仍很高涨。致以兄弟般的敬礼！阿雷基帕方面的来信是打字机打的，字体的颜色不黑不蓝，是紫色的，既没有收信人的名字也没有签名。信上说：正当我们在各系的宣传工作进行顺利、气氛有利于支持圣马可罢课的时候，警察开进了学校。被捕者中有八个是我们的人。同志们，希望下次能告诉你们好消息。祝你们成功。

“在特鲁希约，我们的动议被否决了，”华盛顿说道，“我们的人只争取到通过一封信在道义上表示声援，也就是说什么也没搞成。”

“没有一所大学支持圣马可，没有一个工会声援电车工人，”圣地亚哥说道，“没有别的办法，只有停止罢课。”

“不管怎么说，我们已经做了不少工作，”华盛顿说道，“现在他们又逮捕了不少人，我们可以在任何时候利用这面旗帜再干。”

门上响了三下，华盛顿说声“请进”。埃克托尔身穿灰色衣服，满头大汗地走了进来。

“我还以为我迟到了呢，原来我还是最先到的一个。”埃克托尔在椅子上坐了下来，用手帕揩了揩前额，吸了一口气，又像吐烟似的吐了出来，“一个电车工人也找不到，警察占领了工会会址。我是同两个阿普拉的人去的，他们也同罢工委员会失去了联系。”

“乔洛从土木工程学院出来的时候被捕了。”

埃克托尔呆住，望着华盛顿，手帕停留在嘴上。

“只要不用棍子打他，只要不破他的相，他就……”埃克托尔的声音和强笑渐渐减弱，最后消失。他喘了口气，把手帕收起来。这时，他严肃了起来：“如此说来，我们今晚不应该在这儿开会。”

“可亚盖就要来了，没法通知他。”华盛顿说道，“再说，联合会一个半小时之后要开会，而我们还没有时间商量一下。”

“还有什么可商量的？”埃克托尔说道，“无党派人士和阿普拉都想停止罢课，这也是自然的。一切都正在瓦解，应该保住剩下的学生组织。”

门又响了三下。敬礼，同志们！这是亚盖那鸟儿般的声音。他仍打着红领带，惊奇地向四周扫视了一下。

“不是八点开会吗？别的人呢？”

“马丁内斯今晨被捕了。”华盛顿说道，“我们想取消这次会议，离开这儿。你看怎么样？”

亚盖那瘦小的面孔没有皱眉，眼睛也未流露出惊慌的神色。圣地亚哥回想：他大概对听到这类的消息，对东躲西藏的日子，对恐惧都习以为常了。亚盖看了一下手表，沉默着思考了片刻。

“他如果是今晨才被捕，就不会有危险。”最后，亚盖说道，有点不好意思地微微一笑，“今天晚上才能对他审讯，也可能是明晨。同志们，我们还有时间。”

“不过你最好离开。”埃克托尔说道，“这儿数你最危险。”

“慢着！我在楼梯上都听见了。”索洛萨诺站在门口说道，“乔洛被捕了，这是我们的第一个牺牲，见鬼。”

“你忘记敲三下门。”华盛顿说道。

“门是开着的，”索洛萨诺说道，“而且你们的谈话简直是在叫喊。”

“马上八点半了，”亚盖说道，“其他同志呢？”

“哈柯沃去找纺织工人了，阿伊达和教育系的代表到天主教大学去了。”华盛顿说道，“他们马上就到，我们先开始吧。”

埃克托尔和华盛顿在帆布床上坐了下来，圣地亚哥和亚盖各坐一把椅子，索洛萨诺则坐在地上。我们在等着你呢，胡连同志。圣地亚哥听了这个称呼，浑身一震。你总是忘记自己的化名，小萨，你总是忘记自己是负责记录的秘书，忘记应该对上次会议内容作一个小结。圣地亚哥作了小结，但并没站起来，声音很低。

“我们来报告情况吧，”华盛顿说道，“请大家简短扼要些。”

“我们最好还是先了解一下他们出了什么事吧，”圣地亚哥说道，“我去打个电话。”

“旅馆里没有电话，”华盛顿说道，“得找个杂货店去打，一去一回太耽搁时间。他们不过才迟到半小时，马上就会到的。”

圣地亚哥回想：一般说来，报告情况实际上是一段冗长的独白，连主观、客观都很难分清，净是用主观解释来说明事实，或是对名言作主观的解释。不过今晚一切都进行得很迅速，废话很少，简明具体。索洛萨诺：由于罢课是政治性的，农业学院的中心协会拒绝了罢课的建议，他们说：圣马可为什么要卷进电车工人的罢工？华盛顿：师范学校的领导人说没什么可做的，如果进行投票，百分之九十的人会反对罢课，我们只能给予道义上的支持。埃克托尔：自从警察占领了电车工人工会，同罢工委员会的联系就断了。

“农业学院排除，土木工程学院排除，师范学校也排除，天主教大学还没消息，”华盛顿说道，“库斯科和阿雷基帕的各大学被占领了，特鲁希约后退了。简而言之，情况就是这样。几乎可以肯定，今晚在联合会的会议上会有人建议停止罢课。我们应该确定一下我们的立场。还有一个小时。”

圣地亚哥回想：当时似乎不再有什么争论，大家都同意停止罢课。埃克托尔：这次的学生运动使同学们有了政治觉悟，现在收缩正是时候，否则联合会就会被解散。索洛萨诺：复课可以，但要立即开始准备一次新的行动，要更强大，配合得更好。圣地亚哥：对，要立即准备一次行动，争取释放被捕的学生。华盛顿：从这几天的斗争中所得到的经验和教训来看，我们卡魏德的大学部经受住了火的考验，我也赞成复课，以便重新聚集力量。

“同志们，我想说几句话，”亚盖说道，他声音细弱，但毫无犹豫之意，“当我们的大学部决定支持电车工人罢工的时候，某些情况我们早就知道了。”

我们知道了什么情况？我们知道电车工会是黄色工会，因为真正的工人领袖都已被害、被捕或被流放；我们知道举行罢课就会引起镇压，就会发生大逮捕；我们也知道其他大学会置圣马可于不顾。但有些情况我们是不知道的，是没有预料到的，同志们，是什么呢？亚盖的小手在你的脸前上下晃动，小萨呀，他低声坚持着，一遍又一遍地说着，想说服大家：我们没有预料到这次罢课会获得如此大的成就，这次罢课迫使政府撕下了自己的假面具，把凶相暴露在光天化日之下。怎么能说情况很糟呢？三所大学被占领，至少有五十名学生和工人领袖被捕，这难道是很糟吗？在团结大街上举行飞行集会，资产阶级报纸不得不报道这次镇压，这难道是很糟吗？这样大规模反奥德里亚的行动还是第一次，多年的寡头独裁出现了裂痕也是第一次，这是很糟、很糟吗？在这种时候后退，不荒唐吗？从革命的观点而不是从改良的观点来看问题，设法使这次行动扩大和深入，难道不是最正确的做法吗？亚盖住了口，大家望着他，也互相望着，感到很不自在。

“如果阿普拉分子和无党派人士已经达成了准备复课的协议，那我们怎么办？”最后索洛萨诺说话了。

“我们要同他们斗争，同志们。”亚盖说道。

圣地亚哥回想：这时门开了，阿伊达和哈柯沃走了进来。阿伊达迅速走到房间中央，哈柯沃落在了后面。

“时间过了，”华盛顿说道，“你们好让我们担心啊。”

“哈柯沃把我关了起来，不让我到天主教大学去。”圣地亚哥回想：她一下子说了出来，仿佛把要说的话已经背了下来，“大学部委托他去找纺织工人，他根本没去。我要求把他开除。”

“现在我才明白为什么多年来你的脑子里一直想着她。”卡利托斯说道。

阿伊达站在两把椅子中间，头顶上是灯光。她双拳紧握，两眼圆瞪，嘴唇在发抖。整个房间的气氛紧张了起来，压得人喘不过气来。大家一动不动地望着她，不停地咽着口水，埃克托尔在出汗。小萨，阿伊达就在你身旁，你闻到了她的气息。她的影子在地上晃来晃去，你的嗓子发干，你紧咬嘴唇，心在急剧地跳动。

“唉，喂，同志，”华盛顿说道，“我们正在……”

“另外，他还企图自杀，原因是我对他说我不跟他好了。”圣地亚哥回想：她当时脸色发青，眼睛瞪得大大的，仿佛舌头被烫似的把话语接连吐出。“我骗了他，他才放我到这儿来。我要求开除他。”

“她羞得无地自容，”圣地亚哥说道，“这倒不是因为她在大家面前说出了这一切，卡利托斯，而是因为他俩之间发生了这种争吵，发生了这种纠纷，哈柯沃还把她关了起来，用自杀威胁她，等等。”

“你说完了吗?”最后，华盛顿说话了。

“到那时为止，你从来没想到过他们已经在一起睡过觉了。”卡利托斯笑了，“你一直以为他们仅仅是眉眼传情，手拉手地朗诵马雅可夫斯基①和纳齐姆·希克梅特②的诗歌，是不是，小萨?”

大家坐在自己的位子上，显得很不安。埃克托尔擦着脸，索洛萨诺盯着天花板。哈柯沃为什么不走向前说话？他在后面一言不发地干什么？小萨，阿伊达就站在你的身边，不再握拳，而是张着双手，小拇指上带着银戒指，上面饰有自己名字的字首字母。圣地亚哥举起手，华盛顿点点头示意让他发言。

---

① 马雅可夫斯基（Maiakovski，1893—1930），前苏联诗人。

② 纳齐姆·希克梅特（Nazim Hikmet，1902—1963），土耳其进步诗人。

“还有一个小时联合会就要开会了，可我们还未达成一致，”圣地亚哥回想：我当时心里直打鼓，以为自己的声音会发窘，“难道我们要为讨论个人之间的纠纷而浪费时间吗？”

圣地亚哥住了口，点了一支烟，火柴还亮着就滚到了地上。他用脚踩熄了火柴。他看到同志们开始从惊愕中恢复过来，开始感到恼火。阿伊达仍然站在他的身边，她焦急而困难地呼吸着。

“我们当然不会对个人私事感兴趣，”华盛顿咕哝着，显得很不高兴，这使得他几乎说不出话来，“然而，刚才阿伊达提出的问题是非常严重的。”

圣地亚哥回想：当时大家都沉默了，气氛静得令人难以忍受，突然大家感到一阵闷热，令人头涨，令人窒息。

“我对两个同志吵架、关人、自杀都不感兴趣，”埃克托尔用手帕擦着嘴角说道，“我需要知道的是纺织工人和天主教大学的情况。如果应该去了解情况的同志没有去，那么他们应该解释一下为什么。”

“阿伊达已经解释过了，”那鸟儿般的声音低低地说道，“现在让另外那个同志也说说吧。把这事赶快解决算了。”

大家掉头向门口看去，哈柯沃慢步走到阿伊达跟前。他身穿浅蓝色西装，衬衣有一半从裤腰中露了出来，上衣没有扣子，领带松垮垮的。

“阿伊达说的都是事实，我的神经失去了控制。”圣地亚哥回想：哈柯沃当时每说一字就干咳一声，像醉汉似的晃动着身子。“我昏了头，我神经很脆弱，一时发作，也许是因为这几天睡得太少了，同志们。我服从大学部对我作的任何决定，同志们。”

“是你不让阿伊达去天主教大学吗？”索洛萨诺说道，“是你没有去找纺织工人吗？你还阻止阿伊达参加会议？”

“我也不知道我是怎么了，我也不知道是怎么回事。”圣地亚哥回想：当时哈柯沃的眼睛流露出一种怯懦、痛苦、像是发了疯的神情。“我请大家原谅，我愿意克服这种精神危机，同志们，帮助我克服吧。

阿伊达同志刚才讲的都是事实，同志们，我愿意接受任何决定。”

哈柯沃住了口，向门口退去。圣地亚哥的眼里没有他了，他看见的是阿伊达和她颤抖而发紫的双手。索洛萨诺的前额上流着汗水，站了起来。

“我要坦率地把自己的想法说出来。”圣地亚哥回想：索洛萨诺说话时愤怒得面孔都变了形，声音中充满了失望。“我当时赞成这次罢课是因为被哈柯沃摆出的道理说服了。他当时最积极，因此我们大家才把他选进了联合会和罢课委员会。我必须提醒大家，马丁内斯正是在哈柯沃自私神经大发作的时候被捕的。我认为，对这种过错，必须加以某种形式的惩处。还有，同纺织工人和天主教大学的接触都失效了。唉，在这种时候我干吗还要提大家都知道了的事情呢？同志们，这种做法是不能容忍的。”

“当然，这一切是严重的，哈柯沃犯了一个错误，”埃克托尔说道，“可现在没有时间了，半小时后联合会就要开会了。”

“我们这样浪费时间简直是发疯，”这是鸟儿般的说话声，不安、焦躁，亚盖把手举了起来，“我们还是把哈柯沃的问题放到以后再说，回到我们原来的议题上来吧。”

“我建议把哈柯沃的问题放到下次会议上讨论。”圣地亚哥说道。

“我并不想触犯任何人，但我认为哈柯沃不应该参加我们这个会。”华盛顿说道，他犹豫了片刻之后又说，“我认为不能再信任他了。”

“你还是把我的建议付诸表决吧，”圣地亚哥说道，“你这样简直是浪费我们大家的时间，华盛顿，难道我们要为讨论哈柯沃的事而忘掉罢课和联合会的事吗？”

“时间不多了，”亚盖坚持道，几乎在恳求，“我请同志们注意。”

“好吧，我们表决吧。”华盛顿说道，“哈柯沃，你还有什么要说？”

哈柯沃的身影在走动着，他把手从衣袋里拿出，不停地绞扭着，几缕黄发耷拉下来遮住了耳朵。圣地亚哥回想：他那时的目光不再像往常讨论时那么自负而又富于讥讽意味了，他的态度流露出失败和卑下。

“我那时还以为他心目中只有大学部和革命呢，”圣地亚哥说道，“但是，突然这一切都成假的了，卡利托斯。原来他和你、我一样，也是个普普通通的人。”

“我明白你们在怀疑我，对我不信任。”哈柯沃喃喃地说道，“我要作自我批评，任何决定我都服从，但是希望再给我一个机会向大家表明这一点，同志们。”

“你最好出去一下，等我们表决完了你再进来。”华盛顿说道。

圣地亚哥没有听到哈柯沃开门的声音，只是当灯光的摇摆使得射在墙上的影子晃动起来的时候他才发觉哈柯沃已经出去了。他站起来，抓起阿伊达的胳臂，向她指了指椅子。阿伊达坐了下来。圣地亚哥回想：她把双手放在膝上，那漆黑的睫毛湿润了，颈上的头发乱蓬蓬的，耳朵也仿佛是冰冷的。他回想：我当时真想抬起手，再放下来，抚摸她的脖颈，梳顺她的乱发，把手指插进她的头发，慢慢地梳理，放开手，再梳理。唉，小萨呀。

“我们先就阿伊达的请求进行表决。”华盛顿说道，“赞成把哈柯沃开除出大学部的请举手。”

“我刚才提的建议是先决性的，”圣地亚哥说道，“应该先表决我的建议。”

但是华盛顿和索洛萨诺已经举起了手。大家转头向阿伊达望去，只见她低着头，双手仍然安静地放在膝上。

“你不赞成自己的请求了吗？”索洛萨诺说着几乎喊了起来。

“我改变意见了。”阿伊达抽泣起来，“亚盖同志说得对，这件事还是推迟讨论吧。”

“简直令人不可思议，”小鸟儿般的声音又响了起来，“不像话，不像话！”

“你在戏弄我们吧?”索洛萨诺说道，“阿伊达，你在玩什么把戏?”

“我的意见改变了。”阿伊达头也不抬，低声说道。

“见鬼!”小鸟儿般的声音说道，“我们这是干什么?难道是在做游戏?”

“让我们结束这场玩笑吧。”华盛顿说道，“赞成推迟讨论此问题的请举手。”

亚盖、埃克托尔和圣地亚哥举了手，片刻后，阿伊达也举了手。埃克托尔暗自发笑，索洛萨诺捂着肚子仿佛要吐，鸟儿般的声音仍在不停地说：不像话，不像话!

“女人太可怕了。”卡利托斯说道，“舞女、女共产党、女资产阶级、乔洛女人，不管什么女人都有那么点怪癖，是我们男人不能理解的。最好还是搞搞同性恋，你说对不对，小萨?跟我们能理解的人搞恋爱，不要跟那些怪异的女人搞。”

“把哈柯沃叫进来吧。”华盛顿说道，“把戏到此为止，让我们言归正传吧。”

圣地亚哥转身去开门，哈柯沃神色惊恐地走了进来。

“门口有三支巡逻队，”哈柯沃抓住圣地亚哥的胳臂低声说道，“还有许多密探、一个军官。”

“快把门关上，见鬼!”鸟儿般的声音说道。

蓦地，一切都停滞不动了。哈柯沃把门关上，用自己的身体顶住。

“把门顶住!”华盛顿望着众人急匆匆地说道，“文件、信件!把门顶牢，这房间没有门锁。”

埃克托尔、索洛萨诺和亚盖过去帮助哈柯沃和圣地亚哥顶住门，大家都在自己的衣袋里摸来摸去。华盛顿弯腰在床头柜上撕文件，把碎纸片抛入痰盂，阿伊达则踮着脚往返于床前和门口之间，把大家交给她的小本子、纸片递给华盛顿。痰盂点燃了。但是门外没有一点声息，大家把耳朵贴在门上。亚盖离开大家，把灯熄掉。黑暗中，圣地亚哥听到索洛萨诺说道：会不会是一场虚惊？痰盂中的火苗时熄时旺，间隔时间等长。圣地亚哥看到华盛顿的面孔，他正在吹火苗。有人咳了一声，鸟儿般的声音说道：安静。又有二人同时咳了起来。

“烟太大了。”埃克托尔说道，“把窗子打开吧。”

一个人影离开房门，欠起脚去开天窗，但是够不着，只能碰到窗沿。华盛顿抱起他的腰，把他举起。他打开了天窗，一股新鲜空气吹进了房间。痰盂中的火苗熄了，阿伊达把痰盂递给哈柯沃，哈柯沃又被华盛顿举起，把痰盂倒在天窗之外。华盛顿打开灯，只见每个人都面孔痉挛，双眼深陷，嘴唇干裂。亚盖示意大家离开房门，叫大家坐下。他面色憔悴，露着牙齿，在这一瞬间，他变老了。

“还有烟，”亚盖说道，“赶快吸烟，吸烟。”

“一场虚惊，”索洛萨诺嘟囔着说道，“一点动静也没有。”

圣地亚哥和埃克托尔把香烟分发给大家，连不吸烟的阿伊达都点了一支。华盛顿移到门前，透过钥匙孔向外张望。

“你们难道不知道每次都应该把课本带来吗?”亚盖说道，歇斯底里地挥着小手，“我们可以说，我们聚会是为了讨论学校里的问题。我们不是政治家，我们不是搞政治的。根本不存在什么卡魏德，根本不存在什么大学部，我们什么也不知道。”

“有人上来了。”华盛顿说着，从门前走开。

传来一阵人声，静了下来，接着又是一阵人声，门上响了两下。

“有人找您，先生。”门外一个嘶哑的声音说道，“说是有急事。”

圣地亚哥回想：阿伊达和哈柯沃站在一起，哈柯沃挨着阿伊达的肩膀。华盛顿向房门走去，但房门已经打开，滚球似的一阵旋风冲他卷来：一个人跌跌撞撞、磕磕绊绊地冲了进来，接着又有几个人连跳带喊地用手枪对准房里的人，有人在喝骂，也有人在大声喘气。

“你们要干什么?”华盛顿说道，“为什么无理闯进来……”

“有武器的人把武器放在地上!”一个头戴帽子，系着蓝色领带的矮个子说道，“举起手来！给我搜！”

“我们是学生，”华盛顿说道，“我们在……”

一个警察推了他一把，他不作声了。来人把房里的人从头到脚搜了一遍，然后命令他们举着手一个一个地走出房间。街上有两个手执冲锋枪的警察和一群看热闹的人。警察把他们分成两组，圣地亚哥和埃克托尔、索洛萨诺被推进一辆巡逻车。三人挤在车座上，车中充满了烟草味，开车的人正在用报话机讲话。巡逻车开动了，驶过石桥、塔克纳路、威尔逊路，西班牙路，在警察局的铁栏杆前停了下来。一个密探在门卫的耳边嘀咕了几句，于是有人命令他们下车。一条长走廊，两旁的房门敞着，可以看到里面的办公桌、警察和一些只穿衬衣的便衣人员。上了楼梯又是一条走廊，地上好像用水泼过。一扇房门打开了。进去！门又关上了，接着是一阵钥匙的响声。那是一个狭小的房间，像是公证人办公室的前厅，墙根处只有一条板凳，三人一言不发，打量着满是裂痕的墙壁、闪亮的地板和荧光灯。

“十点，”圣地亚哥说道，“联合会大概开会了。”

“是的，如果其他的代表没全被抓到这儿来的话。”埃克托尔说道。

小萨，你被捕的消息明天会不会见报？爸爸会不会从报上得知这个消息？你可以想象，全家会彻夜不眠，妈妈泣不成声，全家折腾不休，不时地去打电话，蒂蒂的客人会在区里散布流言蜚语，奇斯帕斯会妄加评论。是的，那天夜里，您全家就像发了疯一样，少爷，安布罗修说道。卡利托斯：你大概觉得自己像列宁吧？一个矮胖的印欧混血儿在喘气，在蹬脚①。我很害怕，卡利托斯。圣地亚哥掏出香烟，还够三个人吸的。三人一言不发地吸着烟，同时吸，同时喷。当他们把烟头在地上踩灭的时候听到门上响起了钥匙声。

“谁是圣地亚哥·萨瓦拉？”一个未见过的面孔在门外说道，圣地

---

① 在圣地亚哥的想象中，马丁内斯在受拷打。

亚哥站了起来。“好了，坐下吧。”

那张面孔消失了，又是一阵钥匙声。

“这说明你在这里立了案。”埃克托尔低声说道。

“这说明你会第一个被放出去。”索洛萨诺说道，“你一出去就先去找联合会，请他们把事情张扬出去。这是为了亚盖，为了华盛顿，他们最倒霉。”

“你疯了?”圣地亚哥说道，“我凭什么要第一个被释放?”

“凭你的家庭。”索洛萨诺笑嘻嘻地说道，“你要叫他们提抗议，把事情张扬出去。”

“我的家庭为我这事连一个手指都不会动。”圣地亚哥说道，“特别是当他们知道我的被捕是由于卷进了这种……”

“你什么事也没卷入，这一点你可别忘了。”埃克托尔说道。

三人本来是坐在板凳上望着对面的墙和天花板谈话的，这时埃克托尔站起身来，从一头到另一头地来回走动着，说自己的腿发麻了。索洛萨诺把衣领竖起来，把手插入衣袋：好冷啊!

“会不会把阿伊达也抓到这儿来?”圣地亚哥说道。

“可能要把她押到乔里约斯区的妇女监狱去。”索洛萨诺说道，“那是一所崭新的监狱，有单人牢房。”

“我们太傻了，为了那对未婚夫妇耽误了太多时间。”埃克托尔说道，“想起来真好笑。”

“想起来真要哭!”索洛萨诺说道，“应该让他们两个去演广播剧，去演墨西哥电影。什么我要把你关起来呀，我要自杀呀；什么把他开除出大学部呀，哎呀，还是不要开除他吧。这些资产阶级小姐、少爷，真该扒下他们的裤子抽他们一顿鞭子。见鬼!”

“我一直以为他俩相处得挺好，”埃克托尔说道，“你以前知道他俩吵架吗?”

“我什么都不知道，”圣地亚哥说道，“近来我很少跟他们见面。”

“我老婆跟我吵架啦，让罢课、党组织见鬼去吧，我要自杀啦。”

索洛萨诺说道，“还是让他去演广播剧吧，见鬼！”

“当了同志，人心也是肉长的嘛。”埃克托尔微笑说。

“也许是马丁内斯招出来的。”圣地亚哥说道，“他们也许打他了。”

“你要尽量装出害怕的样子，”索洛萨诺说道，“否则事情会更坏。”

“你才害怕呢。”圣地亚哥说道。

“我当然害怕，”索洛萨诺说道，“不过我没吓得脸色发白。”

“你脸发白你也看不出来。”圣地亚哥说道。

“这就是我们乔洛的优越性。”索洛萨诺笑了，“别发火，伙计。”

埃克托尔坐了下来，他还有一支香烟，于是每人一口，三人分享了。

“他们怎么知道我的名字？”圣地亚哥说道，“那家伙刚才来干什么？”

“你出身名门，他们想给你炒一盘醉腰花，让你别在这儿感到不习惯。”索洛萨诺说着打了个呵欠，“别说了，我累了。”

他倚墙缩作一团，闭上了眼睛。圣地亚哥回想：索洛萨诺体格健壮，皮肤暗灰，鼻孔很大，头发粗直，是第一次被捕入狱。

“会不会把我们同刑事犯关在一起？”圣地亚哥说道。

“最好不要，”埃克托尔说道，“我可不愿意被小偷强奸。你瞧那位同志睡得多香，他做得对，我们也来舒服舒服，休息一会儿吧。”

二人把头靠在墙上，闭上了眼睛。过了一会儿，圣地亚哥听到了脚步声，他朝房门望去，埃克托尔也直起了身子。又是一阵钥匙声，又是刚才那个人。

“萨瓦拉，跟我来！对，就您一个人。”

那个矮胖子在喘气。圣地亚哥走出房门的时候看到索洛萨诺正在睁开发红的眼睛。一条走廊，两边都是门，到处是台阶。一条铺有花砖的过道，弯弯曲曲，上上下下。一名执枪警卫站在一扇窗子的对面。刚才那家伙手揣在衣袋里在他身旁走着。金属制的牌子挂在每个房门上，但他来不及看。他听到那人说了一声：进去吧，就在那儿。于是就剩下他一个人。那是一间很大的房间，几乎没有亮光，一张写字台上放着一盏没有灯罩的台灯，四壁光秃秃的，只有一张奥德里亚的照片。奥德里亚挂着总统绶带，裹得就像襁褓中的婴儿。圣地亚哥后退了一步，看了看手表：十二点半。他鼓了鼓气，因为双腿发软，直想撒尿。过了一会儿，房门开了。那就是圣地亚哥·萨瓦拉吗？他听到一个声音问道，却没人露面。是的，他就在里面，先生。接着一阵脚步声，一阵人声。堂费尔民的身影穿过台灯射出的光线向他张开双臂。圣地亚哥回想：那回他把脸贴到了我的脸上。

“你好吗，瘦儿子？他们没打你吧，瘦儿子？”

“没有，爸爸，可我不明白他们为什么要把我抓来，我什么事也没干呀，爸爸。”

堂费尔民朝他的眼睛看了一眼，又把他搂在怀里。接着放开他，半笑不笑地转向写字台，另一个人早已坐在写字台后面了。

“堂费尔民，”卡利托斯，我几乎看不见那个人的面孔，只听到一个淡漠却很殷勤的声音，“我可把您的继承人安全无恙地交给您了。”

“这个年轻人总是给我找麻烦。”卡利托斯，我那可怜的爸爸竭力说得自然些，可显得像是在演戏，非常滑稽，“您没儿没女，我真羡慕您，堂卡约。”

“人老了，就希望在去世之后有个人在这个世界上代表自己。”是的，卡利托斯，正是卡约·贝尔穆德斯，他亲自来了。

堂费尔民极不自在地笑了笑，在桌角旁坐了下来，堂卡约站起身来。是他，他站在那里，那张羊皮纸一样干巴巴的面孔令人厌恶。他不想坐下吗，堂费尔民？不，堂卡约，他站着挺好的。

“年轻人，瞧您惹的这场麻烦，”卡利托斯，他说话很和气，仿佛在为我惋惜，“不学习，净搞政治。”

“我从不过问政治，”圣地亚哥说道，“我当时只是跟同学们在一起，可我们什么也没干。”

贝尔穆德斯弯腰向堂费尔民递上一支香烟，堂费尔民带着假笑赶快掏出一盒印加牌香烟。他虽然只能吸彻斯特费尔德牌的，讨厌劣质烟草味，但他还是把烟放在嘴上，贪婪地吸着，不停地咳嗽着，对自己能有点事做以掩饰窘态、掩饰自己那极端的不自在感到高兴，卡利托斯。贝尔穆德斯则望着卷曲的烟雾，一副厌倦的神态。忽然，他的目光碰到了圣地亚哥。

“对一个青年来讲，有点反抗精神，有点冲劲是好的，”卡利托斯，他好像是在社交聚会上讲蠢话，仿佛讲什么都无所谓，“不过，跟共产党搞在一起图谋不轨，就另当别论了。您不知道共产党是非法组织吗？您想想，如果对您援用国家安全法，那就不好玩了。”

“国家安全法可不是用来对付懵懵懂懂的黄口小儿的。”卡利托斯，我爸爸在抑制自己的愤怒，没有提高声音。他在克制自己，“走狗”“奴才”才没有骂出来。

“瞧您说的，堂费尔民，”卡利托斯，他好像对我们没理解他的玩笑感到惊奇，“当然不能用来对付黄口小儿，更不能用来对付像您这样一个政府的朋友的儿子。”

“圣地亚哥是个难弄的孩子，这一点我很了解，”卡利托斯，我爸爸微笑着说道，但马上严肃了起来，每讲一个字都在改变声调，“但是也不能言过其实，堂卡约。我的儿子没有图谋不轨，也没跟共产党搞在一起。”

“还是让您的儿子自己讲讲吧。”卡利托斯，贝尔穆德斯友好而客气地说道，“他在利马克区的小旅馆里干什么来着？大学部是干什么的？卡魏德又是什么？这些词儿还是让他自己给您解释解释吧。”

贝尔穆德斯喷出一口烟雾，然后带着忧郁的神色欣赏了一会儿缭绕的烟柱。

“在我们国家里根本不存在共产党，堂卡约。”卡利托斯，我爸爸强忍着愤怒，咽下一声干咳，狠狠地踩灭烟头。

“他们人数很少，但很惹嫌，”卡利托斯，他好像以为我已经出去或是我根本不在场，“他们出版了一种小报。对美国来说，对总统来说，对我本人来说，这小报就像是一种瘟疫。我都收集全了，我可以改天给您看看。”

“我与这事毫无关系，”圣地亚哥说道，“我在圣马可一个共产党也不认识。”

“只要他们不太过分，我们还是容忍他们玩那种革命的游戏的，或是随便他们玩什么游戏，”卡利托斯，他仿佛连对自己讲的话都感到厌烦，“但是搞政治性罢课支援电车工人就不行了。您想想，圣马可同电车工人又有什么关系呢?”

“罢课不是政治性的。联合会下的命令，所有的学生都……”

“这位年轻人是他们年级的代表，是联合会的代表，也是罢课委员会的代表。”卡利托斯，他根本不理我，也不看我，只是朝着我爸爸微笑，仿佛在对他讲笑话，“此外，他还是卡魏德的成员。几年来，卡魏德就是共产党组织的化名。同他一起被捕的人中还有两个人，这两个人的档案卡片上都写满了，是出名的恐怖分子。毫无办法，堂费尔民。”

“我儿子不能再关在这儿了，他不是罪犯。”卡利托斯，我爸爸抑制不住了，他一拍桌子，提高了声音，“从一开始我就是政府的朋友，也反对前政府。政府欠着我的人情，我这就去找总统。”

“别这样，堂费尔民，”卡利托斯，他仿佛是被自己最要好的朋友中伤、出卖了似的，“我把您请来是为了在我们彼此之间解决这个问题。我比任何人都清楚您是拥护政府的，我只是想让您知道这年轻人是多么荒唐，仅此而已。他根本不算是被捕，您现在就可以把他带走，堂费尔民。”

“那我太感谢您了，堂卡约，”卡利托斯，我爸爸感到迷惑不解，他用手帕抹着嘴唇，竭力装出一副笑脸，“您不必为圣地亚哥担心，我负责教育他走正道。如果您不介意，我想现在就把他带走。他妈妈可着急呢，您可以想象。”

“当然可以，您赶快去安慰安慰太太吧。”卡利托斯，他好像感到内疚，想重新获得我爸爸的好感，“啊，当然，这年轻人的名字不会在任何报纸上出现，也不会把他载入档案。我向您保证，这件事不会留下任何痕迹。”

“对，否则以后就会对孩子有影响，”卡利托斯，我爸爸微笑着连连称是，想表明已经同他和解了，“谢谢您了，堂卡约。”

三人走了出来，堂费尔民和贝尔穆德斯那又矮又瘦的身影走在前面。他身穿一身灰条纹西装，迈着快速的小碎步，对警察的敬礼和密探们的问安全然不加理会。穿过警察局的庭院、大门和铁栏杆，三人来到了大街上，大家呼吸到了新鲜的空气。汽车正在台阶上等着。安布罗修摘帽敬礼，打开车门，向圣地亚哥微微一笑：您好，少爷！贝尔穆德斯一鞠躬就消失在大门中了。堂费尔民钻进汽车：快回家，安布罗修。汽车开动了，驶入威尔逊路，向阿雷基帕路拐去，每过一个街角就加快速度，风从车窗吹了进来。小萨，好好吸口新鲜空气吧，不要想了。

“那婊子养的早晚要遭到报应。”圣地亚哥回想：我爸爸的脸上流露出厌恶的神情，一双疲倦的眼睛望着前方，“那臭乔洛就这样侮辱我，我要教训教训他，让他知道自己是老几!”

“卡利托斯，我还是第一次听到我爸爸讲粗话、用这种话骂人呢。”圣地亚哥说道。

“我会让他遭报应的，”圣地亚哥回想：他的额头上布满皱纹，愤怒到了极点，“我要教训教训他，让他懂得如何对待自己的主子。”

“我很抱歉，让你度过了这不愉快的时刻，爸爸，我向你保证……”圣地亚哥回想：我爸爸突然转过脸来，用他那只大手打了我一个嘴巴。

“他打了我，那还是第一次，也是唯一的一次。”圣地亚哥说道。

“我也要跟你算账，黄口小儿!”圣地亚哥回想：他的声音最后变成了哼哼声。“只有坏蛋才图谋不轨，你知道吗？在自己的家里用电话搞阴谋，那是白痴干的，你不知道警察会监听吗？你的电话都被偷听了，白痴!”

“卡利托斯，我和卡魏德通话，被他们录音至少有十次，”圣地亚哥说道，“贝尔穆德斯都放给我爸爸听了，因此他感到受了侮辱。这才是他不高兴的真正原因。”

到了莱蒙迪中学，交通堵塞了，安布罗修把汽车转向阿列纳勒斯路开去。直到哈维尔·普拉多路口处，父子二人未说一句话。

“再说，他不光是偷听你的电话，”圣地亚哥回想：我爸爸的声音显得颓唐、忧心忡忡。“他还派人跟踪我。他是利用这个机会让我知道，那就用不着直接告诉我了。”

“卡利托斯，除了后来那次在妓院里，我从来没感到过那么痛心，”圣地亚哥说道，“因为大家是由于我的过错，由于我嫉妒哈柯沃和阿伊达而被捕的；因为我被释放了而他们没有；也因为我看到了爸爸那困难的处境。”

汽车又转回了阿雷基帕路，此时路上几乎空无一人，车灯亮着，一排排棕榈树迅速向后退去。黑暗中各家的花园和房子依稀可见。

“看来你真是共产党。我早就想到了，你考圣马可根本不是为了去学习，而是为了去搞政治。”卡利托斯，我爸爸的声音中既有痛苦和粗暴也有嘲讽，“你在圣马可上了那些流氓、不满分子的当。”

“爸爸，我考试都通过了，爸爸，我的分数一直很高。”

“你当共产党、阿普拉也好，你信仰无政府主义、存在主义也好，关我什么屁事，”圣地亚哥回想：他又发火了，他用手摸着自己的膝盖，看也不看我一眼。“你去抢、去杀、去投炸弹，我不管，但是这一切你只能在满二十一岁以后才能干，在此之前你必须学习，一心搞学习；必须听话，听我的话。”

圣地亚哥回想：对，我就是在此时此刻倒的霉。你没想到你这样做会使你妈妈得精神病吗？圣地亚哥回想：我倒没有想到。你没想到会给爸爸找麻烦吗？也没有，小萨，你确实没想到。汽车驶过了安加莫斯路、对角街、断壁路，安布罗修伏在驾驶盘上。你没想到，你没想到，那是因为你太舒服了，太美了。你有个爸爸供你吃，供你穿，供你学习，还给你零用钱，对不对？可你跟共产党混在一起，搞阴谋反对为你爸爸工作的人，见鬼，这绝对不能允许。圣地亚哥回想：爸爸，并不是因为你打了我，我才感到痛心。汽车驶过 7 月 28 日①大街，驶过大街两旁的树木，接着是拉尔柯路。蠕虫、毒蛇、尖刀……

“等你工作了，能自立了，等你不再靠爸爸的钱袋生活就随便你怎么样了。”圣地亚哥回想：我爸爸的口气既温和又残酷，“当共产党，当阿普拉，丢炸弹，都随便你。但是在此之前，你要学习，要听话。”

圣地亚哥回想：爸爸，我不能原谅你的正是这些活。看到家里的车房、灯火通明的窗子，其中一个窗子上映出蒂蒂的身影：啊，妈妈，超级学者回来了！

“从那以后你就同卡魏德，同你的同伙断绝关系了，是吗？”卡利托斯说道。

“你先下车去吧，瘦儿子，我去把这场纠葛解决掉。”圣地亚哥回想：我爸爸后悔了，他要跟我和解。“去洗个澡，警察局的虱子都让你带回来了。”

“卡利托斯，当律师的想法、家庭、观花埠……我同这一切都断绝了关系。”

花园、妈妈、亲吻、妈妈脸上的泪水，这些你都没看到吗，疯子？我确实疯了才看不到这一切。厨娘、女仆都过来了。蒂蒂激动的叫声：浪子回头了。卡利托斯，如果我被关上一天而不是几个小时，家里就会用乐队来欢迎我呢。奇斯帕斯从楼梯上跑下来：你这家伙，真把我们吓坏了。大家让他在大厅中坐下，把他围了起来。索伊拉太

① 7 月 28 日是秘鲁的独立日。

太抚摸着他的头发，吻着他的额头。奇斯帕斯好奇得要命：把你抓到监牢里去了还是抓到警察局去了？你看到强盗和杀人犯了吗？老头子想同总统通话来着，可总统在睡觉，瘦子。老头子又给警察局长打电话。可警察局长说有地方起火了，超级学者。索伊拉太太对厨娘说：给他煎几个鸡蛋吧，来杯可可牛奶，还有柠檬点心吗？妈妈，他们没对我怎么样，妈妈，是场误会。

“他为自己被捕感到很高兴，成了英雄。”蒂蒂说道，“喂，现在恐怕更没人敢碰你了。”

“你的照片会在《商报》上登出来，”奇斯帕斯说道，“你那流氓似的面孔，还有你的证件号码。”

“警察局是什么样的？你被关押的时候他们对你怎么样？”蒂蒂说道。

“他们给我换上了带条子的囚衣，上了脚镣。”圣地亚哥说道，“牢房里净是耗子，一点光线也没有。”

“不对，你骗人，”蒂蒂说道，“你快说呀，说呀，警察局是什么样子的？”

“你瞧，你这小疯子非要上圣马可不可。”索伊拉太太说道，“明年转到天主教大学吧，再也不要搞政治了。你答应吗？”

我答应你，妈妈，我再也不搞政治了。全家去睡的时候已经两点了。圣地亚哥脱下衣服，换上睡衣，关掉了台灯。他感到浑身发燥，太热了。

“你以后再也没去找卡魏德吗？”卡利托斯说道。

圣地亚哥把被单拉到脖子上，困意消失了，浑身的疲乏汇集到了背部。窗子开着，可以看到外面的点点星光。

“亚盖坐了两年牢，华盛顿被放逐到了玻利维亚。”圣地亚哥说道，“其他人都是十五天以后就放了。”

圣地亚哥回想：那夜我感到很不自在，像一个小偷在黑夜中游荡，感到后悔、嫉妒、羞耻。爸爸，我恨你；哈柯沃，我恨你；阿伊达，我恨你。他感到非常想吸烟，但是没有香烟。

“他们会认为你被吓坏了，”卡利托斯说道，“他们会以为你背叛了，小萨。”

圣地亚哥回想：在我面前出现了阿伊达的面孔、哈柯沃的面孔，还有华盛顿、索洛萨诺和埃克托尔的面孔，接着又是阿伊达的面孔。我真希望还是个孩子，重新投胎。他很想吸烟，但是如果找奇斯帕斯去要又得跟他谈话。

“在某种意义上讲，我是被吓坏了，”圣地亚哥说道，“在某种意义上讲，我是背叛了他们。”

圣地亚哥从床上坐了起来，在上衣口袋里掏了掏，然后下地把衣橱里所有的上衣口袋都摸了一遍。他没穿睡袍，没蹬拖鞋，下到楼梯第一个转角处走进奇斯帕斯的房间。香烟和火柴就放在床头柜上，奇斯帕斯正趴在床垫上呼呼大睡。圣地亚哥回到自己的房间，坐到窗前贪婪地、美美地吸起烟来，不时地把烟灰掸在花园里。片刻后，他听到汽车在门前刹车，只见堂费尔民进了家门，安布罗修走进花园尽头自己的房间。这时堂费尔民正在打开书房的门，打开灯。圣地亚哥摸索着找到了拖鞋和睡袍走出房间。在楼梯上，他看到书房的灯还在亮着，于是下楼来到书房的玻璃门前，止住了脚步。堂费尔民坐在一把绿色软椅上，手里拿着一杯威士忌，两眼因熬夜显得发红，两鬓白发苍苍。圣地亚哥回想：那时，像往常的夜里在家读报一样，他只开着落地灯。圣地亚哥敲了敲门，堂费尔民走过来把门打开。

“我想跟你谈谈，爸爸。”

“快进来，在外面会着凉的，”小萨，他不生气了，而且非常高兴见到你，“外面潮气太重，瘦儿子。”

堂费尔民抓住他的胳臂把他拉进书房，又回到椅子上坐下。圣地亚哥也在他对面坐了下来。

“你们到现在才睡?”小萨，他好像原谅了你，好像从来没骂过你，“奇斯帕斯明天又有借口不去办公了。”

“我们刚刚睡下不久，爸爸，我睡不着。”

“你太激动了。”小萨，他亲热地看着你，“也好，现在你就详详细细地把一切告诉我吧，他们真的没对你怎么样？”

“真的，爸爸，连审也没有审。”

“那还不错。惊吓总算过去了。”小萨，他甚至略带骄傲地说，“你想跟我谈什么，瘦儿子？”

“我一直在想你的话。你是对的，爸爸。”小萨，你突然感到嘴里发干，“我想离开家找个工作干，赚点钱，再继续读书，爸爸。”

堂费尔民没笑话他，但也没笑，他举起杯子喝了一口，又揩了揩嘴。

“爸爸打了你，你就生爸爸的气？”小萨，他把手放在你的膝上，望着你，仿佛在说：让我们把这一切忘掉吧，让我们和解吧，“你都这么大了，而且还是个受迫害的革命者，我却打了你。”

堂费尔民直起身子，掏出彻斯特费尔德牌香烟和打火机。

“我没生你的气，爸爸，只是我不能总想的是一套而生活上又是另一套。请你理解我吧，爸爸。”

“你的生活怎么了？为什么不能过下去？”小萨，他感到有点受伤，突然又感到伤心、疲乏，“这个家和你的想法怎么有矛盾了？”

“我不想靠你给的零用钱生活，”小萨，你感到自己的双手在颤抖，“我也不想让自己的所作所为成为你的负担。我想自力更生，爸爸。”

“你是不愿意靠资本家养活，”小萨，他伤心地微笑着，内心感到痛苦，但不是恨谁，“因为爸爸接受政府的合同，你就不愿跟爸爸住在一起，是不是这样？”

“你别生气，爸爸，你别以为我要……”

“你长大成人了，我可以对你放心了，是吗？”小萨，他把手伸向你的面孔，拍了拍你的面颊，“我刚才是发火了，我想对你解释一下。有件事这几天马上就要有眉目，参与这件事的有军人、议员和许多有影响的人物。他们监听电话是针对我，不是针对你。有人走漏了风声，贝尔穆德斯那个臭乔洛是利用你的事让我知道他晓得了，他在怀疑我。我们现在不得不把一切停下来，另起炉灶。你瞧，爸爸并不是奥德里亚的走狗，根本不是。我们要把他搞下台。我们将要号召全国举行大选。你会替我保密吧？我是不会对奇斯帕斯讲这件事的，你瞧，我是像对成年人一样对待你的，瘦儿子。”

“你爸爸指的是不是埃斯皮纳将军①的谋反？”卡利托斯说道，“他也卷进去了？从来没人知道。”

“你想搬出去住，让爸爸一个人受折磨，是吗？”他的眼睛仿佛在说：一切都过去了，不要说了，我是爱你的，“你刚才听到了，我同奥德里亚的关系随时随地都可能破裂，所以你没有理由感到羞耻。”

“不是因为这个，爸爸，连我自己也不知道我是不是对政治感兴趣，自己是不是共产党员。我这样做只是为了能够更好地决定自己想要干什么，想要成为什么样的人。”

“哦，我在想汽车的事。”小萨，他刚才沉默是为了给你时间让你考虑考虑，他一直在对你微笑，“要不要我送你出国一段时间？比如说去墨西哥。考完试，到了一月份，你就去墨西哥留学，学上一两年。我们可以设法说服你妈妈。你看怎么样，瘦儿子？”

“我不知道，我从来没想过。”小萨，你在想，你爸爸大概是想收买你，刚刚才想出这个办法来拖延时间，“我需要好好想想，爸爸。”

“到一月前你有足够的时间考虑。”小萨，他站起来，又拍了拍你的面颊，“出国一趟，这样，你就可以更好地看待各种事物了，你就会看到世界并不是圣马可那个小圈子。你同意吗，瘦儿子？去睡吧，都四点钟了。”

堂费尔民把最后一口酒喝掉，关了灯，父子二人一起上楼。在卧室门前，堂费尔民低下头吻了儿子一下：你要相信爸爸，瘦儿子，不

---

① 此时，此人显然已由上校被提升为将军了。

管你成为什么人，不管你干了什么事，你始终都是我最亲爱的人，瘦儿子。圣地亚哥走进卧室，一下子跌躺在床上。他望着窗外那片天空直到天亮。天大亮时，他起身向衣橱走去，铁丝①还在那里，是他最近一次藏进去的。

“我很久没偷自己的钱了，卡利托斯。”圣地亚哥说道。

那扑满的形状是一头小猪，肥胖，噘嘴，卷卷的尾巴，放在奇斯帕斯和蒂蒂的照片之间，靠近中学球赛的小旗子。圣地亚哥把扑满中的钞票掏光。送牛奶的和送面包的都来过了，安布罗修在车房里擦车。

“你是多久以后进《纪事报》工作的？”卡利托斯问道。

“两个星期之后，安布罗修。”圣地亚哥说道。

---

① 用来打开扑满。

第二部

1

阿玛莉娅想道：我眼下的情况比在索伊拉太太家干活的时候好多了，比在制药厂做工的时候也好。整整有一个星期，我都没梦见特里尼达。阿玛莉娅为什么对圣米格尔区的这幢房子这么满意呢？它比索伊拉太太那所房子小，也是两层楼，但布置精美，花园管理得真好。确实好，花匠每星期来一次给草坪浇水，给天竺葵、桂树和蔓藤剪技，这蔓藤就像一队队的蜘蛛爬满了门墙。走进客厅，首先是一面镶在墙上的大镜子，一只长脚茶几，上面摆着一只中国花瓶。猫眼绿的地毯、琥珀色的大座椅，地上还到处放着软垫。阿玛莉娅很喜欢那个酒台，上面放着贴有五颜六色商标的酒瓶、各种动物形状的瓷器和包着玻璃纸的雪茄烟盒。她很喜欢墙上的画儿：一个蒙着面纱的女人在凝视阿乔广场，角斗场上的人在斗鸡。餐厅的桌子形状很怪，一边是圆形，另一边是方形。椅子的靠背很高，就像忏悔神父坐的那种椅子。餐橱里各种用具都有，有汤碗、刀叉、一垛垛的桌布、成套的茶具。杯子也各式各样，有大的，有小的，有高脚的，也有矮脚的。墙角茶几上的花瓶总是鲜花不断——阿玛莉娅，今天换上玫瑰吧；卡尔洛塔，今天买几束菖蒲吧；阿玛莉娅，今天换上马蹄莲吧——好闻极了。储藏室好像是刚刚漆成白色。真好玩，连罐头都成千盒地买，五颜六色的盒盖上还画着唐老鸭、超人和米老鼠。储藏室里什么都有：饼干、葡萄干、炸土豆片、成堆的罐头、整箱整箱的啤酒、威士忌和矿泉水。在那个又高又大的电冰箱里储存着蔬菜、大量的瓶装牛奶。地上铺着黑白相间的瓷砖的厨房，同一个挂着绳子的小院子相通。阿玛莉娅、卡尔洛塔和希牡拉的房间就在那小院子里。她们有自己的小浴室，里面装有马桶、淋浴设备和盥洗盆。

一根针刺着他的脑子，一只锤子在敲打他的太阳穴。他睁开眼睛，按掉闹钟上的制铃器：受够罪了。他一动不动地看了看荧光钟面；已经七点一刻。他拿起通门房的报话器，命令安布罗修八点钟备好汽车。他走进浴室，洗了淋浴，刮了脸，穿戴，只用了二十分钟。经冷水一激，他的头痛反而加剧了。牙膏给他那发苦的嘴增加了一丝甜味，是不是要呕吐？他闭上眼睛，眼前是一片星星点点的蓝色火焰，仿佛在消耗着他的肌体。浓稠的血液在皮肤下流动，他感到肌肉发硬，耳内嗡嗡作响。他再一次睁开眼睛：我其实应该多睡一会儿。他下楼来到前厅，推开煮鸡蛋和烤面包，勉强喝了一杯咖啡，又把两片健胃片溶在半杯水中，刚喝下这泛着泡沫的药水就打了一个嗝儿。在书房里整理皮包的时候，他吸了两支烟。他走出来，在门口值勤的两名警卫把手举到帽檐上。这是一个晴朗的早晨，阳光灿烂，照得恰柯拉卡约①的屋顶显得很欢快。花园和河畔的灌木丛显得格外翠绿。他一面吸烟，一面等着安布罗修把汽车开出车房。

圣地亚哥吃完馅饼，喝完可口可乐，付钱走了出来，卡拉巴亚大街上人多得像是开了锅。市中心和圣米格尔区之间的电车玻璃上挂着亮闪闪的广告牌。天色发红，利马仿佛变成了一座真正的地狱。他回想道：利马算是真的倒霉了。摩肩接踵的行人像是一堆穿戴整洁的蚂

---

① 利马郊区的一个小镇，终年阳光灿烂，有钱人冬天来山避冬。贝尔穆德斯在这里买了一所房子，作为正式的家。圣米格尔区的房子是他和情妇待客应酬的外宅。

蚁从人行道上拥到马路上，在汽车中间穿行。索伊拉太太每次上街买东西回家总是气都喘不过来地抱怨：我最怕在市中心赶上下班的时间。圣地亚哥感到胃部发痒：已经有八天了。他走进破旧的大门，只见一条宽敞的门廊，几大轴白纸靠在斑驳的墙上。一股油墨味，一股霉味，仿佛是医院的气味。到了栏杆处，一个身穿蓝色制服的看门人走近他：您找瓦耶霍先生？在二楼顶头，门上挂着社长办公室的牌子。圣地亚哥惶惑不安地上了楼，宽大的楼梯嘎吱嘎吱直响，好像很久以来一直遭到鼠咬、虫蛀。大概扫帚也很久没有光临过此地。我干吗要麻烦露西亚太太给我烫西服呢？干吗要浪费一个索尔去擦皮鞋呢？哦，这里大概是编辑部，门敞着，里面没有人。圣地亚哥站住，仿佛好奇的少女，眼睛贪婪地打量着无人的桌子、打字机、藤制纸篓、写字台和墙上的照片。他思忖道：这些人都是夜间上班白天睡觉，这个职业有些不规律，很有点浪漫劲儿。他抬手小心地敲了敲门。

客厅通向二楼的楼梯上铺着红色的地毯，上面卡着镀金的夹子。墙上的画上，几个印第安人一面吹着笛子一面放牧驼羊①。在太太卧室的浴室里，花砖地擦得亮亮的，盥洗盆和浴缸都是玫瑰色的，镜子大得连阿玛莉娅都能照得见全身。但最漂亮的还是太太的卧室。阿玛莉娅开头几天总是找各种借口上楼来欣赏，看都看不厌。地毯和阳台上的窗帘都是海蓝色的，而最引她注意的则是那又宽又矮的大床，床脚是鳄鱼形的，床罩是黑色的，上面的图案也是一只喷着火的黄色鳄鱼。这么多镜子干什么用？镜子中反映出这么多自己的身影，阿玛莉娅感到特别不习惯。从梳妆台的镜子反射到屏风上的镜子上，从壁橱（连衣裙、衬衣、长裤、头巾、鞋子数不胜数）的镜子反射到天花板上悬着的那面毫无用处的镜子上，天花板上还画着一条关在笼子里的

① 秘鲁山区特有的动物，其毛据说比羊毛还软，还保暖。

龙。整个卧室只挂着一幅画。她第一次看到这幅画时感到脸上发烧，索伊拉太太决不会允许在自己的卧室里挂这种画。画上的裸体女人妖媚地抓着自己的乳房，无耻地把全身各处都显露了出来。这里的一切都是那么无所谓。首先是浪费。干吗要从食品店拉回这么多的东西呢？卡尔洛塔对她说：因为太太要举行许多许多晚会，先生的朋友都是些重要的人物，得好好地招待。太太就像个亿万富翁，对钱财根本不在乎，阿玛莉娅看到希牡拉跟太太算账时都感到不好意思，希牡拉从每日的账上贪污了大量的钱，而太太根本不在意：你怎么花这么多钱？好吧。于是就把找回的钱收起来，连数也不数。

汽车在中央公路上行驶，他坐在车里批阅文件，在句子下画横线，在纸边上写批语。到了维塔特，太阳消失了。越接近利马，灰沉沉的空气就越冷。八点三十分，汽车在意大利广场上停了下来。安布罗修迅速下车为他打开车门。安布罗修，通知鲁多维柯四点半到卡哈玛尔卡①俱乐部来一趟。说罢，他就走进了内政部。写字台前尚空无一人，秘书处也没有人，但是阿尔西比亚德斯博士已经在自己的桌前，正在用两个手指夹着一支红铅笔检查报纸上的文章。博士站起来：早安，堂卡约。他把一卷纸递给博士：这些电报要马上发出去，博士。接着他用手一指秘书处：这些女士们难道不知道八点半上班吗？阿尔西比亚德斯博士一看墙上的钟：现在刚刚八点半，堂卡约。他离开秘书处走进自己的办公室，脱下上衣，松了松领带。他看到各种文件放在吸墨纸上，左边是警察局的通报，中间是电报和公报，右边是信件和申请书。他用脚把纸篓推近一些，就从通报开始阅读，边阅边批，又是分类又是撕掉。他刚阅完文件，电话铃就响了。是埃斯皮纳将军打来的，堂卡约，说您在吗？好，好，就说我在，给我接过来吧，亲爱的博士。

---

① 秘鲁北部省份，省会亦称卡哈玛尔卡。

白发老先生向圣地亚哥友好地微微一笑，指指椅子请他坐下：您就是年轻人萨瓦拉喽，当然，克洛多米罗跟我谈过了。老先生的眼里闪出一道狡黠的光芒。他有一双洁白的手，显得很有教养，心地善良。他的桌子上一尘不染。对，我和克洛多米罗从上学的时候就是朋友。不过您的父亲，是叫费尔民吧？我并不认识，您的父亲要比我们年轻多了。老先生说着又微微一笑：这样说来，您在家中出了问题？是的。克洛多米罗都跟我讲了，好吧，时代就是这样，年轻人都愿意独立生活。

“因此我想找个工作。”圣地亚哥说道， “我伯父想，您或许能……”

“您的运气好，”瓦耶霍先生点点头说，“我们正想加强地方新闻版。”

“我没有经验，不过我尽快学会。”圣地亚哥说道，“我想过了，如果我能在《纪事报》工作，我还可以继续听法律系的课。”

“自从我来到报社工作后，还没见过有几个记者继续上学的。”瓦耶霍先生说道，“也许您还不知道，我要提醒您一下，干记者这一行，收入最少，困难最大。”

“我一直很喜欢干这一行，先生。”圣地亚哥说道，“我一直在想，这个职业跟生活接触得最多。”

“那好吧，”瓦耶霍先生用手抹抹雪白的头发，以慈祥的神情点点头说道，“我知道，到目前为止你还从来没在报社工作过，让我们先来看看效果如何。也就是说，我想了解了解您的才能。”他严肃了起来，声音中带有一丝狂妄的意味，“魏耶塞商店失火了，二人死亡，损失了五百万索尔，救火队用了一整夜才把大火扑灭。警察要调查是偶然起火还是罪犯纵火。您去写吧，不要超过两页纸。编辑部有许多打字机，您去挑一架吧。”

圣地亚哥点头称是，站起身来走进了编辑部。当他在第一张写字台前坐下来的时候，双手开始出汗。还算不错，房间内一个人也没有。我面前那架莱明顿牌打字机看来像个小棺材，卡利托斯。小萨，问题就出在这里。

太太卧室的隔壁就是书房，里面有三把软椅、一盏灯和一个书架。每次先生到圣米格尔区的这幢房子来，就把自己关在书房里。书房里如果有客人，全家就不许有声音，连太太都得下楼到客厅里来关上收音机，有人给太太打电话也得说不在。先生的脾气真坏呀，简直像演戏似的。第一次，阿玛莉娅吃了一惊。先生来的次数既然不多，太太干吗要使唤三个用人呢？黑女人希牡拉很胖，头发都白了，话语不多。阿玛莉娅对她的印象并不好，相反，对她的女儿卡尔洛塔印象却很好。卡尔洛塔个子细长，胸部扁平，葡萄干色的头发，特别可爱，于是二人交上了朋友。卡尔洛塔对她说：太太用三个用人并不是因为需要，而是因为先生给她的钱总得有地方花。先生很有钱吗？卡尔洛塔把一双大眼睛睁得大大的：有钱极了，先生在政府里工作，是个部长呢。每次堂卡约到这儿来过夜，街角上总有两个警察站岗，司机和汽车里的那个保镖的就留在门口等他一整夜。太太穿上高跟鞋，先生只到太太耳朵处。这么漂亮的女人怎么会跟他呢？他简直可以做太太的爸爸，人丑不说，连衣服都穿不好。卡尔洛塔，你说太太爱他吗？怎么能爱他呢？太太是爱他的钱。他一定很有钱，才能给太太买下这幢房子，才能给太太买这么多的衣服、首饰和鞋子。太太为什么不找个人结婚呢？奥登希娅太太似乎不在乎结婚不结婚，就这么过，她看上去很幸福。看不出来她特别希望先生到这儿来嘛。当然啦，每次先生来，太太都竭力照顾他。每当先生给她来电话，说要有几个朋友来吃饭，她就整天忙着叫希牡拉做这做那，监督阿玛莉娅和卡尔洛塔把房子打扫得锃光瓦亮。可是先生一走，她就再也不提先生了。她从来不给先生打电话，看来她很快活，无忧无虑，和女友一起更是兴高采烈。阿玛莉娅心想：她把先生给忘了。先生跟堂费尔民一点也不一样。堂费尔民一眼就看得出是个正派的有钱人。堂卡约个头矮，面皮粗，头发枯黄，像是过了时的烟草。他双眼深陷，眼神淡漠、冷酷，脖子上净是皱纹，嘴上好像没有嘴唇似的。吸烟吸得牙齿都发黑了，手里总是夹着一支烟。他人很瘦，西装的前襟和后摆都快贴在一起了。阿玛莉娅和卡尔洛塔背着希牡拉拿他开玩笑，二人笑得前仰后合：你想想看，他光着屁股是怎样的，瞧他那副架子，瞧他双瘦小的胳臂，那两条腿真难看。他几乎从来不换衣服，领带总是打不好，手指脏得要命。见面不问好，临走也不道再见，女仆们向他问好，他也只是哼哼唧唧的，连看你一眼都不看。他总是忙忙碌碌的样子，心事重重，来去匆匆。他总是用早该丢掉的烟屁股点上另一支烟。打电话总是说一两个字，不是“是”就是“不”，要不就是“明天”“好吧”。太太跟他开玩笑，他就咧咧嘴，这就是他的笑容。他有原配老婆吗？他在外面的生活是什么样的？阿玛莉娅有时想，他老婆一定是个一天到晚穿着黑色衣服、笃信上帝的老太婆。

“喂！喂！”埃斯皮纳将军不停地喊着，“喂，阿尔西比亚德斯吗？”

“喂，”他轻声说道，“你是山区佬？”

“你是卡约吗？见鬼，总算接通了。”埃斯皮纳的声音粗犷而欢快，“我从前天起就给你打电话，一直没打通，部里、家里都没有你的人影。你别是故意不肯接吧，卡约？”

“你一直在给我打电话？”他右手执笔在纸上画圈圈，“我可是刚刚知道，山区佬。”

“给你打十次了，卡约。什么十次呀，至少十五次了。”

“我去调查一下为什么不给我记下来。”他又画了个圈圈，跟刚才那个平行，“有话说吧，山区佬，愿为你效劳。”

停了一会儿，一阵尴尬的咳嗽，接着是埃斯皮纳那断断续续的呼吸：

“在我家门口派密探是怎么回事，卡约？”埃斯皮纳话讲得很慢，是想掩饰自己的不快，但欲盖弥彰，“是保护我还是监视我？他妈的捣什么鬼！”

“作为前任部长①，起码应该由政府出钱给你雇个看门人，山区佬。”他画完第三个圈圈，停了片刻，改变了调子，“伙计，我可一点也不知道，他们大概忘记你现在不需要保卫了。那家伙如果找你的麻烦，我就下令撤掉他。”

“他并没有找我的麻烦，只是令我感到奇怪，”埃斯皮纳干巴巴地说道，“事情很清楚，卡约，在我门前派密探是不是说明政府对我不信任了？”

“别胡说八道，山区佬，政府不信任你还信任谁？”

“正因为如此我才感到奇怪，”埃斯皮纳声音极慢，接着显得很慌乱，最后又慢了下来，“我怎么能不感到奇怪呢，卡约？你以为我老了，连密探都认不出来？”

“区区小事，不值得发这么大的火。”他画好了第五个圆圈，比前几个要小，要瘪，“你以为我们会给你安个密探？没准是个堂璜②在勾引你家女仆。”

“最好还是让他从我们门前滚开，我眼里可揉不进沙子。”埃斯皮纳发火了，直喘粗气，“也许我一发火就让他吃子弹。我先警告你，别怪我言之不预。”

“杀鸡焉用牛刀，不值得，”他修改了圆圈，在瘪处添了几笔，又画画圆，使之同以前几个一样大小，“我今天就去调查，也许是洛萨诺为了讨好你，派了个人保护你的住宅。我下令撤掉就是了，山区佬。”

“好吧，让他吃子弹只是说说而已，”埃斯皮纳平静了下来，想开

---

① 此时埃斯皮纳显然已被解职，接任他的还不是贝尔穆德斯，而是阿尔贝赖斯。

② 西班牙喜剧家蒂尔索·德·莫利纳（Tirso de Molina，1583—1648）剧本《塞维亚的嘲弄者》中的人物，是一个专门勾引妇女的花花公子。

开玩笑，“不过，你要明白，我对这件事很恼火，卡约。”

“你这个山区佬疑心太重，真没良心，”他说道，“现在单独行动的小爬虫这么多，派人保护你的住宅，你还要怎么样？好了，忘掉这些吧。家里人怎么样？找一天我们一起吃饭，好不好？”

“随便你什么时候，我有的是时间，特别是现在。”埃斯皮纳有点儿局促、犹豫，好像因发觉自己声音中的不快感到惭愧，“你现在很少有空，对吧？自从我离开内政部，你一次也没找过我，都快三个月了。”

“对，山区佬，不过，你明白为什么就行了，”他一共画了八个圈，五个在一条线上，三个在线下，现在又小心翼翼地画第九个，“我好几次都想给你打电话。不管怎么样，下星期一定见。拥抱你，山区佬。”

没等埃斯皮纳告别完毕，他就挂上了电话，看着第九个圈圈，欣赏了一会儿，把纸撕碎，把纸片丢进了纸篓。

“我用一个小时就写好了。”圣地亚哥说道，“这两页纸的东西我改了四五遍，当着瓦耶霍的面又动手改了几个逗号。”

瓦耶霍先生专注地读着，擎着的铅笔停留在纸上，画了个对号，点点头，动了动嘴唇；又画了个对号，连连说好：语言简练、精确。他那慈祥的目光使圣地亚哥安心了。这就行了，只是……

“那次你要是没通过，就得浪子回头，现在仍然是个典型的观花埠人了，”卡利托斯笑了笑说道，“像你哥哥一样出入社交场合。”

“我刚才很紧张，先生，”圣地亚哥说道，“要不要重新写一遍？”

“考我的是贝塞利达，当时侦破新闻版有个空缺。”卡利托斯说道，“我永远也不会忘记。”

“不用了，写得不错，”瓦耶霍先生摇摇他那白发苍苍的脑袋，用无神但友好的目光看了圣地亚哥一眼，“只是您还需要学习学习，如果您要同我们一道工作的话。”

“一个疯子发起病来，闯进瓦蒂卡妓院，朝着妓院老板、九个妓女和两个同性恋者连捅数刀，一名妓女受伤身亡。”贝塞利达咕哝着说，“限十分钟写一篇两页纸的文章。”

“多谢了，瓦耶霍先生，”圣地亚哥说道，“非常感谢。”

“当时我就感到要小便。”卡利托斯说道，“唉，这个贝塞利达。”

“很简单，问题是要根据文章的重点占有材料，而且要节约文字。”瓦耶霍先生指出了几个句子，然后把两页纸还给圣地亚哥，“要从死亡人数写起，年轻人。”

“那时候我们大家都说贝塞利达不好，都讨厌他，”圣地亚哥说道，“现在却都很怀念他，崇拜他，希望他能死而复活。你说荒唐不荒唐？”

“因为这是最引人注意的，也是最能抓住人心的。”瓦耶霍先生又说，“这样就可以使得读者对新闻有切肤之感，也许是因为我们每个人都得死。”

“他写的文章是全利马报界最真实的，”卡利托斯说道，“他把人类的污垢写得入木三分，简直成了一种象征、一种范文，谁能不怀着亲切的感情去怀念他呢，小萨！”

“我却把死亡人数写在文章的最后，多傻呀。”圣地亚哥说道。

“您知道什么是‘头三行’吗？”瓦耶霍先生狡黠地看了他一眼，“告诉您吧，那就是美国人，世界上最活跃的新闻界所说的‘优先地位’。”

“瓦耶霍又考你，又给你讲评，全了。”卡利托斯说道，“可贝塞利达对我大喊大叫：您是用脚写文章怎么着？您一个人待在这儿写吧。这么多人参加考试，我都累坏了！”

“所有的重要材料都要简明扼要地在文章的头三行内写出，这就是‘优先地位’。”瓦耶霍先生爱怜地说道，“要这样写：利马市中心最主要的建筑物之一魏耶塞商店在昨夜火灾中大部分焚毁，据初步估计，有二人死亡，损失五百万索尔。消防队员冒险奋战八小时，火势方被控制。您瞧见了吧。”

“你还是把这些公式装在脑子里，设法去写诗吧。”卡利托斯说道，“一个喜欢文学的人在报社工作，疯子才干这种事，小萨。”

“然后您就可以对这新闻进行发挥，”瓦耶霍先生说道，“比如火灾的起因、店员们痛心疾首的样子、目睹者的证词，等等。”

“自从我妹妹取笑我以后我就不喜欢文学了。”圣地亚哥说道，“我对进入《纪事报》工作感到很满意，卡利托斯。”

相反，奥登希娅太太跟他完全不同。他丑，太太美；他严肃，太太快乐。太太也不像索伊拉太太那么高傲。索伊拉太太讲话时一副高高在上的神气，而太太即使高声斥责阿玛莉娅，阿玛莉娅也没有低人一等的感觉。太太跟阿玛莉娅讲话就像同凯妲小姐讲话一样，从不装腔作势。不过有时也太随便了点，在有些事上她太不在乎了。有一次，太太对阿玛莉娅说：我唯一的嗜好就是喝两口和吃安眠药。但是阿玛莉娅认为她的嗜好是爱清洁。只要看到地毯上有一点点灰尘她就喊：阿玛莉娅，快拿掸子来！看到烟灰缸里有烟头就像看到耗子一样：卡尔洛塔，这太脏了！起床后，睡觉前，她都要洗一个澡，最糟的是她希望女仆们也成天泡在水里。阿玛莉娅到圣米格尔区这幢房子里工作的第二天，当她把早餐送到太太床边的时候，太太从上到下打量了她一番，说道：你洗过澡了吗？没有，太太。阿玛莉娅感到很奇怪，回答道。于是太太像个娇小姐似的装出恶心的样子：赶快去洗个淋浴，在这儿干活要每天洗澡。半小时之后，阿玛莉娅牙打着冷战在水流下洗澡的时候，浴室的小门打开了，太太穿着睡袍，手里拿着一块肥皂出现了。阿玛莉娅感到浑身发烧，赶忙关上水龙头，但是又不敢去拿衣服，只得低着头皱着眉站在那里。太太笑了：你对我还不好意思？阿玛莉娅嗫嚅着说：不是。太太又笑了起来：我想你洗澡肯定不用肥皂，拿去，好好擦擦肥皂。阿玛莉娅擦起肥皂来，肥皂从手中滑落了三次。她使劲地擦着身子，擦得皮肤都发热了，然而太太仍然站在那里，用脚叩地，看着阿玛莉娅那副不好意思的样子，仿佛是一种享受。她一面轻佻地盯着阿玛莉娅看，一面开心地下着命令：耳朵上、脚上都要擦；很好，洗澡就应该这样洗，每天都要擦肥皂。说着打开门要出去，但最后又看了阿玛莉娅一眼。那是一种什么样的眼光呀！你干吗不好意思？你虽然瘦，但并不难看。太太说完就走了，远处传来一阵大笑。

索伊拉太太会这样做吗？阿玛莉娅感到有点儿头晕，脸上发烧。索伊拉太太总是说：把制服领子扣好；不要穿这么短的裙子。后来阿玛莉娅打扫客厅的时候把这事告诉了卡尔洛塔。卡尔洛塔两只大眼一翻：太太就是这样，什么都不在乎，我洗澡的时候她也进来，看看我是不是好好擦肥皂。还有呢，她还叫我擦爽身粉，防止腋下出汗。每天早晨，太太总是半睡半醒地伸着懒腰问：早安，你洗澡了吗？擦爽身粉了吗？她就是这么随便，她洗澡的时候被两个女仆看见了也不在乎。有一天早晨，阿玛莉娅看到床上无人，只听得浴室里的水哗哗地响。太太，我把早餐放在床头柜上好吗？不要，给我端到这儿来。阿玛莉娅走进浴室，只见太太闭着眼躺在浴缸里，头下垫着一个枕头。整个浴室弥漫着水蒸气，温暖如春。阿玛莉娅在门口停了下来，望着沉在水里那雪白的肉体，感到既好奇又不安。太太睁开眼睛：我太饿了，给我端到这儿来。说着懒洋洋地从浴缸中坐起，把手伸向盘子。在腾腾的水雾中，阿玛莉娅看到一个滴着水珠的胸部出现了，上面有两个暗色的乳头。她给弄得不知所措，不知朝哪儿看是好。这时太太眉开眼笑地喝起果汁来，在烤面包上抹黄油。蓦地，她注意到阿玛莉娅站在浴缸旁，于是嘲弄地问她：你张着大嘴在那儿干吗？你难道喜欢我不成？阿玛莉娅吭吭哧哧地说：太太，我……她说着朝后退去，太太爆发一阵大笑：你先去吧，等会儿再来收盘子。索伊拉太太会让她在洗澡的时候走进浴室吗？奥登希娅太太跟别人都两样，不懂羞耻，却令人觉得可亲可爱。阿玛莉娅到圣米格尔区工作的第一个星期天，为了给太太留个好印象，对她说：我可以去望会儿弥撒吗？太太哈哈大笑：去吧，可小心别让神父把你强奸了，你这个虔诚的信徒！太太从来不去望弥撒。后来阿玛莉娅把这事告诉了卡尔洛塔。我们母女早不去望弥撒了。因此在圣米格尔区这幢房子里连一张圣像也没有，连一张圣罗莎·德·利马①的圣像都没有。不久，阿玛莉娅也不去望弥撒了。

有人敲门，他说了声请进，进来的是阿尔西比亚德斯博士。

“我的时间不多，亲爱的博士。”他说着指了指阿尔西比亚德斯手里的那一大摞剪报，“有什么重要的消息吗？”

“是关于布宜诺斯艾利斯的消息，堂卡约，各报都登出来了。”

他伸手拿过剪报，翻阅了一下。阿尔西比亚德斯早就用红笔画出了标题，《新闻报》上的标题是《布宜诺斯艾利斯的反秘鲁事件》；《纪事报》的标题是《阿普拉分子向秘鲁驻阿根廷大使馆抛石块》；《商报》的标题是《阿普拉分子撕毁并亵渎秘鲁国徽》。报道的结尾处都用箭头标了出来。

“各家报纸都登了安莎社②的这条电讯。”他打了个呵欠。

“合众社、美联社和其他几个通讯社已应我们的要求，把这条消息从他们的新闻稿中撤了下来。”阿尔西比亚德斯博士说道，“现在他们要抗议了，因为被安莎社抢先发表了。可是安莎社并没有接到任何指示，正如您……”

“好吧，请您找到安莎社的那个家伙，他叫什么来着？叫塔里奥，是吧？叫他现在就来一下。”

“是，堂卡约。”阿尔西比亚德斯博士说道，“洛萨诺先生来了，在等您。”

“让他进来，别让任何人打扰我们。”他说，“等部长到了，请您

---

① 被列为圣徒的秘鲁女教徒。

② 意大利通讯社。

通知他我三点钟到他办公室去。这些信件我等会儿再签字。就这些，亲爱的博士。”

阿尔西比亚德斯出去后，他打开办公桌的第一个抽屉，拿出一个小瓶子，颓丧地看了一会儿，倒出一片药，用口水浸湿，咽了下去。

“您从事新闻工作有很多年头了吧，先生?”圣地亚哥说道。

“您瞧，有三十年了。”一时，瓦耶霍先生的眼睛走了神，他的手轻轻地颤抖了一下，“一开始我是送稿件的，把稿件由编辑部送到车间，我一点怨言也没有。新闻工作是个收入极少的职业，但也有令人愉快的方面。”

“后来瓦耶霍被迫辞了职，这就是他最大的愉快。”卡利托斯说道，“我一直很奇怪，像他这样温文尔雅、善良正派的人怎么能搞新闻工作？根本不适合。最后他还是倒了霉。”

“您正式上班是在一号，”瓦耶霍先生看了看墙上挂着的埃索石油公司赠送的日历，“也就是下星期二。您如果想熟悉熟悉情况，这几天您可以在晚上来编辑部转转。”

“按你的说法，要想搞新闻工作，首要的条件不是必须会写‘头三行’。”圣地亚哥说道。

“对，首先得是个无赖，或者起码要装成个无赖的样子。”卡利托斯快活地点点头，“要成为无赖，对我来说是件轻而易举的事，可你还得费点劲呢，小萨。”

“每月工资五百索尔，不算多。”瓦耶霍先生说道，“您慢慢锻炼吧，往后会给您涨工资的。”

圣地亚哥走出纪事报社，在门廊中同一个人交臂而过。这个人留着极短的小胡子，系着光闪闪的领带。圣地亚哥回想：那人就是地方版的头头埃尔南德斯。到了圣马丁广场，他早就把同瓦耶霍的会见忘在脑后了：爸爸会不会来找过我了？会不会给我留下一封信，说他等我回家？没有。当他走进公寓时，露西娅太太只是向他道了声晚安，于是他下楼到黑暗的走廊里给克洛多米罗伯父打电话。

“成功了，伯伯，我下月一号上班，瓦耶霍先生对我很客气。”

“太好了，我很高兴，瘦小子。”克洛多米罗伯父说道，“听得出你也很高兴。”

“非常高兴，伯伯，我可以把您借我的钱还给您了。”

“不急。”克洛多米罗伯伯停顿了片刻，“你现在可以给你父母打电话了，对不对？我早就说过，只要你不同意，他们是不会强迫你回家的。不过你不应该就这样不理他们，不让他们知道你的消息。”

“我会给他们打电话的。我想过几天再打，您不是告诉我爸爸，说我很好吗？让他们放心吧。”

“你总是惦记着你爸爸而不惦记你妈妈。”卡利托斯说道，“由于你的出走，她不是很伤心吗？”

“我想她一定伤心得痛哭流涕，然而她根本没去找过我。”圣地亚哥说道，“她如果找我一次，就等于失去了借口，就不能一天到晚总认为自己是受难者了。”

“可见你一直记恨你的妈妈，”卡利托斯说道，“我还以为事情早就过去了呢。”

“我本来也这样以为，”圣地亚哥说道，“可是……你瞧，也许我这些话没经过大脑，而实际上我并不恨她了。”

2

奥登希娅太太的生活真是与众不同，毫无规律，习惯也怪。每天很晚才起床，十点钟，阿玛莉娅才能把早餐连同在街角报亭买到的各种报纸杂志给她送上楼去。但是，她喝完果汁、咖啡，吃完烤面包，又倒在被子上懒洋洋地看起报来。下楼后，希牡拉给她算账，她自己掺配饮料，炸花生，炸土豆片，接着在客厅中坐下来听唱片，并且开始一个接着一个地打电话。毫无目的，闲聊而已，就像蒂蒂小姐给自己的女友打电话那样。那个智利女人就要在大使夜总会表演了，你知道吗，凯妲？《最后一点钟》说露拉胖了十公斤，亲爱的凯妲。契娜跟一个鼓手正在搞，让人给抓住了，亲爱的凯妲。太太总是给凯妲小姐打电话，她跟凯妲小姐净讲令人脸红的笑话，拿所有的人开玩笑。凯妲小姐肯定也给太太讲这种笑话，也拿别人开玩笑。太太那张嘴真脏，阿玛莉娅在圣米格尔区工作的头几天简直是在做梦。波娅真的要同那个同性恋者结婚吗，亲爱的凯妲？帕盖塔那疯女人的头发快要掉光了，凯妲。太太讲脏话就像没那么回事似的，那些污言秽语连在厨房里都能听到，希牡拉不得不把厨房的门关上。阿玛莉娅觉得很刺耳，但后来也笑得肚皮痛。她时常跑到储藏室后面偷听太太向凯妲小姐、卡尔敏恰小姐、露西小姐或是伊翁太太讲流言蜚语。坐下来吃午饭的时候，太太早已两三杯下肚了，脸儿红扑扑的，眼睛里闪烁着狡黠的光芒。她总是兴致很好：黑姑娘，你还是处女吗？卡尔洛塔呆住了，一张大嘴张得大大的，不知如何回答是好。阿玛莉娅，你有情夫吗？您想到哪儿去了，太太。太太笑了：你不是有一个，就是有两个，阿玛莉娅。

不知为什么他这么讨厌那个人。是因他那油渍渍的面孔、猪猡眼睛、谄媚的笑容还是他那浑身散发的密探味、告密者的味道、妓院味、淋病味？不，这些都不是，那是为了什么呢？洛萨诺坐在一把软椅上，正在茶几上小心翼翼地整理文件和记事本，他则拿了一支铅笔、几支烟，在另一把软椅上坐了下来。

“鲁多维柯的表现怎么样？”洛萨诺微笑着弯身说道，“您对他还满意吧，堂卡约？”

“我时间有限，洛萨诺。”这就是他的声音，“请您尽可能简短些。”

“当然，堂卡约，”这是一个老年妓女的声调，退休老色鬼的声调，“您说吧，堂卡约。”

“先谈民用建筑业。”他点了一支烟，看到洛萨诺那双肥手吃力地翻腾着文件，“那里的选举结果如何？”

“埃斯皮诺沙获得多数票，不出意外。”洛萨诺咧着嘴微笑了一下，随后说道，“参议员帕拉出席了工会成立大会，受到了大家的欢呼，堂卡约。”

“红萝卜们得了多少选票？”

“三十四票对二百多票。”洛萨诺做了个轻蔑的手势，令人恶心地噘起了嘴，“哧……没什么了不起。”

“我希望不要把埃斯皮诺沙的对手都关起来。”

“只关了十二人，堂卡约，都是些立了案的小红萝卜和阿普拉分子。他们曾为布拉沃竞选过，我想这些人并不是什么危险人物。”

“要逐个地把这些人放出来，”他说道，“先放红萝卜，后放阿普拉，要促进他们之间的敌对情绪。”

“是，堂卡约。”洛萨诺说道，片刻后又骄傲地说，“您大概看到今天的报纸了吧？选举是在平静的气氛中进行的，无党派候选人是以民主的方式提出来的。”

我从来没有跟他们固定地在一起工作过，老爷。只在堂卡约外出旅行的时候才临时把我借给洛萨诺先生。您问是什么工作，老爷？唉，什么工作都干点，第一次是同贫民区有关。洛萨诺先生给我们作了介绍：这是鲁多维柯，他是安布罗修。我们就这样认识了，我们握了手。洛萨诺先生把一切交代好了，我和鲁多维柯就到玻利维亚路上一家酒馆里喝酒去了。会不会引起麻烦？不会的。鲁多维柯认为这工作很容易：安布罗修，你是新来的吧？我是借调到这儿来的，我是司机。

“你是贝尔穆德斯先生的司机？”鲁多维柯惊讶地说道，“让我拥抱你，祝贺你。”

我们俩一见如故，老爷。鲁多维柯给我讲了伊波利托的事，逗得我直笑。伊波利托是我们三人中的另一个人，这家伙是个腐化堕落的人。现在鲁多维柯成了堂卡约的司机，伊波利托是他的助手，老爷。天色黑了下来，我们上了面包车。我开车，在离贫民区很远的地方停了下来，因为那里有一片泥泞地，我们步行继续向前走。在泥地里，我们一面走一面赶着苍蝇，最后打听到了那个人住的地方。一个胖女人给我们开了门，她用疑惧的目光看了我们一眼。可以同卡兰恰先生谈谈吗？卡兰恰从黑暗中走了出来。这个人很胖，只穿着衬衣，没穿鞋子。

“您就是这个区的头头吗？”鲁多维柯说道。

“没有工作了，一个人也不能收。”那个人遗憾地对我们说，老爷，“满员了。”

“我们有急事要跟您谈谈。”我说道，“我们一面散步一面谈，好吗？”

那家伙一个劲地盯着我们瞧，也不回答，最后他说：请进吧，我们就在这儿谈吧。不，先生，我们必须单独谈谈。那好吧，随你们的便。我们在土路上走了起来，我和鲁多维柯一边一个，走在卡兰恰的两旁。

“您在玩火，我们是来警告您的。”鲁多维柯说道，“我们是为了您好。”

“我不懂您的话。”那家伙用懒洋洋的声调说道。

鲁多维柯掏出几支雪茄，给了那家伙一支，并给他点上。

“您为什么一直劝人不要在10月27日到中心广场去参加集会，先生？”我说道。

“您竟敢说奥德里亚将军的坏话，”鲁多维柯说道，“有这么回事吧？”

“这是谁造的谣？”那家伙像是被刺了一下似的，老爷，接着他就软了下来，“你们是警察局的吧？非常高兴见到你们。”

“我们要是警察局的，就不会对您这么客气了。”鲁多维柯说道。

“是谁异想天开说我骂政府，骂总统？”卡兰恰抗议道，“连本区都叫做10月27日区，这还不是为了对总统表示敬意！”

“您为什么劝人不要参加集会，先生？”我说道。

“若要人不知，除非己莫为。”鲁多维柯说道，“警察局在怀疑您是个颠覆分子。”

“我根本不是颠覆分子，这都是造谣。”他真会装腔作势，老爷。“请让我把一切解释清楚。”

“好吧，聪明人话一点就透。”鲁多维柯说道。

接着卡兰恰给我们讲述了一个悲惨的事实。那个区的许多人是刚从山上下来的，连西班牙语都不会说①。他们在那块地方落了脚，但

---

① 奥德里亚执政前后，大量山区印第安人抛弃家园，拥入利马，造成严重的社会危机。

并未妨碍任何人。奥德里亚政变时，他们那块地方命名为 10 月 27 日区，这也是为了避免警察把他们抓去。他们感谢奥德里亚，因为他没把他们赶走。他们同我们这些人不同——其实我们也没什么了不起，老爷——同卡兰恰也不一样，他们很穷，又没文化，就选卡兰恰为协会主席，因为他识字，又是沿海人。

“说这些有什么用？”鲁多维柯说道，“你想让我们可怜你？这不可能，卡兰恰。”

“我们现在要是卷进政治里去，奥德里亚之后上台的人就会把我们抓到警察局里去，把我们从这儿赶走。”卡兰恰解释说，“您明白吗？”

“你说奥德里亚要下台，我听着就有点是颠覆分子的口气。”鲁多维柯说道，“你不觉得是这样吗，安布罗修？”

那家伙吓了一跳，嘴上的雪茄也掉了下来，他弯腰去拾。安布罗修：算了吧，拿着，再给您一支。

“这不是我的愿望，我倒是希望奥德里亚永不下台，老爷。”卡兰恰吮着手指说道，“可是奥德里亚总有一天要去世的，如果他的敌人上了台，就会说，这些人参加过 10 月 27 日的集会，就会派警察来抓我们。”

“将来的事不要去想，还是想想你目前怎么办合适吧。”鲁多维柯说道，“叫你的人好好准备一下，参加 10 月 27 日的集会。”

鲁多维柯在他肩上拍了一下，像老朋友似的搀起他的胳膊：卡兰恰，我们这次谈话算是好言相劝。是，先生，我懂，先生。

“车子六点来接你们，”鲁多维柯说道，“让大家都来参加，老老小小，男男女女，都来。车子还会把你们送回来。如果你愿意，集会完了，你们还可以热闹热闹，喝酒不要钱。懂了吗，卡兰恰？”

懂了，我一定照办。鲁多维柯给了他两镑钱：对不起，打扰你休息了，卡兰恰。卡兰恰对我们感激万分，谢了又谢，老爷。

凯姐小姐几乎总是吃了午饭就来，她是太太最知心的朋友。凯姐小姐身材健美，同太太不一样，她经常穿长裤、紧身衬衣领口开得很低，戴着颜色鲜艳的头巾。有时太太同她一起坐那辆乳白色的汽车外出，直到晚上才回家。如果留在家里不外出，两个人就整个下午都打电话找人聊天，总是开那种玩笑，拿人开心，整个房子充满了太太和凯姐小姐那种忸怩作态的声调。欢笑声传到了厨房，阿玛莉娅和卡尔洛塔就跑到储藏室后面去偷听她们的玩笑话。她们打电话时用手帕捂住嘴，一同凑到电话筒上，变化着声调。接电话的要是个男人，她们就说：你是个漂亮的小伙子，我很爱你，我爱上你了，可你连看也不看我一眼，你晚上到我家来好吗？我是你太太的朋友。接电话的如果是个女人，她们就说：你丈夫把你欺骗了，跟你妹妹好上了。要么就说：你丈夫为了我都发疯了，不过你别怕，我不会把你丈夫抢走的，你丈夫脊背上的疙瘩太多了。或是：你丈夫五点钟在石竹花情人旅馆要跟别的女人睡觉了，我不说你也知道是跟谁。起初，阿玛莉娅听到她们讲这种话感到很不舒服，可到后来也跟着大笑起来。卡尔洛塔对她说：太太的女友都是当演员的，不是在电台演唱就是在酒吧间演唱。这些女友一个个的穿戴都很惹人注意：露西小姐光彩照人，卡尔敏恰小姐的鞋子后跟高极了，被人称作契娜的那位小姐是跳乒乓蓬舞的。有一次，卡尔洛塔对阿玛莉娅低声说：我告诉你一个秘密，你听不听？太太也当过演员。原来卡尔洛塔有一次在太太的卧室里发现了一本影集，照片上的太太姿态优美，把什么都露了出来。阿玛莉娅也去找，翻遍了床头柜、壁橱、梳妆台，就是没找到。不过卡尔洛塔的话没准儿是真的，太太怎么能没当过演员呢？连嗓音都是那么甜美。阿玛莉娅听到过太太一面洗澡一面唱歌。有时，阿玛莉娅见到太太情绪好，就求她唱一个：太太，唱个《小路》吧；太太，唱个《欢爱之夜》吧；太太，唱个《献给你一支红玫瑰》吧。而太太也经常满足她。家里开晚会，有人请太太唱，她也从来不拿乔，跑去放好唱片，又在餐橱上拿起一支杯子或一个小洋娃娃当作麦克风，站在客厅中央就唱了起来，客人们都像发了疯似的给她鼓掌。这时卡尔洛塔低声对阿玛莉娅说：你看到了吧，是不是当过演员的样子？

"现在谈纺织工人的事。"他说道，"他们昨天提出，要讨论一个包括各项要求的文件。企业主们昨天晚上就找到了劳工部长，他们说纺织工人威胁要罢工，说这里面有政治背景。"

"对不起，堂卡约，根本没这么回事。"洛萨诺说道，"您知道，纺织界以前一直是阿普拉的策源地，因而才进行了一次彻底的大清洗。现在的工会是完全可以信赖的，您也了解，工会总书记佩雷拉一直是同我们合作的。"

"您今天就去找他谈谈，"他打断了洛萨诺，"告诉他，只能停留在威胁上，目前搞罢工不合适，叫他们要服从劳工部的调解。"

"这里说得清清楚楚，堂卡约，请允许我拿给您看。"洛萨诺一弯身，很快从桌子上那堆文件中抽出一张纸，"这仅仅是个威胁而已，仅仅是一种政治措施，不是为了恐吓企业主，而是为了使工会在基层面前恢复威信，基层正在抵制目前的领导层。这样做，工人们就会……"

"劳工部建议的工资增加额度是合适的，"他说，"要让佩雷拉去说服工人。关于文件的讨论必须停止，那里正在制造一种紧张的气氛，而紧张的气氛只会对煽动者有利。"

"佩雷拉想，只要劳工部接受文件上的第二点，他就可以……"

"告诉佩雷拉，给他薪水是为了让他服从，不是为了让他多想。"他说道，"把他安排到那个位置上是为了出了事他好提供方便，不是为了让他多想，不是为了让他把事情搞复杂。劳工部已经取得了企业主方面的某些让步，工会现在就应该接受调停。告诉佩雷拉，这件事在四十八小时之内必须结束。"

"是，堂卡约。"洛萨诺说道，"遵命，堂卡约。"

但是，两天之后，洛萨诺先生发怒了，老爷。原来卡兰恰那鬼东西根本没去参加领导小组的筹备会议，他一直没有露面，那时离10月27日只有三天了。那个区的群众如果不去参加，中心广场就填不满。卡兰恰是头头，不管怎么样也得说服他，你们可以答应给他五百索尔。也许他把我们给骗了，老爷，他变成了个虚伪的死苍蝇。我们二人乘上面包车又来到了他的家里。我们连门也没叫，鲁多维柯一巴掌就把铅皮做的门掀掉了。屋里点着一支蜡烛，卡兰恰正在同他老婆吃饭，周围约有十个小鬼头在哭闹。

“出来一下，先生，”我说，“我们要跟您谈谈。”

那女人抄起了一根木棒，鲁多维柯放声大笑。卡兰恰骂了她一句，夺过木棒：请原谅她，饶恕她吧。他演戏演得绝妙，老爷。他知道我们破门而入是对他的警告，就跟着我们走了出来。那天晚上，他只穿着一条长裤，浑身酒味。一离开他的房子，鲁多维柯就给了他一记耳光，我也给了他一记耳光，但是并不重，只是杀杀他的威风。先生，你欺骗了我们。卡兰恰摔倒在地：别杀我，这里面有点误会。

“婊子养的，”鲁多维柯说道，“我叫你误会。”

“先生，你答应的事为什么不做？”我说。

“那次领导小组的筹备会，伊波利托来安排汽车的事，你为什么不参加？”鲁多维柯说道。

“您瞧瞧我这脸色，您瞧瞧，我的脸色黄不黄？”卡兰恰哭声说道，“我的病总犯，一犯就卧床不起，我病倒在床上了。明天的会议我一定去，一切都会安排好的。”

“本区的人如果不去参加集会，你就要负责。”我说道。

“到时候，你就要去坐牢。”鲁多维柯说道，“对待政治犯……哼，这你自己明白。”

卡兰恰指着自己的妈妈发誓说一定去。鲁多维柯又给了他一记耳光，我也给了他一下，这次比刚才要重。

“你可能认为我们打你不对，可这几个耳光是为了你好。”鲁多维柯说道，“我们是不愿意让你坐牢的。懂吗，卡兰恰？”

“这是你最后的机会，伙计。”我也说道。

他指着自己的妈妈又是赌咒又是发誓，信誓旦旦，老爷。你们别打我了。

“如果那些山上下来的人都去中心广场，事成之后你就能得到三百索尔，卡兰恰。”鲁多维柯说道，“三百索尔和坐牢，你说说，哪个对你合适？”

“这是怎么说的，钱我不能要。”瞧他多啰唆，老爷。“为奥德里亚将军效劳嘛。”

卡兰恰让我们搞得又是赌咒发誓，又是连连承诺。那鬼家伙实践诺言了吗，安布罗修？实践了，老爷。第二天伊波利托给他送去了小旗子，卡兰恰带领领导小组欢迎了他。伊波利托看到他在给那群人大肆讲演，可见他干得再好没有了。

太太的个子比阿玛莉娅高，比凯妲小姐矮。头发漆黑，皮肤雪白，就像从来没让太阳晒过似的。碧绿的眼睛，红艳艳的小口，总是用那整齐的牙齿咬着樱唇，显得非常娇媚。太太多大岁数了？卡尔洛塔说有三十多岁了，可阿玛莉娅认为她只有二十五岁。太太那胸部简直，简直……那下半身呢？唉，那曲线就别提了。太太总是把双肩挺得直直的，一对乳房耸得高高的；那腰肢像小孩的那么细；臀部圆嘟嘟的，像颗心的形状，先是宽宽的，越往下越窄，到了腿部就越来越细了。一双脚踝生得很纤细，一双脚掌就跟蒂蒂小姐的一样小巧。太太还生着一双小手，指甲留得长长的，涂着同嘴唇一样红的蔻丹。在她身穿长裤、衬衣的时候，把身上各个部分都显露了出来。她那些漂亮的连衣裙领口开得低低的，双肩、半个背部和乳房的上半部都露在外面。每当她坐下来，就跷起二郎腿，裙子就滑到膝盖以上。阿玛莉娅和卡尔洛塔躲到储藏室后面像母鸡似的格格笑着，评论着客人们是怎样地盯着太太的大腿和领口看呀。客人中有老头子，白发苍苍的老头子；有胖子，他们故意把酒杯从地上捡起，有的弯身掸烟灰，千方百计地想把眼睛凑上去，死盯着看。太太也不生气，有时就这样坐着，就这样把小手伸给这些人，挑逗这些人。阿玛莉娅对卡尔洛塔说道：先生会不会吃醋？这些人跟太太这么随便，换了别人非发火不可。卡尔洛塔：先生干吗要吃醋呢？太太不过是他的情妇而已。事情也真怪，先生确实又老又丑，但是一点也不傻。尽管如此，看到客人们喝得醉醺醺的，装作开玩笑的样子开始同太太动手动脚，他却无动于衷。就拿跳舞来说吧，跳着跳着，客人不是吻太太的脖颈就是抚摸她的背部，还把她搂得紧紧的。太太呢，只是哧哧地笑，有时挑逗性地打某个大胆的人，一下把他推倒在椅子上；有时则像没事似的继续跳着，任人得寸进尺。堂卡约从来不跳舞，他只是坐在软椅上，手执酒杯同客人交谈，有时沉着脸看着太太卖弄风情，同人挑逗。有一天，一个红脸膛的先生对先生大声说：找个周末我去帕拉卡斯①，把您的美人鱼借给我怎么样，堂卡约？先生：我把她送给您了，将军。太太：我准备好了，带我去帕拉卡斯吧，我是你的了。卡尔洛塔和阿玛莉娅听到这种玩笑，看到这种无所谓的态度，就笑得要死。可是希牡拉不准她们长时间地偷看，走到储藏室把门关上。有时太太也走过来，双眼闪光，脸蛋通红，命令她们去睡觉。阿玛莉娅躺在床上听着音乐声、嬉笑声和碰杯声，蜷缩在毯子下夜不成寐，心情很不平静，一个人笑了起来。第二天早晨，她和卡尔洛塔得花三倍的力气来干活：烟头、酒瓶堆成了山，家具被推到墙角，酒杯也碎了。二人又是擦抹，又是整理，好让太太下楼时不要说：唉，太脏了，像个猪圈。每次举行晚会，先生都留下来过夜，一大早就离去。阿玛莉娅看到他脸色发黄，眼圈发青，快步穿过花园，唤醒那两个坐在汽车里过夜等候他的家伙。让人家这样过夜，不知要付多少钱。汽车一开，街角上的警察也就走了。太太穿着睡袍下楼来，眼睛红肿，吃了午饭又上床

---

① 属伊卡省，有许多印加帝国的墓地。

接着睡。下午则不断打铃，叫阿玛莉娅给她送矿泉水、健胃药，等等。

“现在谈奥拉维庄园的事。”他喷了一口烟说道，“您派往奇柯拉约的人回来了没有？”

“今天早晨就回来了，堂卡约。”洛萨诺点头说道，“一切都解决了，这是警察局长的报告，这是警事通报的一份副本。三个头头在奇柯拉约都被逮捕归案了。”

“全是阿普拉分子？”他又喷了一口烟，看到洛萨诺竭力忍着不打喷嚏。

“只有一个叫兰萨的是。他是阿普拉的领导人，年纪大了。另外两个是年轻人，没有前科。”

“把这些人押到利马来，让他们把大大小小的罪行都招认出来。像奥拉维庄园这种规模的罢工不是那么容易就能组织起来的，一定是经过长期的预谋，由专门人物搞起来的。庄园全部复工了？”

“今天早晨就复工了，堂卡约。”洛萨诺说道，“是当地警察局长打电话通知我的。我们还在奥拉维留下了一些人员，让他们待几天，虽然警察局长保证说……”

“圣马可大学。”洛萨诺立即闭上嘴，赶忙伸手从桌子上拿起三四张纸递给他，他连看也不看就把纸放在软椅的扶手上。

“这个星期没出什么事，堂卡约。各种组织只是开开会，阿普拉空前涣散，红萝卜们倒是比以前积极了点。啊，对了，我们发现了托洛茨基派一个新的小组，不过也只是开开会、讨论讨论而已，没什么了不起。下星期医学院要举行选举，阿普拉的候选人有可能再次获胜。”

“其他的大学。”他喷了一口烟，这回，洛萨诺的喷嚏打出来了。

“也没什么事情，堂卡约，小组开会，互相争吵，没什么。啊，对了，特鲁希约大学的情报网终于起作用了，给您，这是第三号备忘录，我们在那里有两个自己人，他们……”

“只是备忘录?”他说道，“这星期没有出现宣传单、小册子、油印小报?”

“出现了，堂卡约，”洛萨诺举起皮包，拉开拉链，神气十足地拿出一个厚厚的大信封，“这里都是传单、小册子，还有联合中心铅印的公报。都在这里了，堂卡约。”

“关于总统的旅行，”他说，“您跟卡哈玛尔卡方面谈了吗?”

“准备工作已经开始，”洛萨诺说道，“我星期一就到卡哈玛尔卡去，星期三一早我就给您打个详细的报告，以便您在星期四去检查一下那儿的安全措施。你看怎么样，堂卡约?”

“我已经决定，您的人从陆路去卡哈玛尔卡，星期四就出发。坐汽车去，星期五就可以到。乘飞机的话，如果飞机掉下来，连找人代替他们都来不及。”

“山区公路那种状况，没准坐汽车比坐飞机还危险呢。”洛萨诺开了个玩笑，但是他并没有笑。洛萨诺收起了笑容，“您计划得很好，堂卡约。”

“把这些文件都留下吧。”他站了起来，洛萨诺也立即跟着站了起来，“我明天还给您。”

“那我就不多占您的时间了，堂卡约。”洛萨诺腋下夹着硕大的公文包，跟着走到写字台跟前。

“等一下，洛萨诺。”他又点上一支烟，眯着眼吸了一口。洛萨诺站在他的对面，微笑着等他讲话。“别再找伊翁那老太婆要钱了。”

“您说什么，堂卡约?”他看到洛萨诺直眨眼，迷惑不解，脸色发白。

“你们向利马的妓女要几个钱，我不管，”他微笑着说道，显得很和蔼，“不过，对伊翁，还是让她安静安静吧。她要是出什么问题，也请您方便方便。这个女人不错，您懂吗?”

洛萨诺的胖脸流满了汗水，猪一般的小眼睛使劲地想挤出笑意。

他替洛萨诺打开房门，在洛萨诺肩上拍了一下，道了声“再见”。他回到写字台前拿起话筒：博士，请给我接兰达参议员。他收起洛萨诺留下的文件，放进自己的皮包里。一分钟之后，电话铃响了。

“喂，堂卡约？”是兰达那快活的声音，“我正要给您打电话呢。”

“您瞧，参议员，心有灵犀一点通。”他说道，“我有个好消息要告诉您。”

“我知道了，早就知道了，堂卡约。”这婊子养的多么开心，“我知道了，今天早晨我的奥拉维庄园复工了。您真关心这件事，我不知怎样感谢您才好。”

“我们把头头抓了起来，”他说道，“在一段时间内，这些家伙不会再制造麻烦了。”

“收割工作要是给耽搁了，对全省都是灾难。”参议员兰达说道，“您有时间吗，堂卡约？今天晚上有别的约会吗？”

“您到圣米格尔街来吃晚饭吧，”他说道，“崇拜您的女人们一直在打听您呢。”

“太好了，我九点左右到，怎么样？”兰达的嬉笑声，“好，堂卡约，拥抱您，就这样定了。”

他挂断电话又拨了一个号，铃响了两三次，直到第四次才传出一个睡意慵慵的声音：喂？

“我今天晚上约了兰达，”他说，“叫凯姐也来。叫凯姐跟伊翁讲，不会再向她要钱了。你接着睡吧，没别的事了。”

27日一大早，我跟着伊波利托和鲁多维柯去搞大轿车和卡车。鲁多维柯说：我很担心。可伊波利托说：不会有问题。我们老远就看到贫民区的人在等着，他们挤在一堆，人很多，连茅屋都被他们遮住看不见了，老爷。有人在烧垃圾，灰烬满天，兀鹰都飞跑了。领导小组来迎接我们，卡兰恰向我们问了好，嘴上像抹了蜜似的。您问我对他们说了些什么，老爷？我跟他们一一握手，把伊波利托和鲁多维柯向他们作了介绍，他们二人也脱帽行礼，同他们拥抱。众人在房顶上、门上贴了奥德里亚的肖像，每个人手里都拿着小旗。标语牌上写着：复权运动、革命万岁！奥德里亚万岁！全区人民支持奥德里亚！健康、教育和劳动！人们看着我们，小孩也过来抱住了我们的腿。

“可别带着这副哭丧脸到中心广场去。”鲁多维柯说道。

“到时候他们就会高兴起来的。”卡兰恰说道。这个人很老练，老爷。

我们三个把众人装进大轿车和卡车，车上什么人都有，但妇女和山上下来的人占大多数。我们还到别处接了人。广场几乎挤满了，有的是自发来的，有的是从别的区来的，从庄园来的。从大教堂望去，只见人山人海，人头之上飘荡着一片标语牌、肖像和旗子。我们把那个区的人带到了洛萨诺先生指定的地点。市政厅、各个商店和团结俱乐部的阳台上有一些先生太太们，大概您也在那里，对吧，老爷？蓦地，安布罗修：你们看。那边阳台上，贝尔穆德斯就在那里。伊波利托指着喷水池笑着说：鱼也搞同性恋，正在那儿干着呢。鲁多维柯：三句话不离本行，你这同性恋者。我们总是这样扫他的兴，可他从不生气，老爷。我们开始鼓动人群了，让人们高喊万岁，鼓掌致敬。人们笑了，万头攒动。鲁多维柯说：加油。伊波利托像耗子一样在人群中乱窜：高兴点，鼓掌响点。军乐队到达了，开始演奏圆舞曲和玛丽内拉舞曲。最后总统府的阳台门打开了，总统出现了，后面跟着一群文职人员和军人。人群兴奋了。接着奥德里亚大讲革命，大讲秘鲁。这时人群相当激动了，自发地喊起万岁来。讲演完毕，鼓掌更是异常热烈。天黑时大家回到了区里。卡兰恰对我们说：你们说话算数不算数？我们把三百索尔给了他，他又给了我们点儿钱，因为我们要一起喝几杯。我们还把烟酒分给众人，许多人都喝得酩酊大醉。我们和卡兰恰喝的是皮斯科酒，后来我和鲁多维柯走掉了，把伊波利托留在了贫民区。

“你说贝尔穆德斯先生满意不满意，安布罗修？”

“当然满意，鲁多维柯。”

“你能不能设法让我跟你一道干司机，把伊诺斯特罗萨换下来?”

“保卫堂卡约这工作可比什么都累人，鲁多维柯，伊诺斯特罗萨经常彻夜不眠，都快变成白痴了。”

“可这能多赚五百索尔呢，安布罗修，而且没准儿会把我列入正式编制呢。再说，我们又可以在一起工作，安布罗修。”

于是我就跟堂卡约说了，希望他能用鲁多维柯，把伊诺斯特罗萨换下来，老爷。堂卡约笑了：现在连你也向我推荐人了。

3

有一次，阿玛莉娅吃了一惊，那是一次小型晚会的第二天。那天她听到先生下楼了，于是她来到客厅，透过百叶窗看到汽车开走了，街角上的警察也撤了。她上楼来，轻轻地敲了敲太太卧室的门：太太，我想把打蜡机拿出来。她推开门，踮着脚走了进去。啊，打蜡机就在梳妆台旁边。从窗子透进来的微弱光线照亮了鳄鱼脚、屏风和壁橱，其余部分仍处在黑暗之中，一股热气在飘荡。她向梳妆台走去，只在拖着打蜡机往回走的时候才朝床上看了一眼。这一看，她呆住了。原来凯妲小姐也躺在床上。一角被子、一角床罩滑落在地毯上。凯妲小姐面朝她躺着，一只手放在臀上，另一只手吊在床沿旁，全身一丝不挂。她看到凯妲小姐那棕色的脊背后面是太太的一只雪白的肩膀、一条雪白的胳臂和一头乌黑的美发。原来太太睡在床的里边，盖着被子。阿玛莉娅继续向门口走去，仿佛地毯上生满了荆棘。走出房门之前，一种难以克制的好奇心又迫使她看了一眼。一个肉体雪白，一个肉体棕褐，两个女人睡得那么安稳。她也看到有一个奇异而危险的东西露在床外，原来那是顶板上的镜子反射出的不成形的龙体。听到两个女人中一个人在喃喃呓语，她吓了一跳，赶紧关上门，呼吸异常急促。走到楼梯时她笑了起来，捂着嘴来到了厨房，差点喘不过气来。卡尔洛塔、卡尔洛塔，凯姐小姐跟太太睡在一张床上。接着她又压低声音，朝庭院望了一眼：两个人光着屁股，一丝不挂。卡尔洛塔顿时连呵欠也不打了：那有什么，凯姐小姐经常留下过夜。接着也放低了声音：两个人真的一丝不挂光着屁股？整个早晨，她们一面弄挂在墙上的画，给花盆浇水，掸扫地毯，一面窃窃私语：先生是不是在沙发上睡的？是不是在书房里睡的？两个人笑得喘不过气来：也许在床下睡的呢！顿时，一个人眼里充满了泪水，另一个就去拍她的背。这一夜是怎么过的？他们三个都干什么了？情况如何？卡尔洛塔的一双大眼睛瞪得像一对野蜂，阿玛莉娅啃着手指忍住不放声大笑。希牡拉买东西回来看到她们这个样子：你们怎么了？没什么，我们刚在电台里听到了个极为滑稽的笑话。到了中午，太太和凯姐小姐下楼了。二人吃了蒜泥蛤蜊，喝了冰镇啤酒。凯姐小姐穿着太太的睡袍，睡袍对她来说太短了。这回二人没有打电话，只是听音乐，闲聊天。到了黄昏时分，凯姐小姐才离去。

塔里奥先生在外面，堂卡约，让他进来吗？好的，博士。片刻后门开了，他认出了来人那头金黄色的鬈发、红润无髭的面孔和那富于弹性的步履。他想：简直是个唱歌剧、吃面条长大的太监①。

“不胜荣幸，贝尔穆德斯先生，”来人伸出手，微笑着走向前来。看你这高兴劲能持续多久！“但愿您还记得我，去年……”

“当然，去年我们曾经在这里交谈过，对吗？”他把来人领到洛萨诺刚刚坐过的软椅上，自己也在对面坐了下来，“吸烟吗？”

来人接过一支烟，连连鞠躬，赶忙掏出打火机。

“我本来早就想找一天来拜访您，贝尔穆德斯先生。”来人眉眼乱飞，在软椅上扭来扭去，好像椅子上有蠕虫，“如此说来……”

“您要是早把这想法通知我就好了。”他说着微微一笑，看到塔里

---

① 意指塔里奥是个女里女气的意大利人。

奥连连点头，张口要讲，可是他抢了先，递给塔里奥一卷剪报。塔里奥做了夸张、惊异的手势，一面点头，一面严肃地翻阅剪报。哼，很好，你看看吧，装样子，想让我相信你在看，臭意大利佬。

“啊，是的，我看过了，是布宜诺斯艾利斯那件麻烦事，对吗?”最后塔里奥眉眼不动了，身子也不扭了，“关于此事，政府方面有什么公报吗？我们马上可以发出去，没问题。”

“所有的报纸都登了安莎社的消息，您算是把别的通讯社甩在后面了。”他说道，“您抢了个头条新闻。”

他微微一笑，看到塔里奥也在微笑，但已经不那么神气了，而只是出于教养。塔里奥的面颊更加发红了。臭太监，我要把你当礼物送给小罗贝托①。

“我们一直认为最好不要把这条消息发给各报馆。”他说道，“阿普拉分子在国外向本国的大使馆抛掷石块，应该说是一件遗憾的事，为什么要在本国发表这种消息呢?”

“说真的，这些报纸光登安莎社的消息，我也感到吃惊。”塔里奥耸了耸肩，跷起食指，“我们把这条消息在新闻稿中印了出来，因为在这方面我们没有得到任何指示，消息是经过新闻处审查、通过的，贝尔穆德斯先生。我希望不要出什么错。”

“所有的通讯社都取消了这条新闻，唯有安莎社不取消，”他说道，显得感到很遗憾，“这跟我们同您之间的真诚关系极不相称，塔里奥先生。”

“消息是这里的新闻处通过了的，同别的消息印在一起，贝尔穆德斯先生。”塔里奥面孔通红，真的吃惊了，不再装腔作势了，“我从未接到过任何指示，任何通知。我希望您把阿尔西比亚德斯先生叫来，立即把事情加以澄清。”

“新闻处既未首肯也未否决。”他熄掉香烟，安然镇静地又点了一

① 伊翁妓院里的管事，是个同性恋者。

支，“新闻处只是表示收到了寄来的新闻稿，塔里奥先生。”

“不过，要是阿尔西比亚德斯先生提出要求，我会把这条消息撤下来的。我一直也是这么做的。”这时塔里奥已经显得焦躁不安，不知所措了，“安莎社根本不会热衷于散布使政府不愉快的消息，可是我们不会猜谜，贝尔穆德斯先生。”

“我们是不会发号施令的，”他说道，极有兴味地望着烟雾形成的各种形象和塔里奥领带上的白色点点，“我们只能点到为止，以友好的方式点一点。我们很少说：不要发表令本国政府不愉快的消息。”

“不过，对，当然，我知道，贝尔穆德斯先生。”小罗贝托，我马上就把他送给你。“我一直一丝不苟地遵从阿尔西比亚德斯博士的指示，可这次既无指示也无暗示，我求您……”

“正是为了不损害各个通讯社，政府才不愿意建立一种官方的检查制度。”

“您不把阿尔西比亚德斯博士叫来，这件事就永远得不到澄清。”小罗贝托，你那盛凡士林的盒子呢，快干吧。“让他向您解释解释，也向我解释解释。求求您，先生，我不明白是怎么回事，贝尔穆德斯先生。”

“让我来要，”卡利托斯说着转向侍者，“来两听德国啤酒，要那种罐装的。”

卡利托斯斜倚在糊着《纽约客》① 杂志封面的墙上，反光灯照亮了他那头鬈发、突出的眼睛、因两天没刮脸而显得黝黑的面孔和那通红的鼻子。圣地亚哥回想：他的鼻子那么红，要么是因为酒喝得太多，要么是感冒了。

“这种啤酒很贵吧?”圣地亚哥说道，“我最近可是有点儿钱紧呀。”

---

① 美国杂志。

“我请客。我刚从那几个王八手里搞了一张招待券。”卡利托斯说道，“你今天晚上跟我到这种地方来，正派少爷的名声算是完蛋了，小萨。”

那登载着漫画的五颜六色的杂志封面在闪闪发光，大多数桌子还都空着。一排栅杆把大厅分为两半，形成两种气氛。栅杆的另一边传来了嗡嗡的人声，酒吧处一个只穿衬衣的男人在喝啤酒，还有一个人在暗处弹着钢琴。

“我把整月整月的工资都花在这儿了。”卡利托斯说道，“在这个陷坑里，我感到特别自在。”

“我还是第一次到‘黑黑’来呢，”圣地亚哥说道，“不少画家、作家都到这儿来吧？”

“倒了霉的画家和作家才到这儿来。”卡利托斯说道，“我当年初学写作的时候就常来，像虔诚的老太婆上教堂一样。当我认出某个作家的时候，我的心就跳个不停。我希望接近那些天才，希望他们能把天才传染给我。”

“我早就知道你也是个作家，”圣地亚哥说道，“还发表过诗作。”

“我本来是想写作的，也想发表诗歌，”卡利托斯说道，“可是一进《纪事报》，我的才能就发生变化了。”

“文学和报业，你更喜欢干报业？”圣地亚哥说道。

“我更喜欢喝酒。”卡利托斯笑了，“干报业不需要才能，只能使人绝望。你将来会明白的。”

卡利托斯全身收缩了一下，他的头后露出了图画和英文标题。小萨，你看到他的面孔扭歪了，一副痛苦相，双手也痉挛起来。他是不是感到不舒服？接着卡利托斯又挺直了身子，把头靠在墙上。

“我的胃溃疡大概又犯了。”这时，他的一只耳朵后面露出了一个人形乌鸦，另一只耳后露出了一幢摩天大楼，“也许是胃里缺酒。有时你看我醉醺醺的，但实际上一整天我滴酒未进。”

小萨，他是你剩下的唯一的朋友了，而且在医院里患了酒精中毒。你明天一定要去看他。卡利托斯，我明天给你带本书去。

“我那时一走进这个地方，就像置身于巴黎。”卡利托斯说道，“我曾希望有朝一日到巴黎去一趟，呼的一下，像变魔术一样变成个天才。可最后还是没去成。小萨，你瞧，我还是在这儿，像孕妇似的感到一阵阵绞痛。在进《纪事报》这个倒霉的地方之前，你原来想干什么？”

“律师。”圣地亚哥说道，“不，确切地说，想当个革命家，共产主义者。”

“共产主义者和记者，至少最后一个字还押韵，可诗人和记者就不押韵了，”卡利托斯说着放声大笑起来，“共产党？有一个地方说我是共产党，就把我给开除了。要不是为了这件事，我还不会进报社，也许现在还在写诗呢。”

“你难道不懂什么是酒精中毒？”圣地亚哥说道，“你什么也不想懂，真拿你没办法，安布罗修。”

“我他妈的是共产党？”卡利斯说道，“真是滑稽透顶了。说真的，我一直没搞懂为什么要开除我，反正他们是叫我倒了霉。你瞧我这副样子，一天到晚醉醺醺的，还得了胃溃疡。祝您健康，正派的少爷！干杯，小萨！”

凯姐小姐是太太最要好的朋友，到圣米格尔街来得最勤，有晚会的时候从不缺席。她高高的个子，长长的大腿，火红的头发，卡尔洛塔说那是染的。凯姐小姐的皮肤是肉桂色的，她的身段、服饰、说话的样子，还有喝酒时那副放荡的劲头，这一切都比奥登希娅太太还吸引人。她在晚会上闹得最欢，跳舞时很大胆，任凭客人随心所欲地动手动脚，还不停地跟客人们打情骂俏。她从背后凑近客人，抓乱他们的头发，拧他们的耳朵，坐在他们的膝上，放肆极了。凯姐小姐第一次见到阿玛莉娅的时候，一个劲地盯着她看，还一面怪模怪样地嘻嘻笑着。她打量着阿玛莉娅，盯着她看，随后就沉思起来。阿玛莉娅思量着：这位小姐怎么了？我身上有什么？看来你就是大名鼎鼎的阿玛莉娅了？我终于认识你了。我怎么是大名鼎鼎呢，小姐？凯姐小姐笑着说：因为你就是那个偷男人的心、毁灭男人的阿玛莉娅，令人害怕的阿玛莉娅。凯姐小姐有股疯狂劲，但也真令人感到可亲。她同太太打电话恶作剧的时候总是讲笑话。她常常带着调皮的神色走进来，一进门就说：亲爱的，我有好多新闻要告诉你，全是最近的。阿玛莉娅在厨房里听着她讲笑话，散布流言蜚语，嘲笑所有的人。凯姐小姐有时也跟卡尔洛塔和阿玛莉娅开玩笑，弄得二人瞠目结舌，面孔发烧。凯姐小姐是个好心人，每次派她俩去街角华人铺子买东西时都给她们一两个索尔。有一天她走的时候，还让阿玛莉娅搭她那辆白色汽车，一直把阿玛莉娅送到汽车站。

“阿尔西比亚德斯亲自给您的办公室打了电话，要求不要把这条消息发给各报社。”他叹了一口气，皮笑肉不笑地说道，“我没调查清楚是不会麻烦您的，塔里奥先生。”

“可是，这不可能，”惶恐不安扭歪了他那红通通的面孔，舌头也不管用了，“给我办公室打了电话？贝尔穆德斯先生，我的秘书会把一切……阿尔西比亚德斯博士亲自打的？可我不懂怎么……”

“怎么不把口信传达给您，是吧？”他不带嘲弄地帮塔里奥把话讲完，“我也估计会发生这种事。我想阿尔西比亚德斯是跟一个编辑讲的。”

“跟一个编辑讲的？”开始时那种镇静的笑容、得意扬扬的劲头消失得无影无踪了，“这不可能，贝尔穆德斯先生，这太令人费解了，我非常遗憾，您知道是跟哪个编辑讲的吗，先生？我只有两个编辑。啊，总之，我保证这种事下次不会再发生了。”

“我本来也很奇怪，我们对安莎社一直不错，”他说道，“国家电台和新闻处一直在购买你们的全部新闻稿，这可花了政府一大笔钱，这您是知道的。”

“当然，贝尔穆德斯先生。”哼，你去生气吧，去算账吧，你这个唱歌剧的！“我能用一下您的电话吗？我这就调查一下是谁接到了阿尔西比亚德斯博士的电话，事情马上就会搞清楚，贝尔穆德斯先生。”

“您还是请坐吧，不用担心。”他向塔里奥微微一笑，递给他一支香烟，给他点上，“我们的敌人到处都有，您办公室里就可能有不喜欢我们的人。您以后再调查好了，塔里奥先生。”

“可我这两个编辑是两个小伙子，他们……”塔里奥感到很痛心，表情又悲痛又滑稽，“不管怎么说，这事我今天非搞个水落石出不可。我还要请求阿尔西比亚德斯先生今后还是同我本人直接联系。”

“好的，这样最好。”他说道，接着思考了一会儿，仿佛偶然地看到塔里奥手中的剪报在抖动，“遗憾的是，这件事给我带来了一个小小的麻烦，总统和部长会质问我为什么向一个使我们头痛的通讯社购买新闻稿。您瞧，我要对同安莎社签这类的合同负责呢。”

“为此我也感到很不安。”那当然，所以你恨不得赶快离开此地。“今天我就把接博士电话的人辞退。”

“这个事件对政府很不利，”他忧郁地说道，仿佛心有所思，嘴里就说了出来，“在报上出现这种消息，敌人会加以利用，他们已经给我们制造了不少麻烦了。可连朋友也给我们找麻烦，这就不好了，您说是不是？”

“这种事不会再发生了，贝尔穆德斯先生，”塔里奥掏出一块天蓝色手帕，使劲地擦着手，“这您可以放心，完全放心，贝尔穆德斯先生。”

“我很佩服那些人类的渣滓。”卡利托斯又弯了一下身子，仿佛有人在他的胃部猛击一拳，“你瞧，侦破新闻版把我给腐蚀了。”

“别再喝了，”圣地亚哥说道，“我们还是走吧。”

然而卡利托斯又挺直了身体，微笑着说：

“喝完第二杯啤酒，刺痛就会消失，我就感到舒服了。你还不了解我？我们这是第一次一起喝酒，是不是？”圣地亚哥回想：是的，卡利托斯，那是第一次。“小萨，你是个正派的人，一下班就回家。你从来不跟我们这些倒霉的人一块儿喝一杯。你是不是不愿意让我们把你腐蚀了？”

“我的工资刚够生活开支。”圣地亚哥说道，“我要是跟你们去喝酒，去逛妓院，付房租的钱就没有了。”

“你一个人单独生活？”卡利托斯说道，“我还以为你是个有钱人家的公子哥儿呢。你没有亲戚？你多大岁数了？你还是个雏儿？”

“你一下子提这么多问题。”圣地亚哥说道，“我有家，但是我单独生活。喂，赚这么点儿工资，你们怎么总是喝酒、逛妓院？我真不明白。”

“这是职业秘密。”卡利托斯说道，“靠借债和躲债过活也是一种艺术。你怎么不逛逛妓院？你有女朋友了？”

“你大概马上要问我是不是经常手淫了，对不对？”圣地亚哥说道。

“如果你没有女朋友，又不逛妓院，我想你一定常手淫。”卡利托斯说道，“除非你是个同性恋者。”

卡利托斯又把腰弯了下去，等他直起腰来，面孔痛得扭歪了。他把一头鬈发靠在杂志封面上，闭上眼睛，停了片刻，伸手在口袋里摸来摸去，最后掏出一样东西放在鼻子上深深地闻了几下，他头向后仰，半张着嘴，脸上露出了平静的醉意。接着他睁开眼睛，看了圣地亚哥一眼，带着解嘲的意味说道：

“这是为了把腹部的刺痛麻醉一下。你别怕，我不会引诱你干坏事的。”

“你想吓唬我吗？”圣地亚哥说道，“那你就是浪费时间。我早就知道你是个酒鬼，还吸毒。编辑部的人都对我说了，不过我并不以此看人。”

卡利托斯朝他亲热地微笑了一下，递给他一支香烟：

“我原来对你的看法并不好，因为我听说你是走后门进来的，不愿意跟我们混在一起。我错了，我现在觉得你很好，小萨。”

卡利托斯讲得很慢，脸色逐渐平静下来，表情也逐渐严肃起来。

“我有一次酗酒，结果感到很不舒服。”我这是说谎，卡利托斯，“我呕吐了一场，结果把胃搞坏了。”

“不过你还没彻底完蛋，虽说你来《纪事报》已经有三个月了，对吧？”卡利托斯沉思而缓慢地说道，仿佛是在做祈祷。

“三个半月了。”圣地亚哥说道，“我刚满试用期，星期一刚正式签合同。”

“你真可怜，”卡利托斯说道，“从现在起你就一辈子待在报社吧。你听着，过来点，别让别人听见，我向你坦白一个最大的秘密：小萨，诗歌是世界上最伟大的东西。”

凯妲小姐有一次是中午到圣米格尔街来的。她像是一阵旋风闯了进来，阿玛莉娅给她开门，进门时她还在阿玛莉娅的脸蛋上拧了一把。阿玛莉娅心想：她简直昏了头。奥登希娅太太在楼梯口探出身来，凯妲小姐向她飞了个吻：我是来休息一会儿的，亲爱的。太太和小姐双双走进卧室，片刻之后太太喊道：阿玛莉娅，给我们送瓶啤酒上来。阿玛莉娅端着盘子上了楼。在门口，她看见凯妲小姐躺在床上，身上只穿着衬裙，连衣裙、丝袜和鞋子都堆在地上。她又是唱又是笑，还不时地自言自语。太太坐在梳妆台前的矮凳上，好像被她传染上了。那天早晨太太并没喝醉，可也笑个不停，唱个不停，给凯妲小姐叫好。凯妲小姐拍打着枕头，像是在做体操，一头红发遮住了面孔。从镜子里望去，她那双大腿就像大蜈蚣的腿一样。她一看到托盘就坐了起来：唉，我渴死了。说着一口气喝掉了半杯：啊，真好喝。蓦地，她抓起阿玛莉娅的手腕：来，过来。她盯着阿玛莉娅，那眼神多么淫荡啊：你别走。阿玛莉娅看了太太一眼，可太太正在调皮地盯着凯妲小姐，仿佛在思索着她要干什么。突然，太太也笑了起来。凯姐小姐装出威胁的样子：喂，亲爱的，你真的找了个可爱的用人，你大概跟她一起欺骗了我吧，对不对？太太放声大笑：对，我跟她欺骗了你。凯姐小姐又笑了起来：可你并不知道，这个死苍蝇又跟谁欺骗了你！阿玛莉娅感到耳朵里嗡嗡作响。凯姐小姐摇着她的胳臂唱了起来：以牙还牙，亲爱的，以眼还眼。她看了阿玛莉娅一眼：她说的是真的还是开玩笑？告诉我，每天早晨先生走后，你真的上楼来安慰她？阿玛莉娅感到又好气又好笑。有时候上来，她结结巴巴地说道，不知不觉地也开了个玩笑。凯姐小姐突然对太太喊了起来：啊哈，你这个强盗！太太笑得要死：我把她借给你吧，不过你要好好待她。凯姐小姐一拉阿玛莉娅，阿玛莉娅就坐到了床上。幸好这时太太站起身跑了过来，笑着同凯姐小姐扭在一起，最后凯姐小姐放开了阿玛莉娅。太太说，你去吧，阿玛莉娅，这个疯女人会把你带坏的。阿玛莉娅走出卧室，背后又传来太太和凯姐小姐的嬉笑声。她下楼的时候还笑着，感到膝盖发软，但走进厨房时就严肃起来了，甚至感到愤怒。希牡拉正在水池前又洗又唱：你怎么了？阿玛莉娅：没什么，太太和凯姐小姐喝醉了，搞得我真不好意思。

“遗憾的是这件事发生在我们同安莎社的合同即将期满的时候。”他透过层层烟雾寻找塔里奥的眼睛，“您可以想象，要说服部长同安莎社延长合同，我得费多少口舌。”

“我会找部长谈的，我可以向他解释。”塔里奥的眼睛亮光一闪，充满了愁苦和警惕，“我正要同您商量关于延长合同的事呢，可现在碰上了这种荒唐事，这种令人费解的事。不过我会使部长满意的，贝尔穆德斯先生。”

“您最好不要见部长，还是等他的火消了再说吧。”他微微一笑，蓦地站了起来，“不管怎么说，我将尽力而为，把一切安排好。”

塔里奥那奶白色的面孔恢复了红润，他觉得有希望了，又开始饶舌了，他几乎跳着同贝尔穆德斯一起走到门口。

“接阿尔西比亚德斯博士电话的那个编辑，今天就会被开除。”塔里奥一面微笑，一面把声音放得甜甜的，唾星四溅，“您知道，对安莎社来讲，能否延长合同事关生死存亡。我不知怎样感谢您才好，贝尔穆德斯先生。”

“合同下星期满期，对吧？好吧，您同阿尔西比亚德斯约个时间，我尽量让部长快点签字。”

他把手伸向门柄，但没有开门。塔里奥犹疑着，脸又红了。贝尔穆德斯等了一会儿，用眼睛盯着塔里奥，仿佛在鼓励他讲话。

“关于合同，贝尔穆德斯先生，”太监，你好像憋着一摊屎，“条件还同去年一样吗？噢，我指的是……我是说……”

“您指的是我的酬金？”他说道，他看到塔里奥那困惑、尴尬和强笑的样子，在下巴上搔了一下，显得很谦逊地说，“这回就不能是百分之十了，而是百分之二十，朋友。”

他看到塔里奥微微把嘴一张，额上的皱纹一紧一松。他也看到他不再笑了，只是连连点头，眼光突然显得迷惘起来。

“请您给我一张纽约银行的汇票，下星期一请您亲自给我送来。”卡鲁索①，你心里算过账了。“您也知道，部里办事太慢，我争取在两个星期之内把事办成。”

他打开门，但是当他看到塔里奥做了个犯愁的手势，就把门又关上了。他微笑着等了一会儿。

“很好，能在两星期之内把事情办成最好不过了，贝尔穆德斯先生。”塔里奥声音发哑，心中不快，“至于……也就是说……您不觉得百分之二十有点……也就是说……是不是太多了？”

“太多了？”他睁大眼睛，仿佛没听懂塔里奥的话，但马上又恢复了镇静，友好地说，“别再说了，把事情忘掉吧。我现在得请您原谅了，我还有许多事要办。”

---

① 意大利著名男高音歌唱家（1873—1921）。

他打开门，听到打字机的噼啪声，还看到了外间头排坐在写字台后的阿尔西比亚德斯的身影。

“不说了，我们同意。”塔里奥绝望地挤眉弄眼，赶紧接上说，“没任何问题，贝尔穆德斯先生。我星期一十点来，怎么样？”

“当然可以，”他说着几乎是把塔里奥推了出去，“那么就星期一见。”

他关上门，笑容马上消失了。他走到写字台前坐了下来，从右手抽屉中拿出一个筒状药瓶，把唾液含在口中，然后把药片放在舌尖。把药片吞进去后，他闭上眼睛，手压在吸墨板上待了一会儿。不一会儿，阿尔西比亚德斯走了进来。

“意大利佬很不开心，堂卡约。但愿那个编辑十一点的时候还在通讯社里，我跟塔里奥说我是在十一点打电话的。”

“管他在不在，反正是要被开除的。”他说道，“一个在宣言上签字的家伙是不适合在通讯社里干事的。您给我约好部长了吗？”

“部长三点等您，堂卡约。”

“好的，博士。请您通知帕雷德斯少校①，我要去看他，二十分钟后到他那里。”

“我进《纪事报》不是出于热忱，只是想赚点儿钱花。”圣地亚哥说道，“可现在我倒是觉得，所有工作中，这个工作最为令人满意。”

“都三个半月了，你还没感到失望。”卡利托斯说道，“这工作就好像把一个人放进马戏团的兽笼里去展览，小萨。”

小萨，是的，你还没有感到失望。新任巴西大使埃尔南多·德·麦哲伦今晨递交国书。我对我国旅游事业的未来感到乐观，旅游局长昨晚在记者招待会上对众多的杰出的记者们说。“我们之间”俱乐部昨日庆祝成立周年。小萨呀，你就喜欢这种肮脏的东西。一坐到打字机前你就感到高兴。圣地亚哥回想：用这种区区小事编写简讯，我从

---

① 此时，此人显然已由上尉提升为少校了。

来没这么高兴过。我以自信的狂劲修改、撕掉、重写，然后送给阿里斯佩，也是从来没这么高兴过。

“你是什么时候对报业感到失望的？”圣地亚哥说道。

小萨，每当第二天早晨，你总是去巴兰科区你的住处附近的报摊上买回一份《纪事报》，在上面寻找你自己编写的简讯和微不足道的专栏文章，还拿去给露西亚太太看：太太，您瞧，这是我写的。

“我进《纪事报》后的第一个星期就失望了。”卡利托斯说道，“我在通讯社工作的时候不用写新闻，其实只是个打字员。那里是一贯的工作日制，到了两点我就没事了我可以下午读书，晚上写诗。后来我被辞退了，文学界也就失掉了一个诗人，小萨。”

小萨，你每天下午五点上班，可你总是提前到达编辑部。三点半你就在宿舍里看表了，恨不得马上去乘电车。今天会不会派你到街上采访，叫你写一篇访问记？会不会派你参加一次会见？而不是像以往那样，每次你一到就坐在写字台前等着阿里斯佩叫你：请把这篇通讯缩写成十行。圣地亚哥回想：我从没有那样热情过。我希望能做些事，我一定要搞个头条新闻让大家祝贺我。我从没有那么雄心勃勃过，我一定要得到提升。他回想：可是我错了，但我是什么时候又是由于什么错的呢？

“我一直没搞懂到底是为了什么。一天早晨，那个婊子养的走进办公室对我说：您在通讯社搞破坏，您是个共产党。”卡利托斯笑了，一种慢镜头里的笑容，“我说：您不是在开玩笑吧？”

“见鬼，我说话是认真的。”塔里奥说道，“您的破坏活动使我们破费了不少，您知道吗？”

“我说：您要是再对我嚷嚷，再对我说见鬼，我可要骂娘了，”卡利托斯说道，但心里感到很满足，“连退职费也没给我，就把我辞退了。后来我就进了《纪事报》，在报社里我发现，报业就是诗歌的坟墓，小萨。”

“那你为什么不离开报业呢？”圣地亚哥说道，“可以另找工作嘛。”

“进来就出不去了，报业就像沼泽地一样，”卡利托斯说道，仿佛在打盹，仿佛要睡着，“你陷呀陷呀，一直往下沉。你恨它，但你摆脱不了它；你恨它，但为了搞个头条新闻，你又什么都干得出，你可以彻夜不眠，你可以钻到最不体面的地方去。这变成了一种瘾头，小萨。”

“我已经陷到脖子这儿了，但我不会整个陷进去，你知道为什么吗?”圣地亚哥说道，“因为我最终还是要当律师的，安布罗修。”

“在侦破新闻版工作不是我自己选择的，是因为地方新闻版的阿里斯佩容不得我，在电讯版又不见容于马尔多纳多。”卡利托斯困意沉沉地说道，“只有贝塞利达在侦破版里还能容忍我。在侦破版里，有世界上最坏的东西，什么都能看到，可我喜欢。人类的渣滓就是我生活中的要素，小萨。”

卡利托斯沉默了，他面带笑容，一动不动地看着圣地亚哥。圣地亚哥唤来侍者，他才如梦初醒，付了账。二人走了出来，一路跌跌撞撞，不是碰到桌子就是撞在墙上，圣地亚哥只得搀着他的胳膊。圣马丁广场的门廊中已经空无一人，一缕蓝光微弱地出现在广场周围的房顶上。

“怪了，诺尔文怎么没到这儿来。”卡利托斯以一种平静的温柔口气，仿佛朗诵似的说道，“他是倒霉人中混得最好的一个，也是个非凡的渣滓，我以后再给你介绍，小萨。”

他摇摇摆摆地走着，用手扶着门廊的柱子，长长的胡子使得他的面孔显得很肮脏，鼻头红红的，眼光流露出一种悲壮感。明天我一定去看你，卡利托斯。

4

阿玛莉娅从药店买了两卷卫生纸回来，在门房前面对面地碰上了安布罗修。他说：你别这么一本正经，我不是来找你的。她：我们什么关系也没有，你当然不是来找我的。安布罗修说：你没看见那辆汽车吗？堂费尔民和堂卡约在楼上。阿玛莉娅：堂费尔民？和堂卡约在一起？是的，这有什么奇怪的？阿玛莉娅也不知道为什么，只是感到奇怪，两位先生一点相同之处也没有。她竭力去想象堂费尔民在晚会上的表现，这两个人搞在一起，根本不可能。

"最好不要让堂费尔民看见你。"安布罗修说道，"不然他会告诉堂卡约你是他家辞退的，而且自动放弃了制药厂的工作。到那时，奥登希娅太太也会辞退你。"

"实际上你是不愿意让堂卡约知道是你介绍我到他家来的。"阿玛莉娅说道。

"对，正是如此。"安布罗修说道，"但这不是为了我而是为了你好。我对你说过，堂卡约因为我离开他去给堂费尔民开车这事恨得我要死，他要是知道你认识我，你就完蛋了。"

"你变成了个好心人了嘛，"她说道，"你现在对我多关心呀！"

二人就这样在门口谈着。阿玛莉娅不时地瞄着希牡拉和卡尔洛塔走近没有。安布罗修，你不是告诉过我堂费尔民和堂卡约不像以前那样来往密切了吗？是的，自从堂卡约逮捕了圣地亚哥少爷以后，两个人就不友好了，但二人还在一起做生意，这次堂费尔民是为了生意上的事到圣米格尔街来的。阿玛莉娅，你在这儿工作还满意吗？满意，非常满意，活儿比以前少，太太也是个好心人。安布罗修说：那你欠我个人情。可阿玛莉娅立即打断了他的玩笑：你别忘了，我老早还掉了。接着她改变了话题：观花埠那户人家怎么样了？索伊拉太太很好；奇斯帕斯少爷有了未婚妻，她还竞选过秘鲁小姐呢；蒂蒂小姐长大了，出息成个大姑娘了；圣地亚哥少爷出走以后一直没回来，在索伊拉太太面前根本不能提他的名字，一提她就哭。接着安布罗修忽然说：看样子圣米格尔街这户人家对你挺合适的，你变漂亮了。阿玛莉娅不笑，只是恼怒地盯着他。

“你星期天休息，对吧？”安布罗修说道，“我在那边，在电车站等你，两点，你来吗？”

“你别做梦了，”阿玛莉娅说道，“我们什么关系也没有了，干吗还要一起出去？”

阿玛莉娅听到厨房有动静，于是连招呼也没打就进了家门。她走到储藏室后偷看，只见堂费尔民正在同堂卡约告别。堂费尔民个子高高的，一头白发，穿着灰色西服，显得很潇洒。她顿时想起了她最后一次看到堂费尔民之后所发生的一切，想起了特里尼达，想起了米隆内斯的胡同，想起了产科医院。她感到自己在流泪，赶快走进浴室去洗脸。她对安布罗修很恼火，也对自己感到恼火，因为刚才跟他讲了话，就好像二人有什么关系似的，也因为自己刚才没对他说：你以为通知了我这儿需要女仆，我就会把一切忘掉，就会原谅你了？你还是死了的好！她想。

他紧了紧领带，穿起上衣，拿了公文包，走出了办公室，迷惘地从女秘书们的身旁走过，汽车停在门口。安布罗修，到陆军部去，汽车光是穿过市中心就花费了二十五分钟。没等安布罗修给他打开车门，他就下了车：在这儿等着我。士兵向他敬礼，他穿过走廊，上了楼。一名军官朝他微笑。在情报局的前厅，一个留着小胡子的上尉在等着他：少校在办公室，贝尔穆德斯先生，您请进吧。帕雷德斯见他进来就立起身。办公桌上有三台电话、一面小国旗、一个绿色的吸墨器。办公室四壁挂着地图、平面图、一张奥德里亚的照片和一副挂历。

“埃斯皮纳给我打电话向我发牢骚，”帕雷德斯少校说道，“说如果不把那看门人撤掉，他就给他吃子弹。他很恼火。”

“我已经下令撤掉那密探了。”他说着，松了松了领带，“至少他现在明白了自己正在受到监视。”

“我再次告诉你，这种做法根本没用。”帕雷德斯少校说道，“把他赶出军队之前已经先提升了他，他干吗还要图谋不轨呢?”

“不当部长了，他心里很不痛快，”他说道，“再说搞谋反的又不是他一个人，干这种事他还太笨。但是别人可以利用他。这个山区佬，任何人都可以拿他当傻瓜耍。”

帕雷德斯少校耸了耸肩，做了个怀疑的表情，随后打开柜门拿出一个大信封递给他。他抽出里面的文件和照片，心不在焉地翻阅起来。

“他的一切活动、一切电话谈话，都在这里了，”帕雷德斯少校说道，“没有什么疑点。他开始在女人身上寻求安慰了。你看到了吧，除了布列尼亚区那个情妇，他又搞上了一个，他在圣贝阿特丽丝建筑区①。”

他笑了，嘟嘟囔囔不知说了些什么。就在此刻，他看到埃斯皮纳那两个情妇的照片在他眼前闪过，个个体肥多肉，乳房下垂，目光淫

---

① 秘鲁政府把私人的空地买下来，加以规划，然后招标进行建设，称为“建筑区”。

荡。他把文件和照片装入信封，放在办公桌上。

“养着两个情妇，在军人俱乐部玩牌，每星期酗酒一两次，这就是他的生活。”帕雷德斯少校说道，“山区佬算是完蛋了，你信不信？”

“然而他在军队里还有许多朋友，有几十个军官欠着他的人情呢。”他说道，“我的嗅觉跟狗一样灵，你听我的没错。再给我一段时间吧。”

“好吧，既然你这么坚持，我再命人监视他几天。”帕雷德斯少校说道，“反正都没用。”

“他虽说退出了军队，但哪怕真的是个笨蛋，一个将军终归是个将军。”他说道，“比所有的阿普拉分子和红萝卜加在一起还危险。”

是的，老爷，伊波利托是个粗人，但是他也有自己的感情，这我和鲁多维柯是在波尔维尼尔小区发现的。当时我们还有时间，想去喝两杯。这时伊波利托来了，他一手一个搀起我们的胳臂：我请你们喝酒。于是我们三个就到玻利维亚路一家酒馆去了。伊波利托要了三盅酒，掏出雪茄用发抖的手点上。看得出来他心事重重，强作欢颜，老爷。他像口渴的牲口那样用舌头舔着嘴唇，左顾右盼，心神不定。我和鲁多维柯交换着目光，仿佛在问：这个人是怎么了？

“你好像出问题了，伊波利托。”我说。

“这酒是不是太凶了，兄弟？”鲁多维柯说。

他摇摇头表示不凶，接着一饮而尽，又向老板要了一杯。你到底怎么了，伊波利托？他看了我们一眼，把烟喷在我们脸上，最后总算开了口：要我到波尔维尼尔小区去执行任务，我感到不好办。我和鲁多维柯笑了：那有什么难的，伊波利托，哨声一响，那些女人肯定会像发了疯似的跑散，这任务最容易不过了，兄弟。伊波利托把第二杯酒又一饮而尽，两眼快要瞪出来了：我并不是害怕，害怕这个词我认得，但我从没害怕过。我当过拳击手。

“你别净让人扫兴，别提你那拳击的事了。”鲁多维柯说道。

“这里掺和着我的个人私事。”伊波利托遗憾地说道。

轮到了鲁多维柯，他付了另一轮的酒钱。老板：我看你们越喝越来劲了。说着把酒瓶放在柜台上。为了这件事，我昨晚一夜未睡，你们估计一下结果会是如何。我同鲁多维柯又互相看了一眼，仿佛在说：他是不是疯了？伊波利托，你干脆痛痛快快告诉我们吧，朋友之间不就是为了互相帮助吗？他干咳着，欲说又止，老爷。最后他声音发涩了，却把什么都说了出来：是件家务事，私事。接着他就毫无保留地给我们讲了个伤心的故事，老爷。他妈妈会做凉席，在帕拉达市场摆了个摊子，他从小是在波尔维尼尔小区长大的，一直生活在那儿，如果那能叫做生活的话。他给人擦汽车，看汽车，给人跑腿，在市场里卸卡车，反正尽可能地赚几个钱吧。当然也有的时候把手伸进不该伸的地方。

“生在波尔维尼尔区的人怎么称呼来着?”鲁多维柯打断他说，“生在城里的人叫利马人，生在桥下区的人叫桥下人，生在波尔维尼尔的人呢?”

“你对我要讲什么根本没兴趣，妈的。”伊波利托说道，他恼火了。

“没那么回事，兄弟，”鲁多维柯拍了他一下，“对不起，我是心血来潮，突然产生这个疑问的。你接着讲吧。”

虽说近来有好几年没去波尔维尼尔小区了，但他仍然拍着胸脯说：波尔维尼尔就在我心中，波尔维尼尔仍然是我的家。再说，老爷，他就是在那个区开始拳击的。帕拉达市场上的许多老太婆他都熟悉：没准儿她们现在还认得我呢。

“啊，我明白了，”鲁多维柯说道，“你没有理由感到难办，这么多年了，谁还认得出你来？再说她们又不会看见你的面孔，波尔维尼尔小区的路灯糟透了，淘气的小孩不是一直用石块砸路灯吗？没道理，伊波利托。”

他沉思了一会儿，像猫似的舔着自己的嘴。老板端来了盐和柠檬。鲁多维柯把盐抹在舌尖上，又把半个柠檬挤在嘴里，喝尽自己杯中的酒，随后高声说道：这酒味道变得好极了。后来我们又谈起了别的事，可伊波利托一直沉默不语，眼睛一会儿看看地板，一会儿看看柜台，仿佛在思考。

“不，我倒不在乎是否有人认出我来，”他倏地说道，“可这个任务本身使我感到难办。”

“那又是为什么，伙计？”鲁多维柯说道，“驱散女人不是比驱散学生更容易吗？她们除了尖叫、跺脚，还能干什么，伊波利托？光是吵闹对任何人都不会造成损失。”

“要是我必须打一个老太婆，而这个老太婆又是从小给过我东西吃的人呢？”伊波利托在桌上击了一拳说道。他恼火极了，老爷。

我和鲁多维柯又互相望了一眼，仿佛在说：瞧他，又像个爱哭的女人了。不过，兄弟……不过，伙计……既然她们以前给过你吃的，那就说明她们都是好人，都是圣人，就不会动武。你以为她们愿意卷进政治纠纷里去？然而伊波利托仍然坚持己见，摇着脑袋好像在说：你们说服不了我。

“今天我干这种活，真不是心甘情愿的。”最后他说。

“你以为别人喜欢这个？”鲁多维柯说道。

“可我喜欢，”我笑着说道，“对我来说，这是一种休息、一种冒险。”

“因为你是偶尔来这么一两次。”鲁多维柯说道，“你给大头头当司机，生活多舒服。我们这种工作对你来说只是玩玩而已。你等着吧，早晚你的头被人用石块砸破，就像有一次我的头被砸破那样。”

“到那时你再跟我们说你喜欢不喜欢这种工作吧。”伊波利托说道。

幸亏我什么事也没出，老爷。

他怎么竟敢邀我出去？阿玛莉娅在休息的日子里不是去利蒙希约

区去看望姨妈就是去米隆内斯区去看望罗莎丽奥太太，再不就同邻居的两个女仆安杜维娅和玛丽娅出去。他干吗要帮我找到这个工作呢?他以为这样一来我就会把一切忘掉？阿玛莉娅同那两个女用人出去散步，去看电影，有一个星期六还去竞技场看了民间舞蹈。那天我为什么要跟他说话？难道我原谅了他？阿玛莉娅有时也同卡尔洛塔出去，但不经常，因为希牡拉总是叫她们天黑以前就回来。我真蠢，我应该对他狠一点。每次同卡尔洛塔一起出去，希牡拉总是左叮咛右嘱咐，回来后又是问这问那，真烦人。星期天让他等着吧，让他从观花埠到这儿白跑一趟，他肯定要埋怨我。可怜的卡尔洛塔，希牡拉不许她上街，不断地用男人吓唬她。阿玛莉娅想呀想呀，整整想了一个星期：让他等着吧。有时她感到很恼火，甚至发抖，有时则不禁笑出声来。不过，没准儿他根本不会来呢，因为我对他说过：你别做梦了。他可能想：那我为什么还要去呢？星期六，阿玛莉娅把一件闪光的蓝色连衣裙熨好了，那是奥登希娅太太送给她的。卡尔洛塔问她：你明天到哪儿去？到我姨妈那儿去。她在镜子里照了又照，一面骂自己：原来你还是想去呀，傻瓜。不，我是不会去的。到了星期天，她第一次穿了刚买来的高跟鞋，还戴上了摸彩摸来的手镯，出门前还淡淡地抹了口红。她飞快地收拾完桌子，连午饭也没吃就跑上楼到太太的卧室里照那面全身镜，接着径直来到了贝尔托洛托路。她穿过马路到了沿海路。这时她又对自己感到恼火了，浑身不自在。啊，他在那边，在车站直朝阿玛莉娅招手。她想：我还是回去吧。她想：我不要跟他讲话。他穿着褐色西装、白衬衣、红领带，上衣口袋里还插了一块手帕。

“我刚才还祈祷别让我白等呢，”安布罗修说道，“你来了，太好了。”

“我是来乘电车的。”她说着恼怒地转过脸去！“我是去我姨妈家。”

“啊，也好，”安布罗修说道，“那我们顺便一起到市中心去吧。”

“有件事我忘了告诉你，”帕雷德斯少校说道，“埃斯皮纳最近和你那位朋友萨瓦拉来往得很密切。”

“这没什么，”他说道，“他们是老朋友了。埃斯皮纳给他搞了个许可证，允许他的药厂供应陆军商店。”

“这位富翁的有些事我很不喜欢。”帕雷德斯少校说道，“我在跟踪他，哦，当然不是经常喽，发觉他还跟阿普拉分子混在一起。”

“萨瓦拉从那些阿普拉分子口中知道不少事，我呢，又从他口中知道不少事。”他说道，“萨瓦拉没问题。对他进行跟踪，你肯定是在浪费时间。”

“对这位富翁的忠诚，我始终抱怀疑态度。”帕雷德斯少校说道，“他支持政府是为了做生意，完全是为了自身利益。”

“我们大家支持政府都是为了自身利益。重要的是，像萨瓦拉这样的人物，其自身利益就是支持政府。”他微微一笑，“我们来研究研究卡哈玛尔卡的事吧，好吗？”

帕雷德斯少校点点头，从三台电话中拿起一只话筒，下了一道命令，沉思了片刻，接着说道：

“起初我还以为你是故意装出一副厚颜无耻的样子，现在我才知道你这个人确实如此。你对任何事、任何人都不相信，卡约。”

“他们付我工资，不是为了叫我对什么都相信，而是为了叫我干某种工作。”他又是微微一笑，“我干得还不错，对不对？”

“你担任这个职务既然是为了自身利益，那为什么不接受总统给你的另外几个工作呢？那要比现在这个职位好上一千倍。”帕雷德斯少校说道，“你瞧，虽说你想做到脸皮很厚，但还是力不从心。”

他收起了笑容，颓丧地看了帕雷德斯少校一眼。

“大概是因为你舅舅给了我一个别人从未有过的机会，”他耸了耸肩说道，“大概是因为我还没找到另外一个人能在这个职位上像我一样为你舅舅服务，或者也许是因为我喜欢这个工作。”

“总统很担心你的健康情况，我也担心。”帕雷德斯少校说道，

“这三年中你好像老了十岁。你的胃溃疡怎么样了?”

“已经愈合了,”他说道,“现在不用喝牛奶了,真不错。”

他把手伸向办公桌上的香烟,点上一支,咳嗽了一阵。

“你每天吸几支烟?”帕雷德斯少校说道。

“两三盒。”他说道,“我吸的是纯烟,不像你,净吸这种破玩意儿。”

“不知道是什么东西先要你的命,”帕雷德斯少校说道,“烟草、胃溃疡、安非它明、阿普拉分子、像山区佬那样心怀不满的军人还是你那个后宫?”

他露出一丝笑意。有人敲门,那个小胡子上尉夹着文件夹走了进来:影印图复制好了,少校。帕雷德斯把平面图铺在办公桌上。某些街口都标上了红蓝记号,一条粗粗的黑线弯弯曲曲地穿过许多街道,一直画到一座广场。两个人伏在平面图上研究了很久。帕雷德斯少校说着:这些是集中点,这些地方是陆军部队驻地,这是调动路线,这座桥就要通车。他则吸着烟,把这一切记在本子上,还不时地用他那单调的声音提些问题。随后二人在软椅上坐了下来。

“我明天就同里奥斯上尉去检查一下安全措施的准备情况。”帕雷德斯少校说道,“从我们这方面讲,一点问题也没有,安全措施就像钟表一样准确。你的人怎么样?”

“我对安全措施很放心,”他说道,“我担心的是另外一件事。”

“你指的是欢迎会上的准备工作?”帕雷德斯少校说道,“你认为会出现令人难堪的局面?”

“参议员和那几个众议员都保证广场上的人满满的,”他说道,“但是他们这些人的保证,你是了解的。今天下午我就去接待委员会看看,我已经把他们召到利马来了。”

“这些山区佬如果不张开双臂来欢迎总统,那他们就太没良心了。”帕雷德斯少校说道,“总统给他们修了公路、架了桥。以前难道有人记得卡哈玛尔卡的存在吗?”

“卡哈玛尔卡一度是阿普拉的温床，”他说道，“我们搞了一次大清洗，但总会发生不测。”

“总统认为他的这次旅行会大获成功。”帕雷德斯少校说道，“他说你向他保证将有四万人参加欢迎集会，而且不会出问题。”

“四万人会有的，而且不会出问题。”他说道，“可就是这些事搞得我衰老了，不是胃溃疡，也不是烟草。”

我们三人向老板付了账就离开了酒店。当我们到达院子里的时候，会议已经开始了，老爷。洛萨诺先生向我们指指手表，脸色很难看。参加会议的有五十人左右，都穿着便衣，有的在傻笑，院子里有一股难闻的气味。鲁多维柯把参加会议的人一个一个地指给我看：那个是有正式编制的；那个是临时的，跟我一样；那个也是有正式编制的。讲话的是一个警察少校，大肚皮，讲话结巴，反复讲着口头禅“也就是说”——也就是说周围还有突击队，也就就就是说还有巡逻车，也就是说还有骑骑骑兵，躲躲在汽汽车房后和空空场里。我和鲁多维柯互相递着眼色，仿佛在说：这人太太太滑稽了，老爷。可伊波利托仍然哭丧着脸。这时，洛萨诺先生插了进来，于是大家安静下来听他讲话。

“最主要的是不要让警察出面干涉，”洛萨诺先生说道，“这是贝尔穆德斯先生特别关照的。也不要开枪。”

“他这是拍最高头头的马屁，因为你在这儿，”鲁多维柯对我说道，“让你回去以后说给贝尔穆德斯先生听。”

“也就是说，为此才没没发给你们手枪，只是发了大大大棒和别的揍揍揍人的武器。”

下面的人骚动了起来，有的打嗝，有的咳嗽，也有的跺脚。这是一种抗议，但谁也没开口，老爷。少校赶快说道：安静，安安静。但是最后还是洛萨诺先生机智地解决了问题：

“在座的诸位都是第一流的人物，要驱散一小撮疯女人根本用不着子弹。如果事情真的变得不可收拾，突击队就会参加行动，”他接着诡诈地开了个玩笑，“害怕的人举起手来!”没有人举手，洛萨诺：“这太好了，否则还得把喝酒的钱退出来。”大家笑了，洛萨诺：“上校，你接着讲吧。”

“也就就就是说，大家都懂懂了。在领武器之前要互相好好看看面孔，免得认错了人，自己人互相打打起来。”

大家都笑了，那是出于礼貌，倒不是由于少校的话真的令人发笑。在领取武器的时候，大家都得签个收条。大家领到的有大棒、铁指套，还有自行车链条。回到院子里，我们三人就同其他人混在一起了，其中有些人喝得酩酊大醉，连话都说不出来了。我找了些人谈话，问他们是从哪儿来的。是不是抽签抽上的？不，老爷，他们都是自愿来的，都想赚点外快，不过也有人害怕会出事。大家在一起又是吸烟又是开玩笑，用大棒互相打着玩。就这样一直等到六点钟，少校才走过来通知大家汽车来了。到了波尔维尼尔小区的广场，我和鲁多维柯带领一半人留在广场中央躲在秋千中间，伊波利托把其余的人带到电影院附近。人们分成三个一组，四个一堆，都钻进了市场。我和鲁多维柯看着秋千上的摇板，坐在上面的女人的裙子都掀了起来，不过什么也没看见，老爷，光线太暗了。别的人在购买刨冰、白薯糖，有两个人还买了一瓶酒，在转盘附近喝了起来。鲁多维柯说道；这一切都好像在表明，洛萨诺得到的情报是不准确的。我们等了半小时，可什么事也没发生。

上了电车，二人坐在一起，安布罗修为阿玛莉娅买了票。她为自己随他上车感到很恼火，看也不看安布罗修一眼。安布罗修说：你怎么这么爱记仇？阿玛莉娅的脸贴着车窗，看着巴西路上川流不息的汽车和贝维里电影院。安布罗修又说：阿玛莉娅，女人都是心肠好，记性差，可你正好相反。那天我们在街上遇到，我说圣米格尔街有户人家在找女用人，那天我们谈得不是挺好吗？阿玛莉娅看到警察医院和老玛格达雷娜区中心花园闪了过去。还有那天我们在门房外不是也谈得挺好吗？萨雷斯中学和鲍洛涅希广场也闪过去了。你生活里又有了别的男人是怎么着，阿玛莉娅？这时两个女人上了电车，在二人对面坐了下来。像是不正经的女人，她们开始放肆地盯着安布罗修看。我们像好朋友似的一起出来一两次有什么不好？那两个女人在朝安布罗修微笑，卖弄风骚地盯着他。阿玛莉娅自己也不知怎么回事，高声说：好吧，我们到哪儿去？她说话时眼睛看的是那两个女人而不是安布罗修。安布罗修惊奇地看了她一眼，抓抓头，接着笑了：这女人，简直……安布罗修说他要去看一个朋友，于是二人来到利马克。在奇柯拉约大街的一家小饭馆里，他们发现那位朋友正吃鸡肉米饭。

“我给你介绍一下，这是我的未婚妻，鲁多维柯。”安布罗修说道。

“别信他的，”阿玛莉娅说道，“我们只是朋友而已。”

“请坐，”鲁多维柯说道，“陪我喝杯啤酒吧。”

“我和鲁多维柯都给堂卡约干过事，阿玛莉娅，”安布罗修说道，“我开车，他当保镖。在车里过夜够难受的吧，鲁多维柯？”

饭馆里都是男人，有些人真难看。阿玛莉娅感到很尴尬，她想：我在这儿算是怎么回事？我真蠢。男人们斜着眼偷偷地看她，但什么也没说，大概是对陪着她的两个高大男人有所顾忌。鲁多维柯跟安布罗修一样，也是又高又壮，只是特别丑，满脸麻子，龇牙咧嘴。两个人谈着自己的事，互相打听着朋友的情况，阿玛莉娅感到很无聊。鲁多维柯蓦地一拍桌子：走吧，我们去阿乔斗牛场，我带你们进去。他带着二人不是从正门而是从旁边一个胡同进去。守门的警卫向他问了声好，像是很熟。三人在最高处坐了下来，观众不多，所以在第二场斗牛开始时，他们就坐到第四排去了。场上有三个人在斗，掌剑手是圣克鲁斯，这黑人穿着闪光的衣服，倒是满惹人注目的。鲁多维柯对安布罗修开玩笑说：你为他叫好，因为他跟你属于一个种。安布罗修并不生气：不错，再说他确实很勇敢。那黑人斗牛士的确很勇敢：翻身、跪倒、从背后逗引雄牛。阿玛莉娅只在电影上看过斗牛，每当雄牛撞倒一个斗牛士，她就闭上眼睛尖叫起来。她说：这长矛手真野蛮。但是到了快结束的时候，她也和安布罗修一样掏出手帕要求圣克鲁斯把牛耳送给她①。她走出阿乔斗牛场的时候显得很快乐，至少算是看到了新鲜玩意儿。过去我净干傻事，每次放假都是帮助罗莎丽奥太太晒衣服，听姨妈抱怨房客，要不就同安杜维娅和玛丽娅东游西荡，不知到什么地方去才好，时间都白白浪费掉了。三人在斗牛场门外喝了紫玉米酒之后，鲁多维柯就告辞了。阿玛莉娅和安布罗修一直步行到水渠大道。

“你喜欢看斗牛吗?”安布罗修说道。

“喜欢。”阿玛莉娅说道，“不过，这对动物太残忍了，对不对?”

“你既然喜欢，我们下次还来。”安布罗修说道。

阿玛莉娅要说：你别做梦了。但是没说出来。她闭着嘴暗自想道：我真蠢。她想：有三年，快四年了，没同安布罗修一起出来了。她突然感到很遗憾。安布罗修说道：你现在想到哪儿去？到利蒙希约我姨妈家去。这几年他都干了些什么？安布罗修说道：下次再去吧，我们还是去看电影吧。于是二人到利马克一家电影院去看了一部关于海盗的影片。在黑暗中，她感到自己的眼睛里充满了泪水：傻瓜，我是不是想起了同特里尼达一起看电影的情景？想起了住在米隆内斯那几年无所事事、不说话也不思考的情景？不，我是在回忆更早的时光，回忆每星期天同安布罗修会面的情景，在汽车房旁边一个小屋里在一起时的情景，回忆那之后发生的一切。此时她又对自己感到恼火了：他要是碰我，我就抓他，杀死他。但是安布罗修一点碰她的企图也没有。出了电影院，安布罗修请她吃了晚餐，接着二人一直步行到中心广场。一路上，二人什么都谈到了，就是没谈过去的事，只是在等电车的时候，安布罗修抓住了她的胳膊：阿玛莉娅，我并不像你想的那么坏（凯妲也这么说：你不像自己说的那么坏，你就是这么个

---

① 斗牛士把击毙的雄牛耳朵割下来，献给他崇敬的某位观众。

人，那位可怜的阿玛莉娅真令人同情）。阿玛莉娅说道：放开我，我要喊了。安布罗修松开了手：阿玛莉娅，我们别吵了，我只是求你忘掉过去的事，这么长时间过去了，阿玛莉娅。电车来了，二人一言不发地一直坐到圣米格尔街，在修女学校车站下了车，这时天已经黑了下来。安布罗修说道：你后来又另外有了个男人，那个纺织工人，可我一直没找女人。过了一会儿，快到家门拐角处的时候，他又难过地说道：阿玛莉娅，你把我折磨得够呛了。阿玛莉娅没有回答他，撒腿就跑。到了家门口，她回头一看，只见他愣怔怔地站在街角，半个身子都被那无枝矮树的阴影遮住。她走进家门，竭力控制住自己不要为他的话所动，但仍然觉得很感动。她又对此感到恼火。

“关于库斯科那个军官集团，有什么消息吗?”他说道。

“国会马上就要讨论军官提升名单了，他们会提升依迪阿盖斯少校的。”帕雷德斯少校说道，“当了将军，他就不能留在库斯科。没有了他，那个联盟就可能解体。目前他们还没有什么行动，只是开开会、发发议论而已。”

“光是依迪阿盖斯离开库斯科还不够。”他说道，“那位司令，还有那几个臭上尉呢？我不明白为什么还没把他们分隔开来，陆军部长曾经答应在本星期开始进行调动。”

“我跟他都谈了十次了，也把报告给他看了十次了。”帕雷德斯少校说道，“事情涉及一些有威望的军官，所以他要稳妥些处理。”

“看样子还得由总统出面。”他说道，“等我从卡哈玛尔卡回来，第一件要做的事就是打破他们那个联盟。他们都受到监视了吗?”

“没说的，”帕雷德斯少校说道，“连他们吃什么都了如指掌。”

“有朝一日，有人把一百万索尔往桌子上一放，我们就会面临一场叛乱，”他说道，“必须尽早地把他们分散到边远的驻地去。”

“依迪阿盖斯欠政府不少人情，”帕雷德斯少校说道，“总统对某些人一次又一次地感到极大的失望。等他知道依迪阿盖斯在煽动军官反对他，他会感到痛心的。”

“要是他知道已经有人在背叛他，他会更加痛心的。”他说着站了起来，从皮包中抽出几张纸交给帕雷德斯少校，“你看看，这些人是不是都在你这儿立案了？”

帕雷德斯把他送到门口。他刚要出门，帕雷德斯又叫住了他：

“今天早晨那条关于阿根廷的消息是怎么回事？你疏忽了？”

“我不是疏忽，”他说道，“阿普拉分子向秘鲁使馆抛石块对我们来说是个好消息。我跟总统商量过了，他同意见报。”

“原来是这样，好吧。”帕雷德斯少校说道，“这里的军官看了这条消息都感到很愤怒。”

“你瞧我什么都得考虑到。”他说道，“明天见。”

然而过了一会儿，伊波利托走了过来，老爷，他脸上带着悲伤的神情。原来妇女们来了，还打着标语牌和别的东西，是从广场一个拐角处进来的。我们装作好奇的样子凑近了她们，四个妇女高举标语牌，上面写着红色的字。她们的后面是一支小小的队伍。鲁多维柯说：那四个是头头，是带领其他人喊口号的。队伍大概有半个街区长。躲在市场里的人也凑上来看队伍。众妇女高喊口号，走在前面的喊得尤其起劲，但什么也听不清楚。伊波利托说道：跟洛萨诺先生说的一模一样，队伍里有老太婆、年轻的姑娘，也有小女孩，就是没有男人，到处是辫子、裙子、草帽。鲁多维柯说道：这些女人像是举行迎神游行似的。其中有三个女人，她们的手像是在祈祷，老爷。二百人、三百人，或是四百人，最后都进入了广场。

“她们要黄油和面包，你看到了吗？”鲁多维柯说道。

“她们也许要臭黄油和硬面包。”伊波利托说道。

“我们从中间插进去，把队伍断开。”鲁多维柯说道，“前一半由我们对付，尾巴归你。”

“但愿尾巴没有头部厉害。”伊波利托说道。他想开玩笑，老爷，但没奏效。

伊波利托竖起领子去找自己的手下。妇女队伍在广场里绕了一圈，我们分散地尾随在队伍之后。到了转盘前，伊波利托又过来了：我后悔了，我想回去。鲁多维柯说道：我很佩服你，但是我更佩服我自己。我警告你，你要是走，我就不客气了，搞同性恋的家伙。这话使伊波利托震动了一下，反而给他鼓了气，老爷。他双眼冒火，箭似的跑去了。我们逐渐把手下聚齐，对他们讲话，然后悄没声息地靠近了示威队伍。众妇女聚集在转盘前，高举标语牌的那几个面对队伍，忽然，一个带头的跳上踏板开始发表演说。人越聚越多，妇女们不得不挤在一起。转盘上的音乐停止了，但是那个带头人的演说还是听不清楚。我们一面鼓掌一面往里钻。鲁多维柯说道：这些傻瓜，还给我们让路呢。另外一头，伊波利托也在慢慢往里挤。我们鼓掌，妇女们就拥抱我们。太好了，你们真勇敢。有的妇女只是瞅瞅我们，有的连声说：请，请过去吧。还跟我们握手：我们妇女并不孤立啊。我和鲁多维柯互相使了个眼色，仿佛在说：不管多么乱，我们也不要分开，伙计。这时妇女队伍已被断开为二，我们像楔子一样嵌在队伍里面。这时我们掏出了木响板和口哨，伊波利托掏出了话筒：把煽动者赶下去！奥德里亚万岁！打倒人民的敌人！有人抽出大棒，戴上了铁指套。奥德里亚万岁！一个可怕的混乱场面顿时出现了，老爷。站在踏板上的那个带头人高声喊道：挑拨者！但是鼎沸的人声淹没了她的声音。我周围的妇女高声尖叫着，互相推搡着。鲁多维柯说道：走吧，你们受骗了，还是回家吧。就在此刻，没料想一只手抓了他一下，老爷。他事后告诉我：当时感到那只手的指甲上还带着我脖子上的一块肉呢。另外那一头，棍棒、链条开始挥舞起来；掌嘴打拳全上来了。众多妇女开始怒吼，跺脚。我和鲁多维柯仍然在一起，我滑一脚他就来扶，他倒下了我就去搀。鲁多维柯：这些母鸡简直变成公鸡了。伊波利托那家伙的话是对的，因为妇女们在竭力抵抗，老爷。你有时推倒几个妇女，她们躺在那里像死了一样，但是忽然从地上吊住你的脚，把你拉倒，所以你必须不停地跳动，跺脚。她们还不停地骂。这时我们的一个人说道：我们人少，还是把突击队叫来吧。鲁多维柯：不行，他妈的。于是我们又扑向妇女，把她们打退了。转盘的挡板倒了下来，不少妇女也随之倒下，有的则爬着逃了出去。我们的人这时喊的口号已经不是奥德里亚万岁，而是妈的×、婊子了。终于，队伍的头半部被击溃了，分成了几堆，这样驱赶她们就容易了。二人一堆，三人一组，我们抓住一个就揍，然后再抓一个再揍。我和鲁多维柯相互看着汗水淋漓的面孔还互相开玩笑呢。突然，响了一枪，鲁多维柯：谁开的枪？婊子养的！不是我们这部分人放的，是后面的人放的。原来队伍的后半部分纹丝未动，只是左右摇摆着，老爷。我们赶过去帮忙，把队伍驱散了。放枪的人叫索尔德维亚，他说：差不多有十个妇女围着我，要挖我的眼睛，可我并没击中任何人，我是朝天开枪的。鲁多维柯还是火冒三丈：枪是谁他妈的给你的？索尔德维亚：这枪不是团体的，是我自己的。鲁多维柯：不管怎么说，你算完蛋了，我要向上面报告，扣你的津贴。市场的人逃光了，管理转盘、飞椅、火箭的人躲在自己的小屋里吓得发抖，吉卜赛女人也藏在帐篷里打战。最后我们一点人数，少了一个，老爷。原来那个人昏倒了，躺在一个女人身旁。这女人直哭。有几个人发怒了：是这婊子把他打昏的？于是就抓住那女人痛打起来。那个昏倒的人叫伊格莱希亚斯，是阿亚库乔①人，嘴被人撕破了，他摇摇摆摆站了起来：什么？什么？鲁多维柯对痛打那女人的人说：行了。一切结束了，我们到空地去乘车。没有一个人讲话，大家都累得要死，一直到下车才有人吸烟，互相打量着面孔开玩笑：我这儿疼，我老婆根本不会相信我这抓伤是工伤事故。洛萨诺先生说：大家干得很好，任务完成了，去休息休息吧。这就是我“工作”的大致情况，老爷。

---

① 秘鲁瓦曼加省首府。1924年，苏克雷在此大败西班牙殖民军，从此拉丁美洲全部解放。

5

整个一星期，阿玛莉娅都处在心绪不定、神情恍惚的状态之中。卡尔洛塔说：你在想什么？希牡拉：谁独自发笑，准是想起自己干的坏事。奥登希娅太太：你魂儿飞到哪儿去啦？快叫回来吧。由于上次二人出去玩了一趟，阿玛莉娅对安布罗修不再感到愤怒，对自己也不再感到恼火了。她想道：我恨他。但很快就过去了。过了片刻：我恨他，可是又恨不起来，我怎么像疯了似的？一天晚上，她梦见星期天出门的时候，看到安布罗修在电车站上等她。这个星期天，卡尔洛塔和希牡拉要去参加一个洗礼，所以她只得星期六放假。我到哪儿去呢？于是她去看望了赫尔特鲁迪丝。好几个月没见到她了。阿玛莉娅到达药厂的时候，刚好下班。赫尔特鲁迪丝把她拉到家里吃午饭，赫尔特鲁迪丝说：没良心的，这么多日子也不来看我。我到米隆内斯去了不知多少次了，罗莎丽奥太太也不知道你的工作地点。跟我说说，你还好吗？阿玛莉娅差点要说又见到了安布罗修的事，但结果还是没有说，赫尔特鲁迪丝以前不知骂了他多少次。阿玛莉娅回到圣米格尔街，天还没黑，她径直往床上一躺：他对我干了那种事，可我还想他，我真蠢。到了晚上，她梦见了特里尼达，他不住地骂她，最后他气得面孔发紫，对她说，你还是去死吧！到了星期天，希牡拉和卡尔洛塔一早就出去了，一会儿，太太也同凯妲小姐走了。阿玛莉娅打扫了门房后，就坐在客厅里打开收音机，不是赛马就是足球赛，真没意思。这时有人敲厨房的门。啊，对，是他。

“太太没在家?”他头戴小帽，身穿司机的蓝色制服。

“你也怕太太?”阿玛莉娅说道，显得很严肃。

“堂费尔民派我出来买点东西，我抽空来看看你。”他仿佛没听见她的话，微笑着对她说，“我把车子停在拐角那儿了，可奥登希娅太太没认出来。”

“看样子，你越来越怕堂费尔民。”阿玛莉娅说道。

安布罗修的笑容消失了，做了个颓丧的手势，不知所措地望着她。他把小帽往后一推，勉强笑了笑：我是冒着挨骂的危险来看你的，你却这样对待我，阿玛莉娅；过去的事就让它过去吧，阿玛莉娅；全抹掉算了，你就当作我们刚刚认识，阿玛莉娅。

“你还想再对我干那种事?”阿玛莉娅脱口而出，全身发抖。

安布罗修没等她后退就一把抓住了她的手腕，盯着她的眼睛，还不停地眨着眼。他并没有企图拥抱她，连身子也没贴上来。他抓着她的手腕，过了片刻，做了个怪异的手势把她放开了。

“尽管有纺织工人那件事，尽管我有许多年没见到你了，但对我来说，你仍然是我的女人。”安布罗修说道，嗓子都哑了。阿玛莉娅感到自己的心脏停止了跳动，她想道：他要哭了，我也要哭了。“我告诉你，我仍然像以前那样爱你。”

他再次盯住她看。她后退几步，一下子把门关上了。她看到安布罗修迟疑了一会儿，整整帽子走了。她回到客厅，看到他仍在拐过街角。她坐在收音机旁揉着自己的手腕，对自己没跟他发火感到奇怪。他真的仍然爱我吗？不，他骗我。也许那天在街上遇到我以后旧情复燃了？外面一点声音也没有，窗帘拉得严严的，一丝浅绿的光线从花园射了进来。阿玛莉娅思量着：听他的声音，他是真诚的。她边想边找着电台。没有广播剧，净是些马赛、足球赛。

“你去吃午饭吧，”汽车在圣马丁广场刹住车，他对安布罗修说道，“过一个半小时你再回来接我。”

他走进玻利瓦尔饭店的酒吧间，在靠门的桌子旁坐了下来，要了杯杜松子酒和两盒印加牌香烟。旁边桌子上有三个家伙在谈话，他断断续续听到他们讲的笑话。吸完一支烟，杯中的酒只剩下一半的时候，他透过窗子，看见堂费尔民正穿过哥尔梅纳路走了过来。

“对不起，让您久等了。”堂费尔民说道，“我刚才玩了一局牌。兰达，就是您认识的那位参议员，只要一拿起骰子就玩个没完没了。兰达非常高兴，奥拉维庄园的事解决了。”

“您是从国立俱乐部来？”他说道，“您那些寡头朋友没在搞什么阴谋？”

“还没有。”堂费尔民笑了，对侍者指了指杯子，也要了杯杜松子酒，“瞧您咳嗽得多厉害，感冒了？”

“是吸烟吸的。”他说着又咳了几声，“您最近还好吧？您那位淘气的公子还在让您伤脑筋？”

“您是说奇斯帕斯？”堂费尔民说着，把一粒花生放进嘴里，“不，他头脑清醒了，在我的办公室里表现得不错。我担心的是老二。”

“他也喜欢吃喝玩乐？”他说道。

“他不愿考天主教大学，想进圣马可大学那个是非之地。”堂费尔民尝了一口杜松子酒，做了个表示厌烦的手势，“不知怎么搞的，他现在批评起神父、军人来了，对什么都不满意，搞得我和他妈妈很恼火。”

“现在所有的青年都有点反抗精神，”他说道，“我觉得连我自己以前也是这样。”

“我不明白，堂卡约，”堂费尔民说道，显得有点严肃，“我那二儿子以前很规矩，分数一直很高，甚至可以说是个虔诚的教徒。可现在不信教了，任性得很，就差变成共产党、无政府主义者了。不知怎么搞的。”

“那可要让我伤脑筋了。”他微微一笑，“不过，您瞧。我要是有儿子，倒宁可送他进圣马可。虽说圣马可有许多不尽人意的地方，但毕竟更像个大学，对不对?”

“我倒不是因为圣马可净搞政治，”堂费尔民心不在焉地说道，“而是因为这个学校降格了，不如以前了，变成了乔洛人的臭窝子。我那瘦儿子在这种学校里还能交上好朋友?”

他没说什么，只是看了堂费尔民一眼。堂费尔民直眨眼，不好意思地低下了头①：

“我并不是反对乔洛人，”哈，婊子养的，你总算发觉说走了嘴，“正相反，我这个人一直是讲民主的。我只是希望圣地亚哥有个称心的前途。在我们这个国家，一切全靠关系，这您是知道的。”

酒喝完了，又要了两杯。堂费尔民一个人不停地吃着花生、油橄榄和炸土豆片，他则只是吸烟，喝酒。

“我看报上又登了一则招标启事，是泛美公路的一条支线。”他说道，“您的公司想投标吗?”

“眼下通往帕卡斯玛约的那条公路已经够我们干的了，”堂费尔民说道，“贪多嚼不烂。药厂占了我不少时间了，尤其是现在我们更新了设备。我希望在扩大厂房之前，奇斯帕斯能学着分担些我的工作。”

接着二人又东拉西扯地谈了起来，从流行性感冒、阿普拉分子向秘鲁驻布宜诺斯艾利斯大使馆掷石块、纺织工人的罢工威胁到今年流行长裙还是短裙，都谈到了。最后酒杯空了。

“伊诺森希娅想起了你爱吃的菜，就给你做了虾汤。”克洛多米罗伯父向圣地亚哥挤挤眼，“可怜的老太婆烧菜不如从前了。我本来想带你到街上去吃，但怕她不高兴，就依了她。”

---

① 贝尔穆德斯是个乔洛，所以堂费尔民为自己的话感到不好意思。

克洛多米罗伯父给他斟了杯开胃酒。小萨，他这所位于圣贝阿特丽丝区的公寓房子又整齐又干净，伊诺森希娅老太婆也是位好人，是这位老太婆把你的爸爸和伯父带大的，所以现在仍然用“你”称呼他们，有一次还当着你的面扯你老子的耳朵呢：费尔民，你很久没来看你哥哥了。克洛多米罗伯父每喝一口酒就擦擦嘴。他总是这么爱干净，西装里总是穿着坎肩，衬衣领子和袖口总是浆得硬硬的。他容光焕发，身材矮小，生性好动，生着一双神经质的手。圣地亚哥想道：我很久没去看爸爸了，伯伯知道吗？他会不会知道？你必须去看你爸爸。是的，我是要去看他的。

“你还记得克洛多米罗伯伯比我爸爸大几岁吗，安布罗修？”圣地亚哥说道。

“不许问老年人的岁数。”克洛多米罗伯父笑了，“我跟你爸爸相差五岁，瘦侄子，费尔民五十二岁，你可以算出，我将近六十了。”

“可看上去他比你大。”圣地亚哥说道，“你保养得好，伯伯。”

“我年轻的时候就是这个样子。”克洛多米罗伯父微笑了一下，“也许因为我是单身汉的缘故。你到底去看望父母没有？”

“还没去，伯伯，”圣地亚哥说道，“我会去看他们的，我说话算数，我会去的。”

“时间太长了，瘦侄子，太长了。”克洛多米罗伯父用他那明净的眼睛看着他，提醒说，“有几个月了？四个月还是五个月？”

“我最腻烦那可怕的场面，我妈妈会又喊又叫地要求我回家，伯伯，他们应该好好地理解我。”

“住在同一个城市里，好几个月都不去看看父母，看看兄妹。”克洛多米罗伯父摇着头表示难以置信，“你要是我的儿子，我早就找到你，先抽你两鞭子，然后第二天把你领回家。”

但是你爸爸并没来找你，小萨，也没抽你两鞭子，更没强迫你回家。爸爸呀，这是为什么？

“我不想教训你，你已经长大成人了，但是你的行为很不对，瘦侄子。想独立生活，这不是发疯吗？这也就算了，可你还不愿意去看望自己的父母，这就不对了。索伊拉被你搞得伤心透了，费尔民每次来总是问我你怎么样了，你在做什么。我看他的情绪越来越坏了。”

“他去找我也白搭，”圣地亚哥说道，“他可以强迫我回家一百次，但我也要逃出一百次。”

“他不明白这到底为了什么，我也不懂。”克洛多米罗伯父说道，“你难道是因为他把你从警察局里保出来而生气？你难道愿意跟其他疯子关在一起而他袖手不管？他不是一直什么都满足你吗？比起奇斯帕斯和蒂蒂来，他不是更宠爱你吗？对我，你应该坦率些，瘦侄子，你到底为什么对费尔民这么反感？”

“很难说清楚，伯伯，我最好先不回家。过一段时间我一定去，我答应你。”

“别净干荒唐事了，还是去看看他们吧。”克洛多米罗伯父说道，“索伊拉和费尔民都不反对你在《纪事报》干下去，他们只是担心你一工作就不去学习了，而他们又不愿意你一辈子当个小职员，像我这样的小职员。”

克洛多米罗伯父微微一笑，毫无痛苦之意，接着又斟满了杯子。这时传来了伊诺森希娅那有气无力的叫声：虾汤马上好了。克洛多米罗伯父怜悯地摇摇头说道：瘦侄子，这可怜的老太婆的眼睛几乎瞎了。

赫尔特鲁迪丝·拉玛说：这个人脸皮真厚，太不要脸了，对你干了坏事后竟然又去找你，太不像话了。阿玛莉娅：是太不像话了，不过这个人就是这样。赫尔特鲁迪丝：什么样？他是什么样的人？他很有耐心，总是把事情搞得那么神秘。只要阿玛莉娅在，他总是找各式各样的借口钻到储藏室、各个房间和庭院来。他什么也不说，只是跟阿玛莉娅眉目传情。她真害怕被索伊拉太太和少爷、小姐发觉，看出他那传情的眼神。过了很长时间他才开口讲话。赫尔特鲁迪丝：他都讲了些什么？他说：你看起来真年轻，你的脸蛋像春天般鲜艳。阿玛莉娅：我那时真的害怕极了。因为这是她第一次出来工作，不过后来她也就无所谓了。他虽说脸皮很厚，却很机灵，也就是说，很胆小，他比我还要怕老爷太太，赫尔特鲁迪丝。他根本不理睬别的女用人，总是来缠阿玛莉娅，厨娘和另外那个女用人一到厨房来他撒腿就跑。两个人在一起的时候，他胆子大得不光动嘴而且动手。赫尔特鲁迪丝笑了：那你呢？阿玛莉娅揍他，有一次还扇了他一记耳光。你对我怎么都行，打是疼骂是爱嘛。你听听他这些花言巧语，赫尔特鲁迪丝。他设法跟阿玛莉娅同一天休假，还打听到了她的地址。有一次，阿玛莉娅看到他在姨妈家门前踱来踱去。赫尔特鲁迪丝：你躲在里面，心里美滋滋地一面笑一面看他，对吧？不，我很生气。厨娘和另外那个女用人对他很有好感，她们经常说：这小伙子个头真高，身材真棒。他一穿上蓝色制服，她们就浑身发热，想入非非。可我不，赫尔特鲁迪丝，我觉得他同别的男人没有什么两样。赫尔特鲁迪丝：他不漂亮怎么能征服你呢？也许是由于他经常把一些小礼物偷偷藏在阿玛莉娅的床里。有一次他来了，第一次把一个小包塞进阿玛莉娅的围裙口袋里，可她连打开也没打开就退还给他。但是后来我就不退了，我真蠢，赫尔特鲁迪丝。阿玛莉娅开始接受礼物，每到夜里，她就好奇地思量着：今天他会送我什么呢？他总是把各种小礼物放在被子底下，天知道他是什么时候钻进来的。有时是一个别针，有时是一只小手镯，还有手帕什么的。赫尔特鲁迪丝：也就是说，你已经同意跟他好了。不，还没有。有一次在苏尔基约区的家里，姨妈不在，他来了，阿玛莉娅就跟他出去了。我真蠢，对吧？两个人在街上谈了一会儿，还吃了刨冰。下个星期休息的日子到了，二人又去看电影。赫尔特鲁迪丝：真的？是的。阿玛莉娅让他拥抱了，让他吻了。从此以后他就自认为有权利了，每当二人单独在一起时，他就想动手动脚，阿玛莉娅不得不躲着他。他睡在汽车房旁边的屋子里，他的房间比女用人们的大，有卫生间和各种设备。一天晚上……赫尔特鲁迪丝：发生了什么事？什么事？老爷和太太出去了，蒂蒂小姐和圣地亚哥少爷大概睡着了，奇斯帕斯少爷穿上制服到海军学校去了。到底发生了什么事？我真是个白痴，我答应了他，我真傻，我钻进了他的房间，当然，他动真的了。赫尔特鲁迪丝笑得要死：也就是说，在他房间里你们就……他把阿玛莉娅弄哭了。赫尔特鲁迪丝，我怕极了，也很疼。但正是在阿玛莉娅受他欺侮的那一夜，她对他失望了。赫尔特鲁迪丝：哈、哈、哈……阿玛莉娅：你别净犯神经病，不是因为那事，唉，你这个人净往脏处想，真叫人不好意思。赫尔特鲁迪丝：那你又为了什么对他失望？当时两个人关着灯躺在床上，他安慰着阿玛莉娅，吻着她，跟她讲着甜言蜜语：没想到你还是个黄花闺女。正在这时他们听到门口有人讲话，原来是老爷和太太回来了。赫尔特鲁迪丝：原来是为了这事你失望了？瞧他那副害怕的样子，简直让人不能相信。赫尔特鲁迪丝：他怎么了？发生了什么事？他的手都出汗了，他说：你快藏起来，快藏起来。他推着她：快钻床底下去，别动！他吓得都快哭出来了。竟有这种男人，赫尔特鲁迪丝。他说：你别出声。突然他像发疯似的捂住了我的嘴，就好像我要喊叫似的，赫尔特鲁迪丝。只是当听到老爷和太太穿过花园进了房门以后，他才放开她。后来他又装模作样地说：我这是为你好，怕他们撞见你，责骂你，把你开除，我们以后得小心点儿，索伊拉太太非常严厉。到了第二天，我感到有点儿异样，鲁尔特鲁迪丝。阿玛莉娅想笑，又感到难过，也感到幸福。在她偷偷地去洗涤被子上的血迹的时候，她感到脸红了。唉，赫尔特鲁迪丝，我干吗要跟你讲这个呀。赫尔特鲁迪丝：因为你把特里尼达忘了，因为你现在又对安布罗修爱得要命了，阿玛莉娅。

“今天早晨我会见了那些美国佬。”终于，堂费尔民开口了，“这些人比圣托马斯①还要糟，我向他们作了保证，可他们坚持要跟您见

---

① 圣经中十二使徒之一，不相信耶稣死而复活，直至摸到耶稣手上的伤痕才相信。后泛指对什么都不相信的人。见《圣经·新约·约翰福音》第二十章。

面，堂卡约。”

“这事毕竟涉及数百万的巨款呢，”他仿佛发善心似的说，“他们着急是可以理解的。”

“我真不理解这些美国佬，您不觉得他们有点孩子气吗？”堂费尔民几乎是无精打采地说道，仿佛是偶尔谈起，“而且像是半开化似的，不管在哪儿总是把上衣一脱，把脚一跷搭在桌子上，而这些人又不是普通老百姓，我想他们该是有身份的人吧。有时我真想送给他们一本卡列尼奥①的书。”

他一面透过玻璃窗凝视着哥尔梅纳路上来来往往的电车，一面听着旁边桌上的人那没完没了的笑话。

“事情都办好了，”他蓦地说道，“昨天晚上我和发展部长一道吃饭，最后决定不是星期一就是星期二将在官方公报上公布。不过，您可以告诉您的朋友，他们中标了，可以睡大觉了。”

“不是朋友，只是合伙人而已。”堂费尔民面带笑意地抗议说，“难道您能成为美国佬的朋友吗？我们跟这些粗人一点共同之处也没有，堂卡约。”

他没说什么，只是一个劲地吸烟，等着堂费尔民伸手抓花生，把杜松子酒送到唇边喝上一口，用餐纸擦擦嘴；也等着堂费尔民看自己一眼。

“您真的不愿接受那些股票？”堂费尔民看到他避开自己的眼睛，对面前那张空椅子发生了兴趣，“他们非要我说服您不可，堂卡约。说真的，我不明白您为什么不接受？”

“我对生意经一窍不通，”他说道，“我早就跟您说过了，我当了二十年的商人，从来没做成一笔好买卖。”

“他们给您的是无记名股票，最保险，最不引人注意。”堂费尔民

---

① 曼努埃尔·卡列尼奥（Manuel Carreño），哥伦比亚人，著有《礼貌教养教科书》。

友好地微笑着，“如果您不想保存这些股票，用不了多长时间，一出手就能赚一倍。我想，您是不是认为不应该接受这股票?”

“很久以来我就不懂什么叫应该什么叫不应该。”他微微一笑，“我只懂得对我合适不合适。”

“接受这些股票无损国家一根毫毛，受损失的是那些粗野的美国佬。这些股票比那一万索尔的现金更值钱。”

“我这个人野心不大，这一万索尔对我来说足够了。”他又笑起来，一阵干咳，话都说不出来了，“还是让他们把股票送给发展部长吧，他倒是个生意人。我只接受看得到、摸得着的东西。堂费尔民，我的父亲是个放债的，这话是他说的，我是从他那儿继承来的。”

“这也是各有所好。”堂费尔民耸耸肩说道，“我负责给您存起来，今天就能拿到支票。”

两个人都沉默了，直到侍者过来收拾起杯子，递上菜谱。堂费尔民要了肉汤、炸鱼；他要了一盘色拉烤肉。在侍者摆刀叉的时候，他断断续续地听堂费尔民大谈本月《读者文摘》上刊登的减肥食谱。

“我爹妈从来不请你到家里去，”圣地亚哥说道，“他们对待你就好像高你一等似的。”

“这回好了，你出走了，我跟他们见面的次数就多了。”克洛多米罗伯父微微一笑，“尽管是有其目的，但他们总算常来向我打听你的情况了。不光是费尔民，索伊拉也来。现在我们之间的隔阂也该消除了。说来真是荒唐。”

“你们的隔阂是怎么产生的，伯伯?”圣地亚哥说道，“我们一直很少见到你。”

“都是索伊拉干的蠢事。”圣地亚哥回想：伯伯说这话的口气好像表示感谢，好像妈妈的所作所为是一种令人愉快的淘气。“都怪她那高人一等的派头。当然，我知道她是个很好的女人，是个高贵的太太，但对我们家里的人总是防一手。那时我们家很穷，也不是贵族。

费尔民受了她的影响。”

“这一切你都原谅了他们，”圣地亚哥说道，“我爸爸这辈子一直对你很粗暴，你竟容忍他这样对待你。”

“你爸爸最恨的是一个人碌碌无为，”克洛多米罗伯父笑了，“他可能想，如果我和他经常见面，就会把平庸无能传染给他。他这个人从小就雄心勃勃，总想成为大人物。现在好了，他的目的达到了。这是无可非议的，你应该为此感到骄傲，因为费尔民是通过自己的努力达到目的的，索伊拉的娘家是后来才对他有所帮助的。他们结婚的时候，他已经有了地位，你伯伯却在信贷银行的内地分行中活活地腐烂了。”

“你总说自己平庸无能，可你内心并不这样认为。”圣地亚哥说道，“我也不这样认为。你虽然没钱，但生活愉快。”

“平静并不等于幸福。”克洛多米罗伯父说道，“你爸爸恨我这辈子都碌碌无为。起初我还认为他不对，可现在我理解他了。有时我也回忆过去，我发觉我的一生中没发生过什么重大的事件：从办公室到家，从家到办公室，说些傻话，照章办事，仅此而已。啊，我们别净伤心了。”

老太婆伊诺森希娅到了客厅：饭好了，来吧。小萨，她穿着拖鞋，围着披肩，那围裙对她那瘦弱的身躯而言显得太大了，她的声音也是无精打采的。圣地亚哥的座位前摆着一盘热气腾腾的虾汤，而伯父的面前只有一杯牛奶咖啡和一块三明治。

“我晚饭只能吃这个。”克洛多米罗伯父说道，“喂，坐呢，不然汤要凉了。”

伊诺森希娅不时地走进来，问圣地亚哥：怎么样？还好吃吧？还摸摸他的脸：你都长这么大了。等她出去，克洛多米罗伯父挤挤眼：可怜的伊诺森希赫，瞧她对你多亲热，这可怜的老太婆对谁都这么好。

“你问我伯父克洛多米罗为什么一直不结婚?”圣地亚哥说。

“你今天晚上提的问题太多了。”克洛多米罗伯父说道，但并没有恼火，“我告诉你吧，我那时犯了个错误，我不该在内地一待就是十五年。我那时还以为在内地比在总行提升得快，结果是在小镇上没有遇到一个称心如意的姑娘。”

“你别大惊小怪的，不结婚有什么不好？”圣地亚哥说道，“这种情况在有钱人家里并不少见，安布罗修。”

“回到了利马，又发生了悲剧性的变化，姑娘又看不上我了。”克洛多米罗伯父笑了，“银行把我踢出以后，我就只能在部里工作，赚那么几个子儿的工资。就这样，我成了一条老光棍。当然，我有时也风流风流，瘦侄子。”

“等等，小伙子，别走!”伊诺森希娅在里面喊道，“还有甜食呢。”

“她的眼睛、耳朵都不行了，这可怜的老太婆一天到晚干个不停。”克洛多米罗伯父说道，“有好几次我都想另找个女用人，让她休息休息，但是不行。我一提起，她就捶胸顿足地反对，说我想摆脱她。真是比驴子还固执。她很快就要见上帝去了，瘦侄子。”

阿玛莉娅说：赫尔特鲁迪丝，你疯了？我根本没原谅他，也永远不会原谅他，我恨他。赫尔特鲁迪丝说：你们以前经常吵嘴！吵嘴倒是不多，只是阿玛莉娅恨他胆子太小，否则二人相处得不知该有多好。两个人每到休息日就会面，一起去看电影，去散步。到了晚上，阿玛莉娅就光着脚穿过花园，来到他的房间，二人在一起度过一两个小时。一切都很正常，别的女用人一点都没怀疑。赫尔特鲁迪丝：你难道发现他另外还有女人？一天早晨，阿玛莉娅看见他一面擦车，一面同奇斯帕斯少爷聊天。她把衣服放进洗衣机，不时地偷眼瞄着他们。她发现安布罗修忽然不好意思了，而且听到他对奇斯帕斯少爷说的话：您说我喜欢她，少爷？瞧您想到哪儿去了，我怎么能喜欢她？白送给我，我都不要，少爷。赫尔特鲁迪丝，他明明看到我在听他们谈话，可他还是一面讲，一面朝我指指点点。阿玛莉娅当时真想放下衣服跑上去抓他。当天晚上，阿玛莉娅到他房间去了，但只是为了告诉他：我都听见了，你自以为了不起。我本想安布罗修会请求我原谅，赫尔特鲁迪丝，但是他并没求我原谅，根本没有，相反，他却说：出去，快走，快离开这儿！赫尔特鲁迪丝，我在一片漆黑中呆住了。可阿玛莉娅并没有出去：你为什么这样待我？我怎么得罪你了？他从床上跳起来，把门关上。赫尔特鲁迪丝，他发怒了，眼冒凶光。阿玛莉娅哭了起来：你以为我没听到你跟奇斯帕斯少爷怎么议论我吗？你为什么要赶我出去？你为什么这样对待我？赫尔特鲁迪丝，他抓住我的肩膀，怒气冲冲、神情绝望地摇着：少爷怀疑了，以后不许你踏进这房门一步，你再也不要来了，你理解我吧，离开这里吧！他又是发怒又是害怕，简直发疯了。他抓住阿玛莉娅往墙上撞，阿玛莉娅挣扎着：你根本不是害怕老爷和太太，你别找借口，你又搞上别的女人了。可他把阿玛莉娅一直拖到门口，一把她推出去就关上了门，还一面说：请你理解我，不要再来了！赫尔特鲁迪丝说：既然这样，你为什么还原谅他、爱他？阿玛莉娅：你疯了？我恨他。那个女人是谁？阿玛莉娅不知道，从来没看到过。那天晚上，她羞愧难当，屈辱异常，跑回自己的房间放声痛哭。厨娘被她哭醒了，走了过来，阿玛莉娅不得不编造谎言说：月经来了，我一来月经就痛。从此你就没再理他？没有。当然，安布罗修千方百计地想同她和解：我向你解释一下，我们还是见见面吧，只在街上见面。阿玛莉娅对他提高了声音：虚伪、可恶、胆小、撒谎！他吓得撒腿就跑。赫尔特鲁迪丝：幸好他没让你怀上孕。阿玛莉娅：我从此再也没理他，只是后来，很久以后才跟他讲话。二人在家中碰上了，他说声早安，阿玛莉娅就转过脸去。你好，阿玛莉娅！她就只当他是只飞过去的苍蝇。赫尔特鲁迪丝说：也许并不是借口，他那时候大概真的害怕让人撞见，被解雇，也许他真的没有别的女人。阿玛莉娅：你这样认为？赫尔特鲁迪丝说：几年之后他在街上遇到你，帮你找到了工作，不就是证明吗？不然他干吗还总找你呢？也许他一直爱着你，你跟特里尼达同居期间，他也许很痛苦，一直想念你，也许他真的为自己的行为感到后悔了。阿玛莉娅：你这样认为？你真的这样认为？

“您的这种想法会使您损失很多钱呢，”堂费尔民说道，“这么一点钱您就满足了。在银行里存死钱，这太荒唐了。”

“您一定要说服我进入生意界吗？”他笑了，“不，堂费尔民，我苦头吃够了，再也不干了。”

“您每接受两万或五万索尔，别人就得到三倍的钱。”堂费尔民说道，“事情却是您决定的，这太不公平了。另一方面，您到底什么时候才决定进行投资？我向您建议了四五个项目了，换了任何人都会起劲的。”

他面带笑意，有礼貌地倾听着，眼睛里却表露出厌倦的神情。烤肉已经端上来好几分钟了，可他还一口没吃。

“我向您解释过了。”他拿起刀叉，愣愣地看着，“我们的政权如果完蛋，收拾残局的将是我。”

“不用说，您有理由为将来着想。”堂费尔民说道。

“到那时人们就会向我扑来。首先是政府里的人，”他凝视着烤肉和色拉颓然说道，“好像抹黑我就能洗清他们似的。所以说，只有白痴才在我们这个国家进行投资。”

“瞧，您今天怎么这么悲观，堂卡约？”堂费尔民推开肉汤，侍者端上了煎鱼，“您这样一讲，任何人都会以为奥德里亚随时可能垮台。”

“眼下还不会，”他说道，“但永不垮台的政权是不存在的，这一点您也很清楚。再说我也没有什么野心，这个政权倒了台，我就到国外去安度晚年，长眠他乡。”

他看了看手表，费劲地咽下几口烤肉，一面没有兴味地嚼着，一面小口小口地喝着矿泉水。最后示意侍者撤下盘子。

“我三点同部长还有个约会，现在两点一刻。我们没有别的事要谈了吧，堂费尔民？”

堂费尔民给二人要了咖啡，点了一支烟，从口袋掏出一只信封放在桌上。

“我准备了一份备忘录，请慢慢地研究一下这些材料，堂卡约。有几个年轻的工程师想申请巴瓜①地区的土地特许权，他们很有活动能力，也想干一番事业。他们想在那里养牛，申请书在农业部压了六个月。”

“您把申请书的编号记下来了吗？”他一眼未看就把信封装进了公文包。

“我连首次办手续的日期和申请书辗转过的几个部门都记下了。”堂费尔民说道，“我对这个项目丝毫不感兴趣，只是帮帮这几个人的忙，都是些朋友。”

“我现在还什么都不能答应您，我得先了解了解。”他说道，“此外，农业部长对我并无好感。不过，我还是会跟他谈谈。”

“当然喽，这几个青年会接受您提的条件。”堂费尔民说道，“我可以为了友谊帮他们这个忙，可您为不认识的人效力就不能白干了。”

“当然，”他毫无笑容地说道，“我只为政府效力才甘愿白干。”

二人一声不响地喝完了咖啡。侍者拿来了账单，两个人都掏出钱夹，但最后还是堂费尔民付了账。二人一起走到圣马丁广场。

“我想您为了准备总统的卡哈玛尔卡之行一定很忙吧？”堂费尔民说道。

“是的，是忙了点。等这件事过去我就给您打电话。”他说着向堂费尔民伸出手去，“我的车子在那边等我，再见，堂费尔民。”

他上了车，下了命令：到部里去，快。安布罗修绕过圣马丁广场，驶向大学公园，拐进阿万凯路。他在车中翻阅着堂费尔民刚刚交

---

① 位于秘鲁亚马孙省。

给他的备忘录，眼睛不时地从文件上移开，凝视着安布罗修的后颈。那婊子养的不愿儿子跟乔洛人混在一起，怕儿子染上坏作风，因此他往家里请的只有阿雷瓦洛、兰达这样的人。连被他称作粗人的美国佬都请，可就是不请我。他笑了，从口袋中掏出药片，在嘴里存满了唾液。他怕自己的妻子和儿女染上坏作风。

“这一晚上净是你提问题，现在该我问你了。”克洛多米罗伯父说道，“你在《纪事报》干得怎么样？”

“我正学习估计新闻篇幅的长短，”圣地亚哥说道，“一开始我写的不是太长就是太短。我也习惯了夜间工作白天睡觉。”

“这正是费尔民担心的另一件事。”克洛多米罗伯父说道，“他担心这种日程表会把你搞出病来，也担心你不去学校听课了。你现在真的还去听课？”

“不，我骗他。”圣地亚哥说道，“自从我离家以后就没去过学校。伯伯，你可别告诉我爸爸。”

克洛多米罗伯父的摇椅停止了摆动，他那双小手不安地扭动起来，脸上露出了惊愕的神色。

“你别问我为什么，连我自己也说不清楚。”圣地亚哥说道，“有时我想是我不愿再遇到那次那几个被警察局关过的同学，因为我被爸爸保了出来；有时我却发觉并不完全为了这个原因。我不喜欢律师这个行当，觉得这个职业太蠢，不相信这种职业，那么我何必非要搞张文凭不可呢，伯伯？”

“还是费尔民说得对，我帮了你一个倒忙。”克洛多米罗伯父遗憾地说道，“你现在挣工资了，就不愿意学习了。”

“你的朋友瓦耶霍跟你讲我的工资是多少了吗？”圣地亚哥笑了，“你说得不对，伯伯，我还没拿到工资。我有的是时间，本来是可以去听课的，但只要一想到要踏进学校的大门我就恶心。这种感觉太强烈了。”

“你难道没有想过像你这样既有才华又肯学习的年轻人这样下去会一辈子当个小职员吗，瘦侄子?”克洛多米罗伯父沮丧地说道。

“我并没有才华，也不好学，这种话你别总对我爸爸讲了。”圣地亚哥说道，“说真的，我现在真不知如何是好。什么事我不愿意干，这我很清楚；但我愿意干什么，我就不知道了。我不想干律师这一行，也不愿意发财，更不想成为大人物，伯伯。我并不希望到了五十岁成为我爸爸那样的人，或是我爸爸的朋友那样的人。你看得出吗，伯伯?”

“我看得出你脑子里少根弦，”克洛多米罗伯父面带忧愁地说道，“我后悔为了你的事托了瓦耶霍，瘦侄子，我要为这一切负责呢。”

“即使不进《纪事报》，我也会找到其他某种工作。”圣地亚哥说道，“反正都一样。”

小萨，是一样的吗？不，也许是两样呢，也许可怜的克洛多米罗伯伯只负部分责任呢。十点了，该走了，圣地亚哥站了起来。

“等等，我还得问问你索伊拉想知道的事呢。”克洛多米罗伯伯说道，“每次她都像审讯我似的问这问那，什么谁给你洗衣做饭啦，谁给你缝扣子啦。”

“公寓的那位太太对我照顾得挺好。”圣地亚哥说道，“叫她别操心了。”

“你休假的日子呢?”克洛多米罗伯父说道，“你都和什么人在一起？都到什么地方去？同女孩子们来往吗？这也是索伊拉的一桩心事，搞得她睡不着觉。她问你是不是搞过女人，反正就是这一类的事。”

“我跟任何女人都没有来往，叫她放心吧。”圣地亚哥笑了笑，“你告诉她我很好，行为也端正。我不久就会去看他们，真的。”

伯侄二人来到了厨房，发现伊诺森希娅躺在摇椅上睡着了。克洛多米罗骂了她几句，二人把她扶到了她自己的房间，一路上她还直打盹。在门口，克洛多米罗伯父拥抱了圣地亚哥：下星期还来吃晚饭吗？来的，伯伯。在阿雷基帕路，圣地亚哥登上一辆私人汽车，到了圣马丁广场，径直走进塞拉酒吧寻找诺尔文。诺尔文还没有到，他等了片刻就出来了，在团结大街却碰到了诺尔文，他正在《新闻报》社门口同《最后一点钟》的一个编辑谈话。

“你怎么了？我们不是说好十点在塞拉见面吗？”

“我们这行最操蛋，你说是不是，小萨？”诺尔文说道，“把所有的编辑都派出去了，只剩下我一个人编新闻。发生了一次谋反活动，谁知是他妈的怎么回事。我来介绍一下，这是卡斯戴洛，同行。”

“一次谋反活动？”圣地亚哥说道，“在利马发生的？”

“一次流了产的谋反活动，反正就这么回事。”卡斯戴洛说道，“带头的好像是埃斯皮纳，那个当过内政部长的将军。”

“任何官方公报都没有，所以把我的人他妈的都派出去搞情报了。”诺尔文说道，“算了，我们什么也别管，还是去喝两杯吧。”

“等等，我想去了解一下，”圣地亚哥说道，“陪我到《纪事报》去一趟吧。”

“那他们一定会给你工作干，今晚你就白放假了。”诺尔文说道，“我们先去喝两杯，差不多两点的时候再到《纪事报》去找卡利托斯。”

“到底是怎么回事？”圣地亚哥说道，“消息是怎么说的？”

“没有消息，是传言。”卡斯戴洛说道，“今天下午就开始抓人，据说事情是在库斯科和冬贝斯①发生的。现在各部的部长正在总统府开会。”

“把所有的编辑都动员出去了，简直是白白浪费人力。”诺尔文说道，“不管怎么干，除了官方公报，别的任何东西都不能发表，这你是明白的。”

“我们干吗要去塞拉？还是去伊翁老太婆那儿吧。”卡斯戴洛说道。

---

① 秘鲁北方省份。

“埃斯皮纳与谋反有关？谁说的？”圣地亚哥说道。

“好，就到伊翁那儿去，然后打电话给卡利托斯，叫他来跟我们聚会一番。”诺尔文说道，“关于谋反活动，在妓院里要比在《纪事报》里能调查到更多的材料。说到底，这关你什么屁事？难道你对政治感兴趣了不成？”

“只是好奇而已。”圣地亚哥说道，“再说我口袋里只有两镑钱，伊翁那儿的花销可是贵得要命。”

“作为《纪事报》的人，钱不是问题。”卡斯戴洛笑了，“作为贝塞利达的同事，你怎么赊账都可以。”

6

第二个星期，安布罗修没到圣米格尔街来。第三个星期中的一天，阿玛莉娅看见他在街角的杂货铺里等她：我是抽空来看你的，阿玛莉娅。这回两个人没有吵嘴，友好地谈了一会，约好星期天一起出去。临告别时，安布罗修对她说：你变样子了，真漂亮！

我真的变漂亮了吗？卡尔洛塔说：凡是男人喜欢的，你都全了。太太也开玩笑地这样说过。街区的警察一见她就笑，先生的几个司机盯着她看，连园丁、酒馆的送货人和卖报的小毛头都要对她说几句挑逗的话。也许我真的漂亮起来了。在家里，她到太太的卧室去照镜子，眼睛中流露出了媚态：对，我是变了。阿玛莉娅胖了点儿，穿着也讲究起来。这都是太太的功劳。太太真好，凡是不穿的衣服都送给她了，但又不流露出想处理掉的样子，而是亲亲热热地对她说：这件连衣裙我穿不进去了，你试试吧。在她试的时候，太太来了：这里要缝上去一点；这里要往里缝缝；这些穗子对你不合适。太太总是对她说：指甲要干净；把头梳梳好；围裙该洗了；一个女人不注意自身的清洁就完蛋了。阿玛莉娅想道：这些话都不是以对用人的口气讲的，而是以平等的身份劝说的。太太让她把头发剪成像男人那样短的刘海式。她脸上长疙瘩，太太亲自给她擦药膏，过了一个星期，她脸上就光滑了。还有一次，她牙痛，太太就带她到玛格达雷娜区去看牙科医生，牙治好了，也不扣她工资。索伊拉太太什么时候这样对待过我？什么时候关心过我？谁也没有奥登希娅太太善良。世界上的事，太太最注意的是一切都要干干净净，女人应该漂亮，男人应该英俊。每谈到一个人，她首先关心的是：某女人漂亮不漂亮？某男人长得如何？是的，她最不能原谅的就是丑陋。她一个劲儿地嘲笑玛柯洛维娅小姐那张兔子嘴、古穆修先生的大肚皮，还有那位叫帕盖塔的太太的睫毛、指甲和假胸。她也嘲笑伊翁太太那副衰老的样子。她和凯妲小姐嘲笑伊翁太太时开心极了：瞧她那头发染的，早晚要掉光；瞧她吃饭那副样子，牙都露出来了；说是打针能返老还童，可她又出现皱纹了。太太和凯妲小姐总是议论伊翁太太，这激起了阿玛莉娅的好奇心。有一天卡尔洛塔说：伊翁太太来了，跟凯妲小姐一起来的那位就是。阿玛莉娅赶忙出去瞧，只见三人正在客厅里喝酒。伊翁太太并不老也不丑嘛，这太不公平了，瞧她的风度多么优雅，全身珠光宝气的。伊翁太太离去后，太太走进厨房：你们要忘掉老太婆来过这回事。她一面笑一面用手指威胁说：要是让卡约知道了，我就把你们三个全打死！

在门口，他瞅见阿尔贝赖斯博士那眉眼挤在一起的窄面孔、瘦颧骨和耷拉在鼻梁上的眼镜。

“对不起，我来晚了，博士。”办公桌对你来说太大了，可怜虫，“我刚才有一次工作午餐，请原谅。”

“您很准时，堂卡约。”阿尔贝赖斯博士对他淡淡一笑，“请坐。”

“我昨天就看到了您的备忘录，但是没能早点来跟您谈。”他拖过一把椅子，把公文包放在膝上，“这几天我净忙着为总统的卡哈玛尔卡之行作准备。”

阿尔贝赖斯博士点点头，透过眼镜，近视眼射出一种令人讨厌的目光。

“我今天要跟您说的是另一件事。”阿尔贝赖斯噘着嘴，并不掩饰自己的不满，“前天我向洛萨诺要关于总统这次旅行准备工作的报告，可他说您下了指示，不准向任何人通报。”

“可怜的洛萨诺，”他怜悯地说道，“您一定训斥了他一顿。”

“不，我没训斥他，”阿尔贝赖斯博士说道，“我只是感到很奇怪，没想到要训斥他。”

“洛萨诺这个可怜虫很有用处，但是也很笨。”他微微一笑，“关于安全的准备工作正在研究之中，博士，用此事来麻烦您太不值得了。一旦把细节补充进去，我就向您作报告。”

他点了一支烟。阿尔贝赖斯博士递过去一只烟灰缸，交叉起双臂严肃地看着他。博士的身后一边是一张日程表，另一边是一张白发妇女和三个面带笑容的年轻人的照片。

“您抽空看我那份备忘录了吧，堂卡约？”

“当然，博士，我仔细地阅读过了。”

“我想您是同意我的。”阿尔贝赖斯博士干巴巴地说道。

“我很遗憾地告诉您，我并不同意，博士，”他干咳了一声，嗫嗫嚅嚅地说着请原谅，又吸了一口烟，“用于安全措施的经费是神圣不可侵犯的，我不同意取消这几百万索尔。请您相信，我感到非常遗憾。”

阿尔贝赖斯博士一下子站了起来，在办公桌前走了几步，手里摆弄着眼镜。

“我早料到了，”阿尔贝赖斯声音中既没有不耐烦也没有恼怒，但面孔有些发白，“然而备忘录中说得很清楚，堂卡约。旧的巡逻车要换掉，塔克纳和莫盖瓜①的警察局必须兴建，否则两地的警察局早晚要倒塌。许多事情都停滞不前，各省的警察局长和副局长一天到晚给我打电话、拍电报，把我都搞疯了。您叫我到什么地方去搞这几百万索尔？我又不是巫师，堂卡约，我可不会变戏法。”

---

① 均为秘鲁南方省份，省会均同省名。

他严肃地点点头。阿尔贝赖斯博士站在他的面前，不停地把眼镜从一只手转到另一只手。

“能不能挪用一下预算中的其他项目？”他说道，“财政部长……”

“财政部长一分钱也不愿意给我们，这您知道得很清楚，”阿尔贝赖斯博士提高了声音，“每次内阁开会，他都说行政开支太大了。如果您一个人就独占我们这笔经费的一半……”

“我什么也没有独占，博士，”他微微一笑，“安全措施需要钱，有什么办法呢！把用于安全措施的经费减掉一分钱，我就不能工作。我非常遗憾，博士。”

还有另外几种工作，老爷，不过，是他们干的，我没有干。洛萨诺先生说：今天晚上我们出去，你通知一下伊波利托。鲁多维柯：坐公家的车去，先生？不，坐我那辆旧福特去。这都是事后他们二人告诉我的，老爷，所以我都知道了，比如进行跟踪，记下谁到谁家去了；对阿普拉分子进行逼供，伊波利托拷打犯人时的所作所为我不是跟您讲过了吗，老爷？不过那也许是鲁多维柯编造的呢。那天，天一擦黑，鲁多维柯就到洛萨诺先生家中把福特车开了出来，找到了伊波利托，二人钻进里阿尔托区的警察局，到了九点半又到西班牙路①去等洛萨诺先生。每个月的第一个星期一，他们都陪同洛萨诺先生去收月钱，老爷，他们说洛萨诺先生把这笔外快叫做月钱。当然，这次洛萨诺先生戴上了墨镜，蜷坐在后座上。在车中，他请二人吸烟，跟他们开玩笑。事后伊波利托说道：只要我们为他干活，他的兴致就好极了。鲁多维柯：其实你应该说是他命令我们为他干的。洛萨诺先生要向利马所有的妓院和情人旅馆收取月钱，您瞧他多不要脸啊，老爷。那天晚上他们是从乔西卡②路口处开始的，那家情人旅馆隐蔽在一家

---

① 利马警察局位于西班牙路。

② 利马郊区的一个小镇，在通往恰柯拉卡约的路上。

专卖雏鸡的饭馆后面。洛萨诺先生对鲁多维柯说道：你下去吧，不然佩列达能跟我啰唆一个小时。老爷，我原来以为这事洛萨诺先生是偷偷干的，堂卡约并不知道呢。后来鲁多维柯转来跟我一起工作的时候，为了讨好堂卡约，把这事说了出来，可是堂卡约早就知道了。福特车起动，鲁多维柯等汽车消失后才去推栅门。有许多汽车排着队等着，都熄掉了车灯。鲁多维柯在防震板和挡泥板中间东撞西碰，想看清车里一对对男女的面孔，就这样一直到达挂着招牌的大门口。当然，有什么事堂卡约不知道呢，老爷？一个侍者出来了，一眼就认出了鲁多维柯：请您稍等一会儿。少时，佩列达出来了：怎么？洛萨诺先生呢？鲁多维柯：在外面，他有急事不进来了。佩列达说：有件顶顶重要的事我要向他报告。由于经常陪同洛萨诺先生外出收取月钱，鲁多维柯和伊波利托熟悉了利马的夜生活，他们说：我们就是统治妓院的国王。您瞧，他们真会搞钱，老爷。鲁多维柯和佩列达走到栅门处等着，这时福特车又开了过来，鲁多维柯重新坐到方向盘前，佩列达上了后座。洛萨诺先生说：开车，别停在这儿。其实伊波利托不过是凑凑热闹，鲁多维柯才真是有野心，他总想往上爬，希望有朝一日能被列入正式编制，老爷。鲁多维柯沿公路一直开下去，不时地看看伊波利托，伊波利托也看看他，仿佛在互相暗示：佩列达这家伙真会耍滑头，听他胡说些什么吧。洛萨诺先生说：快点，我可没有时间，有什么重要的事？您问人们为什么心甘情愿让他敲诈，老爷？佩列达说：某某人这个星期到这儿来了，某某人把某女人带来了。洛萨诺先生：全秘鲁的人你都认识，这我清楚，那件重要的事呢？因为，您知道，妓院和情人旅馆必须由警察局开具许可证，老爷。佩列达的声音变了，鲁多维柯和伊波利托互相使了个眼色：他马上要开始诉苦了。工程师①的开支很大，洛萨诺先生，又要上税，又要付汇票，我们这个月没有现金了。这些妓院和情人旅馆不让他敲诈就会被吊销许可证

① 指情人旅馆的主人。

或是处以罚款，没办法呀，老爷。洛萨诺先生哼了一声，佩列达甜得像个糖人：但工程师并没忘记自己的诺言，洛萨诺先生，他给您开了这张支票，是预支的，你不在乎吧，洛萨诺先生？伊波利托和鲁多维柯又互相使了个眼色：讨价还价开始了。洛萨诺先生说：我当然在乎了，我不收支票，工程师必须在二十四小时之内结束营业，我们要封闭他的旅馆，鲁多维柯，把佩列达送回去。伊波利托和鲁多维柯告诉我，连给妓女们更换一次卫生合格证也要敲他们一笔钱，老爷。在回去的路上，佩列达又是解释又是恳求原谅，而洛萨诺先生就是一言不发。车子到达的时候，他说：二十四小时，一分钟也不能等，佩列达。后来洛萨诺先生说：这种吝啬劲儿真叫人头痛。鲁多维柯和伊波利托又对看了一眼：今晚算是让佩列达给糟蹋了，太叫人恼火了。因此堂卡约说，洛萨诺要是有朝一日离开警察局，他肯定去开妓院，老爷，这的确是他真正的本领。

星期天早晨，电话铃响了两次，每次太太走上去接电话都没有人回答。太太说：有人在跟我开玩笑。到了下午，电话又响了，阿玛莉娅：喂，喂！她终于听到了安布罗修那怯懦的声音。她笑着说：原来早晨是你打的电话，你说吧，不要紧，这儿没人。这个星期天我不能跟你出去了，下星期也不行，我要拉堂费尔民去安贡海滩。阿玛莉娅：没关系，改日再说吧。但实际上这对她很有关系，星期六晚上她思绪万千，一夜没合眼。他真的是去安贡吗？到了星期天，阿玛莉娅同玛丽娅和安杜维娅一起出去了。三个人到遗址公园散步，吃了冰激凌，坐在草地上聊天。直到两个当兵的凑了上来，她们才不得不离去。他是不是跟别的女人有约会？三人兴致勃勃地来到蓝蓝电影院门前，有两个家伙要请她们看电影，由于三个人在一起有安全感，她们就同意了。他会不会这时也在同别的女人看电影？电影看到一半，那两个家伙竟想动手动脚了，三个人跑出了电影院。那两个人在后面追了出来喊道：把钱还给我们，诈骗犯。幸好这时来了两个警察，把他们赶跑了。是不是我总跟他谈过去的事，他厌烦了？整个一个星期，阿玛莉娅、玛丽娅和安杜维娅净是谈论那两个家伙，还互相吓唬着：他们要来找我们，他们通过察看，知道了我们的地址，他们会杀死我们，会把我们……三人一面讲，一面爆发阵阵大笑，阿玛莉娅却吓得直发抖，赶快跑回了家。但每天晚上她都思绪萦怀：他会不会再也不来找我了？第二个星期天，阿玛莉娅去米隆内斯拜访了罗莎丽奥太太。塞莱斯特同一个男人私奔了，可是三天之后，她又面孔拉得长长的独自回来了。罗莎丽奥太太说：我用鞭子抽了她一顿，都抽出血来了，她要是跟那家伙怀上孕，我非揍死她不可。阿玛莉娅在罗莎丽奥太太家一直待到晚上，她在那小胡同里感到很不自在。这时，她注意到了那发臭的小洼、云集的苍蝇和羸弱的瘦犬。她很惊讶当特里尼达和孩子去世的时候，自己竟然想要在这种小胡同里了此残生。当天夜里，天还没亮她就醒了：傻瓜，他即使永远不来，跟你又有什么关系？然而，她还是哭了。

“既然如此，我就不得不找总统去谈。”阿尔贝赖斯博士戴上眼镜，露出硬挺挺的袖口上那对亮闪闪的银质袖扣，“我一直力图同您维持最友好的关系，我从未要求您在工作上向我汇报。内政部办公厅在许多方面都在贬低我，我也认了，但是您不该忘记，我是部长，您是我的下属。”

他眼睛盯着自己的鞋子连连点头，用手帕捂住嘴干咳了几声，然后抬起头来，显得极为伤心而又无可奈何。

“不值得麻烦总统，”他几乎是期期艾艾地说道，“我刚才的话实在是太冒昧了。当然，如果没有总统的支持，我是绝不敢拒绝您的要求的。”

这时他看到阿尔贝赖斯博士把手缩了回去，呆若木鸡，以一种咬牙切齿、刻骨的仇恨目光盯着他看。

“这么说来，您已经跟总统谈过了，”阿尔贝赖斯博士颤声说道，下巴，嘴唇气得发抖，“您肯定是以自己的立场向总统提出的。”

“我跟您坦率地说吧，”他淡然说道，“我在内政部办公厅工作是出于两个原因：第一是奥德里亚将军请我来，第二是他接受了我的条件。我的条件就是，我必须支配必要的经费，以及除他本人之外不向任何人报告我的工作。我告诉您这些是很不愉快的，请您原谅，但事实确是如此。”

他看了阿尔贝赖斯一眼，等着他说话。阿尔贝赖斯的脑袋就其身体而言长得太大了，用那双近视眼慢慢地、一寸一寸地打量着他。最后他看到博士勉强一笑，嘴都歪了。

“我并不怀疑您的工作，您是个杰出的人才，堂卡约。”阿尔贝赖斯喘着气，造作地说道，嘴角带着笑意，双眼却不停地偷看他，“但有些问题需要解决，您得帮助我。用于安全措施的费用太多了。”

“那是因为我们的开支需要用很多钱。”他说道，“我来给您看看，博士。”

“我并不怀疑您对使用这笔经费是很负责的。”阿尔贝赖斯博士说道，“只是……”

“这是附属工会的领导机关以及工厂、大学、行政机关中的情报网需要的开支，”他一件一件地数着，一面把从公文包中掏出的文件放在桌上，“这是游行、集会用的钱，这是为了了解国内外敌人的活动用的钱。”

阿尔贝赖斯博士没有看那些文件，只是一面听一面抚摸着袖扣，懒洋洋的小眼睛闪烁着仇恨的光芒。

“这是平息人们的不满情绪、妒忌心理和勃勃野心用的钱，这种人每天都从我们政权内部滋生出来。”他一件一件地数着，“用大棒是不能平息他们的，还得用钱。您不高兴，我是可以理解的，但这些脏事得我去干，而您连过问一下都不用。您先看看这些文件，然后再告诉我，又要节约又要不危及国家的安全，您认为这可能吗?”

“不过，您知道堂卡约为什么容忍洛萨诺先生对妓院和情人旅馆进行敲诈吗，老爷?”安布罗修说道。

洛萨诺先生的情绪果然一下子变坏了：在这个国家里，随便什么人都想精过别人，佩列达这是第二次用支票来搪塞我了。鲁多维柯和伊波利托一言不发，只是偷偷地互相使眼色：见鬼，洛萨诺先生好像昨天刚刚出生似的。这些人想发财，剥削色鬼们还不够，还想剥削我，这办不到，我要对他们援用法律，看看他们这些情人旅馆还怎么经营。这时三人来到了石竹花建筑区。我们到了。

“你下去，鲁多维柯，”洛萨诺先生说道，“把那瘸子给我带到这儿来。”

“由于同妓院和情人旅馆进行接触，洛萨诺先生可以了解到不少人的隐私。”安布罗修说道，“反正那两个人是这么告诉我的。”

鲁多维柯的车子跑到围墙处，没有排长队，汽车都在外面兜风，等某辆车一开出来，这些车就在大门对面停下来，用灯光打着暗语。大门打开，车里的人就进去欢乐一番。大门内漆黑一片，几辆汽车的影子正驶入汽车房，门缝透出几缕灯光，侍者端着啤酒来来往往。

“你好，鲁多维柯，”瘸子梅雷基亚斯说道，“要不要给你来杯啤酒?”

“没时间，兄弟，”鲁多维柯说道，“洛萨诺先生在那边等着。”

“我也不知道洛萨诺先生想了解的具体是什么，老爷。”安布罗修说道，“无非是哪个女人给丈夫戴绿帽子了，同谁乱搞了，或是哪个男人欺骗了自己的妻子，同谁乱来了。我想也就是这种事。”

梅雷基亚斯一拐一拐地走到墙边，摘下外衣，抓住鲁多维柯的胳臂：架着我，好走得快些，兄弟。同往常一样，他一路上讲个没完没了，一直来到泛美公路上。他讲的都是老一套：我在团体①里干了十

① 贝尔穆德斯通过洛萨诺来组织的打手密探集团，有的列入正式警察编制，有的则不列入。

五年，但一直是普通密探，没列入正式编制。就在那次，几个流氓砍了我几刀，把腿搞坏了。

“而那些材料对堂卡约很有用，您信不信，老爷?”安布罗修说道，“了解了某些人的隐私就可以控制他们，是不是?”

“你倒是应该感谢那几个流氓，梅雷基亚斯，”鲁多维柯说道，“要不是他们，你还搞不到这个轻松的工作呢，在这儿你吃饱了就没事干。”

“你可别这么说，鲁多维柯，”二人看着汽车隆隆而过，“我还是很想念我们团体的，牺牲是有的，但那才叫生活。兄弟，你要知道，只要你需要，这儿就是你的家。住房免费，服务免费，你连喝酒都可以不付钱。你瞧，汽车在那边。”

“那两个人认为，有了从情人旅馆得到的材料，洛萨诺先生就可以进行敲诈勒索。”安布罗修说道，“人们希望避免丑事外扬，他就捞到好处了。这个人真会做买卖，对吧，老爷?”

“我希望你别用鬼话来应付我，瘸子。”洛萨诺先生说道，“我今天的脾气可不好。”

“瞧您想到哪儿去了，”瘸子梅雷基亚斯说道，“钱在信封里，头头向您问好，洛萨诺先生。”

“哈，这还不错。”鲁多维柯和伊波利托又互使了一个眼色，仿佛在说：洛萨诺先生完全把他驯服了，“那件事进行得怎么样，瘸子?那家伙到这儿来过了吗?”

“星期五来的。”梅雷基亚斯，“是坐跟那次坐的同一辆汽车来的，洛萨诺先生。”

“不错，瘸子，”洛萨诺先生说道，“干得好，瘸子。”

“您问我是不是觉得这样做不好?”安布罗修说道，“这么说吧，从一方面讲，当然不好，对吧?然而，警察局的事，还有政治，从来就是不干净的。我是在给堂卡约干事的时候才明白这个道理。”

“可是，出了问题，洛萨诺先生。”鲁多维柯和伊波利托又互使了个眼色：又出问题了。“我并非忘了怎么使用照相机。您派来的那个人安装得也很好，还是我亲自摁的按钮呐。”

“那么底片呢？”洛萨诺先生说道，“照片呢？”

“让狗给吃了，先生。”这次鲁多维柯和伊波利托没有互使眼色，只是咧着嘴蜷缩在座位上，“底片让狗吃了一半，照片撕得粉碎。底片和照片包成一包放在冰箱上，洛萨诺先生，可那畜生……”

“够了，够了，你这瘸子。”洛萨诺先生吼道，“你不光是个白痴，你比白痴还白痴，我简直不知道说你什么好，瘸子。狗，狗，全都让狗吃掉了？”

“那只狗可真大，先生。”梅雷基亚斯说道，“是头头带回来的，是条饿狗……见什么吃什么，连人一不小心都能吃掉。不过，那家伙肯定要来的，到那时……”

“你最好去找个医生看看，”洛萨诺先生说道，“肯定有各种疗法，打针等办法，能把你这种没脑子的病治好。狗，哼，让狗吃了。再见，瘸子，下去，别啰唆了，快下去。鲁多维柯，到梅格斯街去。”

“再说，不光是洛萨诺先生捞好处，堂卡约不也是以某种方式捞好处吗？”安布罗修说道，“那两个人说，在团体里，从头头到最低等级的人，凡是有正式编制的，都以某种方式捞一把，所以鲁多维柯做梦都想列入正式编制。您不要以为人们都像您这么诚实克己，老爷。”

“伊波利托，这次你下去，”洛萨诺先生说道，“让人们慢慢地熟悉你，鲁多维柯将要长期不露面了。”

“您这是什么意思，洛萨诺先生？”鲁多维柯说道。

“你别装蒜，你自己很清楚。”洛萨诺先生说道，“你不是早就想给贝尔穆德斯先生干事了吗？”

又一个星期过去了一半。一天，阿玛莉娅正在整理壁板上的东西，门铃响了。她去开门，原来是堂费尔民。她顿时吓得双膝发抖，结结巴巴地连早安都差点没说出来。

"堂卡约在吗?"堂费尔民对她的问候没有回答，几乎连看她一眼都没看就走进了客厅，"请通知一声，就说萨瓦拉来了。"

阿玛莉娅半惊半恼，很久才想起来：他没认出我。这时，太太在楼梯口出现了：进来吧，费尔民，坐，卡约这就回来，他刚给我打了电话。阿玛莉娅关上门，躲到储藏室后面偷偷地看着：我要不要给他倒杯酒？堂·费尔民看看表，神色显得很不耐烦，也很不高兴。太太递过去一杯威士忌：卡约今天怎么了？他一向是很准时的。看样子你不喜欢由我来陪伴你，我可要生气了。阿玛莉娅感到奇怪：这两个人讲话的口气怎么这么随便？她走出房门，穿过花园。安布罗修在离家门远一些的地方等着她，一见她就迎了上去，脸上挂着惊恐的样子：堂费尔民看见你了？跟你讲话了吗？

"他根本没认出我来。"阿玛莉娅说道，"难道我的样子变得这么厉害?"

"万幸，万幸!"安布罗修说道，仿佛又活了过来，他摇着头，不时地望着那幢房子，仍然感到后怕。

"你怎么还是这么胆小？叫人觉得神秘难测。"阿玛莉娅说道，"连我都变了，可你还和从前一样。"

阿玛莉娅说这些话的时候面带笑容，为的是不要让他以为自己在跟他吵架，而是说着玩的。她思量道，你这个傻瓜，瞧你一见到他这份高兴劲。这时安布罗修也笑了，他摆了摆手，仿佛告诉她：危险过去了，阿玛莉娅。他凑近阿玛莉娅，突然抓住她的手：我们这个星期天出去吗？两点在车站见面，好吗？好吧，那就星期天见面。

"看样子堂费尔民和堂卡约和好了，"阿玛莉娅说道，"也就是说，堂费尔民要经常到这儿来了，那么早晚有一天会认出我来。"

"正好相反，他们俩的矛盾恶化得很厉害，你死我活的矛盾。"安布罗修说道，"堂费尔民同一个搞叛乱的将军是朋友，堂卡约利用这点想搞垮堂费尔民的生意。"

安布罗修正在说着，二人看到堂卡约的汽车拐了过来：他来了，赶快跑。阿玛莉娅立即钻进了屋子。卡尔洛塔正在厨房等她，大眼睛露出好奇的神色：你认识那位先生的司机？你们都谈了些什么？他跟你说什么来着？他可真漂亮，对吗？阿玛莉娅撒了个谎。这时太太叫她了：阿玛莉娅，把这盘子送到楼上书房里去。阿玛莉娅颤颤巍巍地上了楼，盘子里的酒杯和烟灰缸直晃荡，她心想：安布罗修这白痴把害怕传染给我了，堂费尔民要是认出来会对我说什么？但堂费尔民并未认出她来，只瞅了她一眼就移开了目光，没盯着她看。他坐在那里直用脚蹬地，显得极不耐烦。阿玛莉娅把托盘放在办公桌上就出来了。堂费尔民和堂卡约关在书房里足足谈了半个小时，二人吵得很激烈，在厨房里都能听见。太太走过来，把储藏室的门关上，不让女仆们听。阿玛莉娅从厨房里看见堂费尔民的汽车开走了，才上楼取盘子。太太和先生已经下了楼在客厅中谈话。太太说：你们吵的声音真大。先生：这只老鼠以为船要漏了，想逃。他现在正在付出代价，可又不甘心。阿玛莉娅心想：他凭什么说堂费尔民是只老鼠？人家比他好多了，体面多了，他肯定在嫉妒人家。卡尔洛塔：告诉我，那人是谁？你们都谈了些什么？

“我也是由于总统的要求才出任内政部长这个职务的。”阿尔贝赖斯博士放低了声音说道。他想：那太好了，那就让我们和解吧，“我在努力做一件有积极意义的工作……”

“内政部里凡是有积极意义的工作全让您干了，而我干的全是具有消极意义的工作。”他语气激烈地说道，“哦，不，我是在开玩笑，真的。我敢说我给您帮了大忙，使您免掉了一切与声名狼藉的警察局有关的事务。”

“我并不是想冒犯您堂卡约。”阿尔贝赖斯博士说道，下巴已经不再发抖。

“您没有冒犯我，博士。”他说道，“我何尝不愿意削减安全经费？但是不行啊，您会从文件上得到证实。”

阿尔贝赖斯博士拿起文件递了过去：

“您收起来吧，我不需要您给我看什么。我绝对相信您。”博士想笑，但仅仅稍微张了张嘴，“更新巡逻车与在塔克纳和莫盖瓜修建警察局的事，让我们另外想办法吧。”

二人握了握手，但阿尔贝赖斯博士并未站起来送他。他直接回到了自己的办公室，阿尔西比亚德斯博士紧跟着进来。

“少校和洛萨诺刚走。”阿尔西比亚德斯交给他一个信封，“好像是墨西哥来的坏消息。”

那是两页打字纸，上面有手改的笔迹，边沿上满是批语，一笔神经质的字。在他仔细阅读的时候，阿尔西比亚德斯博士给他点上了烟。

“看来谋反活动正在取得进展。”他松开领带，折好信纸放回了信封，“少校和洛萨诺认为这事紧急吗？”

“在特鲁希约和奇柯拉约，阿普拉分子开了几次会。洛萨诺和少校认为，这同流亡在墨西哥的那群人准备离开墨西哥回国的消息有关。”阿尔西比亚德斯博士说道，“这都有人向帕雷德斯少校汇报。”

“那些鸟儿最好飞回来，好让我们一网打尽。”他打了个呵欠说道，“可他们是不会回来的，博士，这已经是第十次了，也许是第十一次了。没什么可急的，请您约一下少校和洛萨诺，明天来开会。”

“卡哈玛尔卡的人来电话，想再证实一下五点钟的会议，堂卡约。”

“好的，五点。”他从公文包中取出一个信封交给博士，“请您打听一下这件事的手续办得怎么样了。这是一份要求巴瓜土地许可证的申请，请您亲自去一趟，博士。”

“我明天就去，堂卡约。”阿尔西比亚德斯翻阅着备忘录点头说道，“我会打听出还有几个人尚未签字，还需要什么报告。就这样吧，堂卡约。”

“关于谋叛集团资金失窃的情报马上就到。”他看着少校和洛萨诺送来的信封，微微一笑，“谋叛集团的头头们互相指控对方为叛徒和强盗的公报也马上就会发表。一天到晚总是这些事，真烦人，对不对？”

阿尔西比亚德斯点头称是，礼貌地微笑了一下。

“您问我为什么认为您既诚实又正派？”安布罗修说道，“唉，您怎么净给我出难题呢，老爷？”

“真的要派我去保卫贝尔穆德斯先生，洛萨诺先生？”鲁多维柯说道。

“你高兴得要发疯了吧，”洛萨诺先生说道，“你不是已经买通了安布罗修吗？”

“您可别以为我不愿在您手下工作，洛萨诺先生，”鲁多维柯说道，“是这样的，我跟那黑人成了好朋友，他总是对我说：你为什么不换换工作。我回答他说：不，我跟着洛萨诺先生干得挺好。也许是安布罗修自己主动提出来的，先生。”

“那好吧，”洛萨诺先生放声大笑，“这对你也是一种提升，你想有长进也是合理的。”

“就拿您议论人这点说吧，”安布罗修说道，“您从不像堂卡约那样别人一扭头就说人家的坏话。您从来不拿别人开玩笑，您总是说人家好，很有教养。”

“我也在贝尔穆德斯先生面前给你说了不少好话。”洛萨诺先生说道，“我说你有能力完成任务，有胆量，说黑人讲的都是事实。你可别给我丢脸，你要知道，只要我说声你不中用，贝尔穆德斯先生就会听我的。所以说，你的提升，我和安布罗修都是出了力的。”

“那当然，洛萨诺先生，”鲁多维柯说道，“我太感谢您了，先生，我真不知怎样报答您。”

“我知道，”洛萨诺先生说道，“你只要听话就行了，鲁多维柯。”

“您说吧，我听您的。我唯您命是从，洛萨诺先生。”

“首先，你要把舌头放到口袋里去，”洛萨诺先生说道，“你根本没有跟我坐这辆福特车出来过，你根本不知道什么是月钱。你瞧，你就这么报答我好了。”

“我发誓。这些您根本用不着嘱咐，洛萨诺先生。”鲁多维柯说道，“我保证，这是多余的，您就相信我吧。”

“你要明白，将来你能否列入正式编制全凭我一句话，鲁多维柯。”洛萨诺先生说道。

“您待人也好，”安布罗修说道，“您有风度，讲话得体，机智。您跟别人谈话的时候，我最喜欢听了，老爷。”

“伊波利托同西古埃尼亚那个乔洛来了。”鲁多维柯说道。

后来鲁多维柯对安布罗修说：大家上了车，这消息使我太高兴了，以致开车违犯了交通规则。乔洛西古埃尼亚像往常一样重复着他的鬼话。

“我们的管道坏了，修理一下花了不少钱，洛萨诺先生。再说，客人也越来越少，利马人都不搞女人了，先生，我们都快破产了。”

“好吧，既然你的生意不顺手，我明天就封闭它。这大概正合你意吧。”洛萨诺先生说道。

“您以为我故意说谎不给您月钱吗，洛萨诺先生?”乔洛人西古埃尼亚说道，“不是的。月钱在这儿。向您交月钱是我们神圣的义务，我只是作为朋友向您诉诉苦而已，让您知道知道我的处境，洛萨诺先生。”

“还有，您对我也很好。”安布罗修说道，“您听我讲话，向我提问题，同我聊天，都是那么和蔼可亲。您对我也很随便。自从我来您家为您工作，我的生活整个都变了，老爷。”

7

星期天，阿玛莉娅花了一个小时打扮自己，连说话干巴巴的希牲拉都跟她开玩笑：唉哟，出去一趟要这么打扮呀。阿玛莉娅到达电车站的时候，安布罗修早在那儿等着她了。他使劲地握了握她的手，她疼得叫了一声，他高兴地笑了。他身穿蓝色西装，衬衣白得跟他的牙齿一样，红白点子的领带使得他特别显眼：阿玛莉娅，我刚才还想你会不会让我白来一趟呢。电车来了，里面一半座位都空着，阿玛莉娅正要坐下，安布罗修掏出手帕在位子上掸了掸，深深鞠了一躬说道：靠窗子的座位是给女王留的。他的情绪怎么这么好，真是大变样。阿玛莉娅把这想法跟他说了：在你不担心让人撞见跟我在一起的时候，简直就变成另外一个人了。阿玛莉娅，我高兴，因为我想起了以前的时光。司机手里拿着票本，很有兴味地听着二人的谈话。安布罗修索性逗他一下，对他说：您还想听什么？阿玛莉娅说：你吓了他一跳。安布罗修：是的，这次谁也夺不走你了，不管是司机还是纺织工。他严肃地望了她一眼：我那时难道品行不端？我又另外找了女人？撇开自己的妻子另寻新欢才是行为不端，阿玛莉娅，我们那时总拌嘴，那是因为你不理解我对你的要求，你当时要是不那么任性、骄傲，我们不是一直可以在街上见面吗？他说着，想用手去搂阿玛莉娅的肩膀，但是阿玛莉娅躲开了：放开，这行为不好。这时二人听到周围有人在窃笑，原来电车里的人多了起来。二人沉默了。片刻后，安布罗修换了话题：我们去看看鲁多维柯吧，我有事要跟他说。等光剩下我们俩的时候，你想上哪儿就上哪儿。阿玛莉娅告诉他：堂费尔民和堂卡约在书房里大吵了一场，后来先生还骂堂费尔民是老鼠。安布罗修说：他自己才是老鼠呢，原来跟人家好得要命，现在却想在生意上搞垮人家。二人在市中心换了去利马克的汽车，下车后又向前走了两个街区。就在这里，阿玛莉娅，奇柯拉约大街。阿玛莉娅跟在安布罗修的身后，走到了一条走廊的尽头，看见他掏出一把钥匙。

"你拿我当傻瓜?"她抓住他的胳臂，"你的朋友不住在这儿，这是个空房间。"

"鲁多维柯晚点儿才能回来。"安布罗修说道，"我们一边聊天一边等他吧。"

"那我们就一边散步一边聊天吧。"阿玛莉娅说道，"我可不进去。"

二人站在满是泥泞的花砖地上争了好久，小孩们也不跑不跳了，围上来看他们。最后安布罗修打开门笑着把她推了进去。阿玛莉娅眼前一片漆黑，安布罗修打开了电灯。

差一刻五点，他走出了办公室。鲁多维柯已经坐在车子里了，坐在安布罗修的旁边。到哥伦布大街的卡哈玛尔卡俱乐部去。一路上他低垂眼帘，沉默不语，他想多睡一会儿。鲁多维柯把他送到俱乐部门前：要我进去吗，堂卡约？不用了，你就在这儿等着吧。他刚要上楼梯，只见在楼梯拐角处出现了参议员埃莱迪亚那高大的身影和灰白的头发。他笑了：没准儿埃莱迪亚太太也在这儿呢。参议员向他伸出了手：都到齐了，而且很准时，作为秘鲁人这可真是个奇迹。请进，会议在会客厅中举行。大厅里灯火辉煌，古老的板壁上镶着金框大镜，挂着浓须老人的照片。乱嗡嗡挤在一起的人一见他们进来，立即停止了讲话。没有，这儿一个女人也没有。众议员们凑了过来，把他介绍给大家。没完没了的自我介绍、握手、非常荣幸、您好、愿供驱策、非常高兴。可他心里想的是埃莱迪亚太太，那么奥登希娅、凯姐、玛柯洛维娅到哪儿去了？他模模糊糊地看着扣着扣子的坎肩、浆得挺括的衣领、上衣口袋中硬挺挺的手帕、青紫色的脸庞以及向众人送上饮料和小吃的侍者。他拿起一杯橘子水，心想：她是那么高雅，那么白嫩，一双手的指甲修剪得那么好，一副惯于发号施令的女主人派头；可凯姐，皮肤棕色，既粗且俗，一副惯于侍候人的样子。

“如果您愿意，我们就开始吧，堂卡约。”参议员埃莱迪亚说道。

“好的，参议员。”凯姐不能同她比，“悉听尊便。”

侍者们把椅子拉过来，众人手中端着泡沫皮斯科，一个个地坐了下来。一共有二十来人。他和参议员埃莱迪亚在众人对面也坐了下来。参议员埃莱迪亚说：今天我们开会，就总统访问卡哈玛尔卡一事进行一次非正式的交换意见，诸位是非常热爱卡哈玛尔卡这个城市的。他想：凯姐可以给她做仆人，对，凯姐本来就是她的仆人。参议员说：对于卡哈玛尔卡人来说，我们有充分的理由感到欢欣鼓舞。但不是在利马，而是在卡哈玛尔卡她那座大庄园里。参议员说：总统访问我们的故乡，是我们的荣幸。那个庄园里到处都是古式家具和长长的走廊，房间里铺着富于弹性的驼羊毛地毯，丈夫在首都当议员，她就懒慵慵无聊地躺在地毯上。参议员说：新的大桥就要启用，首段公路即将通车。她那庄园里画像满壁，奴仆如云，但她最喜爱的仆人还是凯姐，她的凯姐。参议员埃莱迪亚站了起来：这首先是我们卡哈玛尔卡人向总统表示感激之情的一次机会，感谢他为我国所作出的具有深远意义的建树。一阵椅子的挪动声，人们刚要举手鼓掌，参议员又说了下去。给她把早点端到床前来的正是凯姐，凯姐听着她倾诉衷肠，替她保守秘密。为此，任命了一个接待委员会，其组成人员有……他瞥了一眼，看到被提到的人听到自己的名字就微微一笑或是红了脸。我们今天开这个会，是为了把接待委员会为总统的访问所安排的日程同政府本身制订的日程协调起来。参议员又看了他一眼：卡哈玛尔卡是个好客、感恩的城市，堂卡约，奥德里亚为我们崇高的目标而付出了辛勤的劳动，他将受到应有的欢迎。他没有站起来，只是似笑非笑地向杰出的参议员埃莱迪亚表示了感谢，向议会中的卡哈玛尔卡籍的代表们表示了感谢，感谢他们为总统访问获得成功而作出的无私的努力。他仿佛看到大厅的尽头，飘动的薄纱后面，有两个人影拥抱着朝羽绒垫上躺下去，羽绒垫虽被压，但并未发出响声。他也向接待委员会的委员表示了感谢，感谢他们专程赶到利马来交换意见。薄薄的纱帐后面不时地传出一阵阵哧哧的荡笑，两个人影拥抱在一起上下翻滚着，在白色的床单上，在纱帐后形成了一个整体。诸位先生，我相信总统的这次访问定将取得成功。

"请原谅我打断一下，"众议员萨拉维亚说道，"我只是想告诉您，为了欢迎奥德里亚将军，鄙人倾家荡产在所不惜。"

他微微一笑，点点头：我对此深信不疑，不过有一个细节问题我想听听在座各位的高见，萨拉维亚工程师，要在中心广场举行群众集会，总统将要在大会上讲话，这群众集会……他干咳了声，把声音放低：最好是……他寻找着字眼：不要使总统感到失望……参议员打断他：集会必将获得空前的成功，堂卡约。一阵赞同的低语，大家频频点头。他又仿佛听到在纱帐后面发出了喃喃低语声、摩擦声、吁吁的娇喘声，床单在掀动，两双小手，两张小口，两个肉体在互相寻求，在合二为一。

圣地亚哥先生！门上又响了数下，圣地亚哥先生！圣地亚哥睁开眼，笨拙地用手抹了抹面孔，睡意沉沉地去开门：露西娅太太。

"我把您吵醒了吧？请原谅。您听广播了吗？您知道发生的事情了吗？"露西娅太太话语慌张，神情激动，目光惊恐，"阿雷基帕举行总罢工了，听说奥德里亚要任命一个军人内阁。会发生什么事呢，圣地亚哥先生？"

"没什么，露西娅太太，"圣地亚哥说道，"罢工过两天就会结束，联合党①的先生们也将回到利马，一切还是照旧，您别担心。"

"可听说还死了人，受伤的也有好几个呢，"她的眼睛闪着光。圣地亚哥回忆：她好像数过了死亡的人数、看到了受伤者似的，"事情是在阿雷基帕市府剧院里发生的。联合党人在开大会，奥德里亚的人混了进去大打出手，警察还甩了手榴弹。这都是《新闻报》上说的。圣地亚哥先生，有人死了，有人受伤。会不会发生暴动，圣地亚哥先生？"

"不会的，太太。"圣地亚哥说道，"再说，您干吗这么害怕？即使发生暴动，您也不会受到什么损失。"

"我可不愿意让那些阿普拉再上台。"露西娅太太惊慌地说，"您认为他们会把奥德里亚赶下台吗？"

"联合党跟阿普拉根本不是一回事。"圣地亚哥笑了，"联合党也就是那么几个百万富翁。他们本来是奥德里亚的朋友，后来跟他吵翻了，是兄弟阋墙。可您为什么这么害怕阿普拉？"

"因为他们不信神，是共产党。"露西娅太太说道，"难道不是这样吗？"

"不对，太太，阿普拉既不是无神论者也不是共产党。"圣地亚哥说道，"他们比您还右，比您还恨共产党。不过您也不必担心，阿普拉是上不了台的，奥德里亚一时半会儿也倒不了台。"

"您总是这么爱开玩笑，圣地亚哥先生。"露西娅太太说道，"请原谅我把您吵醒，您是新闻记者，我以为您一定会有更多的消息呢。午饭马上就好了。"

露西娅太太带上门就走了，圣地亚哥长长地伸了个懒腰。他一面淋浴一面独自发笑：几个夜行人从巴兰科区她那古老房子的窗前吊

---

① 秘鲁当时的各个反对派为了反对奥德里亚而组织起来的一个具有统一战线性质的政党。

下，露西娅太太号叫了起来：阿普拉来啦！她瞪着眼睛，吓得僵直，抱着嗷嗷直叫的小猫眼睁睁地看着闯入者翻箱倒柜，把她那些满是灰尘的破旧杂物、千疮百孔的大毡子、蛀坏了的衣服抢走。阿普拉来啦！不信神的来啦！共产党来啦！圣地亚哥回想：阿普拉上台后会掠夺你露西娅太太这种仅仅日子还过得去的人吗？可怜的露西娅太太，跟我妈妈比起来，您连“日子还过得去”都算不上。他穿好衣服，这时露西娅太太又回来了：午饭好了。圣地亚哥回想：还是豌豆汤，那绿色的汤里漂着几片孤零零的土豆片，发了黄的蔬菜加上几块皮鞋底（露西娅太太把这叫做烤肉）。带钟的收音机开着，露西娅太太把食指放在唇上听着：阿雷基帕的一切活动都已陷于瘫痪，中心广场发生了示威游行，联合党的首领们再次要求内政部长卡约·贝尔穆德斯先生辞职，因为他要对前一天晚上在市府剧院发生的事件负责。政府号召大家保持镇静，并警告说将不会容忍任何人破坏秩序。您听到了吧？圣地亚哥先生，您听到了吧？

“也许您说的对，奥德里亚可能要倒台。”圣地亚哥说道，“以前电台可不敢播放这样的新闻。”

“要是联合党上台取代了奥德里亚，情况会不会好起来？”露西娅太太说道。“一样，或者更糟。”圣地亚哥说道，“不过没有了军人，没有了卡约·贝尔穆德斯，事情也许会有转机。”

“您总是开玩笑，”露西娅太太说道，“连对待政治问题都这么不严肃。”

“我爸爸参加联合党的时候，你没卷进去？”圣地亚哥说道，“联合党举行反对奥德里亚的游行示威，你没去帮忙？”

“我从来不搞政治，不管是给堂卡约工作的时候还是给您父亲工作的时候。”安布罗修说道。

“我得马上走，”圣地亚哥说道，“再见，太太。”

圣地亚哥来到街上，这时他才发现有阳光，冬日里冰冷冷的阳光似乎把小花园中的天竺葵照得返青了。一辆汽车停在公寓的门前，他连看也没看就走了过去，但是他隐约发现那辆汽车也开动了，紧贴着他向前开。他转身一看，你好，瘦子。原来是奇斯帕斯坐在方向盘前冲他微笑，脸上带着那种小孩淘气后不晓得会受到赞赏还是受到斥责的神情。他打开车门，圣地亚哥钻了进去。奇斯帕斯热情地拍着他的肩膀：啊，你瞧，我到底找到了你。他带着既快活又紧张的神色笑了起来：你瞧，怎么样？

“见鬼，你怎么找到这儿来的？”圣地亚哥说道。

“我的脑袋好使，超级学者。”奇斯帕斯敲着自己的太阳穴哈哈大笑。圣地亚哥回想：然而他还是掩饰不住自己的激动和慌乱。“晚了点，但我终归把你找到了，瘦子。”

他穿着米色西装和奶油色的衬衣，系着浅绿色的领带，看上去精神、强壮、健康。小萨，当时你想起了自己，三天不换衬衣，一个月不擦皮鞋，西装满是皱褶和污迹，小萨。

“要不要我告诉你我是怎样发现你的，超级学者？我等在《纪事报》门口不知多少个晚上了，爸爸还以为我出去胡搞了呢，其实我是去等你，跟踪你。有两次我都把比你先下汽车的人当成你了。但是昨天我发现了你，看见你进了这个公寓。我跟你讲，我紧张得都发抖了，超级学者。”

“你以为我会向你抛石块？”圣地亚哥说道。

“抛石块还不至于，但你会发火。”他脸红了，“你疯疯癫癫的，没人能理解你，谁知道呢？万幸这次你的表现倒还像个正常人的样子，超级学者。”

房间很大，但很脏，斑驳的墙上满是污痕。一张床，还没有整理。墙上钉着挂钩，上面挂着男人的衣服。阿玛莉娅看到还有一面屏风，床头柜上有一包印加牌香烟。盥洗盆裂了，上边有一面镜子。一股尿味和霉味。她发觉自己哭了，她低声说道：你为什么把我带到这儿来？她的声音低得几乎听不见：还骗我说什么来看朋友，你是想骗我，想对我动手动脚，然后像上次那样把我赶出去。安布罗修坐在乱糟糟的床上，阿玛莉娅用泪水模糊的目光看到他直摇头，一个劲儿地说：你不懂，你不理解我。最后他亲热地说：你哭什么？你问我刚才为什么推你？他带着悔恨、沮丧的表情看着她：你在外面不肯进来，让人看着多难为情，阿玛莉娅，要是邻居都出来问发生了什么事可怎么办？鲁多维柯知道了又会怎么说呢？他拿起床头柜上的一支香烟点上，开始慢悠悠地打量她。从脚、膝，慢慢地沿着身体向上看，看到她的眼睛时他微微一笑。阿玛莉娅感到浑身发热，羞臊难当：我真傻。她尽量摆出一副恼怒的脸色。阿玛莉娅，鲁多维柯马上就回来，他一来我们就走，难道我骗你不成？她：你呀，你敢！过来，阿玛莉娅，坐到这儿来，我们聊聊天。她没有坐过去，而是打开门要走。安布罗修：那个纺织工人把你弄到他家里时，你也哭了吗？安布罗修的脸色很难看，阿玛莉娅心想：他吃醋了，他恼火了。她感到自己的火气消失了。她的眼睛盯着地上说：他不像你，他跟我在一起并不感到有失身份。她琢摸着：他要站起来，要打我了。她说：他决不会为了害怕失掉工作而把我赶走。安布罗修，你站起来，过来打我吧。她说：对他来说，我是第一位的。她心想：我真傻，其实我是在盼他过来吻我。安布罗修的嘴巴扭歪了，眼睛快瞪出来了，把烟头扔在地上，用脚踩灭。阿玛莉娅：我也有自尊心，你别想再骗我一次。安布罗修焦躁地盯着她：那个家伙要是还活着，我非杀死他不可，阿玛莉娅。他现在要对我动手了，对，他要打我了。他一跃而起：任何你遇到的男人我都要杀死。她看到安布罗修毅然向她走近，声音都哑了：因为你是我的女人，这点你马上就会……阿玛莉娅没有动，等他抓住了自己的肩膀，就使劲推了他一把。只见他绊了一跤，却笑了起来：阿玛莉娅，阿玛莉娅。说着又要去抓她。就这样，正当二人你追我赶、你推我拉的时候，门开了，露出了鲁多维柯的面孔，他的脸上一片愁云。

他熄掉了一支烟，又点上一支，跷起一条腿。与会者伸长了脖子，唯恐漏掉一句话。他听到了自己那疲倦的声音：已经宣布二十六日放假一天，并且指示各个中学和财政学校的校长把学生都拉到广场上去。这样，一笔可观的人数就有了保证。那天，埃莱迪亚太太也会在市政厅的阳台上观看群众集会。她身材颀长，表情严肃，皮肤白皙，风度优雅。他则钻进庄园去收买女仆：亲爱的凯妲，给你一千索尔，两千，三千。他微微一笑，看到其他人也笑了：不过，当然这并不是让总统光对学生们讲话。女仆说：好吧，给我三千，您在这儿等着。说着她把他藏在屏风背后。各个部门的职员也要参加，这也计算在内，虽然人数不是很多。他藏在黑暗中一动不动，一面等待一面瞅着驼羊毛地毯和带有华盖、纱帐的大床。他咳嗽了一声，放下腿：此外，宣传工作也组织好了，在报上刊发通知，地方电台进行广播，汽车、面包车装上喇叭到各区去散发传单，这样又可以吸引一部分人。他一分钟、一秒钟地数着，感到自己浑身的骨头都酥了，脊背上冷汗淋漓。他弯了弯腰，和蔼而谦逊地朝挤在一起的与会者看了一眼：不过，既然卡哈玛尔卡是个以农为本的省份，我们还是希望参加集会的大部分人应是由农村来的，这就得靠诸位了，先生们。他看到埃莱迪亚太太了，她身材颀长，皮肤白皙，风度优雅，表情严肃。她飘然而至，仿佛滑行在驼羊毛地毯之上。他听到她说：我真累极了。她唤来了凯妲。参议员埃莱迪亚说：请原谅，堂卡约，接待委员会主席，卡哈玛尔卡庄园主中的代表人物，堂列米希奥·萨尔迪瓦尔先生，想就集会问题说几句话。他看到一个粗壮的人从第二排的位子上站了起来，此人面皮黑得犹如蚂蚁，颈下一堆肥肉。他看到凯妲走了进来，埃莱迪亚太太对她说：我太累了，我要睡了，帮我脱衣服吧。凯妲上前帮忙，慢慢地为她脱衣服。他看到这一切，感到身上每个毛孔都在燃烧，皮肤的几百万个小孔开始像火山爆发似的化了脓。我请诸位，特别是您，贝尔穆德斯先生原谅，列米希奥·萨尔迪瓦尔清了清嗓子，我是个崇尚行动、不尚空谈的人，也就是说，我们口才没有跳蚤埃莱迪亚那么好。参议员哈哈大笑，大家也一阵大笑。他张大了嘴，脸上堆出了皱纹。她就在那里，雪白的肌肤，一丝不挂，严肃而优雅，一动不动，让蜷在她脚下的凯妲轻轻地脱下她的丝袜。所有人都微笑着赞赏列米希奥·萨尔迪瓦尔那关于缺乏口才的诙谐妙语。他听到有人说：开门见山吧，堂列米希奥；卡哈玛尔卡人就该痛快点，堂列米希奥。他仿佛在观看一部慢镜头的影片。他看到女仆慢慢地把丝袜卷起，接着她那又大又粗的褐色双手沿着雪白的大腿逐渐往下，慢慢地下滑，多么白嫩的大腿啊。堂列米希奥·萨尔迪瓦尔的表情严肃起来：具体地讲，我愿意告诉您，请您不必担心，贝尔穆德斯先生，我们已经考虑过了，讨论过了，也采取了各种措施。这时她已经卧倒在床上，他透过纱帐望着那雪白完美的肉体，听到她说：凯妲，你也脱光吧，来吧，凯妲。甚至连学生、机关、职员都不用去，广场还容不下这么多的人呢，贝尔穆德斯先生，还是让他们留下来学习、工作吧。他看到了凯妲那高挑的身材、褐色的肉体，那么结实，那么富有弹性，然而又是那么粗俗。凯妲一缩身脱下了衬衣，迈动了脚步。她：快呀，快点。她的鞋子无声地落在了驼羊毛地毯上。堂列米希奥做了个强有力的手势：参加集会的人应由我们召集，用不着政府负责，卡哈玛尔卡人都希望自己的城市给总统留下一个好印象。这时凯妲飞快地跑了过去，伸出双臂，掀开纱帐，她那高大的褐色肉体无声无息地躺了下去。您听好，贝尔穆德斯先生，堂列米希奥·萨尔迪瓦尔那带有笑意的声音变得严肃而傲慢了，他那粗鲁的表情变得庄重了，大家都在听他说：本省的庄园主，还有商人、自由职业者都为准备工作进行了有效的合作，请您听好。他从屏风后走了出来，移动着那火炬般的身子朝纱帐走去。他一面观赏，一面感到自己的心脏在衰竭。告诉您，我们起码可以动员四万人到广场去。这时两个女人就在他眼皮底下互相拥抱，互相嗅闻，扭在一起。堂列米希奥·萨尔迪瓦尔停顿了一下，掏出一支香烟寻找火柴的时候，众议员阿兹皮尔古埃达给他点上了烟。他接着说道：这不是有没有人的问题，根本不是，贝尔穆德斯先生，问题是运输工具。这一点我早就跟跳蚤埃莱迪亚说过了。一阵大笑。他不知不觉地张大了嘴，脸上堆满了皱纹。堂列米希奥·萨尔迪瓦尔喷出一口浓烟，烟雾使得他的面孔发白：我们没有能力弄到所需要的卡车，以便把人们从庄园中运出来，会后再送回庄园。我们只租到了二十辆公共汽车和卡车，但这不能满足需要。他坐在椅子上向前欠了欠身：这方面的问题你们不用担心，萨尔迪瓦尔先生，你们会得到各种方便。一双手雪白，另一双手黝黑；一张嘴唇薄薄，另一张嘴唇厚厚；一对乳头小巧、柔嫩、晶莹，另一对乳头粗糙肥胀；一双大腿白嫩剔透得血管可见，另一双大腿皮色黝黑；一堆毛又黄又软，另一堆毛又黑又直。你们需要多少辆汽车，部队司令部就会提供多少辆，萨尔迪瓦尔先生。萨尔迪瓦尔：那太好了，贝尔穆德斯先生，我们正想求您这件事呢。有了汽车就能填满广场，这在卡哈玛尔卡的历史上将是一个空前的盛会。他：你们就放心吧，萨尔迪瓦尔先生；但是还有一件事我想跟诸位谈谈。

“你给我来了个突然袭击，我都来不及发火。”圣地亚哥说道。

“老头子躲起来了，”奇斯帕斯说着严肃了起来，“波佩耶的爸爸把他藏到自己的庄园里去了。我是来通知你的。”

“躲起来了？”圣地亚哥说道，“为了阿雷基帕事件？”

“一个月以来，贝尔穆德斯那狗东西一直监视我们家，”奇斯帕斯说道，“密探们白天黑夜地跟踪老头子。波佩耶不得不用自己的汽车把他偷偷地接出去。我想他们还想不到要去阿雷瓦洛的庄园找他。我想让你知道一下，以防万一。”

“克洛多米罗伯伯跟我讲了爸爸参加联合党的事，也跟我讲了他同贝尔穆德斯吵翻了的事。”圣地亚哥说道，“不过我没想到事情会闹得如此之糟。”

“阿雷基帕的事你肯定知道了。”奇斯帕斯说道，“阿雷基帕人很坚决，举行总罢工，要求贝尔穆德斯辞职。娘的，他肯定会被撤职。

你想想，那天老头子本来是想参加群众大会的，只是最后被阿雷瓦洛劝阻了。”

“那我就不懂了，”圣地亚哥说道，“难道波佩耶的爸爸也跟贝尔穆德斯翻脸了？难道他不是议会中奥德里亚派的首领了？”

“从官方上讲他还是，”奇斯帕斯说道，“但是从私下来讲，他也对那些臭东西厌烦透了。他对老头子很好，比你还好，超级学者。这段时间以来，老头子遭了这么大的不幸，可你一直没去看看他。”

“他生病了吗？”圣地亚哥说道，“克洛多米罗伯伯没对我……”

“病倒是没生，不过脖子上套上了绞索。”奇斯帕斯说道，“自从你离家出走，跟他开了这个玩笑之后，他就遭到了不幸，这你难道不知道？贝尔穆德斯那婊子养的认为他同埃斯皮纳的那次谋反有瓜葛，于是不停地找他的麻烦。”

“这我知道，”圣地亚哥说道，“克洛多米罗伯伯跟我讲了，说是把药厂向陆军商店供应药品的特许权取消了。”

“这不算什么，最糟的是建筑公司那件事。”奇斯帕斯说道，“一个子儿也没再给我们。对我们停发了付款通知单，我们就得支付支票。还要求我们几条公路的工程同时并进，还威胁我们说，如果不履行合同，就起诉我们。这简直是针对老头子的一场殊死搏斗，目的是为了搞垮他。可老头子很强硬，不买他的账，这是他令人起敬的地方。因此，他参加了联合党，于是……”

“爸爸和政府闹翻了，我很高兴。”圣地亚哥说道，“连你都不拥护奥德里亚了，我也感到高兴。”

“我们大家彻底完蛋，你更高兴，对吗？”奇斯帕斯说道。

“告诉我，妈妈怎么样了？蒂蒂呢？”圣地亚哥说道，“克洛多米罗伯伯说蒂蒂和波佩耶好了，是真的吗？”

“对你的出走感到高兴的要算克洛多米罗伯伯了。”奇斯帕斯笑了起来，“他借口报告关于你的消息，每星期要到家里来三次。是的，蒂蒂跟小雀斑好了。现在爸爸和妈妈不管她了，甚至还放她每星期六跟波佩耶出去吃晚饭。我想爸爸和妈妈也烦了。”

“妈妈一定很高兴，”圣地亚哥说道，“自从蒂蒂生下来，她就一直在促成这桩婚事。”

“好了，现在该你回答我了。”奇斯帕斯说道，竭力装出快活的样子，但还是挣红了脸，“你什么时候才能清醒过来？什么时候回家里去住？”

“我再也不回去住了，奇斯帕斯。”圣地亚哥说道，“我们还是谈谈别的吧。”

“你为什么不回家去住？”小萨，他那副吃惊的样子是装出来的，他竭力想使你认为他并不相信你这话。“爸爸妈妈对你怎么了，令你不回家跟他们住在一起？别再像疯子似的，你这家伙。”

“我们别吵了，好不好？”圣地亚哥说道，“你最好还是帮帮忙，陪我到乔里约斯接一个同事吧，我们要一同去采访。”

“我不是来吵嘴的。没人能理解你。”奇斯帕斯说道，“谁也没对你怎么样，你突然走掉，从此一直不露面。是你无缘无故地像疯子似的跟全家闹翻了。见鬼，这怎么能让人理解你？”

“那就不要理解得了。还是送我到乔里约斯去吧，我已经迟到了。”圣地亚哥说道，“你有空吧？”

“好，好吧，”奇斯帕斯说道，“我送你去，超级学者。”

他给汽车点了火，打开收音机，正在播报阿雷基帕罢工的消息。

“对不起，我没想打扰你们，可我得把衣服拿出来，我马上就出差去。”鲁多维柯的声音和脸色显得很苦恼，仿佛此次出差是进坟墓，“你好，阿玛莉娅。”

鲁多维柯说着话，连看阿玛莉娅都不看，仿佛阿玛莉娅是他房间里一件看了一辈子的东西。阿玛莉娅感到很难为情。这时鲁多维柯在床前跪下来，拖出一口箱子，接着把挂在墙上的衣服摘下来往箱子里装。他看到我，不感到奇怪，我真蠢，他肯定事先知道我在这里，安布罗修向他借了这间房子来……什么二人说好要见面，都是扯谎，鲁多维柯是碰巧进来的。安布罗修似乎很尴尬，坐在床上一面吸烟，一面看着鲁多维柯把衬衣袜子放到箱子里。

“让人使来唤去，做这做那，”鲁多维柯骂骂咧咧地自言自语，“这是什么生活呀!”

“你要到什么地方去?”安布罗修说道。

“到阿雷基帕去。”鲁多维柯嘟嘟囔囔地说道，“联合党要在那里搞一次反政府的示威集会。看样子要出乱子，这些山区佬真是难弄。开始说是集会，到最后非变成一场暴乱不可。”

他把一件背心狠狠甩在箱子里，烦恼地深深吸了一口气。安布罗修看了看阿玛莉娅，向她挤挤眼，但她避开了他的目光。

“你还笑，黑家伙，你倒是舒舒服服的。”鲁多维柯说道，“你换了主人就不想想我们这些仍在团体里工作的人了。我倒要看看你在我这种处境里怎么办，安布罗修。”

“别这么丧气，兄弟。”安布罗修说道。

“在休息的日子里把我找去，说飞机五点就起飞。”鲁多维柯又愁苦地看了安布罗修和阿玛莉娅一眼，“连去多长时间也不知道，会发生什么事更不知道。”

“不会发生什么事的，你是了解阿雷基帕的。”安布罗修说道，“就当是去旅游一趟吧，鲁多维柯。伊波利托也去吗?”

“他也去。”鲁多维柯把箱子盖上说道，“唉，黑家伙，我们俩一起给堂卡约干事那时的生活多好啊，可是把我的工作给换了。我到死都感到可惜。”

“这就要怪你自己了。”安布罗修说道，“你不是一直发牢骚说什么没有时间干别的事吗?你不是同伊波利托两个人一起要求调动工作吗?”

“算了，别提这些事了。这里就是你们的家，”鲁多维柯说道，阿玛莉娅不知朝哪儿看是好，“钥匙就留给你吧，黑家伙，你们离开时把钥匙交给卡尔曼太太就行了，她就住在胡同口。”

鲁多维柯在门口难过地向二人道别就走了。阿玛莉娅火冒三丈，安布罗修站起来走近她，但一看到她的脸色就止住脚步不动了。

“他早就知道我要来，他看到我一点都不感到奇怪。”阿玛莉娅用眼盯着他，用手威胁着他，“什么你要等他回来，都是扯谎，你找他借了房间，为了……”

“他不感到奇怪是因为我告诉过他，你是我的女人。”安布罗修说道，“难道我不可以跟自己的女人一起到这儿来?”

“我不是你的女人，以前不是，现在也不是!”阿玛莉娅喊了起来，“你让我在你朋友面前出丑，你借了房间……”

“鲁多维柯就像我的亲兄弟一样，这里就像我自己的家。”安布罗修说道，“别发傻了，在这里我随便干什么都可以。”

“他肯定认为我是个无耻的女人，不跟我握手也不看我，他一定以为……”

“他不跟你握手，是因为他知道我这个人爱吃醋。”安布罗修说道，“他不看你，是因为怕我生气。别犯傻了，阿玛莉娅。”

一名侍者端来一杯水。他住了口，等了片刻，喝了一口水，又咳了一声：政府非常感谢全体卡哈玛尔卡人民，特别是感谢接待委员会的诸位先生，感谢你们为了使访问成为一次伟大的事件所作的努力。他最后下了决心，他看到纱帐后面一连串的上下翻动。但是所有这一切都需要花费不少钱，总统的访问已经使诸位花了不少时间，牺牲了自己的事，如果还要诸位破费，那就不太尽情理了。一片沉静，他可以听到听众们屏着的喘气声，他看到了听众们好奇的脸色和紧盯着他的那些狡黠的目光。他也仿佛看到：她同奥登希娅在一起，同玛柯洛维娅在一起，同卡尔敏恰在一起，同契娜在一起。他又哼了一声，脸上毫无变化：因此，根据部长的指示，我们有一笔经费供委员会支配，以减轻诸位的负担。这时堂列米希奥·萨尔迪瓦尔的身影突然笼罩了大厅。她和奥登希娅在一起。这可不行，贝尔穆德斯先生。两个女人的皮肤混在一起了，在床单上，在纱帐后滚来滚去。两个女人的黑发扭在一起了，又分开。他感到口中的口水既热且稠，就像精液一样。在委员会成立的时候，我们的警察局长就曾指出，要设法争取资助，以支付接待上的各种开销，堂列米希奥·萨尔迪瓦尔做了个庄重而高傲的姿势，早在那时我们就拒绝了各种资助。下面一片赞同声，每张面孔都流露出一种内地人那种骄傲、挑战的神情。他张了张嘴，眯起眼睛：可是，动员农村的人要花费诸位一笔很大的经费呢，萨尔迪瓦尔先生，宴会、接待可以由诸位支付，但是别的开销就……这时他听到下面一片生气的嘈杂声、不满的扭动声。堂列米希奥·萨尔迪瓦尔很有风度地张开双臂：这话怎么说的，我们一分钱也不接受，我们要自己掏腰包款待总统，这是我们大家一致决定的，我们凑起来的资金绰绰有余。难道向总统致敬，我们卡哈玛尔卡人还需要接受资助吗？这可不行。他站了起来，点头表示赞许，刚才那些女人的身影像烟雾一样一团团地消散了。那我就不勉强诸位了，不惹诸位生气了。我代表总统感谢诸位的风格和慷慨之情。然而他还不能立即离开，因为这时侍者端着各色小吃、饮料匆匆地走进了大厅。他走进众人中间，喝了一杯橘子汁，眉开眼笑地听着众人开的玩笑。贝尔穆德斯先生，我来介绍您认识一下卡哈玛尔卡人吧，堂列米希奥·萨尔迪瓦尔把他带到一个大鼻子、白头发的人面前，这是拉努萨博士，除了跟大家一样为筹集委员会资金出了一份钱之外，他还自己出钱定制了一万五千面小旗子。您可别以为他这样做是为了争取公路从他的庄园前面通过。众议员阿兹皮尔古埃达笑着说。众人听了他的话笑了起来，连拉努萨本人也笑了：唉，卡哈玛尔卡人的舌头真厉害。他使众人听到了自己的声音：无疑，诸位做事是大方的。贝尔穆德斯先生，您从现在起要把胃口准备好，他透过啤酒杯子模糊地看到了众议员门迭达那双闪动着的眼睛，您会看到我们是怎样款待您的。他看了看手表，都这么晚了：很抱歉，我得走了。面孔、手掌，再见，非常荣幸。参议员埃莱迪亚和众议员门迭达把他送到楼梯口。楼梯口处，一个面皮黝黑的矮个子带着崇敬的神色在等着他。堂卡约，这位是拉玛工程师。他心想：是找我来谋职、让我推荐还是介绍生意？贝尔穆德斯先生，这位也是接待委员会委员，本省首屈一指的农学家。非常高兴认识您，愿供驱策。请您原谅在这种时候来麻烦您，我有一个侄子……他妈妈简直疯了，非叫我来……他微笑着从口袋里掏出一个小本子，鼓励对方说下去：那年轻人干了什么事？我们作出了很大牺牲才得以送他进特鲁希约大学深造，先生，可他在大学里跟人学坏了，净干坏事，他以前从没搞过政治。很好，工程师，我来亲自过问一下，那青年叫什么名字？是在特鲁希约还是在利马被捕的？他走下楼梯，哥伦布大街已是灯火辉煌。安布罗修和鲁多维柯正在门口一面吸烟一面聊天，二人一见他马上丢掉了香烟。到圣米格尔街去。

“第一个路口向左拐，”圣地亚哥连指带说，“那所黄色的旧房子就是，对，就是这儿。”

他按了门铃，把脑袋伸进去，看到卡利托斯正站在楼梯高处，穿着睡裤，肩膀上搭着一条毛巾：我马上就下来，小萨。

“你要是急着走就把我留在这儿，奇斯帕斯，我们可以乘出租汽车到卡亚俄去，《纪事报》给我们报销车费。”

“我送你们去。”奇斯帕斯说道，“我想我们今后会经常见面的，对不对？蒂蒂也想见见你，我想我可以带她来吧。难道你也生蒂蒂的气?”

“当然没有。”圣地亚哥说道，“我谁的气也没生，也没生爹娘的气。我很快就会去看他们。我只是希望他们习惯我要独立生活下去这个想法。”

“他们永远也不会习惯，这你知道得很清楚。”奇斯帕斯说道，“你搞得他们很苦恼。别再继续这种荒唐的做法了，超级学者。”

奇斯帕斯住了口，原来卡利托斯到了，正困惑地看着汽车和奇斯帕斯的面孔。上来，上来，我给你介绍一下，这是我哥哥，他送我们去。请上来吧。奇斯帕斯说道，三个人都坐上来还有空位。汽车开动了，沿着电车线驶去。很长一段时间内，三人都没说话，奇斯帕斯敬上了香烟。圣地亚哥回想：卡利托斯一直在偷眼看我们，在观察汽车镀镍的仪表、新挂上的内饰和奇斯帕斯那翩翩的风度。

“这车子是新的，你都没注意到?”奇斯帕斯说道。

“啊，真的。”圣地亚哥说道，“老头子把那辆别克卖掉了?”

“没有，这辆车是我自己的。”奇斯帕斯吹了吹指甲，“我是分期付款买的，还不到一个月呢。你们到卡亚俄干什么去?”

“采访海关署长，”圣地亚哥说道，“我和卡利托斯正在写一系列关于走私的报道。”

“啊，太有意思了，”奇斯帕斯说道。停了片刻又说：“你知道吗，自从你进《纪事报》工作以来，咱家每天都买《纪事报》，但是一直不知道你都写了些什么。你写文章为什么不署名呢?每篇都署名，你就会渐渐出名的。”

小萨，卡利托斯的眼睛里露出了嘲讽的神色，你也感到不自在了。奇斯帕斯驱车驶过巴兰科区、观花埠，转向帕尔多路，开上了沿海路。三人隔了很长时间才尴尬地说上一两句话。奇斯帕斯和圣地亚哥交谈，卡利托斯只是带着好奇而讥讽的表情斜眼看他们。

“当个记者大概挺有意思。”奇斯帕斯说道，“可我干不来，我连写信都写不好。在报社你算是如鱼得水了，圣地亚哥。”

佩利基托挎着照相机正在海关门口等着他们，不远处停着报社的面包车。

“找一天还是这个时候，我再来看你。”奇斯帕斯说道，“同蒂蒂一起来，好不好?”

“好吧。”圣地亚哥说道，“谢谢你送我们来，奇斯帕斯。”

奇斯帕斯犹豫了片刻，翕动双唇，但终究什么也没说，只是招招手告别。其余的人看着汽车在坑坑洼洼的石路上驶远。

“他真的是你哥哥?”卡利托斯摇摇头，表示难以置信，“你家很有钱，是不是?”

“据奇斯帕斯说，快要破产了。”圣地亚哥说道。

“像你家这样，我倒情愿走向破产。”卡利托斯说道。

“妈的，我都等你们半小时了。”佩利基托说道，“你们听到消息没有，关于军人内阁的？阿雷基帕出了乱子，阿雷基帕人把贝尔穆德斯赶出内阁了，也就是说，奥德里亚完蛋了。”

“你别高兴得太早，”卡利托斯说，“奥德里亚完蛋了，还会有……有什么呢?”

8

第二个星期天，安布罗修下午两点等来了阿玛莉娅。二人看了电影，在中心广场吃了点心，然后又散步了很长时间。阿玛莉娅思量着：就在今天，今天他要……安布罗修有时盯着她看，她也发觉安布罗修在想：就在今天了。天黑下来，安布罗修说弗朗西斯哥·皮萨罗路上有家饭馆很不错，饭馆里既有秘鲁菜也有中国菜。二人吃了饭，也喝了酒，喝得几乎路都走不稳了。安布罗修说道，附近有个舞会，我们去看看吧。其实只是在铁道后面搭了一个马戏团帐篷，乐队坐在木台上面，地上铺着席子，好让跳舞者别踩到泥巴。安布罗修不时地端来纸杯盛的啤酒。人太多，地方太小，一对对的跳舞者只得在原地跳着。有时也发生打架事件，但不会恶化，因为有两个彪形大汉专门负责把打架的人分开，把他们扛出去。阿玛莉娅心想：我喝醉了。舞场里越来越热，她的感觉好起来，无拘无束了。突然，她把安布罗修拉向舞池，二人拥抱着混进了一对对跳舞者中间。音乐无休无止，安布罗修紧紧地搂着她。一个醉汉碰了她一下，安布罗修就把醉汉推开。安布罗修吻着她的脖颈。这一切都似乎成了遥远的过去。阿玛莉娅放肆地笑着，接着她感到脚下旋转了起来，为了不跌倒，她紧紧抓住安布罗修：我感到不舒服。她好像听到安布罗修在笑，感到他把自己一下子抱到了街上。冷风扑面，她清醒了一些，但仍然半醉半醒。她抓住安布罗修的胳臂走着，感到他的手搂住了自己的腰肢。她说：我明白你为什么劝我喝这么多了，我很高兴，我不在乎。我们这是往哪儿去？人行道仿佛在下沉：你不说我也知道。她仿佛在睡梦中认出了鲁多维柯的那个房间，她仍然抱着安布罗修，把自己的身体往安布罗修身上贴，用自己的双唇去寻找安布罗修的嘴，还一面说道：安布罗修，我恨你，那次你对我太坏了。阿玛莉娅做这样的动作时仿佛变成了另外一个人。她任凭安布罗修把自己脱光，把自己按到床上，她在想：蠢货，我干吗要哭呢？接着她感到一双有力的臂膀搂住了自己，一个沉重的身体压了上来，一阵窒息使得她喘不过气来。这时她感到自己不哭也不笑了，却看到了特里尼达的面孔从远处飘然而过。突然有人摇了她几下，她睁开眼睛，房间的灯亮着，安布罗修一面系上衬衣的扣子一面对她说：快穿衣服吧。几点了？都早晨四点了，她感到脑袋发沉，浑身疼痛：太太会怎么说呢？安布罗修把衬衣、袜子、鞋子一件一件地递给她，她迅速地穿着，不看安布罗修一眼。街上还是冷清清的，凉风吹来，她感到很不舒服。她一面走着一面往安布罗修的身上靠，安布罗修把她搂住。她想：我可以对太太讲我姨妈病了，我不得不陪着她；或者说我病了，我姨妈不让我出来。安布罗修不时地抚摸着她的头发，但二人没有说话。当晨曦爬上各家房顶的时候，公共汽车到了。二人在圣马丁广场下了车，这时天已大亮，报童们腋下夹着报纸正在挨家挨户地送报。安布罗修把她送到电车站。安布罗修，这次可不能像上次那样了，这次你要对我好。安布罗修说，你是我的老婆了，我爱你。她抱着安布罗修直到电车进站。她从电车窗口向安布罗修道了别，一直望着他。电车驶远，她看到安布罗修的身影越来越小。

汽车沿哥伦布大街下行，绕过鲍洛涅希广场驶上了巴西路。交通堵塞，红绿灯使得汽车花了半小时才到达玛格达雷娜区。汽车离开巴西路，在照明极差、空落落的街道上疾驰起来，几分钟之后就到了圣米格尔街。我需要睡一会儿，今天要早点上床。街角的警察看到汽车驶来，马上举手行礼。他走进家门，女仆在摆餐桌。他走上楼梯，又回头朝客厅和餐厅看了一眼：花瓶里换了新的鲜花，刀叉和酒杯在闪闪发光，一切都显得那么整洁。他脱下上装，门也没敲就走进了卧室。奥登希娅正坐在梳妆台前化妆。

“凯妲一听说客人是兰达就不想来了。”奥登希娅从镜子里向他微笑。他把衣服瞄准床上的鳄鱼头图案甩了过去，鳄鱼头被盖住了。“可怜的凯妲一听见兰达这两个字就打呵欠，可为了你，她还得应付这些老家伙。你也应该请些漂亮的小伙子来那么几次。”

“让他们给司机准备饭。”他一面松开领带一面说，“我去洗个澡，给我一杯水好吗？”

他走进浴室，放了热水，门也不关就脱下了衣服。他看到浴缸里的水渐渐满了，整个浴室充满了水蒸气。他听到奥登希娅在下指令，看到她端着一杯水走了进来，他吃了一片药。

“你要不要喝点酒？”奥登希娅站在门旁说道。

“等洗完澡再说吧，劳驾把新洗的衣服给我拿出来。”

他钻进浴缸躺下，只露出脑袋，一动不动，直到水开始冷了下来。他擦上肥皂，然后在莲蓬头下用冷水冲洗起来。接着梳了梳头发，光着身子回到了卧室。鳄鱼的脊背上有干净的衬衣、内衣和袜子。他一面慢慢地穿着，一面大口大口地吸着香烟，烟雾在烟灰缸上缭绕盘旋。最后他走到书房给洛萨诺、总统府和恰柯拉卡约的住处打了电话。这时凯妲已到达，她身穿一件黑色的连衣裙，胸部开口很低，头上绾了一个髻，使她显得岁数大了点。奥登希娅正同她坐着，二人手中都拿着威士忌酒杯，还放了唱片。

鲁多维柯顶替伊诺斯特罗萨之后，我的日子就好过些了。您问为什么？伊诺斯特罗萨令人感到无聊，鲁多维柯真是个好人。给堂卡约当司机最糟的还不是必须为洛萨诺先生干些额外的工作，也不是没有固定的时间，不知他何时出何时归，而是熬夜难受。老爷，每次把他送到圣米格尔街，有时就得从夜里一直等到第二天天亮。这种一夜不睡坐等到天亮的滋味真难受，老爷。鲁多维柯第一天上工我就对他说：你就要懂得无聊是什么滋味了。鲁多维柯望着那幢房子：贝尔穆德斯先生是不是在这里幽会，在这里睡女人？我说日子好过了些，是因为我们可以跟鲁多维柯聊天，可是跟伊诺斯特罗萨就不行了，他总是像个干尸①一样蜷缩在车子里呼呼大睡。我和鲁多维柯坐在房子的花园墙头上，从墙头，鲁多维柯可以监视整个街道，以防万一。平时我们看着堂卡约走进房子，听着里面的谈话声，鲁多维柯就琢摸着房子里发生的事逗我开心：他们大概在喝酒。楼上的灯亮了他就说：狂欢开始了。有时街角的警察也凑过来，我们四个就一面吸烟一面聊天。有一段时间里，有个警察是安卡什②人，会唱歌，声音好极了，老爷，《漂亮的洋娃娃》是他的拿手好戏。我们对他说：你还是改行吧，还等什么？到了差不多半夜时分，我们感到厌倦了，恼火了，时间过得很慢。只有鲁多维柯一个人还在滔滔不绝地讲，这个人脑子里净是脏东西，总是跟我讲伊波利托干的那些骚事，而实际上最骚的还是他自己。他总是指着阳台：堂卡约在上面正在水里美美地洗澡呢。要么就噘着嘴唇：我一闭眼就都看到了……不一而足。就这样一直到……对不起，老爷，一直到我们四个都起了去妓院的强烈愿望。他议论起太太来，简直像发了疯：今天早晨我，一个人送堂卡约回来的时候看到太太了，黑家伙。这当然是他编造出来的。黑家伙，太太只穿着睡袍，好像是轻纱做的，粉红色的，还透明呢，脚下拖着中国样式的拖鞋。他的眼睛里闪着光。你只要看她一眼就非昏倒不可，再看一眼你就能昏而复醒，第三眼你就非死不可了，可第四眼你又能死而复

---

① 秘鲁古印第安人把死人制成一种木乃伊，死者呈坐着的姿势。

② 秘鲁中部省份。

苏了。老爷，这个人很会讲笑话，是个大好人。所谓太太当然就是奥登希娅太太喽，老爷。

阿玛莉娅在门口碰上了卡尔洛塔，卡尔洛塔正出门去买面包。你怎么了？你到哪儿去了？你干什么去了？我留在利蒙希约我姨妈家过夜了，可怜的姨妈病了。太太生气了？二人一起向面包店走去。太太根本没发现，她昨晚一夜没睡，听了一夜关于阿雷基帕的新闻。阿玛莉娅这才一块石头落了地。卡尔洛塔激动地说：阿雷基帕闹革命了，你不知道吗？太太紧张极了，把我们俩也闹得心神不安。卡尔洛塔和希牡拉躲在储藏室里听电台广播，也一直听到两点。疯子，阿雷基帕到底出了什么事？罢工、罢课，出了乱子，还死了人，现在又要求把先生赶出政府。要赶堂卡约？是的，太太打电话找遍了各个地方就是找不到。太太骂了一晚上粗话，给凯妲小姐也打了一晚上电话。面包店的老板对她俩说：还是多买一倍吧，革命来了，我明天就不开门了。二人嘀嘀咕咕地走出了面包店，卡尔洛塔，会发生什么事呢？为什么要把先生赶出政府？昨夜太太发火时说因为先生太老实了。蓦地，卡尔洛塔抓住阿玛莉娅的胳膊，盯着她的眼睛：我不信你姨妈病了，你跟男人在一起了，从你脸上我就看出来了。什么男人不男人的，傻瓜，我姨妈是生病了嘛。阿玛莉娅严肃地看着卡尔洛塔，可是内心感到一阵骚动，一股幸福的热浪。二人走进家门，只见希牡拉满面焦虑地正在大厅里听收音机。阿玛莉娅回到自己的房间，迅速地洗了个淋浴。但愿太太什么也别问我。当她上楼给太太送早点的时候，在楼梯上就听到了钟表无线电那秒针的响声和播音员的声音。太太已坐在床上吸烟，没理会她的问安。电台说道：对在阿雷基帕散布混乱、挑动颠覆活动的人，政府表现了极大的耐心，工人应该复工，学生应该复课。阿玛莉娅的目光同太太的相遇了，后者仿佛刚刚发现她似的。报纸呢？快去买，傻瓜。是，我这就去。阿玛莉娅跑出卧室，心里很高兴，太太根本没发觉。她找希牡拉要了钱就向街角报亭走去。一定发生什么严重的事了，太太的脸都白了。太太一看到阿玛莉娅进来，马上跳下床，一把抓过报纸开始翻阅起来。到了厨房，阿玛莉娅问希牡拉：你认为革命会成功吗？会不会把奥德里亚赶下台？希牡拉耸耸肩：他们要赶下台的是先生，所有的人都恨他。片刻后，她们听到太太下楼来了。阿玛莉娅和卡尔洛塔躲到储藏室后面，只听到：喂，凯妲吗？报上没什么新的东西，我一夜没合眼。她们看到太太把《新闻报》摔在地上：那些婊子养的也要求卡约辞职，几年来一直拍他的马屁，可现在都想推翻他了，凯妲。太太又喊又骂，阿玛莉娅和卡尔洛塔互相使着眼色。没有，凯妲，卡约既没回家也没打电话来，可怜的卡约大概忙着处理乱子，没准儿已经到阿雷基帕去了呢，唉，最好给那些人吃子弹，索性让他们干不成蠢事，凯妲。

“伊翁那老太婆一直在说政府的坏话，甚至还说你的坏话。”奥登希娅说道。

“你可小心别告诉她，她要是知道我在背后议论她，非把我杀死不可，”凯妲说道，“我可不愿跟这个老妖婆结仇。”

他从两个女人面前经过，向酒台走去，倒了一杯威士忌，加了两块冰就坐了下来。三个女仆穿上了制服，在餐桌周围转来转去。给司机弄吃的了吗？女仆回答：弄了，先生。洗了个澡使他昏昏欲睡，奥登希娅和凯妲在他眼里都是影影绰绰的，几乎听不见她们的低声私语和嬉笑声。谈吧，那老太婆都说了我些什么？

“我还是第一次听她在人前说你坏话呢，”凯妲说道，“以前只要一提起你，她嘴上就像抹了蜜。”

“她对小罗贝托说，洛萨诺从她那儿捞的钱都跟你平分了。”奥登希娅说道，“你知道，小罗贝托可是利马头号爱传闲话的人。”

“她说，如果还继续这么榨她的油，她就要洗手不干，去过规规矩矩的生活了。”凯妲笑了。

他皱了皱眉，张了张嘴：女人们都是哑巴就好了，只要打打手势就能同她们讲明白该有多好。凯妲弯身去拿咸棍①，领口张开了，露出了一对乳房。

“喂，你可别挑逗他啊，”奥登希娅打了她一下，“你还是把这一手留着等兰达来了再用吧。”

“这一手也提不起兰达的劲头来，”凯妲回了奥登希娅一巴掌，“兰达也该洗手去过规规矩矩的生活了。”

两个女人笑了起来，他则只是听着，喝着。总是老一套的笑话。最新的新闻你知道吗？反正是老一套。伊翁和小罗贝托搞上了呢。兰达也该到了。第二天早晨，他肯定会保留着像以往每个晚上一样的快感。奥登希娅站起来换了唱片，凯妲又斟了一杯酒。三人又喝了一杯威士忌，才听到门外一辆汽车在刹车。

多亏鲁多维柯的这些胡说八道，夜间等人才显得不那么无聊了，老爷。什么太太的小嘴呀，太太的樱唇呀，什么她的牙齿白得闪光呀，什么她浑身散发出玫瑰香味呀，什么她的身段可以使死人从坟墓中跳出来呀。他好像爱上了太太，老爷。可是他若有那么一次站在太太面前，就连看太太一眼都不敢了。他怕堂卡约嘛。您问我议论过太太吗？没有，我光是听他讲，笑他而已，关于太太我什么也没说过。我并不认为这都是另外一个世界的事，我只是想赶快天亮，好去睡觉。老爷，您问我别的女人怎么样？您问我是不是觉得凯妲小姐没什么了不起？是的，老爷，当然，凯妲小姐倒是蛮漂亮的，不过我干的这种活累死人，根本没有兴致去想女人。我脑子里想的只是放我一天假，让我倒在床上大睡一天，消除夜间等人的疲劳。鲁多维柯就不一样了，自从他给堂卡约当了保镖就自以为了不起了。这回我可要列入正式编制了，黑家伙，到那时，凡是因为我是临时工而欺侮过我的人，我都叫他们尝尝我的厉害。这就是他一生最大的抱负，老爷。晚

① 类似我国的江米条，但较长，味咸，用面粉制成。

上等人的时候，他要是不议论奥登希娅太太就说他自己的事，什么他就要有固定工资、徽章、假日啦，什么他将到处受人尊敬，许多人会来建议跟他做生意啦。不，我从来不想在警察局干，老爷，我讨厌这个行当，特别是夜间等人，太无聊了。我们就这样边吸烟边聊天，到了深夜一两点的时候就瞌睡死了。要是在冬天，还加上个冷得要命。天蒙蒙亮，我们就到花园的喷水池去洗脸。女仆们出去买面包，首批汽车出现了，草地的香味直往鼻子里钻。这时我们感到轻松了，因为堂卡约马上就要下来了。我一直在想：我什么时候才能时来运转过上正常的生活？多亏您，我时来运转了，终于过上了正常的生活，老爷。

整个早上，太太都在穿着睡袍听广播，一支烟接着一支烟，连午饭也不想吃，只是一个劲儿地喝浓咖啡，接着坐上一辆出租汽车走了。后来卡尔洛塔和希牡拉也出去了。阿玛莉娅和衣倒在床上，感到很疲乏，眼皮发沉。等她醒来时天已经黑了。她欠身坐起来，竭力回想着刚才做的梦，她梦见跟安布罗修在一起，但记不起来在干什么。她只记得一面做梦一面想：最好梦下去，不要醒来。也就是说我喜欢做这种梦，蠢货。她正在洗脸的时候，浴室的门“嘭”的一下打开了。阿玛莉娅，阿玛莉娅，闹革命啦。卡尔洛塔两眼都快瞪了出来。发生了什么事？你看到了什么？警察都背上了长枪和轻机枪，阿玛莉娅，到处都是当兵的。阿玛莉娅一面梳头系围裙，卡尔洛塔一面又跳又讲。你在哪儿看到的？还有什么？在大学公园，阿玛莉娅。卡尔洛塔和希牡拉下公共汽车的时候看到了有人在游行示威，青年男女打着标语牌，上面写着：“自由，自由！阿雷基帕，阿雷基帕！”“贝尔穆德斯必须辞职！”母女二人傻乎乎地站着一个劲儿地看，有几百人、几千人。突然，警察出现了，水龙车、卡车、吉普车也开来了。哥尔梅纳路上都是烟雾和水龙头喷出的水，人们又喊又叫，乱跑起来，还有人抛石块。这时，骑兵出现了。我们正好在那里，阿玛莉娅，我们在人群里不知如何是好。我们二人互相抱着，紧贴在一扇大门上不停地祈祷，烟熏得我们直打喷嚏，直流泪。有几个人走了过去，高喊打倒奥德里亚。我们看到了警察用大棒殴打学生，也看到了石块朝警察飞去。会出什么事吗？会闹出什么事来啊。三人一起去听广播，希牡拉两眼都红了，不停地画着十字；耶稣啊，救救我们吧。广播里什么也没有讲，换了个台，也光是广告、音乐、问答和电话购物。

差不多十一点的时候，她们看到太太从凯妲小姐那辆白色汽车中走了下来。太太很平静：你们还不睡觉？在干什么？都这么晚了。希牡拉：我们在听广播，可关于革命的事什么也没讲，太太。什么革命不革命的！阿玛莉娅这才发现太太喝醉了：一切都解决了。可我们刚才还看到高喊口号、警察和好多事呢，太太。太太：你们这些傻瓜，没什么可怕的。原来太太跟先生通了电话，说是要惩罚那些阿雷基帕人，明天一切都会平静下来。太太饿了，希牡拉给她做了一块烤肉。太太说：先生仍然很镇静，我也就用不着为他担心了。桌子一收拾完，阿玛莉娅就去睡了。好了，我真蠢，一切都从头开始，我跟他和好了。她微微感到郁郁不欢，有点倦怠。以后的相处会怎么样？会不会经常吵架？我再也不去他朋友家了，最好让他租一间房子，我们就可以在里面过星期天了。我会把房间收拾得整整齐齐的。要是能跟卡尔洛塔谈谈，把这一切告诉她，该有多好呀。不行，不能跟她说。我得耐心些，等到跟赫尔特鲁迪丝见面再跟她讲吧。

兰达到了，目光闪闪，滔滔不绝，满口酒气，可是一进门他就摆出一副哭丧脸来：我只能待一会儿，太可惜了。他弯身去吻奥登希娅的手，女里女气地要求凯妲让他在脸蛋上吻一下，随后就在两个女人之间的椅子上坐了下来，还一面高声说道：堂卡约，我这根刺插在两朵玫瑰花之间了。兰达半秃顶，身穿一套灰色西服，打着红色领带，西服做工讲究，掩盖了他的胖线条。他一坐下来就同奥登希娅和凯妲调情。他心想：真是财大气粗。

“促进委员会要在明早九点开会，堂卡约，您瞧这个时间。”兰达说着做了个无可奈何的表情，“医生说，我每天必须睡满八小时，太遗憾了。”

“你说谎，参议员，”凯姐递给他一杯威士忌说道，“其实是怕被老婆卡住脖子。”

参议员兰达：为我身旁的两个宝贝的健康，也为您的健康干杯，堂卡约。他喝了一口，咂咂嘴巴放声大笑起来。

“我是个自由人，不能忍受婚姻的枷锁。”兰达高声说道，“我曾对她说：亲爱的，我爱你，可我要保持寻欢作乐的自由。归根结底，这是最重要的。她表示理解，所以结婚三十年来她从不追究我，也不吃醋，堂卡约。”

“因此你就任意利用这个自由，”奥登希娅说道，“最近又搞上什么女人了？说说看，参议员。”

“我给你说几个反政府的笑话吧，都是我在国立俱乐部里听来的。”兰达说道，“你们过来，别让堂卡约听见。”

兰达讲完笑话，自己先爆发了一阵响亮的大笑，奥登希娅和凯姐也笑了起来，笑声混在了一起。他也半张着嘴，瘪着脸对这个玩笑表示赞同：好吧，既然参议员急着要走，那我们干脆吃饭吧。奥登希娅向储藏室走去，凯姐跟在后面。祝您健康，堂卡约。也祝您健康，参议员。

“凯姐越来越漂亮了，”兰达说道，“奥登希娅就更不用说了，堂卡约。”

“我非常感谢促进委员会的鉴定意见，”他说道，“我中午就把这个消息传达给萨瓦拉。要是没有您，那些美国佬根本中不了标。”

“应该表示感谢的是我，我要感谢您在奥拉维庄园事件上对我的帮助。”兰达说着做了个表示彼此彼此的手势，“朋友之间就是要互相帮忙嘛，无须客气。”

他发现兰达走了神，眼睛朝凯姐望去。凯姐正在一扭一摆地走过来：这里严禁谈生意和政治。说着，她在兰达身边坐了下来。他看到兰达直眨眼，面颊发红。兰达把脸凑过去，把嘴唇印在凯妲的脖子上。这个人是不会走的，他要撒个谎留下来，他要喝得酩酊大醉，然后在清晨三四点的时候把凯妲带走。他毫不迟疑地把两个指头一掐，凯妲的眼睛像两颗葡萄一样流了出来：兰达留下来都是你勾引的，都怪你，搅得我也不能睡觉，你要付出代价。入座吧，奥登希娅说道。最后他把一根烧红了的铁棒插进了凯妲的双腿之间，听到了皮肉嘶嘶的烤炙声：你要付出代价，凯妲。在整个晚餐过程中，兰达一个人垄断了谈话，话语随着越喝越多的酒滔滔而出。飞短流长、笑话、逸事、打情骂俏，凯妲和奥登希娅跟兰达一问一答，笑话兰达。而他则仅仅待在一边微笑。离开餐桌的时候，兰达拐弯抹角、激动异常地表示，希望凯妲和奥登希娅抽两口他的雪茄，他要留下不走了。可是他突然一看表，快乐的劲头从脸上消失：已经十二点半了，我得走了，从内心来讲我太遗憾了。兰达吻了奥登希娅的手，还想吻凯妲的嘴唇，但是凯妲一扭脸，只把面颊送了上去。他一直把兰达送到门口。

9

有人在摇晃阿玛莉娅：他在等着你呢。阿玛莉娅睁开眼睛。是上次来的那位先生的司机，卡尔洛塔面带嘲意地说，他在街角等着你呢。阿玛莉娅匆匆地穿上衣服。原来你星期天是跟他在一起呀，是不是？阿玛莉娅梳了头。所以你没有回来睡，对不对？阿玛莉娅呆呆地听着卡尔洛塔的笑声和提问。她提起买面包用的篮子走了出去。安布罗修在街角处等着她：家里没出事吗？他一把抓住阿玛莉娅的胳膊，不愿意让人看见，推着她快步走着：我为你担心极了，阿玛莉娅。阿玛莉娅站定了，朝他直看：会出什么事呢？但他仍然推她快走：堂卡约已经不是部长了，你不知道？你在做梦吧？阿玛莉娅说道，一切都解决了，这是昨天晚上太太……安布罗修：不对、不对，昨天晚上把堂卡约和所有文职部长都赶下台了，成立了军人内阁，太太一点也不知道？不知道，她大概还不知道，她大概还在睡呢，可怜的太太，昨天夜里上床时还以为一切都解决了呢。她抓住安布罗修的胳臂：这会儿先生会出什么事？我也不知道会对他怎么样，不当部长就够戗的了，不是吗？阿玛莉娅单独走进面包店，心里思量着：他为我担心了，所以来看我，他爱我。她一走出面包店就抓住安布罗修的臂膀：你怎么能到圣米格尔这儿来？你是怎么跟堂费尔民说的？堂费尔民躲起来了，他怕被捕，警察把他家监视起来了，他现在在乡下。安布罗修从内心感到幸福：阿玛莉娅，在他躲起来的日子里，我们可以多见几次面了。他把阿玛莉娅挤在汽车房的角落里：在这儿，家里的人看不见我们。他把身子贴了上去，把她抱住。阿玛莉娅踮起脚在他耳根上说道，你担心我会出事吗？是的，她听到安布罗修笑了。阿玛莉娅用自己的身子揉擦着他，她：这次你对我要比上次好，对吗？我们不再争吵了，对吗？安布罗修：对，不吵了，再也不吵了。他把她送到街角处，告别时嘱咐道：女用人们要是看到了我，你就随便撒个谎骗她们，就说我是受别人委托给你带个口信来的，你根本不认识我。

他等兰达的车子开走之后才转身进家。这时奥登希娅已经把鞋子脱掉，倚在酒台上哼着小调。凯妲坐在软椅上说道：感谢上帝，那老家伙总算走了。他坐了下来，又拿起自己那杯威士忌，一面看着奥登希娅一面慢悠悠地喝了起来。这时奥登希娅在原地跳起舞来了。他喝完最后一口，看了看表站起来说：我也得走了。他上楼朝卧室走去。在楼梯上，他发现奥登希娅不唱了，也随着他走上楼来。凯妲笑了。你不能留下来吗？奥登希娅从后面凑上来说，他感到奥登希娅的手抓住了自己的胳膊，听到了她那娇滴滴带有醉意的声音：这个星期你还一次没来过呢。这是买报纸的钱，他说着把几张钞票放在梳妆台上：不行呀，我明天一早就有事。他一转身看到了奥登希娅那双饧睇着的媚眼，那懒慵慵的娇态，伸手在她脸蛋上摸了一下微笑着说：我在忙着总统旅行的事，也许明天能来。他提起皮包同奥登希娅下了楼。奥登希娅仍然抓着他的胳膊，步履娇慵，摇摇摆摆，像一只发情的小猫在他耳边嗲声地哼着。凯妲这时躺倒在长沙发上，擎着半杯酒摇来摇去。他看到凯妲的双眼带着嘲讽的意味朝他们看来。奥登希娅放开他，跌跌撞撞地跑过去，也倒在了沙发上。

“亲爱的凯妲，他想走呢。”她的声音既甜且嗲，装出要哭的样子，“他不爱我了。”

“那有什么关系?”凯妲在沙发里将身子侧了侧，张开双臂，把奥登希娅揽在杯里，“让他走好了，亲爱的，我来安慰你。”

他听到了奥登希娅哧哧的笑声，看到她也搂住了凯妲。他想，老一套又来了：嬉笑，玩耍，玩耍过后的无所顾忌，两个女人在互相拥抱，紧紧贴在一起，两个肉体挤满了沙发。他看着两个女人的嘴唇在互相不停地啄着，压着，边狂吻边荡笑，四只脚也缠在了一起。他站在楼梯最后一阶上，一面吸烟一面欣赏，一丝和蔼的微笑出现在他的唇边，眼睛中蓦地流露出犹豫之意，胸中冒出一团火。忽然，他做了一个失败的表情，倒在软椅上了，手一松，公文包滚到了地上。

“什么要睡足八个小时，什么促进委员会要开会，全是扯谎。”他在想，但不知不觉地说出了声，“他肯定在俱乐部里赌上了。他本来是想留下来的，但是赌博更吸引他。”

两个女人在互相呵痒，故作娇态地轻叫着，接着又在耳根上轻轻私语起来。二人颠鸾倒凤，摸摸弄弄，忸怩作态，滚到了沙发的边沿，但没有滚落到地上。二人朝里挪了挪，但又滚了出来，她们互相推搡，接着又紧紧拥抱，荡笑不止。他则一直盯着两个女人看，脸上出现了皱纹，心迷神醉，但仍然只是盯着看。他感到嘴里发干。

“嗜赌如命，我真不理解。”他心里想着，但又高声说了出来，“像兰达这么有钱的人还要去赌博，真是荒唐，是为了赢得更多还是输个精光?世界上没人能知足常乐，不是这个少了，就是那个多了。”

“你快瞧他，他在自言自语。”奥登希娅从凯妲的脖颈上抬起脸，指着他说，“他疯了，你瞧，他不走了。”

“给我来杯酒吧。”他无何奈何地说，“你们两个非把我毁了不可。”

奥登希娅嘴里不知在咕哝着什么，微笑着步履蹒跚地向酒台走去。他碰到了凯妲的目光，向她朝储藏室用手一指：把那扇门也关上，用人们还没睡呢。奥登希娅端来一杯威士忌，一屁股坐在了他的膝头。他喝着酒，把酒含在嘴里，闭上眼睛品着酒的滋味。这时他感到奥登希娅一只光裸的手臂搂住了他的脖子，另一只手在乱摸他的头发。他听到了她的娇声软语：我亲爱的卡约，臭卡约，我亲爱的卡约，臭卡约。他感到嗓子里有一团火，可以忍受、令人愉快的火。他喘了一口气，推开奥登希娅，站起身来，也不看两个女人就上了楼。一个幻影突然变成了现实，跳在他的背上，把他压倒了。兰达也是这样，所有的人都是这样。他走进卧室，灯也不开，摸索着走到梳妆台的软椅前。他感到自己在苦笑，解开领带，脱下上衣，在软椅上坐了下来。埃莱迪亚太太就在楼下，马上就要上来了。他直挺挺、一动不动等待着她上来。

“你担心时间太晚？”圣地亚哥说道，“不要紧，一个朋友给了我一剂药方，专治各种心事，安布罗修。”

“我们还是停在这儿吧，”奇斯帕斯说道，“再往前就有酒鬼了，我们要是下车，肯定有人要对蒂蒂说些不礼貌的话，到那时就要打架了。”

“那你再把车往里靠靠，”蒂蒂说道，“我想看看跳舞的人。”

奇斯帕斯把汽车向人行道靠了靠，三人坐在车里可以看到一对对跳舞人的面孔。他们听着钹、沙球、圆号的演奏，主持人宣布利马最好的热带乐队出场。音乐一停止，三人就能听到从背后传来的海浪声，一转身就可以越过堤岸的栏杆，看到远处白色的泡沫和浪花。铁掌俱乐部海滩上的几家饭馆和酒吧的门前都停着汽车，夜间很凉爽，满天星辰。

“我很高兴我们能偷偷地见面。”蒂蒂笑着说，“我觉得我们好像在干某种违禁的事，你们说呢？”

“有时老头子也到这儿来转转，也是晚上来。”奇斯帕斯说道，“他要是在这儿撞见我们，就太有意思了。”

“他要是知道我们能同你会见，非杀死我们二人不可。”蒂蒂说道。

“没准他一看到这个宠儿要放声痛哭呢。”奇斯帕斯说道。

“说了你们也不信，我随时都可能回家看看，”圣地亚哥说道，“但是我不事先通知。也许就在下星期一。”

“我怎么不信？几个月来你一直说要回家。”蒂蒂的面孔亮了一下，“我想起来了，我有个想法，咱们现在就回家，你去跟爸爸讲和。”

“现在不行，改日再说吧。”圣地亚哥说道，“再说我也不愿意同你们一起回去，为了不要闹得像演戏似的。我要单独回去。”

“你肯定不会回去，我告诉你为什么吧。”奇斯帕斯说道，“你是想等老头子找到你的住处去求你原谅，央求你回家。我真不明白爸爸能要你原谅什么。”

“贝尔穆德斯那坏蛋迫害他的时候你都没回去看看。爸爸过生日你连个电话都不打。”蒂蒂说道，“你太没良心了，超级学者。”

“您要是以为老头子会向你痛哭、求你，那你就是真疯了。”奇斯帕斯说道，“你随随便便就离家出走，爹妈有充分的理由对你感到恼火，应该请求原谅的是你，妈的。”

“我们每次见面都非得谈这事不可吗？”圣地亚哥说道，“换个话题不好吗？蒂蒂，你什么时候跟波佩耶结婚？”

“你怎么了？傻瓜，”蒂蒂说道，“我根本就没跟他好过，只是一般朋友而已。”

“吃点乳酶生，每星期干一次，小萨。”卡利托斯说道，“胃里空空，按时干，什么心事都能治，这个药方百试百灵，小萨。”

阿玛莉娅回到家，卡尔洛塔迎了上来，惊呆地说：先生不是部长了，电台正在广播，换上了个军人代替他。啊！是吗？阿玛莉娅装作不知道，把面包放在面包盘里：太太呢？太太可恼火呢，我妈妈刚刚给她送报纸上去，太太满嘴粗话，连这儿都听见了。阿玛莉娅把咖啡壶、橘子汁和烤面包给太太端上去，在楼梯上只听得钟表收音机的滴嗒声。太太衣服还没穿好，报纸摊在乱糟糟的床上，她也不回答阿玛莉娅的问安就恶声恶气地命令她倒一杯不加糖的浓咖啡。阿玛莉娅把咖啡递给她，太太喝了一口就把杯子放在托盘上。阿玛莉娅跟在她的身后从壁橱到浴室，又到梳妆台前，服侍她一面穿衣服一面喝咖啡。她看见太太的手在发抖，眉毛也扭歪了，她自己也抖了起来。她听到太太说，这些没良心的，要不是卡约，奥德里亚和那些强盗早就让人耍了，我倒要看看现在没有卡约了，这些无耻小人怎么办。唇膏从她手上滑落下来，咖啡打翻了两次：没有卡约，他们一个也维持不下去。太太还没化完妆就走出了卧室，要了一辆出租汽车。等车的时候，她紧咬着嘴唇，不时地骂一两句粗话。太太刚走，希牡拉就打开了收音机，三人听了整整一天。电台讲到了军人内阁、新部长的生平，但没有一家电台提到先生。到了晚上，国家电台说阿雷基帕的罢工结束了，明天中学、大学就可以复课，商店就可以开门。阿玛莉娅想起了安布罗修的那位朋友，他不就是去阿雷基帕了吗？没准被人打死了。希牡拉和卡尔洛塔在议论各种消息，阿玛莉娅只是在旁听着，不时地出神，原来她在想安布罗修：他怕我出事，来看我。卡尔洛塔说：先生现在不在政府里干事了，没准要搬到这儿来住呢。希牡拉：那我们就要倒霉了。阿玛莉娅在想：如果他被人打死了，安布罗修就可以把那间房子租下来两个人共住，这没什么不好吧？这可不好，这不是乘人之危吗？太太很晚才回来，是同凯姐小姐和露西小姐一起来的。她们在客厅里坐下，希牡拉在准备晚餐，阿玛莉娅听着两位小姐安慰太太：他们把卡约弄出政府是为了平息罢工，他仍然会在家里发号施令，卡约是个强有力的人物，奥德里亚欠他不少人情。太太一面踱来踱去一面说：可他连个电话也没给我打。两位小姐：他也许会议很多，讨论来讨论去的，他会给你打电话的。三个人一个劲儿地喝着威士忌，坐到桌上就餐的时候又开怀大笑，开起玩笑来了。大约午夜时分，露西小姐一个人走了。

奥登希娅第一个先上来，无声无息地上来。他看到她的倩影在门槛中像火焰似的摇摆着，接着就在黑暗中摸索着打开了落地灯。他对面的镜子里映出了黑色的床罩，梳妆台上的镜子里也出现了那条鳄鱼卷曲的尾巴。他听到奥登希娅仿佛说了些什么，但听不清。还算好，还算不错。她向他走来，努力保持着平衡，在走入他所在的角落阴影中的时候，她那迷惘的神色、娇憨的表情消失了。他以一种极难听清、充满希望的声音问道：那疯女人呢？那疯女人走掉了？奥登希娅没有回答，只见她身影一扭就歪歪斜斜地走到了床前，轻轻地倒在床上。一丝半明半暗的光线照射在她身上，他看到她抬起纤手向门口了指指。他朝门口看去，凯妲早就悄没声息地上来了。凯妲身材颀长，体态丰满，褐红色的头发，姿态撩人。这时他又听奥登希娅说道：他不需要我，凯妲，他需要你，他把我甩了，他一个劲儿地光是问你。他想：这两个女人要是哑巴该有多好呀，我毅然抓起剪刀，不出声地一剪，“嘎”的一声，两个舌头就掉在地上了，掉在我的脚下，像两个又扁又红的小动物在挣扎，染红了地毯。他躲在光线照不到的角落里笑了。凯妲仍然伫立在门槛那儿，仿佛在等待命令，听了奥登希娅的话也笑了：亲爱的，我可不需要这个臭卡约，他不是要走吗？怎么不走了？还是让他走吧，我们不需要他。他无限伤心地想：她并没有喝醉，可她讲话就像一个平庸的演员，开始失去了记忆力，台词背得很慢，生怕忘掉了自己的角色。请进，埃莱迪亚太太，他喃喃说道，一种不可名状的失意感、无名之火使他的声音含混不清。他看到凯妲走了进来，装作娇慵慵的样子走着。他又听到了奥登希娅的声音：凯妲，你听见他的话了吧？你认识那个叫埃莱迪亚的女人吗？这时凯妲已经在她身边坐了下来，但并没有朝他那个角落看，他叹了一口气。我们不需要他，亲爱的，让他到那个女人那儿去吧。他为什么要扭捏作态？她为什么要说话？“嘎”的一剪刀。他的眼光从床上转到壁橱的镜子上，又转到墙上的镜子上，最后回到了床上，但面孔并没有转动。他感到身子发僵，神经紧张，如坐针毡。两个女人一面互相抚摸，一面互相脱衣服。但她们太激动了，动作很不准确，她们的拥抱不是太快就是太慢，要不就是太紧。两张小嘴互相疯狂地咬着，太热烈了。他说，你们要是再这样，我可要杀死你们了。两个女人听了并没有笑，她们拥抱着躺下来，身上的衣服还没有完全脱光，一言不发地互相吻着。他感到自己的火气消了，双手汗津津的，感到嘴里的唾液发苦。这时，两个女人平静了下来，反映在梳妆台的镜子里，一只手覆在乳罩的挂钩上，几个指头在花边下扯动，一个膝盖顶在一双大腿中间。他双肘支撑在椅子的把手上，紧张地期待着。她们没有笑他，是的，她们把他忘记了，根本不朝他那角落看一眼，他咽了一口唾沫。她们好像又醒了，又动了起来。为了看清每一个肉体，他的眼光飞快地从一面镜子移到另一面镜子上，又移到床上。两个肉体敏捷熟练地把背带上的扣子解开了，把袜子卷了起来，褪掉了内裤，她们互相脱着，仍然一言不发。衣物一件一件地落到了地毯上。他感到一阵不耐烦，一阵热浪冲向他所在的角落。他看到奥登希娅那双粉腿挣脱凯妲的大腿，跷了起来，又压在凯妲的大腿上，他看到二人的皮肤越来越亮，他也闻到有一种气味。他的鼻翼张得大大的，感到喘不过气来。他的眼睛不停地眨动着，吃力地吸了一口气，似乎闻到了血腥味、脓味和腐肉味。这时他听到一个响声，睁眼一看，原来凯妲已经仰躺下来，奥登希娅看起来显得那么白嫩、娇小。他用手解开自己的衬衣，扯下背心，脱下长裤，用力抽出皮带。他既不想也不看，眼睛盯着卧室尽头处，举着皮带向床前走去。但他只击了一下，因为两个女人抬起头来，用手抓住皮带拉扯了几下，把他拖了过去。他听到她们骂了一声粗话，也听到了自己的笑声。他极力想把反抗自己的两个肉体分开，他感到自己被两个女人推着、压着，浑身是汗，一阵头昏，一阵窒息，他听到了自己的心跳声。片刻后，他感到太阳穴一阵刺痛，仿佛挨了一击，失去了力量。他静止不动了，深深地喘着气。过了一会儿，他侧身离开了两个女人。他感到一阵恶心的烦闷，他闭上眼睛，昏昏欲睡，模模糊糊感到两个女人又娇喘吁吁地摇摆起来。

他终于起来了，晕晕乎乎、头也不回地向浴室走去：我要多睡一会儿。

“你呢，奇斯帕斯？你什么时候结婚？”圣地亚哥说道。

侍者走近汽车，把托盘放在车窗上，奇斯帕斯把可口可乐递给蒂蒂，他和圣地亚哥拿了啤酒。

“我倒是很想结婚，可现在有困难，工作太多。”奇斯帕斯吹着杯上的泡沫说道，“贝尔穆德斯逼得我们几乎破了产，事情刚刚开始有所恢复，我们不能丢下老头子一个人不管。我有好几年没休假了，我想旅游一次，去度蜜月的时候好好补偿一下。我起码要跑他五个国家。”

“蜜月期间你会忙得没时间参观。”圣地亚哥说道。

“在女孩子面前别说脏话。”奇斯帕斯说道。

“告诉我，蒂蒂，大名鼎鼎的卡丽是怎样的人？”圣地亚哥说道。

“平平常常，”蒂蒂说道，“是个中产阶级姑娘，不爱讲话。”

“是个了不起的姑娘，我们之间很能互相理解。”奇斯帕斯说道，“找一天我给你介绍介绍，超级学者。这几次我本来也想把她带来，可是……我也说不清，反正你总是用你那怪想法给大家出难题。”

“她知道我不住在家里吗？”圣地亚哥说道，“你都跟她讲了些什么？”

“我告诉她你是个半疯，”奇斯帕斯说道，“说你跟老头子闹翻了，搬出去住了。我没告诉她我和蒂蒂经常跟你会面的事，怕她在家里说漏嘴。”

“你总是打听我们的情况，却从不谈谈自己。”蒂蒂说道，“这可不行。”

“他想装得神秘些，可你蒙不了我，超级学者。”奇斯帕斯说道，“你不愿谈就拉倒，我什么也不会问你。”

“我可是好奇得要死。”蒂蒂说道，“喂，超级学者，讲讲嘛。”

“既然你只是从住处到报社，从报社到住处，那你在什么时间去圣马可？”奇斯帕斯说道，“你总是胡编，什么你在圣马可学习，骗人的鬼话。”

“你有情人了吗？”蒂蒂说道，“你别以为我会相信你不跟女孩子来往。”

“仅仅是为了表明自己与众不同，他最终非找个黑人姑娘或印第安姑娘结婚不可。”奇斯帕斯笑了，“你等着瞧吧，蒂蒂。”

“你至少也得跟我们讲讲你的朋友都是些什么人呀，”蒂蒂说道，“说呀，还都是些共产党吗？”

“他早就不跟共产党来往，而是净跟酒鬼们来往了。”奇斯帕斯说道，“他有个朋友住在乔里约斯，好像是刚从监狱里出来的，一副逃犯的面孔，浑身臭味熏得人头昏。”

“你既然不喜欢干记者这一行，那还等什么？为什么还不去同爸爸讲和，跟他一道工作？”蒂蒂说道。

“做生意还不如当记者呢。”圣地亚哥说道，“做生意对奇斯帕斯合适。”

“律师不想干，生意也不想做，那你永远不会有钱。”蒂蒂说道。

“问题是我根本不想有钱，”圣地亚哥说道，“要钱有什么用？你和奇斯帕斯肯定会成为百万富翁，我需要钱，你们会给我的。”

“你又夸夸其谈了，”奇斯帕斯说道，“我倒要问问你，你为什么反对那些想赚钱的人？”

“不为什么，我只是自己不想赚钱。”圣地亚哥说道。

“对，这倒是世界上最容易干的事。”奇斯帕斯说道。

“别吵了，我们去吃鸡，好不好？”蒂蒂说道，“我饿死了。”

第二天早晨，阿玛莉娅比希牡拉先醒。厨房里的钟才指向六点，但天色已亮，而且不太冷。她慢条斯理地叠好床，打扫了自己的房间。同往常一样，她用脚在莲蓬头下试了很久才慢慢走入水中。她微笑着擦了肥皂，这时她想起了太太，太太的大腿、高乳房和肥屁股。浴罢出来，希牡拉正在做早饭，叫她去把卡尔洛塔唤醒。三人吃罢早饭，六点半她就出去买报纸了。报亭的小伙子一直在跟她纠缠，这天她没骂他没教养，相反，还跟他开了会儿玩笑。她这天情绪很好，还差三天就到星期天了。希牡拉说：太太和小姐要我们早点儿叫醒她们，你干脆把早点和报纸一道送上去吧。走在楼梯上，她看到了报纸上有先生的照片。她在卧室的门上敲了好几下才听到太太睡意蒙蒙的声音：嗯？阿玛莉娅走进卧室说道：太太，《新闻报》上有先生的照片。床上两个肉体中的一个在半明半暗的光线中坐了起来，太太把头发向后一甩，打开了床头柜上的台灯。阿玛莉娅把托盘放在椅子上，又把椅子挪到床边，太太则在看报纸。太太，要不要把窗帘拉开？太太没有回答，只是盯着报纸一个劲地眨眼，最后她头也未转地伸出手，推了推凯妲小姐。

“你要干什么？”被子下的那个抱怨道，“再让我睡会儿嘛，还是半夜呢。”

“他走了，凯妲，”太太用力地推着，惊愕地看着报纸，“他溜了，他走掉了。”

凯妲小姐欠起身来，一面用手揉着发肿的眼睛，一面弯身去看报纸。同往常一样，阿玛莉娅一看到她俩一丝不挂地挨得那么紧就感到难为情。

“他到巴西去了，”太太反复地说，声音中充满了惊慌，“既不回家也不打个电话来，一句话也没跟我说就走了。”

阿玛莉娅一面往杯子里倒咖啡，一面探头去看报纸，但只能看到太太的黑发和凯妲小姐的红发。他走了，会发生什么事呢？

“他大概走得很匆忙，”凯妲小姐说着用被子掩住了自己的胸脯，“他会马上给你寄机票来的。他肯定也给你留了一封信。”

太太的脸色难看极了，阿玛莉娅看到她的嘴唇在颤抖，拿着报纸的手在把报纸揉皱：凯妲，这个没良心的，不打电话来还不算，也不留下点儿钱。太太抽泣了起来。阿玛莉娅一转身出了卧室，飞快地跑下楼梯，想把刚才听到的告诉卡尔洛塔和希牡拉。身后传来了凯妲小姐的声音：别这样，亲爱的。

他漱了口，仔细地揩了身，用毛巾蘸了点花露水擦了擦头，慢慢地穿好衣服。他的头脑中一片空白，耳朵里嗡嗡作响。当他回到卧室时，两个女人已经盖上了被子。黑暗中，他还能看到她俩那蓬乱的头发、那得到了满足的脂粉狼藉的脸蛋和那已经平静下来的醉迷迷的眼睛。凯妲蜷起身子准备睡觉，奥登希娅看着他。

“你不留下来睡?”她的声音喑哑，没有热情。

“这儿没地方睡。”他走到门口说道，向她笑了笑就出去了，“我也许明天还来。”

他匆匆忙忙地下了楼，从地毯上拾起公文包来到了街上。安布罗修和鲁多维柯正坐在花园的墙头上同街角的两个警察聊天，一见到他出来就不作声了。二人站了起来。

“晚安，”他喃喃地说，给了警察两镑钱，“去喝点儿什么吧，暖暖身子。”

他露出了一丝不易察觉的微笑，听到警察道了谢就钻进了汽车。到恰克拉卡约去。他把头靠在座背上，竖起衣领，下令把车子的前窗关上。他一动不动地听着安布罗修和鲁多维柯在低声讲话，辨认着街道、广场和暗幽幽的公路，脑子里一片单调的嗡嗡声。汽车停了，两道探照灯的光线落在汽车上，他听到了口令声和问安声，远远看见警卫在打开大门。明天什么时候来，堂卡约?安布罗修问道。九点。安布罗修和鲁多维柯的声音在他背后消失了，他看到两个人影在卸下汽车房的门闩。他走进书房坐了片刻，然后吃力地在小本子上记下第二天要办的事，又走到餐厅倒了一杯冷开水，迈着缓慢的步子上楼到了卧室，感到杯子在自己的手中直颤。安眠药放在浴室壁龛中刮脸刀的旁边。他吞了两片，用一大口水送下。他在黑暗中上了闹钟，把闹钟拧到八点半处，然后把被子一直拉到下巴那儿。女仆忘了拉上窗帘，窗外的天空闪烁着星光。安眠药十到十五分钟后才使他有了困意。他三点四十分上床，入睡时，闹钟的荧光指针向四点差一刻。他失眠了大约五分钟。

第三部

1

五点不到，圣地亚哥就到了编辑部，正脱上衣的时候，大厅尽头的电话响了。他看到阿里斯佩拿起电话筒，嘴唇翕动着，望了望那些尚无一人的办公桌，一眼看到了圣地亚哥：小萨，劳驾过来一下。圣地亚哥穿过编辑部，在一张桌子前停了下来，桌上堆满了烟头、纸片、照片和一卷卷的校样。

“他娘的，侦破版的人不到七点不会到，”阿里斯佩说道，“您先去一趟吧，搜集点儿材料，然后转给贝塞利达。”

“加尔松将军大街三一一号，在赫苏斯·玛丽娅区，对吗？”圣地亚哥看了看纸片。

“您先下去，我这就通知佩利基托和塔里奥。”阿里斯佩说道，“档案里得有她的照片。”

“缪斯被刺了？”佩利基托在面包车中一面装胶卷一面说道，“这可是大新闻。”

“那几年她一直在太阳广播电台演唱。”司机达里奥说道，“是谁干掉她的？”

“看样子是情杀。”圣地亚哥说道，“这个女人我从来没听说过。”

“她当年被选为娱乐界的皇后时，我还给她拍过几张照片呢，真是个漂亮的女人。”佩利基托说道，“你调到侦破新闻版了，小萨？”

“通知阿里斯佩的时候编辑部里只有我一个人。”圣地亚哥说道，“我算是得了教训，以后再也不准时上班了。”

房子位于一家药店的隔壁，两辆巡逻车和一群人挤在街上，一个小孩喊道：《纪事报》来了。三个人只得掏出报社证件给警察看。佩利基托给房子的正面、楼梯和楼梯的第一个转弯处拍了照。一个房间的门敞着，圣地亚哥回想：里面满是烟雾。

“我不认识您。”一个身穿制服、下巴肥肥的胖子，一面检查证件一面说，“贝塞利达怎么没来？”

“我们接到电话的时候他不在报社。”圣地亚哥闻到一股怪味，他回想：那是人体的汗酸味和腐烂水果的味道。“您是不认识我，我是在别的组工作的，检查员先生。”

佩利基托的闪光灯一亮，那个肥下巴眨了眨眼就站到一边去了。透过嚷嚷的人群，圣地亚哥看到一截糊着蓝色墙纸的墙壁、肮脏的花砖地、一个床头柜和黑色的床罩。他说声劳驾，两个人躲开了。他的眼睛上上下下地搜索着，突然往上一看。他回想：那是一个雪白的肉体，血迹已然凝固，伤口紧缩，呈紫色，一头乱发遮住了面孔。圣地亚哥愣在那里一动不动，话都说不出来了。佩利基托的闪光灯不停地东闪闪西亮亮：检查员，能不能给她的面孔拍照？一只手撩起了她的头发，一张青紫色的面孔出现了，弯弯的眉毛下一片暗影，倒是没有破相。谢谢了，检查员。佩利基托说着在床边跪了下来，又是一片闪光。小萨，十年来你一直连做梦都梦见她那副样子，要是安娜知道了还会以为你爱过她呢，那她可就要吃醋了。

“看得出，这位记者朋友是个新手。”肥下巴说道，“喂，年轻人，你可别昏倒啊，这位太太已经忙得我够呛了。”

被烟雾弄得模糊的面孔放松了，有了微笑，圣地亚哥也强笑了笑。掏圆珠笔的时候他发现自己的手出汗了。他拿起笔记本，眼睛又朝尸体看去：血迹、耷拉着的乳房、像痣一般的两颗黑黑的乳头。一股气味涌入他的鼻孔，使得他头昏脑胀。

“连肚脐都被刺破了。”佩利基托单手换灯泡，紧咬着舌头说道，“简直是个虐待狂。”

“还有一个部位也被刺了一刀。”肥下巴淡淡地说道，“过来，佩利基托。年轻人，您也过来，你们瞧，多么野蛮。”

“在洞眼里又挖了一个洞。”一个声音猥亵地低声说，圣地亚哥听到一阵轻轻的嬉笑声和含糊不清的评论声。他把目光从床上移开，向穿蓝色制服的人凑上一步：

“您能不能给提供些材料，检查员？”

“我还首先作个自我介绍吧。”肥下巴诚心诚意地说道，举起一只软绵绵的手，“我叫阿达米诺·佩拉尔塔，凶杀科科长。那位是我的助手，准尉鲁多维柯·潘托哈①，您可别把他给忘了。”

小萨，你想努力装出笑容。记笔记的时候，看着笔尖在纸上歪歪扭扭、神经质地滑动着的时候，你也努力保持着笑容。

“等一等，对不起，请等一等。”圣地亚哥听着佩拉尔塔那亲切而带有笑意的声音时，也努力保持着笑容，“我们让你们抢先发表这条新闻，你们应该给些报酬，这是规矩。怎么个给法，贝塞利达会告诉你们的。”

又是一阵笑声，佩利基托的闪光灯闪了又闪，周围一股怪味和烟雾。小萨，你算倒霉了。圣地亚哥表示同意。把笔记本微微打开抱在胸前，潦草地画着杠杠点点，笔下出现了难辨的字母。

“事情是住在隔壁套间的单身老太太通知我们的。”检查员说道，“她听到呼喊声，跑过来发现门敞着，她只得一个人把死者送进医疗站。她紧张得要命，你们可以想象她看到这种情况是怎样地恐惧。”

“一共刺了八刀。”准尉鲁多维柯·潘托哈说道，“这是法医鉴定

---

① 即安布罗修的那个朋友，阿雷基帕事件后得到了提升，被列入正式编制，见后文。

的结果，年轻人。”

“当时死者很可能刚刚吸过毒。”检查员佩拉尔塔说道，“从房间里的气味和她的眼睛可以看出来。最近一段时期，死者一直在吸毒，她在我们那儿是挂了号的。反正准尉会把尸体解剖的结果告诉您。”

“早在一年前，死者就卷进了一起吸毒案件，”准尉鲁多维柯·潘托哈说道，“她曾和一个臭名昭著的女人一起被捕过。她陷得很深。”

“可以给刀子拍张照吗?”佩利基托说道。

“刀子被专家拿走了。”佩拉尔塔说道，“是一把普通的刀子，十五厘米长，到处是指纹。”

“我们还没抓到凶手，不过抓凶手是件易如反掌的事，”准尉鲁多维柯·潘托哈说道，“他在房间里留下了许多痕迹，连凶器都没带走。凶杀是在大白天发生的，可见不是个老手。”

“我们还没确定凶手是谁，因为这位太太有好几个情夫。”检查员佩拉尔塔说道，“近来，什么人都可以跟她睡觉，可怜的女人竟落到这种地步。”

“您瞧，她竟然死在这种地方呢，”准尉鲁多维柯·潘托哈同情地指着房间说道，“以前她住的地方可豪华呢。”

“我进《纪事报》的时候，她正好当选为娱乐界的皇后，”佩利基托说道，“那是 1944 年的事了。娘的，已经十四年过去了。”

“生活就像秋千，忽上忽下。”检查员佩拉尔塔微微一笑，“年轻人，把我这句话写进您的文章里去吧。”

“我那时觉得她很美，”佩利基托说道，“其实也没什么。”

“岁月不饶人啊，佩利基托，”佩拉尔塔说道，“再加上她又被刺了几刀，就更难看了。”

“要不要我给你拍张照，小萨?”佩利基托说道，“贝塞利达每回总要同尸体拍一张合影，他收藏这种照片一千张了。”

“贝塞利达的收藏我都看过，”检查员佩拉尔塔说道，“连我这种见过世面的人看了都浑身起鸡皮疙瘩。”

“一回到编辑部，我就让贝塞利达先生给您打电话，检查员，”圣地亚哥说道，“我就不再麻烦您了。谢谢您提供的情况。”

“请您告诉他，叫他十一点左右到我办公室来一趟。”检查员佩拉尔塔说道，“非常高兴认识您，年轻人。”

二人走出了房间，在楼梯转弯处，佩利基托停下来，又给发现尸体的女邻居的房门拍了一张照片。好奇的人仍挤在人行道上，越过守卫在大门口的警察的肩膀向楼梯口张望。达里奥坐在面包车里吸烟：你们为什么不让我也进去，我真想看看。二人上了车，车开动了，片刻后迎面碰上了《最后一点钟》报社的面包车。

“我们抢先了，他们倒霉了。”达里奥说道，“诺尔文在车里。”

“那当然了，伙计。”佩利基托打了个响指，用肘碰了碰圣地亚哥，“死者生前是卡约·贝尔穆德斯的情妇，有一次我在卡蓬大街①看到她跟贝尔穆德斯走进一家中国饭馆。那当然没错了，伙计。”

“我没看过报，不懂您在说什么。”安布罗修说道，“凶案发生时，我大概在普卡尔帕，少爷。”

“她给卡约·贝尔穆德斯当过情妇？”达里奥说道，“这可是条惊人的新闻。”

“你当时自以为是夏洛克·福尔摩斯，满脑子想的都是把这臭不可闻的事件搞清楚，”卡利托斯说道，“结果自己付出了很大代价，小萨。”

“你那时是他的司机，难道不知道他有个情妇？”圣地亚哥说道。

“我不知道，也没见过他的情妇。”安布罗修说道，“我还是第一次听说呢，少爷。”

面包车穿过市中心，你在车上努力整理笔记本上的草稿，回忆同检查员佩拉尔塔的谈话，这时你感到一种焦躁的激动代替了起初的晕头转向，你感到一种可怕的兴奋，小萨。圣地亚哥跳下车，三步并两

---

① 利马的一条“唐人街”。

步登上了《纪事报》的楼梯。编辑部里灯火通明，办公桌上也坐满了人，但他并未停下来和人讲话。你中了彩还是怎么了？卡利托斯问他。他：一条惊人的、了不起的新闻，卡利托斯。他在打字机前坐了下来，又是打字又是修改，还不停地吸烟，整整一个小时，眼睛没离开稿纸。然后他一面同卡利托斯聊天，一面心急而自豪地等待着贝塞利达的到来。终于，他看见贝塞利达进来了。圣地亚哥回想：贝塞利达又矮又胖，人老了，脾气很坏。他戴着过时的帽子，一副退休拳击运动员的面孔，留着小胡子，手指染满了尼古丁。小萨，你讨了个没趣。贝塞利达没理他，也没看他写的三页纸，听了他的叙述，竟丝毫没有感兴趣的样子。一次普普通通的犯罪对他这位一天到晚同凶案打交道的人来说根本算不了什么。小萨，偷盗、诈骗、纵火、抢劫，他都习以为常了。四分之一世纪以来，他就是靠写恶棍、强盗、妓女和淫棍的经历过活的。不过，你这种不愉快是短暂的，小萨。圣地亚哥回想：他对什么都缺乏热情，但他很熟悉自己的职业，也许他内心是喜欢这件新闻的。贝塞利达摘下他那顶世纪末式样的帽子，脱下外衣，把衬衣的袖子往上拉了拉，圣地亚哥回想：他又把袖子用一条出纳员用的带子卡在肘上。他松了松领带，那条领带跟他的西装、鞋子一样松松垮垮，沾满了污垢。他无精打采，心情欠佳地走过编辑部，别人向他问好，他也不理。他拖着强壮的身子慢腾腾地一直走到阿里斯佩的办公桌前。圣地亚哥凑近卡利斯托的桌旁去听。贝塞利达用手指节在打字机上敲了一下，阿里斯佩抬起头来：先生，有何贵干？

“把中心版面给我一个人留着。”圣地亚哥回想：说他的声音很粗暴，却像生了病一样；说他的声音懒洋洋，却充满了嘲意，“佩利基托归我指挥，起码要三四天。”

“你是不是还需要一幢带钢琴的海边别墅，先生？”阿里斯佩说道。

“我还需要一个助手，就要小萨吧。我那个组的两个人休假去了。”贝塞利达干巴巴地说道，“你如果要我们把这个案件调查个水落石出，就得有一个编辑日夜值班。”

阿里斯佩沉思地咬着红笔翻看稿纸，接着向编辑部扫了一眼。他是在寻找圣地亚哥。卡利托斯说：你要倒霉了，赶快找个借口拒绝吧。然而，小萨，你并没有找借口。你高高兴兴地走到了阿里斯佩的桌子前，你这样做其实是高高兴兴地去自投罗网；你心情激动，感情冲动，热血沸腾，其实你是倒霉了，小萨。

“您愿不愿意到侦破组工作几天？”阿里斯佩说道，“贝塞利达看中您了。”

“现在可以自由选择工作了吗？”贝塞利达酸不酸甜不甜地嘟囔道，“我进《纪事报》那会儿谁也没征求我的意见：喂，您去跑警察局吧；喂，我们要办个侦破新闻版，您就负责吧。我一干就是二十五年，到现在也没人问问我喜欢不喜欢这个工作。”

“先生，冲你这脾气，你早晚要犯病，”阿里斯佩说着，用红笔敲敲自己的胸脯，“你的心脏早晚要像蛋壳似的爆裂。再说，要是把你从侦破组调走，你又该不干了，贝塞利达，你可是全秘鲁红色版面①的明星呢。”

“每星期都少付我一张票据，当明星又有什么用？”贝塞利达已经不发火了，他嘟嘟囔囔地说，“与其夸奖，还不如给我增加工资呢。”

“二十五年来，最高级的妓女都让你白玩，最高级的妓院都让你白喝酒，你还要发牢骚，先生？”阿里斯佩说道，“可我们想喝一杯，想睡个女人，就得自己掏腰包，一点好处也捞不着。”

打字机的噼啪声停止了，大家从自己的办公桌上面带笑意地听着阿里斯佩和贝塞利达的谈话。贝塞利达迷惘地笑了起来，嘶哑难听的笑声中带有阵阵的痉挛，接着又是打嗝又是骂街。圣地亚哥回想：他喝醉了酒就是这样。

“我老了，”他终于说道，“不行了，不喜欢女人了。”

---

① 指侦破新闻版，专登犯罪新闻。

"人一老，口味也变了。"阿里斯佩说道，又朝圣地亚哥看了一眼，"您可得小心。贝塞利达为什么要您做他的助手？我看出来了。"

"今天编辑部主任的情绪挺好嘛！"贝塞利达咕哝道，"那件事呢？中心版面给不给我？佩利基托给不给我？"

"都给你，可你要好好对待他们。"阿里斯佩说道，"我希望你多吸引些读者，把报纸的印数搞上去，这才是真格的，先生。"

贝塞利达点头同意，转身向自己的办公桌走去。圣地亚哥随在他的身后，这时打字机又响了起来。圣地亚哥回想：他的办公桌在房间的最里面，可以看到所有人的背部。贝塞利达对此总是发牢骚。他每次喝醉，就走进来在办公室中间一站，敞开外衣，攥紧拳头往肥肥的胯部一放：一直把我放在别人的屁股后面！众编辑缩在自己的位子上，把鼻子埋在打字机上，圣地亚哥回想：贝塞利达用他那愤怒的眼神缓缓地、一个一个地扫过忙于写稿子的编辑们，这时连阿里斯佩都不敢看他一眼。你们是看不起我的侦破版还是看不起我本人，嗯？接着又冲着聚精会神的校对员：难道为此就把我放在整个编辑部的屁股后面吗？然后又冲着坐在前面的埃尔南德斯：难道总叫我看着地方版老爷们的屁股吗？贝塞利达就像战斗打响前的将军，烦躁不安地在房间里从一头踱到另一头：难道总叫我吃编辑老爷们的臭屁吗？说着发出一阵能冲破屋顶的大笑。然而，有一次，阿里斯佩建议他换个位子，他却勃然大怒起来，圣地亚哥回想：他说，我死也不离开这个角落，娘的。圣地亚哥回想：他的办公桌很矮，有点散架，就跟他本人一样，桌面也跟他那件银灰色上衣一样满是油迹。此时贝塞利达坐了下来，点上一支细长的香烟，圣地亚哥站在那里等着。小萨，你为他让你做助手而感到激动，你也为自己即将写的文章而感到激动。我把进屠场当作参加晚会了，卡利托斯。

"好吧，既然把我们卷了进去，我们就活动活动吧。"贝塞利达拿起电话，拨了一个号码，把散发着酸气的嘴凑在话筒上讲了一会儿，一面用他那指甲黑黑的胖手在纸上涂写着。

“你总是寻求强烈的刺激，”卡利托斯说道，“在某种意义上讲，你是喜欢这种刺激的。”

“是的，在波尔维尼尔小区。您马上和佩利基托去一趟。”贝塞利达挂上电话，用布满眼屎的眼睛盯着圣地亚哥，“很久以前，死者曾在那里演唱过，老板娘认识我，您要从她嘴里套出材料，多拍几张照片。死者的男友、女友、他们的地址、死者生前的情况都要了解，让佩利基托把那个地方也拍下来。”

圣地亚哥一面穿外衣一面下了楼。贝塞利达已经通知了达里奥，面包车停在门前等着，堵塞了交通，别的汽车里的人直按喇叭。片刻后，佩利基托怒气冲冲地出现了。

“我早就跟阿里斯佩说过我再也不跟那个人贩子一起工作了，可他现在倒把我送给他了。”佩利基托一面往照相机里装胶卷一面叫喊着说，“小萨，他这次非把我们累垮不可。”

“他是狗脾气，但是为了编辑们的利益，他可以像狮子一样去搏斗。”达里奥说道，“要不是他，卡利托斯那酒鬼早就被辞退了。好了，别净说贝塞利达的坏话了。”

“记者这行我不干了，我干够了。我要去搞商业摄影。”佩利基托说道，“跟贝塞利达工作一个星期比得了脏病还要糟。”

面包车沿哥尔梅纳路上行，到了大学公园又沿阿桑加罗大街下行，经过法院那白色石阶又驶上了共和国人街。整个下午都在下着蒙蒙细雨，暗幽幽的街心公园处出现了卡巴尼亚剧院，窗中灯火辉煌，门面上的霓虹灯闪闪烁烁。这时佩利基托平静了下来，放声大笑：小萨，那种猪圈似的地方我连看都不想看，我星期天的醉劲还没过去呢。

“贝塞利达只要在他那版面上写上一篇简讯就可以让一个舞女垮台，让一家妓院关门，让一间舞厅名声扫地。他就是利马娱乐界的上帝。”达里奥说道，“别的版面负责人就不像他。他带手下人逛妓院，请他们喝酒，给他们找女人。我不明白你为什么总是对他不满，佩利基托。”

“对，”佩利基托表示同意，“既来之，则安之。既然一定要跟他合作，就不要别别扭扭，要利用他的弱点。”

圣地亚哥回想：贝塞利达的弱点就是逛妓院，去散发臭味的酒馆和用锯末清扫呕吐物的酒吧间，同那些凌晨三点才上床的人接触。只有在这种地方，他才变得有人情味，才招人喜欢。达里奥刹住了车，7 月 28 日大街①的人行道上有一排黑魆魆的房子，在这排房子之中，微弱的路灯懒洋洋地照射着。正在下雾，夜间空气很潮湿，“蒙玛特列”的门关着。

“我们敲门吧，帕盖塔大概在里面。”佩利基托说道，“这个地方开门很晚，舞厅出来的人都到这儿来。”

二人敲了敲门上的玻璃（圣地亚哥回想：玫瑰色的窗子上画着一个钢琴师，牙齿同钢琴上的白键一样白，还有两个在臀部和头上插着羽毛的舞女），只听得里面一阵脚步声，一个穿着白色坎肩系着花领带的瘦弱年轻人开了门，他用疑惧的目光看了来人一眼：是《纪事报》的吗？请进，太太在等着你们。客厅内有一个堆满酒瓶的酒台，平顶天花板上画着银星，仿佛天空。舞池很小，里面有一只落地麦克风，此外就是空无一人的桌椅。酒台后面一扇小小的暗门开了，佩利基托说：晚安。原来是帕盖塔出来了。小萨，她的眼睛上贴着长长的假睫毛，画着黑黑的眼圈，面颊上涂着胭脂，肥胖的臀部裹在窄小的衣裤里。她迈着走钢丝似的步子走了过来。

“贝塞利达给您打电话了吧？”圣地亚哥说道，“我们是为赫苏斯·玛丽娅区那件凶杀案来的。”

“他可答应过我不让我出丑，他发过誓。我希望您按他的话办。”她的双手胖乎乎的，她的微笑是程式化的，她的声音是甜腻腻的，但带有一丝警惕和仇恨的意味，“出了丑闻，受损失的是我们这个地方，

---

① 这是波尔维尼尔小区的 7 月 28 日大街，不是观花埠的同名大街。

您懂吗?”

“我们只是需要收集一些材料，”圣地亚哥说道，“我们想知道缪斯生前是什么人，是干什么的。”

“我可以说不认识她，关于她的事我一无所知。”小萨，她扇动着那僵直的假睫毛，仿佛在逃避着什么，撒娇地噘起红唇，“六个月前，她就不在这儿演唱了，啊，还要久，八个月前。她当时嗓音很糟，我雇她是可怜她。每次唱那么三四支歌就走掉了。在此之前她还在‘小湖’演唱过。”

这时，闪光灯闪了一下，帕盖塔住了口，张着嘴盯着佩利基托。佩利基托正在镇静自若地给酒台、舞池和麦克风拍照。

“拍这东西干什么?”她指着这些东西不客气地说，“贝塞利达发誓说不提我的名字。”

“这是为了向读者展示死者生前演唱过的一个地方，不会提到您的名字。”圣地亚哥说道，“我想了解一下缪斯的私生活、关于她的趣闻，随便什么都行。”

“我说过了，我可以说什么也不知道，”帕盖塔盯着佩利基托嗫嚅着说，“几年前她很出名，在大使夜总会演唱过，后来又给你们也知道的那个人当了情妇。关于这一点，我想你们是不敢发表的，虽然这一切都是众所周知的。”

“为什么不敢，太太?”佩利基托笑了，“奥德里亚不是总统了，现在的总统是曼努埃尔·普拉多①，我们想发表什么就发表什么。”

“我本来也以为可以发表，所以在第一篇报道里写了出来，卡利托斯。”圣地亚哥笑了，“标题就是《卡约·贝尔穆德斯的前情妇被刺身亡》。”

“我看您有点儿傻，小萨。”贝塞利达调皮地瞅着稿纸，咕哝着

---

① 奥德里亚垮台后，曼努埃尔·普拉多继任总统，在任六年（1956—1962）。

说，“不过，还是看看头头们是怎么想的吧。”

“《娱乐界的明星被刺身亡》，这样的标题才能激动人心，”阿里斯佩说道，“再说，这也是上面的命令，先生。”

“她到底是不是那个坏蛋的情妇呢？”贝塞利达说道，“如果是的话，那个坏蛋已经不在政府里了，甚至不在国内了，那么为什么不能发表？”

“因为社领导的胆子小，所以不能发表，先生。”阿里斯佩说道。

“好吧，这个理由尚能说服我。”贝塞利达说道，“小萨，那您就把整篇报道修改一下吧，凡是‘卡约·贝尔穆德斯的前情妇’都改成‘娱乐界的前明星’。”

“后来贝尔穆德斯把她甩了，到国外去了。那是奥德里亚执政后期的事了，”帕盖塔身子一挺，原来闪光灯又亮了一下。“您大概还记得，就在联合党在阿雷基帕闹事的那个时候。她后来重操旧业，但大大不如以前了，外貌、嗓子都不如以前了。她喝酒喝得很多，有一次还想自杀来着，找不到工作嘛。那可怜的女人惨透了。”

“你给他开车那段时间里没看到他有情妇？”圣地亚哥说道，“那他一定是个同性恋者。”

“她的生活情况？”帕盖塔说道，“我说过了，惨透了。喝酒喝得很多，没有一个男人跟她长久过，她总是缺钱花。我是可怜她才雇用她的，但是雇用了很短的时间，才两个月吧，也许还不到两个月。客人对她厌倦了。她想赶时髦，但是她根本不适应新的节奏。”

“我没看到他有情妇，女人倒是有过，”安布罗修说道，“都是些夜蝴蝶，少爷。”

“您问她是不是吸毒？”帕盖塔愣住了，“什么叫吸毒？”

“他经常逛妓院，好几次都是我开车送他去的。”安布罗修说道，“他经常去那个叫伊翁的开的妓院去，去过好多次。那家妓院您以前还经常提起呢。”

“那次不是把您也卷进去了吗，太太？您不是跟她一起被捕的吗?”圣地亚哥说道，“幸亏贝塞利达先生，那件事才没在报上披露，您不记得了?”

一阵迅速的颤抖使得她的胖脸扭动起来，愤怒地眨动着僵直的假睫毛，但接着，她那永恒的、漠然的微笑又挂在嘴边了，表情渐渐地软了下来。她闭上眼睛，仿佛在回忆往事，仿佛在众多的回忆中找到了那次荒唐的事件：啊，对，正是，正是。

“鲁多维柯，就是我刚才跟您提到过的那个人，把我介绍到普卡尔帕去叫我倒霉的那个人，他后来代替我给堂卡约开车了。他也送过堂卡约去妓院。”安布罗修说道，“堂卡约可不是个同性恋者。”

“那次不是由于吸毒，根本不是，是场误会，当时就澄清了。”帕盖塔说道，“好像是警察逮捕了一个经常到这儿来贩卖可卡因的男人，是让我和她去作证的。我们什么情况都不知道，就把我们放了。”

“缪斯在此地演唱的时候都同什么人来往过?”圣地亚哥说道。

“您是问她有几个情夫吧?”小萨，她露出了参差不齐的假牙，一副造谣生事的神态，“不止一个，有好几个呢。”

“名字您不说出来也不要紧，”圣地亚哥说道，“不过起码您得告诉我都是些什么样的人。”

“她的风流事可不少，可详情我并不知道。我跟她的交情并不深。”帕盖塔说道，“我知道的，大家也都知道。我只知道她的生活很放荡，仅此而已。”

“您知道她在利马有家吗?”圣地亚哥说道，“有没有可能提供给我们知道她情况的女友?”

“我觉得她在利马不会有家，”帕盖塔说道，“她本人说自己是秘鲁人，但有人说她是外国人，说她的秘鲁护照是众所周知的那个人给搞的。当时她是那个人的情妇嘛。”

“贝塞利达先生想要几张她在这儿演唱时的照片。”圣地亚哥说道。

“我这就给您，不过，劳驾了，请您千万不要把我牵连进去，别点我的名。”帕盖塔说道，“我帮助你们，你们得答应我这个条件。这可是贝塞利达答应过的。”

“我们说话算数，太太。”圣地亚哥说道，“您知道谁还能向我们更多地提供有关死者的情况吗？这是最后的问题。您可以放心。”

“自从她不在这儿演唱，我就再也没见到过她。”帕盖塔叹了一口气，蓦地又摆出一副告密者的神秘神态，“不过，我还是听说了她的一些情况。虽说我没有证据，我知道她跟一个名声很不好的女人同居过，那女人在法国老太婆那里干事。”

“缪斯跟伊翁那儿的一个女人同居过?”圣地亚哥说道。

“你们倒是可以点伊翁的名。”帕盖塔笑了，甜腻腻的声音里充满了仇恨，“点她的名，让警察局传她作证，那老太婆知道的事情不少。”

“跟她同居过的女友叫什么?”圣地亚哥说道。

“叫凯妲?”安布罗修说道，片刻后惊呆了，“您说她叫凯妲，少爷?”

“你们要是说是我告诉你们的，我可就完蛋了，那个法国老太婆最爱记仇了，”帕盖塔的声音又发甜了，“那女人的真名实姓我不知道，凯妲是她的艺名。”

“你从来没见过凯妲?”圣地亚哥说道，“贝尔穆德斯也没提起过她?”

“死者和凯妲一直住在一起，关于她俩的事，有许多说法，”帕盖塔眨着眼低声说道，“说她俩不光是朋友关系，当然喽，这也是流言蜚语。”

“我从来没见过，也没听说过。”安布罗修说道，“堂卡约不会跟我谈论他的那些夜蝴蝶，我只不过是他的司机，少爷。”

圣地亚哥和佩利基托走了出来，外面在下雾，空气潮湿，波尔维尼尔小区一片漆黑。达里奥趴在面包车的方向盘上打瞌睡。在他发动车子的时候，一条狗在人行道上朝他们惨叫。

“她竟然把贩毒的事和自己同缪斯一道被捕的事儿忘了，”佩利基托说道，“真他妈的狡猾！”

“缪斯被害，她可高兴呢，看得出来她非常恨缪斯。”圣地亚哥说道，“你注意到没有，佩利基托？什么缪斯酗酒呀，什么缪斯的嗓子坏了呀，什么缪斯搞同性恋呀，不一而足。”

“不过你倒是从她嘴里套出了不少可贵的材料，”佩利基托说道，“也该满足了。”

“这些材料是一堆无用的垃圾！”贝塞利达说道，“还要使劲挖，挖到流脓。”

小萨，那天你忙忙碌碌，激动异常，全力以赴，情绪激昂。圣地亚哥回想：我好像又活过来了。我忙来忙去，不知疲倦，从面包车里上上下下，在歌舞酒吧、电台、公寓和妓院中进进出出，马不停蹄地来往于利马那些过着夜生活的、消沉的人之间。

“缪斯这个名字不太好，得重新给她起一个名字。”贝塞利达说道，“要这样写：追寻夜蝴蝶的踪迹！”

小萨，你写长篇报道、简讯、专栏，你为照片写说明，越来越富有刺激性了。贝塞利达用挑剔的眼光把稿子读了又读，抹掉几句话，又用他那颤巍巍的红色笔迹添上几句话。他还给文章写标题：《在赫苏斯·玛丽娅区被刺身亡，夜蝴蝶的放荡生活又有新的披露》《缪斯的经历坎坷多难》《震惊利马的凶杀案之谜正由本报记者解开》《娱乐界的前女皇从卖艺生涯开始，以血腥被刺为结局》《缪斯唱了最后几支歌的那家店的女老板透露，被刺夜蝴蝶道德极为败坏》《夜蝴蝶的失声是由于吸毒吗？》。

“《最后一点钟》的人已经被我们甩在后面了，可你还要净写花絮，贝塞利达，贝塞利达！”阿里斯佩说道。

“小萨，给饿狗们多吃些垃圾吧，这是头头的命令。”卡利托斯说道。

“小萨，你表现得很好，”贝塞利达说道，“不出一年，您肯定能成为一个过得去的侦破新闻编辑。”

“我以很大的热情搜集垃圾，今天一小撮，明天一小堆，后天又加一点，”圣地亚哥说道，“最后垃圾堆成一座山。好了，你们去吃吧，吃个一点不剩。卡利托斯，这就是我那时干的事。”

“完了吗，贝塞利达先生？”佩利基托说道，“我可以去睡了吗？”

“还没开始呢，”贝塞利达说道，“我们到法国太太那里去调查关于同性恋的事吧，看看是不是确有其事。”

小罗贝托迎接了大家：欢迎，欢迎，宾至如归，贝塞利达先生，一向可好？但是贝塞利达一下子就把他的高兴劲打了下去：我们是来工作的，可以到小客厅里去吗？请进，贝塞利达先生，大家都请进。

“给他们两个年轻人来点啤酒，事情很急，我就要找法国太太。”贝塞利达说道。

小罗贝托闪了闪卷曲的睫毛，笑嘻嘻地点了点头，显得很不友好，接着迈着跳舞似的步子走了出去。佩利基托劈开双腿，一下子在软椅上坐了下来：这儿真好，真漂亮。圣地亚哥也在他身旁坐了下来。他回想：小客厅铺着地毯，灯光幽暗，墙上挂着三幅画。第一幅画着一个头戴面具的金发青年在乱草丛生的小径上追逐一个姑娘，姑娘玉肌冰肤，腰细如柳，正踮着脚向前跑。第二幅画的是那青年已经抓住了姑娘，两个人拥抱着走入柳枝间。第三幅是姑娘胸脯袒露地躺在草地上，青年温柔地吻着她浑圆的粉肩，姑娘的表情是惊喜交加，娇态可掬。二人躺在湖边，也许是河边，远处一群长颈天鹅在游憩。

“你们这些年轻人啊，是历史上最腐烂的一代，”贝塞利达心满意足地说道，“除了喝酒、嫖女人，对什么都不感兴趣。”

贝塞利达歪着嘴，做了个怪相，仿佛在笑，用自己那芥末色的手指抓弄着小胡子。这时他已经把帽子抹到了脑后，把手插在衣袋里，在小客厅里踱来踱去，犹如墨西哥电影里的坏人。小罗贝托端着托盘进来了。

“太太就来，贝塞利达先生。”他鞠了一躬，“她问您要不要来杯威士忌。”

“我不能喝酒，胃溃疡又犯了。”贝塞利达嘟囔着说，“每次喝酒，第二天我就屙血。”

小罗贝托走了出去。小萨，此时伊翁出现了。圣地亚哥回想：她那尖尖的鼻子上抹了一层粉，身穿一件薄纱连衣裙，上面镶着窸窣作响的薄片。她笑容满面，一派成熟、富有经验的样子。她在贝塞利达的面颊上吻了一下，然后又向佩利基托和圣地亚哥伸出了手，接着又朝托盘看了一眼：小罗贝托没给诸位斟酒？她做了个不高兴的表情，弯下身子熟练地在每个杯子里倒了半杯啤酒，都不起泡沫，然后把酒杯递给佩利基托和圣地亚哥，随后在软椅上坐了下来，挺直了脖子，眼睑下的皮肉皱了起来，接着把双腿交叉起来。

“别故作奇怪的样子，”贝塞利达说道，“夫人①，你知道我们为何而来。”

“你什么都不喝，我简直难以相信。”小萨，她带有外国口音，矫揉造作，无拘无束，一派手握母权的自豪架势，“你不是老酒鬼吗，贝塞利达？”

“那是以前的事了，自从得了胃溃疡就戒酒了。”贝塞利达说道，“我现在只能喝牛奶，当然了，母牛的牛奶。”

“你又开玩笑了，”伊翁转向佩利基托和圣地亚哥，“长久以来，我和这老头子简直就像亲兄妹。”

“有一段时期，我们还有过乱伦行为呢。”贝塞利达笑了，以同样亲密的声调接了茬儿，“你现在就把我当作神父吧，只当正在向神父忏悔。我问你，缪斯在你这儿干了多长时间？”

“缪斯在我这儿干过？”伊翁微微一笑，“你这个神父可真滑稽，贝塞利达。”

“看来你现在不信任我了，”贝塞利达一屁股在伊翁椅子的扶手上

① 此词用法文说出。下同。

坐了下来，“跟我撒谎了。”

“神父，您疯了吧。”伊翁微笑着在贝塞利达的膝盖上拍了一下，“她要是在这儿干过，我会对你说的。”

伊翁从袖口里抽出一条手帕擦了擦眼睛，收起了笑容：我确实认得她，当她还是那个人的情妇的时候到这儿来过几趟。那个人是谁，你贝塞利达是了解的。他带她来玩过几次，让她从朝向酒台的窗子里偷看。至少据我所知，她没在任何妓院干过。伊翁又笑了，笑得很优雅。圣地亚哥回想：她的眼下、脖子上又出现了皱纹。伊翁又恶狠狠地说：那可怜的女人是在街上干的，像条母狗。

“夫人，看样子你倒挺喜欢她的嘛。”贝塞利达咕哝着说。

“她给贝尔穆德斯当情妇那会儿，眼睛光朝上看，”伊翁叹了一口气，“连我都被禁止到她家去，所以她垮了的时候没有人帮她。她完全是由于酗酒、吸毒而垮的。”

“她被害了，你幸灾乐祸，”贝塞利达微笑了一下，“你这是什么感情，夫人？”

“我看到报纸的时候感到很难过，这种罪行总是让人感到难过，”伊翁说道，“特别是看到照片上她住的那种地方。你要是一口咬定她在这儿干过，我也高兴，给我们作了宣传嘛。”

“你太自信了，夫人，”贝塞利达淡然一笑，“你大概又找到一个像卡约·贝尔穆德斯那样强有力的保护人了吧？”

“这是污蔑，贝尔穆德斯与本院从未有过任何关系。”伊翁说道，“他不过是个普普通通的客人而已。”

“我们还是回到话题上来吧，”贝塞利达说道，“她没在这儿干过，好吧，那请你把跟她同居过的女人叫来吧。她给我们提供一些材料，我们就让你安静。”

“跟她同居过的女人？”卡利托斯，她的脸色变了，变得发紫，失去了自信，“我这儿的一个姑娘跟她同居过？”

“这件事，警察局还不知道，”贝塞利达抓了抓胡子，贪婪地用舌头舔了舔嘴唇，“不过，早晚会知道的，也肯定会来审讯你和那个叫凯妲的。夫人，你要作好准备。”

“你指的是凯妲？”卡利托斯，她软了下来，“你说的到底是些什么人呀，贝塞利达？”

“姑娘们每天都在改名换姓，我也说不清是哪个。”贝塞利达低声说，“你别担心，我们不是警察，请你把她叫出来，我们私下谈谈。仅此而已。”

“凯妲跟她同居过，是谁告诉你的？”伊翁嗫嚅着说，竭力想恢复自然的笑容。

“是帕盖塔告诉我们的。”贝塞利达有些气恼地低声说道，“瞧，我对你多么信任，这才叫朋友。”

“这个绝了种的婊子养的！”卡利托斯，起初她倒还像个爱饶舌的贵夫人，后来变成了受惊的老太婆，一听到别人提到帕盖塔，她又变成泼妇了，“这个信口雌黄的臭女人！”

“我太喜欢你这张嘴了，夫人，”贝塞利达满意地搂住了她的肩膀，“我们会替你报仇的。在明天的报道里，我们就说‘蒙玛特列’是利马最声名狼藉的堕落场所。”

“你会毁了凯妲的，你明白吗？”伊翁抓住了贝塞利达的膝头，一面捏着一面说道，“警察会把她关起来，对她进行审讯，你难道不明白？”

“难道凯妲亲眼看到了某些事？”贝塞利达说道，“有些情况她了解？”

“她什么也不知道，我只是希望别把她牵连进去，”伊翁说道，“你会使她倒霉的。你为什么要给我们找麻烦？”

“我并不想跟她过不去，只是希望她能说说缪斯的私生活。”贝塞利达说道，“她们同居过这件事，我们不会发表的，也不会提她的名字。我的话你还不信？”

“我当然不信，”伊翁说道，“你也是个婊子养的，跟帕盖塔一样!”

“我太喜欢你了，夫人。”贝塞利达微微一笑，向圣地亚哥和佩利基托看了一眼，“这就是你的人品。”

“凯妲是个好姑娘，贝塞利达，”伊翁稍微降低了声音说道，“你可别找她的麻烦，否则你要付出代价的。她有许多好朋友，我警告你!”

“赶快把她叫出来吧，别像演戏似的。”贝塞利达微笑着说，“我保证不会为难她。”

“她的朋友出了事，你想她还有心思来工作吗?”伊翁说道。

“那好，那你就找到她，替我约个时间，”贝塞利达说道，“我只是需要她提供些情况。她要是不愿跟我谈，我就在第一版公布她的名字，到那时，她就得到警察局去谈了。”

“如果我让你见到凯妲，你一定不能点她的名，你要发誓!”伊翁说道。

贝塞利达点点头，面孔逐渐露出了满意的神色，一双小眼睛也闪出了光芒。他站起身来，走近桌子，下定决心似的端起圣地亚哥的酒杯一饮而尽，嘴上沾满了一圈白色泡沫。

“我发誓，夫人。你一找到她就给我打电话。”他郑重地说道，“我的电话号码你是知道的。”

“您认为她会给您打电话吗，贝塞利达先生?”佩利基托坐进了面包车说道，“我倒是认为，她肯定会告诉凯妲：《纪事报》的人知道你跟缪斯同居过的事了，赶快跑吧。”

“凯妲到底是谁?”阿里斯佩说道，“你肯定我们都认得她吗，贝塞利达?”

“大概是个特殊的妓女，是个上门服务的妓女，”贝塞利达说道，“我们可能认得她，不过她也许还有别的名字。”

“先生，这样说来她可是个有价值的女人，”阿里斯佩说道，“哪怕把全利马的石块都翻过来，你也得找到她。”

“我不是跟你们说过了吗？夫人会给我打电话的，就在今天七点钟。”贝塞利达讥讽地说，但并无自夸之意，“你要把中心版面整版留给我，主任。”

“诸位请进，请进，”小罗贝托说道，“对，请到小客厅里坐。”

黄昏的晚霞从小客厅唯一的窗子中射了进来，厅里失去了神秘感和迷人的魅力。圣地亚哥回想：家具的面子都掉了，墙纸褪了颜色，地毯上净是烟头烧过的痕迹和洞眼，墙画上姑娘的面孔模糊了，天鹅也走了样。

“喂，贝塞利达，”伊翁没有吻他也没跟他握手，“我可向凯妲发过誓说你会履行诺言。这两个人跟着你来干什么？”

“叫小罗贝托给我们来点啤酒，”贝塞利达说道，既不站起来也不看那同伊翁一起进来的女人，“这次我付钱，夫人。”

“凯妲身材颀长，一双大腿美极了，是个红发黑白混血女郎。”圣地亚哥说道，“我从来没在伊翁那儿见过她，卡利托斯。”

“你们也请坐，”贝塞利达说道，一副妓院老板的派头，“你们不喝点什么吗？”

小罗贝托在杯中倒满了啤酒，把杯子递给贝塞利达、佩利基托和圣地亚哥的时候，他的手直发抖，飞快地扇动着睫毛，露出害怕的神色。他很快走了出去，随手带上了门。凯妲在沙发上坐了下来。圣地亚哥回想：她神情严肃，毫无惧色。伊翁的双眼却在冒火。

“你是个特殊人物，在这儿很少见到你，”贝塞利达喝了一口啤酒说道，“你光是去外面干？客人也是精选的？”

“我在哪儿干跟您没关系，”凯妲说道，“再说，谁允许您用‘你’来称呼我的？”

“安静，别这样，”伊翁说道，“他不是别人，是熟人。他只想问几个问题。”

“像您这样的人，想成为我的客人可办不到。您要有点自知之明，”凯妲说道，“我要的价您付不起。”

“我现在退休了，不嫖了。”贝塞利达说着，嘲讽地笑了起来，然后揩了揩小胡子，“你什么时候跟缪斯在赫苏斯·玛丽娅区同居的？”

“我没跟她同居过，是那可恨的女人造的谣！”凯妲喊了起来，伊翁抓住了她的胳臂，于是她压低了声音，“别把我卷进去，我警告您……”

“我们不是警察，是记者，”贝塞利达摆出友好的姿态说道，“我们不是针对你，是为了解缪斯的事来的。你把知道的关于缪斯的情况说出来，我们就走，把你忘掉。没有必要生气嘛，凯妲。”

“那你们干吗威胁我，”凯妲又喊了起来，“为什么上次您来的时候对太太说要报警？您认为我有什么可隐瞒的吗？”

“你既然没什么可隐瞒的，那就没有必要害怕警察。我是作为朋友到这儿来谈谈的，你没有必要生气嘛。”贝塞利达又喝了一口啤酒说道。

“他说话算数，他会履行诺言的，凯妲，”伊翁说道，“他不会在报上提你的名字，快回答他的问题吧。”

“好吧，太太，我明白了。”凯妲说道，“什么问题？问吧。”

“我们像朋友一样地谈谈吧，”贝塞利达说道，“本人说话算数，凯妲。你从什么时候起跟缪斯同居的？”

“我没跟她同居过。”卡利托斯，凯妲竭力控制住自己，尽量不去看贝塞利达，但她的目光一遇到贝塞利达的目光声音就变了调，“我们是朋友，我只是有时留在她家过夜。她是一年多前搬到赫苏斯·玛丽娅区去的。”

“先声夺人，先来个下马威。”卡利托斯说道，“这就是贝塞利达的方法。先使对方神经紧张，然后就什么都说出来了。这是特务用的办法，不是记者用的。”

圣地亚哥和佩利基托没有碰自己的啤酒，只是一声不响地坐在自己的椅子边上专注地听着二人的对话。小萨，贝塞利达把凯妲制伏了，此刻她什么问题都回答了。圣地亚哥回想：凯妲的声音时高时低，伊翁拍打着她的手臂，鼓励着她。可怜的缪斯处境很糟，很糟，特别是在“蒙玛特列”丢了工作以后。帕盖塔对她太坏了，明明知道可怜的缪斯会饿死，但还是把她辞退了。缪斯虽然也同男人来往，但再也找不到固定的情夫了，所以没人给她钱、替她付房租了。卡利托斯，凯妲说着突然哭了起来，当然，她的哭不是由于贝塞利达提的问题，而是出于可怜缪斯。这就是说，妓女之间也存在着忠实的友情，小萨。

“又是酗酒又是吸毒，”贝塞利达也伤心了，用手抹着小胡子，一对小眼睛炯炯闪光地盯着凯妲，“那可怜的女人算是毁了。”

“这您也要发表吗?”凯妲抽泣着说道，“除了每天登的关于她的那些可怕的情况之外，这些您也要发表?”

“她倒了运，成了暗娼，酗酒，乱搞，所有的报纸都这么说。”贝塞利达叹了口气，“只有我们要突出她好的一面。我们要说她是个著名歌唱家，曾被选为娱乐界的皇后，是利马最美丽的女人之一。”

“你们最好不要光是挖掘她的生活情况，还是找找杀她的凶手以及下令杀她的凶手吧。”凯妲又哭了起来，用手捂住了脸，“对凶手，对凶手背后的人，你们不议论，也不敢议论。”

小萨，你是不是就在这个时候倒霉的?圣地亚哥回想：是的，正是如此。他回想·伊翁惊呆了，眼中流露出疑惧、惶惑的目光。贝塞利达的手指停在小胡子上不动了。佩利基托用肘顶了顶你的胯部，小萨，你也大吃了一惊。四个人都呆住了，八只眼睛盯着凯妲，凯妲哭得更响了。圣地亚哥回想：贝塞利达盯着凯妲那头火红的头发。

“我不怕，我什么都敢写，我的稿子什么都经得住。”贝塞利达温柔地低声说道，“你敢说出来我就敢写。谁是凶手?你认为谁是凶手?”

“你蠢到不怕被牵连进去，那就随你的便吧!”卡利托斯，伊翁的面孔一派惊恐、害怕，她朝着凯妲喊了起来，“你怎么竟说这种蠢话!你怎么能编造这种蠢话!”

“你不懂，夫人，”贝塞利达的声音也带哭腔，“她不愿意她的朋友不明不白、无声无息地死去。只要她敢说出来，我就敢写。你认为谁是凶手，凯妲？”

“太太，我不是说蠢话，也不会编造。”卡利托斯，凯妲哭着说道，她把脸一仰说了出来，“是臭卡约的打手把她杀死的。”

圣地亚哥回想：我所有的毛孔都在出汗，浑身的骨头都在咯吱作响。我一动不动，屏住呼吸，目不转睛地盯着凯妲，不漏一字地听着她讲。我的胃门处又感到了蠕虫在慢慢长大，变成了毒蛇、尖刀，跟那时候一样，比那时候还厉害，咳，小萨啊！

“您怎么要哭了？”安布罗修说道，“别再喝了，少爷。”

“你要是愿意我就发表，你要是愿意，你怎么说我就怎么发表。你要是不愿意，我就什么都不讲。”贝塞利达喃喃地说道，“臭卡约就是卡约·贝尔穆德斯吗？你肯定是他下令干的？这坏蛋离开秘鲁了。”

小萨，凯妲哭得脸都变了形，眼睛又红又肿，伤心得嘴都扭歪了。她连忙又摆手又摇头：不是贝尔穆德斯，不是他。

“那到底是谁的打手？”贝塞利达一定要问个水落石出，“你见过那个打手吗？你那时在利马吗？”

“凯妲那时在哇卡契纳，”伊翁打断了他，用食指指着他威胁着说，“你要是想知道，我可以告诉你，她那时跟一位参议员在一起。”

“奥登希娅死的前三天我就没看见她了，”凯妲哭着说道，“我是从报纸上得知她被害的消息的，但我知道是谁杀死她的。我不骗人。”

“到底是谁的打手？”贝塞利达追问道，一面盯着凯妲，一面用手不耐烦地安抚着伊翁，“夫人，我不会发表的，凯妲让我发表什么我才发表什么。不过，她要是不敢说，我也就算了。”

“奥登希娅对一个阔佬的隐私知道得很多，她那时快饿死了，只想离开利马，”凯妲哭着说，“她不是恶意的，只想一走了之，到一个没有人认得她的地方重整旗鼓。她遇害的那会儿已经到了半死不活的地步，都是贝尔穆德斯那狗东西造成的；在她潦倒之后又是所有人造成的。”

“缪斯向那个阔佬要钱，那个阔佬为了不再受她的勒索，就命人杀了她。”贝塞利达轻声地重复了她的话，“雇凶手的那个阔佬是谁？”

“用不着雇，他只要说一声就行了。”凯妲望着贝塞利达的眼睛说道，“他大致一说，打手就明白了。他完全控制了打手，那打手就像他的奴隶，对他百依百顺。”

“我不怕，我敢发表，娘的。”贝塞利达轻轻地反复说道，“我相信你的话，凯妲。”

“命人杀掉她的是金球。”凯妲说道，“那个凶手就是他的保镖、司机，叫安布罗修。”

“金球？”卡利托斯，贝塞利达一下子跳了起来，不停地直眨眼。他看了佩利基托一眼，又朝我看了看。他后悔了，看看凯妲，又朝地上看去，像个傻瓜似的不停地说道：“金球？金球？”

“你是说费尔民·萨瓦拉？我看你疯了。”伊翁激怒了，也站了起，高声喊道，“贝塞利达，你听她胡说些什么呀！即使确有其事，也不能乱说。她没有证据，都是她编造出来的！”

“奥登希娅向金球要钱，并威胁说要把他的事告诉他的太太，要把他和司机的事到处宣扬，在大街上，在广场上宣扬！”凯妲吼叫了起来，“我不是编造，金球不但没有给她钱买去墨西哥的机票，反而命司机杀了她。您敢说出去吗？您敢发表吗？”

“我们所有人都要沾上一身臭屎了。”卡利托斯，贝塞利达一下子跌坐在椅子上，直喘粗气，也不看我。蓦地，他拿起帽子戴在头上，仿佛只是为了让手中有点事干：“你有什么证据？你是怎么知道的？你这样毫无根据地乱说，我可不愿让人当猴耍，凯妲。”

“我早就跟你说她在胡说八道，我对你说了不下一百次了。”伊翁说道，“她根本拿不出证据。她那时在哇卡契纳，什么也不知道。即便她有证据，谁又会理她呢？谁会相信呢？费尔民·萨瓦拉是个有钱有势的人。贝塞利达，你开导开导她，再胡说下去，她就会出事的。”

“你自己沾了一身臭屎，凯妲，还要把臭屎往我们大家身上洒。”卡利托斯，贝塞利达嘟嘟囔囔地说道，一面挤眉弄眼，一面戴正帽子，“你难道想让我们因为发表这事而被关进疯人院去吗，凯妲？”

“贝塞利达这种人能这样做，真不简单。”卡利托斯说道，“这次丑闻还算有好处，起码让我们发现贝塞利达还有人情味，还能够做做好事。”

“小萨，您没有别的事了吧？”贝塞利达看着表，喃喃说道，声音自然，但听得出他很难过，“那您就先回去吧。”

“胆小鬼，无耻！”凯妲嘶声说道，“我就知道我说也白说，我就知道你不敢发表！”

“幸好你还站得起来，还能走出来，没哭出声来。”卡利托斯说道，“我担心的是所有的妓女都会知道此事，你就不能再去那家妓院了。不管怎么说，那可是最好的妓院，小萨。”

“其实我那天幸亏遇上了你。”圣地亚哥说道，“那天晚上要是没有你，我真不知怎么办才好，卡利托斯。”

是的，小萨，你幸亏遇到了卡利托斯，你幸亏到了圣马丁广场而没回到巴兰科区你的住处在孤独的房间里趴在枕头上痛哭，感到整个世界都垮了，想自杀，也想杀死那可怜的老头子。圣地亚哥站起身来，道了再见就走出了小客厅，在走廊里同小罗贝托撞了个满怀。他来到5月2日广场，一路上没遇到一辆出租汽车。小萨，你张着嘴呼吸着冰凉的空气，你感到心跳，你边走边跑，乘上了一辆私人汽车。在哥尔梅纳路下车后，在商店的门廊下踟蹰着。突然，你看见卡利托斯那邋遢的身影正在塞拉酒吧里从桌旁站起来向你招手：小萨，你们从伊翁那里回来了？见到那个叫凯妲的女人了吗？佩利基托和贝塞利达呢？然而当他走近圣地亚哥的时候，他的声音变了：你怎么了，小萨？

“我感到不舒服。”小萨，你一下子抓住了他的胳臂，“老兄，我很不舒服。”

卡利托斯站在那里不知所措地看着你，迟疑了片刻，在你肩上拍一下：还是去喝一杯吧，小萨。圣地亚哥让他拖着，像个夜游病患者似的走下了“黑黑”酒吧的地下楼梯，迷迷糊糊、趔趄着穿过了幽暗的酒吧间。酒吧里人不多，他俩经常坐的桌子空着。卡利托斯向侍者要了两瓶德国啤酒后斜靠在糊着《纽约客》杂志封面的墙上。

“咱们总是到这儿来解闷，小萨，”圣地亚哥回想：他的头发是鬈曲的，双目充满了友情，面孔黄黄的，没刮脸。“这个地方快把我们变成浑浑噩噩的人了。”

“要是直接回公寓，我非疯了不可。”圣地亚哥说道。

“我还以为你哭是由于喝醉了呢，看样子又不像，”卡利托斯说道，“所有的人最后都跟贝塞利达闹得不欢而散。他是不是在妓院里喝醉酒骂你了？别理他，伙计。”

《纽约客》封面上画着漫画，五颜六色，闪闪地反着光。看不清面孔的人在嗡嗡地谈着话。侍者端来了啤酒，二人同时喝了起来。卡利托斯越过自己的杯子瞅了圣地亚哥一眼，递给他一支香烟，又给他点上。

“咱们第一次受虐狂患者式的谈话就是在这里进行的，小萨。”卡利托斯说道，“那次我们都承认了，一个是倒运的诗人，一个是失败的共产党，现在我们俩仅仅是新闻记者，成了好朋友，小萨。”

“我心里有团火在燃烧，我非要把这一切说出来不可，卡利托斯。”圣地亚哥说道。

“好吧，只要能使你轻松点儿，那你就说出来吧。”卡利托斯说道，“但是你要想好。有时我控制不住就把私事说了出来，事后又后悔，痛恨起了解自己弱点的人。你可不要到了明天就恨我，小萨。”

然而圣地亚哥又哭了起来，他趴在桌子上，用手帕把嘴紧紧捂住，想把哭声憋回去。他感到卡利托斯把手放在他的肩上：镇静点儿，镇静点儿。

“我明白了，一定是那件事。”圣地亚哥回想：卡利托斯同情而胆怯地轻声说道："是不是贝塞利达喝醉了，在全妓院人的面前把你父亲的事说了出来?"

小萨，你倒了霉，但不是在你得知此事的那一刻，而是在这间酒吧中，当你知道整个利马都知道你爸爸搞同性恋而只有你一个人蒙在鼓里的时候。酒吧的琴师在钢琴上演奏起来，黑暗中不时传来女人的荡笑，啤酒的味道发酸，侍者拿着电筒收起酒瓶，又端来了几瓶。小萨，你一面拧着手帕揩着嘴巴和眼睛，一面叙述了起来。圣地亚哥回想：天不会塌下来，我不会发疯，也不会自杀。

"人们的舌头，妓女们的臭嘴，你是了解的。"圣地亚哥回想：卡利托斯也大吃一惊，吓呆了，在座位上一俯一仰地说道："凯姐这样讲是为了将贝塞利达一军，堵住他的嘴，是报复贝塞利达给她制造的难堪。"

"他们谈论我爸爸的口气随便极了，"圣地亚哥说道，"而且当着我的面，卡利托斯。"

"糟糕的倒不是关于他派人干掉缪斯的神话，那肯定是造谣生事，小萨。"圣地亚哥回想：他嗫嚅着说，因为他感到自相矛盾。"而是你知道了你爸爸的另一件事，而且又是从那种人口里得知的。小萨，我还以为你早就知道了呢。"

"金球，金球的打手，金球的司机，"圣地亚哥说道，"我爸爸这辈子干的事他们好像全了解，好像他这一生是在脏事里度过的，卡利托斯，而且是当着我的面说的。"

这不可能。小萨，你吸着烟，这一切肯定是造谣，你喝着酒，打着嗝。你的声音嘶哑了，反复地说着：这不可能。卡利托斯的面孔在杂志封面的衬托下，在烟雾的笼罩下显得模模糊糊：小萨，你觉得这种事可怕，其实并不可怕，还有更可怕的呢，你会习惯的，这一切关你什么屁事。卡利托斯又要了啤酒。

"我要把你灌醉，"卡利托斯做了个怪相说道，"到那时你的身体就顶不住了，就不会多想了，再喝几杯你就会觉得不值得这么痛心了。”

圣地亚哥回想：实际上是他先喝醉，然后我才醉。卡利托斯站了起来，消失在黑暗中，女人哧哧的荡笑声断断续续，钢琴声显得很单调。安布罗修，我本想把你灌醉，可我倒先醉了。卡利托斯又回来了：我尿了一公升的啤酒，小萨，你瞧，我们这不是在浪费钞票吗？

“您为什么想把我灌醉？”安布罗修笑了，“我从没喝醉过，少爷。”

“原来编辑部的人全都早就知道了。”圣地亚哥说道，“我不在的时候，他们是不是总议论我，说我是金球的儿子，是同性恋者的儿子？”

“你这样讲，好像是你自己而不是你爸爸有问题，”卡利托斯说道，“别犯傻了，小萨。”

“可我从来没听说过，在中学里，在区里，在大学里，什么也没听到过。”圣地亚哥说道，“如果确有其事，我肯定能听到些风声，也会有所怀疑，可我从来没听说过，卡利托斯。”

“也可能是飞短流长，”卡利托斯说道，“在我们国家，流言蜚语闹腾久了，就会变得好像确有其事。别再想了。”

“也许是我自己不想知道，”圣地亚哥说道，“也许是我自己不想了解。”

“不是我安慰你，我也没有理由安慰你，你根本不了解内情。”卡利托斯打着嗝说道，“如果是假的，你倒是应该去安慰你的爸爸，因为他是受害者。如果是真的，你也应该去安慰他，因为他的生活可能极其缺乏乐趣。别再想了。”

“搞同性恋那种事不可能是真的，卡利托斯，”圣地亚哥说道，“肯定是污蔑，根本不可能，卡利托斯。”

“那婊子肯定是由于某种事而非常恨你爸爸，就编造了那个神话进行报复。”卡利托斯说道，“也许是由于床笫之事，也许是想讹诈他，找他要钱。你能不能用个什么办法跟他打个招呼？你有好几年没有见过他了吧？”

“跟他打招呼？我去打招呼？发生了这种事，你想我还会去看他？”圣地亚哥说道，“我都臊死了，卡利托斯。”

“没有人会由于害臊而死去。”卡利托斯微微一笑，又打了个嗝，“总之，你会想出个办法向他打招呼的。不管怎样，这个神话总有办法埋葬掉。”

“你是了解贝塞利达的为人的，”圣地亚哥说道，“他根本不会埋葬掉，你也清楚他会怎样做。”

“我当然清楚，他会去跟阿里斯佩商量，阿里斯佩会去找头头。”卡利托斯说道，“你以为贝塞利达是傻瓜？阿里斯佩是个傻瓜？好人的名字从来不会在侦破新闻版上登出来的。你难道还要为此担心，害怕出丑？小萨呀，你还是个资产阶级。”

卡利托斯打了个嗝，放声大笑起来，又接着说，越说越离题：小萨，今天晚上你算是长大成人了，否则你一辈子也成熟不了。圣地亚哥回想：是的，我运气真好，看到卡利托斯喝醉酒，听到他打嗝，说胡话，我不得不把他拖出“黑黑”酒吧。叫一个小孩去叫出租汽车的时候，我不得不在门廊里搀扶着他。我运气真好，还得把他送回乔里约斯区，搀扶着他走上他家那破旧的楼梯，给他脱掉衣服，服侍他睡下。圣地亚哥回想：我当时明明发觉他的醉态是装出来的，是为了使我分心，让我有点儿事干，让我把注意力集中在他身上而不是光想自己的事。圣地亚哥思忖着：卡利托斯，我要给你送本书去，我明天一定去看你。尽管当时嘴里发苦，脑子昏昏沉沉，浑身像散了架，可第二天早晨，圣地亚哥就感到舒服了，他回想：我后来虽然仍感痛苦，却坚强了起来。那天晚上，我在卡利托斯房间的软椅上和衣而卧，腿都麻了，但睡得很平静，一夜的噩梦使我变了个人，变得成熟了。便池和盥洗盆之间有一个狭小的淋浴处，凉水使我直打冷战，却使我完全清醒了过来。圣地亚哥慢慢地穿好衣服，卡利托斯趴在床上，还在熟睡，头垂到了床外，只穿着短裤和袜子。街上，薄雾并未能遮住阳光，只是使得阳光朦朦胧胧的。街角的咖啡馆里，头戴蓝色帽子的电车工人正倚在柜台上谈论足球赛。圣地亚哥要了一杯牛奶咖啡，问了时间，整十点，爸爸肯定在办公室里。小萨，你既不紧张也不激动了。为了借用电话，他不得不从柜台下钻过，穿过一条堆满麻袋和箱子的过道。他一面拨号码一面看着沿着房梁爬动着的一串蚂蚁。喂！当他听出奇斯帕斯的声音的时候，他的手突然出汗了。

“你好，奇斯帕斯，”圣地亚哥站在那里，感到浑身发痒，感到地面发软，“对，是我，圣地亚哥。”

“小心，小声点儿，”奇斯帕斯小心翼翼地低声说道，“你过一会儿再来电话吧，老头子就在这里。”

“我正是要跟他讲话，”圣地亚哥说道，“对，跟老头子，请他来听电话，我有急事。”

电话那一头静了下来，他感到恐慌、沮丧，也许是害怕。远处传来打字机的噼啪声和奇斯帕斯那茫然的干咳声，他大概瞅着电话不知如何是好，接着响起了他那故作惊奇的声音：真的，是瘦子来的电话，真的，是超级学者。打字机立刻不响了。他在哪儿？他怎么又还魂了，还等什么，为什么还不回家？对，爸爸，是瘦子打来的，他想跟你讲话。一阵讲话声盖过了奇斯帕斯的声音，奇斯帕斯不响了。小萨，你的面孔涌上了一片红潮。

“喂，喂，你是瘦儿子？”小萨，还是几年前那个声音，但有些嘶哑，声音中忧喜交加，惊奇得喊了出来，“我的儿子，瘦儿子，是你吗？”

“你好，爸爸，”圣地亚哥站在过道的尽头，背后是柜台，电车工人们在大声说笑，旁边是一排消毒牛奶瓶，蚂蚁在饼干筒之间消失了。“对，是我，妈妈好吗？家里人都好吗，爸爸？”

“都在生你的气呢，瘦儿子，大家每天都在等你，瘦儿子，”小萨，他的声音中充满了希望、困惑和焦急，“你呢，你好吗？你是在哪儿打电话的，瘦儿子？”

“我在乔里约斯，爸爸。”圣地亚哥思忖着：都是谣言，不是真的。他回想：我那时还认为不可能，纯粹是污蔑呢。“我想跟你说件事，你现在没事吧？我今天早晨可以见见你吗？”

“可以，我马上就去。”突然，他吃了一惊，焦急地说道，“你没出什么事吧，对不对，瘦儿子？你没卷进什么纠纷里去吧，是不是？”

“没有，爸爸，什么纠纷也没有。你要是愿意，我在赛艇俱乐部门口等你，我这儿离俱乐部很近。”

“我这就去，瘦儿子，半小时后我就到，最多半小时，我马上就动身。奇斯帕斯要跟你讲话，瘦儿子。”

一阵嘈杂声，听得出是椅子的响声、门的响声和打字的噼啪声，远处还传来了汽车喇叭声和摩托的发动声。

“老头子一下子年轻了二十岁，”奇斯帕斯说道，显得很喜悦，“他刚刚出去，就像去找失去的魂儿。为了装作我们从未见过面，我刚才真不知如何是好。你怎么了？出了什么事？”

“没有，没什么，”圣地亚哥说道，“太久了，我要跟他和解。”

“早该如此，早该如此。”奇斯帕斯说了一遍又一遍，很高兴，但也有点不敢相信，“你等等，我先给妈妈打个电话。你要回家，我得先告诉她一声，否则她一见到你非昏过去不可。”

“我现在还不回家，奇斯帕斯。”圣地亚哥听到奇斯帕斯开始抗议了：喂，你这家伙，你不能这样。“星期天，你告诉妈妈我星期天去吃午饭。”

“那好，就星期天。我和蒂蒂先告诉她一声，”奇斯帕斯说道，“很好，任性的孩子，我叫妈妈给你做虾汤吃。”

“你还记得我们最后一次见面吗？”圣地亚哥说道，“就在赛艇俱乐部门口，大概有十年了。”

圣地亚哥走出咖啡馆，顺着大路走到堤岸。他没有下台阶朝赛艇俱乐部走去，而是沿着马路出神地款步而行：圣地亚哥回想：我当时也为自己所做的事感到奇怪。他看到下面就是俱乐部那两片空无一人的小海滩，海浪很高，大海吞噬了细沙，海浪撞击在堤岸上，浪花就像带有泡沫的舌头舔着沙滩。沙滩上此时空荡荡的，要是在夏天，早就挤满了阳伞和洗海浴的人。小萨，你有多少年没到赛艇俱乐部来游泳了？考上圣马可之前我就不来了，有五六年了，像是过了一百年，圣地亚哥回想：而现在看起来像是过了一千年。

“我当然还记得，少爷。”安布罗修说道，“那天您和您父亲重归于好了。”

那边是不是在修建一个游泳池？篮球场里有两个穿着运动服的人在投篮。划艇运动员进行训练的浅水处似乎干涸了。这种季节，奇斯帕斯还练习划艇吗？小萨，对你的家人来讲，你成了个陌生人，你不了解你的兄妹的情况，不了解他们在干什么，有多大变化，在什么方面有所变化。他来到了俱乐部门前，在一张系着铁链的石凳上坐了下来。警卫的门房里没有一个人，从石凳处可以看见甜水俱乐部。沙滩上没有帐篷，小吃店也关着门，雾气遮住了巴兰科区和观花埠的沿海断壁。圣地亚哥回想：在甜水和赛艇两个俱乐部之间那片岩石嶙峋的小海滩上——圣地亚哥回想：妈妈会说那是乔洛们去的地方——有两条船搁浅在那里，其中一条船的壳上全是窟窿。天气很冷，海风吹乱了他的头发，他嘴唇上感到了咸味。他在那片小沙滩上走了一会儿，在一条船上坐了下来，点上一支烟。爸爸，我要是不离家出走就不会知道你的事。几只海鸥在盘旋，在岩石上停了下来，片刻后又飞走了。海鸭子潜入水中，有时尖喙上叼着小鱼冒出水面，鱼儿挣扎着，小得几乎看不见。圣地亚哥回想：那天，海水是灰绿色的，撞在岩石上的海浪爆散成带有泥沙的泡沫，有时可以望见一群闪光的水蝗或一团团的姆衣姆衣①。爸爸，我是不该上圣马可大学的。小萨，可你并没有哭，你的腿也没有打战。你爸爸马上就要来了，你将像个男子汉那样，既不会跑去投入他的怀抱中，也不会说：爸爸，请你说那都是

① 音译，一种水生动物。

些谣言，爸爸，你要说并无此事。汽车在远处出现了，为了躲开甜水俱乐部路上那些坑坑洼洼的地方，汽车蜿蜒而行，掀起一阵尘烟。圣地亚哥站起来迎了上去。我要不要装作没事的样子让他什么也看不出来？我应不应该哭呢？圣地亚哥回想：不，我当时不能哭。是安布罗修开的车吗？我看到的那张脸是安布罗修吗？是他，从车窗里，我看到了他那张笑嘻嘻的面孔，也听到了他的声音：圣地亚哥少爷，您好吗？老头子的身影也出现了。圣地亚哥回想：他增添了白发，皱纹多了，人也瘦了许多。瘦儿子！这是他发哑的声音。圣地亚哥回想：他什么也没说就张开双臂把我搂进怀里，搂了很长时间，用嘴亲着我的面孔。我闻到了他那花露水的气味。我也哑声说道：爸爸，你好吗，爸爸？小萨，你内心在想：那一切全是污蔑，没有一点是真的。

“您不知道先生那天有多高兴啊。”安布罗修说道，“您想想吧，父子和解对他来说可是件大喜事。”

“你等在这里要冻坏的，这天气太糟了。”小萨，他把手放在你的肩上，推着你向赛艇俱乐部走去，“来，我们进去吧，你需要喝点儿热的。”

父子二人一声不吭地慢慢走着，穿过篮球场，从边门走进了俱乐部的大楼。堂费尔民击了两下掌，侍者马上匆匆地出来了，一面走一面系着上衣的扣子。二人要了咖啡。

“不久后你就不在我家干了，是吧？”圣地亚哥说道。

“我也不知道我为什么还当这个俱乐部的成员，我从来不到这儿来。”圣地亚哥回想：他嘴里说着，可眼睛仿佛在说：你好吗？近来如何？我每年每月每日都在等你，瘦儿子。“我想你的哥哥和妹妹也不会来，早晚我要把这儿的股票卖掉，现在要值三万索尔呢，我那时仅花了三千索尔买进。”

“我记不清了，”安布罗修说道，“对，大概是不久后。”

“你瘦了，眼圈也发黑，你妈妈要是看见你，非吓坏不可。”小萨，他想指责你，却又说不出口。他的微笑显得很激动，也很伤心。

“晚上工作对你不合适，你不适合单独生活，瘦儿子。”

“其实我还胖了呢，爸爸，我看你倒是瘦了许多。”

“我还以为你永远不会给我打电话了呢，我太高兴了，瘦儿子。”卡利托斯，我只要稍微把眼睛再瞪大一点，他就会明白。“别的都不去说了，你出了什么事？”

“什么事也没出，爸爸，”卡利托斯，我本应该突然攥紧拳头或是跟他翻脸，“有一件事……怎么说呢？可能会给你带来麻烦，怎么说呢？我想事先跟你打个招呼。”

侍者端来了咖啡，堂费尔民递给圣地亚哥一支烟。透过玻璃窗，可以看到那两个穿运动服的人在做假动作，在投篮。堂费尔民等着他说下去，脸上几乎没有一丝惊奇的神色。

“不知你看报了没有，爸爸，是关于那桩凶案的，”卡利托斯，他并不惊奇，一点也不惊奇，他只是一个劲儿地瞅着我，看我的衣服，我的身体。他这是装出来的吗，卡利托斯？“是关于那个在赫苏斯·玛丽娅区被刺的歌女，在奥德里亚时期给卡约·贝尔穆德斯当过情妇的那个女人。”

“啊，对，”堂费尔民做了个模棱两可的表情，他的神情仍同刚才一样和蔼，只是稍微有点好奇，“那个女人叫缪斯。”

“《纪事报》正在对她的私生活进行调查。”卡利托斯说：小萨，你瞧，还是我说得对，那一切都是造谣，你根本用不着如此痛苦。“他们想把事件追究到底。”

“你在发抖，天这么冷，你连毛衣也不穿。”卡利托斯，他对我的话不感兴趣，只是瞅着我的脸，用目光指责我不该单独生活，指责我不早给他打电话。“这没什么可大惊小怪的，《纪事报》就喜欢登耸人听闻的消息。不过，事情进行得怎么样了？”

“昨天晚上，报社接到一封匿名信，爸爸，”小萨，他这么爱你，还要跟你演戏吗？“信上说，杀死那个女人的凶手从前给卡约·贝尔穆德斯当过打手，现在是某人的司机，并且写出了你的名字，爸爸。

报社很可能把匿名信送到警察局去了。”圣地亚哥回想：是的，是因为他爱我。“总之，我想先通知你一声。”

“安布罗修？你指的是他？”小萨，他笑了，这很少见，他笑得很自然，很自信，仿佛对此事刚刚产生兴趣，仿佛对此事刚刚有所理解。“安布罗修给卡约·贝尔穆德斯当过打手？”

“相信这封匿名信的人还是有的，爸爸。”圣地亚哥说道，“总之，我想先给你打个招呼。”

“那可怜的黑家伙当过打手？”小萨，他的笑声很坦然、愉快，面孔仍是一副轻松的神态，眼睛仿佛在说：幸好是件可笑的蠢事，而不是你出了问题，瘦儿子。“那可怜的人连个苍蝇都不敢打。贝尔穆德斯把他让给我，是因为他要雇一个警察给他开车。”

“我只是希望你知道一下，爸爸。”圣地亚哥说道，“如果记者和警察局进行调查，就要闹得全家不安了。”

“你做得对，瘦儿子，”小萨，他连连头点，微笑着小口小口地喝着咖啡，“有些人就是想给我找麻烦，叫我失去耐心。这不是第一次，也不会是最后一次。人嘛，就是如此。要是那可怜的黑家伙知道有人说他竟能干这种事……”

堂费尔民又笑了起来，喝掉最后一口咖啡，揩了揩嘴：瘦儿子，你要知道，你爸爸这辈子不知接到过多少这种可耻的匿名信。他温柔地看了圣地亚哥一眼，欠起身抓住了圣地亚哥的胳膊。

“但是，有一件事我很不高兴，瘦儿子，这种新闻是《纪事报》让你搞的吗？你必须为此而奔忙吗？”

“不，爸爸，我跟这种新闻不搭界，我是在地方新闻组工作的。”

“但是夜间工作对你身体不好，你要是这样瘦下去会得肺病的。别干记者这一行了，瘦儿子，我们去找一个适合你的工作吧，找一个白天干的工作吧。”

“《纪事报》里的工作根本算不得什么，爸爸，每天只工作几个小时，比别的工作要轻松。我整个白天都没事，可以去上学。”

“你在听课吗？你真的在听课？克洛多米罗告诉我说你一直在听课，还通过了考试，可我一直不知道应不应该相信他的话。你这话可是真的，瘦儿子？”

“当然是真的，爸爸，”我说这话脸不红，心不跳，这也是从你身上继承下来的，爸爸。“我已经上法律系三年级了，马上就毕业了，你等着瞧吧。”

“你到现在还没改变主意？”堂费尔民慢慢地说道。

“我不是改变了吗？这个星期天我就回家吃午饭，爸爸，你可以去问奇斯帕斯，我叫他通知妈妈了。以后我会经常去看望你们的，我答应你。”

小萨，他的眼神黯淡了下来。他在位子上一挺身子放开了圣地亚哥的胳膊，想装出笑容，但脸色仍然很沮丧，嘴角露出一丝苦笑。

“我不为难你，但起码你要考虑考虑。你先别拒绝，听我说完。”堂费尔民喃喃地说道，“既然你这么喜欢《纪事报》，你可以干下去，但你也可以有一把家里的钥匙。我们在书房隔壁给你准备一间房子，你还是完全独立的，跟现在一样。这样一来，你妈妈也就放心了。”

“什么你妈妈很难过，什么你妈妈成天流泪，什么你妈妈总是为你祈祷，”圣地亚哥说道，“其实她从第一天起就习惯了，卡利托斯，我是了解她的。其实度日如年的、不习惯的，是我爸爸。”

“你是能够独立生活、能够自食其力的，这一点你已经证实了，”堂费尔民说道，“所以，你可以回家了，瘦儿子。”

“再让我这样过一段时间吧，爸爸，以后我每星期回家一次，我跟奇斯帕斯说过了，你可以去问他。我答应你，爸爸。”

“你不仅人瘦了，连衣服也没得穿，手头很紧吧？你为什么要这么傲气呢，圣地亚哥？做爸爸的不就是为了帮助你吗？”

“我不需要钱，我赚的钱足够我用的了。”

“你一个月的工资才一千五百索尔，那还不饿死？”小萨，他低下了头，为自己了解你的处境而感到惭愧，“我并不想指责你，瘦儿子，但是我不理解你，不理解你为什么不要我帮助你。”

“我要是需要，会找你要的，爸爸，可我现在够用，我不是个爱花钱的人，公寓很便宜。我不感到钱紧，我不骗你。”

“你现在可以不必为爸爸是个资本家而感到羞耻了。”堂费尔民淡淡地微微一笑，“贝尔穆德斯那坏蛋差一点儿把我们搞得破产，他冻结了我们的支票，取消了我们好几个合同，派了个监督员用放大镜清理我们的账目，还用苛捐杂税逼我们破产。现在的普拉多政府又是个可怕的黑手党。我们在贝尔穆德斯出走之后恢复的合同又被他们夺去转给亲普拉多的人了。照这样下去，我也要去当共产党了，跟你一样。”

“那你为什么还要给我钱？”圣地亚哥想开玩笑，“也许我还得帮助你呢，爸爸。”

“大家对奥德里亚不满，是因为他掠夺财产，”堂费尔民说道，“现在的政府同样进行掠夺，甚至比以前更厉害，大家却很满意。”

“因为现在进行掠夺时注意了方式方法，爸爸，人们还看不太出来。”

“那你为什么还要在普拉多分子控制下的报社里工作？”卡利托斯，他对我显得低声下气。如果我对他说：你下跪求我，我就回家。他肯定会下跪。“他们不是比你爸爸更加资本家吗？你难道宁可给他们当小职员也不愿意跟我一道工作，挽回一下快要垮掉了的几个小生意吗？”

“你瞧，我们不是谈得很好吗，你怎么又生气了，爸爸？”卡利托斯说：他是有点儿低声下气，但他只能这样。“我们最好不要谈这些事了。”

“我没有生气，瘦儿子，”小萨，他害怕了，他怕你星期天不回家，怕你不再给他打电话，那他又要几年见不到你了，“我不过是由于你看不起我而感到痛苦，仅此而已。”

“别这么说，爸爸，你知道我不是看不起你，爸爸。”

“好吧，我们不争了，我并没有生气。”他唤来了侍者，掏出钱来，为了掩饰自己的失望，他又微微一笑，“那么星期天我们等你，你妈妈非高兴死不可。”

父子二人穿过篮球场，两个玩球的人已经走了，雾气已经消散，可以看到远处那褐色的断壁和沿堤大街上家家户户的房顶。二人在离汽车几米处停了下来。这时安布罗修早已下车打开了车门。

“我一直搞不懂，瘦儿子，”小萨，他低着头不看你，仿佛是在对潮湿的土地或长满青苔的岩石讲话，“你离家出走，我起初以为是由于你有自己的想法，是共产党，愿意像穷人那样生活，想为穷人斗争。可是，你真的是这样吗，瘦儿子？你甘愿在这种平庸的位置上干下去，为了一个无所作为的前途？”

“劳驾了，爸爸，我们别再争吵了。我求求你了，爸爸。”

“我对你这样讲是因为我爱你，瘦儿子，”圣地亚哥回想：他的眼光发呆，声音破碎，“你的前途是无量的，你是可以成为一个有所作为的人的，你是可以干一番大事业的，可你为什么要这样毁了自己的一生呢，圣地亚哥？”

“我就不往前走了，爸爸。”圣地亚哥吻了他，离开他，“星期天见，我十二点左右到。”

圣地亚哥大步朝小海滩走去，拐了弯，又沿着马路朝沿堤大街走去，登上街坡的时候，他听到了汽车的发动声，看到汽车在甜水俱乐部门前那坑洼不平的地面上颠颠簸簸地驶远，消失在尘埃中。小萨，你一直没低头。圣地亚哥回想：你现在要是还活着，还会找各种理由叫我回家的，爸爸。

“你瞧怎么样，看报了吧？一个字也没提凯姐。”卡利托斯说道，“你跟你爸爸言归于好了，还要去同妈妈握手言欢，星期天他们会怎样接待你呢，小萨？”

圣地亚哥回想：家人用欢笑声、开玩笑和哭声接待了我。坚冰打破了，原来并不难。我叫了门，片刻后门开了，只听得蒂蒂一声欢叫：妈妈，他来了。圣地亚哥回想：那天刚刚浇过花园，草地湿润，喷水池里却是干干的。我的心肝，我的孩子，你这没良心的！小萨，你妈妈搂住了你的脖子，她又是拥抱又是哭泣又是亲吻，老头子、奇斯帕斯和蒂蒂微笑着，女仆们在周围忙来忙去。我的孩子，你还要发疯到什么时候？亲爱的孩子，你这么折磨妈妈不感到内疚吗？可是安布罗修不在了，爸爸，可见那一切并非无中生有。

“我发现你走进编辑部的时候，贝塞利达显得很尴尬，”卡利托斯说道，“他一看见你差点儿把烟头吞进去，真令人难以置信。”

“除了那婊子说的蠢话，没有什么新的发现。”贝塞利达绝望地揉弄着稿纸说道，“请您再写篇凑数的稿子吧，小萨，就说调查正在进行，正在跟踪追击，随便怎么写都可以，一页稿纸就够了。”

“贝塞利达还是有人情味的，小萨，”卡利托斯说道，“这件凶案最大的价值就是使我们发现了贝塞利达还有良心。”

你瘦了，眼圈发黑。大家走进客厅。谁给你洗衣服？圣地亚哥坐在索伊拉太太和蒂蒂之间。公寓里的饭食好吗？好，妈妈。老头子的眼睛里一点不自在的神态也没有。你还在听课？他声音中一丝同谋犯的慌乱也没有。他微笑，说笑话，充满希望，非常幸福，他可能估量我会回家，一切都会解决。蒂蒂：你说实话，别耍花招，我根本不信你没有情人。蒂蒂，我真的没有。

“安布罗修走了，你知道吗？”奇斯帕斯说道，“他突然走掉了，一天之内就不见了。”

“佩利基托总躲着你？阿里斯佩跟你讲话总是让你三分？埃尔南德斯总是带有嘲意地瞅你？”卡利托斯说道，“这不正是你所希望的吗！你不是喜欢受虐待吗？他们都有自己的问题，没有时间同情你。再说，同情你什么呢？妈的，你还用人同情？”

“他回老家去了，说想买辆车，开出租车。”堂费尔民微笑了一下，“可怜的黑家伙，但愿他诸事如意。”

“这正是你所希望的，”卡利托斯笑了起来，“你希望全编辑部的人都议论你，传你的闲话，拿你开玩笑，然而人家就是不开口，不是不了解情况就是给吓坏了。小萨，你失望了。”

“现在爸爸自己开车了，他不愿意再雇个司机。”蒂蒂笑了起来，“你要是看见他开车的样子非笑死不可，一小时只开十公里，每个街口都刹车。”

“你说大家都对你很诚恳，对你微笑，对你友好，这样反倒使你不安？”卡利托斯说道，“这正是你所希望的，可实际上大家什么都不知道，也许是事不关己高高挂起，小萨。”

“她净胡说，从家里到办公室，我比奇斯帕斯先到。”堂费尔民笑了起来，“我是为了省几个钱，再说我发现我很喜欢自己开车。唉，人老了反倒要出天花了。瞧这虾汤颜色多好看。”

妈妈，太好吃了，我当然还要一点。我给你剥虾皮吧，好吗？好的，妈妈。小萨，你爸爸是演员、伪善者还是坏蛋？好的，妈妈，我把衣服拿回来让用人洗。一个人有这么多副面孔，就很难知道哪个是他的真面目了。好的，妈妈，我每个星期天都来吃午饭。他使出浑身解数奋斗着，为了不被人吃掉，他就得吃人；他到底是受害者还是害人者？典型的秘鲁资产阶级。好的，妈妈，我要每天来一次电话告诉你我的情况，告诉你我需要什么。他在家里是孩子们的好父亲，在生意上是不讲道德的商人，在政治上是投机分子，同其他人一模一样，是吗？好的，妈妈，我一定学到毕业，当个律师。跟自己的老婆，他是个阳痿症患者；跟众多的情妇，他永不满足；跟自己的司机，他可以脱下裤子。是不是这样？好的，妈妈，我不再熬夜了，我要穿得暖暖的，不再吸烟了，我一定注意身体。圣地亚哥回想：他涂上凡士林，气喘吁吁，满嘴口水，在司机身下像个正在分娩的孕妇。

“是的，是我教会奇斯帕斯少爷开车的。”安布罗修说道，“当然是背着您父亲教的。”

“我从来没听到贝塞利达或佩利基托议论你。”卡利托斯说道，“也可能我在场时他们不谈，他们知道我们是好朋友。也可能他们议论过好几天、好几个星期之后就觉得没意思了，忘掉了。在缪斯被刺的问题上不就是这样吗？在我们这个国家的任何问题上不都是如此吗，小萨？”

小萨，几年来，你的生活浑浑噩噩，白天碌碌无为，夜间单调乏味，啤酒、妓院、报道、专稿。圣地亚哥回想：稿纸够我一辈子擦屁股用的了。在“黑黑”酒吧里聊天，星期天去吃虾汤，在《纪事报》的食堂里赊账用餐，看上几本书。小萨，你喝得酩酊大醉时没有信念，你睡女人时没有信念，你搞新闻业务时也没有信念。你月底负债，你在慢慢地得到解脱，你被无情地拉入看不见的泥潭。圣地亚哥回想：只有缪斯的事震动了我。小萨，她使你痛苦，使你失眠，使你哭泣。圣地亚哥回想：缪斯啊，啃噬你的蛆虫震动了我，使我有了些生气。卡利托斯摆动着手掌，稍稍抬起拇指，吸了一口气。他的头仍然向后仰着，仍然靠在墙上，一半面孔被灯光照得通亮，另一半则显得有些神秘、深奥。

“契娜跟大使夜总会的一个乐师好上了。”他的眼睛无神，呆滞滞的，“小萨，我也有我的苦恼呢。”

“好了，你瞧，天快亮了，”圣地亚哥说道，“我又得扶你回家睡觉了。”

“你是个倒了霉的好人，跟我一样，什么苦头都吃过了，”卡利托斯一板一眼地说道，“但还有一种苦头你没吃过。你不是说你想体验体验生活吗？那就去真正地爱上一个妓女吧，那就有你的苦头吃了。”

卡利托斯微微垂下了头，以一种含混不清、毫无把握的声音曼声地朗诵起来，但总是反复朗诵着一句诗。他断断续续地朗诵着，有时则无声地哭着。已经快清晨三点了，诺尔文和罗哈斯走进了“黑黑”酒吧。卡利托斯到这时已经说了很长时间的醉话。

“竞争结束，我们撤退了。”诺文尔说道，“小萨，我们让你和贝塞利达放手去干。”

“今天不准谈报社的事，不然我就走。”罗哈斯说道，“三点了，诺尔文，忘掉你那《最后一点钟》吧，忘掉缪斯吧，不然我可要走了。”

“诺尔文，你看起来是个新闻记者，可专门搞些耸人听闻的脏东西。”卡利托斯说道。

“我现在不在侦破版了，这个星期我就回地方版。”圣地亚哥说道。

“缪斯案件我们不搞了，让贝塞利达一个人去搞吧。”诺尔文说道，“现在事情完了，再也闹不出新花样来了，你信不信？小萨，不会有什么新发现了，因此也就不成为新闻了。”

“你别再挖掘秘鲁人最低下的本能了，还是请我喝杯酒吧，你这专搞耸人听闻消息的行家。”卡利托斯说道。

“我知道贝塞利达还在煽风点火，”诺尔文说道，“我们不玩了，闹不出什么名堂出来了，你信不信？你得承认，到目前为止，我们两家在抢先发表新闻上总分相等。”

“那乐师是个黑白混血儿，头发烫得直直的①，肌肉很结实。”卡利托斯说道，“是个敲鼓的。”

“我向你透露个消息吧，警察局把案子压下了，”诺尔文说道，“这是潘托哈今天下午告诉我的。我们现在只是原地踏步，除非出现偶然的情况。大家都烦了，不会再有新的发现了。你把这消息告诉贝塞利达吧。”

圣地亚哥回想：警察局是不想有所发现还是发现不了什么？他们不想搞下去，你就等于被害了两次，缪斯。是不是有过私下的交易、各种场合的交涉和走后门之类的事？是不是有过互访互拜、私下会谈或什么命令？

“我今天下午到大使夜总会去找他了，”卡利托斯说道，“他问：你是不是来打架的？我说：不，老兄，我是来找你谈谈的，告诉我，

---

① 黑人头发一般短而鬈曲，为了漂亮一些，人们把头发烫直。

契娜对你怎么样，然后我再告诉你她对我怎么样，咱们比较比较。就这样，我跟那个鼓手成了好朋友。”

小萨，这是由于利马人的懒惰没有长性还是警察局干的蠢事？圣地亚哥回想：缪斯，警察局希望任何人也不要提什么要求，不要坚持，不要为你奔波。圣地亚哥回想：是有人下令忘掉你还是大家真的把你忘掉了？是有人下令把案子压下来还是人们自己压下来的？是原来那些人又杀害了你一次还是全秘鲁第二次把你杀害了？

“啊，我明白你为什么这副样子了，”诺尔文说道，“卡利托斯，你又跟契娜吵翻了。”

报社还在潘多大街那个老地方的时候，圣地亚哥同朋友每星期都要到“黑黑”酒吧去两三次。《纪事报》迁到塔克纳路那幢新大楼以后，大家就在哥尔梅纳路上的小酒吧和咖啡馆聚会了。圣地亚哥回想：我们在“球戏”“夏威夷”“阿美利卡”聚会。每到月初，诺尔文、罗哈斯、米尔顿等就出现在这些烟雾腾腾洞穴般的酒吧和咖啡馆里，然后去逛妓院。有时大家会遇到贝塞利达，他被两三个编辑围着，一面碰杯饮酒，一面与色鬼、同性恋者亲密地交谈，每次都是贝塞利达付账。圣地亚哥每天中午起床，在公寓吃午饭，搞一次采访，搞一条消息，然后在打字机前坐下来就写；接着下楼进入食堂，又回到打字机前；最后走出报社，天亮时才回到住处，望着海上的晨曦解衣上床。每个星期天的家庭午餐他往往搞混，有时在“卡哈玛尔卡角”吃上一顿来庆祝卡利托斯、诺尔文或埃尔南德斯的生日，有时同爸爸、妈妈、奇斯帕斯和蒂蒂一起过。

2

“再来一杯咖啡好吗，卡约?”帕雷德斯司令[1]说道，“您呢，将军?”

“你们二位可以不同意我的做法，但并没有使我心服口服，我还是认为跟他通电话是愚蠢的。”耶雷纳将军把电报甩在写字台上，“为什么不给他发个电报命令他回利马呢？要不就像帕雷德斯昨天建议的那样，通过陆路交通把他从冬贝斯[2]弄出来，再在塔拉拉[3]把他装上一架飞机运到利马来。”

“恰摩罗虽说是个叛徒，可是并不傻，将军，”他说道，“您要是给他拍电报叫他来，他就会越境出走；警察要是进入他家，他就会以子弹相迎。再说，我们还不知道他手下的军官反应如何。”

“我可以为冬贝斯的军官们担保，”耶雷纳将军提高了声音说道，“基哈诺上校一直在向我们提供情报，他可以进行指挥。跟图谋不轨的人是不能做交易的，尤其是在阴谋已被粉碎的时刻。您这是胡闹，贝尔穆德斯。”

---

① 此时，此人又被任命为“司令”了。

② 秘鲁北方省份，其省会同省名。

③ 秘鲁北方港口，属皮乌拉省，邻近冬贝斯省。

“恰摩罗在军官中很有人缘，将军，”帕雷德斯司令说道，“我昨天的建议是同时逮捕那四个头子，可现在有三个已经不干了。我认为还是卡约的想法最好。”

“他欠总统的人情，也欠我的人情，”耶雷纳将军在软椅的扶手上拍了一下，“任何其他人都可以这么干，唯独他不应该。我要给他点儿颜色看看。”

“这不是您的个人问题，将军，”他温和地提醒道，“总统是想既把事情解决了，又不要闹得满城风雨。请您允许我按我的办法行事，我保证这是最好的办法。”

“奇柯拉约方面接通了，将军，”一个戴着军便帽的脑袋从门缝中探进来说，“对，三部电话都能用。”

“您是帕雷德斯司令吗？”一个窒息般的声音在电话的嗡嗡声和嘟嘟声中喊道，“我是卡米诺，司令，我没能接通贝尔穆德斯先生。我想向他报告，我们已经把兰达参议员软禁起来了，就在他自己的庄园里。是的，他在抗议，他要给总统府打电话。司令，我们严格地执行了命令。”

“很好，卡米诺，”他说道，“对，是我，参议员在附近吗？叫他来，我要跟他讲话。”

“他就在隔壁房间里，堂卡约。”电话的嗡嗡声增大了，对方的声音时高时低，“我们遵照您的指示把他隔离了。我这就命人把他叫来，堂卡约。”

“喂，喂，”他听出了兰达的声音，努力想象着兰达的脸色，但想象不出，“喂！喂！”

“对不起，我们打搅您了，参议员。”他和蔼地说道，“我们需要同您见面。”

“这一切是怎么回事？”兰达大发雷霆，“为什么派士兵把我从家中弄到庄园里来？你们还尊不尊重议员的豁免权？是谁下令干这种暴行，贝尔穆德斯？”

“我想告诉您，埃斯皮纳将军被捕了。”他镇静自若地说道，“将军坚持说您也被牵连进一件不体面的事中去了。对，是埃斯皮纳，是埃斯皮纳将军说的，他说您也被牵连进一桩反政府阴谋中去了。我们需要您到利马来澄清一下，参议员。”

“我？被牵连到反政府阴谋里去了？”兰达的声音中毫无犹豫之意，仍然怒气冲冲，“可我是拥护政府的，我本人就代表政府。真是岂有此理，贝尔穆德斯，您怎样看？”

“我什么也不认为，这是埃斯皮纳说的，”他抱歉地说，“他说他敢保证，因而我们需要您来一趟，参议员。我们明天再谈吧，我希望一切都能得到澄清。”

“立刻给我准备一架飞机，”参议员咆哮道，“我要租一架，我自己出钱，这太荒唐了，贝尔穆德斯。”

“很好，参议员。”他说道，“请您叫卡米诺听电话，我给他下命令。”

“您的密探像对待犯人一样对待我，”参议员喊道，“我的议员身份、我同总统的友谊，他们竟全然不顾。您要对这一切负责，贝尔穆德斯！”

“这一夜，你要把兰达给我看好，卡米诺，”他说道，“明天把他给我押来。不，不要用专机，坐福赛特航空公司的普通班机。对，没什么了，卡米诺。”

“我要租一架，我付钱！”帕雷德斯司令挂上电话说道，“最好让这位老爷坐一夜牢房。”

“兰达的一个女儿去年当选为秘鲁小姐，是吗？”他说道，仿佛看到她在窗子的第二道布帘的衬托下正脱下皮大衣，脱掉鞋子。“她好像叫克里斯蒂娜？从照片上看，确实是个漂亮的姑娘。”

“您采取的办法不能使我信服。”耶雷纳将军盯着地毯恼火地说道，“只有使用强硬的手段才能又好又快地解决问题，贝尔穆德斯。”

“将军，警察局想同贝尔穆德斯先生通话，”一个中尉探头说道，“是洛萨诺先生打来的。”

“堂卡约，那家伙从家里出来了，”洛萨诺说道，“对，一辆巡逻车在跟踪他。对，他向恰克拉卡约方向驶去。”

“好极了，”他说道，“请您给恰克拉卡约我家里打个电话，告诉他们萨瓦拉马上就到，放他进去等着我。我不到就不要让他走掉，再见，洛萨诺。”

“那条大鱼到您家去了？”耶雷纳将军说道，“这是怎么回事，贝尔穆德斯？”

“这说明他已经发觉阴谋败露了，将军。”他说道。

“萨瓦拉的问题难道就这么轻易地解决了？”帕雷德斯司令嘟囔着说，“他和兰达是阴谋事件的智囊，是他们二人唆使山区佬冒这次险的。”

“将军，恰摩罗将军接通了。”一名上尉在门口说道，“是的，三个电话都接通冬贝斯，将军。”

“将军，我是卡约·贝尔穆德斯。”他用眼角扫了一下耶雷纳将军那睡眠不足的脸色和帕雷德斯那咬着嘴唇紧张焦急的样子，“对不起，这么晚了还叫醒您，但事情很紧急。”

“非常高兴，我是恰摩罗将军。”恰摩罗将军的声音非常有力，非常自信，但听不出他有多大岁数，“请讲，您有何贵干，贝尔穆德斯先生？”

“今天晚上，埃斯皮纳将军被捕了，”他说道，“阿雷基帕、伊基托斯①和卡哈玛尔卡各地的陆军都向政府重申了他们的忠诚。卷入谋反事件中的文职人员，从参议员兰达到费尔民·萨瓦拉都被拘禁了。我愿意给您念几则效忠电，将军。”

“谋反事件？”恰摩罗将军在不规律的嗡嗡声中低声说道，“您是说反政府的阴谋事件？”

“阴谋还没发动就被制止了，”他说道，“总统准备不予追究，埃

① 秘鲁亚马孙地区的省。

斯皮纳将出国，与阴谋有牵连的军官如果理智行事也不会遭到什么麻烦。我们得知，您曾答应支持埃斯皮纳，不过总统准备忘掉此事，将军。”

“我只向我的上级报告我的行动，向陆军部长报告，向总参谋长报告。”电话嘟嘟地响了良久，然后恰摩罗以高傲的声音说道，“您是什么人？我不向一个低级的文职官员作任何解释。”

“喂，阿尔贝托①吗？”耶雷纳咳嗽了一声，然后更为有力地说，“我是以陆军部长的身份而不是作为战友在跟你讲话。我只是对你刚才听到的话表示一下确认。你应该明白，你有这次机会得感谢总统。我曾建议把你送交军事法庭，以叛国罪对你起诉呢。”

“我对我的行动负一切责任。”恰摩罗怒声怒气地说道，但他那激烈的语调也流露出某种情绪，“我犯了叛国罪？这是无中生有，我可以在任何法庭上答辩。我一贯是对自己负责的，这点你是了解的。”

“总统了解您是杰出的军官，因此想把您从这种无谓的冒险中解脱出来。”他说道，“对，我是贝尔穆德斯。总统很器重您，认为您是爱国的，不愿意对您采取任何措施，将军。”

“我有我的荣誉，我不许任何人玷污我的名字。”恰摩罗将军以激烈的声调说道，“这是背着我搞的阴谋诡计，我决不能允许！我跟您没什么可说的，我要跟耶雷纳将军讲话。”

“所有的军官都重申了对政府的忠诚，将军，”他说道，“就差您一个人了。总统在等着您，恰摩罗将军。”

“我不允许对我进行污蔑，我不允许对我的荣誉有所怀疑。”恰摩罗将军以激烈的声调一遍又一遍地说道，“这是针对我个人的、怯懦而又无耻的诡计，我命令您让耶雷纳将军跟我讲话！”

“我重申，我对立宪政府和坚持爱国复权运动的国家元首忠贞不渝，第一军区总司令佩德罗·索拉诺将军，签字。”他念道，“第四军

① 恰摩罗的名字。

区总司令暨全体军官同情并拥护复权运动的爱国政府，句号，我们必将遵守宪法和法律，安东尼奥·基斯佩·布尔内斯，签字。我重申忠于爱国政府，句号。我重申本人的决心，我将履行祖国赋予我的神圣职责，遵守宪法和法律，第二军区总司令曼努埃尔·奥班多·柯洛玛将军，签字。”

“你听到了吗，阿尔贝托?”耶雷纳将军吼道，“你听见没有? 难道要我把电报再给你念一遍吗?”

“总统在等着您的电报，恰摩罗将军，”他说道，“总统让我亲自告诉您。”

“难道你要发疯，单独起事不成?”耶雷纳将军咆哮道，“果真如此，我告诉你，不出两小时，我就可以向你表明全体陆军完全效忠于政府，尽管埃斯皮纳让你相信了他的鬼话。天亮以前你要是还不发电报来，我就将认为你已经举行了叛乱。”

“总统是信任您的，恰摩罗将军。”他说道。

“你在指挥一支边境驻军，这不用提醒你吧?”耶雷纳将军说道，“你如果在厄瓜多尔的大门前发动一次内战，落在你头上的是什么责任，这也用不着我来告诉你吧!”

“您可以通过电台问一下基斯佩、奥班多和索拉诺几位将军。总统希望您像他们那样以国家为重。我们想说的就是这些了，祝您晚安，恰摩罗将军。”

“在这种时刻，恰摩罗的脑子乱了。”耶雷纳将军用手帕抹着满面的汗水，喃喃说道，“他很可能乱来。”

“他这时正在骂娘，大骂埃斯皮纳、索拉诺、基斯佩和奥班多呢。”帕雷德斯司令说道，“他很可能逃到厄瓜多尔去，不过我认为他不会就这样断送自己的前途。”

“天亮以前他会发电报来的，”他说道，“这个人很聪明。”

“他如果一时发疯举行叛乱，倒是能坚持几天。”耶雷纳将军闷声说道，“我已经派部队包围了他，但我对空军不太信任。原先提出轰炸他的大本营的建议的时候，空军部长说许多飞行员都不以为此项建议可取。”

“这都用不着，阴谋已经无声无息地流产，”他说道，“只是我们两天没合眼了，将军。我现在就到恰克拉卡约去了结此事，然后去总统府。有什么事的话，我会在家里。”

“将军，总统府要跟贝尔穆德斯先生通话，”一个中尉站在门外说道，“请用白色电话。”

“堂卡约，我是蒂赫罗少校，”方形窗子外，一片黑暗中出现了一缕发蓝的彩虹：皮大衣落到了姑娘的脚下，姑娘的纤足是粉红色的。“冬贝斯方面刚刚来了电报，是密码电报，正在翻译，但大意我们已经知道了。这还不错，对吗，堂卡约？”

“我太高兴了，蒂赫罗，”他说道，但并不显得高兴，他瞧见帕雷德斯和耶雷纳露出了惊异的神色，“恰摩罗连一个小时也没用就考虑好了，这才是真正有所作为的人。再见，蒂赫罗，我两个小时后就去总统府。”

“我们干脆也到总统府去吧，将军，”帕雷德斯司令说道，“事情了结了。”

“请原谅，堂卡约，”鲁多维柯说道，“我们睡着了。喂，醒醒，伊波利托。”

“妈的，怎么啦？你推我干吗？”伊波利托嘟嘟囔囔地说道，“啊，请您原谅，堂卡约。”

“到恰克拉卡约去。”他说道，“二十分钟内要赶到。”

“客厅里的灯亮着，您有客人，堂卡约。”鲁多维柯说道，“伊波利托，你看那辆车里是谁？是安布罗修。”

“对不起，让您久等了，堂费尔民。”他望着堂费尔民那因挫败和长时间缺乏睡眠而显得发紫的面孔和失神的眼睛，一面伸出手去一面微笑着说，“我去让人给我们端两杯咖啡来，但愿阿娜托莉娅还没睡着。”

"我要纯的，浓浓的，不放糖。"堂费尔民说道，"谢谢，堂卡约。"

"阿娜托莉娅，来两杯纯咖啡，"他说道，"把咖啡端到客厅里你就去睡吧。"

"我一直想见总统，可没见成，所以我到您这儿来了。"堂费尔民机械地说道，"有件事，很严重，堂卡约，对，是谋反事件。"

"又是谋反事件?"他把烟灰缸递给堂费尔民，挨着他在沙发上坐了下来，"最近每个星期都会发生一起谋反事件。"

"这次有军人参与，几支驻军都卷进去了。"堂费尔民愁苦地、背诵似的说道，"怎么也想不到为首的竟是那些人。"

"您有火柴吗?"他朝堂费尔民的打火机弯下了腰，深深地吸了一口烟，喷出一团烟雾，咳了一声，"啊，咖啡来了，阿娜托莉娅，放在这儿吧。"

"是山区佬埃斯皮纳，"堂费尔民喝了一口，做了个嫌太苦的表情就沉默了下来，然后加了糖，用小勺在咖啡杯中慢慢地搅动着，"支持他的有阿雷基帕、卡哈玛尔卡和冬贝斯几个地方。今天一早，埃斯皮纳就要到阿雷基帕去，今天晚上就有可能发生政变。他们想让我给予支持，慎重起见，我没断然拒绝，我的回答是含混的。我也参加了几次会议，当然，这主要是看在埃斯皮纳与我的友谊的份上。"

"我知道您跟埃斯皮纳是朋友，"他尝着咖啡说道，"您跟我相识还是山区佬介绍的呢，您大概还记得吧。"

"这件事从一开始我就认为很不明智，"堂费尔民盯着自己的咖啡说道，"后来也就觉得没什么了，因为许多政府的人、许多政治家都参与了。美国大使馆也知道，他们还建议在新政权建立之后六个月举行大选。"

"山区佬是个没良心的家伙，"他点点头说道，"我很痛心。我跟他也是老朋友了，我这个位置全靠他才坐上的，这您是知道的。"

"他自以为是奥德里亚的左右手，可突然不让他当内政部长了，"

堂费尔民带着疲倦的样子说道，“对此他一直耿耿于怀。”

“是他自己把事情搞糟了，当了部长之后就开始以权谋私，把自己的人安插在警察局里，要求自己的朋友占据陆军的关键岗位。”他说道，“他的政治野心太大了，堂费尔民。”

“当然。可您对我报告的消息好像一点儿也不感到惊奇嘛。”堂费尔民说着，突然感到一阵厌烦，思忖着：此人很懂得如何行事，是老手了，很有经验。

“军官们对总统感恩知报，一直在给我们提供情报，连您、埃斯皮纳和参议员兰达三人之间的谈话，我们也都有情报。”

“埃斯皮纳想利用我的名字来说服那些游移不定的人，”堂费尔民说着，冷漠地微微一笑，这微笑也很快消失了，“但是只有军人才知道详细的计划，我和兰达什么也不知道。直到昨天，我才了解到比较多的情况。”

“事情会搞清楚的，”他说道，“谋叛者中有一半是政府的朋友，各地有牵连的驻军都表示了拥护总统，埃斯皮纳被捕了。现在只要把某些文职人员的情况搞清楚就行了。您的情况也开始清楚了，堂费尔民。”

“连我要来这里等您，您也知道了?”堂费尔民说道，但并无讽刺之意，他的额头上冒出了亮晶晶的汗水。

“这是我的工作嘛，政府付给我工资就是为了了解它感兴趣的事情。”他变得友好了，“说真的，干这种事并不容易，而且越来越困难了。大学生谋反简直像开玩笑，但将军们起来谋叛，事情可就严重了，尤其是军人同国立俱乐部的成员勾结在一起就更严重了。”

“好吧，信件都在桌子上，”堂费尔民说道，停顿了片刻，又瞧了他一眼，“干脆点儿，我想知道我应该怎么办，堂卡约。”

“我也跟您坦率地说吧，”他点点头说道，“我们不想把事情闹得满城风雨，这对政府不利，让别人知道政府内部有分裂是不合适的。只要对方也这样看问题，我们是不准备进行报复的。”

“埃斯皮纳这个人很骄傲，他是不会做出悔罪的行动的。”堂费尔民说着沉思了起来，“我能想象，当他得知同伙背叛他的时候，他会是什么样子。”

“他是不会做出悔罪的行动的，然而他宁可每月拿着一份可观的美元工资离开秘鲁，也不愿意当什么烈士。”他耸了耸肩说道，“在国外，他可以继续搞阴谋，给自己鼓气，出出心中的闷气，但他心中明白，时机已一去不复返。”

“从军人方面讲，一切都解决了，”堂费尔民说道，“那文职人员的问题呢？”

“那要看是什么文职人员了。”他说道，“我们最好把费罗博士和其他那些微不足道的小野心家忘掉，当他们根本不存在。”

“可事实上他们是存在的，”堂费尔民说道，“对他们怎么办？”

“先晾他们一段时间，然后一个一个地把他们打发到国外去，”他说道，“不值得为他们费心思。由于明显的原因，您和兰达倒是个大问题。”

“明显的原因？”堂费尔民曼声重复了一遍，“这是什么意思？”

“你们从一开始就为政府做了不少好事，在我们必须以礼相待的人中有着各种关系和影响，”他说，“我希望总统能够像考虑埃斯皮纳的问题那样考虑你们的问题。这是我个人的意见，但是最后的决定还得由总统来作出，堂费尔民。”

“也要让我出国吗？”堂费尔民说道。

“由于事情解决得这么快，这么顺利，所以我要劝总统就不要找你们的麻烦，”他说道，“当然，你们得放弃一切政治活动。”

“我并不是这次谋反事件的主谋，这您很清楚，”堂费尔民说道，“我一开始就抱怀疑态度，他们一切都准备好了才对我讲，事先根本没跟我商量过。”

“可是埃斯皮纳说，您和兰达为这次政变筹集了很多经费。”

“我从不在不赚钱的生意上进行投资，这您也是清楚的。”堂费尔民说道，“一九四八年，为了说服人们支持奥德里亚，我出了钱。我是第一个煽风点火的人，因为当时我对奥德里亚有把握。我想总统不会忘记吧?”

“总统是山区人，”他说道，“山区人的记忆力是很好的。”

“如果我真的想进行谋反，埃斯皮纳的事情就不会像现在进行得这么糟糕；如果我和兰达真的是这次事件的主谋，参与的驻军就不会只有四个，而是十个。”堂费尔民不卑不亢，镇静自若地说道。但是他心中想道：这个阔佬好像认为我的话是多余的，仿佛我必须了解这些似的。“在秘鲁，只要拿出一千万索尔，就没有不成功的政变，堂卡约。”

“我现在就去总统府，去跟总统谈，”他说道，“我尽量说服总统以最好的方式解决问题，至少在您的问题上。目前我只能答应您到这个程度，堂费尔民。”

“我会不会被逮捕?”堂费尔民说道。

“当然不会，最多让您离开秘鲁一段时间，”他说道，“不过，我倒是认为没有这个必要。”

“会不会对我进行报复?”堂费尔民说道，“我指的是，会不会在经济上对我进行报复? 您知道，我的大部分生意是靠政府做的。”

“我尽量设法避免这点。”他说道，“总统不是个爱记仇的人，我希望过一段时间他能够同您和解。我只能对您说到这个程度了，堂费尔民。”

“我想，您我之间的嫌隙，您也一定会忘掉。”堂费尔民说道。

“彻底埋葬掉!”他清清楚楚地说道，“您瞧，我对您是真诚的。我首先是政府的人嘛，堂费尔民。”他停顿了一下，把声音压低了些，语调不那么冷漠，甚至亲切了，“我知道您的日子不太好过。不，我不是指这件事，我是指您的儿子，那位离家出走的儿子。”

“圣地亚哥又怎么了?”堂费尔民倏地把脸转向他，“还在跟踪我的儿子?”

“我们派人监视了他几天，现在不了，”他安抚着堂费尔民说道，“看样子那次不愉快的事使他对政治失望了，他没再同那些朋友聚会。据我看他的生活很正常。”

“您对圣地亚哥的情况比我还了解，我好几个月没见到他了。”堂费尔民站了起来，喃喃说道，“我累了，告辞了，再见，堂卡约。”

“到总统府去，鲁多维柯。”他说道，“伊波利托这懒家伙又睡着了，让他睡吧，别叫醒他。”

“到了，”鲁多维柯说道，“刚才您也睡着了，您打了一路呼噜，堂卡约。”

“早安，您终于到了。”蒂赫罗少校说道，“总统去休息了，帕雷德斯司令和阿尔贝赖斯博士在等着您，堂卡约。”

“总统说没有紧急的事情不要叫醒他。”帕雷德斯司令说道。

“没什么紧急的事，我等会儿再来吧。”他说道，“好吧，我同你们一起走。早安，博士。”

“我要祝贺您，堂卡约，”阿尔贝赖斯博士不无讥讽地说道，“不声不响，不流一滴血，既无人帮助您，又无人给您当参谋，您就把问题解决了。一次大成功啊，堂卡约。”

“我正想请您吃午饭，把详情向您汇报一下呢。”他说道，“可是到最后一刻，情况还是模糊不清。直到昨夜，事情才急转直下，所以我没来得及向您汇报。”

“我中午没空，不过还得谢谢您。”阿尔贝赖斯博士说道，“您也没有必要向我汇报了，总统把一切都告诉我了，堂卡约。”

“在有些情况下，没有办法，我只得越级了，博士。”他嗫嚅着说道，“昨夜因为急着要行动，所以没向您汇报。”

“那当然，”阿尔贝赖斯博士说道，“这次总统同意我辞职了，请您相信，我非常高兴。我们不会再有什么不便之处了，总统就要改组内阁了，哦，不是现在，而是在国庆期间。不过他总算接受了我的辞呈。”

“我要请求总统重新考虑这一决定，不能让您离开内阁。”他说道，“虽说您不相信，我确实非常愿意在您手下工作，博士。”

“在我手下？”阿尔贝赖斯博士说道，“算了吧！再见，堂卡约。再见，司令。”

“我们去喝一杯吧，卡约，”帕雷德斯司令说道，“对，坐我的车子去，叫你的司机跟在后面，我们到军官俱乐部去。卡米诺来电话了，说福赛特航空公司的班机十一点半到。你要到机场去接兰达吗？”

“不去又怎么办呢？”他说道，“只要在此之前我不死于缺乏睡眠，我就得去。”

“你跟那条大鱼谈得如何？”帕雷德斯司令说道。

“萨瓦拉是个精明的赌徒，既能赢，也能输。”他说道，“我最担心还是兰达，他最有钱，因而也最骄傲。走着瞧吧。”

“说真的，事情真够严重的，”帕雷德斯打了个呵欠，“要不是基哈诺上校，我们非吓一跳不可。”

“这次政府能存在下去，全是他的功劳，或者说几乎全是他的功劳，”他表示赞同，“应该叫议会尽快提升他。”

“两杯橘子汁，两杯咖啡，要浓浓的，”帕雷德斯司令说道，“快点，我们困死了。”

“你到底担心什么？”他说道，“别卖关子了。”

“我担心的是萨瓦拉，”帕雷德斯司令说道，“还有你同他一起搞的生意。我想他会在这方面抓你的把柄。”

“还没有人抓住过我的把柄呢。”他说着伸了个懒腰，“当然了，他好几次都想这么干，总想拉我入股，用股票把我拴住，但他全枉费心机了。”

“我指的不是这事，”帕雷德斯司令说道，“总统……”

“总统了如指掌，”他说道，“什么这个呀那个呀，然而谁也没有证据证明那些合同是通过我签订的。佣金多少多少，我是收了，但我收的是现款。什么我有多少多少钱，然而我都存在外国银行里。我应该辞职？到国外去？我才不呢。你问我怎么办？先让萨瓦拉倒霉？对，这我干。”

“叫萨瓦拉倒霉易如反掌。”帕雷德斯说道，“要从他的怪癖上下手。”

“从他的怪癖上？不，”他说着看了帕雷德斯一眼，又打了个呵欠，“我唯独不能在这方面下手。”

“我明白了，你以前跟我说过，”帕雷德斯微微一笑，“人们的怪癖是你唯一尊重的东西。”

“他的财产是座建立在沙滩上的城堡，”他说道，“他的制药厂全靠向军事机构供应药品，现在不让他供应了。他的建筑业全靠修公路和盖中心学校，这下也完了，再也接不到订单。财政部将会清理他的账目，那时他就得补上漏掉的税，还得罚款。这样一来，虽说不能让他完全破产，但至少可以给他造成某些损失。”

“我不信。这些屌人总是能设法东山再起。”帕雷德斯说道。

“改组内阁确有其事吗？”他说道，“应该把阿尔贝赖斯留在内政部，他虽说爱发牢骚，但还是可以共事。”

“国庆节改组内阁是件正常的事，不会引起注意。”帕雷德斯说道，“另一方面，可怜的阿尔贝赖斯辞职也有其道理，换了别人，问题仍会提出来。没人愿意甘当傀儡。”

“我没向他汇报。我不能冒这个险，因为我了解他和兰达合伙做了许多生意。”他说道。

“我不是批评你。”帕雷德斯说道，“正因为如此，为了避免这种问题，你应该接受部长职位。你不能拒绝，耶雷纳也坚持让你顶替阿尔贝赖斯。内政部有一个摆样子的部长和一个事实上的部长，别的部看了会感到不舒服。”

“现在我躲在幕后，没人能妨碍我工作，”他说道，“当了部长就被摆在了明面上，地位就不稳固了。政府的敌人看见我当部长，一定会高兴得直搓手。”

“现在敌人不多了，特别是这次谋叛失败之后。”帕雷德斯说道，“很长一段时间内，他们抬不起头了。”

“我们俩单独在一起时都应该坦率些，”他笑着说道，“政府的力量在于有一个强有力的集团的支持，现在这一切都变了。国立俱乐部、陆军，还有美国人，都不喜欢我们了。现在他们处于分裂状态之中，但他们只要联合一致反对我们，我们就得卷铺盖滚蛋。你的舅舅如果不迅速行动，情况就会越来越糟。”

“还要叫他怎么样呢?”帕雷德斯说道，“他不是在国内把阿普拉和共产党都清洗掉了吗？不是给了军人从没有过的特权了吗？不是把国立俱乐部的老爷们任命为部长、大使了吗？财政部的事不是由他们决定吗？他不是满足了美国人的一切要求了吗？这群狗东西还要怎么样?”

“他们不是希望总统改变政策。如果他们上台，也得实行同样的政策。”他说道，“他们要叫他滚蛋。那时他们把他招来，为的是让他清除家里的蟑螂，他已经清除了。现在他们要他把家还给他们了，因为这个家终归是他们的。你说对不对?”

“不，”帕雷德斯说道，“总统赢得了人民，他给人民修建了医院、学校，为工人颁布了《劳保法》。如果他改革了宪法，只要他想再次当选，他就能顺顺当当地当选，你只要看看每次的群众集会就明白了。”

“前几年的那几次群众集会都是我组织的。”他打了个呵欠，“你给我钱，我也会给你组织同样的集会。你说得不对，国内唯一赢得了人民的是阿普拉，只要给他们点好处，阿普拉就会同政府进行接触。”

“我说你是疯了还是怎么着?”帕雷德斯说道。

“阿普拉变了。阿普拉比你还要反共，美国人已经不再对他们持否定态度了。”他说道，“有了阿普拉的群众，有了国家机器和忠于政府的领导集团的支持，奥德里亚倒是可能再次当选。”

“你在说梦话吧，”帕雷德斯说道，“奥德里亚同阿普拉联合起来?

劳驾，别开玩笑了，卡约。”

“阿普拉的领导人已经老了，不值钱了，”他说道，“只要给他们合法地位，给他们点残羹剩饭，他们就会接受。”

“军队永远不会同阿普拉达成协议。”帕雷德斯说道。

“那是因为右派把军队教育成这个样子，使他们相信阿普拉是敌人。”他说道，“但还可以对他们进行再教育，要让他们看到阿普拉变了，阿普拉会保障军人所需要的一切。”

“我看你别去机场接兰达了，还是先找个神经科医生看看吧。”帕雷德斯说道，“两夜没睡，你得了神经病，卡约。”

“否则，到了一九五六年，某位老爷肯定会上台，”他说着打了个呵欠，“我们就不用再忙忙碌碌的，只好去休息休息了。那好，反正我不在乎。我们净说这些干什么？政治问题不是我们的事，你的舅舅有自己的顾问，你我还是各尽其职吧。对了，几点了？”

“还有时间，”帕雷德斯说道，“我要去睡觉了，我不行了，这两天太紧张了。今天晚上要是还有精神，我就找个热闹的地方放松放松，你有没有兴致？”

“没有，他还没醒，堂卡约，您瞧，他从恰克拉卡约一直睡到现在。”鲁多维柯指着伊波利托说道，“请您原谅我开得慢，我也困死了。我可不想撞车。十一点前我们就能到达机场，您别担心。”

“飞机十分钟后就到，堂卡约。”洛萨诺说道，他的声音也嘶哑无力了，“我带来了两辆巡逻车和几个人。他是乘客机来的，我还没想出办法来……”

“兰达不是被捕，”他说道，“我一个人去迎接他，把他送回家。我不想让参议员看见我动用了警察，把您的人带走吧。其他的事都办得挺好吧？”

“每次逮捕都没出问题，”洛萨诺说道，他抹抹自己那没刮的脸，打了个呵欠，“只是在阿雷基帕出了个小小的事故。维拉德博士，那个老阿普拉分子，有人向他露了风，他逃跑了，大概想到玻利维亚去。我已经通知边境了。”

“很好，您可以走了，洛萨诺。”他说道，“您瞧，鲁多维柯和伊波利托又打起呼来了。”

“这两个人曾要求调动工作，堂卡约。”洛萨诺说道，“您来决定吧。”

“不足为怪，总熬夜他们也烦了。”他微微一笑，“好吧，再给我另外找两个人吧，只要不这么贪睡就行。再见，洛萨诺。”

“您要不要到据点里坐一会儿，贝尔穆德斯先生？”一名中尉敬了个礼说道。

“不了，中尉，谢谢，我想呼吸一下新鲜空气。”他说道，“哦，飞机到了，请把这两个人叫醒，叫他们把汽车开近点，我先进去了。从这边走，参议员，我的车子在这儿，请上。鲁多维柯，到圣伊西德罗区兰达先生的家去。”

“我很高兴，因为我是回家而不是到监狱去。”参议员兰达嘟囔着说道，不看他一眼，“我希望能换换衣服，洗个澡。”

“可以。”他说道，“我非常遗憾打搅了您，可是没有别的办法，参议员。”

“可就是像攻打堡垒似的，又是机关枪，又是吹号。”兰达把嘴贴在车窗上低声说道，“那些人闯进奥拉维庄园的时候，我妻子差点昏了过去。他们不顾我六十岁高龄，叫我在椅子上坐了一夜。这是您的命令吗，贝尔穆德斯？”

“是这幢带花园的住宅吗，先生？”鲁多维柯说道。

“您先请，参议员。”他指着那宽阔的、枝叶繁茂的花园说道。他仿佛看见了几个女人，她们赤身裸体，晶莹洁白，正在桂花树下嬉笑耍闹，白嫩敏捷的脚后跟踏在潮湿的草地上。“请，请，参议员。”

“爸爸，亲爱的爸爸！”一个女郎张开玉臂叫了一声，他看到了女郎那瓷娃娃般的脸蛋，一双大眼睛流露出惊奇的神色，一头褐发剪得短短的，“我刚刚跟妈妈通了电话，她都快吓死了。出了什么事？你出了什么事，爸爸?”

“您好!”他喃喃地说道，接着用眼光飞快地把女郎脱光，把她向床上推去，床上还有两个女人贪婪地迎接了她。

“心肝，我回头再说给你听。”兰达推开女儿，转向他，“请进，贝尔穆德斯。克里斯蒂娜，马上给奇柯拉约挂个电话，安慰一下你妈妈，告诉她我很好。别让任何人打搅我们。请坐，贝尔穆德斯。”

“参议员，我要对您讲心里话，”他说道，“希望您对我也以诚相待，这样我们二人都可以不必浪费时间。”

“这个建议是多余的。”兰达说道，“我从不说谎。”

“埃斯皮纳将军被捕了，曾答应支持他的军官们同政府和解了，”他说道，“我们不想把此事张扬，参议员。具体地说，我来您府上的目的就是建议您重申对政府的忠诚，保持您的议会领袖地位。一句话，请您忘掉所发生的一切。”

“首先我得了解一下发生了什么事。”兰达说道，他把手放在双膝上，凛然不动。

“您疲倦了，我也累了，”他喃喃地说道，“我们不能少浪费点儿时间吗?”

“我首先想了解一下我到底犯了什么罪。”兰达干巴巴地又说了一遍。

“您在埃斯皮纳和有牵连的陆军军官之间充当了联络员角色；”他用无可奈何的腔调说道，“您为此事筹集了经费，自己也投了资；您在这个家里和奥拉维庄园召集了二十名文职人员开会密谋，这些人现在都已被捕。我们有签了字的声明、录音，您要什么证据我们都拿得出来。但这没什么必要，我们不需要您进行解释，总统准备忘掉这一切。”

“你们是不愿意在参议院里有一个看透了你们的敌人?”兰达紧盯着他的眼睛低声说道。

“我们希望议会的多数席位不致被打破。”他说道，“政府很需要您的威望、名字和影响。只要您接受这一点，我们就将认为什么事也没发生过。”

“如果我拒绝合作呢?”兰达喃喃说道，声音几乎听不见。

“那就必须出国。”他做了一个不愉快的表情说道：“您同政府有着许多利害关系，这就用不着我来提醒您了。”

“先是施暴，现在又来讹诈。”兰达说道，“我算是认识您了，贝尔穆德斯。”

“您是有经验的政治家，也是赌场老手。应该怎么办，您自己清楚。”他冷静地说，“我们不要浪费时间了。”

“被捕者的处境将会如何?”兰达咕哝着说，“我指的不是军人，显然军人早就把自己的问题解决得好好的，我指的是另外那些人。”

“政府对您是特别爱护的，因为您给政府做了不少事，”他说道，“而费罗和其他人都是靠着政府发迹的。对每个人的材料都要进行研究，再据此分别采取相应的措施。”

“什么样的措施?”参议员说道，“这些人相信我，如同我当时相信了那些将军。”

“预防性措施，我们不想对任何人采取暴力措施。”他说道，“他们将被拘禁一段时间，有的会被流放。您瞧，并不严重，当然，这一切都取决于您了。”

“还有一个人，”参议员几乎脱口而出，“我是指……”

“萨瓦拉?”他说道，看到参议员在眨眼，“他没被捕，如果您同意合作，我们就不会找他的麻烦。今天早晨我跟他谈了，他非常愿意同政府和解。他现在大概在自己的家里，您可以同他谈谈，参议员。”

“我现在还不能答复您。”停顿了几秒钟，兰达说道，“给我几个小时，让我想一想。”

“您要多少时间都行。”他说着站了起来，“我今天晚上给您打电话，明天也行，随您的便。”

“您的密探到那时就不打搅我了吧?”兰达打开花园的门说道。

“您并没有被捕，也没有受到监视，您到哪儿去、同谁谈话都随您便。再见，参议员。”他走出房门，穿过花园，仿佛看到了富有弹性、香气袭人的姑娘们在灌木下花丛中来来往往，动作敏捷，浑身潮湿。“鲁多维柯，伊波利托，醒醒，到警察局去，快点儿。洛萨诺，请您对兰达的电话进行监听。”

“您放心吧，堂卡约，”洛萨诺从椅子上站了起来，“我在那儿安排了一辆巡逻车和两名特工人员。两个星期前，他的电话就受到监听了。”

“劳驾给我来一杯冷水，”他说道，“我要吃药了。”

“这是局长给您准备的利马情况摘要。”洛萨诺说道，“还没有维拉德的消息，他大概已经越过边界了。四十六个人中，只有他越过了边界，堂卡约，其余的人都被捕了，并没发生意外事故。”

“在利马，在各省，都要把他们隔离起来。”他说道，“老板们，部长们、议员们，马上就要打电话来求情了。”

“已经开始打电话来了，堂卡约。”洛萨诺说道，“阿雷瓦洛参议员刚才来了电话，他想见见费罗博士。我对他说，没有您的允许，任何人不得见他。”

“对，您就往我身上推。”他打了个呵欠，“费罗跟许多人都有关系，为了搭救他，这些人又要兴风作浪了。”

“他的妻子今天早晨也来了，口气很硬，威胁说要去找总统，找各部的部长。那位太太美极了，堂卡约？”

“费罗结婚了？这我倒不知道。”他说道，“他太太很美？嗯？怪不得他总把太太藏着呢。”

“我看您太累了，堂卡约，”洛萨诺说道，“为什么不去休息会儿呢？我想今天不会有什么重大的事了。”

“您还记得三年前关于在胡利亚卡①谣传闹事的那件事吗？”他说

① 布诺省的一个城市。

道，“那时候我们四夜没有合眼都不觉得有什么。我感到自己老了，洛萨诺。”

“我可以问您一个问题吗？”洛萨诺那无所顾忌、殷勤的脸色严肃了起来，“外面传说内阁将要有所变动，说您可能入阁，这个消息对团体来说简直是太好了，堂卡约。”

“我倒是认为，我当部长对总统来说并不划算。”他说道，“我要去说服总统打消这个主意。他要是仍坚持，我就只得接受了。”

“那太好了。”洛萨诺说道，“有时由于部长们缺乏经验，工作协调不起来，这您都看到了。埃斯皮纳将军在任时是这样，阿尔贝赖斯博士在任时也是这样。您要是当了部长，情况就会好转，堂卡约。”

“好吧，我到圣米格尔街去休息一会儿，”他说道，“您能不能给阿尔西比亚德斯打个电话，告诉他除非有紧急的事，否则不要叫醒我。”

“请您原谅，我又睡着了，”鲁多维柯推了推伊波利托，嗫嚅着说，“到圣米格尔街，堂卡约？”

“你们去睡吧，晚上七点到这儿来接我。”他说道，“希牡拉，太太在浴室里？对，给我做点吃的。”

“你的脸色太难看了，”奥登希娅笑了，“昨夜你去胡闹了吧？”

“我和陆军部长一起欺骗了你。”他喃喃说道，耳朵里不停他嗡嗡作响，心脏没有规律地跳动着，“叫他们赶快拿点儿吃的来，我困死了。”

“来，让我给你铺床，”奥登希娅抖抖被单，拉上窗帘。他感到自己在从一个嶙峋的悬崖上往下滑，仿佛看到远处几个肉体在黑暗中摆动。他继续下滑，下沉。突然，他感到有人在推他，有人把他从黑暗的深渊中猛然拉了上来。“我叫了你五分钟，卡约，警察局来电话了，说有急事。”

“参议员兰达半小时前到阿根廷大使馆去了，堂卡约。”他感到眼睛刺痛，洛萨诺的声音在无情地敲击着他的耳膜，“是从边门进去的，特工人员不知道那边门通大使馆。我很遗憾，堂卡约。”

“他是想把事情闹个满城风雨，想为自己遭到的侮辱进行报复。”他慢慢地恢复了知觉，手脚也活动开了，但是声音走了样，“洛萨诺，叫你的人原地别动，他一出来就把他逮捕，带到警察局去。萨瓦拉要是从家里出来，也把他抓起来。喂，您是阿尔西比亚德斯吗？尽快替我给洛拉博士打个电话，我需要马上见到他，请告诉他我半个小时后到他的办公室去。”

“费罗博士的太太在等着您，堂卡约。”阿尔西比亚德斯博士说道，“我告诉她你不会来，可她硬是不走。”

“把她赶出去。立刻给洛拉博士打个电话。”他说道，“希牡拉，快去告诉街角的警察，说我马上需要用一下巡逻车。”

“什么事这么着急？”奥登希娅捡起他扔在地上的睡衣说道。

“出问题了。”他穿着袜子说道，“我睡了多久？”

“大概一个小时。”奥登希娅说道，“你饿坏了吧？我叫人给你把午饭热热。”

“没时间了，”他说道，“对，中士，到外交部去，开全速，红灯也别停，伙计，我有急事。部长在等我，我让人事先通知了，说我要来。”

“部长在开会，我想他不能接见您。”戴眼镜、穿灰衣的年轻人从头到脚把他打量了一番，不相信地说，“您是谁派来的？”

“我是卡约·贝尔穆德斯。”他说道，看见年轻人一跃而起，消失在亮闪闪的门后。

“兰达？”秃顶、矮个子的外交部长微笑着向他伸出了手，“您是不是说……”

“对，他进入阿根廷使馆一个小时了，”他说道，“他大概想请求避难，想把事态闹大，给我们制造麻烦。”

“那最好马上给他放行，”洛拉博士说道，“穷寇莫追，堂卡约。”

“绝对不行，”他说道，“请您跟阿根廷大使谈谈，清清楚楚地告诉他，兰达没有受到迫害；向他保证，兰达随时可以用自己的护照出国。”

“只有您真的履行诺言，我才能说这话，”洛拉博士带着意犹未尽的微笑说道，“您要是……政府就会陷入窘境。”

“我会履行诺言，”他立即说道，但看到博士仍用怀疑的目光瞧着他，就收起了笑容，叹了一口气。这时，电话铃响了。

“阿根廷大使正好来电话，”灰衣青年那尚无髭须的唇上挂着微笑，走过办公室时行了个礼，好像是屈膝礼，“部长，真是太凑巧了。”

“对，他要求避难，我们知道了。”洛拉博士说道，“可以，我在跟大使讲话的时候，您可以用秘书处的电话，堂卡约。”

“我可以用一下电话吗？我希望能单独谈话，劳驾请您出去一下。”他说道，灰衣青年倏地脸红了，神色委屈地点点头出去了，“洛萨诺，兰达随时有可能从大使馆出来，不要逮捕他，但他的一切活动要随时向我报告。对，我在我的办公室里等着。”

“明白了，堂卡约。”年轻人在走廊里来回踱着，灰色服装使他显得颀长苗条，“萨瓦拉呢？他出来也不逮捕？好的，堂卡约。”

“他果然要求避难了。”洛拉博士说道，“大使感到很惊奇，兰达是议会领袖，他简直不敢相信。他同意了，条件是要您履行诺言，不逮捕兰达，而且让他随时可以出国。”

“您替我卸下了一个重担，博士。”他说道，“我现在就去把事情落实下来，多谢了，博士。”

“虽说现在还不到时候，但我还是要第一个向您表示祝贺，”洛拉博士微笑着说道，“知道您要在国庆节入阁，我真高兴，堂卡约。”

“这都是谣传，”他说道，“什么都还没定下来呢，总统还没跟我谈，我也还没决定是否接受。”

“一切都决定了，我们大家都很高兴。”洛拉博士抓住他的胳膊说道，“您必须作出牺牲，接受这个职位。总统对您非常信任，而且信得有道理。再见，堂卡约。”

“再见，先生。”灰衣青年鞠躬说道。

“再见。”他说道。他用力一拽，就把灰衣青年阉了，把那颤巍巍的玩意儿抛给奥登希娅：你吃了吧。“中士，到内政部。亲爱的博士，秘书们都走了？出了什么事？您脸色很不好。”

“法新社、合众社、美联社都发了消息，堂卡约，您瞧这些电讯，”阿尔西比亚德斯博士说道，“他们说有几十人被逮捕。他们是怎么知道的，堂卡约？”

“是从玻利维亚发来的电讯，那就是维拉德说出去的了。这个可恶的律师！”他说道，“也可能是兰达。各大通讯社是什么时候接到电讯稿的？”

“不到半个小时前。”阿尔西比亚德斯博士说道，“记者们开始打电话来，他们随时有可能拥进来。没有，电讯稿还没送去电台。”

“此事已经不能保密了，必须发表一份官方公报。”他说道，“请您给这些通讯社打个电话，叫他们不要散发这些电讯稿，叫他们等着公报的发表。再劳驾给我接通洛萨诺和帕雷德斯。”

“是我，堂卡约，”洛萨诺说道，“参议员兰达刚刚回到家里。”

“不要让他出去。”他说道，“您肯定他没跟外国通讯社通过电话？对，我这就去总统府，有事往那儿给我打电话。”

“帕雷德斯司令接通了，请用那个电话，堂卡约。”阿尔西比亚德斯博士说道。

“你把话说得太早了，你要今天晚上热闹热闹，只得推迟了。”他说道，“你看到电讯稿了吗？对，我知道是从什么地方发的，是维拉德说出去的，就是那个逃掉了的阿雷基帕人。没提别的名字，光提了埃斯皮纳的名字。”

“我和耶雷纳将军刚刚看了电讯稿，我们正要去总统府，”帕雷德斯司令说道，“这事很严重，总统本打算不惜一切代价，避免闹得满城风雨。”

“必须发表一份公报辟谣，”他说道，“只要能同埃斯皮纳和兰达达成协议，就不算太晚。山区佬那儿的情况怎么样？”

“还在抗拒，宾托将军跟他谈过两次了，”帕雷德斯说道，“如果总统同意，耶雷纳将军也想找他谈谈。好吧，那我们总统府见。”

“您要出去，堂卡约？”阿尔西比亚德斯博士说道，“有件事我忘了，费罗博士的太太在这儿等了一下午，她说她还要来，要在这儿坐等一夜，非要见您不可。”

“她再来就让警卫把她轰出去。”他说道，“您不要离开这里，博士。”

“您没有车？”阿尔西比亚德斯博士说道，“要不要用我的车？”

“我不会开车，我坐出租汽车吧。”他说道，“对，师傅，到总统府。”

“请进，堂卡约，”蒂赫罗少校说道，“耶雷纳将军，阿尔贝赖斯博士和帕雷德斯司令在等您。”

“我刚和宾托将军通了话，他同埃斯皮纳的谈话很有效果。”帕雷德斯司令说道，“总统在和外交部长谈话。”

“外国电台在发布关于谋叛未遂的消息，”耶雷纳将军说道，“阿尔贝赖斯，您瞧，仅仅是为了保密就对那些坏蛋手软。这么做根本没用。”

“如果宾托将军同埃斯皮纳达成了协议，关于谋叛的消息就自动失效了。”帕雷德斯司令说道，“现在一切问题都在兰达身上。”

“您和参议员是朋友，阿尔贝赖斯博士，”他说道，“他对您是相信的。”

“我刚才跟他通了话，”阿尔贝赖斯博士说道，“这个人很傲慢，根本不想听我的，对他简直没办法，堂卡约。”

“给他一个对他有利的台阶，他也不肯下？”耶雷纳将军说道，“那就逮捕他，免得闹出丑闻。”

“我已经答应不把事态扩大，就得履行诺言。”他说道，“您只管埃斯皮纳好了，将军，兰达由我来负责。”

“电话，堂卡约，”蒂赫罗少校说道，“对，就在这儿接。”

“那家伙刚刚跟阿尔贝赖斯博士通了电话，”洛萨诺说道，“有些话您可能感到惊讶，堂卡约，对，我就在这儿给您放录音。”

“目前我只能等待，”阿尔贝赖斯博士说道，“然而，如果你提出把贝尔穆德斯那条老狼赶走作为同总统和解的条件，我断定总统是会接受的。”

“除了萨瓦拉，不要让任何人进入兰达的家。洛萨诺，”他说道，“堂费尔民，您在睡觉吗？对不起，打扰您了，但是事情很紧急。兰达不愿同我们达成协议，一直在给我们制造困难，我们需要说服这位参议员，让他保持沉默。这就是我想求您做的，您明白了吗，堂费尔民？”

“我当然明白，堂卡约。”堂费尔民说道。

“国外已经传开了谣言，我们不希望再扩散。”他说道，“我们同埃斯皮纳已经达成了谅解，就差说服参议员了，您可以帮助我们，堂费尔民。”

“兰达完全有资格表现得桀骜不驯，”堂费尔民说道，“因为他的财产不取决于政府。”

“可您的财产取决于政府。”他说道，“您瞧，事情很紧急，我不能不这样对您讲话了。我保证您和政府签订的合同一定会受到尊重，这还不够吗？”

“您能否履行诺言？我有什么保障？”堂费尔民说道。

“此时此刻，我只能用我的话担保，”他说道，“目前我不可能有别的保证。”

“好吧，我接受您的诺言，”堂费尔民说道，“我这就去同兰达谈，如果您的密探允许我出门的话。”

“宾托将军刚到，堂卡约。”蒂赫罗少校说道。

“埃斯皮纳表现得相当通情达理，卡约，”帕雷德斯说道，“但是他要价很高，我怕总统不会同意。”

“他要当驻西班牙大使。”宾托将军说道，“他说以他的将军地位和前任部长的地位，当个驻伦敦的武官太有失身份了。”

“就这些，”耶雷纳将军说道，“他想当驻西班牙大使。”

“这个缺空着，我看埃斯皮纳最合适了，”他说道，“他会尽职的。我想洛拉博士也会同意。”

“企图置国家于水火之中，反倒受到奖赏。”耶雷纳将军说道。

“明天就公布任命埃斯皮纳为驻西班牙大使，还有比这更有效的辟谣吗？”他说道。

“将军，您不介意的话，我也是这个意见，”宾托将军说道，“他既然提出了这个条件，别的条件他是不肯接受的。那样一来，就只有把他审讯、流放了。然而对他采取任何制裁，都会在军官中造成消极后果。”

“虽然我们并不总是意见一致，但这次我同意您的意见。”阿尔贝赖斯博士说道，“我也是这样看问题的。既然我们决定不予制裁，而是寻求和解，那么最好的办法就是给埃斯皮纳将军一个与其身份相称的职位。”

“不管怎么说，埃斯皮纳的问题算是解决了，”帕雷德斯说道，“兰达呢？他要是不保持沉默，一切就都白费力了。”

“要不要也奖赏他一下，给他个大使当当？”耶雷纳将军说道。

“我想他不会感兴趣的，”阿尔贝赖斯博士说道，“他当过好几任大使。”

“如果兰达明天来个反辟谣，我看我们就不能辟谣了。”帕雷德斯说道。

“对，少校，我想单独用一下电话。”他说道，“喂，洛萨诺吗？对参议员的电话停止监听，我要跟他通话，这次谈话不准录音。”

“参议员兰达不在，我是他的女儿。”一个女郎不安的声音说道。他迅速把女郎绑了起来，把绑绳结成死扣，女郎的手腕和双脚都勒出了血印。“您是谁?”

“请快点叫参议员讲话，小姐，我是总统府，事情很急。”奥登希娅准备好了皮带，凯姐和他也都准备好了，“参议员，我想通知您，埃斯皮纳被任命为驻西班牙大使了，我希望这一事实能消除您的怀疑，改变态度。我们仍然把您看作朋友。”

“对朋友是不应该逮捕的，”兰达说道，“为什么把我的家包围了?为什么不让我出去?洛拉对阿根廷大使作的保证呢?外交部长说话不算话!”

“国外正在盛传关于事件的谣言，我们准备辟谣，”他说道，“这一切都取决于您。我想萨瓦拉在您家吧，他大概向您说明了吧。请告诉我，您的条件是什么，参议员?”

“无条件释放我所有的朋友。”兰达说道，“你们要正式保证他们不会遭到麻烦，不会被赶出工作岗位。”

“但有一个条件，他们之中凡不是党员的人，都要参加复权运动党。”他说道，“您明白，我们不愿意达成表面上的和解，而是真正的和解。您是执政党的领袖之一，叫您的朋友入党吧，您同意不同意?”

“我为了与政府恢复关系迈出了这一步以后，谁能保证这事不会被利用来在政治上加害于我，不会再对我进行讹诈?”兰达说道。

“国庆节要改组两院的领导层，”他说道，“我让您当参议院的议长，对您不进行报复，难道还有比这更有力的保证吗?”

“我对参议院议长职位不感兴趣，”兰达说道，他松了一口气，一切仇恨都从参议员的声音中消失了，“不管怎么说，我得考虑考虑。”

“我保证总统支持您成为候选人，”他说道，“我也保证大多数人投您的票。”

“好吧，请您把包围我家的密探撤掉。”兰达说道，“我现在应该怎么办?”

“立刻到总统府来，议院领袖们正在同总统开会，就缺您了。”他说道，“当然啦，您会受到同以往一样的友好接待。”

“对，议员们正在陆续到达，堂卡约。”蒂赫罗少校说道。

“请把这张纸条交给总统，少校。”他说道，“参议员兰达要来参加会议，对，是他，事情解决了，很顺利。”

“这是真的？”帕雷德斯眨着眼说道，“他真的要来？”

“作为政府的人，作为多数派领袖，他当然得来。”他咕哝着说道，“他大概快到了。为了争取时间，得赶快拟公报了。所谓谋反事件并不存在，要提一提陆军军官们的效忠电。博士，您是拟公报最适当的人了。”

“非常高兴，我来拟稿，”阿尔贝赖斯博士说道，“不过您已经是我实际上的继任者，也应该学着拟公报了，堂卡约。”

“为了找您，我们到处都跑遍了，堂卡约，”鲁多维柯说道，“从圣米格尔街到意大利广场，又从意大利广场到这里。”

“您累坏了，堂卡约，”伊波利托说道，“我们下午也只睡了几个小时。”

“现在轮到我去睡了，”他说道，“说真的，我也应该去睡了。先到部里看看，然后到恰克拉卡约去。”

“晚上好，堂卡约。”阿尔西比亚德斯博士说道，“费罗太太在这儿，她不愿意回……”

“公报给电台和各报社送去了吗？”他说道。

“我从早晨八点一直等在这儿，现在都晚上九点了。”那女人说道，“您必须接见我，哪怕十分钟，贝尔穆德斯先生。”

“我向费罗太太解释了，说您很忙，”阿尔西比亚德斯博士说道，“可她就是不……”

“好吧，就十分钟，太太。”他说道，“博士，您先到我办公室来一下好吗？”

“她在走廊里一直等了将近四个小时，”阿尔西比亚德斯博士说道，“好歹不走，堂卡约，真拿她没有办法。”

“我不是说让警卫把她赶走吗？”他说道。

“我正要下命令的时候，任命埃斯皮纳将军为大使的公报到了，我想局势变了，”阿尔西比亚德斯博士说道，“也许费罗博士会被释放。”

“对，局势变了，费罗也得放出来，”他说道，“公报散发了吗?”

“所有的报纸、通讯社和电台都送去了，”阿尔西比亚德斯博士说道，“国家电台已经广播了。要不要对那位太太讲她的丈夫马上就会被放出来，把她打发走?”

“让我来把好消息告诉她吧。”他说道，“这回，事情算是真正了结了。您累了吧，博士?”

“说真的，我的确累坏了，堂卡约，”阿尔西比亚德斯博士说道，“我几乎三天没睡觉了。”

“我们这些负责国家安全的人才是真正为政府干事的。”他说道。

“参议员兰达真的参加了总统府的议员会议吗?”阿尔西比亚德斯博士说道。

“他在总统府开了五个小时的会，明天就会登出他向总统致敬的照片。”他说道，“费了不少力气，但我们总算达到目的了。把那位太太叫进来，您休息去吧，博士。”

“我想知道我丈夫到底出了什么事。”那女人坚决地说道。他心想：这位太太不是来请求、来哭的，而是来吵架的。“您为什么下令把他抓了起来，贝尔穆德斯先生?”

“眼光如果能杀人，我立刻就会变成一具尸体。”他微微一笑，“镇静些，太太，请坐，我的朋友费罗结婚了，而且是这么美满，我还不知道呢。”

“回答我，您为什么下令把他抓起来?”女人激烈地又说了一遍。他心想：这位太太是怎么了?“为什么不让我见他?”

“我说出来您非吓一跳不可，不过，为了尊重您，我先向您提一个问题，”她的钱包里装着手枪吧?她是不是了解一些我不知道的事?“像您这样的女人怎么会同我那位朋友费罗结婚呢?”

“您要当心，贝尔穆德斯先生，您可别认错了人。”女人提高了声音。他想道：她大概还不习惯，这大概还是她的第一次。“我不允许您对我无礼，我不允许别人说我丈夫的坏话。”

“我没有说您丈夫的坏话，我只是在说您的好话。”他说道，心想：她现在待在这里有些勉强了，她后悔不该来了，肯定是别人让她来的。“对不起，我并不想冒犯您。”

“我丈夫为什么被捕？什么时候放他出来？”女人又说了一遍，“你们要对他怎么样？告诉我。”

“到这个办公室里来的都是警察和职员，”他说道，“很少有女人来，尤其是像您这样的女人，因此您的来访使我感到激动，太太。”

“您还要嘲弄我？”女人颤抖了起来，喃喃地说道，“您别这么傲慢，别这么霸道，贝尔穆德斯先生！”

“好吧，太太，您丈夫为什么被捕，他自己会向您解释的。”她到底要干什么？为什么不敢说出来？“您不必为他担心，他会受到尊重，什么也不缺，当然，他需要您，很遗憾，这我们就代替不了了。”

“别说粗话，您是在同一位太太讲话，”那女人说道。他下了决心：我这就给她点破，要有所行动。“您应该表现得像个绅士嘛。”

“我不是绅士，而您到此地来也不是为了教我如何做个绅士，而是为了别的。”他喃喃地说，“您丈夫为什么被捕，您很清楚。请您干脆点儿，您来这儿的真正目的是什么？”

“我来向您建议做一笔交易。”她嗫嚅着说，“我丈夫明天一定得出国，我想了解一下您的条件。”

“这样事情就清楚了。”他点头说道，“为了释放费罗，我要什么条件？也就是说，我要多少钱，对吗？”

“我连机票也带来了，为了让您看看，”她激动地说道，“是去纽约的飞机，明天十点起飞。今天晚上您必须释放他。我知道您不接受支票，我能凑上的现款都在这儿了。”

“这倒不错，太太，”你这是用慢火烤我，用针刺我的眼睛，用指甲扒我的皮。他把她脱光，绑起，跪了下来，叫人拿来了皮鞭。“而且都是美元，一共多少？一千还是两千？”

“现款只有这些，再也没有了。”女人说道，“我们可以给您打个欠条，随您要多少。”

“请您告诉我到底是怎么回事，这样我们才能更好地互相理解。”他说道，“我认识费利托①有好几年了，太太，您这样做肯定不是为了埃斯皮纳那桩案子。请您坦率点，问题的关键到底是什么？”

“他必须离开利马，他必须乘明天的飞机走，为什么您是清楚的。”女人连珠炮似的说道，“他如今进退维谷，您是知道的。我不是求您施恩，这是一笔交易，贝尔穆德斯先生，您的条件是什么？还要我们做什么事。”

“您买飞机票不是由于害怕谋反事件失败，也不是为了旅游。”他说道，“我看得出，他卷进一件更糟的事情里去了，也肯定不是那件走私事件，走私事件已经解决了，我已经帮助他掩盖下来了。哦，我有点儿懂了，太太。”

“有人滥用了他的好心，借用了他的名义，现在把什么都往他身上推。”女人说道，“我这样做也是没办法，贝尔穆德斯先生，您很清楚，他必须离开利马。”

“苏尔契柯建筑区出了问题。”他说道，“清楚了，太太，我现在明白了，我现在才弄懂他为什么和埃斯皮纳共谋反对政府。他帮助埃斯皮纳，埃斯皮纳就答应帮他摆脱困境，是不是？”

“有人检举了这件事，把他牵连进去的混蛋们都溜了，”女人嗓音嘶哑地说道，“涉及几百万索尔呢，贝尔穆德斯先生。”

“建筑区的事我早就知道了，但没想到灾难来得这么快，”他点了点头，“跟他合伙的阿根廷人溜掉了？费利托也想溜，把几百个买了并不存在的房子的人晾起来。当然，这有几百万索尔呢。他为什么也

① 费罗的爱称。

参加谋叛，我搞懂了。您为什么到这儿来，我也明白了。”

“他不能负这个责任，他也是上当受骗的。”女人说道。他心想：她快要哭出来了。“他要是不乘这班飞机走掉……”

“他就得在国内待很长时间，但不是作为同谋犯，而是作为诈骗犯，对吗？”他点着头同情地说道，“到那时，他得到的钱就会烂在外国银行里。”

“他一个钱也没得到，”女人提高了声音，“那个人滥用了他的好心，这笔生意把他毁了。”

“我明白您为什么敢于到这儿来了，”他一遍又一遍地说道，“像您这样的女人到我这里来实在是有失身份。您是为了在丑闻闹起来之前一走了之，您的姓名在报纸上出现的时候，您已经看不见了。”

“这不是为了我自己，我是为儿女着想。”女人叫了起来，接着深吸了一口气，压低了声音，“我再也凑不出更多的钱了。这些钱您先拿着，我们再给您打个欠条，随您要多少。”

“您还是留着这些美元在旅途中用吧，您和费利托比我更需要。”他曼声说道，他看到那女人睁大了眼睛，呆住不动了。“再说，您本人比这笔钱更有价值，拿您本人做交易我倒是很愿意。您不要喊，也不要哭，只要说句愿意不愿意就行了。我们在一起待上一会儿，然后接费罗出来，明天你们就可以乘飞机走了。”

“您怎么敢这样，无赖！”他看了看她的鼻子、双手和双肩，心想：她没喊也没哭，既没害怕也没拂袖而去。“无耻的乔洛，懦夫！”

“我本来就不是绅士，这就是我要的价儿，这您也早就料到了。”他喃喃说道，“当然，我保证，这事绝对保守秘密，您应该不认为这是一次风流韵事，而是一笔交易。您决定吧，十分钟过了，干脆点儿吧，太太。”

“去恰克拉卡约吗？”鲁多维柯说道，“好的，堂卡约，去圣米格尔街。”

“对，我留下了，”他说道，“你们去睡吧，七点钟来接我。从这边走，太太，站在花园里不动要冻坏的。进来待一会儿，什么时候想走，我就给您叫辆出租汽车，我送您回家。”

“晚上好，先生，请原谅我这个样子，我正要睡觉呢。”卡尔洛塔说道，“太太不在，早就和凯妲小姐出去了。”

“拿点冰块来，你就去睡吧，卡尔洛塔。请进，你别光在门口站着呀，请坐，我给您倒杯威士忌，加水还是加苏打？哦，您要纯的，好吧，跟我一样。”

“这是什么意思？”女人终于说话了，口气很生硬，“这是什么地方？”

“这房子您不喜欢？”他微微一笑，“您应该对漂亮的地方习惯习惯。”

“您刚才问起的女人是谁？”女人感到一阵窒息，低声问道。

“是我的情妇，叫奥登希娅。”他说道，“您要一块冰还是两块？祝您健康！瞧您，一口就喝光了，您还说不想喝呢，我再给您斟一杯吧。”

“我早就料到了，早就有人警告过我，您是世界上最卑鄙无耻的人。”女人说道，声音不高也不低，“您到底想干什么？只是想羞辱我一番？难道就是为了这个才把我弄到这儿来？”

“我只是想跟您喝一杯聊聊天，”他说道，“奥登希娅不是乔洛女人，不像我这么粗俗，她也像您这么文雅正派，长相还过得去。”

“说下去，还有什么？”女人说道，“您还要说些什么？说下去。”

“这种事使您感到可憎，尤其是跟我这个人。”他说道，“如果我是个跟您一样的人，您也许不会这么讨厌我，对吧？”

“对！”女人的牙齿不再打战，嘴唇也不发抖了，“但是，一个正派的男人是绝不会干出这种无耻之事的。”

“您并不是想到跟别人睡觉就感到厌恶，而是想到跟一个乔洛睡觉才有这种感觉。”他一面喝一面说，“等等，我来给您斟满。”

“还等什么，够了，床在什么地方，您可以得到您讹诈的东西了。”女人说道，“您难道以为把我灌醉了，我就不感到厌恶了？”

“啊，奥登希娅回来了，”他说道，“您别起来，您用不着站起来。你好，亲爱的，我给你介绍一下，这位是无名夫人；她就是奥登希娅，太太。她有点儿醉了，不过，您瞧，长得还可以吧？”

“只有点儿醉？说真的，我可要倒下去了。”奥登希娅笑了，“幸会，无名夫人，非常高兴，你们早就来了吧？”

“刚到一会儿，”他说道，“你坐吧，我给你倒杯酒。”

“你可别以为我这样问是吃醋，无名夫人，我只是好奇，”奥登希娅笑着说，“我从来不吃漂亮女人的醋。呜呵，我累坏了，你要吸烟吗？”

“给你，喝口酒消除一下疲劳，”他说着把酒递给了奥登希娅，“你到哪儿去了？”

“我去参加露西的晚会了，”奥登希娅说道，“我是求凯姐把我送回来的，因为别人都疯了。露西那疯女人跳了个脱衣舞，全部脱光，是真的。祝你健康，无名夫人。”

“我的朋友费罗要是知道了，非把露西痛打一顿不可，”他微笑着说道，“露西是奥登希娅的朋友，太太，也是一个叫做费罗的人的情妇。”

“什么痛打一顿呀，相反，他最喜欢看露西发疯了。”奥登希娅哈哈大笑，转向女人说道，“这是他的癖好。亲爱的，有一天，费利托不是让露西在这儿，在餐厅的桌子上跳裸体舞？你不记得了？喂，无名夫人，你怎么这样喝酒呀？再给你的客人倒一杯，你这个人太吝啬了。”

“我的朋友费罗是个可爱的家伙，”他说道，“喜欢热闹，乐此不疲。”

“尤其是在女人身上。”奥登希娅说道，“今天他没去参加晚会，露西很生气，她说，费罗要是十二点还不到，她就往家里给他打电话，闹他个满城风雨。啊，净说这事，太没意思了，我们放音乐听吧。”

“我得走了，”女人结结巴巴地说道，但没有站起来，也没看两位主人，“劳驾给我叫辆出租汽车吧。”

“这种时候一个人乘出租汽车不害怕？”奥登希娅说道，“出租汽车司机全是些匪徒。”

“我先打个电话。”他说道，“喂，洛萨诺吗？请您在早晨七点把费罗博士放出来，对，您要亲自过问，洛萨诺，七点整。没别的事了，洛萨诺，晚安。”

“把费罗放出来？放费利托？”奥登希娅说道，“费利托被捕了？”

“别唠叨了，你打个电话给无名夫人要辆出租汽车。”他说道，“您别担心司机，我派街角上的警察送您回去。您的债还清了。”

3

太太到底爱不爱堂卡约？很不爱，她伤心不是为了堂卡约，而是因为他没留下一分钱就溜了。这没良心的狗东西！凯姐小姐说，这都怪你，我跟你说过好几次了，你应该让他给你买一辆汽车，在你的名下买一幢房子。不过头几个星期，圣米格尔街的生活还没发生什么变化：储藏室和冰箱里像往常一样总是满满的；希牡拉仍旧报假账欺骗太太；每月月底，女佣们还能拿到全额工资。那个星期天，阿玛莉娅和安布罗修在贝尔托洛托路口一见面就说起太太的事来了。阿玛莉娅说：太太现在可怎么办呢？有谁会帮助她呢？安布罗修：她这个人很诡诈，不等到没办法她就会找个阔佬。阿玛莉娅：你别这样说太太，我不喜欢你这样。二人去看了一部阿根廷电影，安布罗修出来时满嘴净学阿根廷人的口音。阿玛莉娅笑着说：你发疯了。突然，特里尼达的面孔在她面前出现了。二人到了奇柯拉约大街的那间房子里，正在宽衣解带的时候，一个戴着假睫毛的四十多岁的女人闯进来打听鲁多维柯。安布罗修告诉她说，鲁多维柯到阿雷基帕去了，还没有回来。那女人摆出了一副哭丧脸。她走了，阿玛莉娅拿她的假睫毛开起了玩笑，安布罗修说：鲁多维柯净爱找这种女人。哦，对了，安布罗修，到底怎么样了？但愿别出什么事，可怜的家伙走的时候很不情愿。二人在市中心吃了点心，然后一直散步到天黑。到了共和国大街，在一条长凳上坐了下来，看着过往的车辆又聊了起来。微风吹过，阿玛莉娅依偎在安布罗修的怀里。他搂住她：你愿意有个自己的家，让我做你的丈夫吗，阿玛莉娅？她吃惊地看了他一眼。我们早晚有一天能结婚，生儿育女，阿玛莉娅，我正在攒钱呢。真的吗？我们将要有个家，生儿育女？这似乎太遥远、太困难了，她曾躺在床上幻想着同他一起生活、为他烧饭洗衣的情景。这不可能。为什么，傻瓜？不是天天都有人结婚吗？为什么我们就不能呢？

先生走后大概一个月，一天，太太一阵风似的回到家里：亲爱的凯妲，一切都妥了，从下星期一起我就到胖子那儿去唱歌了。我今天就得练练嗓子，我还得注意身材，做做体操，洗洗土耳其浴。您真的要去跳舞厅演唱，太太？当然，跟以前一样，阿玛莉娅，我以前很出名呢，就是为了那个没良心的我才放弃唱歌的，现在我要重操旧业了。来，我给你看看我从前的照片。太太一把抓住阿玛莉娅的胳膊，拉着她跑上了楼，到了书房，拿出一册带弹簧的影集。阿玛莉娅说道：以前我多么想看啊，现在终于看到了。你看，你看，太太骄傲地一张一张地给她看，有穿长衣裙的，有穿游泳衣的，有梳着女王那样的高髻的，有在舞台上向观众飞吻的。阿玛莉娅，你听听那时报纸是怎么讲的：说我很漂亮，我有一副热情的嗓子，大获成功。家里全乱了，太太一个劲儿地谈着如何练嗓子，开始节制饮食，中午只要一杯柚子汁，一块烤牛排；晚上一盘不带调料的色拉。我饿死了，可这有什么办法呢？快把门窗关上，我要是在首次演出前感冒了，我就不想活了。太太也不吸烟了，因为对演员来说，烟草就是毒品。有一天，阿玛莉娅听到太太在对凯妲小姐发牢骚：胖子太吝啬了，给我的工资还不够付房钱的呢，不过，最重要的是我有了这次机会，我会重新征服听众，到那时我再提条件，亲爱的凯妲。太太每天晚上九点左右就穿着长裤，扎着头巾，挽着小箱子到胖子那儿去了，第二天天亮才回家，脸上的油彩还没擦掉。此时她最关心的不是清洁而是身材了。她每天用放大镜在报纸上找来找去：阿玛莉娅，你瞧报纸上是怎么说我的！报上要是讲别的歌女的好话，她就特别生气：这个女人肯定行贿了，把报纸收买了！

不久，晚会又开始举行了。阿玛莉娅有时在客人中还能认出先生在的时候经常来的那些穿戴讲究的老头子，但是大部分客人都不是原来的了，而是些年轻人，穿戴并不那么讲究，也没有汽车。然而这些人多么快活啊，领带多么花哨啊。卡尔洛塔嘟囔着说，净是些演员。太太开心得要命：阿玛莉娅，今天要搞一次有本地风味食品的晚会。她向希牡拉下着命令：今天晚上要有辣子鸡羹、鸭肉米饭，冷盘要柠檬鱼片、土豆包。她还向酒店要了啤酒。她现在既不去关储藏室的门也不打发女仆去睡了。阿玛莉娅看见了各种丑态，各种疯狂的行为。太太跟她的女友们一样，从一个男人的怀里被传到另一个男人的怀里，让男人任意亲吻，喝得酩酊大醉。尽管如此，有一次阿玛莉娅在晚会的第二天看到一位先生从浴室里走出来的时候还是感到羞耻，甚至有些恼火。安布罗修说得对，太太这个人很诡诈，每个月换一个情夫，真精，不过她对我实在太好了。每当假日，安布罗修问她太太怎样了，她总是骗他说：自从先生走后，太太一直很难过。这也是为了不让安布罗修把太太看扁。

卡尔洛塔两眼直冒火：你说太太这次会挑上谁？真的，太太周围有一大堆男人可供挑选，每天都有无数电话打来，有时还有人送花束。这时太太就把连同花束一道送来的名片上的字打电话念给凯姐小姐听。后来她挑上了一个先生在的时候就经常来的人，阿玛莉娅觉得这个人以前曾跟凯姐小姐有一手。卡尔洛塔说：真可惜，是个老头子。可这个老头子腰缠万贯，个子高高，长相漂亮。卡尔洛塔笑着说：瞧他那红光光的面孔、满头的白发，谁也不会叫他乌略斯特先生，而是唤他祖父、父亲呢。这位先生很有教养，但是一喝酒就醉，一醉眼珠就像要瞪出来似的向女人扑去。有一次他留下过夜，接着又是两次、三次，从此以后干脆经常来圣米格尔街过夜，第二天才开着他那辆漂亮的黄色汽车走掉。太太笑着说：这老头子为了我把你甩了。凯姐小姐也笑着说：亲爱的，你把他挤干了算了。两个人就这样随心所欲地拿这位老头子开玩笑。亲爱的，他还行吗？不太行了，这样也好，免得你不高兴，亲爱的凯姐。太太跟这老头子在一起无疑是为了钱。乌略斯特先生不像堂卡约那样令人反感、害怕，而是令人起敬，甚至使人感到亲切。他每次面孔红扑扑、精神疲惫地从楼梯上走下来的时候，总是往阿玛莉娅的围裙口袋里塞几个索尔。比起堂卡约，这位先生要大方、正派多了。然而，没几个月，乌略斯特先生就不来了。阿玛莉娅心想：他做得对，难道人老了就可以让人随便欺骗吗？原来这位先生发现了毕琼的事，醋意大发就走掉了。太太对凯姐小姐说，他会像只绵羊似的回来。然而他并没有回来。

一个星期天，安布罗修问道：太太还那么伤心吗？这时阿玛莉娅才跟他说了实话：她早就没事了，搞了个情夫又吵翻了，现在跟许多男人睡觉。阿玛莉娅还以为安布罗修会说：你瞧，我早就说过了吧。她也还以为安布罗修会不让她再在那儿干下去了。然而他只是耸耸肩说：她也是为了吃饭啊，怎么办呢？阿玛莉娅想回他一句：我要是这样，你也无所谓吗？但是她忍住了。二人还是每星期天见面，到鲁多维柯的房间里去。有时遇到了鲁多维柯，他就请二人吃点心或是喝啤酒。阿玛莉娅第一次碰到鲁多维柯时，看见他缠着绷带，就问他：你出车祸了？鲁多维柯笑了：是阿雷基帕人把我打伤的，现在没事了，那会儿才危险呢。阿玛莉娅对安布罗修说：看样子他很得意。安布罗修：幸亏在阿雷基帕挨了揍，他现在被列入正式编制了，阿玛莉娅，他在警察局里挣的钱也多了，成了个大人物。

太太一天到晚不着家，女仆们的活儿也就轻松了。每天下午，阿玛莉娅同卡尔洛塔和希牡拉坐在客厅里听广播剧，听唱片。一天早晨，她上楼给太太送早餐，在走廊里看到一个男人的面孔，她简直喘不过气来，激动万分地跑下楼来：卡尔洛塔，来了个年轻人，漂亮极了，我一见就……卡尔洛塔后来也见到了，她说：赶快抓住我，我快要融化了。太太和那年轻人很晚才下楼，阿玛莉娅和卡尔洛塔呆呆地盯着他看，气都喘不过来了，他那英俊的模样，任何女人看了都非昏过去不可。太太也像是中了催眠术，娇态慵慵，亲热温柔，嗲声嗲气，为他感到骄傲。太太用自己的勺子喂他吃饭，像个憨态十足的小姑娘。她在那人的头发上乱揉乱弄，把嘴凑到他耳根上窃窃私语：我的爱，我的生命，我的天使。阿玛莉娅都认不出她来了。她眼波饧睇，软语款款，温柔极了。

卢卡斯先生是那么年轻，太太在他身边都显得老了。他是那么英俊，阿玛莉娅被他一看就感到浑身发热。卢卡斯先生皮肤微黑，牙齿极白，眼睛很大，是个西班牙人，跟太太在同一个地方演唱。太太对阿玛莉娅说了心里话：我们一认识就相爱了。她垂下眼睑：我爱他，我爱他。有时候卢卡斯和太太一起唱二重唱消遣，阿玛莉娅和卡尔洛塔说：他们还是结婚吧，生儿育女吧。太太显得幸福极了。

后来卢卡斯先生干脆就搬到圣米格尔街住了，亲如家人。每天不到天黑不出去，整个下午靠在沙发上，不是要酒就是要咖啡。什么饮食他都不喜欢，对什么都不满意。太太于是骂希牡拉。他要的菜都很怪，阿玛莉娅听希牡拉发牢骚：娘的，什么叫冷汤①呀！这是阿玛莉娅第一次听到她说粗话。第一天看到卢卡斯先生的美好印象逐渐消失了，卡尔洛塔甚至开始讨厌他了。除了任性，这位先生还很无耻，太太的钱他随便花。他叫人买一样东西就说，找奥登希娅要钱吧，她是我的银行。此外，他每星期都要搞晚会。他喜欢开晚会。一次晚上，阿玛莉娅瞅见他吻凯妲小姐的嘴。凯妲小姐既然是太太的朋友，怎么能让他吻呢？太太要是撞见了会怎么样呢？没事，太太会原谅他的。太太太爱他了，什么都愿意忍受，只要他说一句亲热的话，太太就会转怒为喜。太太变得年轻了。卢卡斯先生乘机挥霍无度。他买了东西，收款人把账单送上门来，太太就得付钱，没钱就编造一些谎话让

---

① 一种西班牙菜肴。

人家下次再来。从这一点上，阿玛莉娅发现太太手头紧了。可是卢卡斯先生全然不管，花费日益增加。他的穿戴非常漂亮：五彩缤纷的领带、卡腰的西服、羚羊皮的鞋子。他笑着说：亲爱的，生命是短促的，我们要及时行乐，亲爱的。说着就张开双臂把太太搂在怀里。太太说：你真是个大孩子。亲爱的太太真的变了，阿玛莉娅想道，卢卡斯先生把太太变成了一个温顺的小猫。她看到太太娇态可掬地走向先生，在他的脚边跪下来，把头枕在他的膝上，简直不可思议。阿玛莉娅听到太太说：心肝，亲亲我。她嗲声嗲气地恳求：亲爱的，亲亲你的老太婆吧！不可思议，不可思议。

卢卡斯先生在圣米格尔街一住就是六个月。在这期间，各种舒适逐渐消失了。储藏室空了，冰箱里只剩牛奶和当天的蔬菜了，商店的订货也光了，威士忌一去不复返了，晚会上只能喝皮斯科加姜汁酒了，小吃代替了风味佳肴。阿玛莉娅把这一切讲给安布罗修听，他微笑着说：这位卢卡斯是个拆白党。太太第一次关心账目了，她向希牡拉要找回的零钱，阿玛莉娅看到希牡拉的脸色，暗暗发笑。一天，希牡拉宣布同卡尔洛塔辞工不干了：太太，我们要到哇乔去，我们可以在那儿开个小酒馆。但是在临走的前一天晚上，卡尔洛塔看到阿玛莉娅那难过的样子，就对她说：我们是骗太太的，我们不是到哇乔去，咱们还可以见面。原来希牡拉在市中心另找了个人家，她做饭，卡尔洛塔打杂。卡尔洛塔说：你也辞工算了，阿玛莉娅，我妈妈说这个家垮了。我能走吗？不，太太对我太好了。阿玛莉娅留了下来，太太说服她让她做饭，保证每月给她加五十索尔，然而从此以后卢卡斯和太太就不在家吃饭了。亲爱的，我们还是到外面去吃晚饭吧。阿玛莉娅对安布罗修说：原来是因为我不会做饭，我做的饭他一吃就噎住，这倒不错。然而别的活儿加重了，她要收拾、掸刷、铺床、洗碗、清扫，还要做饭。那幢房子不再那么整洁明亮了。庭院一个星期也不打扫一次，客厅两三天不掸一次，阿玛莉娅一看到太太的眼神就知道她很难过。花匠辞退了，天竺葵枯死了，草坪也干了。凯妲小姐不再留下过夜了，但还是经常来，有时还同那个外国女人伊翁太太一道来。伊翁太太一来就拿太太和卢卡斯先生开玩笑：你们这对鸳鸯，新娘新郎过得还好吗？有一天，卢卡斯先生出去了，阿玛莉娅听到凯姐小姐责怪太太：他是个拆白党，你会被他毁掉的，必须甩掉他。阿玛莉娅跑到储藏室后，只见太太蜷缩在软椅上听着凯姐小姐的责骂，她蓦地抬起了头，啊，太太哭了。这一切我都知道，亲爱的凯姐。阿玛莉娅感到自己也要哭了。可怎么办呢，亲爱的凯姐，这是我一生中第一次真正爱一个男人。阿玛莉娅离开储藏室走进自己的房间，把门锁上。特里尼达的面孔又出现了，是他生病、坐牢、死去时的面孔。我不会走的，我要永远陪伴着太太。

这个家毁了，是的，卢卡斯先生就像兀鹰啄食垃圾，靠着这个废墟养活自己。杯子和花瓶破了，不换新的，他却经常换新装。太太向酒店、洗衣店的收账人诉苦，他却在生日的时候戴上了新戒指，圣诞节时圣婴①又给他送来了一块手表。他从不发愁，也不生气。玛格达雷娜区新开了一家饭店，我们去吃吧，亲爱的，好不好？他每天起床很晚，然后来到客厅看报。阿玛莉娅看见他穿着紫红色睡袍，漂漂亮亮，微笑着把脚蹬在沙发上，哼着小曲。她恨这位先生，往他的早餐里吐唾沫，在他的汤里放头发，做梦都梦见他被火车碾得粉碎。

一天早晨，阿玛莉娅从酒店回来，看到太太穿着长裤，拎着手提包正同凯姐出去。我们去洗个土耳其浴，中午不回来吃饭，午饭你给先生买瓶啤酒。二人走了。过了一会儿，阿玛莉娅听到楼上有脚步声。卢卡斯先生醒了，应该给他送早餐了。她上了楼，只见卢卡斯先生穿着上衣，打着领带，匆匆忙忙地把自己的衣服往箱子里塞：阿玛莉娅，我要到外地去，在剧院里演唱，下星期一回来。他说话的样子像真的正在旅行，正在演出。阿玛莉娅，把这封信交给太太。另外，马上给我叫辆出租汽车来。阿玛莉娅张大了嘴巴看着他，他什么也没

① 商店职员扮的圣婴，为了推销商品。

再说就离开了卧室。阿玛莉娅叫了出租汽车，把卢卡斯先生的箱子搬下楼来。再见，阿玛莉娅，下星期一见。阿玛莉娅回到家，在客厅里坐下来，极为不安。哪怕希牡拉和卡尔洛塔在也好办啊，那时她就可以去把这件事告诉太太了。整个一上午，阿玛莉娅什么也没干，只是不停地看表，陷入沉思。凯姐小姐那辆车来到门口停下来时已经五点了。她把面孔贴在窗帘上看着她俩走了进来，容光焕发，显得年轻多了，仿佛洗了一次土耳其浴减少的不是重量而是岁数。她给二人开了门，双腿颤抖起来。太太说道：进来，亲爱的，喝杯咖啡吧。二人走进客厅，把手提包甩在沙发上。阿玛莉娅，你怎么了？阿玛莉娅的心脏剧烈地跳动起来：先生外出旅行了，太太，他给您留了一封信，在楼上。太太脸色没变，待着不动，神态平静、严肃，最后嘴唇微微抖动了一下：外出旅行？卢卡斯去外地了？没等阿玛莉娅答话，太太一转身就上了楼，凯姐小姐也随着上了楼。阿玛莉娅用心地听着，太太没哭，也许在抽泣。这时她听到一阵嘈杂声、脚步走动声，太太叫了一声：阿玛莉娅！壁橱的门敞开，太太坐在床上，凯姐小姐瞪了她一眼：阿玛莉娅，他真的说还要回来？是的，小姐。她不敢看太太，她发现自己说话结结巴巴：他说下星期一回来。凯姐小姐说道：他是想跟别的女人再混一阵子，你的嫉妒劲儿使他觉得受到了束缚，说真的，星期一他会回来请求你原谅的。太太说：算了吧，凯姐，你别发傻了。凯姐小姐喊出了声：他要是真的走掉，那再好也没有了，你总算摆脱了这个吸血鬼。太太用手示意叫她别喊：凯姐，快看看斗橱。她自己却不敢去看，捂住脸抽泣起来。凯姐小姐奔过去拉出抽屉乱翻起来，把信件、香水瓶和钥匙乱摔在地上。阿玛莉娅，你看见他把一只红色小匣子拿走吗？阿玛莉娅在地上爬来爬去捡着东西：唉，耶稣啊，唉，我的小姐。你没看见他把太太的首饰拿走吗？这我倒没看见。我们报警吧，亲爱的，不能白白让他偷走，把他捉住，他就会把首饰退还。太太号啕大哭，凯姐小姐叫阿玛莉娅端一杯热咖啡来。阿玛莉娅颤巍巍地端着托盘上来的时候，凯姐小姐正在打电话：您的交游广，伊翁太太，请您托人把他找回来，把他抓起来吧。太太一个下午都关在自己的卧室里和凯妲小姐谈话。到了晚上，伊翁太太来了。第二天，警察局来了两个人，一个就是鲁多维柯，他装作不认识阿玛莉娅的样子。两个警察向太太提了许多问题，都是关于卢卡斯先生的，最后他们安慰太太说：几天之内就会物归原主。

阿玛莉娅事后回想：那几天大家都是愁眉苦脸的，以前虽说日子不好过，但从此以后更糟了。太太面色惨白，头发蓬乱地躺在床上只喝点汤。第二天，凯妲小姐走了。太太，要不要我把床垫拿上来陪你？不用，阿玛莉娅，你就在自己房间里睡吧，但是阿玛莉娅只是盖着毯子躺在客厅的沙发上，黑暗中她感到自己的面颊上满是泪水。她恨特里尼达，恨安布罗修，恨所有的人。一打瞌睡她就惊醒，她很难过，也很害怕。就这样，走廊里透进了晨曦。她上了楼，把耳朵贴在卧室的门上，里面没有一点声息。她打开了门，只见太太躺在床上，什么也没盖，眼睛睁得大大的。太太，您在叫我吗？她走近前去，看见杯子倒了，太太在翻白眼。她马上跑到街上，一路喊着：太太自杀了！她按了隔壁邻居的门铃，并在大门上踢了几脚：太太自杀了！一个男人穿着睡袍起来了，还有一个女人。三人又是在太太脸上拍打又是在她胸上按摩，为的是让太太吐出来。最后打电话要了辆急救车，这时天已大亮。

太太在洛埃萨医院住了一个星期，阿玛莉娅去看望她的那天，看到凯妲小姐、露西小姐和伊翁太太都在。太太面色苍白，身体羸弱，一副听天由命的样子，还开了个玩笑：我的救命恩人来了。家里吃饭的钱都没有了，阿玛莉娅正在思量着如何跟太太讲，幸亏太太记起来了：亲爱的凯妲，给阿玛莉娅点儿钱作为家里的开销。就在那个星期天，阿玛莉娅到汽车站去同安布罗修会面，把他带到了家里。太太自杀的事安布罗修也知道了，阿玛莉娅：你是怎么知道的？堂费尔民替她付的住院费用嘛。堂费尔民付的？对，太太给堂费尔民打了电话，堂费尔民这个人很大方，看到她的处境，动了恻隐之心，到现在还在帮助她呢。阿玛莉娅给他做了点儿吃的，然后二人听了会儿广播，就到太太的卧室睡觉去了。阿玛莉娅忍不住笑了起来，笑个不停：原来这些镜子是干这个用的，太太真是异想天开。安布罗修不得不摇晃着她的肩膀，骂她，对她的大笑很生气。从那天以后，二人再也没有谈起搞房子结婚的事，但相处得很好，从没拌过嘴，每次见面总是老一套：乘电车到鲁多维柯的房间去，看电影，有时也像那次一样去跳舞。有一回在阿尔托斯区的一家饭馆里跟人吵了一架，因为有几个醉汉闯了进来高喊：阿普拉万岁！安布罗修就喊了一句：打倒阿普拉！原来大选临近了。圣马丁广场上游行示威不断，市中心挂满了标语牌，到处行驶着喇叭车：你了解普拉多，请投他一票！还有电台、传单、歌曲：秘鲁人最喜欢拉瓦耶①！到处是华尔兹舞曲，到处贴满了阿亚·德·拉托雷的照片。阿玛莉娅想起了特里尼达。我到底爱不爱安布罗修？爱，可是跟安布罗修在一起就是同特里尼达不一样。跟安布罗修在一起没有跟特里尼达在一起时的那种痛苦、欢乐和热情。她问安布罗修：你为什么希望拉瓦耶当选？他：因为堂费尔民支持他。有一次阿玛莉娅想道：跟安布罗修在一起，一切都很平静，我们仅仅是朋友，只不过常在一起睡觉罢了。几个月过去了，她都没去看望罗莎丽奥太太和赫尔特鲁迪丝，也没去看望自己的姨妈。她把一个星期里发生的事都存在脑子里，到了星期天就讲给安布罗修听，可是安布罗修什么都早知道了，所以她很生气。蒂蒂小姐好吗？好。索伊拉太太好吗？好。圣地亚哥少爷回家了吗？没有。大家都很想念他吗？对，尤其是堂费尔民。还有什么？还有什么？没什么了。有时阿玛莉娅开玩笑，想吓唬吓唬他：我要去看望索伊拉太太，我要把我们的事告诉奥登希娅太太。他口吐白沫：你要是去，你会后悔的；你要是说出去，咱们就别再见面。我们干吗要躲躲藏藏的？搞得这么神秘，没脸见人？安布罗修很怪，脑子不清楚，还有点怪脾气。有一次，赫尔

① 秘鲁的大富豪，当时也参加了竞选。

特鲁迪丝问阿玛莉娅；安布罗修要是死了，你会不会像特里尼达死时那样难过？不会，我可能哭，但不会感到一切皆空。赫尔特鲁迪丝，我要是给他洗过衣服、做过饭，他病了我照顾过他，也许就两样了。

奥登希娅太太回到了圣米格尔街，骨瘦如柴，衣服空荡荡的，脸颊都瘪进去了，眼睛也不像以前那么明亮了。警察局没有把首饰找回来吗，太太？太太惨笑了一下：永远找不回来了。她眼泪汪汪的：卢卡斯比警察还精。可太太仍然爱着他，真可怜：阿玛莉娅，老实说，首饰本来就所剩无几了，我为了他早就一点一点地卖掉了。男人都是傻瓜，他根本没有必要偷嘛，阿玛莉娅，他如果需要，说一声不就行了吗？太太变了，灾难一个接着一个，可她淡然处之，不动声色，沉默不语。太太。普拉多当选了，阿普拉把拉瓦耶甩开，投普拉多的票了，普拉多获胜了。这是广播里说的。可是太太根本不听：阿玛莉娅，我失业了，胖子不愿意跟我续订合同。她说这话时一点也不动气，就好像在讲世界上一件最普通的事。几天后她又对凯妲小姐说：我背的债快把我淹死了。可她一点儿也不觉得可怕，满不在乎。后来蓬修先生来收房租，阿玛莉娅不知道如何对付：太太不在家；出去了；明天再说吧；星期一再说吧。起先，蓬修先生还客客气气，调戏她几句，后来却变凶了。他面孔涨得红红的，一个劲儿地嚷着，都噎住了：太太不在？他一把推开阿玛莉娅，像狗似的叫了起来：奥登希娅太太，别躲着了！太太来到楼梯口，像看一只蟑螂那样看了他一眼：干吗这么大喊大叫的？你去告诉帕雷德斯，我改日再付房租。您不交房租，帕雷德斯上校要骂我的。蓬修先生又吠了起来：我们要到法院去告您，把您从这幢房子里赶走。太太平静地说：我什么时候走要看我高兴。他继续大喊大叫：限您星期一付房租，否则我们就起诉。事后，阿玛莉娅上楼到太太的卧室去，还以为她在大发雷霆呢，然而她很平静地凝视着天花板。阿玛莉娅，卡约在的时候，帕雷德斯都不敢收房租，可现在，你瞧。太太说话的声调懒洋洋的，仿佛很遥远，仿佛梦中呓语：阿玛莉娅，我们得搬家了，没别的办法。那几天太太东奔西走，一早就出去，很晚才回家。阿玛莉娅，我看了许多房子，都太贵了。她一会儿给这位先生打电话，一会儿给那位先生打电话，向他们借钱、贷款，然而每次挂上电话嘴都气歪了：都是些混蛋，没良心的家伙！搬家的那天，蓬修先生来了，他跟太太关在堂卡约睡过的卧室里很长时间，最后太太下楼来命令卡车上的汉子把家具和酒台再搬回房子里去。

老玛格达雷娜区的那个套间比圣米格尔的房子小多了，没有了客厅中的家具和酒台也根本显不出来，现有的家具还嫌多。太太又把写字台、几把软椅、镜子和餐柜都卖掉了。这套房是在一幢绿色楼房的二层，有餐厅、卧室、浴室和厨房，楼下还有个小庭院，仆人的房间也带有卫生间。房子很新，一整理还相当漂亮呢。

搬家后的第一个星期，阿玛莉娅在巴西路上的军人医院汽车站又跟安布罗修见面了，这次二人吵了一架。太太太可怜了，阿玛莉娅向安布罗修讲述太太经济上的拮据、家具被扣、蓬修先生粗暴的态度，可是安布罗修说：我太高兴了。你说什么？我说你那位太太是个婊子。为什么？她总是威胁别人，总向堂费尔民要钱，堂费尔民已经给了她不少钱了。这女人太不自爱了，阿玛莉娅，把她甩了吧，另找个人家吧。我要先把你甩掉！阿玛莉娅说道。两个人争吵了一个小时，最后才勉强和解。好吧，阿玛莉娅，我们不谈她了，为这个疯女人争吵不值得。

靠借债和变卖东西，太太的日子还过得去，可也得找个工作呀。最后太太在巴兰科区找到了一个叫“小湖”的地方演唱，接着又开始谈起要戒烟，每天早晨回家又是浓妆艳抹的了。她再也不提卢卡斯先生了，这时只有凯妲小姐还来看她，凯妲小姐也同以前大不一样了，不开玩笑了，不那么调皮可爱了，从前那种无所谓、快快活活的劲头儿不见了。亲爱的，基农西托为你快要发疯了。我不想见他，连他的影子也不想见，亲爱的凯妲，他这个人一个子儿也没有。一段时间之后，太太开始和男人们来往了，但从来不让他们进家，只让他们在门口或街上等着她梳洗打扮。阿玛莉娅思量着：太太不好意思让男人们看见她现在的居住条件。太太每天起床后喝一杯皮斯科加姜汁酒，听会儿广播，看会儿报纸，给凯姐小姐打电话，然后再喝两三杯皮斯科加姜汁酒。太太不像从前那么秀挺，那么仪态万方了。

日子就这样过去了。几个星期后，太太又不去“小湖”演唱了，阿玛莉娅是两三天之后才知道的。星期一和星期二，太太都待在家里。太太，您今天晚上又不去演唱了？我再也不去“小湖”了，阿玛莉娅，他们剥削我，我要另找个好点儿的地方。然而在以后的日子里，太太显得并不急于找个工作。她把窗帘拉得严严的，一个人在黑暗中躺在床上听广播，有时懒洋洋地起来自己兑一杯混合酒。阿玛莉娅每次走进卧室总是看到她木然不动，望着烟雾出神，谈话的声音也是懒洋洋的，一副疲倦的样子。每到下午七点，她就开始梳洗打扮了，在嘴唇上抹口红，在指甲上涂蔻丹。八点左右凯姐小姐开车来接她。第二天大清早才回到家里，醉意醺醺，狼狈不堪，疲劳得有时得把阿玛莉娅叫起来帮她脱衣服。阿玛莉娅对凯姐小姐说：您瞧太太瘦得这个样子，您劝劝她，叫她吃点儿东西吧，不然要生病的。凯姐小姐劝了，可太太就是不听。一段时间以来，她不断地把自己的衣服送去巴西路一家裁缝店去改小。她每天给阿玛莉娅钱叫她去买报纸，每月按时付阿玛莉娅工资，太太哪儿来的钱呢？自从搬到老玛格达雷娜区的这个套间以来，还没有一个男人留下过夜呢，也许她在街上干？后来太太在“蒙玛特列”演唱了，但再也不谈戒烟的事了，也不怕过堂风了，甚至对演唱也抱着满不在乎的态度，化妆时是那么漫不经心，对家中是否整洁也不管了——以前用手指在桌子上一抹，只要发现有灰尘就大喊大叫，可现在她从不去注意烟灰缸是不是满了，早晨再也不问阿玛莉娅有没有洗过澡、抹过爽身粉了。房间很乱，阿玛莉娅没有时间干这么多的事，再说现在打扫一次她也感到吃力了。太太那懒洋洋的劲儿传染给我了，阿玛莉娅总是对安布罗修说。小姐，看到太太这样，我有一种说不出的滋味，太太对什么都是无精打采的，她是不是对卢卡斯先生那件事仍耿耿于怀？凯妲小姐说：是的，再加上喝酒，吃镇静药，她快变成个白痴了。

有一天，有人敲门，阿玛莉娅开门一看，原来是堂费尔民。这次堂费尔民还是没认出她来：奥登希娅约好等我。自从上次看到堂费尔民以来，他变得衰老了，白发多了，眼窝也下陷了。太太把她支了出去买香烟。星期天，阿玛莉娅问安布罗修堂费尔民是干什么去的，安布罗修做了个恶心的表情：给她送钱去的呗，这个没良心的女人把堂费尔民当傻瓜耍弄。太太对你怎么了？你为什么这么恨她？对我倒是没怎么样，可是对堂费尔民——她在吸他的血，欺侮他是个老好人，换了别人早就不理她了。阿玛莉娅火了：这关你什么事？你干吗要往里掺和？安布罗修坚持说：你还是另找个工作吧，没见她都快饿死了？别管她了。

有的时候，太太两三天不回家，一进家就说：我出远门了，阿玛莉娅，我到帕拉卡斯、库斯科、钦博特去了。阿玛莉娅经常从窗口看到太太提着箱子上了男人的汽车，在电话里她能听出某些人的声音，竭力想猜出这都是些什么人、多大岁数。一天清晨，阿玛莉娅听到了人声，她跑过去偷看，只见太太在客厅里同一个男人一面喝酒一面说笑。接着只听门响了一下，她心想准是两个人钻到卧室里去了。但并非如此，原来那位先生走了。她过去问太太要不要吃午饭，只见太太躺在床上，和衣而卧，神色很怪，唇边露出一丝微笑，无声地盯着她看了起来。阿玛莉娅：您不舒服？太太不回答，一动不动，除了失神地凝视着她的那双眼睛外，仿佛全身都已死去。阿玛莉娅跑去打电话，浑身战栗着等来了凯妲小姐接电话。太太又自杀了，躺在床上，什么也听不见，也不说话。凯妲小姐嚷了起来：别说了，你别怕，听着，给她喝杯浓咖啡，不要叫医生，我这就去。阿玛莉娅抽泣着：太太，喝了吧，喝了就会好的，凯妲小姐正在路上。但是太太仍然不回答，仍然听不见、说不出，两眼出神。她搬起太太的头，把杯子送到她的嘴边。太太顺从地喝着，两缕咖啡流到了脖子上。对，就这样，太太，全喝掉吧。她抚摸着太太的头，吻着太太的手。凯妲小姐来了，可她并没感到难过，反而骂了起来。她派阿玛莉娅出去买来了酒精，让太太又喝了些咖啡，和阿玛莉娅一起把太太放倒，用酒精给她擦了额头和太阳穴。凯妲小姐一面擦着一面责怪太太：傻瓜，疯子。太太渐渐地恢复了知觉，笑了：干吗这么大惊小怪的？她能动了，可凯妲小姐烦了：我不是你的保姆。你会出事的，你要自杀就自杀，别搞这种慢性自杀①。当天晚上太太没去“蒙玛特列”，第二天起床的时候完全好了。

一天早晨，果然出了事。那天阿玛莉娅从商店回家，看到一辆巡逻车停在大楼门前，一名警察和一个便衣站在人行道上正在同太太争吵。太太说：你们应该让我打个电话嘛。可是那两个人抓住她的臂膀，把她往车中一塞就开走了。阿玛莉娅在街上愣住了，吓得不敢进家。她给凯妲小姐打了电话，可小姐不在，下午又打，整整一个下午凯妲小姐都不在，也许凯妲小姐也给捉到警察局去了？会不会也来抓我？邻居的女仆过来打听发生了什么事：把太太抓到什么地方去了？当天晚上，阿玛莉娅一夜没合眼，总想着有人会来抓自己。第二天凯妲小姐来了，阿玛莉娅把发生的事讲给她听，凯妲小姐两眼瞪得大大的，大得吓人，马上跑过去打电话：做做好事吧，伊翁太太，不该抓她呀，都怪帕盖塔。凯妲小姐战战兢兢地匆匆打完电话，给了阿玛莉娅一镑钱：她被牵连到一件丑事里去了，警察和记者可能要到这儿来，你先回家躲几天吧。凯妲小姐眼泪汪汪，阿玛莉娅听到她连声直叫：可怜的奥登希娅！我到哪儿去呢？阿玛莉娅最后去了姨妈家。当时她姨妈在红洼区经营了一个小小的公寓。姨妈，太太出远门了，放了我几天假。姨妈责怪她这么久没来看她，盯着她看了又看，最后盯住她的脸，望着她的眼睛说，你撒谎，太太把你辞退了，她发现你怀孕了。阿玛莉娅否认：我没怀孕。她抗议道：我能跟谁怀孕呢？可是

---

① 指吸毒。

她自己也怀疑了：也许我姨妈有道理呢，不然为什么月经不来了呢？她忘掉了太太，忘掉了警察。我怎么跟安布罗修说呢？他会说些什么呢？星期天，她暗暗祈祷着来到军人医院汽车站，把太太的事告诉了安布罗修。安布罗修说：我知道了，太太已经回家了，阿玛莉娅，堂费尔民托了朋友，把她放了。为什么要抓太太？她大概干了丑事、坏事。安布罗修换了话题：鲁多维柯今天把房间借给我们一整夜。二人最近很少见到鲁多维柯，安布罗修说：他好像要结婚了，说要在维亚坎帕建筑区买一所小房子，阿玛莉娅，他可是发达了，是不是？二人到利马克河畔一家饭馆去吃饭，安布罗修问她：你怎么不吃？我在想太太的事，明天一早我就去看她。到了鲁多维柯的房间后，阿玛莉娅马上鼓起勇气说道：我姨妈说我怀孕了。安布罗修在床上一挺，坐了起来：你姨妈净胡说八道！他摇晃着她一条胳臂：你到底怀孕了没有？怀了，我想是怀孕了。她说着放声大哭。安布罗修并没有安慰她，却盯着她看起来，仿佛她患了麻风病，会传染给自己似的。他不停地说：这不可能，不可能。连声音都噎住了。阿玛莉娅跑出了房间，安布罗修在街上赶上了她：安静点，别哭了。他傻呆呆地同阿玛莉娅走到了汽车站，对她说：我没有思想准备，一时呆了，你别以为我是生气。到了巴西路，他向阿玛莉娅告了别：下星期见。阿玛莉娅思量着：他不会再来了。

奥登希娅太太没有发脾气：你好，阿玛莉娅。她高高兴兴地拥抱了阿玛莉娅：我还以为你吓得不敢来了呢。您想到哪儿去了，太太？太太说：我明白，你是我的朋友，阿玛莉娅，一个真正的朋友。我什么也没干，他们诬陷我，人们就是这样，帕盖塔那脏货也是这样，所有人都是一路货！一切又恢复了原样，只是几个星期由于钱紧，日子一天不如一天了。有一天，一个身穿制服的男人叫门。您找谁？这时太太迎了出来：你好，理查。阿玛莉娅出来了，原来就是那天早晨来的那个人，只是他这时戴着一顶飞行员的帽子，穿着一件扣子闪闪发光的蓝色上衣。理查先生是帕纳格拉公司的飞行员，一辈子都在飞行。他两鬓已经发白，额前几绺黄发，胖乎乎的，脸上有几粒雀斑，讲西班牙语，但总是掺杂着英语，听来让人发笑。阿玛莉娅觉得这个人很和气，他还是第一个进入这个套间的男人，也是第一个留下过夜的男人呢。他每星期四到达利马，一到利马就穿着蓝色制服直接从机场来到这里，洗个澡，休息一会儿，就同太太出去，天亮才闹闹嚷嚷地回来，然后一直睡到中午。有时理查先生在利马停留两天。他喜欢到厨房来，系上阿玛莉娅的围裙做饭，阿玛莉娅和太太笑着看他煎鸡蛋，做面条，做意大利饼。他很爱开玩笑，喜欢玩耍，太太跟他相处得很和睦。太太，理查先生这么好，您为什么不跟他结婚？奥登希娅太太笑了：他结婚了，有四个孩子，阿玛莉娅。

过了两个月的样子，有一次，理查先生是星期三而不是星期四来的，太太正关在自己那暗幽幽的房间里，床头柜上放着一杯混合酒。理查先生吓了一跳，唤来了阿玛莉娅。太太安抚着他说：别这样，我没什么，一会儿就好了，我吃的是药。可是理查先生吓得面孔涨得通红，大讲英语，还打了太太一个耳光，脸都打红了，而太太只是望着理查先生和阿玛莉娅，仿佛他们都不存在似的。理查先生到客厅里去打电话，后来出去请了个医生来。医生给太太打了一针。医生走后，理查先生来到厨房，面孔红得像个大虾，气急败坏地一会儿讲西班牙语，一会儿讲英语。先生，您怎么了？您为什么大喊大叫？为什么骂我？理查先生双手乱晃，阿玛莉娅心想：他要打我了，他疯了。这时太太过来了：你有什么权力大喊大叫？你有什么权力对阿玛莉娅这样讲话？接着责怪他请医生来。太太对他喊，他对太太叫，回到客厅里仍然吵。臭美国佬，你滚吧！一阵响声，一记耳光，阿玛莉娅愣冲冲地抓起平底锅就走出了厨房，一面心想：他会把我们两个女人杀死的。理查先生走掉了，太太仍还站在门口骂他。阿玛莉娅想吐，忍不住了，撩起围裙来接，但没来得及，一下子吐了一地。太太听到她的呕吐声跑了过来：快到浴室去，别怕，没什么。阿玛莉娅漱了漱口，拿着湿抹布和拖把又来到了客厅，一面打扫一面听到太太直笑：傻瓜，没什么了不起，我早就想把那个白痴赶走了。阿玛莉娅羞得无地自容。蓦地，太太不说话了，唇边露出了往日那种笑意：喂，你听着，你这死鬼，过来，到这儿来。阿玛莉娅感到脸上发烧。你怀孕了吧？她感到一阵眩晕：没有，太太，瞧您说的。可是太太抓住她的胳膊：傻瓜，你肯定怀孕了。太太没生气，只是表示惊奇，一个劲儿地笑。没有，太太，我怎么能怀孕呢？阿玛莉娅感到双膝在发抖，突然放声哭了起来：唉，太太啊！太太亲热地说：你这死鬼！随后给她倒了杯水，让她坐下。是的，太太，可谁能想得到呢？这几天我一直感到难过，又渴又晕，觉得里面有个东西在拉我的胃。阿玛莉娅连哭带叫，太太安慰着她：是谁的？为什么不回答我？这有什么不好的？你要是早说，我早就送你看医生去了，不让你干这么多活。阿玛莉娅仍在哭，突然：是他的，太太，他不让我告诉您，他说您会辞退我的。奥登希娅太太笑了：你难道还不了解我，傻瓜？你也认为我会辞退你？阿玛莉娅：他就是那个司机，那个叫安布罗修的，您是认识他的，总到圣米格尔街给您带口信的那个。这个人很怪，不愿意让人知道我们的事。阿玛莉娅哭着喊着把一切都告诉了太太：有一次他对我很坏，这次更坏了。安布罗修自从知道阿玛莉娅有了孩子，脾气变怪了，根本不愿意谈起孩子的事。阿玛莉娅跟他说：我想吐。可他总是说：咱们谈谈别的吧。阿玛莉娅说：我肚子里有动静了。他却说：我今天不能跟你在一起了，我还有事。每个星期天，二人只在一起待一小会儿，仿佛例行公事似的。太太睁大了眼睛：你说是安布罗修？是的。后来安布罗修就不带她到那个房间里去了。是堂费尔民的那个司机？是的。只是请她吃了点心就告别了。你跟他来往有好几年了？太太说着，瞧着她直摇头：真令人难以相信！太太，他是个疯子，脾气很怪，一辈子都是那么神神叨叨的。他为我感到羞耻，这次又要像上次那样把我甩了。太太放声大笑，摇着头：简直令人难以置信！接着又严肃了起来：阿玛莉娅，你爱他吗？爱，他是我丈夫嘛，他要是知道我把一切都对您讲了，非把我甩了不可，甚至会把我杀了。阿玛莉娅哭着，太太给她又倒了一杯水，搂住她：他不会知道你把事情告诉我，也不会把你甩掉。主仆二人继续谈着，太太安抚着阿玛莉娅：傻瓜，他永远也不会知道。你去看过医生吗？没有。唉，你真傻，阿玛莉娅，几个月了？四个月了，太太。第二天，太太亲自带她到一位医生那里进行检查，医生说情况一切正常。当天晚上凯妲小姐来了，太太当着阿玛莉娅的面对凯妲小姐说：这个女人怀孕了，你想象得出吗？凯妲小姐仿佛根本不在意地说了声：啊！是谁的孩子，你知道吗？太太笑着说知道，但一看阿玛莉娅的脸色，就把指头放在唇上：我不能说，亲爱的，这可是个秘密。

会发生什么事呢？什么也没发生，太太是不会把她解雇的，相反，还带她看了医生，让她注意身体：你可别弯腰，别给地板打蜡了，这东西不要搬了。太太心肠好，阿玛莉娅呢？由于把心里话讲了出来，也感到轻松了。可是如果安布罗修知道了呢？既然他早晚要把我甩掉，知道又有什么关系呢，傻瓜？然而安布罗修没有甩掉她，他每星期天还是来，二人聊天，吃点心。阿玛莉娅思量着：我们之间的谈话都是在作假，互相欺骗，我们什么都谈，就是不谈孩子的事。二人不再到那个房间去了，只是散散步，看看电影，到了晚上，安布罗修把她送到军人医院汽车站。看得出他心事重重，有时双眼直发呆。阿玛莉娅心想：你干吗要摆出这副脸色呢？难道我要求你跟我结婚了吗？难道我向你要钱了吗？一个星期天，二人走出电影院的时候，阿玛莉娅听他嗫嗫嚅嚅地说道：阿玛莉娅，你感觉怎么样？她眼望着他说道：很好，没什么。他问此话指的是孩子吗？她又听他说道：孩子生下来，你就不能继续工作了。她说：为什么不能呢？不工作你让我怎么办？我靠什么生活？安布罗修：所以说，我就得负担一切了。一直到分手。二人都没再讲话。阿玛莉娅在幽暗的房间里抚摩着自己的肚皮想道：他说他负担，也就是说我们要共同生活了，但房子呢？

第五个月过去了，第六个月也过去了，阿玛莉娅感到身子重了，收拾着房间就得停下来喘口气，做着饭也得停下来等待一股热劲过去。一天，太太说：我们得搬家了，搬到哪儿去，太太？搬到赫苏斯·玛丽娅区去，这个套间太贵了。来了几个汉子看家具，讨价还价，接着又开着一辆卡车回来，把椅子、餐桌、地毯、电唱机、冰箱和炉灶都拉走了。第二天，阿玛莉娅看到太太所有的东西只剩下一只箱子和十个包袱，胸中感到一阵压抑：太太都不在乎，我干吗要难过呢，傻瓜？可阿玛莉娅还是感到难过，她就是这样的人。太太，家里几乎什么也没有了，你不难过吗？我不难过，阿玛莉娅，你知道为什么吗？不久我就要离开秘鲁了，你要是愿意，我就带你跟我一道走，阿玛莉娅。太太说着笑了起来。太太这是怎么了？情绪怎么突然好起来了？怎么想起出国了？怎么又想起做点儿什么来了？但是阿玛莉娅一看到加尔松将军大街的那个套间就浑身凉了。倒不是因为那地方小，而是因为又破旧又难看，客厅兼餐室狭小得很，卧室同样狭小，厨房、浴室简直像玩具，仆人的房间小得只能放下一张床。可以说一件家具也没有，一副破落的样子。太太，凯妲小姐以前就住在这儿？是的。阿玛莉娅简直不敢相信，凯妲小姐拥有一辆白色的汽车，穿着华丽，她还以为凯妲小姐的住处会更好呢。那凯妲小姐到哪里去住了？到自由人民区的一套房子去住了，阿玛莉娅。

自从搬到赫苏斯·玛丽娅区，太太的情绪变好了，坏习惯也改了，每天早晨起床很早，胃口也开了。她每天大部分时间在外面，话也多了，总是谈外出旅行的事：到墨西哥去，我要到墨西哥去，阿玛莉娅，我再也不回来了。凯妲来看她，阿玛莉娅在闷人的厨房里听着她们谈话，一天到晚光谈那件事，太太到墨西哥去的事，阿玛莉娅思量着：真的，太太要走了。她感到很难过，敲着自己的肚皮：都是由于你，我才变成这个样子，有点儿小事就哭，有点儿小事我就难过，你把我弄得变成了个傻瓜。然而凯妲小姐对旅行的事并不那么认真，阿玛莉娅听她说：你别抱幻想了，奥登希娅，你以为事情那么容易成功？你越陷越深了。这里面好像有文章，但又是什么文章呢？她问凯妲小姐，凯妲小姐对她说：女人都是些白痴，那个人给她打来了电话，说是需要钱，奥登希娅这个傻瓜说要把钱给他带去，钱一到手，他肯定又会把她甩掉了。您说的是卢卡斯先生，小姐？当然，不是他还会是谁？阿玛莉娅感到自己快要昏过去了：太太要到卢卡斯先生那儿去？他不是把太太甩了吗？不是偷了太太吗？他现在在哪儿？阿玛莉娅不能多想，既不能想太太的事，也不能想任何事，因为她感到身体很不舒服，感到倦乏，感到身子发沉。这还是第一次呢，不论是早晨还是下午，她总是想睡觉，买东西回来也要躺一会儿才行。她拿一条板凳到厨房坐着做饭，想道：我怎么胖得这么厉害？

夏天到了，安布罗修要送萨瓦拉一家到安贡海滩去，阿玛莉娅只能隔周跟他见面了。去安贡是不是他撒的谎？找个借口一点一点地离开我？最近他变得更怪了。阿玛莉娅真想到阿列纳勒斯路找到他，把发生的事全告诉他。浴室的水真凉。这么说太太想到墨西哥去？啊，跟那个拆白党去过日子？啊，很好。现在的房子很小？啊，怎么样？你根本没听我讲话。我在听呢。你到底在想什么？什么也没想。阿玛莉娅想道：没关系，反正我不爱他了。姨妈对她说：等太太走了，你可以到这儿来住。罗莎丽奥太太对她说：你要是没地方去，这儿就是你的家。赫尔特鲁迪丝也这样说。一天，她对安布罗修说：你答应我的事要是后悔了，就当没那么回事，别装模作样的，我可什么也没要求你。他惊奇地说：我答应你什么事了？她说：跟我一起生活。他：啊，是这件事呀，你别担心，阿玛莉娅。这样下去怎么跟他和好？再次跟他生活在一起？有一次，她把安布罗修跟她讲的话数了一遍，一共还不到一百个字。他是不是等我生下来再把我甩掉呢？不行，我要先把他甩掉，另找个人家帮工，不再跟他见面，那时他会哭着前来求我原谅。滚开，我不需要你，滚！啊，报复是多美妙的事啊。

阿玛莉娅的肚子在一天天长大，太太仍然不停地说着去墨西哥的事。您什么时候动身呀？我也说不准，不过，很快，阿玛莉娅。一天晚上，阿玛莉娅听到凯妲小姐和太太大声吵了起来，她肚子痛，所以没起来偷看，只是听到：我受够了，所有的人都作践我，我为什么还要尊重别人？凯妲小姐说：那你会倒霉的，到那时就会真的有人要作践你了，疯子！一天早晨，阿玛莉娅从市场回来，看见门前有一辆汽车，里面坐着安布罗修，她走上前去，心想看他对我说些什么。但是安布罗修一看见她就把手指放在唇上：嘘，别上去，赶快走开，堂费尔民正在上面跟太太谈话。她走到街角那儿一个小广场上坐了下来：这个人改不了了，胆小一辈子。她恨安布罗修，讨厌安布罗修，特里尼达比他好一千倍。她看到车子开走了才回到家里，太太像只野兽，又是骂街又是吸烟，把椅子推来推去，一见阿玛莉娅就说：你在那儿看着我干吗？像个白痴似的，快滚到厨房去！阿玛莉娅很恼火，一头钻进自己的房间。太太还从来没骂过我呢，她想着想着就睡着了。等她再次来到客厅时，太太不在了。太太天黑才回来，对刚才骂了她表示后悔，激动地说：阿玛莉娅，那个婊子养的把我气急了，你去睡觉吧，我的饭你就别管了。

那个星期，阿玛莉娅感觉更不好了。太太不是在外面混就是关在卧室里自言自语，脾气坏得吓人。星期四早晨，阿玛莉娅弯身去捡一个烘干器，顿时感到浑身骨头痛，跌倒在地上。她竭力想站起来，但就是站不起来。她爬到电话跟前：我要生了。小姐，我要生了，太太不在，我痛得要命，两条腿都湿了，我要死了。仿佛过了一千年，太太和凯妲小姐才回来，阿玛莉娅仿佛是在梦中看到她们。二人几乎扛着把她抬下楼梯，装进汽车，把她送到了医院。你别怕，现在还不会生，我们会来看你的，一定会来，安静点儿，阿玛莉娅。疼痛一阵接一阵，她闻到一股松节油味，感到恶心。她想祈祷，但发不出声。啊，我要死了。人们把她抬到担架上，一个留着齐颈短发的老太婆一面骂她，一面给她脱衣服。她感到有人在自己的大腿上刮毛，随后又往自己的背部和腹部之间的那个部位捅进一把刀子。这时她想起了特里尼达。

她醒过来的时候感到全身像是结了痂，胸口像炭烧的炙痛，连喊的力气都没有了，心想：我已经死了。她感到像被几个暖烘烘的球体堵住了自己的嗓子，吐都吐不出来，后来她渐渐地看出了排满床位的病房、女人们的面孔和又高又脏的天花板。她右边床上的女人说：你一连睡了三天。左边床上的女人说：得用橡皮管子喂你吃饭。一个护士说：你得救了，真是奇迹，你的女儿也得救了。查房的大夫说：小心点儿，你不能再要孩子了，我只能给病人创造一次奇迹。随后，一个心肠极好的嬷嬷给她送来了一个直在蠕动的襁褓：不大，可头发很浓密，还没睁眼呢。口渴和痛苦一下子消失了，阿玛莉娅从床上坐起来给女儿喂奶。她感到乳头痒痒的，一下子像疯子似的笑出了声。左边床上的女人：你没有家吗？右边床上的女人：你幸亏活过来了，没有家的产妇死了都埋在一个大坑里。没有人来看过我吗？没有。有没有一位白皮肤、黑头发、大眼睛的太太来看过我？没有。一位高个子、红头发的漂亮小姐也没来看过我？没有，什么人也没来过。这是为什么呀？这是怎么回事？难道她们没打电话来问问？她们就这样不来也不问地把我解雇了？然而她并没有发火，也不觉得难过，只是感到一股痒劲在全身上下游动，婴儿还在吸，还想多吃。她们没来过？阿玛莉娅笑得要死：小傻瓜，奶没有了，还在吸呢。

第六天，医生说：你好了，可以出院了，你要注意身体，因为开过刀，你的身体很弱，起码要休息一个星期，不要再生孩子了，这你是知道的。她站了起来，感到一阵眩晕，人瘦多了，面色蜡黄，眼窝深陷。她向病友和嬷嬷告了别，一步一步地挨到了街上，在产院门口，一名警察替她拦住了一辆出租汽车。姨妈看到她怀抱女儿来到了红洼区，双唇直发抖。二人拥抱了一番，抱头痛哭了一场。你那位太太就这么不像话，既不去看你也不打个电话？是的。可你像个傻瓜似的还总是帮助她，不愿意离开她。那家伙也没去看你？没有，姨妈。姨妈说：等你恢复了，我们去找警察，警察会叫他认女儿、叫他给你钱。姨妈的房子有三个房间，一间姨妈自己住，另外两间租给了房客，一共四个人：一对老年夫妇，一天到晚听广播，自己做饭，煤油炉子弄得整个房子都是烟，男的是邮局职员，刚刚退休；另外两个都是阿亚库乔人，一个在多诺弗里奥食品公司做冰激凌，一个是裁缝，这两个人不在寓所吃饭，晚上一回来就用克楚亚语唱歌。姨妈在自己的房间里给阿玛莉娅放了一张床，阿玛莉娅跟她同住一间。整整一个星期她都没下床，一站起来就头昏。但不闷气。她跟阿玛莉塔玩耍，欣赏她，在她耳根上说：咱们去找那个没良心的太太要工资去，我要对她说：我再也不在您家里干了。你那没良心的爸爸要是在某一天露面，我就对他说：滚，再见吧，我们不需要你。姨妈说：我也许能在布列尼亚区我朋友的酒馆里给你找个工作。

第八天头上，阿玛莉娅有点儿力气了，姨妈给了她点儿钱让她坐汽车：阿玛莉娅，把工资要回来，一分钱也别让。阿玛莉娅心想：太太看到我也许就会后悔，要求我留下来，这次我可不能再傻了。她怀抱孩子到了加尔松将军大街，在大楼门口遇到了丽达，丽达是一楼人家的女仆，是个瘸子。阿玛莉娅朝她笑了笑，心想：我怎么了，她怎么这样看我？你好，丽达。丽达张着大嘴一个劲儿地瞅她，阿玛莉娅笑了：难道我变得你都认不出来了？我是二楼的，我是阿玛莉娅。丽达说：你给放出来了？警察打你了吗？什么警察不警察的？什么打我不打我的？警察要是看见我跟你在一起，会不会把我也抓起来？警察当时对我大喊大叫，向我调查你的私事，就差把我也抓起来了，他们对三楼、四楼和对面人家的仆人也问了又问，凶极了。他们连骂带威胁：快说，不然就跟我们走。真好像我们什么都知道似的。丽达说着，走近阿玛莉娅，压低了声音：警察在哪儿找到你的？都对你说了些什么？阿玛莉娅，你供出来了没有？到底是谁杀死太太的？阿玛莉娅这时靠在墙上结结巴巴地说：请你抱一会儿孩子，抱一会儿。丽达接过阿玛莉塔：你怎么了？你怎么了？警察对你怎么了？丽达把她让进一楼人家的厨房：请进，喝点儿水吧，幸亏主人不在。阿玛莉娅一遍又一遍地问：太太被杀了？丽达怀抱着阿玛莉塔：你别这么大喊大叫的，别发抖呀。有人杀了奥登希娅太太？丽达把厨房门锁上，不停地往窗外看，最后把婴儿还给阿玛莉娅：别出声，邻居会听见我们的。你到底到哪儿去了？你怎么会不知道呢？报纸都登出来了，还登了太太的好多张照片呢。产院里没有人谈起这件事？你也没听广播？阿玛莉娅感到牙齿在打战：丽达，给我来点儿热的喝，来杯茶，什么都行。丽达给她烧了杯咖啡，说道：你躲过了这事，还要怎样？你没见那些警察和记者成天来敲门、讯问，一批走了，又来一批，他们都想知道你躲到什么地方去了。他们认为你肯定是知道内情才逃掉的，躲起来是为了搞鬼。幸亏他们没找到你，阿玛莉娅。阿玛莉娅啜着咖啡说：对，多谢你了，丽达。阿玛莉塔哭了，她摇晃着：我要走了，我要躲起来，再也不来了。丽达：你要是让警察抓住了，他们对待你肯定比对我们还要凶恶，上帝才知道他们会对你干出什么事来。阿玛莉娅站起来又谢了谢，走了出来。她感到自己快要昏倒，但是走到街角处就不头昏了。她快步走着，把阿玛莉塔紧抱在胸前，不让别人听到她的哭声。一辆出租汽车驶了过来，但不愿意停。接着又驶过去一辆。她继续快步走着。前面有警察，就是那个警察，等他走到我身旁就会抓住我。终于，一辆汽车停了下来。当她向姨妈要钱付车钱的时候，姨妈不高兴了：你应该坐公共汽车回来，我又不是有钱人。阿玛莉娅径直回到房间关上门，感到浑身发冷，于是盖上姨妈的毯子装作睡着了，直到黄昏才起来，回答了姨妈的问题：工资没要回来，太太不在，太太出远门了，姨妈，对，我还会去要的，当然不会白白地给她干活，姨妈。她心想：我得去打个电话，她打开姨妈的钱包，掏出一个索尔到街角的酒馆打电话。电话号码还没忘记，还记得清清楚楚。接电话的是一个小女孩的陌生声音：这里从来没有一个叫凯姐的小姐。她又打，这次是个男人接的电话：错了，不认识，我们刚搬来，也许她是从前的房客。阿玛莉娅依在一棵树上喘了口气，感到恐惧，心想：全世界都发疯了。太太没去产院看我是有原因的，电台广播的原来就是这件事，而且还在寻找我，警察会像对待特里尼达那样把我抓去，审我、打我、杀掉我。

几天过去了，她大门不出二门不迈，只是帮助姨妈打扫房间，也不开口，心里总是想着：太太被杀了，太太死了。一有人叫门她就感到心脏好像停止跳动。又过了三天，她同姨妈一起到教堂去给阿玛莉塔举行洗礼，神父问她：你给孩子起个什么名字？她冲口说出：阿玛莉塔·奥登希娅。她整夜整夜地睡不着觉，搂着阿玛莉塔，感到一切皆空，也有一种负罪感：太太，请原谅我把您想得这么坏吧，但我怎么知道呢，太太！她也想念凯妲小姐：她现在怎么样了？四天过去了，她醒过劲儿来：傻瓜，我净自寻烦恼，这有什么可怕的？我可以到警察局去告诉他们我当时在产院里，他们可以调查嘛，一调查就知道我说的是真话了，就不会找我的麻烦了。哦，不，他们会侮辱我，不相信我的话。黄昏时分，姨妈叫她去买糖。她穿过街角的时候，一个人离开电线杆子挡住了她的去路。阿玛莉娅惊叫了一声。我等了你好几个小时，安布罗修说道。她身不由己地倒在安布罗修的怀里，话都说不出来了。她把脸埋在安布罗修的胸前，一把鼻涕一把泪地哭了起来，安布罗修安慰着她：有人在看我们，别哭了，我找了你三个星期。我们的儿子呢，阿玛莉娅？她呜咽着：是个女孩，生下来很健康。安布罗修掏出一条手帕，给她擦了擦脸，又让她擤擤鼻涕，然后带她进了一家咖啡馆。二人在最里面的一张桌子旁坐了下来，安布罗修用胳膊搂住她，拍打着她，让她尽情地哭。好了，好了，阿玛莉娅，别再哭了，你是为太太的事伤心？是的，也因为我感到太孤独、太害怕了。警察局在找我，好像我真的了解情况似的，安布罗修，我还以为你把我抛弃了呢。傻瓜，我一点也不知道，也不会猜，我怎么会到产院去看你呢？我到阿列纳勒斯路去等，可你没来。太太的事登报了，我就像发疯似的到处找你。你姨妈以前在苏尔基约的住处我也去过了，人们把我支到巴尔贡希约区，在那里才有人告诉我她搬到红洼区来了，但只知道在哪条街，不晓得门牌号码。我每天到红洼区来到处打听，心想你肯定会上街，到时候我就能碰上你。我终于找到你了，阿玛莉娅。阿玛莉娅说：警察局呢？他说：不要去，我问过鲁多维柯了，他说，你如果去，起码要关你一个月，又是审问又是调查。

你最好不要露面，离开利马一段时间，到时候他们就会把你忘掉。阿玛莉娅哭哭啼啼：我怎么离开利马？我能到哪儿去啊？他：跟我走，我们一起走。阿玛莉娅朝他的眼睛看了一眼。真的，阿玛莉娅。看样子这次是真的，他已经下了决心。安布罗修严肃地望着她：一天的牢我也不能让你坐，你信吗？他的声音很严肃：我们明天就动身。你的工作呢？这不要紧，我可以自己干。我们离开这里吧。她盯着安布罗修，竭力想相信他的话，但是做不到：我们要一起生活了？明天就走？安布罗修说道：我们到山区去。他凑近她的脸：我们暂时离开一段时间，等人们把你忘了，我们再回来。她感到一切又都垮了下来：这是鲁多维柯对你说的？可警察为什么要找我？我干了什么坏事？难道我了解内情？安布罗修搂住她：不会出什么事的，我们明天就走，先坐火车，然后换汽车，在山区没人会找到你。她依偎在安布罗修的怀里：安布罗修，你这样做是因为爱我？当然，傻瓜，不为爱你还为什么？鲁多维柯在山区有个亲戚，我可以跟他一道干，你可以帮我们。阿玛莉娅又惊又怕。跟你姨妈什么也别讲。我不会讲的。不要让任何人知道。没人会知道的。不要……她：对，当然，不会的。你知道孤老教堂①吗？知道。安布罗修把她送到街角处，给了她明天坐出租汽车的钱：你随便找个借口出来就行了。阿玛莉娅一声不响地回到家，一夜没有合眼，听着姨妈的呼吸声和那对老年夫妻的房间里传出的疲劳的鼾声。第二天，她对姨妈说：我再去一趟，找太太要工资去。她乘上一辆出租汽车来到了孤老教堂。安布罗修瞥了阿玛莉塔·奥登希娅一眼：这就是我们的女儿？是的。他把她带进车站，叫她坐在挤满带着大包小包的山区人的长凳上等着。他搬来了两只大箱子，阿玛莉娅心想：我连条手绢都没带。她对这次出走、对跟他一起生活并不感到兴奋。她感到自己真怪。

① 利马火车站附近的一条街，因原来有一孤老教堂而得名。

4

“你早该来看我了，安布罗修。”鲁多维柯说道，“人倒了霉，连朋友都不照面了。”

“你怪我没早来看你？”安布罗修说道，“可我也是今天早晨在街上遇到伊波利托才知道的，鲁多维柯。”

“是那婊子养的告诉你的？”鲁多维柯说道，“可他不会把全部情况告诉你。”

“鲁多维柯怎么样了？到底出了什么事？”安布罗修说道，“他去阿雷基帕有一个月了，到现在也没有消息。”

“他住进警察医院了，从头到脚都缠着绷带。”伊波利托说道，“阿雷基帕人把他揍了个一塌糊涂。”

天刚蒙蒙亮，指挥者就把帐篷的门一脚踢开，大喊：该动身了。天上还有星星，脱粒机还没开始工作，外面冷飕飕的。特里福尔修从木板上坐了起来，大声说道：我准备好了。心里却在骂娘，对指挥者很不满。他本来就是和衣睡，这时只要穿上毛衣，披上外套，登上鞋子就行了。他走到水渠边想洗个脸，凉风吹来，他又不敢洗了，只是漱了漱口，用手指抹掉眼屎。回到帐篷里的时候，特耶斯、乌朗多和工头马丁内斯都起来了，都对这么早起床牢骚满腹。庄园里灯火通明，面包车在门前等着。厨房里的女仆给大家端来了热咖啡，大家在狺狺而吠的群狗包围下喝了起来。这时堂埃米略穿着睡袍趿着拖鞋过来为大家送行：小伙子们，到了那儿好好干！您放心吧，堂埃米略；我们一定好好干，参议员。指挥者说声上车吧，特耶斯上了前座，后面是特里福尔修、乌朗多和工头马丁内斯。特里福尔修心想：乌朗多，你想靠窗子坐，可我从另一个门上车抢了先。他感到不舒服，浑身疼。指挥者说：好了，向阿雷基帕前进。车开动了。

“我是骨节脱臼，内伤瘀血。”鲁多维柯说道，“医生检查后给了我一种药，安布罗修，这些日子真他妈的难过。”

“我和阿玛莉娅一直念叨着那个星期天你出发到阿雷基帕的时候那副不情愿的样子呢。”安布罗修说道。

“现在我起码能睡了，”鲁多维柯说道，“头几天，我连指甲都疼。”

“可你着实捞到了好处，你要这么想。”安布罗修说道，“你这次是工伤，应该奖赏你。”

“联合党到底是些什么人？”特耶斯说道。

“是工伤但又不是工伤。”鲁多维柯说道，“是有人派我们去的，但也可以说根本没人派我们去。这一切简直闹不清，你都想象不出来，安布罗修。”

“你只要知道他们都是些臭狗屎就行了。”指挥者笑了，“这次我们要把他们的示威集会冲垮。”

“其实我也是没话找话，活跃活跃旅途气氛，”特耶斯说道，“气氛太沉闷了。”

特里福尔修心想：对，这一路太闷气了。他想睡一会儿，但面包车颠簸不已，他的头直碰车顶，肩膀直撞车门，不得不弯起腰抓住前座的椅背。我要是坐在中间就好了，本来想给乌朗多使坏，结果自己吃了亏。乌朗多这时正缩在特里福尔修和工头马丁内斯之间呼呼大睡，左右二人减轻了他的颠簸。特里福尔修向窗外看去，只见一片沙漠，黑色的公路蜿蜒消失在滚滚尘烟之中。还有大海，海鸥在海面上忽出忽没。他心想：我老了，起个早就浑身疼痛。

“联合党是一些百万富翁，这些人过去给奥德里亚舔屁股，现在却来给他制造麻烦了。”指挥者说道。

“可奥德里亚为什么允许他们举行反对自己的集会?”特耶斯说道，“可见奥德里亚现在手软了。以前谁要是嘀咕几句，不是坐牢就是枪毙，现在为什么不这么办了?”

“这些人也是蹬鼻子上脸，”指挥者说道，“不，他们只能到此为止了。他们将在阿雷基帕受到惩罚。”

特里福尔修看着特耶斯的后脑勺，心想：这家伙真是个马屁精，政治上一窍不通，关你什么屁事？提这种问题完全是为了拍马屁。他掏出一支香烟，把乌朗多推开后才点上。乌朗多一惊，睁开眼睛：到了吗？什么到了，恰拉才刚过，乌朗多。

“这事简直不知从哪儿说起，都是撒谎、骗人，”鲁多维柯说道，“最后还是事与愿违。所有人，包括堂卡约，都欺骗了我们。”

“你也别夸大其词，”安布罗修说道，“在阿雷基帕事件中最倒霉的要算是堂卡约了，他丢了部长职位，还不得不离开秘鲁。”

“你的主人对阿雷基帕发生的事感到很高兴吧?”鲁多维柯说道。

“当然了，堂费尔民比任何人都高兴，”安布罗修说道，“奥德里亚和堂卡约不管哪一个倒霉，他都高兴。当时他以为要被抓，不得不躲了几天。”

面包车在七点左右进入卡玛纳。天色开始暗下来，街上行人很少，指挥者直接把大家拉到了一家饭馆。大家下车伸伸懒腰，特里福尔修感到一阵痉挛、一阵战栗。指挥者要了菜和啤酒，说道：我先去调查调查。特里福尔修心想：我今天是怎么了？别人都不像我这么疲乏。特耶斯、乌朗多和工头马丁内斯一边吃一边开玩笑，他却没有胃口，只感到口渴，一口气喝光一杯啤酒。这时他想起了托玛莎，想起了钦恰。特耶斯说：我们要在这儿过夜吗？乌朗多：这儿有妓院吗?

工头马丁内斯说：任何地方都有妓院和教堂。终于，大家注意到了特里福尔修：你怎么了？没什么，有点着凉。乌朗多说：你是老了。特里福尔修笑了，可内心恨透了乌朗多。吃甜食的时候，指挥者气嘟嘟地回来了：真是乱七八糟，谁能搞懂是怎么回事？

“怎么是乱七八糟的呢？”警察局副局长说道，“贝尔穆德斯部长亲自给我打电话，说得清清楚楚。”

“副局长，参议员阿雷瓦洛有一卡车的人要路过你处，”卡约·贝尔穆德斯说道，“请您好好招待，缺什么就给他们什么。”

“可是洛萨诺先生只向堂埃米略要了四五个人。”指挥者说道，“他怎么说有一卡车的人呢？难道部长疯了？”

“用五个人就想搞垮一次示威集会？”副局长说道，“是有人疯了，但不是贝尔穆德斯先生。他跟我说有一卡车，有二三十人。保险起见，我准备了四十个人的床位。”

“我想跟堂埃米略通电话，可他不在庄园，到利马去了。”指挥者说道，“给洛萨诺先生打电话，他也不在警察局。真是见鬼了！”

“您别担心，咱们五个人就够了，足够。”特耶斯笑了笑，“您先喝杯啤酒，先生。”

“您能不能给我们找些后援力量？”指挥者说道。

“没门儿！”副局长说道，“卡玛纳的人都是些懒家伙，这里的所谓复权党只有我一个。”

“那好，看他们怎么解决这个乱糟糟的局面吧。”指挥者说道，“妓院不许去，酒也别喝了，大家去睡觉，明天早晨必须人人精力充沛。”

副局长在警察局给大家准备了住处。特里福尔修一到，就在自己的床上裹着毯子躺下来。静下来，身子暖和了，他感觉好了些。特耶斯、乌朗多和工头马丁内斯偷偷地带回一瓶酒，一面聊天一面挨床传着酒瓶。特福尔修听着他们聊天。乌朗多说：需要一卡车的人，可见事情很严重。工头马丁内斯说：阿雷瓦洛参议员说这事轻而易举，他可从来没骗过咱们。特耶斯说：再说，如果有什么差错，不是还有警察吗？特里福尔修心想：六十，六十五，我到底多大岁数了？

“自从在利马登上飞机，我就不顺利。”鲁多维柯说道，“飞机晃得厉害，我的骨头架子都散了，还吐了伊波利托一身。一到阿雷基帕我就瘫了，喝了几口皮斯科酒才恢复过来。”

“报纸上一登出剧院里发生的事，还说死了人，我就以为你完蛋了，”安布罗修说道，“然而死亡者的名单里没有你的名字。”

“明知是火坑，还要把我们往里推。”鲁多维柯说道，“我现在一听见剧院两个字就感到像挨揍一样，气都喘不过来，安布罗修，可怕的窒息。”

“事情怎么会搞得这么糟呢？”安布罗修说道，“是不是全市都起来反对政府了，鲁多维柯？”

“对，”兰达参议员说道，“有人在剧院里抛了手榴弹，还死了人。贝尔穆德斯算是完了，费尔民。”

“洛萨诺既然需要一卡车的人，为什么对堂埃米略说只需要四五个呢？”指挥者这是第十次骂街了，“洛萨诺和堂埃米略都去哪儿了？怎么给谁打电话都打不通呢？”

天还黑着，五个人就从卡玛纳出发了，早饭也没吃。指挥者一路上骂骂咧咧。特里福尔修心想：他打了一夜电话，现在困得要命。特里福尔修自己也是一夜没睡。面包车在山峦上越往上爬气温就越低。特里福尔修不时地打瞌睡，但仍听得到特耶斯、乌朗多和工头马丁内斯在互递香烟。十点钟，五个人到了阿雷基帕，指挥者把大家带到一所房子面前，房子门上挂着一块牌子，上面用红字写着：复权党。大门紧闭着，指挥者又是捶门又是摁铃，但没人来开门。在那条窄小的街上，人们正走进店铺，太阳不太炙人，几个报童正叫卖报纸。空气很新鲜，天空湛蓝湛蓝。终于，一个光脚男孩打着呵欠来开门了。指挥者斥责道：都十点了，党部的门怎么还关着？小男孩惊异地看了他一眼：党部一直是关着门的，只有星期四晚上拉玛博士和别的先生来的时候才开。特里福尔修想道：阿雷基帕没有一所房子是白色的，怎么称得上白色城市①呢？五个人走了进去，办公桌上空无一物，连张纸片也没有，椅子也破旧了，墙上挂着奥德里亚的肖像和几幅标语：“复权革命万岁！”“健康、教育和劳动！”“奥德里亚就是祖国！”等等。指挥者跑到电话跟前：怎么回事？人都哪儿去了？为什么没有人等着我们？特耶斯、乌朗多和工头马丁内斯感到饿了：先生，我们可以出去吃早点吗？指挥者给了四人一镑钱说道：五分钟后马上回来。说完开着面包车走了。四人走进一家咖啡馆，里面的桌子还铺着白色桌布呢。大家要了牛奶咖啡和三明治。乌朗多说：快看，人家早就作了宣传呢。只见墙上写着：今晚市府剧院开大会，希望大家参加，支持联合党。特里福尔修寻思着：我是不是有高原反应？他呼吸着，但空气似乎没有进入体内。

“阿雷基帕是个既美丽又清洁的城市。”鲁多维柯说道，“街上有几个女人，长得还不坏，就是太涂脂抹粉。”

“伊波利托对你怎么了？”安布罗修说道，“他什么也不讲，只说：事情很糟糕，兄弟。说完就走了。”

“他胆小如鼠，现在感到良心不安了，”鲁多维柯说道，“这家伙真是个胆小鬼，安布罗修。”

“你瞧，其实我本来也是要去的，鲁多维柯，”安布罗修说，“幸亏最后堂费尔民没去。”

“你猜阿雷基帕据点②的头头是谁？”鲁多维柯说道，“我们遇见了莫利纳。”

“莫利纳？”安布罗修说道，“他不是在奇柯拉约吗？”

“他那时对待我们这些没有正式编制的人是多么不可一世，你还记得吗？”鲁多维柯说道，“现在变了，他像接待最亲密的朋友一样接

---

① 阿雷基帕的建筑物都是用火成岩（火山爆发喷出的岩浆凝固而成，呈白色）建成，故有“白色城市”之称。

② 贝尔穆德斯的“团体”在各个城市都有据点。

待了我们。”

“欢迎，同行们，请进。”莫利纳说道，“其他人呢？是不是在广场上同阿雷基帕的姑娘们调情了？”

“什么其他人？”伊波利托说道，“就来了我和鲁多维柯两个。”

“怎么会呢？”莫利纳说道，“洛萨诺先生答应派二十五个人来。”

“啊，我听说了，也许从布诺和库斯科也派人来呢，”鲁多维柯说道，“还没到？”

“我刚同库斯科通了电话，卡布列希托什么也没对我讲。”莫利纳说道，“我真搞不懂，再说也没多少时间了，联合党的大会今晚七点就开。”

“净是说谎，欺骗，一塌糊涂，再加上某些人胆小如鼠，安布罗修。”鲁多维柯说道。

“我看出来了，这是个陷阱。”堂费尔民说道，“贝尔穆德斯先是让联合党发展壮大，然后向我们动手，不过他为什么挑选阿雷基帕这个地方呢，堂埃米略？”

“因为这在宣传上对他有利。”堂埃米略说道，“奥德里亚是在阿雷基帕举行政变上台的嘛，费尔民。”

“他是想让整个国家看到阿雷基帕是站在奥德里亚一边的，阿雷基帕人阻止了联合党的集会，让反对派陷入了可笑的境地。”参议员兰达说道，“这样一来，复权党在一九五六年的大选中就可以为所欲为了。”

“贝尔穆德斯要从利马派二十五个打手去，”堂埃米略说道，“他还要我也派一卡车能打善斗的乔洛去。”

“他小心翼翼地制造了个炸弹，”参议员兰达说道，“但是这回就不像埃斯皮纳事件那么顺手了。这回炸弹要在他自己的手中爆炸。”

“莫利纳想同洛萨诺先生通电话，但洛萨诺先生不见了。”鲁多维柯说道，“堂卡约也不见了，他的秘书一个劲儿地说：堂卡约不在，他不在。”

“给你派后援力量？”卡布列希托说道，“你去做梦吧，没人给我下命令。我想派也不行。我的人都有事干。”

“莫利纳急得直挠头。”鲁多维柯说道。

“幸好参议员阿雷瓦洛也要派人来帮忙，”莫利纳说道，“好像有五十人，都是些久经训练的人。有了这些人和你们二位，再加上本地团体的人，我们就尽力而为吧。”

“趁我们在这儿的机会，我想尝尝阿雷基帕的肉馅辣椒，鲁多维柯。”伊波利托说道。

吃过早点，不顾指挥者的命令，四个人就在市里散步了。狭窄的街道、冰冷的太阳、带有窗栏和门廊的住宅、闪光的地砖、神父、教堂，中心广场周围的门廊犹如碉堡的围墙。特里福尔修张着大嘴呼吸着。特耶斯指着墙上的标语说：联合党宣传得可真厉害。四人在广场上的一条长椅上坐了下来，对面是大教堂那灰色的正门。一辆装着扩音器的汽车开了过去：今晚七点在市府剧院开大会，希望大家都去参加！请大家去听反对党领袖的讲话！从汽车窗子里撒出了传单，人们捡起来，读过就丢掉了。特里福尔修想道：是高山地区的关系。有人对我说过，到了高山地区，心脏就会跳得像打鼓，呼吸不畅。他觉得像是刚刚长跑过或是刚刚打完架，脉搏很快，太阳穴发胀，血管硬邦邦的。他心想：也许我是年纪大了。回去的路不记得了，四人不得不逢人就问。人们说：复权党？复权党怎么个吃法儿？工头马丁内斯笑着说：这就是奥德里亚的党，人们都不知道党部在什么地方。回到了党部，指挥者把四人骂了一顿：你们以为是来旅游的？和指挥者在一起的还有两个人，其中一位个子很矮，戴眼镜，打着领带。另一位一副乔洛人的样子，又粗又壮，只穿着衬衣。矮个子正在同指挥者吵：答应给我派五十人来，可才来了五个，这不是拿我开心吗？这可不行！

“您还是给利马打个电话吧，拉玛博士，尽量找到堂埃米略或洛萨诺。”指挥者说道，“我打了一晚上电话，就是找不到人。我也不明白，我并不比您知道得多。洛萨诺先生只向堂埃米略要了五个人，现在全到齐了，博士。最好由他们来解释到底是谁搞错了。”

“我们的人手并不少，但缺乏有经验、善于斗殴的，”拉玛博士说道，“我抗议也是为了坚持原则。我受骗了。”

“博士，人来得少有什么关系，”那个粗壮的乔洛说道，“我们到市场上就能动员三百人，照样可以把剧院闹个天翻地覆。”

“你认为市场上那些人可靠吗？”指挥者说道，“我对你就信不过，鲁佩托。”

“我打保票，”鲁佩托说道，“我有经验。我们把市场上的人全部动员出来，就可以像泥石流一样把市府剧院冲垮。”

“我们去找莫利纳吧，”拉玛博士说道，“他的人也该到了。”

“在警察局，我们见到了参议员阿雷瓦洛的那几个有名的打手。”鲁多维柯说道，“说是五十个，其实只来了五个，安布罗修。”

“有人在捉弄人，也有人在受捉弄，”莫利纳说道，“这可不行，局长先生。”

“我正设法跟部长通电话，向他请示。”警察局长说道，“可是部长的秘书似乎不愿意给我接，总是说：部长不在，他走了。要不就说部长还没到部里。对，就是阿尔西比亚德斯，这个人一副女人腔。”

“这根本不是什么搞错，而是有意破坏。”拉玛博士说道，“莫利纳，这就是你的后援？才两个人？不是说有二十人吗？不像话，太不像话了！”

“阿尔西比亚德斯实际上是我的人，”堂埃米略·阿雷瓦洛说道，“但关键还在洛萨诺身上，这个人很精，他恨透了贝尔穆德斯，只需要给他打打气。”

“一共才五个可怜鬼，其中一个老家伙还有高原反应。”鲁多维柯说道，“您以为这五个人加上我们俩就能冲垮一场集会？局长先生，您别以为我们都是超人。”

“他需要什么都满足他。”堂费尔民说道，“我来跟他谈。”

“这可得用上您的人了，莫利纳，”局长说道，“虽说这没有列入计划，虽说贝尔穆德斯先生不愿让他在阿雷基帕的人去玩命，但没有别的办法。”

“您不用管，费尔民，”参议员阿雷瓦洛说道，“您是联合党的，是现政权公开的敌人。我是政府里的人，洛萨诺更信得过我。我来跟他谈吧。”

“您可以出多少人，莫利纳？”拉玛博士说道。

“连头头带助手，可以出二十人。”莫利纳说道，“但这些人都不是正式编制里的，就这么叫他们去，他们是不干的。他们可能要求发放保险费和报酬。”

“什么条件都答应，无论如何也要把这次集会捣毁。”拉玛博士说道，“我答应了。我说话算数，莫利纳。”

“说真的，我们可能白担心一场呢，”警察局长说道，“剧院可能根本坐不满，这儿没人了解联合党那些的老爷们。”

“我们了解过，可能只有一些好奇的人才去参加大会，而好奇的人一有动静就会作鸟兽散。”拉玛博士说道，“但是这里有个原则问题，我们受骗了，局长。”

“我要继续设法同部里通电话，”警察局长说道，“也许贝尔穆德斯先生改变主意，允许他们开大会了呢。”

“能不能给我带来的一个人吃点儿药什么的？”指挥者说道，“博士，是那个黑人，他有高原反应，都昏过去了。”

“既然人手少，为什么还闯进剧院？”安布罗修说道，“人那么少还要干，简直是发疯。”

“我们二人听信了花言巧语，”鲁多维柯说道，“信以为真，就去吃肉馅辣椒，伊玻利托最想尝尝了。”

“大家都到蒂阿巴亚饭馆去吧，那儿的肉馅辣椒做得好，”莫利纳说道，“要蘸玉米酒吃。你们要在四点左右回来，然后带你们到复权党的党部，那是集合的地方。”

“理由嘛，您知道得很清楚，洛萨诺。”堂埃米略·阿雷瓦洛说道，“就是要搞垮贝尔穆德斯。”

“其实您不如说是给联合党帮忙，参议员。”洛萨诺说道，“这次我是不能为您效劳了，我不能对堂卡约干这种事，这您很理解，他是部长，是我的顶头上司。”

“您还是可以的，洛萨诺，”堂埃米略·阿雷瓦洛说道，“您和我一起干还是可以的，一切都看我们两个的。只要不派人到阿雷基帕去，贝尔穆德斯的计划就会被粉碎。”

“以后又将怎么办呢，参议员？”洛萨诺说道，“堂卡约不会找您算账，可是会找我算账，我是他的下级。”

“您以为我是想帮助联合党？这您就错了，洛萨诺，”堂埃米略·阿雷瓦洛说道，“我只是愿意为政府效劳。我是政府的人，我反对联合党。但是政府里出了问题，出了败类，贝尔穆德斯就是其中最坏的一个。您懂吗，洛萨诺？我正是在为总统效劳，而不是帮助联合党。”

“总统知道吗？”洛萨诺说道，“总统如果不知道，事情就两样了，参议员。”

“还不能正式让总统知道，”堂埃米略·阿雷瓦洛说道，“我们是总统的朋友，只有朋友才应该这么干，洛萨诺。”

特里福尔修想道：喝了玉米酒，我的感觉更糟了。他感到浑身的血液好像停止了流动，开始沸腾，但是他硬挺着，伸手去拿自己的大杯子，向特耶斯、乌朗多、鲁佩托和工头马丁内斯微微一笑：干杯。这些人也有了醉意，矮个子乔洛装出很有文化的样子：玻利瓦尔①在隔壁的房子里睡过觉，雅纳瓜拉区的玉米酒馆是世界上最好的。然后他又骄傲地说：利马有这种酒吗？大家向他解释：我们是从伊卡来的。但他怎么也搞不懂。特里福尔修心想：我刚才要是吃两片药而不是吃一片，现在的感觉也许就会好些。他望着发黑的墙壁和那几个端

① 玻利瓦尔（Simón Bolivar，1783—1830），拉丁美洲解放者之一，委内瑞拉人。

着盛有肉馅辣椒盘子在炉火和桌子之间穿来穿去的女人，摸了摸自己的脉，血液没有停滞，还在流动，但很慢。对，血液在沸腾，一阵阵的热浪冲击着他的胸部。天快黑吧，赶快结束掉剧院的事，马上回伊卡吧。工头马丁内斯说：该去市场了吗？鲁佩托看了看表：有的是时间，还不到四点呢。特里福尔修从酒馆的门望出去，看到小广场上有几条长椅、几棵树，几个小孩儿在抽陀螺，小教堂的墙刷得白白的。我不是因为高原反应，而是年纪大了。一辆装着高音喇叭的汽车开了进去：大家都到市府剧院去！请支持联合党！鲁佩托骂了一句：有你们好看的。特耶斯说：安静点，阿雷基帕人，忍耐一下，到时候再骂。鲁佩托说：老爷爷，你的高原反应怎么样了？特里福尔修微笑了一下：好点了，小孙子。内心却恨他恨得要命。

“一切都办好了，参议员，可是我留了一手，”洛萨诺说道，“人还是要派去，但少派些，其他的人会到得很晚。要是出了问题，我可就全靠您了。”

“您就一百个放心吧，洛萨诺，”堂埃米略·阿雷瓦洛说道，“联合党也会感谢您，那些老爷们会认为您帮助了他们。就让他们这样认为吧，这对您更好。”

“跟阿雷基帕还是联系不上？”卡约·贝尔穆德斯说道，“这太不像话了，亲爱的博士。”

“肉馅辣椒虽说有名，可我一点儿也不爱吃。”伊波利托说道，“太辣了，鲁多维柯。”

“我只说服了十个人，”莫利纳说道，“别人根本不行，他们说：穿便衣干这种事，我们不干，保险费再多也不干。您看怎么办，局长？”

“十个人，再加上利马来的人和参议员派来的五个，一共十七个人。”警察局长说道，“如果拉玛真能动员市场上的人，事情就好办了。十七个胆量大的人可以把剧院闹个人仰马翻，我想也够了。”

“我这个人很傻，但并不像那些老爷想象得那么傻，参议员。”洛萨诺说道，“我从来不接受支票。”

“喂，阿雷基帕吗？”贝尔穆德斯说道，“你是莫利纳？出了什么事，莫利纳？您钻到什么鬼地方去了？”

“他们也不傻，”堂埃米略·阿雷瓦洛说道，“支票是不记名的，洛萨诺。”

“我给您打电话打了整整一天，堂卡约，”莫利纳说道，“警察局长、拉玛博士也一直在给您打电话，可到处都找不到您，堂卡约。”

“阿雷基帕的事进行得很糟糕，堂卡约？”阿尔西比亚德斯博士说道。

“事情对我们很不利，”莫利纳说道，“我们人手不够，堂卡约，就这么几个人，我真不知道事情还能不能进行。”

“洛萨诺派的人没到？”卡约·贝尔穆德斯说道，“阿雷瓦洛派的一卡车人也没到？您在说些什么呀，莫利纳！”

“我们又从团体中动员了十个人，即使如此，十七个人也不算多，堂卡约。”莫利纳说道，“说心里话，我对拉玛博士并不相信，他说能有五百、一千人。这个人爱胡思乱想，这您是了解的。”

“利马只去了两个，伊卡只去了五个？”卡约·贝尔穆德斯说道，“您要倒霉了，莫利纳，其他的人都在哪里？”

“根本就没来，堂卡约，”莫利纳说道，“我还要问您呢，您通知的人为什么没到齐？”

“我们傻乎乎地吃完肉馅辣椒还在广场上散步呢。”鲁多维柯说道，“为了确认地形，我们还傻乎乎地去观察了剧院。”

“虽说出了故障，我的意见是，事情还是可以进行，堂卡约。”警察局长说道，“在阿雷基帕根本不存在联合党，只是宣传而已。市府剧院是不会坐满的，最多有那么一百个好奇的人。可是您为什么认为人全到了呢，堂卡约？”

“有人在捣鬼，我们会有时间搞清楚的。”卡约·贝尔穆德斯说道，“拉玛在吗？”

“喂，部长先生吗？”拉玛博士说道，“我要最强烈地抗议，您答应我们派八十个人来，可只派来了七个。我们曾答应总统要把反政府的集会变成一次拥护政府的人民行动，可现在有人在搞破坏。我要警告此人，我们是不会后退的！”

“别发表演说了，拉玛，”卡约·贝尔穆德斯说道，“我需要知道一件事情，请您坦率地回答我：您能不能搞到二三十个支援莫利纳的人，要价多少都没关系。要二三十个能干的人，行不行？”

“五十，五十以上都可以，”拉玛博士说道，“问题不在于人数，部长先生，人有的是，问题是您曾答应派非常擅长干这种事的人来。”

“好吧，请您搞三十几个人，叫他们跟着莫利纳的人一起进入剧院。”卡约·贝尔穆德斯说道，“反示威的活动准备得怎样了？”

“复权党的人员都已分散在各个区里搞宣传，”拉玛博士说道，“到时候我们就把他们集中到市府剧院门口。我们已经在市场召开了另一场群众集会，五点钟开始，到时候我们还可以召集几千人。联合党将在此地灭亡，部长先生。”

“好，莫利纳，就这样干吧。”卡约·贝尔穆德斯说道，“我知道拉玛在夸口，但没有别的办法，只能相信他。对，我要同司令通个话，让他在市中心加强警戒，以防万一。”

特里福尔修心想：这病真怪，来得快，去得也快。他感到自己死而复生，但又在死去。鲁佩托举起杯子向他挑战：干杯。特里福尔修微微一笑，干了。特耶斯、乌朗多和工头马丁内斯不成调地哼唱着，这时酒馆里已经坐满了人。鲁佩托看了看表：时间到了，该走了，面包车没准儿已经到市场了。但是工头马丁内斯说：喝完最后一杯吧。他又要了一罐玉米酒，大家站着一饮而尽。我们就从这儿开始吧，鲁佩托说着，跳上了一把椅子：阿雷基帕的市民们，兄弟们，大家听着。特里福尔修倚在墙上，闭上眼睛：我会不会死在这里？渐渐地，他又不觉得眩晕了，血液又流动了起来。鲁佩托摇摇摆摆地吼着：大家都到市府剧院去，让那些利马人看看我们阿雷基帕人是怎样的人！酒馆里的人继续喝着、吃着，有几个人在发笑。鲁佩托举起杯子说道：祝在座诸位健康，祝奥德里亚身体健康，我们在剧院门口恭候大家。特耶斯、乌朗多和工头马丁内斯把他从椅子上拖下来：我们赶快回去吧，阿雷基帕人，要迟到了。特里福尔修咬着牙关攥着拳头走了出来，血液又停止流动，又沸腾了。五个人叫住一辆出租汽车：到市场去。

“报纸上都说发生了暴乱，连警察都开进了剧院，还说有人开了枪，抛了手榴弹。”安布罗修说道。

“幸亏警察开进去，幸亏抛了手榴弹，”鲁多维柯说道，“不然的话，我就死在那儿了。我那次受了伤，但至少还活着，安布罗修。”

“对，莫利纳，您先去市场看看，”卡约·贝尔穆德斯说道，“然后马上给我来电话。”

“我刚从市府剧院回来，堂卡约，”警察局长说道，“剧院里还没有人，周围都布置了突击队员。”

出租汽车把五人送到市场拐角处，鲁佩托：看到了吗？我的人都到了。两辆装着喇叭的面包车停在卖东西的摊子中间，吵得人震耳欲聋，一辆放音乐，一辆则发出嗡嗡的人声。特里福尔修紧紧抓住乌朗多。你怎么了，黑家伙？还是高原反应？特里福尔修喃喃地说：不，已经过去了。有几个人在散发传单，还有若干人手执话筒在招引行人。面包车周围的人渐渐多了起来，但大多数男男女女仍然在蔬菜摊、水果摊和衣服摊上做着买卖。工头马丁内斯说：你真惹人注意，特里福尔修，人们光看你了。特耶斯：长得丑也有长得丑的好处，特里福尔修。鲁佩托爬上其中一辆面包车，跟车上的人一一拥抱，接着一把抓过话筒：阿雷基帕的市民们，请大家靠近些，靠近些，请注意听了。乌朗多、特耶斯和工头马丁内斯混进了市场的人群中，混进了顾客、乞丐之中，调唆他们向前靠：过来，注意听。特里福尔修心想：剧院的事办完需要五个小时，过一夜八个小时，第二天中午才能离开此地，我大概挺不住了。天色渐渐黑了下来，凉意不断袭来。货物摊中间又摆出了几张桌子，用蜡烛照亮，是个食品摊。特里福尔修感到双腿发抖，汗流浃背，太阳穴直冒火。他一屁股在一只木箱上坐了下来，摸了摸胸口：心脏还在跳动。卖布的女摊贩从摊头看了他一眼：您这样长相的人我还是第一次见到，以前只在电影里看见过。特里福尔修想道：这倒是真的，阿雷基帕根本没有黑人。女摊贩：您生病了？要不要喝杯水？好的，谢谢，我没病，是高原反应。喝了水，他感到好受了些，就去帮助别人。鲁佩托高举双拳吼道：我们大家要作好准备，让那些利马老爷尝尝我们的厉害！这时有许多人在听他讲话，街道堵塞了，特耶斯、乌朗多、工头马丁内斯和面包车上的人来回跑动着，鼓着掌动员好奇的人们。大家都到市府剧院去！让利马的老爷们看看我们阿雷基帕人是怎样的人！鲁佩托捶胸顿足地喊着。特里福尔修吃力地呼吸着，心想：他喝醉了。

“谁让你们相信阿雷基帕有许多亲奥德里亚的人的呢?”安布罗修说道。

“是复权党在市场里组织的反示威活动。”鲁多维柯说道，“我们去看了一下，确实很热闹。”

“您瞧，我不是跟您说过了吗，莫利纳?”拉玛博士指着人群说道，“可惜贝尔穆德斯不能看到这一切。”

“您干脆向群众发表演说吧，拉玛博士，”莫利纳说道，“我得马上把我的人带走，给他们下命令。”

“好，我向人们讲几句话。”拉玛博士说道，“让路，我要到面包车上去。”

“是不是计划给联合党来个两面夹击，冲散他们?”安布罗修说道。

“我们先混进剧院，在里面大闹一场，开会的人一跑出剧院就会和外面的反示威的人发生冲突。作为一个想法，这个计划是好的，但结果没有成功。”

特里福尔修挤在人群中，又是大笑又是鼓掌，突然闭上了嘴：我不会死去了。他没有感到全身骨头冷得快散了架，也没有感到心脏要停止跳动，头也不觉得刺痛。他听着鲁佩托的吼叫声，看到人们推搡着挤向面包车，原来车上开始分发酒类和礼物了。在半明半暗的光线中，他在听众中认出了特耶斯、乌朗多和工头马丁内斯的面孔，他想象着三人在鼓掌给群众打气的样子。他什么事也没做，呼吸很缓慢，摸着自己的脉搏思量着：我要是不动，还可以坚持下来。这时人群乱了，互相碰撞，一片人头波浪般地蠕动起来，有几个人走近了面包车，车上的人把他们拉到台子上。鲁佩托喊了起来：让我们为复权党的总书记三呼万岁！特里福尔修认出了台上的一个人，就是给他药治高原反应的那个人，那位博士。鲁佩托吼道：拉玛博士要给大家讲几句话。指挥者也在车上。

“有这么多人，事情就容易了。”鲁多维柯说道。

“对，人是相当多的，”莫利纳说道， “只是不要把他们灌得太醉。”

“我们要在剧院里布置几名警察，堂卡约，”警察局长说道，“对，穿着警服，带着武器。对，我已经通知联合党了。没有，他们没有反对，我对他们说这是一种安全措施，堂卡约。”

“拉玛在市场集合了多少人?”卡约·贝尔穆德斯说道，“告诉我您亲眼所见的，莫利纳。”

“我估计不出来，相当多。”莫利纳说道，“大概有一千人吧，事情还算顺利，准备进入会场的人都集中在党部了。我到时候再给您打电话，堂卡约。”

天色迅速地黑下来，特里福尔修看不清拉玛博士的面孔了，只能听到他在讲演。拉玛博士不像鲁佩托，他很能讲，口才很好，虽然难懂，但听得出他讲的是拥护奥德里亚，支持人民，反对联合党。特里福尔修心想：他讲得挺好，虽然不如参议员阿雷瓦洛。特耶斯走过来抓住他的胳膊：我们走吧。二人肘搡身拱地挤了出来，街角上停着一辆面包车，乌朗多、工头马丁内斯、指挥者，还有两个利马来的人都坐在车里了。利马人还在议论着肉馅辣椒。特里福尔修，你的高原反应怎样了？好些了。面包车穿过几条黑暗的街道，在复权党党部门前停了下来，里面灯火通明，房间挤满了人。特里福尔修又感到心跳、浑身发冷、喘不过气来了。指挥者和莫利纳在给人们互作介绍：你们要互相认清面孔，大家都是赴汤蹈火的勇士。有人送来了烟、酒和三明治。两个利马人已有醉意，那几个阿雷基帕人则醉得不成样子了。特里福尔修心想：我不能动，我要做深呼吸，我得坚持下来。

“我们这些人被分成二人一组，”鲁多维柯说道，“把我和伊波利托分开了。”

“鲁多维柯·潘托哈和那个黑人在一组。”莫利纳说道，“你叫特里福尔修，对吧？”

“给我配了个被高原反应折磨得不成样子的人，”鲁多维柯说道，“这个人后来被打死在剧院里。你瞧，我那时离死也差不多了，安布罗修。”

“一共二十二人，分成十一个小组，”莫利纳说道，“你们要好好互相认认，到时别看错了人。”

“我们一共死了三个人，十四个人被送进了医院。”鲁多维柯说道，“伊波利托那胆小鬼却安然无恙，你说这公平吗？”

“我要考考你们听懂了没有，”莫利纳说道，“你，重复一下你要干的事。”

特里福尔修接过同自己分配在一个小组的那个人递过来的酒瓶，喝了一口，感到一阵燥热，仿佛有蠕虫在身上爬动。他向与自己配合的那个人伸出手去：非常高兴认识您，您是利马来的，一点高原反应也没有？鲁多维柯：没有。两个人都笑了。莫利纳：你说。一个人站了起来：我和这个人到左边后排池座上去。大家一个个地都站起来回答了问题。轮到特里福尔修时，他却坐着回答：我和这位先生到靠近舞台的池座去。乌朗多说：黑人怎么不去楼上最后一排①？这句话引起一阵哄堂大笑。

---

① 此话暗指种族歧视。

“看样子大家都明白了，”莫利纳说道，“不听到哨声和口令，你们不准乱动。口令是奥德里亚万岁！口令由谁来发？”

“我来发，”指挥者说道，“我就在顶层楼座的第一排上发口令，那是剧院的中心点。”

“莫利纳督察，我有一事需要说明一下。”一个声音不好意思地说道，“联合党的人是有所准备的，我看见他们坐在汽车里大搞宣传的都是些出名的流氓，督察，其中就有阿尔古埃约斯，那可是个老打手了，先生。”

“他们也从利马雇来了打手，”又一个声音说道，“至少有十五个，督察。”

“莫利纳弄来的打手没有经验，而且士气很低落。”鲁多维柯说道，“我开始嗅到了那么一种味道：只要事情一不顺利，他们就会甩手逃掉。”

“只要事情一不顺利，突击队员就会出来帮忙。”莫利纳说道，“给他们的命令很清楚，你们就不要这么害怕。”

“您要是以为我害怕，那您就错了，督察，”刚才那个不好意思的声音说道，“我只是想提醒您一下。”

“好，你已经提醒我了。”莫利纳说道，“这位先生一发口令，你们就大闹，把人都赶到街上去，反示威的人就在街上等着他们。然后你们同复权党的人一起到广场上去开大会，最后还在此地集合。”

又给众人发了烟和酒，还发了报纸让大家把链条、铁指套和大棒包起来。莫利纳和指挥者又把大家检查了一遍：你们要把东西藏好；你，把衣服扣好。到了特里福尔修跟前，指挥者给他鼓了鼓劲儿：看得出你完全好了，黑家伙。特里福尔修：是的，我好了。可心里在想：妈的×！莫利纳说：小心点，可别朝人射击。几辆出租汽车等在街上，鲁多维柯·潘托哈说：你我两个乘这辆。特里福尔修跟着他走了过去。二人到达剧院比别人都早。剧院门口有人在散发传单，可剧院里的池座几乎空无一人。二人在第三排坐了下来。利马来的问：你不舒服？特里福尔修：不，我很好。其他人也一对一对地到了，也都在自己的位子上坐了下来。有几个小青年喊起了口号："我们要自由！自由！"人们不断地进来，池座渐渐坐满了。

"我们幸亏进来得早，"特里福尔修说道，"不然我们得站着了。我可不喜欢站着。"

"对，堂卡约，已经开始了，"警察局长说道，"剧院差不多坐满了，反示威的人大概正从市场出来。"

先是池座坐满，后是顶层楼座，接着是走道。这时舞台前有人拥挤着，要冲破由戴着红袖章、维持秩序的人组成的屏障。舞台上有二十把椅子、一架麦克风一面秘鲁国旗，还有几块标语牌，上面写着"全国人民联合起来！自由！"等字样。特里福尔修心想：我只要坐着不动，感觉就挺好。人们仍然在齐声高呼："自由！"另一堆人在池座后排又喊起了另外的口号："合——法——地位！合——法——地位！"会场内一片掌声、万岁声，人们都在高声讲话。这时有几个人上了舞台，在椅子上坐了下来，受到掌声的欢迎，呼喊声也激奋了。

"什么是合法地位？我不懂。"特里福尔修说道。

"这是为非法政党呼吁的。"鲁多维柯说道，"富翁们、阿普拉和共产党都在这里联合起来了。"

"我参加过许多次集合，"特里福尔修说道，"一九五〇年在伊卡，我就陪同参议员阿雷瓦洛参加过。不过那次是露天集会，在剧院里集会我还是第一次见到。"

"啊，伊波利托在后排，"鲁多维柯说道，"他是我的同伙，我们在一起工作有十年了。"

"幸亏您没有高山反应，这种病真怪。"特里福尔修说道，"喂，您干吗也喊自由自由的？"

"你也应该喊，"鲁多维柯说道，"你难道想让人家发现你是干什么的吗？"

"他们只命令我冲上舞台，切断麦克风，没命令我喊口号。"特里福尔修说道，“发口令的人就是我的上司，他在看着我们，这个人火气很大，一点小事就罚我们的款。”

“你别发傻了，黑兄弟，”鲁多维柯说道，“喊吧，伙计，鼓掌吧。”

特里福尔修想道：我现在感觉这么好，真令人难以相信。一个系着米老鼠图案领带、戴眼镜的矮个子一面带领群众高喊自由，一面一个个地宣布讲演人的姓名，指一个人报一个人的姓名，掌声雷动。群众越发激动了，“自由”“合法地位”的口号此起彼落，争相压过对方，特里福尔修转身想看看其他几对人，但由于太多人站在那里，自己的人都看不见了。不过还是看得见指挥者，他肘撑顶层楼座的栏杆，周围的几个人一面听讲演，一面左顾右盼。

“光是保护舞台的就有十五个人，”鲁多维柯说道，“你瞧，还有戴袖章的人分散在剧院里，事情闹起来还会有人自发地站出来。我看事情挺难办。”

“为什么难办?”特里福尔修说道，“莫利纳不是讲得很清楚吗?”

“我们必须有五十人才行，而且得是干练的。”鲁多维柯说道，“这些阿雷基帕人素质够差的，我已经注意到了。事情非常困难。”

“可我们必须办成，”特里福尔修指着顶层楼座说道，“办不成，那位是饶不过我们的。”

“反示威的人该到了吧?”鲁多维柯说道，“你听到了吧，街上有动静。”

特里福尔修没回答，他在听一个身穿蓝色服装的先生站在麦克风前讲演：奥德里亚是独裁者，《国家安全法》是违反宪法的，我们老百姓要自由。那位讲演者还奉承了阿雷基帕：阿雷基帕是个有反抗精神的城市。是勇于作出牺牲的城市，1950 年，奥德里亚可以血洗阿雷基帕，但他不能扼杀阿雷基帕热爱自由的精神。

“这个人讲得挺好，您说是不是?”特里福尔修说道，“参议员阿雷瓦洛讲得也很好，甚至比他还好，参议员讲得人们都落了泪。您从来没听过参议员讲演?”

“连只苍蝇都挤不下了，可人们还在挤进来，”鲁多维柯说道，“但愿你那倒霉的头头别异想天开地在这个时候发口令。”

“这位讲演的人比拉玛博士强多了，”特里福尔修说道，“两个人都很气派，但这个人讲的不那么难懂。他讲的我全懂了。”

“什么?”卡约·贝尔穆德斯说道，“反示威行动彻底失败了，莫利纳?”

“我们的人也就二百个，堂卡约。”莫利纳说道，“还给他们喝了许多酒。我早就警告过拉玛博士不要让这些人喝酒，可这个人，您是了解的。人都喝醉了，待在市场里动不了了，最多有二百人。怎么办，堂卡约?”

“我又不行了，”特里福尔修说道，“都是这些婊子养的抽烟抽的。他妈的，我又不行了。”

“你那位头头要是在这时候发口令，那就真疯了。”鲁多维柯说道，“伊波利托呢? 你看到我那个同伴了吗?”

拥挤不堪，人声鼎沸，烟雾腾腾，剧院里就像开了锅。人们的脸上汗珠闪闪，有的人脱下了上衣，整个剧院喧嚣着:“自——由”“合——法——地位!”特里福尔修愁眉苦脸地想道，我又不行了。他闭上眼睛，垂下头，深深地吸了一口气，又摸了摸胸口，心脏还在跳动，在剧烈地跳动。穿蓝色服装的先生讲完了，接着是一阵有节奏的掌声，那个戴米老鼠图案领带的人像乐队指挥似的挥动着双手。

“好吧，这次他们赢了，”卡约·贝尔穆德斯说道，“在这种情况下，最好中止我们的行动，莫利纳。”

“我尽力而为吧，不知道是不是可能，堂卡约，”莫利纳说道，“人已经进去了。停止行动的命令能否及时传达到，我不敢肯定。我把电话挂了，等会儿再给您打。”

这时在舞台上讲话的是一个又胖又高、穿灰色服装的人，看样子是个阿雷基帕人，因为听众齐声高呼他的名字，向他挥手致敬。特里福尔修心想：快点吧，快点讲完吧，我支持不住了，怎么不干脆点儿？他蜷缩在位子上，眯着眼睛，数着自己的脉搏：一、二，一、二。那胖子高举双臂做着手势，声音已经嘶哑了。

“我感到难过，这回是真不行了，”特里福尔修说道，“我需要空气，先生。”

“我希望你那位头头别蛮干，别发口令，”鲁多维柯低声说道，“他就算发口令，你我也别动，安安静静地待着。听见没有，黑家伙？”

“住口，你这个阔佬！”指挥者的声音从顶层打断了讲演者，“你不要欺骗人民，奥德里亚万岁！”

“还不错，口令响了，我快要憋死了，”特里福尔修说着站了起来，“奥德里亚万岁！”

“剧院里的听众，连讲演的人都惊呆了，”鲁多维柯说道，“大家都向顶层楼座望去。”

剧院的各个角落里爆发了一阵“奥德里亚万岁！”的呼声，台上的胖子尖叫着：有人在挑衅，有人在挑衅！他气得面色发紫，台下的呼叫声、人们的挤撞声和抗议声淹没了他的声音。剧场里一片混乱，闹翻了天，人们全站了起来。后排池座的人动作起来，互相拉扯，互相谩骂，有人甚至打了起来。特里福尔修站在那里，胸脯一起一伏，又喊了一声：“奥德里亚万岁！”后排一个人抓住他的胳膊：你想挑衅？特里福尔修用肘往后一顶脱开身，对鲁多维柯说：好了，我们行动吧。然而鲁多维柯·潘托哈像木乃伊一样蜷缩在位子上盯着他，眼珠都快瞪出来了。特里福尔修抓住他的衣领，把他提起来：伙计，动动吧！

“我有什么办法呢，别人都像吃了炸药，”鲁多维柯说道，“那个黑人掏出了链条，连推带搡地向舞台冲去。我也掏出了手枪，跟着他冲了上去。我们同另外两个人冲到第一排，遇上了戴袖章的人。”

舞台上的人有的向出口处跑去，有的则看着维持秩序的人。维持秩序的人已经围成了一道人墙，高举棍子在等着。只见黑人和另外那两个人高高地挥舞着链条正向前挤，特里福尔修喊道：乌朗多，冲开他们！特耶斯，冲开他们！就像驯马人甩鞭子一样，他把链条甩得噼啪作响。一个离他最近的戴袖章的人手中的棍子落掉了，手捂着脸倒了下去。乌朗多喊道：黑家伙，快上台。特耶斯：黑家伙，我们来扶你。特里福尔修看见乌朗多和特耶斯在冲击着保卫舞台台阶的人，他一挥链条也冲了上去。

“我和那黑人还有另外那两个人被冲散了。”鲁多维柯说道，“我和他们之间隔着一堵由对方打手组成的人墙，他们被十几个人包围了，起码有五个人包围着我。可我有手枪，他们不敢动，我于是喊开了：伊波利托，伊波利托！呵，安布罗修，简直是世界末日啊。”

从顶层楼座抛下了手榴弹，就像一把黑色的石子，发出闷闷的响声，在池座的椅子上、舞台的地板上反跳，片刻后升起一卷卷的浓烟。几秒钟之后，空气变白了，凝滞了，人们的身体被炽热的浓烟笼罩着，看不清了。人声嘈杂，人体滚动，喧嚷震天，椅子破裂，咳声连成一片。特里福尔修不再打了，他感到双臂无力地滑了下去，链条从手中溜掉了，双腿也在发软。在炽热的烟雾中，他只能看到舞台上的人影用手帕捂着嘴东逃西窜。戴袖章的人集中起来，捂着鼻子，游泳般向他游来。但他站不起来了，一个劲儿地用拳头捶着胸口，竭力张着嘴。棍子开始在他身上落下，但他已然没有感觉了。他像一条上了岸的鱼需要空气，但还能想：托玛莎啊！

“我什么也看不见了，”鲁多维柯说道，“最糟糕的是我喘不过气来了，安布罗修，我开始发疯似的射击。我没有发觉原来是手榴弹，我还以为我的后背只是被烫了一下呢。”

“在一座封闭的剧院里抛了催泪弹，几人死亡，几十人受伤，”兰达参议员说道，“这就足够了，对不对，费尔民？贝尔穆德斯本事再大，这次也撑不下去了。”

“一瞬间，我的子弹打光了，”鲁多维柯说道，“我睁不开眼睛，感到头像炸了一样。我昏迷着倒了下去，许多人压在我的身上，安布罗修。”

“出了意外事故，堂卡约，”警察局长说道，“但是集会好像被破坏了，对，人们惊恐万状地跑出了剧院。”

“突击队员开始进入剧院，”莫利纳说道，“剧院里响起了枪声。不知道，我还不知道是否死了人，堂卡约。”

“我也不知道过了多长时间，只是在我睁开眼睛的时候，剧场里仍然烟雾弥漫，”鲁多维柯说道，“我简直比死还要难受，浑身到处流血，安布罗修。就在那时，我看见了伊波利托那狗东西。”

“他也在踢你那位黑伙伴？”安布罗修说道，“他那是讨对手的好，他比我们想象的还要胆小嘛。”

“帮帮我，帮帮我，”鲁多维柯说道，“没人理我，好像都不认识我似的。伊波利托仍然在踢那黑人，跟他一起踢黑人的那些人突然看见了我，向我扑来，又是脚踢又是棍打。我又昏过去了，安布罗修。”

“命令警察在所有的街道上戒严，警察局长，”卡约·贝尔穆德斯说道，“禁止任何示威活动，逮捕联合党的全体领导人！受害者的名单出来了吗？有伤亡吗？”

“仿佛醒着做噩梦，”鲁多维柯说道，“剧院里没有人了，一切都破碎了，鲜血溅得到处都是。我那黑伙伴躺在血泊里，面孔被人打得血肉模糊；还有人躺在地上咳嗽着。”

“是的，中心广场上正在举行一场大规模的示威，”莫利纳说道，“警察局长现在同司令在一起。我看不太合适吧，有几千人呢，堂卡约。”

“立即让他们把示威队伍驱散，白痴！”卡约·贝尔穆德斯说道，“你没发觉这样一来事态会扩大吗？叫司令来听电话，所有的街道都要立即戒严，莫利纳！”

“后来警察进来了，看到我那副样子还踢了我几脚，”鲁多维柯说道，“我说我是侦探，是团体里的人，最后我看见了莫利纳那张面孔。

接着我被从边门抬了出去。后来我又昏了过去，到了医院才醒过来。整个城市都罢工了。”

“事情越来越糟了，堂卡约，”莫利纳说道，“他们把市中心大街的路面破坏了，筑起了街垒。这种示威，突击队员是驱散不了的。”

“必须派军队出面干预，堂卡约，”警察局长说道，“但是阿尔瓦拉多将军说只有陆军部长下令，他才能派部队。”

“跟我同病房的那家伙是参议员的人，”鲁多维柯说道，“他的一条腿被打断了，是他向我讲述了后来在阿雷基帕发生的事。我的神经都破裂了，害怕极了，兄弟。”

“那好，”卡约·贝尔穆德斯说道，“我去请耶雷纳将军下命令。”

“我想逃出去，街上比医院更保险，”特耶斯说道，“我可不愿意像马丁内斯和黑人那样让人揍死。我认识一个叫乌尔基萨的人，我可以求他把我藏在他家里。”

“不会的，这里不会有人进来。”鲁多维柯说道，“还要举行什么罢工？军队会给他们吃子弹的。”

“军队到哪儿去了，根本没露面。”特耶斯说道，“他们完全可以给我们处以私刑。他们进医院就像进自己的家一样，医院门口连个警卫也没有。”

“没人知道我们在这里，”鲁多维柯说道，“即使知道了也不会对我们怎么样，他们会以为我们是联合党的人，是受害者呢。”

“不对，眼下这儿的人还可能不了解，”特耶斯说道，“可早晚会知道我们是外地人。今天晚上我就到乌尔基萨家去，虽然绑着石膏，但我还可以走动。”

“他被吓坏了，他的两个同伴在剧院里被人打死了，”鲁多维柯说道，“他说，人们要求内政部长辞职，会闯进医院把我们吊死在路灯下。我问他：妈的，到底发生了什么事？”

“简直是一场革命，”莫利纳说道，“人们占领了街道，堂卡约，我们连交通警察都撤了出来，免得遭到石击。为什么出动军队的命令还没有下达，堂卡约？”

“他们呢，先生？”特耶斯说道，“马丁内斯和黑老头的尸体怎么办？”

“你别担心，我们会埋葬他们的，”莫利纳说道，“你是特耶斯，对吧？你的头头给你留下了钱，让你在能走动的时候自己乘汽车回伊卡。钱在警察局里。”

“为什么把他们埋在这里，先生？”特耶斯说道，“马丁内斯的老婆孩子都在伊卡，特里福尔修的家属在钦恰，为什么不把他们的尸体运回去由他们的家属埋葬？为什么把他们像死狗似的埋在这里？没人会到这里给他们上坟的，先生。”

“伊波利托？”莫利纳说道，“他不顾我的命令擅自乘车回利马了。我本来要求他留下来帮助我们，可他走掉了。对，我知道他在剧院的表现很坏，鲁多维柯。我要通知洛萨诺，叫伊波利托完蛋。”

“镇静，莫利纳，”卡约·贝尔穆德斯说道，“慢慢地、详详细细地讲，有条有理地讲。准确的情况到底怎么样？”

“情况是警察已经没有能力恢复秩序了，”警察局长说道，“我再重复一遍，如果军队不出面干预，这里什么事都可能发生。”

“情况吗？”耶雷纳将军说道，“很简单，帕雷德斯，贝尔穆德斯那个白痴把我们搞得进退维谷，他把事情搞糟了，现在又来要求军队出来显示力量，收拾局面。”

“显示力量？”阿尔瓦拉多将军说道，“不，我的将军，我要是出动军队，死的人会比一九五〇年还要多。街上筑了街垒，人们都有武器，全市都罢工了。我提醒您，这样一来就会流很多的血。”

“卡约保证不会流血，将军，”帕雷德斯司令说道，“全市只有百分之二十的人拥护罢工，纠纷是联合党雇佣的一小撮鼓动者煽动起来的。”

“全市百分之百的人拥护罢工，我的将军，”阿尔瓦拉多将军说道，“人民控制了各条街道，成了城市的主人，还成立了一个委员会，由律师、工人、医生和学生组成。警察局长从昨晚就坚持要出动部队。不过，我想还是由您作决定吧。”

“您个人的意见呢，阿尔瓦拉多？”耶雷纳将军说道，“请您坦率地告诉我。”

“只要一看见坦克，暴徒们就会逃回家，耶雷纳将军。”卡约·贝尔穆德斯说道，“我们这不是在浪费时间吗？简直发疯了，每过一分钟，煽动者就增加一分力量。政府不会失掉威信的，您快下命令吧！”

“坦率地说，我认为军队没有必要为了贝尔穆德斯先生而把自己的手沾满鲜血，将军。”阿尔瓦拉多将军说道，“不论是总统、军队还是政府，都不会有危险。联合党的先生们来找过我，他们下了保证，只要贝尔穆德斯辞职，他们就保证让人们平息下来。”

“您是非常了解联合党那几位领导人的，耶雷纳将军。”参议员阿雷瓦洛说道，“巴卡柯尔索、萨瓦拉、洛佩斯·兰达，您不至于怀疑这几位先生会同阿普拉和共产党结成联盟吧，对不对？”

“他们很尊重军队，尤其尊重您本人，耶雷纳将军，”参议员兰达说道，“他们只是要求贝尔穆德斯辞职。贝尔穆德斯什么事都要插一手，这不是第一次了，将军，这您都很清楚。要使政府摆脱这个给我们大家造成损失的人，这可是一次机会，将军。”

“由于剧院里发生的事，整个阿雷基帕都愤怒了，”阿尔瓦拉多将军说道，“贝尔穆德斯估算错了，将军，联合党的领袖们很好地引导了这种愤怒情绪，把一切过错都推给贝尔穆德斯，并没有往政府身上推。您要是下令，我可以出动部队，但您要三思而行，将军。只要贝尔穆德斯离开内阁，事情就会和平解决。”

“我们费了好几年的工夫所得到的，在几小时内就失掉了，帕雷德斯，”卡约·贝尔穆德斯说道，“耶雷纳的回答闪烁其词，别的部长都不露面，大家商量好了给我设下这个陷阱？你跟耶雷纳谈了没有？”

“好吧，你要按兵不动，阿尔瓦拉多。”耶雷纳将军说道，“除非受到攻击，否则军队不得介入。”

“我看这是最明智的办法。”阿尔瓦拉多将军说道，“联合党的巴卡柯尔索、洛佩斯·兰达又来找我了，他们建议成立一个军人内阁，这样贝尔穆德斯的辞职就不会给人造成是政府让步的印象。这倒是个解决问题的办法，您说呢，将军?”

“阿尔瓦拉多将军表现得相当不错，费尔民，”参议员兰达说道。

“全国人民对贝尔穆德斯的横行霸道已经感到厌烦了，耶雷纳将军，”阿雷瓦洛参议员说道，“阿雷基帕事件只不过表明，如果我们不摆脱那个家伙，全秘鲁都将会像阿雷基帕那样干。使军人赢得全国人民的好感，这也是一次机会，将军。”

“对阿雷基帕事件，你我根本不感到意外，洛拉博士，”阿尔贝赖斯博士说道，“相反，我们猜中了。贝尔穆德斯已经是行尸走肉。”

“把他驱除出内阁?”洛拉博士说道，“总统不会答应的，阿尔贝赖斯，贝尔穆德斯是总统的宠臣，他宁可在阿雷基帕陷军队于水深火热之中。”

“总统虽说不怎么精明，但绝不是傻瓜，”阿尔贝赖斯博士说道，“我们一旦向他说明，他就会明白过来。对政府的仇恨全集中在贝尔穆德斯身上，我们抛出这块骨头，群狗就会平息。”

“军队要是不介入，我在这个城市就待不下去了，堂卡约。”警察局长说道，“只有二十个警察在守卫警察局。”

“您要是离开阿雷基帕一步，我就撤您的职。”贝尔穆德斯说道，“您要控制住自己的神经，耶雷纳将军随时会下命令。”

“我被包围在这里了，堂卡约，”莫利纳说道，“中心广场上示威的呼声我们都听得见，他们很可能来袭击据点。部队怎么还不出动，堂卡约?”

“您瞧，帕雷德斯，军队是不会为了拯救贝尔穆德斯、为了使他不离开内政部而往自己脸上抹黑的，”耶雷纳将军说道，“不，绝对不会。当然，这种局面要收拾，我们这些军事首脑和拥护政府的参议员们将向总统建议组织一个军人内阁。”

“解除贝尔穆德斯的职务而又不给人以政府被阿雷基帕人击败的印象，这是最简便易行的办法。”阿尔贝赖斯博士说道，“文人部长辞职，组成军人内阁，事情就解决了，将军。”

“这是怎么回事？”卡约·贝尔穆德斯说道，“我已经等了四个小时，总统还不接见我。这是怎么回事，帕雷德斯？”

“这个解决办法可以使军队不受玷污，耶雷纳将军，”参议员阿雷瓦洛说道，“您本人也会赢得一笔巨大的政治资本，我们这些尊敬您的人也会感到高兴，将军。”

“你可以进入总统府而不受侍从们的阻挠，”卡约·贝尔穆德斯说道，“快去吧，帕雷德斯，向总统说明一下，就说上层正在酝酿一个阴谋，在这种情况下，一切都取决于他，让总统说服耶雷纳。我现在什么都不相信，连洛萨诺、阿尔西比亚德斯都投靠了别人。”

“不要进行逮捕，不要干蠢事，莫利纳，”洛萨诺说道，“你和你的人待在据点里不要动，除非性命攸关，否则不要开枪。”

“我不明白，洛萨诺先生，”莫利纳说道，“您给我下了一道命令，内政部长又给我下另一道命令。”

“你要把堂卡约的命令忘掉，”洛萨诺说道，“他正被隔离审查，我想他的部长当不长了。受伤的人怎么样？”

“最严重的伤号已经送进医院，洛萨诺先生，”莫利纳说道，“有二十人左右。”

“阿雷瓦洛的那两个家伙埋掉没有？”洛萨诺说道。

“按照堂卡约的命令，已经偷偷地埋掉了。”莫利纳说道，“另外两个回伊卡了，只有一个还在住院，就是那个叫特耶斯的。”

“叫他尽快离开阿雷基帕。”洛萨诺说道，“还有我派去的那两个人也要尽快离开。这些人不能继续待在那儿了。”

“伊波利托违抗我的命令。已经走掉了，”莫利纳说道，“潘托哈还在医院里，伤势很重，一段时间内他还不能行动，先生。”

“啊，我明白。”卡约·贝尔穆德斯说道，“好吧，在目前这种局势下，我完全理解，这也是解决问题的一种办法。好，我同意。在哪儿签字？”

“看样子你并不发愁嘛，卡约。”帕雷德斯司令说道，“我很遗憾，但我不能支持你，在政治问题上，有时只能把友谊撂在一边。”

“你用不着向我解释，我非常理解。”卡约·贝尔穆德斯说道，“再说，我早就不想干了，这你是知道的。对，我明天一早就走，乘飞机走。”

“我真不知道我这个内政部长怎么当，”帕雷德斯司令说道，“可惜你不能留下来给我参谋参谋，你是相当有经验的。”

“我这就给你一个忠告：”卡约·贝尔穆德斯微微一笑，“连自己的老娘也别相信。”

“在政治问题上，一旦犯错误就得付出昂贵的代价，”帕雷德斯司令说道，“就像打仗一样，卡约。”

“这倒是真的。”卡约·贝尔穆德斯说道，“我不愿意让人知道我明天就动身，请你替我保守秘密。”

“我们给你准备了一辆出租汽车，把你送到卡玛纳。你要是愿意，在那儿你可以休息两天，然后回伊卡，”莫利纳说道，“关于阿雷基帕发生的事，你最好闭口不谈。”

“好的，”特耶斯说道，“我非常高兴能尽早离开此地。”

“我怎么办？”鲁多维柯说道，“什么时候处理我？”

“等你能下地再说吧。”莫利纳说道，“你别怕，堂卡约已经离开了政府，罢工就要结束了。”

“您可别恨我，堂卡约，”阿尔西比亚德斯博士说道，“压力太大了，我没有机会唱反调。”

“当然，亲爱的博士。”卡约·贝尔穆德斯说道，“我不会恨您，相反，我很佩服您表现出的灵活性。跟我的继任帕雷德斯司令好好相处吧，他就要任命您为内政部办公厅主任了。他曾征求过我的意见，我说您最称职不过了。”

“我在这个岗位上将永远为您效劳，堂卡约。”阿尔西比亚德斯博士说道，“这是您的机票、您的护照，一切都安排好了。也许见不到您了，祝您一路平安，堂卡约。”

“进来，兄弟，我要告诉你一个好消息，”鲁多维柯说道，“你先猜猜，安布罗修。”

“我不是想抢她，鲁多维柯，”安布罗修说道，“也不是为了别的。我为什么这么干你就别问了，兄弟，我不会对你讲。你帮不帮我这个忙？”

“我被列入正式编制了。”鲁多维柯说道，“你赶快去买瓶酒来，什么酒都行，偷偷地带进来，安布罗修。”

“不是他叫我干的，他根本不知道。”安布罗修说道，“你只要知道这一点就行了。反正是我杀死她的，是我自己想出来的。他本来想给她钱让她去墨西哥，他一直受那个女人的讹诈。你帮不帮我的忙？”

“我当上凶杀科三等警官了，安布罗修。”鲁多维柯说道，“你猜猜是谁来通知我这个好消息的，兄弟？”

“对，我是想为他做件好事，拯救他。”安布罗修说道，“对，也是为了表示一下对他的感谢。现在他希望我离开利马。不，这不是忘恩负义，也不是出于恶意，他是为了自己的家庭着想，不愿这事玷污了他的名声。他是个大好人。他说：让你的朋友鲁多维柯给你想想办法吧，我可以给他一笔报酬。你瞧，你肯不肯帮忙？”

“是洛萨诺先生亲自通知我的，你想想吧。”鲁多维柯说道，“他突然出现在这个病房里，我吃了一惊。安布罗修，你可以想象。”

“他送你一万索尔，我再加一万索尔，这是我从自己的存款中提出来的。”安布罗修说道，“对，我要离开利马，再也不会见到你了，鲁多维柯。好，我把阿玛莉娅也带走，我们不再回到这个城市里来，兄弟，我都同意。”

“我的工资是二千八百索尔，洛萨诺先生还争取叫他们承认我在团体里工作时的工龄。”鲁多维柯说道，“甚至还要给我奖励，安布罗修。”

“你叫我到普卡尔帕去?”安布罗修说道,“我到那里能干些什么,鲁多维柯?”

“伊波利托表现得很坏,这我知道,”洛萨诺先生说道,“我们也要给他安排个职位,让他在那里烂掉。”

“你知道伊波利托被派到什么地方了吗?”鲁多维柯说道,“他要去塞棱丁①。”

“这不是也把他列入正式编制了吗?”安布罗修说道。

“这有什么关系,重要的是他必须住在塞棱丁。”鲁多维柯说道,“啊,兄弟,我真高兴,这一切也全亏了你。我要是后来不给堂卡约工作,现在仍然是个普通的打手。说起来,我欠你的人情啊,兄弟。”

“心情愉快,你的伤就好了,现在能动弹了。”安布罗修说道,“什么时候能让你出院?”

“不忙,鲁多维柯,”洛萨诺先生说道,“你安心地养伤吧,你在医院里住一个时期,就算是假期。你不应该再抱怨了,一天睡到晚,有人把饭送到床前。”

“事情并不那么顺心,洛萨诺先生。”鲁多维柯说道,“您瞧,我住在医院里一个子儿也赚不到。”

“住院期间,你会领到全额工资。”洛萨诺先生说道,“这也是你应得的,鲁多维柯。”

“我们这些编外人员干一天拿一天的工资,先生,”鲁多维柯说道,“你别忘了,我不是正式编制人员。”

“你现在列入正式编制了,”洛萨诺先生说道,“鲁多维柯·潘托哈,凶杀科三等警官,你瞧怎么样?”

“我差一点跳起来吻他的手,安布罗修。”鲁多维柯说道,“我说:这是真的?真的把我列入正式编制了,洛萨诺先生?”

---

① 秘鲁北部山区小城,属卡哈玛尔卡省。

“我跟刚上任的内政部长谈了你的情况，司令承认了你的功劳。”洛萨诺先生说道，“二十四小时之内，你的任命手续就办好。我是来祝贺你的。”

“请原谅，先生，”鲁多维柯说道，“真不好意思，洛萨诺先生，这消息太使我激动了，先生。”

“你说得对，兄弟，是要庆祝一番，”安布罗修说道，“我去买瓶酒，但愿别让护士撞见。”

“阿雷瓦洛先生该恼火了，是不是，先生？”鲁多维柯说道，“他的人受的罪最大，死了两个，一个受重伤。”

“你最好把这一切都忘掉，鲁多维柯。”洛萨诺先生说道。

“我怎么能忘掉呢，先生，”鲁多维柯说道，“您瞧，把我打成这副样子。这顿打我要记一辈子。”

“你要是忘不掉，我岂不是白白为你费了这么大劲吗？”洛萨诺先生说道，“你呀，什么也不懂，鲁多维柯。”

“您在吓唬我吧，先生？”鲁多维柯说道，“我需要懂什么？”

“你现在是一名侦缉警官，一名同警官学校毕业出来的人一样的警官，”洛萨诺先生说道，“一名警官不可能干过打手干过的事，鲁多维柯。”

“你还要工作？”堂埃米略·阿雷瓦洛说道，“你现在要做的是休养，特耶斯，去同家人过几个星期。在此期间你可以领全额工资，等你完全好了再来工作。”

“那种事是编外人员、没学历的可怜虫干的。”洛萨诺先生说道，“你从来没有当过打手，你只干过符合身份的工作。你的服役档案上就是这么写的。你是不是要我把这些话抹掉，写上你当过编外打手？”

“你用不着感谢我，伙计，”堂埃米略·阿雷瓦洛说道，“你们对我忠诚，我就会好好对待你们，特耶斯。”

“我现在明白了，洛萨诺先生。”鲁多维柯说道，“对不起，我刚才没懂。我从来没当过编外打手，也从来没到过阿雷基帕。”

“否则就会有人抗议，说你没有资格列入正式编制。”洛萨诺先生说道，“也就是说，你必须忘掉这一切，鲁多维柯。”

“我已经忘掉了，堂埃米略。”特耶斯说道，“我从来没离开过伊卡，我的腿是骑驴摔坏的。您给我的报酬对我来说简直是雪里送炭，堂埃米略。”

“我让你去普卡尔帕有两个原因，安布罗修，”鲁多维柯说道，“首先，那儿的警察局是秘鲁最无能的警察局；第二，那儿有我一个亲戚，他可以给你一个工作。他开了一家公共汽车公司。你瞧，我把这个机会拱手奉送给你。”

第四部

1

“跳乒乓蓬舞的舞女?”安布罗修说道，“我从来没看过，您干吗问我这个，少爷?”

圣地亚哥回想：安娜、单项赛马赌、乒乓蓬舞女、卡利托斯和契娜之间如狼似虎的爱情、父亲的去世、头上生出的第一根白发……两年……三年……十年过去了。小萨啊，是不是《最后一点钟》的那些混蛋首先把单项赛马赌作为一条新闻加以宣扬的?不，是《新闻报》的人。单项赛马赌是一种新的赌法。起初，赌赛马的人仍然一直喜欢玩双重名单，但是某个星期天，一个排字工人在十四得胜的马里猜中了九匹，在单项上赢了一万索尔。《新闻报》采访了这个人，登出了照片，这个人微笑着被家人围着，在堆满酒瓶的桌子前举杯祝贺，在奇迹上帝画像前下跪祈祷。第二个星期，单项赛马的赌注增加了一倍，《最后一点钟》在首要位置上登出两名伊卡商人的照片，这两个人兴高采烈地高举着中奖券。第三个星期，有一个人单独赢了四万索尔，这人是卡亚俄港的一个渔民，年轻时在酒吧打架，失去了一只眼睛。赌注越下越大，各个报社开始像打猎似的寻找中奖人。阿里斯佩指定卡利托斯负责去搞消息，可是三个星期之后，《纪事报》却被别的报社抢了先。小萨，看样子得你出马了，卡利托斯一无所获。圣地亚哥回想：小萨，要不是采访单项赌马中奖者，车子也不会出事故，也许仍然是个单身汉呢。圣地亚哥高高兴兴地接受了这个任务，事情不多，由于这个工作的弹性很大，他可以偷几个小时的懒。每个星期六，他得去跑马俱乐部的总办公室去值班，以便调查赌注上升了多少。到了星期一的清晨，他就可以知道中奖的是一个人还是若干人，中奖券是从哪个窗口卖出去的，这样就可以开始追踪中奖的幸运儿。每个星期一、星期二，热心提供情报的人纷纷给编辑部打电话来，他得同佩利基托乘着面包车东跑西颠地去证实这些线索。

“你瞧那边那个浓妆艳抹的女人，”圣地亚哥说道，“她长得跟一个叫阿妲·罗莎的乒乓蓬舞女很相像。”

圣地亚哥借口追踪单项赛马中奖者，可以不到报社上班。他不是钻到某个电影院，就是到“帕提奥”或“布兰萨”去同别的报社的人喝咖啡，或是陪卡利托斯去看曼波歌舞团的排演，这个歌舞团是企业家佩德利托·阿基列组织的，契娜就在这个歌舞团跳乒乓蓬舞。圣地亚哥回想：卡利托斯在此之前从来没有爱过，但从此以后他就像受了感染，中了魔似的爱上了契娜。为了契娜，他自发地写文章为乒乓蓬舞女作宣传，文章登在娱乐版，是文娱性的，但也富于爱国精神：我们为什么只愿意欣赏古巴和智利的曼波舞女？其实她们只是二流演员，而在我们秘鲁，有些女郎完全可以成为明星。为了契娜，他连文章招人耻笑也在所不惜：秘鲁女郎只是没有机遇，缺乏观众的支持，这是事关民族威望的问题；大家去看乒乓蓬舞吧。他俩同诺尔文、索洛萨诺、佩利基托到宏伟剧院去看排演，小萨，契娜就在那边，她的身段富有野性，臀部疯狂地扭摆，妖媚的脸蛋浓妆艳抹，生有一双调皮的眸子和一副沙哑的嗓子。剧院里空荡荡的，几个人坐在布满了灰尘和跳蚤的池座上看着契娜在同塔瓦林争论。塔瓦林是舞蹈编辑，是个搞同性恋的。舞台上许多人影在旋转，而这几个人只盯着契娜，被她跳的曼波舞、伦巴舞、哇拉恰舞和苏碧舞弄得心醉神迷。卡利托斯，所有的女郎中，契娜跳得最好，祝贺你，卡利托斯。当乒乓蓬舞在剧院、夜总会正式演出的时候，契娜的照片每星期至少在娱乐版上出现两次，加上一些有关她的传说的编排，真是把她捧上了天。演出结束后，圣地亚哥有时陪卡利托斯和契娜到“巴拉尔”去吃饭，或是去简陋的酒吧喝酒。在那段时间里，这一对儿相处得十分亲热。一天晚上，在黑黑酒吧，卡利托斯把手放在圣地亚哥的胳膊上说：小萨，我们度过了最艰难的考验，三个月了，我们一句也没吵；我们终究会结婚的。又有一天晚上，他醉醺醺地说：这几个月我太幸福了，小萨。然而，歌舞团解散，契娜转而在“企鹅”演出的时候，麻烦就来了。“企鹅”是佩德利托·阿基列在市中心开的一家舞厅。每天晚上，一走出《纪事报》社，卡利托斯就拖着圣地亚哥走过圣马丁广场上的门廊，走过奥柯尼亚大街，来到那装饰极糟、闷得人浑身发黏的企鹅舞厅里。佩德利托·阿基列不向他们收取基本费用，啤酒也是折价供应，还接受支票。他们坐在酒台上看着利马的夜游神们搂着舞女饮酒，派侍者给舞女们送舞票，拉舞女坐在自己的桌旁。有几次他俩到达的时候，契娜已经走掉了，佩德利托·阿基列亲热地拍打着卡利托斯说：她不舒服。要么就说她陪阿妲·罗莎出去了。或是说：有人通知她，说她母亲上医院了。也有几次，他俩看到她在幽暗角落的桌旁倾听某个公子哥儿放肆地大笑，在暗影中依偎在某个两鬓发白、颇有风度的成年人的怀里或是紧贴在某个年轻人的胸前跳舞。卡利托斯的脸色很难看，但他说：小萨，合同规定她必须招待顾客。要么就说：在这种情况下，小萨，咱们还是去逛妓院吧。或是说：我跟她好，完全是出于受虐狂者的需要。从此以后，卡利托斯和契娜的爱情又回到了以前那种好好坏坏、当众吵架、充满丑闻的节奏。同卡利托斯的爱情中断的时候，契娜就同腰缠万贯的律师、出身名门的少爷和患有肝硬化的商人一起进进出出。贝塞利达恶狠狠地说：她只会勾引有妻室的人，没有做婊子的能耐，专门搞私通。但这种风流韵事只能持续几天，到头来契娜还是要往《纪事报》打电话。卡利托斯双眼发红地接电话、吻电话，低声下气而又满怀希望地讲着话。这时编辑部的人们就讥讽地微笑着，伏在打字机上互相使眼色。契娜把他刮得濒临破产，他到处借钱，连编辑部都接待过手执他的欠条的债权人。黑黑酒吧取消了他的信用卡。圣地亚哥回想：小萨，他至少欠了你一千索尔。他回想：二十三年、二十四年、二十五年过去了，一切回忆都像蒂蒂吃的泡泡糖那样破灭了，这些年来的岁月就像单项赛马赌中奖报道的字迹那样被时间抹掉了；就像每夜抛进废纸篓里的稿纸那样，成了无用之物，小萨啊。

“那女人怎么会是舞女呢?”安布罗修说道，“她叫玛尔柯特，是这儿最出名的夜蝴蝶，每天都到‘大教堂’这儿来拉客。”

凯姐正在殷勤地向一个美国佬劝酒，威士忌一杯接一杯，她自己却只饮开胃酒（其实是淡茶）。小罗贝托对她说：你把一座金矿弄到手了，你瞧，你已经得到十二张票①了。美国佬又是大笑又是比画着给她讲述一个故事，可她只模模糊糊懂了只言片语，什么抢劫银行、店铺、火车，都是他亲眼所见的，可有时是发生在现实生活里，有时却是发生在电影里，有时又是在杂志上读到的。反正她也听不出个所以然来，只是一个劲儿地哧哧直笑。凯姐满面媚笑，用一只手搂着美国佬那生满雀斑的脖子，一面跳舞一面想道：我才得到十二张票？这时酒台后面的幔帐后露出了伊翁那浓施脂粉的面孔。伊翁向她挤挤眼，用她那爪子般苍白的手朝她点了点。凯姐把嘴凑近美国佬那生着黄色茸毛的耳朵说：亲爱的，我去去就来，等着我，可别跟别人走啊！美国佬笑吟吟地问：What did you say?（你说什么?）凯姐亲热地在他的胳臂上捏了一下：我去去就来，我马上回来。伊翁在走廊里等着她，满面喜色，仿佛是遇上什么大好事：来了一个重要人物，亲爱的凯姐。

“他在小客厅里，跟玛尔维娜在一起。”伊翁打量着凯姐的发式、

---

① 妓女劝客人饮酒，每饮一杯，妓女得到一张票，然后根据票数与妓院结账，得到一定的报酬。

妆容、衣服和鞋子，“他要你也去陪他。”

“可我正忙着，”凯妲朝酒台指了指说道，“那个……”

“他从小客厅里一看见你就喜欢上你了，”伊翁的眼睛闪闪发光，“你运气来了。”

“可那位怎么办，太太?”凯妲坚持着说道，“他花了不少钱喝酒呢……”

“你给那美国佬好好灌灌米汤，”伊翁贪婪地低声说道，“让他高高兴兴，心满意足地离开这儿。等等，我来给你整理一下，你的头发都乱了。”

凯妲心想：太可惜了。伊翁的手指在她头发上翻弄着。后来凯妲在走廊里一面向前走一面思量着：是政府要人、军官还是外交官？小客厅的门敞着，她走了进去，只见玛尔维娜正在把内裙抛在地毯上。凯妲随手关上了门，但门马上又开了，原来是小罗贝托端着托盘进来了——他弯腰到地，移着碎步，没胡须的脸上堆着笑，道了声晚安，把托盘放在茶几上，腰也不直地就退了出去。这时凯妲听到了那人的声音：

“你也脱了吧，漂亮的小姐儿，你也脱了吧，你不热吗?”

这声音干巴巴的，没有感情，带有醉意，也有那么一点专横的意味。

“瞧你心急的，亲爱的，”凯妲说着，寻找着说话人的眼睛，但没有找到。那人坐在那三幅画下的无扶手软椅上，小客厅里的那盏象牙式落地灯照不到他所在的那个角落，他的一部分被暗影遮住了。

“一个不够，他喜欢两个女人陪他。”玛尔维娜笑了，“你太贪得无厌了，亲爱的，真是异想天开。”

“快点儿!”他强烈地，然而又是那么冷冰冰地命令道，“你也脱，快点儿，你不怕热死?”

凯妲心想：我才不热呢。她又怀念起刚才在酒台上的那个美国佬。她一面解着裙子，一面看着玛尔维娜，后者这时已经脱光，像一条晒黑的肥鱼，自言自语地伸着懒腰，试图在灯光的照射下做出挑逗性的姿态。凯姐思量着：她好像喝醉了。她发胖了，这种姿态对她可不合适，乳房一耷拉下来，伊翁老太婆就要让她到总督浴池去洗土耳其浴。

“快点儿，亲爱的凯妲，”玛尔维娜拍着手笑着说，“那怪人忍不住了。”

“你其实应该说他是个没教养的人，”凯妲一面卷着丝袜，一面喃喃说道，“你这位朋友连问好都不会。”

然而，他既不想开玩笑也不想讲话。他缄默不语，坐在椅子上执着地以均匀的节奏摆动着身体，直到凯妲全身脱光。凯妲同玛尔维娜一样，脱掉了裙子、衬衣、乳罩，但她留下了三角裤。她慢条斯理地折好衣服放在一张椅子上。

“脱掉就好了，脱掉就凉快了。”他说道，声调冷淡、倦怠，但又显得迫不及待、令人生厌，“过来喝吧，你们的酒都热了。”

两个女郎向软椅走去。玛尔维娜带着假笑，一屁股在那人的身边坐了下来。这时，凯妲才看清他瘦骨嶙峋的面孔、令人憎恶的大嘴和细小冷淡的眼睛。她心想：他有五十岁了。玛尔维娜依偎在他的怀里，造作地、像猫儿那样娇声嗲气地说：我冷极了，暖暖我的身子吧，亲亲我吧。凯妲思忖着：这个人是个充满仇恨的阳痿症患者，也是个充满仇恨的手淫者。这时他用一只手搂住了玛尔维娜的肩膀，眼神却毫不为之所动，冷淡地上下打量着凯妲。凯妲站在茶几旁等待着，最后一弯腰端起两杯酒，一杯递给他，一杯递给玛尔维娜，然后拿起自己的那杯一饮而尽，她心想：这个人大概是个议员，也许是个警察局长。

“还有你的地方，”他喝着酒命令道，“一个膝头坐一个，不要争。”

凯妲感到他在拉自己的胳膊，她一下子倒在他们二人身上，只听得玛尔维娜尖叫一声：哎呀，你的骨头硌着我了，亲爱的凯妲。三人紧紧贴在一起，软椅像钟摆一样摇晃了起来。凯妲感到一阵恶心，原来他那又瘦又小的手在出汗。玛尔维娜舒舒服服地或是装作舒舒服服的样子不停地笑着，开着玩笑，想吻那人的嘴。这时凯妲感到那汗渍渍、黏糊糊的手指迅速在自己的乳房、背部、腹部和大腿上抓弄着。她突然放声大笑，也开始对他仇恨起来。他的一只手放在玛尔维娜身上，一只手放在凯妲身上，执着地、有条不紊地抚摸着两个女郎，但脸上毫无笑意。他看看这个，又看看那个，一言不发，一副不感兴趣、沉思的样子。

"这位没教养的先生，怎么这么一本正经呀！"凯妲说道。

"咱们干脆到床上去吧，"玛尔维娜嬉笑着尖声说道，"这么光着要得肺炎的，亲爱的。"

"跟两个女人干我可不敢，这太厉害了。"他喃喃说道，把两个女郎从软椅上轻轻推开，"我们还是先乐一乐，你们先跳个舞吧。"

凯妲心想：他大概想让我们一整夜都光着身子，叫他见鬼去吧，我可要回到美国佬那儿去了。可是玛尔维娜走过去，跪在墙脚，把电唱机插上插座。凯妲感到那只冰凉瘦小的手又把自己拉向他的怀里，他一低头，在她的唇上压了下来……用嘴分开她的双唇，他那散发着刺鼻烟草味和酒味的舌头黏糊糊地伸了进来，在她的牙齿上舔了一下，又压住了她的舌头，最后才把嘴移开，在她的口中留下了一堆发苦的唾液。随后，他无情地把她从软椅上推开：看看你跳舞是不是比接吻来得熟练。凯妲觉得恼火极了，快控制不住了，但他的微笑有增无减。玛尔维娜走近他俩，抓起凯妲的手，把她拉到地毯上，两个人又跳了一支哇拉恰舞，一面打响着手指唱歌一面搔首弄姿。接着二人又紧贴着跳了一支波莱罗舞。凯妲在玛尔维娜耳根上低声说道：这个人是谁？还能是谁？亲爱的凯妲，是个狗娘养的呗。

"跳得再亲热些，"他低声说道，声音全变了，仿佛发自很远的地方，"再多带些感情。"

玛尔维娜造作地尖笑了起来，大声骂了一句：他娘的。接着就搂住凯妲的细腰，一面摇摆一面亲热地摩挲起来。软椅也随之又摇晃起来，比刚才更快了，节奏也不均匀了，弹簧发出了轻轻的响声。凯妲心想：好了，他要走了。她用嘴寻找着玛尔维娜的双唇，一面吻着，一面为了不笑出声来而紧闭上眼睛。这时窗外一阵汽车轮子刹车时发出的刺耳吱吱声盖过了音乐，两个女郎分开了，玛尔维娜捂住耳朵说：准是有人喝醉了，出事了。但没听到撞击声，吱吱闷响的刹车声之后，又传来了车门声，最后门铃响了，一个劲儿地响，仿佛门铃的弹簧压住了。

“你们怎么了？没事，”他极为恼火地说，“接着跳吧！”

但是唱片放完了，玛尔维娜走过去换了唱片，二人又抱在一起跳了起来。突然，“嘭”的一声，门开了，撞在墙上，仿佛是有人一脚踢开的。凯妲看到了来人，是个高大的黑人，肌肉结实，容光焕发，犹如他身上穿的蓝色西装；他的肤色介于鞋油和巧克力之间，头发拉得直直的。黑人伫立在门口，一只大手放在门扣上，一对大眼睛的眼白显得很突出，盯着凯妲直看，甚至当那人从椅子上跳起来大步跨过地毯时，他还一直盯着凯妲。

“他妈的，你到这儿来干什么？”那人说着，站到黑人面前，攥紧拳头仿佛要揍他，“怎么就这么闯进来，也不敲门？”

“埃斯皮纳将军在大门口等您，堂卡约，”黑人仿佛瑟缩了一下，放开门扣，胆怯地望着那人，忙不迭地说道，“他在车子里等您，请您下去，有急事。”

玛尔维娜匆忙地穿着裙子、衬衣和鞋子，凯妲也一面穿着衣服一面向门口看去，目光越过那人的后背和窄小的双肩，同黑人的眼光相遇了。刹那间，黑人的眼光流露出惊慌、迷惘的神情。

“告诉他，我这就下去，”那人嘟嘟囔囔地说道，“以后不管什么地方，不能就这么闯进来，除非有一天你想吃子弹！”

“请您原谅，堂卡约。”黑人点点头，向后退去，“我没想到，他们告诉我您在这儿，我就来了。请您原谅！”

黑人消失在走廊里。那人把房门关上，向两个女郎走去。灯光从上到下照亮了他的全身，他脸上的皱纹又深又长，眼中闪烁着迷茫失望的神色。他从钱夹里抽出几张钞票放在软椅上，向凯妲命令道：明天我派人来接你，九点左右。

“那个时间点我出不去。”凯妲立即说道，望了玛尔维娜一眼。

“你出得去，”他干巴巴地说，“九点左右，懂吗？”

“你把我甩了，亲爱的？”玛尔维娜笑了，她挺直身子去看软椅上的钞票，“这么说你是叫卡约了？你姓什么？”

“姓臭，就叫我臭卡约好了。”他说着，头也不回就向门口走去，随手用力带上了门。

“小萨，你家里刚才给你来了电话，”索洛萨诺一见圣地亚哥走进办公室，就对他说道，“恐怕有急事。对，我想是你爸爸出事了。”

圣地亚哥跑到第一张写字台上拨号码，电话刺耳地响了很久。最后，一个陌生的山区人口音接了电话：先生不在家，家里一个人也没有。家里换了管家，这个管家听不出你是谁，小萨。

“我是圣地亚哥，先生的儿子。”他提高了声音，说了一遍又一遍，“我父亲出了什么事？，他现在在哪儿？”

“您父亲生病了，”管家说道，“在医院里。我不知道是哪家医院，先生。”

圣地亚哥向索洛萨诺借了一镑钱，乘上一辆出租汽车。当他走进阿美利亚医院时一眼就看见了蒂蒂。蒂蒂正在医院办公室里打电话，一个青年搂着她的双肩。这青年不是奇斯帕斯，圣地亚哥走近一看，原来是波佩耶。二人也看见了他，蒂蒂挂上电话。

“爸爸好些了，好些了，”蒂蒂眼泪汪汪地说，声音也变了。“我们还以为他要死了呢，圣地亚哥。”

“我们给你打了一个小时的电话，瘦子，”波佩耶说道，“往你的公寓里打，往《纪事报》打，我正要坐车去找你呢。”

“不过不是那一次，”圣地亚哥说道，“我爸爸是第二次病发时去世的，安布罗修，是一年半之后。”

事情是在吃茶的时候发生的。那天，堂费尔民回家比往常都早。他感到不舒服，恐怕是感冒。他喝了一杯热茶、一杯白兰地，盖得暖暖的，坐在书房的软椅上看《读者文摘》。蒂蒂和波佩耶正在客厅听唱片，突然听到“砰”的一声响。圣地亚哥闭上了眼睛：爸爸那强壮的身体扑在地毯上，面孔露出痛苦、恐惧的样子，一动不动，毛毯和杂志掉在了地上。众人把他用毛毯裹好，抬上波佩耶的汽车送进了这家医院。医生说：幸亏他抵抗力强，否则让你们这一折腾，他早就死于心肌梗塞了。他需要绝对静养，倒是没什么危险。在走廊里，索伊拉太太倚在病房的门上，克洛多米罗伯父和奇斯帕斯在安慰她。索伊拉把脸凑上去让圣地亚哥吻，但一句话也没说，只是看了他一眼，仿佛责备他干了什么错事。

“你爸爸已经醒过来了，”克洛多米罗伯父说道，“等护士出来，你就可以进去看他了。”

“只能待一小会儿，”奇斯帕斯说道，“医生不让他说话。”

病房很宽敞，四壁刷成柠檬绿色，前厅挂着花色窗帘。小萨，你爸爸穿着红色丝绸睡衣，床头柜上台灯的光线照射在床上，仿佛教堂里的灯光那样暗淡。他脸色苍白，两鬓的灰发乱蓬蓬的，眼中带有泪痕，仿佛受了惊的小动物。圣地亚哥弯身去吻他的时候，他露出了笑意：瘦儿子，终于把你找到了，我还以为再也见不到你了呢。

“爸爸，他们放我进来，但不许我让你讲话。”

“事情过去了，真是万幸。”堂费尔民低声说道，他的手从被子中伸出来，抓住了圣地亚哥的胳膊，“你还好吗，瘦儿子？生活、工作都还好吗？”

“一切都好，爸爸。”圣地亚哥说道，“你别讲话了。”

“我要哭出来了，少爷，”安布罗修说道，“像您父亲那样的好人是不应该死的。”

圣地亚哥在病房里待了好长一会儿，坐在床沿上，看着放在他膝上的那只汗毛粗直的大手。堂费尔民闭着眼，深深地呼吸着。他的头下没有枕头，脑袋斜靠在床垫上，圣地亚哥可以看到他那青筋累累的脖子、灰斑点点的下巴。不久，脚穿白鞋的护士进来了，示意他出去。索伊拉太太、克洛多米罗伯父和奇斯帕斯正在前厅里坐着，蒂蒂和波佩耶站在门口低声私语。

“以前是搞政治，现在又忙着制药厂、办公室，”克洛多米罗伯父说道，“他的工作太多，不能这样下去了。”

“他什么都想过问，根本不听我劝告，”奇斯帕斯说道，“我一直劝他让我来管，都讲烦了，可他就是不干。现在不得不休息了。”

“他神经有毛病，”索伊拉太太狠狠地看了圣地亚哥一眼，“不光是为了办公室的事，还有这个黄口小儿。他了解不到你的情况就心烦得要死，你却装腔作势地就是不肯回家。”

“你别发疯似的喊叫好不好，妈妈，”蒂蒂说道，“爸爸会听见的。”

“他对你很恼火，你就不能让他安安静静地活几年吗?”索伊拉太太抽泣说道，“你简直毁了他的生活!”

护士从里间走出来，走过时低声说道：别大声讲话。索伊拉太太用手帕擦着眼睛，克洛多米罗伯父难过而殷勤地俯身去安慰她。几个人一言不发地互相望着。接着，蒂蒂和波佩耶又低声讲起话来。小萨，每个人的变化都很大。克洛多米罗伯父老多了，他朝伯父笑了笑，伯父也遗憾地朝他苦笑了一下。伯父显得干瘪了，脸上皱纹很多，头发几乎脱光，只有后脑勺上稀稀拉拉地还有几撮头发。奇斯帕斯一副成年人的派头，在他的动作、坐姿和声音里有一种成年人的自信，无论外形还是内心都显得落落大方，目光镇静而坚强。小萨，这就是奇斯帕斯，强壮、黝黑，穿着灰色西装、黑皮鞋、黑袜子，衬衣袖口白得耀眼，墨绿色的领带上夹着淡雅的领带夹，白色手帕折成三角形，从上衣口袋里露出来。蒂蒂在低声同波佩耶讲话，二人手拉手，眉目传情。圣地亚哥回想：她穿着粉红色连衣裙；领子上扎着一条宽带子，直垂腰际；一对乳房圆圆凸凸，胯部的曲线也开始显露出来；一双腿长长的，很苗条；双踝纤细，双手雪白。你却是另一副样子。小萨，你变成了个乔洛。圣地亚哥回想：妈妈，我不明白你为什么一见我就发火。圣地亚哥并不觉得自己是个胜利者，也不感到高兴，只想赶快离去。护士悄悄地走来告诉大家探视时间已过。索伊拉太太留下来陪床，奇斯帕斯去送蒂蒂。波佩耶想用自己的车送克洛多米罗伯父回家，可后者说：我还是坐私人汽车吧，私人汽车可以把我一直开到家门口，不麻烦你了，谢谢。

“你伯父总是这样，”波佩耶说道，夜幕刚刚降临，二人驱车向市中心驶去，“他从来不愿让人接送。”

“他不愿意麻烦人，也不愿求人，”圣地亚哥说道，“这个人很朴实。”

“对，是个大好人。”波佩耶说道，“全秘鲁都闻名，对不对?”

小萨，波佩耶又和你见面了，红通通的面孔上生着雀斑，鬈曲的黄发，目光总是那么友好而快活。他胖了，也高了，对自己、对世界充满了自信。圣地亚哥回想：波佩耶穿着方格衬衣、法兰绒大翻领猎装，肘部补了两块皮革，还有灯芯绒长裤和船形鞋。

“你们老头子这一折腾，把我们都吓坏了。”波佩耶一手开车一手拨弄收音机，“幸亏没倒在街上。”

“听你讲话的口气，好像已经是我们家里的人了，”圣地亚哥朝他微微一笑，打断了他的话，“没想到你和蒂蒂好上了，小雀斑。”

“蒂蒂没跟你说过?”波佩耶嚷嚷开了，“我们好了有两个月，瘦子，你还蒙在鼓里呢。”

“我好久没回家了，”圣地亚哥说道，“不管怎么说，我为你们俩感到高兴。”

“你妹妹着实把我折磨了一番，”波佩耶笑了，“上学的时候，我就追她，你还记得吗？你瞧，有志者事竟成。”

二人在阿雷基帕路上的坦博酒店前停下来，在车上要了咖啡聊起来。二人回忆了共同的过去，互相讲述了各自的生活。圣地亚哥回想：波佩耶毕业后当了建筑师，在一家公司供职，想跟一些同事创办自己的公司。

“我的情况相当好，”圣地亚哥说道，“没什么雄心大志，只想在《纪事报》干下去。”

“你什么时候能毕业当律师？”波佩耶偷偷地笑了笑，说道，“你是当律师的材料。”

“我想我当不了律师。”圣地亚哥说道，“我不喜欢这个行当。”

“跟你说实话吧，你这样做使你爸爸很痛心，”波佩耶说道，“他一直让蒂蒂和我给你打气，鼓励你读完专业。对，他把什么都跟我讲了，我和你爸爸处得不错，瘦子，我们成了好朋友。你爸爸真是个好人。”

“我可不愿意当律师，”圣地亚哥开玩笑地说道，“秘鲁现在什么人都能当律师。”

“你总想与众不同，”波佩耶笑了，“还跟小时候一样，瘦子，一点都没变。”

二人离开坦博，在塔克纳路奶油色的《纪事报》社大楼前又谈了一会儿，圣地亚哥才下车。瘦子，我们今后应该多见面，尤其是现在，我们快成了亲戚。我以前找过你不知道多少次，可你总是去向不明，兄弟。我要把你的情况告诉区里的朋友，他们一直在打听你，瘦子，找一天我们一起吃午饭，好吗？你见到过我们的同班同学吗，瘦子？圣地亚哥回想：还提什么同班同学？人家抖起来了，小萨，当了工程师、律师，有的还结了婚，要么就是有了情妇。

“好多人我都没见过，你知道，我过的是夜猫子生活，小雀斑。报社工作就是这样，天亮才睡下，一起床就得上班。”

“这种生活最没规律，瘦子，”波佩耶说道，“工作很累人吧？尤其是对你这样的知识分子来说，对不对？”

“您笑什么？”安布罗修说道，“我对您爸爸的看法都是我的真心话，少爷。”

“我不是笑你，”圣地亚哥说道，“我笑自己这副知识分子面孔。”

第二天，圣地亚哥又去看堂费尔民，后者已经能坐起来看报了。他兴致很高，呼吸不困难了，面色也恢复过来了。堂费尔民在医院里住了一个星期，圣地亚哥每天去看他，每次都有别人也去探望，其中有多年不见的亲戚，这些人都带着一种不信任的眼光打量他：这就是那个害群之马，那个离家出走、净叫索伊拉伤心的儿子吗？这就是那个在报社当小职员的人吗？那些叔伯姨婶的名字，圣地亚哥记不起来了，那些姨表兄弟姐妹的面孔也记不清了。小萨，也许你曾多次与他们交臂而过，却都没有认出来。到了十一月，天气开始热①起来，索伊拉太太和奇斯帕斯陪堂费尔民去纽约检查身体，十天后回到利马，然后全家又到安贡海滩去避暑。小萨，三个月来，你几乎一次也没见到家人，但你同爸爸每星期都通一次电话。三月底，他们回到观花埠，堂费尔民完全复原了，面孔晒得黝黑，显得很健康。第一个星期天，圣地亚哥回家吃午饭的时候，看到波佩耶吻了索伊拉太太和堂费尔民，蒂蒂也获准每星期六同波佩耶去玻利瓦尔舞厅跳舞。小萨，在你过生日的时候，蒂蒂、奇斯帕斯和波佩耶到你的公寓里唤醒你，说全家都准备了礼物等你回去。家人送给你两套西装、几件衬衣、一双皮鞋、还有一副袖扣。卡利托斯还用信封送来了一张一千索尔的支票，那是你在妓院打赌赢他的。小萨啊，还有什么要讲的呢？还有什么值得回忆的吗？

“起初我到处流浪，”安布罗修说道，“后来干过汽车司机。您可别笑话我，我甚至还做过殡仪馆的半个老板呢。”

在普卡尔帕，最初几个星期，阿玛莉娅过得很不安宁。一方面，安布罗修总是愁眉苦脸、无精打采，另一方面，她自己净做噩梦。奥登希娅太太在圣米格尔街时那美丽、年轻、雪白的肉体总是从遥远的黑暗处闪闪发光地向她靠近，她则跪在赫苏斯·玛丽娅区的那个小房间里浑身打战。那肉体在空中飘荡、膨胀、停下，周围还有一个金色

① 秘鲁地处南半球，四季变化同北半球刚好相反。

的光圈，阿玛莉娅看到的却是太太脖子上那发紫的大伤口，还有她那一副控诉表情的大眼睛：是你杀了我！阿玛莉娅惊醒，向熟睡着的安布罗修偎过去，直到天亮都不能入眠。有时她梦见穿绿色制服的警察在跟踪自己，还在梦中听见警哨声和警察的大皮鞋橐橐声：是你杀了她！警察并没有抓她，但整夜都向她伸着手。她紧紧地蜷缩成一团，汗流浃背。

“别再跟我谈太太的事了，”安布罗修到达普卡尔帕的第一天就对她说，脸色像挨打的狗，“不许说了！”

此外，阿玛莉娅对这个令人沮丧的炎热城市有一种不信任感。二人先是住在尚未建成的广场附近的普卡尔帕旅馆里，房间里爬满了蜘蛛，透过窗子可以望见码头，还有混浊的河水中摇荡着的独木舟、划艇和小船，一切都是那么贫穷、丑陋。安布罗修对普卡尔帕的这副样子倒无所谓，仿佛是路过小住而已。有一天，阿玛莉娅埋怨这里热得喘不过气，他才作了评论：这里热得不过和钦恰一样，阿玛莉娅。二人在旅馆里住了一个星期，后来在医院附近租了一间茅草铺顶的茅舍。医院周围有好几家殡仪馆，有一家甚至专门做用来装死孩子用的白皮棺材，叫做“净界①棺材殡仪馆”。

“医院里的病人真可怜，”阿玛莉娅说道，“眼看着附近这么多的殡仪馆，不想到自己要死才怪。”

“普卡尔帕有两多，”安布罗修说道，“一是教堂多，一是殡仪馆多。那儿的教派多得令人眼花缭乱，少爷。”

毛克②殡仪馆就在医院对面，离二人租的茅舍不远。第一天住进茅舍，阿玛莉娅一见那凄惨的水泥建筑物和房顶上那些鸡冠似的排列着的兀鹰就浑身颤抖起来。茅舍很宽敞，后面有一块荒草地，房东阿兰德罗·波索在他们搬进去的那天说：你们可以在这块地上种些什

① 地狱和天国之间的净界，圣人和未受洗礼的婴儿死后的住所。

② 法语，意为停尸房。

么，搞个菜园。茅舍的四间屋子都是泥地，四壁斑驳不堪，连张床也没有。在哪儿睡觉呢？尤其是阿玛莉塔·奥登希娅，小虫子会咬她。安布罗修拍拍屁股：凡是需要的，我们都去买来。当天下午，二人就到市中心买了一张折叠床、一张床垫、一只摇篮、锅碗瓢盆、煤油炉和窗帘。阿玛莉娅看到安布罗修不停地挑东西，大吃一惊：别再买了，钱要花光的。可安布罗修根本不理她，仍然命令黄记百货店的店员拿东西：这个，还有那个，我还要漆布。

“你哪儿来这么多钱？”当夜，阿玛莉娅问他。

“那几年我一直在攒钱，”安布罗修说道，“为的就是安个家，用自己的本钱干点儿事，少爷。”

“那你应该心情愉快，”阿玛莉娅说道，“可你并不高兴。离开利马，你好像很难过。”

“我现在没有上司了，我就是自己的上司，”安布罗修说道，“我怎么会不高兴呢，傻瓜！”

他这是在骗阿玛莉娅。后来他才开始高兴起来。到普卡尔帕的头几个星期，他一直板着面孔，话语不多，愁眉苦脸。尽管如此，一开始他就对阿玛莉娅和阿玛莉塔·奥登希娅很体贴。到达普卡尔帕的第二天，他一个人离开旅馆，回来时带回一盒东西。这是什么？是我给大小阿玛莉娅买的衣服。阿玛莉娅得到的连衣裙太大了，她消失在长袍似的印花连衣裙里，肩部滑了下来，下摆碰到了脚跟。安布罗修看到她这个样子，并没有发笑。他一到普卡尔帕就到莫拉雷斯运输股份公司去了，但是堂伊拉留到廷哥马利亚去了，十天以后才能回来。在此期间我们怎么办呢，安布罗修？我们先找所房子吧；在流汗干活的日子到来之前，我们先玩玩吧，阿玛莉娅。虽说二人花了不少钱想乐一乐，但两个人谁也没能玩得痛快，因为阿玛莉娅总是做噩梦；他呢？总是怀念利马。他们参观了印第安人希皮博族的部落，到商业大街的几家中国饭馆吃了炒饭、软炸大虾和炸馄饨，在乌卡雅利河上泛舟游荡，到雅利纳湖做了一次远足，还在夜里看了好几场电影，都是些老掉了牙的片子。有时阿玛莉塔·奥登希娅在黑暗中放声大哭，引起其他观众大叫：把孩子抱出去！安布罗修说：把孩子给我吧。他接过孩子让她咬手指，孩子就不哭了。

慢慢地，阿玛莉娅习惯了。慢慢地，安布罗修的脸色开朗了。安布罗修买来了挂画，把外墙和屋内四壁刷得雪白，阿玛莉娅把地上的脏物刮去，二人费了好大的劲儿才把茅舍整修一新。每天早晨，二人一起到市场去买菜，一路上把各个教堂的教派也搞清楚了：这是洗礼派、七月降圣派，那是天主教、福音派和降灵派。二人又开始交谈起来：一开始你真怪，有时我想，你变成另一个安布罗修了，真正的安布罗修留在了利马。为什么，阿玛莉娅？因为你愁眉苦脸、一言不发，你的神色一会儿暗淡无光，一会儿闪烁逃避，像动物似的。你疯了，阿玛莉娅，留在利马的倒真是个假安布罗修，我在这儿感觉很好，我喜欢这儿的太阳，阿玛莉娅，利马那阴沉沉的天气叫人总是无精打采的。但愿你说的是真话，安布罗修。每天晚上，二人也学着别人的样子出来坐在街上乘凉。河上升起丝丝凉意，二人一面听着草丛里青蛙和蟋蟀的鸣叫声一面聊天。一天，安布罗修打着伞走进家门说：好了，你别再讨厌太阳了，你就差像个山区人似的戴着卷发器上街了。噩梦逐渐少了，消失了，每次见到警察时的那种恐惧感也没有了。她的办法就是整天地干活，又是做饭又是给安布罗修洗衣服，照看阿玛莉塔·奥登希娅。安布罗修则努力把荒草地开垦成一座菜园。每天早晨，他很早起床，鞋也不穿就去除草，一除就是几个小时，他俩茅舍的对面也有一间茅舍，涂着白、蓝两种颜色，菜园里还种着果树。一天早晨，阿玛莉娅到这位邻居家去讨教，露贝太太很亲热地接待了她。露贝太太跟一个男人同居，那男人在河的上游有座小庄园，很少到这个家来。这是我们在普卡尔帕交上的第一个朋友，也是阿玛莉娅最好的朋友，少爷。露贝太太教安布罗修如何一面开垄一面下种：这儿种白薯，这儿种木薯，这儿种土豆。她还送种子给他们，教阿玛莉娅做煎香蕉拌米饭和鱼片木薯——普卡尔帕人都吃这种饭。

2

“您是由于出了事故才结婚的？这是怎么回事，少爷？”安布罗修说道，“您是说您结婚是被迫的？”

事情是这样开始的。许多个晚上，大家都去胡闹，彻夜不眠。一天晚上，也许是由于出现了奇迹，真正开了个晚会。那天诺尔文往《纪事报》打电话，说是在“帕提奥”等他们。下班后圣地亚哥和卡利托斯前往赴约。见了面，诺尔文想去逛妓院，卡利托斯想去“企鹅”，于是掷钱决定，卡利托斯赢了。舞厅里暗淡无光，客人不多，是不是因为今天有宗教集会？佩德利托陪三人坐了下来，请他们喝了啤酒。第二轮表演完，最后几个客人也走掉了。突然，出乎大家意料地，表演女郎、乐队和酒台上的人员在几张桌子上欢快地聚会起来，大家又是讲笑话、干杯，又是讲轶事、骂粗话。转瞬间，生活显得很惬意，充满醉态，自由自在，可亲可爱。大家又是饮酒又是唱歌，还跳起舞来。契娜和卡利托斯在圣地亚哥身旁互相紧紧地搂着，也不讲话，一个劲儿地互相望着对方的眼睛，仿佛第一次发现爱情。直到三点，大家还不想走，每个人都醉意醺醺，情意切切，豪爽饶舌。圣地亚哥似乎看中了阿妲·罗莎，小萨，她就在那里，个子矮小，臀部肥大。圣地亚哥回想：那女人的腿很短，一口金牙，口中气味极重，而且粗话不断。

“是一次真正的事故，”圣地亚哥说道，“一次车祸。”

诺尔文第一个消失了，是同一个梳着火焰般发式的四十岁舞女走的。契娜和卡利托斯说服了阿妲·罗莎跟他们三人一起走。四人乘一辆出租汽车到了契娜在圣贝阿特丽丝区的住处。圣地亚哥坐在司机的旁边，手却漫不经心地放在坐在后座的阿妲·罗莎的膝上。契娜和卡利托斯在狂吻，阿妲·罗莎坐在他们旁边直打瞌睡。在契娜家，四个人喝光了冰箱里所有的啤酒，听了唱片，跳了舞。从窗外射进晨曦的时候，契娜和卡利托斯走进了卧室，剩下圣地亚哥和阿妲·罗莎留在客厅里。二人早在“企鹅”里就接过吻，到了契娜家也爱抚过，圣地亚哥正要去解她的衣服的时候，她却一跳而起，高声叫骂起来。好了，好了，阿妲·罗莎，别吵了，我们分开睡吧。圣地亚哥把沙发垫放在地毯上，一倒下就睡着了。一觉醒来，在蓝色的烟雾中，他看到阿妲·罗莎蜷缩在沙发上和衣而睡，像个胎儿。他跌跌撞撞走进浴室，脑袋昏昏沉沉，浑身骨头酸痛。他把头钻进冷水里，洗完就离开了契娜的家。街上的阳光刺得他眼睛直流泪。他在佩蒂·杜阿路的一家小酒店里喝了咖啡，乘上一辆私人汽车，一路上隐约感到恶心。到了观花埠，又转车到了巴兰科，区政府的钟正好指中午时分。露西娅太太在他床上留了个条子，说《纪事报》打来电话，有急事让他回电话。小萨，阿里斯佩要是以为你会给他回电话，那他就太傻了。但是躺在床上，他想：好奇心会使我睡不着觉。于是他穿着睡衣下楼打电话。

“你对自己的婚姻不满意吗?”安布罗修说道。

“见鬼，”阿里斯佩说道，“你的声音像是从坟墓里冒出来似的，先生!”

“昨夜有个聚会，我累极了，”圣地亚哥说道，“一夜没睡。”

“你还是在路上睡吧，”阿里斯佩说道，“赶快坐出租汽车到报社来，我派你同佩利基托和达里奥去特鲁希约采访，小萨。”

“去特鲁希约?”圣地亚哥回想：外出旅行，我终于外出旅行了，虽说只是去特鲁希约。“我要去，但能不能等……”

“还等什么?”阿里斯佩说道，“这个消息很确切，一个人赌中了单项赛马，得了一百五十万索尔，小萨!”

“好，我洗个淋浴就去，这就去报社。”圣地亚哥说道。

“你今天晚上就可以把报道用电话传给我，”阿里斯佩说道，“别洗澡了，马上来，水是给贝塞利达那脏东西预备的。”

“我对自己的婚事很满意，”圣地亚哥说道，“问题是这实际上不是我自己决定的，是命运强加给我的，同我的工作一样，同我身上发生的一切事一样。说起来不是我做事，而是事做我。”

圣地亚哥匆匆地穿好衣服，又冲了冲头，三脚两步就下了楼。到了《纪事报》社，出租汽车司机不得不把他唤醒。这天早晨阳光灿烂，暖意轻轻地钻进每个毛孔，使人肌肉懒散，意志松垮。阿里斯佩留下了指示和路上买汽油、吃饭和住宿用的钱。小萨，尽管你浑身不舒服，困得要命，但一想到要外出旅行，你就兴奋起来了。佩利基托坐在司机达里奥身旁，他则在后座上躺了下来立即睡着，直到帕萨玛约才醒来。公路右侧可以看到土丘和高耸的黄色山脉，左侧则是蓝光闪闪的大海和越来越深的陡壁，眼前的公路吃力地爬着一座秃山的斜坡。圣地亚哥坐起来点上一支烟，佩利基托恐惧地望着深渊。

“胆小鬼，帕萨玛约公路的急转弯把你吓坏了。”达里奥笑了笑说道。

“开慢点儿，”佩利基托说道，“你的后脑勺又没有长眼睛，最好别回头跟他讲话。”

达里奥开得很快，但是很稳。在帕萨玛约，一路上几乎没遇到什么车辆。三人在昌凯停留了一会儿，在公路旁的一家司机客栈吃了午饭，随后又上了路。圣地亚哥顾不得浑身摇晃，还是想睡觉，但仍然听得到他们二人的谈话。

“也许在特鲁希约根本没有那么回事，”佩利基托说道，“世界上就是有那么一些屌人专靠给报纸提供消息过活。”

“一个人赢了一百五十万索尔，”达里奥说道，“我本来不相信单项赛马这玩意儿，现在可要赌一下了。”

“你是想赢一百五十万索尔去花在女人身上。”佩利基托说道。

一路上，三人看到的是无精打采的市镇、冲着面包车张牙狂吠的狗群、沿着公路停着的卡车和零星的甘蔗田。车开出三十八公里，圣地亚哥欠起身又吸起烟来。公路笔直，两旁都是沙地。三人看到迎面开来一辆卡车，并没觉得有什么异样，只是那辆卡车在远处的小丘顶上闪闪发光。卡车开近了，缓慢、笨重、庞大，装载着的罐头用绳索捆在顶篷上。简直是一条蜈蚣。佩利基托说道。正在这时，达里奥猛的一刹车，把方向盘向外转过去，因为就在同那辆卡车相会的地方，公路中间有一个大坑。面包车的轮子陷到了沙地里，车下吱吱直响。佩利基托喊道：快开上来！达里奥怎么也开不上来了，圣地亚哥回想：我们在那儿倒了霉。车轮陷了下去，非但不能开上公路，还空打转，车身仍然可怕地倾斜着向前滑，最后由于自重停了下来，像个球似的滚了下去。小萨，真像是一场慢镜头拍摄的车祸。圣地亚哥听到一声大喊，也许是自己大喊了一声，整个世界都扭歪、倾斜了，一股力量把他猛烈地甩出去。他感到一片黑暗，眼前直冒金星。接着一切都静下来，不知过了多长时间，一片黑暗、疼痛、炽热。他先是感到嘴里发酸；后来虽然睁开了眼睛，但仍然过了很久才发现自己是从车中被甩出来的，而且倒在地上，酸味是进入口内的沙子的味道。圣地亚哥挣扎着想站起来，但一阵眩晕，又闭上了眼睛倒在地上。后来他感到有人抓住了他的手和脚，把他抬起来。在那漫长模糊的梦境中，他看到几张陌生而遥远的面孔，产生一种清醒的无限宁静之感。小萨，死亡就是这样吗？死亡就是宁静吗？没有怀疑、没有悔恨的宁静？一切是那么虚软、模糊和陌生。他感到自己被放在一个摇晃个不停的、柔软的东西上，原来他被放进了一辆汽车里，躺在汽车后座上。他听出了佩利基托和达里奥的声音，接着又看到一个身穿褐色衣服的人。

“你感觉怎么样，小萨?”这是佩利基托的声音。

“像喝醉了。”圣地亚哥说道，“头疼得很。”

“你真走运，”佩利基托说道，“沙地承住了面包车的重量，要是再翻个个儿，就把你压在下面了。”

“我一生中发生的大事不多，那是其中的一件，安布罗修。”圣地亚哥说道，“正是在那次车祸中，我认识了后来成为我妻子的女人。”

圣地亚哥感到浑身发冷，没有疼痛，但脑子仍然昏昏沉沉的，听到人们嗡嗡的谈话声、汽车和别的车辆的发动机的隆隆声。等他睁开眼睛，人们正在把他放在一副担架上。他看到了大街和黑下来的天色。大家走进一所房子，他看到房子门口有“保健医院”① 字样。人们把他抬上二楼的一间病房里，佩利基托和达里奥帮忙脱下他的衣服。他被盖上被单和毯子，一直拉到颏下。他想：我要睡上一千个小时。他迷迷糊糊地回答着一个穿白衣戴眼镜男人的问题。

“佩利基托，你告诉阿里斯佩什么也别见报，”他几乎听不出是自己的声音，“别让我爸爸知道这事。”

“一次浪漫的相遇，”安布罗修说道，“她是在给你治病的时候赢得了您的好感吗，少爷?”

“不，是在她让我偷偷吸烟的时候。”圣地亚哥说道。

“凯姐，你太漂亮了，”玛尔维娜说道，“你打扮得真漂亮!”

“有人派司机来接你了，”小罗伯特眨了眨眼说道，“就像来接女王一样，凯姐。”

“说真的，你简直像中了彩。”玛尔维娜说道。

“我也中彩了，我们大家都中彩了。”伊翁一面调皮地微笑着为凯姐送行一面说道，“你要知道，应该给他多灌些米汤，凯姐。”

---

① 利马一家相当有名的医院。

在此之前，在凯妲打扮的时候，伊翁就过来帮她梳头，亲自为她挑选衣服，还把自己那条与手镯配套的项圈借给了她。凯妲思量着：我真的像是中了彩？她本人并不感到激动和高兴，甚至连好奇感也没有。她自己对此也觉得很怪。她走出来。在门前，她小小地吃了一惊，她看到了昨天那黑人的一双受惊而大胆的眼光。然而那黑人只是面对面地看了她几秒钟，接着垂下头，喃喃地道了晚安，随后又赶忙去打开车门。那是一辆硕大而庄严的黑色轿车，像殡葬车。凯妲没还礼就上了车，她看到车子的前座，司机的位子旁还有一个人，同样高大健壮，穿着蓝色制服。

“您冷吗？要不要我把窗子关上？”黑人坐在方向盘前咕哝着。刹那间，她又看到了那双大眼睛里的眼白。

汽车开动了，向5月2日广场驶去，转过乌佳德大街，又向鲍洛涅希广场驶去，接着驶入巴西路。每当汽车驶过路灯，凯妲总是发现，在反射镜上，那双贪婪的野兽般的眼睛在巡视她。另外那个家伙问过她怕不怕烟后就吸上了烟，既不回头看她也不利用反射镜偷看她。车在堤岸附近横插过去，拐入了新玛格达雷娜区，然后沿着电车线向圣米格尔区驶去。凯妲每次看反射镜，都能看到那炽热的目光正赶快躲开。

“我脸上有什么东西不成？”凯妲说道，心想：这白痴非撞车不可。“你干吗这样看我？”

前座上的两个人脑袋一歪，紧接着又恢复了原样，那黑人的声音惶惑到了极点：我？对不起，您在跟我说话？凯妲心想：这家伙多么怕臭卡约啊！汽车在圣米格尔区弯弯曲曲的小街中转来转去，最后停住了。凯妲看到了一座花园、一幢两层楼的房子和一扇窗，光线从窗帘透了出来。黑人下车打开车门，站在那儿，一只灰色的手放在门把上，胆怯地低着头，张了张嘴，欲言又止。凯妲低声说道：是这儿吗？在暗淡的灯光下，人行道后面那一排矮树的阴影后有一排房子，所有房子的式样都一样。两个警察在街角处朝汽车看了又看，前座的那个人向警察做了个手势，表示：是我们。凯妲想道：房子不大，大概不是他的家，是他干脏事的地方。

“我不是想惹你生气，”黑人断断续续地说道，声音显得卑微，走了调，“我刚才并没有看您。您要是这样认为，那就请您原谅了。”

“你别怕，我什么也不会对臭卡约说。”凯妲笑了，“只是，我不喜欢流氓腔的人。”

凯妲穿过种满鲜花、散发香气的花园，伸手按了电铃，这时她听到门内传来了人声和音乐声。房子里的灯光照得她直眨眼，她认出了那男人瘦小的身影、灰溜溜的面孔、无精打采的嘴角和无神的目光。请进，欢迎你。凯妲说道：谢谢你派车接我来。她住了口，原来里面还有一个女人，那女人站在堆满酒瓶的酒台前，带着好奇的微笑打量着她。凯妲站住不动了，双手沿着身体垂了下去，突然间感到不知所措。

“这就是大名鼎鼎的凯妲，”臭卡约这时已经关上门，坐下来，同那女人一起欣赏着她，“请进，大名鼎鼎的凯妲。这是奥登希娅，这所房子的主人。”

“我还以为那种地方都是些丑老太婆和乔洛女人呢，”那女人懒洋洋地尖声说道。凯妲惶惑地想道：那女人喝醉了。“原来你净骗我，卡约。”

那女人又笑了起来，夸张而毫无风趣。男人则无精打采地微笑着指了指软椅：请坐，总站着你会累的。凯妲向前走了几步，仿佛走在冰上或蜡上，生怕滑倒，生怕陷入一种更糟的迷离状态中。她在软椅边上直挺挺地坐下来。这时她又听到了音乐声，刚才好像忘了听，也许是音乐停了。那是卡尔德尔①唱的一首探戈舞曲。电唱机就在那边，嵌在一件红木家具中。她看到那女人袅袅婷婷地站起来，看到她在酒台角上用那颤巍巍的手指笨拙地把酒倒进杯子里。凯妲观察着那

① 20世纪30年代阿根廷探戈歌手，死于车祸。

女人把身子包得紧紧的蛋青色绸料连衣裙、雪白的肩膀和胳臂、漆黑的头发、闪光的双手和她那整个的侧影。凯姐困惑地想道：怎么这么像呀，太像她了。那女人手里拿着两个酒杯向她走来，走路的姿态像是浑身没有骨头。凯姐移开了目光。

“卡约跟我说你美极了，我还以为他骗我呢，”那女人站在那里，摇摇晃晃地盯着她，从上到下欣赏着她，目光饧睇，带有笑意，像是一只受宠的小猫。当她弯身把酒杯递给凯姐的时候，凯姐闻到了刺鼻的香水味。“确实漂亮，大名鼎鼎的凯姐真漂亮！”

“干杯，大名鼎鼎的凯姐，”臭卡约下了命令，毫无热情，“喝口酒，你就有精神了。”

凯姐机械地把杯子送到嘴边，闭上眼睛喝了一口，一股热气辣得她双眼发痒。她想：这是没掺水的威士忌。但她又喝了一大口。她从那男人递过来的烟盒中抽出一支烟，那男人替她点上，这时她发现那女人已经坐到了她的身旁，亲热地朝她微笑。她也强笑笑。

“您太像那位……”她斗胆说道，感到自己在作假，一种受到嘲笑的感觉在纠缠着她，“您很像一位演员。”

“哪个演员？”那女人微笑着鼓励她说下去，斜眼看了看臭卡约，又朝她看了看，“像哪个？”

“是的，”凯姐说着又喝了一口酒，深深吸了一口气，“您很像缪斯，在大使夜总会演唱的那个缪斯，我见过她好几次，只是……”

凯姐沉默了下来，原来那女人一直在笑，那双迷离的眼睛在闪闪发光，像是受了魔法。

“那个缪斯唱得太糟了，”臭卡约点上火，像是下命令地说道，“对不对？”

“我不这样看，”凯姐说道，“她唱得很好，尤其是唱波莱罗舞曲的时候。”

“你听见了吧，哈哈！”那女人突然一阵大笑，用手一指凯姐，又向臭卡约做了个怪相，“你瞧，我的时间都浪费在你身上了。我在糟蹋自己的正行。”

凯妲心想：这可不行，那种受到嘲弄的感觉又抓住了她。她感到脸上发烧，想逃出去，同时又产生一种想砸烂一切的欲望。她一下子喝干杯里的酒，感到喉咙发烫，脸部沸腾，接着，一缕根深蒂固的爱热闹的情绪使她稍许能控制住自己。

“我早就知道是您，我早就看出来了，”她强颜欢笑，“只是……”

“只是你的酒喝完了，”那女人友善地说道，接着站了起来，身子仿佛海浪一样款款地扭摆着，幸福而舒心地看了凯妲一眼，还带有一丝感激之情，“你这样讲，我真爱上你了。把你的杯子给我。你听见了吧？卡约，你听见了吧？”

那女人拖曳着脚步向酒台走去。这时，凯妲才朝臭卡约看了一眼，只见他一面严肃地喝着酒，一面瞅着饭厅，仿佛陷入沉思，仿佛在思考私事、大事或遥远的事。凯妲心想：这太荒唐了！她想：我恨你。那女人把威士忌递给她的时候，她弯下腰低声说：你能告诉我厕所在什么地方吗？啊，当然，你跟我来，我指给你。臭卡约连看她们也不看。凯妲跟在那女人身后走下楼梯。那女人抓着楼梯扶手，试探着在阶梯上走着，仿佛不踩稳就不放心似的。凯妲突然想到：好了，这回她要侮辱我了，两个人单独在一起时，她就要赶我走了。她想：她也许会给我钱叫我走。缪斯打开门朝里面一指，这时她已经不笑了。凯妲迅速地低声道了谢，然而那不是厕所，而是卧室，像电影里那样的卧室，像梦中见到的那样的卧室：里面有许多镜子、富有弹性的地毯，又是镜子、屏风，黑色的床罩上绣着一条喷火的鳄鱼，还是镜子。

“厕所在里面，”那女人在她身后说道，她那带有醉意的、颤巍巍的声音中根本没有敌意，“那扇门就是。”

凯妲走进厕所，把门锁上，贪婪地吸了一口气。这到底是怎么回事？他玩的是什么把戏？这一对男女到底是什么样的人？她在盥洗盆上方的镜子里照着，浓妆艳抹的面孔上仍然是一副惶惑不安、吃惊的神色。为了装得像些，她放了水，在浴缸的边上坐了下来。缪斯是他的……他叫我来是为了……缪斯事先知道不知道？凯妲心想：他们也许正透过锁孔在偷看我。于是她走到门前跪下来通过锁孔往外看，但只能看见一块地毯和几个黑影。臭卡约，我得走；我必须走，臭缪斯。她感到恼火，惶惑，仿佛受到了侮辱和嘲弄。她关在厕所里又待了一会儿，笼罩在荧光灯射出的蓝光中。她踮着脚在白色瓷砖地上来回踱着，竭力想整理紊乱的思绪，然而她越来越不安。她拉了马桶的链子，在镜子前整了整头发，又喘了一口气，打开门。只见那女人横躺在床上。看到那一动不动斜躺着的身体，那与黑得闪亮的床罩形成鲜明对照的雪白的皮肤，凯妲一时感到自己看得出了神。那女人这时朝她抬起目光，款款地打量她，懒洋洋、不慌不忙地观察她，既没笑也没生气，在那惺忪的醉眼中流露出一种感兴趣的神态、一种在动脑子的神态。

“我能知道我在这儿要干些什么吗?”凯妲激动地说道，迈着坚定的步伐向床前走去。

“唉，你怎么在这种时候生起气来?”缪斯失去了镇静，用惺忪的醉眼饶有兴趣地盯着她。

“我没生气，而是不明白，”凯妲感到自己被那些镜子反射到各个角落又反射回来，感到仿佛那些镜子在向自己进攻，“请您告诉我，为什么把我叫到这儿来?”

“别犯傻了，跟我讲话用‘你’好了。”女人低声说道，往床里面挪了挪，身子一缩一张，仿佛一条蚯蚓。凯妲看到她已经脱掉了鞋子，片刻后又看到了她那丝袜里面涂着蔻丹的脚趾甲。“我的名字你早就知道了，我就是奥登希娅。来，坐到这儿来，快别犯傻了。”

她讲话不冷不热，带有醉意的声音懒散而平静，但仍然看看凯妲，盯住不放。凯妲感到一阵眩晕，心想：她好像在给我打分。她迟疑片刻，在床沿上坐了下来，全身的毛孔都竖了起来。奥登希娅枕在自己的一只手上，姿态娇慵、软散。

“为什么把你叫来，你很清楚。”奥登希娅不痛不痒地说道，声音缓慢而动听，带有那么一点淫荡的嘲讽意味，眼中闪出一种猥亵的光芒，尽管她想竭力加以掩饰。凯妲心想：我清楚什么呀！奥登希娅那双大大的碧眼下，睫毛给眼皮罩上了一层暗影，不像是假的。她的嘴唇厚实湿润，颈部平滑，肌肉结实，连那细细的蓝色微细血管都能看得清清楚楚。凯妲简直不知该如何思考也不知说什么好了。我清楚什么呀？奥登希娅躺下来，仿佛不由自主似的笑了起来，用手臂捂住面孔，舒舒服服、长长地伸了个懒腰。蓦地，她伸出手，抓住了凯妲的手腕：你很清楚。凯妲吓得呆住了，看着奥登希娅那染着蔻丹的指甲和雪白的手指放在自己的褐色皮肤上，心想：这女人简直像个嫖客，好像要……这时，奥登希娅紧紧地盯着她，仿佛在挑战。她已经不想掩饰了。

“我最好还是走吧，”凯妲听到自己结结巴巴地说道，声音呆板而平静，“其实您也想叫我走，对不对？”

“告诉你吧，”奥登希娅仍然抓住她不放，向她凑了凑，声音黏滞，凯妲感到了她的气息，“我原先还害怕你是个又丑又脏的老太婆呢。”

“您是不是想叫我走？”凯妲笨拙地喃喃道，用力呼吸着，又想起了那些镜子，“他叫我来到底是为了什么？”

“可你并不是个又老又丑的老太婆，”奥登希娅低声说道，又把脸向凯妲凑了凑。凯妲看到她的目光中有一种极端的欢快，她的嘴在翕动着，喷出热气：“你又年轻又漂亮，而且很干净。”

奥登希娅又伸出另一只手，抓住了凯妲的胳臂，肆意地、嘲弄地盯着她看，接着又蜷了蜷身子想坐起来，喃喃地说道：你要教教我。说着，仰躺下去，但仍然盯着凯妲看。她的眼睛睁得大大的，欢快欲狂，微笑着，仿佛在发谵语：你就用“你”称呼我吧，我们不是要睡在一起了吗？干吗还要您呀您的，对吗？她抓住凯妲不放，款款地拉她俯下身来，拉她压在自己的身上。凯妲想道：教教你？教教你？我教你？但她同意了，她感到自己的不安消失了，笑了。

“好哇，”一个声音在凯妲背后命令似的说道，仿佛摆脱了无精打采的情绪，“你们两个成好朋友了。”

圣地亚哥醒来后感到饿极了。他的头不痛了，但是背部感到针刺般地疼，还不时地抽筋。病房又冷又小，四壁空空，窗子朝向走廊，嬷嬷和护士在走廊的柱子间来来往往。护士给他送来了早饭，他贪婪地吃起来。

“这菜对您不合适，”护士说道，“您要是愿意，我再给您拿个小面包来。”

“再来一杯牛奶咖啡，如果可以的话。”圣地亚哥说道，“从昨天中午起，我一口东西也没吃。”

护士又给他端来一整份早餐，随后就留在病房里看着他吃。小萨，护士站在那里，褐色的皮肤，干干净净，年纪很轻，穿着不起褶的白色护士服、白色袜子，梳着男孩式的短发，护士帽浆得挺挺的。她站在床前，一双大腿非常苗条，身材像时装模特儿那样笔挺，一微笑就露出两排贪吃的牙齿。

“说起来，您是记者啰？”她的眼神活泼而大胆，甜甜的声音带有嘲讽的意味，“怎么会翻车呢？”

“她叫安娜，”圣地亚哥说道，“非常年轻，比我小五岁。”

“虽说没有折断什么部位，可撞得这么厉害，会把人撞傻的。”护士笑了，“所以现在正在对您进行观察。”

“您可别吓唬我，”圣地亚哥说道，“您最好给我鼓鼓劲儿。”

“您为什么一想到要做爸爸就伤脑筋？”安布罗修说道，“要是大家全像您这么想，秘鲁就没有一个人了，少爷。”

“说起来，您是在《纪事报》工作喽！”护士又说了一遍，把手放在门上，像是要出去，但没有离开门，足足待了五分钟，“当记者大概最有意思不过了，对吗？”

“我向您坦率地说吧，虽然如此，当我知道要做爸爸了，也吓了一跳，”安布罗修说道，“后来才习惯的，少爷。”

“是这样的，但也有不好的方面，一名记者随时有可能跌得头破血流。”圣地亚哥说道，“求您点儿事行吗？能不能派人给我买包香烟？”

“病人不能吸烟，禁止吸烟。”她说道，“在医院一天就要忍耐一天，不吸烟可以解毒。”

“我想抽烟都想死了，”圣地亚哥说道，“您做做好事吧，哪怕给我弄一支来呢！”

“您的太太怎么想？”安布罗修说道，“她肯定想要孩子。女人都想做妈妈。”

“作为交换，您怎样报答我？”她说道，“把我的照片在您的报纸上登出来？”

“我想是的，”圣地亚哥说道，“但安娜是个好人，她总是依着我。”

“大夫要是知道了，非把我杀死不可。”护士说道，做了个手势，仿佛在同谋干什么似的，“那您就偷偷地吸吧，把烟头丢在马桶里。”

“太凶了，这是田园牌的，”圣地亚哥一面咳嗽，一面说道，“您就抽这种破烟？”

“您瞧，您太娇气了，”她笑着说道，“我不抽烟。为了满足您的烟瘾，这烟是我偷来的。”

“下次给我偷支总统牌的吧。我一定把您的照片在社会版上登出来。”圣地亚哥说道。

“我是从弗朗哥大夫那儿偷来的，”她做了个怪相说道，“上帝保佑，您可别落在他手里。在这家医院里，这个人最令人反感，还特别粗暴，净给病人开栓剂。”

“这位弗朗哥大夫对您怎么了？”圣地亚哥说道，“他跟您调过情？”

“瞧您想的，那老头子不行了，”她立即尖刻地笑了起来，脸蛋上出现了两个酒窝，“他都有一百岁了。”

整个一个上午，人们把圣地亚哥从一个房间推到另一个房间，又是透视又是检查。昨天晚上那名看不清面孔的大夫像个警察似的向他提了许多问题。目前看来，什么部位也没折断，但这针刺般的疼痛使我担心，年轻人，等X光片子出来再看看吧。中午时分，阿里斯佩来了，进门就开玩笑：小萨，我一听出了车祸就双手捧头，祈求老天保佑；小萨，你简直不知道我挨了多少臭骂，社长向你问好，他让你在医院里安心养病，需要养多久就养多久；额外费用报社也给报销，只是不能在玻利瓦尔订宴席；你真的不愿通知你的家人，小萨？不要通知，老头子会吓坏的，不值得，再说也没什么。下午，佩利基托和达里奥来了，这二人只是撞得青一块紫一块，情绪很好。报社给了二人两天假，今天晚上他们就一起去参加晚会。不久，索洛萨诺、米尔顿和诺尔文也来了。这些人走了之后，契娜和卡利托斯卿卿我我地出现了，二人形容憔悴，仿佛刚刚逃难回来。

"瞧你们俩这脸色，"圣地亚哥说道，"难道是前天晚上的狂欢一直持续到今天？"

"我们确实一直在狂欢，"契娜说道，大声打了个呵欠，一屁股坐在床尾，脱掉鞋子，"我们连日子、时辰都忘了。"

"我两天没踏进《纪事报》社的门了，"卡利托斯说道，他面色发黄，鼻子通红，目光无神，但显得很幸福，"我给阿里斯佩打了电话，说我胃溃疡又犯了，他就把车祸的事告诉我了。我不敢早来，怕碰上编辑部的人。"

"阿妲·罗莎向你问好，"契娜大笑起来，"她没来看过你？"

"别跟我说起阿妲·罗莎了，"圣地亚哥说道，"她那天晚上简直变成了一只豹子。"

契娜一阵哈哈大笑打断了他的话：我们早就知道了，她把那天晚上的事都告诉我们了。阿妲·罗莎就是这种人，总爱挑逗人，可到最后就缩回去。她专门喜欢刺激人，这个疯子。契娜像海豹那样拍着手，笑弯了腰。她的嘴唇用口红涂成心形，梳着高高的发髻，使得她的面孔高傲而妖艳。今晚她身上的一切都比以往过分：面部的表情、浑身的曲线，还有那几颗美人痣。圣地亚哥回想：卡利托斯在受折磨，但这对他也是一种享受。他何时苦恼，何时平静，都取决于这折磨。

“阿妲·罗莎把我撵到地毯上睡。”圣地亚哥说道，“我到现在还浑身酸痛，倒不是因为这次车祸，而是因为你家地板太硬。”

卡利托斯和契娜在病房里一直谈了一个小时，他们刚走，护士就进来了，唇边浮着一丝调皮的微笑，流露出嘲讽的目光。

“哎呀，瞧您交的都是些什么朋友呀，”她一面整理枕头一面说道，“刚才那位是玛丽娅·安托涅塔·蓬斯①？是跳乒乓蓬舞的舞女吧？”

“您也看过乒乓蓬表演？”圣地亚哥说道。

“我在照片上看过。”护士说道，接着发出一阵长笑，“你们谈到的那个阿妲·罗莎也是乒乓蓬舞女？”

“啊，原来您在偷听我们。”圣地亚哥笑了，“我们讲了不少粗话吧？”

“讲了一大堆，特别是那位玛丽娅·安托涅斯·蓬斯，臊得我把耳朵都捂起来了。”护士说道，“您的那位女友，就是让您睡在地板上的那位，她的嘴也像个垃圾箱吗？”

“比刚才那位还脏，”圣地亚哥说道，“不过我跟她没关系，她根本不理我。”

“您生着一副圣徒般的面孔，谁也不会把您当作坏人。”她说道，笑得要死。

“我明天能出院吗？”圣地亚哥说道，“我可不想在医院里过星期六和星期天。”

---

① 不详，可能是当时有名的美女。

“有我陪伴您，您不愿意？”她说道，“我来陪您，您还要怎样？这个周末刚好我值班。哦，我明白了，您是想跟舞女们去混。我再也不相信您了。”

“您为什么看不起舞女？”圣地亚哥说道，“舞女不也是女人吗？”

“是女人？”她说道，双眼直冒火星，“怎么是女人呢？您讲讲她们都干些什么，您不是很了解她们吗？”

小萨，事情就这样开始了，就这样继续下去了，开玩笑、打嘴仗。你当时想：这姑娘很风趣，她帮你消磨时间，你住在这家医院里可真幸运。但你当时也想：她要是再漂亮些就好了，真可惜！小萨，那你为什么还跟她好？她不时地到病房来给你送饭，然后留下来聊天。护士长或嬷嬷走进来，她就开始整理被单或是把体温计塞到你的嘴里，装出履行职责的样子，滑稽极了。小萨，她总是笑，不停地寻你开心，很难搞清她那什么都想知道的强烈好奇心到底是真诚还是策略，比如她问：一个人怎么能当上记者？当记者都干些什么？文豪是怎么写作的？很难搞清她向你卖弄风情是无心的示好还是对你真有好感，也很难搞清你们俩是不是仅仅在消磨时间。她出生在伊卡，现住在鲍洛涅希广场附近，几个月前从护士学校毕业，正在保健医院进行一年的实习。她很爱讲话，也很勤快，偷偷地给圣地亚哥拿来香烟，借报纸给她看。星期五，大夫说检查不能令人满意，说要由专家来给他看看。专家名叫玛萨卡罗，冷淡地看了一眼X光片子说：这片子不行，要重拍。星期六天黑时，卡利托斯来了，腋下夹着一个包，神情沮丧：对，我们吵翻了，这次算是完了，我点来了中国菜，小萨，不会把我赶出去吧？护士给二人拿来了盘子和刀叉，跟他们聊了一会儿，还尝了尝炒饭。探视时间过了，但她仍允许卡利托斯再待一会儿，答应偷偷地引他出去。卡利托斯还带来了烈酒，装在没有商标的瓶子里，两口下肚他就开始大骂起来，骂《纪事报》，骂契娜，骂利马，骂全世界。安娜惊诧地看着他，到了十点钟就强迫他走了，但又回来取餐具。离开的时候，她立在门旁朝圣地亚哥挤了挤眼：愿您在梦中见到我。安娜走了以后，圣地亚哥还能听到她在走廊里的笑声。星期一，专家看了新拍的片子，失望地对圣地亚哥说：您比我还健康。那天安娜放假，小萨，你在医院门房给她留了一个条子。圣地亚哥回想：我在条子上写道：多谢了，找一天我给您打电话。

“可那位堂伊拉留到底是什么样的人？”圣地亚哥说道，“我的意思是，除了坑人之外。”

安布罗修第一次同堂伊拉留·莫拉雷斯谈话后，回家时有些醉意。他对阿玛莉娅讲述道：初次相识，那家伙就目中无人，一见我面皮黑，就认为我一个钱也没有，根本没想到我会建议跟他合伙做生意，还以为我求他给我一个职位。安布罗修，也许那位先生刚从廷哥马利亚回来太累了，所以没有好好地接待你。有可能，阿玛莉娅，他一见我就像蛤蟆似的喘着气，骂骂咧咧地说，他从廷哥马利亚开回来的卡车由于大雨引发的泥石塌陷在路上停了八次，还说：真叫人恼火，这一路足足走了三十六个小时。不过要是换了别人，人家就会主动点儿，请我喝几杯啤酒，可堂伊拉留没这样做，阿玛莉娅，在这种情况下，我狠狠地刺了他一下。阿玛莉娅安慰他说：也许那位先生不喜欢喝啤酒呢。

“堂伊拉留有五十多岁了，少爷。”安布罗修说道，“跟我谈话时一直在剔牙。”

堂伊拉留在自己那位于中心广场、破旧而斑驳的办公室里接待了安布罗修。安布罗修把鲁多维柯写的信递给他，他看信的时候就让安布罗修站在那儿等着，连声请坐都没说，只在看完信后才冷冷地、无可奈何地向安布罗修指了指一把椅子。他上上下下地打量了安布罗修一番，终于屈尊开了口：真不幸，鲁多维柯现在怎么样了？

“现在挺好的，先生。”安布罗修说道，“多年来他做梦都想入正式编制，这下算是如愿以偿了。他不断晋升，现在是凶杀科的副科长。”

阿玛莉娅，鲁多维柯的近况虽说是个好消息，但看起来一点儿也没有引起他的兴趣，他只是耸耸肩，用小指那长长的指甲抠起牙来。他吐了口唾沫，嘟嘟囔囔地说了些谁也听不懂的话：鲁多维柯是我的侄子，可他天生粗人，命不好。

“堂伊拉留是位真正的爸爸，少爷，”安布罗修说道，“他在普卡尔帕有三个家，每个家有一个老婆，三个家加起来有一大堆子女。”

“好吧，请问您有何贵干？”堂伊拉留终于嘟嘟囔囔地说话了，“您到普卡尔帕来干什么？”

“来工作，鲁多维柯在信上给您写了。”安布罗修说道。

堂伊拉留像只鹦鹉似的格格地笑起来，笑得浑身直颤。

“您疯了吧？”他说道，使劲儿地剔着牙，“来工作？普卡尔帕可是世界上最糟糕的地方。您没看见那几个手插在口袋里在街上闲逛的家伙？这儿的人百分之八十都闲待着，没有工作，除非到地里去挥锄头，要么就到筑路的军队那儿去当小工。即使那样也不容易，那种工作养活不了人。这儿没什么前途，您还是赶快回去吧。”

阿玛莉娅，我真想臭骂他一顿，但我忍住了，友好地微微一笑，刺了他一句：先生，找个地方，我请您喝啤酒，您接受吗？天太热了，我们为什么不边喝边谈呢，先生？我这一邀请，他惊呆了，阿玛莉娅，他这才明白我不是他想象的那种人。我们去了商业大街，在金鸡酒店占了一张桌子，要了两瓶冰得凉凉的啤酒。

“我不是来求职的，”安布罗修喝了第一口之后说道，“我是来建议跟您一同做生意的。”

堂伊拉留喝得很慢，两眼紧盯着我。他把酒杯放在桌上，搔搔他那流油的脖子，朝大街吐了一口唾沫，看着唾沫被干燥的土地吸干。

“啊！”他一面点头一面慢声说道，仿佛是在对那嗡嗡直叫的苍蝇讲话，“可是做生意需要本钱啊，朋友。”

“这我知道，先生，”安布罗修说道，“我有几个钱。怎样更好地使用这笔钱，我希望能得到您的指点。鲁多维柯说：我姑父在做生意方面是只狐狸。”

“哈，你又刺了他一下。”阿玛莉娅笑了起来。

“这下子他的态度全变了，”安布罗修说道，“开始把我当人看了。”

“唉，这个鲁多维柯。”堂伊拉留干咳了一声，马上又装出和气的样子，“他说的倒是真话。有的人天生是当飞行员的材料，有人天生能唱歌，我则天生会做生意。”

他狡黠地朝我微微一笑：你来找我算是找对了。我来指点你，我们总能找个赚钱的门路。接着他突然说：我们去吃中国菜吧，现在有点饿了，对不对？这个人一下子就软下来，阿玛莉娅，你瞧，什么人都有。

“他同时有三个家，必须在这三个家之间来回跑。”安布罗修说道，“后来我发现他在廷哥马利亚也有女人和子女。您瞧，少爷。”

“可到现在你还没告诉我你有多少存款呢。”阿玛莉娅壮着胆子问道。

“两万索尔，”堂费尔民说道，“对，两万索尔都给你，这笔钱可以帮你重新开始生活，帮你销声匿迹。可怜的无赖，别哭了，安布罗修，去吧，上帝祝福你，安布罗修。”

“他请我大吃了一顿，我们喝了整整六瓶啤酒。”安布罗修说道，“全是他付的钱，阿玛莉娅。”

“做生意，必须心中有数，”堂伊拉留说道，“像打仗一样，要知道自己有多少能进攻的兵力。”

“我的兵力目前是一万五千索尔，”安布罗修说道，“另外，我在利马还有点儿。如果生意赚钱，过一段时间，我就把那笔钱也抽出来。”

“一万五千索尔不算多，”堂伊拉留考虑了一下，用两个手指使劲地在嘴里抠，“不过倒是能办成点事。”

“老婆儿女一大堆，干坑人的勾当就不足为奇了。”圣地亚哥说道。

我非常想进莫拉雷斯运输公司，因为我当过司机，先生，这是我的特长。阿玛莉娅，堂伊拉留微笑着给我打气，他解释说，他那家公司是五年前创办的，当时只有两辆面包车，现在已经有两辆轻型卡车、三辆面包车了。轻型卡车用来运货，面包车用来运客，来往于廷哥马利亚和普卡尔帕之间。工作可苦呢，安布罗修，公路糟透了，能把轮胎和马达全都颠坏。尽管如此，正如你看到的，我还是把公司经营得很好。

"我本来想自己买一辆旧的轻型卡车，"安布罗修说道，"分期付款的钱我有，以后按期的钱我就靠工作来慢慢付。"

"这可不行，你这么干等于跟我竞争。"堂伊拉留亲热地格格笑。

"我们什么都没谈妥，"安布罗修说道，"他说：我们算是建立了联系，明天再谈吧。"

二人第二天又见面了，第三天、第四天也见了面。安布罗修每次回到茅舍都有点醉醺醺的，满嘴啤酒味，他说：这位堂伊拉留喝啤酒简直是个无底洞。第二个星期，二人达成了一个协议。阿玛莉娅，我开莫拉雷斯运输公司的一辆面包车，基本工资是五百索尔，外加售票收入的百分之十。另外，我同堂伊拉留还合股搞一个固定的生意。阿玛莉娅看到他在迟疑，就问：什么生意？

"'净界棺材'。"安布罗修有点胆怯地说道，"我们用三万索尔把这家殡仪馆盘了下来。堂伊拉留说，这种转让价简直等于白送。我根本用不着看见死人，由他来管理葬仪，每六个月分红一次。你干吗摆出这副面孔？这有什么不好？"

"没什么不好，只是我总觉得有点儿那个，"阿玛莉娅说道，"特别是死人都是些孩子。"

"也做大人的棺材，"安布罗修说道，"堂伊拉留说，这生意最稳妥，人总是要死的嘛。我跟他对半分红，他负责管理，不拿工资。还要怎么样呢？你说是不是？"

"这样一来，你要成天跑廷哥马利亚了。"阿玛莉娅说道。

“对，因而也就不能监督殡仪馆那生意了。”安布罗修说道，“所以你要把眼睛睁得大大的，凡是抬出的棺材你都要记个数，反正殡仪馆就在附近，你用不着出屋就能监督。”

“好吧。不过，我总觉得有点儿那个。”阿玛莉娅反复地说着。

“简单说吧，我又是开车，又是刹车，又是加油，一直开了几个月的车。”安布罗修说道，“那是世界上最破旧的车，却叫‘山间闪电’呢！”

3

“也就是说，您是第一个结婚的，少爷。”安布罗修说道，“给您的哥哥和妹妹做了榜样。”

圣地亚哥从保健医院回到巴兰科的住处，刮了脸，换了衣服，然后来到了观花埠的家。那是下午三点，可他看到堂费尔民的车子停在门前。管家表情严肃地给他开门：少爷，您这个星期天没来吃午饭，先生太太可担心呢。蒂蒂和奇斯帕斯不在家，索伊拉太太正在楼梯旁的一间屋子里看电视剧，这间屋子已经改成每星期四玩牌的地方了。

“你早该来了，”索伊拉太太皱着眉把脸凑上给他吻，“你是不是来看看我们死没死？”

圣地亚哥极力用开玩笑——小萨，你从医院中解脱出来，心情好极了——使她消消气。但是她一面心不在焉地瞄几眼电视，一面仍然不停地责备他：星期天也给你摆了位子，蒂蒂和波佩耶、奇斯帕斯和卡丽一直等你到三点。你爸爸生病，你应该多关心他。圣地亚哥回想：我知道爸爸数着日子等我来，我也知道不来他会不高兴。他回想：他遵守医生的嘱咐不去办公室了，一直在家休养。你还以为他全好了呢，可那天你看到的情况并非如此，小萨。堂费尔民一个人在书房里，膝上盖着毛毯，正坐在经常坐的软椅上翻阅杂志。看到圣地亚哥进来，他又气又怜地微微一笑。那在夏天晒黑的皮肤显得老了，嘴角出现了皱纹，好像几天内减轻了十公斤。他没打领带，毛料夹克衫敞着，几根白色的胸毛从衬衣领口露出。圣地亚哥在他身旁坐下来。

“爸爸，你的脸色很好，”圣地亚哥吻了他一下说道，“感觉怎么样？”

“好点儿了，可你妈妈和奇斯帕斯把我搞得像个废物似的，”堂费尔民埋怨道，“只允许我到办公室待一小会儿，还强迫我睡午觉，强迫我像个残废似的待在家里。”

“还是等完全恢复健康再说吧，”圣地亚哥说道，“以后你就可以拼命地干了，爸爸。”

“我已经跟他们说过，这种化石般的生活，我只能忍受到月底。”堂费尔民说道，“下个月一号，我就要恢复正常生活。这会儿我连事情进行得怎么样都不知道。”

“就让奇斯帕斯去办吧，爸爸，”圣地亚哥说道，“他干得不是很好吗？”

“对，他干得很好，”堂费尔民点点头微笑道，“实际上，一切都是他管的。他很认真，也很精明，问题是我不甘心做个木乃伊。”

“早就有人说过奇斯帕斯是个生意人的料，”圣地亚哥说道，“不管怎么说，他被海军开除倒是他的运气呢。”

“只有你，事情总是不顺利，瘦儿子，”堂费尔民说道，仍然是那种亲热的声调，只是带有一丝疲乏的意味，“昨天我去你的住处，露西娅太太告诉我，你好几天没回去睡觉。”

“我到特鲁希约去了，爸爸。”圣地亚哥回想：当时他压低了嗓音，做了个手势，仿佛在说：这事你知我知就行了，你妈妈还什么都不知道呢。“报社派我去采访，匆匆忙忙地就把我派去，没来得及通知你们。”

“你现在是大人了，不能总责备你、劝说你了。”堂费尔民说道，他一直是那么亲切，温和，还有点儿伤感，“再说，我知道责备、劝说都没用。”

“别以为我在胡搞，爸爸。”圣地亚哥说道。

“最近不断有人告诉我，你的情况真叫人不放心，”堂费尔民说道，表情毫无波澜，“有人在酒吧、舞厅看到过你，都是利马最糟的地方。你这个人太敏感，所以我也不便问你，瘦儿子。”

“我只是偶尔去去，大家都是如此，”圣地亚哥说道，“你知道，我这个人并不喜欢热闹，爸爸。你还记得吗，年轻的时候参加晚会，不是还非得妈妈坚持叫我去吗?”

“年轻的时候?”堂费尔民说道，“你现在就感到自己老了?”

“你别理睬人们的流言蜚语，”圣地亚哥说道，“我什么事都有可能干，唯独这种事干不出来，爸爸。”

“我本来也是这么想的，瘦儿子，”堂费尔民沉默了片刻说道，“起初，我以为你只是去消遣消遣，我甚至认为。这对你来说不无好处。但是有人不止一次地告诉我说在这儿见到你，在那儿见到你，还喝酒，跟最坏的人在一起。”

“我根本没时间也没钱去胡搞，”圣地亚哥说道，“这太可笑了，爸爸。”

“我不知道应该怎样想，瘦儿子，”小萨，他严肃起来，声音也变得郑重，“你从一个极端走到另一个极端，太令人费解了。你瞧，我倒宁可你加入共产党，而不是成为酒鬼、浪荡哥儿!”

“我两者都不是，爸爸，你可以放心，”圣地亚哥说道，“多年来我已经不懂什么是政治了。我看报，但从不看政治新闻，不知道谁是部长，谁是议员。我也要求报社不要让我搞政治新闻。”

“你这样做是因为你感到太难过了，”堂费尔民喃喃地说道，“你是不是因为没能够去扔炸弹而感到难过?你别反驳我，我不过是劝劝你而已。你要记住，这一生，你一直在反对我。你没有成为共产党，那是因为在你内心深处对共产主义不太相信。”

“你说得对，爸爸，”圣地亚哥说道，“可我一点也不难过，也从来不去想这些。我只是叫你放心，共产党、浪荡哥儿，我都不是，你别担心!”

父子二人在书房中书籍和家具营造的温暖气氛中又谈了些别的事。二人看到太阳在落下去，冬日的夜雾正在升起，光线暗下来。二人也能听到电视剧结束了。小萨，爸爸又渐渐地提起了兴致，提及了那永恒的话题，又重新提起那谈过不知多少次的话题来：你还是回家来吧，去学法律吧，然后跟我一道工作。

“我知道你不喜欢谈这个话题，”小萨，这是他最后一次努力了，“我知道，一跟你谈这件事，就有把你从这个家再次吓走的危险。”

“别净说傻话，爸爸。”圣地亚哥说道。

“你离家四年了，还不够吗，瘦儿子?”小萨，从此以后他是不是听天由命了？“你自己受了伤害，也给我们带来了不幸，不是这样吗?”

“爸爸，我早就在法律系注册了，”圣地亚哥说道，“今年……”

“今年你又像往年那样拿我当傻瓜，”小萨，他是不是仍然抱着希望，希望你能回家?“我不相信你，瘦儿子，你也许注册了，但你不会踏入圣马可一步，也不会去考试。”

“往年我的工作太多，”圣地亚哥坚持说道，“现在我可以去听课了。为了能早点儿睡觉，我把时间安排了一下，而且……”

“你已经习惯熬夜，你已经习惯挣那点工资，你已经习惯跟报社那些浪荡朋友鬼混。这就是你的生活。”小萨，他既不气也不恼，只是稍微感到痛心，“你不能这样，瘦儿子，我怎么能不啰唆呢？你并不是你现在表现出来的这种人，你不能庸庸碌碌地混下去，孩子。”

“你要相信我，爸爸，”圣地亚哥说道，“我发誓，这次是真的。我一定去听课，去参加考试!”

“现在我求你不是为了你，而是为了我自己，”堂费尔民弯下腰，把手放在他的臂上，“我们一起来安排个能让你好好学习的时间表吧，到那时你肯定能比在《纪事报》挣的钱多。你也该懂事了，我不知什么时候就会死去，到那时，你和奇斯帕斯就得把办公室的事管下去。爸爸需要你，圣地亚哥。”

小萨，他没有像以前几次那样生气、那样怀有强烈的希望。圣地亚哥回想：他显得颓唐，反复不停地重复说着老一套，就像有些人明明知道会输却仍要孤注一掷。他的眼里流露出伤心的神色，双手抓住毛毯。

“我在办公室里只能成为你的障碍，爸爸，”圣地亚哥说道，“会给你和奇斯帕斯带来麻烦。我会感到你们是故意让我白拿工资。你再也别说什么死不死的，你刚才不是还说你好多了吗？”

堂费尔民垂下头，片刻后又昂起脸强笑了笑：好吧，我不再用老一套烦你，瘦儿子。圣地亚哥回想：他这话仿佛是说：我只想告诉你，如果有一天你从这个门进来，对我说：爸爸，我从报社辞职了。那你就是给了我一生中最大的快乐。但是堂费尔民住了口，原来索伊拉太太拉着一辆放有烤面包和茶的推车走了进来。啊，电视剧可完了！接着谈起了波佩耶和蒂蒂的事。圣地亚哥回想：妈妈心事重重：波佩耶想明年结婚，而蒂蒂还是个孩子，她劝他们再等一段时间。堂费尔民开玩笑地说：你妈妈这老太婆还不想当外婆。奇斯帕斯和他的未婚妻呢，妈妈？啊，卡丽很好，是个迷人的姑娘，住在蓬塔，能讲英文，很正派，也很贤惠。他们俩也要在明年结婚。

“幸好你还没提出也要在明年结婚，尽管你净干疯事。”索伊拉太太小心地说道，“我想你还不想结婚吧，对不对？”

“可你一定有未婚妻了，”堂费尔民说道，“告诉我，是谁？我们不会让蒂蒂知道的，不然她又要招惹你了。”

“我还没有，爸爸，”圣地亚哥说道，“说真的，还没有。”

“你也该有了，还等什么？”堂费尔民说道，“你可别像可怜的克洛多米罗那样打一辈子光棍。”

“蒂蒂比我晚几个月结婚，”圣地亚哥说道，“奇斯帕斯晚一年多。”

凯姐想道：我就知道他要来。他竟有这么大的胆子，凯姐简直不能相信。那时半夜已过，人多得迈不开步。玛尔维娜醉醺醺的，小罗贝托直出汗。一对对的跳舞人在舞池中摇摇摆摆地跳着“恰恰恰”，半明半暗的灯光，加上腾腾烟雾，跳舞人的身影显得模糊不清。凯姐不时地听到玛尔维娜从酒台、小客厅或楼上房间里发出装腔作势的尖叫声。他仍然站在门边，个子很高，胆子却很小。他身穿崭新的褐色条子西装，系着大红领带，两眼东张西望。凯姐开心地想：他是在寻找。

“太太不许黑人进来，”凯姐身旁的玛尔塔说道，“小罗贝托，把他赶出去。”

“他可是贝尔穆德斯的打手，”小罗贝托说道，“我去问问太太，看太太怎么说。”

“不管是什么人，快把他赶出去。”玛尔塔说道，“这会坏了我们这个地方的名声。把他赶出去!”

那个留着浓密小胡子、身穿闪光坎肩的年轻人刚刚跟玛尔塔接连跳了三个舞，却一句话也没跟她说，这时他走近凯姐，急切地说：我们到楼上去，好吗？好的，把房租钱给我，你先上去，是 12 号房间，我去拿钥匙。凯姐挤过跳舞的人来到那黑人面前，瞅了他一下，只见他那双眼睛发红，露出吃惊的神色。你来干什么？谁派你来的？他移开目光，但又看看她：晚安。声音低得几乎听不出。

“奥登希娅太太派我来的，”他低声说道，声音显得很不自在，目光躲闪着，“她等着您给她打电话呢。”

“我一直很忙，”她根本没派你来，你连说谎都不会，你是为我来。“你告诉她，我明天就给她打电话。”

凯姐说完，一转身上了楼。上楼前，她一面向伊翁要 12 号房间的钥匙一面想：他可能会走掉，但肯定会再来，也许会在街上等我，有一天可能盯我的梢，最后胆子大起来颤抖着走近我。半个小时后，凯妲下了楼，看见他坐在酒台那儿，背对着大厅里一对对的跳舞人，一面喝酒一面欣赏着小罗贝托用彩色粉笔在墙上画的那双丰满的、侧面角度的乳房。他那双白白的大眼睛胆怯地东张西望，在暗处闪闪发光，抓着啤酒杯的手的指甲上像涂了一层荧光。凯妲心想：他胆子大起来了。可她并不觉得奇怪，也不在乎。但是玛尔塔很在乎。玛尔塔正在跳舞，凯妲从她身旁走过时，她挤挤眼：看到了吗？现在竟允许黑人进来了。凯妲把身穿闪光坎肩的青年送到门口，随后向酒台走去。小罗贝托又给黑人斟了杯啤酒。许多男人没有舞伴，站在角落里观望着，玛尔维娜的尖叫声听不见了。凯妲穿过舞池的时候，一只手拧了她的屁股，她只是笑了笑，没停下来。她还没走到酒台，一个面庞浮肿、两眼发呆、眉毛竖立的人拦住了她：过来，跟我跳个舞吧。

“先生，这位小姐是跟我在一起的。”黑人憋着声音低低地说道，他站在落地灯旁边，灯罩上的点点绿色印在他的肩上。

“是我先说的，”那个人打量着黑人那一动不动的高个头，犹犹豫豫地说道，“那好吧，我们不用争。”

“我没跟他在一起。我愿意跟你跳舞，”凯妲说着抓起那人的手，“来吧，我们去跳舞。”

凯妲把那人拉进舞池，心中暗自发笑，心想：他不知喝了多少啤酒才把胆子壮起来，我要教训教训他，他会明白的。凯妲跳着跳着，感到那人的脚步乱了，跟不上音乐了。她发现那人发呆的眼睛不由自主地总往黑人那儿瞅。黑人一直站在那里，平静地瞧着墙上的画和角落里的人。一曲完毕，那个人想走掉。我们可以再跳一个，你大概怕那个黑人，是不是？放开我，太晚了，我得走了。凯妲笑了，放开那人，走到酒台前，在一只高脚凳上坐了下来。片刻后，黑人坐到了她的身旁。即使没看他，凯妲也猜得出黑人的面孔因困惑不安而扭歪，猜得出他张开厚厚的嘴唇要说话。

“该轮到我了吧？”他紧张地说道，“可以跟您跳个舞吗？”

凯妲一本正经地盯着他的眼睛瞅了一眼，他立刻低下头。

“我要是告诉臭卡约，会怎么样?”凯妲说道。

“他不在，”黑人喃喃地说道，头不抬，身子不动，“他到南方巡视去了。”

“要是等他回来，我告诉他你来这里跟我纠缠，会怎么样?”凯妲盯住不放，很有耐心。

“不知道。”黑人轻声说道，“也许不会把我怎么样，也许会把我辞退或抓起来，也许比这还糟。”

他抬起了眼睛，凯妲心想：他仿佛在求我；如果您愿意，唾我都可以，但别告诉他。片刻后，他再次移开了眼光。“这么说，奥登希娅那疯女人派你来办事是假的?”

“是真的，”黑人说道，迟疑了一会儿又说，仍然低着头，“只是她没让我留下不走。”

凯妲放声大笑。黑人抬起头，那双眼睛仍然发红，眼白大大的，充满了希望，也非常胆怯。这时小罗贝托凑上来，噘了一下嘴，仿佛问凯妲出了什么事。凯妲做了个表情，表示一切都好。

“你想跟我聊天，就得点喝的，”凯妲说着点了酒，“我要苦艾酒。”

“请给小姐来杯苦艾酒，”黑人重复了一遍，“我还是要啤酒。”

凯妲看到小罗贝托带着一丝讥讽的笑容走开了。她还发现玛尔塔在舞池里从舞伴的肩上愤怒地看着她。她也看见角落里那些无伴的男人用激动而责备的目光盯着她和黑人看。小罗贝托端来一杯啤酒和一杯淡茶，离开时向她挤挤眼，仿佛在说：我可怜你。又仿佛在说：这可不关我的事。

“我明白了，”黑人咕哝着说，“您对我一点好感也没有。”

“这倒不是因为你是黑人，我根本不在乎这个，”凯妲说道，“而是因为你是那令人作呕的臭卡约的奴仆。”

“我不是任何人的奴仆，”黑人说道，“我只是他的司机。”

“还是他的打手。”凯妲说道，“在汽车里跟你坐在一起的那个人是不是警察局的人？”

“伊诺斯特罗萨确实是警察局的人，”黑人说道，“但我只是司机。”

“你如果愿意，你可以告诉臭卡约，说我骂过他是个令人作呕的人。”凯妲微微一笑。

“他会不高兴的，”黑人以一种谦卑的口气慢慢说道，“堂卡约是个很自傲的人。我不会告诉他，您也别告诉他我来过，咱们谁也别告谁的状。”

凯妲爆发一阵大笑。黑人的那双眼睛仍然又红又白，贪婪而火热，不安而恐惧。你叫什么？安布罗修·帕尔多。您叫凯妲，我早就知道了。

“臭卡约和伊翁老太婆合伙了，有这回事吗？”凯妲说道，“你的主子现在也成了这家妓院的老板，是吗？”

“我怎么知道？”他喃喃地说，接着又用稍微强硬的口气强调，“他不是我的主子，而是我的领导。”

凯妲喝了一口凉茶，做了个难喝的表情，迅速把茶水倒在地上，然后抓起啤酒杯喝了一口。这时安布罗修那惊奇的目光转向了她。

“我可以告诉你，”凯妲说道，“你的主子是一堆屎。我不怕她，臭卡约是一堆屎！”

“但愿别是一堆带痢疾菌的屎。”他斗胆低声说道，“我们最好不要谈论堂卡约，再谈下去就危险了。”

“你跟奥登希娅那疯女人睡过觉没有？”凯妲说道，看到黑人的眼中猛地露出恐惧的神色。

“您怎么这么想呢？”他惊呆了，期期艾艾说道，“这种玩笑可不能再开。”

“那你怎么竟敢想跟我睡觉？”凯妲说道，一面迎着他的目光。

“因为您……”安布罗修吭吭哧哧，声音断断续续，惶惑地低下了头，“您还要一杯苦艾酒吗？”

“你是喝了多少酒胆子才变得这么大?”凯姐开心地说道。

“很多，我都记不得了。”凯姐听到他笑了，声音中带有更多的亲密意味，“我不光喝了酒，还带来了钱。昨天我也来了，但没进来。我今天进来了，因为太太派我来办事。”

“太好了，”凯姐说道，“再给我点一杯苦艾酒就走吧，最好别再来了。”

安布罗修把眼睛转向小罗贝托：先生，再来杯苦艾酒。凯姐看到小罗贝托在忍住笑。远处，伊翁和玛尔维娜面带好奇的神情在瞅着她。

“黑人都跳舞跳得很好，我想你也跳得不错吧?”凯姐说道，“你就高高兴兴地跟我跳一支吧，就这一次。”

黑人扶着凯姐跳下高脚凳，以一种奴才感恩不尽、眼泪夺眶欲出的神色望着她的眼睛。他轻轻地搂住凯姐，不敢贴身上去。不，他不会跳，也许是跳不动，跟不上节奏。凯姐感到他用指尖按在自己的背部，很有分寸，战战兢兢，小心翼翼地用胳臂搂着自己。

“别贴得这么紧，”凯姐开心地开了个玩笑，“瞧人家是怎么跳的。”

但是他没有听懂这个玩笑，不仅没有贴近，反而离开了几厘米，嘴里咕咕哝哝的不知说着什么。凯姐几乎感动了，心想：这人的胆子多小啊。她一面哼着小调旋转，一面摆动双手，还不断地变换着舞步。黑人则呆板地、原地不动地摇摆着，表情就像小罗贝托挂在天花板上的那些狂欢节用过的假面具，令人忍俊不禁。舞罢，二人回到酒台，凯姐又要了杯苦艾酒。

“你到这儿来简直太傻了，”凯姐友好地说道，“伊翁、小罗贝托，还有别人，都会告诉臭卡约，你很可能惹出麻烦来。”

“你这样认为?”他环视着周围低声说道，做了个傻相。凯姐想道：这个白痴什么都想到了，唯独没估计到这一点，我这话无疑给他这个晚上泼了冷水。

“肯定如此，”凯妲说道，“你没见大家都跟你一样怕臭卡约吗？你不知道他现在是伊翁的合伙人吗？你就这么傻，连这也没想到？”

“我想跟您到楼上去。”他结结巴巴地说道，红红的眼睛在灰黑色的面孔上闪闪发光，硕大的鼻子翕动着鼻翼，张着嘴露出了白得闪光的牙齿，声音中充满了情意，“可以吗？”（这时他愈发显得胆怯了）“费用是多少？”

“想跟我睡觉，你得花掉好几个月的工资。”凯妲笑了，同情地看了他一眼。

“即便如此，我也愿意，”他坚持说，“哪怕只睡一回。真的可以？”

“你肯花五百索尔就可以。”凯妲微笑着盯着他看，使他低下了头。“外加租房费五十索尔。你瞧，你没这个能力吧？”

黑人的眼白转了转，紧闭双唇，大手一抬，遗憾地向待在酒台一端的小罗贝托一指：那个人告诉我价格是二百索尔。

“那是别的女人的价格，我有我的价格。”凯妲说道，“有二百索尔，你可以跟那些女人中随便哪个上楼去，除了那个穿黄色衣服的玛尔塔，她不喜欢黑人。好了，你付完酒钱就去找她们吧。”

凯妲见他从钱夹中抽出几张钞票，向小罗贝托付了账，把找回的钱放回钱夹。他的脸色显得很难过，又好像在沉思。

“你告诉那疯女人，我会给她打电话。”凯妲友好地说道，“去吧，你可以跟随便哪个女人睡，她们只要二百索尔。你也不用怕，我会跟伊翁讲，叫她什么也别对臭卡约说。”

“那些女人我一个也不愿意睡，”他喃喃地说，“我最好还是走吧。”

凯妲把他送到门口的小花园，他蓦地站住了，转过身来。在红色的门灯照射下，凯妲看到他迟疑了片刻，一会儿低下眼睛，一会儿抬起眼睛，欲言又止，最后结结巴巴地说：我还有二百索尔。

“你再这么固执，我可要生气了。”凯妲说道，“快走吧。”

“二百索尔接个吻都不行吗?”他噎住了，惶惑了，“可以吗?”

他摇晃着双臂，仿佛人吊在树上，接着把一只手伸入口袋又抽出，迅速地比画了个圆圈。凯妲看到他手中有几张钞票，看到他把钞票塞到自己的手中，也不知怎的，揉皱了的钞票一下子被紧攥在自己的指间。黑人向屋内瞅了一眼，垂下沉重的头。她感到脖颈上有一股发黏的气息。他用力地抱住了她，但没有吻她的嘴。他一感到她在抗拒就松了手。

“真好，挺值得。”凯妲听到他感激地笑着说道，那双黑白分明的眼睛不停地在眼眶中转动，“有一天我会带来五百索尔的。”

说着，他打开临街的门走了。凯妲木呆呆地看着自己指间飘动着的钞票。

在稿纸上胡乱涂写，然后抛到字纸篓里。圣地亚哥回想：我就这样几个星期、几个月地胡乱涂写，把稿纸丢到字纸篓里，小萨，把稿纸丢在字纸篓里。平静的编辑部、老一套的玩笑和笑话、同卡利托斯在黑黑酒吧说着一遍又一遍的老话题、到舞厅去白吃白喝。卡利托斯同契娜好了又吵，吵了又好，有多少次了?卡利托斯的嗜酒是什么时候变成慢性病的?在记忆中流逝的那些混混沌沌的日子里，在那迷迷蒙蒙的岁月中，在那似水流年中，你只抓住了一条细细的线，圣地亚哥回想，那就是安娜。圣地亚哥出院后一个星期，二人就开始来往了，一起到圣马丁影院去看哥龙芭·多明盖斯和佩德罗·阿门达利斯①主演的影片，到哥尔梅纳路一家法国饭馆去吃烤肉。第二个星期又去团结大街的美味店吃辣子肉，还去至上电影院看了一场斗牛片。接着，这一切变成了片断的回忆，混淆起来，小萨。到法院附近的茶馆去喝茶，去展览会公园散步吃廉价饭馆，观看又哭又笑的墨西哥电影和互相戏谑逗趣所形成的乏味关系，在那终日牛毛细雨、浓雾不散

---

① 二人均为墨西哥电影演员，后者于1962年自杀。

的冬天突然变成了一种似是而非的稳定关系。小萨，在海神舞厅那暗幽幽的舞池里，一对对懒洋洋的男女随着令人昏昏欲睡的节奏在跳着舞，舞厅里的墙上画着闪烁的星辰，充满了酒味和私通的意味。由于担心付不出账，你心中盘算着，小气地、慢慢地喝着杯里的酒。就在那里，二人第一次接了吻，圣地亚哥回想：是由于受到幽暗光线的刺激，是由于受到音乐的刺激，也是由于受到在黑暗中互相抚摸着的人影的刺激。我爱你，安妮塔①。感到她把身子倒在你怀里的时候，你吃了一惊。我也爱你，圣地亚哥。她那贪婪而富有青春活力的小嘴，还有她的情欲，快要把你窒息了。二人一面跳舞，一面长时间地吻着，回到座位上还在吻，在回家的出租汽车上仍在吻。安娜任他摸了乳房，没有抵抗。圣地亚哥回想：那天整个晚上她都没有开玩笑。这是一次半秘密状态中乏味的浪漫行为，小萨。安娜坚持邀你去她家吃午饭，可你总说不行，要采访，另有约会，下星期再说吧，以后再说吧。一天下午，二人在中心广场的海地酒吧被卡利托斯撞见。卡利托斯看到二人手拉着手，安娜依偎在圣地亚哥的身上。他露出惊讶的神情。小萨，那回你们第一次吵了嘴。你为什么不把我介绍给你的家人也不想认识我的家人？我们的事为什么你连最要好的朋友都没讲过？跟我在一起你感到耻辱？二人站在保健医院门口，天气很冷，你感到很无聊。安妮塔，我明白你为什么这么喜欢看墨西哥电影了。她转身走进医院，连一声告别都没有。

吵嘴后的最初几天，圣地亚哥感到微妙的烦恼，有一种不安的思念。小萨，难道这就是爱情？这么说来你根本就没爱过阿伊达。你很久以前内心感到的那些蠕虫也许是爱情，可你对安娜又没有这种感觉，小萨啊。圣地亚哥又同卡利托斯、米尔顿和索洛萨诺来往起来。一天晚上，他开玩笑似的向他们讲述了自己同安娜的爱情，谎称下来已经跟她睡过。接下来有一天，他去报社上班前提前在法院车站下

---

① 安娜的爱称。

车，来到了医院。圣地亚哥回想：这个举动我事先没考虑过，仿佛即兴之举。在医院入口的门廊里，二人和解了。门廊里来来往往净是人，二人低声谈着，手都没碰一下，只是互相望着眼睛。安妮塔，是我不好。圣地亚哥，我也不好。安妮塔，你不知道这几天我多么……圣地亚哥，我每天晚上都在哭。到了晚上，二人在一家咖啡馆里又见面了。咖啡馆里有许多醉汉，瓷砖地面上铺了锯末。二人整小时整小时地谈着，一直手握着手，面前的两杯咖啡一动没动。圣地亚哥，你应该早告诉我，我怎么知道你跟家里的关系不好？圣地亚哥又重新给她讲了一遍：圣马可大学、卡魏德的大学部、《纪事报》以及同父母兄妹之间既紧张又亲切的关系，只有阿伊达、安布罗修和缪斯的事没有讲。小萨，你为什么要向她讲述你的情况呢？从此以后，二人几乎每天见面。一个星期，也许是一个月之后，一天晚上，二人在拉斯玛尔加利达斯建筑区的一家幽会旅馆里发生了关系。她的身子那么瘦，连肋骨都数得清，眼睛中流露出又惊又羞的神情，而你发现她还是处女后感到惶惑不安。安妮塔，我以后再也不带你到这种地方来了，安妮塔，我爱你。从此以后，二人就到他在巴兰科的住处去做爱，每星期一次，利用露西娅太太每星期三外出做客的下午，急切而疯狂地做爱。每次事毕，安娜都后悔，一面擦拭睡床一面流泪啜泣，小萨。

堂费尔民又去了办公室，早晨和下午都去。圣地亚哥每星期天还是去同家人一起吃午饭。索伊拉太太同意波佩耶和蒂蒂宣布订婚，圣地亚哥答应来参加订婚仪式。那天刚好是星期六，《纪事报》放假，安娜值班，圣地亚哥把一件最穿得出去的西装拿去烫了烫，擦亮了皮鞋，还换了一件干净的衬衣。他八点钟乘出租汽车到了观花埠。嘈杂的人声和音乐声飞出花园的围墙，直达街心。邻居的阳台上，系着围裙的女仆在朝家中偷看，马路两旁停满了汽车，有的斜停在人行道上。你贴墙而行，迟疑一下，蓦地离开大门，没去按铃，但没有立即走掉，小萨。圣地亚哥透过汽车房的栏杆看到里面花园的草坪已经整平，一张桌子上铺着雪白的台布，一名领班在值班，一对对男女围在水池旁聊天。大部分客人都在客厅和饭厅里，透过薄纱后的窗帘可以看到客人们的影子，从里面传出了音乐声和人声。他认出了某个姨妈的面孔、某某表兄的影子和许多模糊不清的面孔。突然，克洛多米罗伯父出现了，他在花园的摇椅上坐下来，单独一人。他双手、双膝并拢，望着那些脚蹬高跟鞋的姑娘和向铺着白色台布的桌子凑拢过来的、系着领带的小伙子。人们走过他，他就强笑一下。克洛多米罗伯伯，你到这儿来干什么呢？你为什么要到这种没人认识你或是认识你的人不喜欢你的地方来呢？你为什么要装作是家庭的一员、装出一个有家之人的样子而不管这些人净让你败兴呢？圣地亚哥回想：归根结底，家庭对你就这么重要？你就这么爱这个并不爱你的家庭？难道忍受耻辱比忍受孤独更好过一些？圣地亚哥下决心不进家门，但他并没有立即走掉。一辆汽车在大门口停下来，他看到下来两个姑娘，她们把头发整整好，等着开车的人把汽车停好走过来。圣地亚哥回想：那开车的人我认识，是托尼，他的前额仍飘动着一绺头发，仍是那鹦鹉般的笑声。三个青年嬉笑着走进了家门。小萨，你有一种荒唐的感觉，好像他们在笑你。圣地亚哥突然有一种要见安娜的强烈愿望。在街角的铺子里，他给蒂蒂打了电话，解释说：我不能离开《纪事报》，明天再来看你，代我拥抱一下我的妹夫，蒂蒂。唉，超级学者，你真让人扫兴，你怎么干得出这种事来？圣地亚哥又给安娜打了电话，说要去看她。二人在保健医院门口聊了许久。

几天后，安娜往《纪事报》给他打了个电话，声音犹犹豫豫：我要告诉你个坏消息，圣地亚哥。圣地亚哥在华人咖啡馆里等来了安娜，只见她上气不接下气，制服外披了一件大衣，面孔拉得长长的：亲爱的，我们要去伊卡了。原来她的父亲被任命为伊卡一所中心学校的校长，她可能得去伊卡的工人医院工作。小萨，你并没有感到事情有多严重，只是安慰她说：我会每星期去看你，你也可以过来，伊卡反正离利马不远。

安布罗修在莫拉雷斯运输公司当司机第一天，去廷哥马利亚前先用那辆凸凸瘪瘪、满身补丁的蓝色面包车把阿玛莉娅和阿玛莉塔·奥登希娅带到普卡尔帕坑洼不平的街上兜了一会儿风。车上的挡泥板、保险杠用绳子绑得牢牢的，以防在坑洼的路上被颠下来。

“跟我在利马开的车相比，我那辆‘山间闪电’真叫人哭笑不得。”安布罗修说道，“不过我跟您说，我开车的那几个月真是幸福极了，少爷。”

“山间闪电”装上了木板凳，挤一挤可以乘十二名旅客。从此，起初那几个星期无所事事的生活转变成了一种正规的职业。阿玛莉娅每天给他做饭，把菜放在破车的小抽屉里。安布罗修则穿着背心，头戴遮阳帽，下身穿一条破裤子、一双胶质拖鞋，早晨八点就向廷哥马利亚出发。安布罗修出车后，阿玛莉娅几年来第一次想起了宗教，这也是露贝太太促成的。露贝太太送给她一幅圣像，让她贴在墙上，还拖她星期天去做弥撒。如果不遇水淹，破车不抛锚，安布罗修下午六时可以到达廷哥马利亚，在莫拉雷斯运输公司的柜台底下铺个床垫过夜，第二天八点返回普卡尔帕。不过这种日程很少能实现。车子总是在路上抛锚，有时一趟要走一整天。发动机旧了，阿玛莉娅，得经常停下来休息休息。安布罗修每次回到家，浑身上下都是泥，累得要死，进门就往床上一躺。阿玛莉娅给他做饭，他就枕在手臂上一面吸烟一面平静而详细地给她讲述他如何巧妙地修理汽车，他拉的乘客都是些什么样的人以及将如何跟堂伊拉留算账。阿玛莉娅，我最开心的是和潘达雷昂打赌看谁开得快，多亏跟他比赛，这一路才不那么枯燥，旅客却都吓得尿裤子。潘达雷昂开的车叫“公路超人”，那破车是属于普卡尔帕运输公司的，那公司是莫拉雷斯运输公司的竞争对手。两个人同时出发，一路比赛，倒不是为了赢得打赌的半镑钱，而是为了抢先去接一路上步行着从一个村落到一个村落、从一个庄园到一个庄园的旅客。

“那些不买票的乘客实际上不是莫拉雷斯运输公司的乘客，而是

‘安布罗修·帕尔多运输公司’的乘客。”他对阿玛莉娅说道。

“要是堂伊拉留发现了怎么办?”阿玛莉娅对他说。

“其实公司老板都心中有数，阿玛莉娅，这是潘达雷昂跟我说的，他们一眼睁一眼闭，因为他们也知道工资少得可怜。这叫贼偷贼兄弟，你明白就行了。”

在廷哥马利亚，潘达雷昂搞上了个寡妇，那寡妇不知道他在普卡尔帕有老婆孩子。不过他有时并不到那寡妇家去，而是同安布罗修到一家名叫“昼光”的廉价饭馆去吃晚饭，然后去一家下等妓院，费用才三索尔。安布罗修是出于友好才陪他去的，但不明白潘达雷昂为什么喜欢那些女人，他才不会花钱跟那些女人睡觉呢。你说的是真话，安布罗修?真的，阿玛莉娅，那些女人又矮又胖、大肚皮，丑极了，再说，我一到就累得要命，就算想欺骗你，身体也顶不住呀，阿玛莉娅。

开始几天，阿玛莉娅还像那么回事似的监视着净界棺材殡仪馆。殡仪馆换了主人后并没发生什么变化，堂伊拉留从来不去，从前的雇员仍然留用。那是个病歪歪的年轻人，一天到晚坐在栏杆后傻乎乎地望着在医院和毛克殡仪馆的房顶上晒太阳的兀鹰。殡仪馆唯一的房间里堆满了棺材，大部分是小号白皮的，做得非常粗糙、简单，偶尔有一两副是刨平、漆过的。第一个星期卖出了一副。一个光脚、没穿外衣却系着黑色领带的人面带悲伤地走进净界棺材殡仪馆，片刻后扛着一副小棺材出来，走过阿玛莉娅面前的时候，阿玛莉娅在胸前直画十字。第二个星期，一副也没卖出去。第三个星期卖了两副，一副是小孩的，一副是大人的。安布罗修不安了：阿玛莉娅，这生意不赚钱嘛。

第二个月，阿玛莉娅就放松了监视，她不能一辈子都怀抱着阿玛莉塔·奥登希娅坐在门口数着很少卖出去的棺材呀。阿玛莉娅和露贝太太交上了朋友，二人一谈就是好几个小时，一起吃午饭、晚饭，一起到广场、商业街和码头去溜达。天气最热的时候，二人还下河洗澡，去黄记冷饮店吃刨冰。安布罗修每星期天休息，一睡就是一上午，吃过午饭就同潘达雷昂到雅利纳湖旁的体育场去看足球赛。下午，夫妻二人把阿玛莉塔·奥登希娅托给露贝太太就去看电影。街上的人都认识他们了，向他们打招呼问好。露贝太太在他家进进出出，就像在自己家一样。有一次她碰见安布罗修光着屁股在菜园里用小桶洗澡，阿玛莉娅笑破了肚皮。他们也随时可以到露贝太太家里去借东西。露贝太太的男人每次回到普卡尔帕，到了晚上也到街上来跟他们坐在一起乘凉，这老人一张口就是田地和农牧银行的欠债。

"我觉得心情好起来，"一天，阿玛莉娅对安布罗修说道，"我对普卡尔帕已经习惯了，你看上去也不像起初那样令人反感了。"

"看得出你已经习惯了，"安布罗修回答道，"你现在光脚走路，打着雨伞，变成山区人了。"

"我高兴是因为我不那么想念利马了。"阿玛莉娅说道，"做梦几乎梦不见太太了，也从不去想警察局了。"

"你刚来的时候，我心想，你怎么能跟他生活下去呀?"一天，露贝太太对阿玛莉娅说道，"现在我可以说，你真有福气，嫁了个这么好的丈夫呢。黑人心肠好。"

阿玛莉娅笑了：这倒是真的，他对我很好，比在利马时好多了，对阿玛莉塔·奥登希娅也亲热极了。最近他心情非常好，在普卡尔帕直到现在我还没跟他吵过呢。

"幸福的日子到此为止，"安布罗修说道，"我们在钱的问题上失算了，少爷。"

安布罗修本来以为加上瞒着堂伊拉留赚的外快，满可以应付一个月的开销，但事实上并非如此。首先，乘客太少；其次，堂伊拉留说汽车的修理费用由公司和司机对半出。阿玛莉娅，堂伊拉留简直财迷心窍，如果接受这个条件，我就等于没有工资。二人争执了很久，最后决定安布罗修只出修理费的百分之十。但是到了第二个月，堂伊拉留扣了他百分之五十。备用轮胎被偷，他还叫安布罗修赔个新的。堂伊拉留，这太不公平了，亏你想得出。堂伊拉留盯着他说：你先别嚷嚷，你要嚷嚷，你的丑事我也要抖搂出来：你没背着我捞外快吗？安布罗修不知说什么好了。但堂伊拉留向他伸出手去，二人又和好了。安布罗修只得靠借债和预支工资来应付一个月的开支，堂伊拉留同意他预支也很勉强。潘达雷昂看到他们拮据的样子就劝：不要租房子住了，还是到郊区来，在我家旁边自己盖间茅舍吧。

“不，阿玛莉娅，”安布罗修说道，“我可不愿意在我外出的时候你一个人留在家里，郊区的流氓太多。再说到了郊区，就监视不了净界棺材殡仪馆了。”

4

“这就是女人的智慧，”卡利托斯说道，“安娜要是考虑很多，事情就不会这么顺利，然而她没有怎么考虑。女人从来不事先考虑，她们都是按本能行事，但从来不会出错，小萨。”

小萨，安娜迁到伊卡去，你是不是感到一种轻微的、时断时续的烦恼？当你坐在私人汽车里计算着还差几天到星期天的时候，一种轻微的不平静之感是不是使你吃惊了？圣地亚哥必须把在父母家吃午饭的日子从星期天改为星期六。星期天一大早，他就乘上一辆到住处来接他的私人汽车出发了，在车上睡一路，然后同安娜一起待到晚上再回利马。圣地亚哥回想：每星期去一次，我简直快要破产了，去黑黑酒吧经常是由卡利托斯付啤酒钱了。这就是爱情吗，小萨？

“随你的便吧，随你的便吧，”卡利托斯说道，“随你们两个人的便吧，小萨。”

圣地亚哥终于去见了安娜的父母。安娜的父亲是汪卡约①人，胖乎乎的，很爱讲话，在中学教了一辈子的历史和西班牙文。她母亲是个极为和气的黑白混血女人。他们的家就在中心学校破烂庭院的边

---

① 秘鲁胡宁省的城市。

上。二位老人非常好客，大喊大叫地接待圣地亚哥。每个星期天都给你准备了非常丰盛的午餐，你和安娜交换着苦恼的目光，心想这一盘一盘的菜何时才能上完。吃完饭，他和安娜到那洒满阳光的笔直大街上去散步，然后进入一家电影院去爱抚，接着在广场上乘凉，回到家里聊天，在摆满古代陶器的小客厅中接吻。有时安娜也来利马过周末，住在亲戚家里，这时二人就可以到市中心的某家小旅馆去睡觉。

“我知道你没有求我指点你，”卡利托斯说道，“我也不想指点你。”

安娜每次来利马都是匆匆忙忙的。一天晚上，二人在罗克希电影院门口相见时，圣地亚哥回想，她紧咬着双唇，鼻翼一张一翕，眼露惊色喃喃地说：我知道你很小心，亲爱的，我一直也很注意，亲爱的，不知怎么就出事了，亲爱的。圣地亚哥抓起她的胳臂，没进电影院，而是来到了一家咖啡馆。二人平静地谈了话，安娜同意不把孩子生下来，但她的眼泪夺眶而出。她说了许多话，无非是害怕她的父母。接着就悔恨交加地走了。

“我不求你指点，因为我知道你的意见，”圣地亚哥说道，“无非劝我不要结婚。”

两天后，卡利托斯打听到了一个女人的地址，圣地亚哥去找她。那是阿尔托斯区一所破烂的砖房，那女人健壮、邋遢，一脸疑惧，非常不高兴地把他打发出来：年轻人，您搞错了，我可从来不犯罪。接下来整整一个星期，他东跑西颠，胃口不开，惊恐万状，同卡利托斯没完没了地商量，在住处彻夜不眠：她是护士，认识不少接生婆和医生，却不去找。这是她给你设下的陷阱。最后诺尔文找到了一位病人不多的医生，经过一番拐弯抹角、闪烁其词的谈话，医生同意了。他要一千五百索尔，于是圣地亚哥、卡利托斯和诺尔文三人花三天的时间凑齐了款子。圣地亚哥给安娜打电话：找到了，都安排好了，你尽快到利马来吧。小萨，你打电话时的腔调是想让她知道：你在怪她，不能原谅她。

“是我的意见，可能完全是从利己主义出发，”卡利托斯说道，

“不光为了你，也为了我。你一结婚，就不再有人对我诉说苦恼，也没有人跟我一起在娱乐场所熬夜了。随你的便吧，小萨。”

星期四，有人从伊卡来，在公寓给圣地亚哥留下了安娜的一封信。亲爱的，你可以安安稳稳地睡觉了，圣地亚哥回想，信上说：我以装腔作势的愁眉苦脸说服了一位医生。一切都过去了，像墨西哥电影一样，一切是那么痛苦，那么悲伤。现在，我卧在床上。为了不让我父母发现，我编造了许多谎言。小萨，连那信上的拼写错误都使你感动。圣地亚哥回想，她说：我很苦恼，但我高兴的是，你可以不必担心了，亲爱的，我发现你并不爱我，你跟我只是开开心而已。一想到你不爱我，我就受不了，因为我真心爱着你。我不再见你了，时间会帮助我把你忘掉。小萨，那个星期五和星期六，你虽然松了一口气，但是心情并不轻松，感到烦恼，内心负疚。圣地亚哥回想：但这不是蠕虫，也不是小尖刀。星期天去伊卡的路上，他没有合眼。

“你是在接到信后决定同她结婚的，你这个受虐狂。”卡利托斯说道。

圣地亚哥从广场快步走到安娜的家，到达后都喘不过气来了。安娜的母亲开了门，双眼直眨，面带愁容：安娜生病了，肚子痛得要命，真把我们吓坏了。她把圣地亚哥让进客厅，圣地亚哥等了很久她才进来，说声请上楼吧。圣地亚哥回想：一看到安娜身穿黄色睡衣、面色苍白、见我进来就赶快梳头的样子，一股柔情涌上我的心头。安娜丢开梳子和镜子，放声大哭。

“不是接到她的信之后，而是在见到她的那一刻。”圣地亚哥说道，“我们当即就把她母亲叫上来向她宣布了。就这样，我们三人用牛奶咖啡和蘸糖饼干举行了我们的订婚仪式。”

我们将在伊卡结婚，不请客人，也不举行仪式，然后回到利马。在找到便宜的住房前，先住在我那公寓里。安娜也许能在一家医院里找到工作，两个人的工资也许勉强够用。小萨，你是不是在此时倒霉的？

“我们要为你组织一场将成为利马报界具有划时代意义的告别仪式①。”诺尔文说道。

凯姐上楼到玛尔维娜房间里化了妆，下楼走过小客厅的时候，看到玛尔塔在大发雷霆：现在什么人都能进来了，这个地方成了垃圾堆。弗洛拉说：这个地方付钱就能进来，不信你去问问伊翁老太婆就知道了，玛尔塔。在酒吧间的门旁，凯姐又看见了他。跟上次一样，他背朝外，坐在高脚凳上，个子高高的，身穿一套暗色西装，肘撑酒台，一头鬈发亮闪闪的。小罗贝托正在给他端来啤酒。虽然已经过了九点，他却是第一个客人。四个姑娘在电唱机旁聊天，装作没看到他。凯姐走到酒台，连她自己都不知道见到他是不是心烦。

“这位先生正在打听你呢，”小罗贝托面带微笑，讥讽地说道，“我对他说你很少来，亲爱的凯姐。”

小罗贝托像猫一样轻柔地滑到酒台的另一端。凯姐又看了他一眼。他的眼睛已经不红了，不那么战战兢兢的了，也没有奴才相了，而是有点迫不及待。他紧闭着嘴，像操纵刹车杆那样摆动着身体，既不显得奴性十足、卑躬屈膝，也不显得情真意切，只是流露出强烈的欲火。

“你又还魂了，”凯姐说道，“我还以为你再也不会到这儿来了呢。”

“钱，我有了，在钱夹里，”他咕哝着说，但说得很快，“我们上楼吧？”

“在钱夹里？”凯姐笑了起来，而他仍然一本正经，咬住的下巴在抖动。“你这是怎么啦？”

“怎么？难道这几个月又涨价了？”他问道，但并不是讽刺，而是声调漠然，仍然说得很快，“涨了多少？”

---

① 西方习惯，男青年结婚前要同朋友聚会一次，表示告别。

“你今天情绪不好嘛，”凯妲说道。看到他那样子，她感到很奇怪，对自己未因他的变化而生气也感到很奇怪。他系着红色领带，穿着白衬衣、羊毛开衫，面颊和下巴比那双放在酒台上的手显得白。“你怎么这样说话？这段时间里你出了什么事？”

“我想知道能不能跟您到楼上去。”他说道。此时他的声音镇静得要命，但眼光中一直流露着野性的急迫：“行，我们就上楼；不行，我就走。”

才这么短的时间，他的变化就这么大？不是指他胖了或瘦了，也不是说他放肆了，凯妲心想，他简直是在发火，但不是对我，也不是对别人，而是对他自己。

“你还害怕吗？”凯妲嘲讽地说，“你现在不给臭卡约当差了，只要愿意，你任何时候都能到这儿来。也许是金球禁止你晚上出来吧？”

他没有发火，也没有惶惑不安，眨了一下眼，良久没有回答，仿佛在回味凯妲的话，并寻找话语来回答她。

“我要是随随便便来的，那我最好走掉。”最后，他说道，大胆地盯着凯妲的眼睛，“快说吧！”

“先请我喝杯酒吧，”凯妲在一只高脚凳上坐了下来，往墙上一靠，感到很恼火，“我想我可以要一杯威士忌吧？”

“到了楼上，随便您要什么。”他严肃地低声说道，“我们上楼还是您让我走？”

“你跟金球学得很没教养了嘛。”凯妲干巴巴地说道。

“这就是说，您不愿意上楼。”他从高脚凳上站起来，嘟嘟囔囔地说道，“好吧，晚安。”

说罢，他转身要走，但凯妲一伸手拦住了他。凯妲看到他站住不动，又回转身来，一言不发、急切地注视着她。凯妲为自己的行为感到惊奇、恼火，她心想：我这是为了什么？是好奇还是为了……黑人像尊塑像似的等待着。五百索尔一次，外加六十索尔的租房费。凯妲听着自己的声音，几乎辨别不出是不是自己在说话。我这是为了什么呢？你懂了吗？他微微点头：懂了。凯妲向他拿了租房费，叫他上楼去等在12号房间门口。黑人上楼的时候，小罗贝托那无须的脸上带着恶意和醋意，把钥匙在酒台上敲得叮当乱响。凯妲把钱甩在他的手上。

“喂，凯妲，真是难以相信，”小罗贝托吹了一声口哨，做出一副异常欢快的样子，“你现在也侍候黑人了。”

“把钥匙给我，”凯妲说道，“别惹我，你这搞同性恋的家伙，你明明知道我对你并不感兴趣。”

“自从跟贝尔穆德斯一伙搅在一起，你变得傲气十足了，”小罗贝托笑着说道，“不常到这儿来，也不把我们当人看了，凯妲。”

凯妲一把夺过钥匙，上到楼梯一半处，迎面碰上了玛尔维娜。玛尔维娜正在下楼，笑得直不起腰来：去年来的那个黑人在上面，凯妲。她指了指楼上，眼睛突然亮了一下：啊，原来是找你来的！说着又拍了一下手掌：凯妲，你怎么了？

“还不是那个鬼罗贝托，”凯妲说道，“我再也不能忍了，他太放肆了！”

“他大概嫉妒了，别理他，”玛尔维娜笑了，“眼下大家都嫉妒你，亲爱的凯妲，这对你不是件好事吗，傻瓜！”

黑人在12号房间门前等着她。凯妲打开门，他走进房间在床角坐了下来。凯妲把门锁上，走进卫生间，拉上挂帘，开了灯，又探出头来看到他在那鼓状灯罩的灯光照射下显得平静、严肃，衬着玫瑰色的床垫显得更黑了。

“你等我给你脱衣服是怎么着？”凯妲没好气地说，“过来，我给你洗洗。”

只见他站起身走了过来，眼睛仍然盯着她。他已经失去了镇静和敏捷，又恢复了第一次来时那种驯服劲儿。他走到凯妲面前，傻呆呆的，仿佛想起了一件重要的事，用一个很快的动作把手伸进口袋，接着不好意思地慢慢地抽出手，把钞票递了过去：是先付钱吧？又仿佛他交出去的是一封报告坏消息的信件：都在这儿了，您数数吧。

“你瞧，任性使你付出了多大的代价，”凯姐耸了耸肩说道，“好吧，反正是你自己的事。把裤子脱下来，让我给你洗洗。”

他的手迟疑了几秒钟，小心翼翼地走到一把椅子旁，显得很尴尬。凯姐从卫生间里看到他坐了下来，脱掉鞋子、上衣、毛衣和裤子，把裤子慢腾腾地折好，然后解下领带向她走去，像刚才一样小心翼翼。一双长腿在白衬衣下有节奏地迈动着。到了凯姐身边，他脱下短裤，把短裤在手中拿了一会儿，向椅子丢去，但没落到椅子上。凯姐一把抓住那玩意儿，在上面擦了肥皂，又用水冲。他此时并未企图碰她。凯姐感到他在她身旁显得很紧张，只用臀部碰了碰她，呼吸平缓、正常。凯姐递给他卫生纸让他揩干，他仔细地揩着，仿佛在磨时间。

“现在该我洗了，”凯姐说道，“你去吧，等着我。”

他说了声是。凯姐看到他的神色很平静，但目光仿佛在躲闪着什么，流露出一闪即逝的羞惭。她拉上挂帘往盥洗池中放水的时候，听到了木地板上慢腾腾的脚步声和坐下时床上发出的吱吱声。凯姐心想：这家伙把他那股愁苦劲儿传染给我了。她洗完擦干回到房里，走到床前，只见他正仰面躺在床上，用双臂捂住眼睛。在灯光的照射下，他上身还穿着衬衣，下身光着。凯姐想起了手术室，一个人的身体正等着开刀。她脱下裙子、衬衣，穿着鞋走近床边，而他仍然一动不动。凯姐朝他的肚皮望了一眼，只见双腿间那东西软塌塌，埋在一丛还闪着水珠、与肤色无多大区别的黑毛中间。凯姐走去关了灯，返回在他的身边躺下来。

“急着要上来，付了钱，你又不行了。”她看到他不做任何动作就说道，“你就这么躺着？”

“这是因为您对我太不客气了，”他嗡嗡地说，显得很胆怯，“连装个样子都不肯。我又不是畜生，也有自尊心嘛。”

“把衬衣脱掉吧，别发傻了，”凯姐说道，“你以为我一见到你就恶心吗？其实，跟你来同跟罗马皇帝来，对我来说是一个样，黑家伙。”

凯妲感到他欠起身来，在黑暗中想象得出他听了她的话而有所动作。她看到他那件白衬衣被当空抛向椅子，由于窗户透入光线，那椅子还能看得见。他那赤裸裸的身体又在她身旁躺了下来，她听到了他那越来越激动的呼吸，嗅到了他的欲念，感到了他在抚摸自己。凯妲翻身仰面，张开臂膀，片刻后感到他那汗渍渍的肉体压到了自己的身上，在她身边急切地喘着气，用湿漉漉的双手抚弄她的皮肤。这时凯妲感到他正在轻轻地进入自己的体内。他想剥下她的乳罩，凯妲侧身帮他脱了下来。她感到他那湿润的嘴巴印在自己的脖颈和双肩，感到他气喘吁吁地动了起来。凯妲用双腿缠住他，用手抚摸他汗淋淋的背部和臀部。她任他吻自己的嘴，却紧闭牙关。几声短暂的呻吟、喘息之后，她感到他完事了。她把他推向一旁，他像死人似的滚下去。凯妲摸黑穿上鞋走进卫生间，随后又回到房间，打开灯，只见他再次仰面而躺，双臂捂住了脸。

“长久以来我做梦都想跟您睡。”凯妲一面带上乳罩一面听他说道。

“现在你心痛那五百索尔了吧？”凯妲说道。

“谁说我心痛了？”她听到他笑了，面孔仍然躲在双臂下，“这钱花得最合算了。”

凯妲正在穿裙子，听见他又笑了起来，笑声中流露的诚意使她感到吃惊。

“我刚才真的对你不客气了？”凯妲说道，“我没好气不是冲你，是冲小罗贝托，这个人总是时时刻刻地招惹我。”

“我能就这样吸一支烟吗？”他说道，“也许我该走了？”

“你要是愿意，吸三支都可以，”凯妲说道，“不过你得先去洗洗。”

是应该举行一场划时代的告别仪式，中午可以先在卡哈玛尔卡角饭店吃顿风味菜，只有卡利托斯、诺尔文、索洛萨诺、佩利基托、米尔顿和达里奥参加；下午可以跑几家酒吧；晚上七点再举行酒会，邀请几个“夜蝴蝶”和其他报社的记者参加，可以在契娜的住处举行（那时她同卡利托斯又和好了）；最后还可以同卡利托斯和诺尔文再逛一次妓院。然而在预定举行告别仪式的前一天，天刚黑下来，卡利托斯和圣地亚哥在《纪事报》社的餐厅吃完饭回到编辑部的时候，他们看到贝塞利达骂了声娘便昏倒在写字台上，那健壮、肥胖的身躯一下子塌下来。众编辑跑过去把他扶起，只见他那布满皱纹的面孔变成了一副永恒的、痛苦的怪相，皮肤发紫。人们给他擦酒精，松开领带，给他扇风。他僵挺无力地躺着，不时地发出呼噜声。阿里斯佩和侦破版的两个编辑用面包车把他送进了医院。两个小时后，他们打电话来说他死了，是脑溢血。阿里斯佩写了封讣告，登在讣告栏。圣地亚哥回想：讣告上说他是个正直的人。侦破版的编辑给他写了传略和颂词：他有着进取精神，为全国的新闻事业作出了贡献，是侦破采访及报道方面的先锋，在新闻战线上战斗了四分之一世纪，等等。

圣地亚哥回想：告别仪式没举行，我倒参加了守灵仪式。大家整个晚上都是在贝塞利达家度过的，他家在阿尔托斯区一个弯弯曲曲的小胡同里。小萨，那天晚上演出了一场悲喜剧，一出廉价的闹剧。棺材放在一间家具破烂的小客厅里，客厅中那些椭圆形镜框里的照片都蒙上了绉绸。侦破版的记者都很伤心，有几个女人在悲声抽泣。半夜过后，一位身穿丧服的太太带着一个小男孩走了进来，在惊讶的众人身上引起了一阵寒战，激起一片私语声：妈的，贝塞利达原来另外还有个女人；妈的，贝塞利达还有一个孩子。于是，在家庭成员和新来者之间爆发了一场没完没了、连骂带哭的争吵。参加守灵的人不得不出面干涉，对两个家庭进行调停、安抚。圣地亚哥回想：两个女人看上去同样年纪，面孔也相像，那男孩长得也像家里的几个男孩子。双方各自守在棺材两边，越过尸体互相交换着仇恨的目光。整个晚上，披着长发的退休记者、穿着破西装和坎肩的陌生人在家中川流不息。第二天下葬的时候，来了一次荒唐的大聚会，其中有恸哭的家人、老鸨模样的人、过夜生活的人、警察、密探、抹着眼黛哭得两眼通红的退休老年妓女。阿里斯佩读悼词，一名警察局侦察科的官员也致辞，这时人们才发现贝塞利达二十年来一直为警察局干事。从墓地回来，卡利托斯、诺尔文和圣地亚哥呵欠不断，骨头酸痛，三人在警察学校附近的一家餐厅里吃了玉米粽子。贝塞利达阴魂不散，不时地在三人谈话中出现。

“阿里斯佩答应我，关于我的婚事一个字也不发表，可我有点儿不信，”圣地亚哥说道，“卡利托斯，你注意点儿，可别让某个爱开玩笑的家伙发了短讯。”

“可你的家人早晚会知道，”卡利托斯说道，“不过，好吧，我注意就是了。”

“我宁可让他们从我自己的嘴里知道，也不愿意让他们从报上知道。”圣地亚哥说道，“等我从伊卡回来再去跟爹娘谈。我不想在度蜜月之前找麻烦。”

婚礼前，卡利托斯和圣地亚哥下班后在黑黑酒吧聊了会儿天，二人互开玩笑，回忆每次到这个酒吧来的情景：每次都是下班后，每次都在那张桌子上。卡利托斯：我有点难过，小萨，仿佛你一去不复返了。圣地亚哥回想：那天晚上他没有喝醉，也没有去嫖女人。小萨，你一个人在公寓里度过了天亮前的几个小时，一面吸烟一面回忆着露西娅太太听到你要结婚的消息时流露出的那副惊讶神色。你想象着婚后在那间小屋中生活会不会搞得很杂乱、很沉闷，你也想象着爹娘会作出怎样的反应。太阳出来了，圣地亚哥小心整好提箱，沉思着检查房间、床铺和小书橱。八点整，私人汽车来接他，露西娅太太穿着睡衣送他，脸上仍然带着惊诧的表情：好的，我发誓一个字也不对您父亲讲。说着，拥抱了他一下，在他额上印了一个吻。上午十一点，圣地亚哥到了伊卡，去安娜家之前先给哇卡契纳旅馆打了电话，叮问了一下预订的房间。前一天刚从洗衣店取出的西装摆在箱子里已经压皱，安娜的母亲嘟嘟囔囔地为他烫平。安娜的父母按照他的要求：没请客人。圣地亚哥回想：你只有当这个条件得到满足的情况下才同意在教堂结婚。这是通过安娜告诉他们的。四人去了市政厅，又去了教堂，一个小时后又到饭店去吃午饭。饭间，安娜的妈妈同安娜低声讲话，她的父亲则一面难过地饮酒一面大讲故事，一个接着一个。小萨，安娜穿着白色礼服，面露幸福的神情。上车去哇卡契纳旅馆的时候，安娜的妈妈放声大哭。小萨，你们就在小湖那发绿的臭水边度了三天蜜月。圣地亚哥回想：在沙丘间散步，同其他几对新婚夫妇不着边际地闲扯，没完没了地午睡，打乒乓球总是安娜战胜。

“那时我数着日子等待半年到期，”安布罗修说道，“于是，六个月一满，我一大早就去找他。”

一天，在河边，阿玛莉娅发现自己对普卡尔帕比想象中更加习惯。她同露贝太太去洗澡，阿玛莉塔·奥登希娅则躺在插入沙中的阳伞下睡觉。这时过来两个男人，一个是露贝太太男人的侄子，另一个是前一天从哇努柯来的推销员，名叫雷昂修·帕尼亚瓜。后者在阿玛莉娅身旁一坐下就大谈他由于工作关系到过秘鲁许多地方，他对阿玛莉娅讲，汪卡约、塞罗德帕斯瓜和阿亚库乔三个地方哪一点相似，哪一点不同。阿玛莉娅暗自发笑，心想：他想在我面前炫耀一番。她任他去自夸自己见过世面。过了一会儿，阿玛莉娅对他说：我是利马人。雷昂修·帕尼亚瓜不愿意相信：您是利马人，可您讲话跟这儿的人一模一样，口音、用词都一样。

“你别是疯了吧！”堂伊拉留惊愕地看了安布罗修一眼，“生意是不错，但按常理讲，在此之前他们是亏本的。六个月就能赚钱？亏你想得出！”

回到家中，阿玛莉娅问露贝太太，雷昂修讲的是不是真的。是真的，当然是真的，你讲话跟山里人一模一样，可以骄傲了。阿玛莉娅心想：我在利马的熟人、我的姨妈、罗莎丽奥太太、卡尔洛塔，还有希牡拉，要是听到我讲话一定感到惊讶。露贝太太，可我自己并没感到口音变了。露贝太太狡黠地微笑着：那个哇努柯人是在奉承你，阿玛莉娅。我也这么想，露贝太太，您想想，他还想请我看电影呢，我当然没有接受。露贝太太没有感到震惊，反而责备了她：唉，傻瓜，你应该去。你年纪轻轻，有权利享受享受。你以为安布罗修在廷哥马利亚的晚上不去寻乐子？结果阿玛莉娅反倒对她的话感到震惊。

“他手拿账本给我算账，”安布罗修说道，“这么多数字把我搞昏头了。”

“这是税单，这是印花收据，这是转让时请律师的佣金收据，”堂伊拉留在收据上闻了闻，又一张一张地递给我看，阿玛莉娅，“账目很清楚，你满意不满意？”

“这儿还有那个白痴的工资收据，”堂伊拉留最后说道，“我管理这个生意，分文不取，可你总不能让我亲自卖棺材吧，对不对？我想你不会说我给那白痴的工资太高了吧？一百索尔对一个白痴来说也不能算高吧？”

“看来我们的生意并不像您说的那么好，先生。”安布罗修说道。

“现在有所好转。”堂伊拉留晃头晃脑地说道，仿佛在说：你要努力理解我的话。“做生意一开始总要赔钱的，以后就会慢慢地有起色，最后就都能补回来。”

不久之后，一天晚上，安布罗修刚从廷哥马利亚回到家，在里面一间小屋里洗脸，屋里的盥洗盆是用一个木架支着的。阿玛莉娅看到雷昂修·帕尼亚瓜在茅舍拐角处出现了，头发梳得光光的，系着领带，径直朝这儿走来。阿玛莉娅一松手，差点把阿玛莉塔·奥登希娅掉在地上。她吓得赶快跑到菜园里，怀里紧抱着孩子藏在草丛中。他要是进来，就会同安布罗修相遇，安布罗修会杀死他。但她并没有听到什么特殊的声音，只有安布罗修的口哨声、水发出的啪啪声和暗处蟋蟀的鸣叫声。最后她听到安布罗修喊她开饭。她战战兢兢地走到厨房，之后仍神不守舍。

“又过了六个月，也就是一年后，我一大早又去了，”安布罗修说道，“我说：堂伊拉留，这回您怎么说？可别再跟我说没赚钱。”

“有什么法子呢？生意很糟啊，”堂伊拉留说道，“我正想找你说说这事呢。”

第二天，阿玛莉娅气恼地到露贝太太家里对她说：您瞧，这个人胆子真大，您想想，要是让安布罗修知道了可怎么办！露贝太太把她的嘴捂上说道：我都知道了。原来那个哇努柯人到露贝太太家来向她敞开了心扉。露贝太太：他说，自从认识了阿玛莉娅，我整个人都变了，您的女友无与伦比。他根本没想到你家去，阿玛莉娅，他不会那么傻。他只是想从远处看看你，阿玛莉娅，你征服了这个男人，那哇努柯人都为你发疯了。阿玛莉娅自己也感到很怪。她一直对此事很恼火，此时心里却很舒服。当天下午，她又去了沙滩，心想：他要是说什么不礼貌的话，我就骂他。然而雷昂修·帕尼亚瓜连句暗示的话都没说，他有礼貌地把沙子抹掉，让阿玛莉娅坐下，请她吃了一个蛋卷冰激凌。她一看他，他就低下头，显得很不好意思，还叹了一口气。

“对，正像你听到的，我早就研究好了，”堂伊拉留说道，“钱就摆在那儿，就等你我去捡，只是还需要投入一小笔资金。”

雷昂修·帕尼亚瓜每个月都到普卡尔帕来一次，每次只待两天。阿玛莉娅开始对他有好感，因为他对她很有礼貌，也因为他那副胆怯的样子。阿玛莉娅已经习惯每四个星期在沙滩见他一次。他每次都穿着高领衬衣，脚蹬鞋子，一副庄重的样子。他热得喘不过气来，用一块彩色手帕不停地擦着满脸大汗。他从来不下水洗澡，只是坐在露贝太太和阿玛莉娅中间同她们谈话。两个女人下水洗澡，他就照看着阿玛莉塔·奥登希娅。从来没有发生什么事，他也不对阿玛莉娅说什么，只是望着她不时地叹息着，最多斗胆地说：真遗憾，我明天又得离开普卡尔帕，这个月我一直想着普卡尔帕。要么就说：不知为什么，我这么喜欢普卡尔帕。他太腼腆了，不是吗，露贝太太？露贝太太：不对，他是太浪漫了。

“他琢磨出来的大生意其实是再盘进一家殡仪馆，阿玛莉娅，”安布罗修说道，“他想把模范殡仪馆也买下来。”

“那是家名声顶好的殡仪馆，它把我们的顾客都抢走了，”堂伊拉留说道，“别再说了，你把存在利马的款子也取出来吧，我们搞垄断，安布罗修。”

阿玛莉娅最多不过跟雷昂修·帕尼亚瓜去吃一顿中国菜饭，随后又同他去看了一场电影。那是几个月之后的事，她这么做，与其说是为了让他高兴，不如说是为了让露贝太太高兴。那天他们是晚上出去的，净走无人的大街，吃的是一家顾客很少的中国饭馆，看电影也是开演后才进去，散场前就出来。雷昂修·帕尼亚瓜对她比以往更加尊重，跟她在一起不但没有动手动脚，而且整个晚上一句话也没说。阿玛莉娅，他说他当时非常激动，他说他幸福得连话都说不出来。露贝太太，他真的这么喜欢我？真的，阿玛莉娅，他每次来普卡尔帕，晚上总是到我家来，一来就谈论你，一谈就是几个小时，还哭呢。露贝太太，可他怎么从来不向我表白呢？阿玛莉娅，这个人太浪漫了。

“我现在几乎连吃饭的钱都没有，可您还向我要一万五千索尔。”阿玛莉娅，原来堂伊拉留相信了我刚来时对他讲的话，“再说，疯子才再开家殡仪馆呢，先生。”

“不是另开一家，是把原来的扩大、充实。”堂伊拉留说道，“你考虑考虑吧。你会明白我的主意是对的。”

有一次，那个哇努柯人有两个月没到普卡尔帕来，阿玛莉娅几乎把他忘了。可是一天下午，她看见他坐在沙滩上，上衣和领带折得好好地放在一张报纸上，手里拿着送给阿玛莉塔·奥登希娅的玩具。您过得怎么样？他浑身抖得像是发了间日热。我不能再到普卡尔帕来了。我能单独跟您谈谈吗？露贝太太抱着阿玛莉娅·奥登希娅走了，二人足足谈了两个小时。他说他不当推销员了。他从伯父那里继承了一笔遗产，因此想来同阿玛莉娅谈谈。阿玛莉娅听他胆怯地转弯抹角、嗫嗫嚅嚅地求她跟他走，跟他结婚。我说：你疯了！说完我自己也感到有点儿难过，露贝太太。你瞧，他这是真的爱你，而不是随便寻个乐子，阿玛莉娅。雷昂修·帕尼亚瓜没有坚持，他沉默了，像是傻了。阿玛莉娅劝他忘记她，在哇努柯找个女人。他难过地摇摇头，低声说：我永远也不找。这个呆子搞得我心里很不好受，露贝太太。那天下午，她见他步履蹒跚，像个醉汉似的穿过广场，向自己住的旅馆走去。

“正当我们感到最钱紧的时候，阿玛莉娅发现自己怀孕了。”安布罗修说道，“真是祸不单行，少爷。”

然而阿玛莉娅怀孕的消息使安布罗修感到非常高兴：给阿玛莉塔·奥登希娅生个小伙伴，生个小山区人。那天晚上，潘达雷昂和露贝太太都到茅舍里来了，大家喝了啤酒，一直到很晚才散。其间，阿玛莉娅说：我怀孕了，你们看怎么样？大家都很开心，阿玛莉娅也乐昏了头、发了疯，一个人又唱又跳又说粗话。第二天天一亮，她感到浑身无力，呕吐不止。安布罗修羞她道：你昨天晚上用酒给小鬼头洗了澡，生下来非是个酒鬼不可，阿玛莉娅。

“如果医生早说她可能有危险，我就让她打胎了。”安布罗修说道，“在普卡尔帕，打胎很容易，好多老太婆都会用草药打胎。可是医生没说，阿玛莉娜感觉很好，我们就没往心上去。”

一个星期六，也就是阿玛莉娅怀孕的第一个星期六，她同露贝太太到雅利纳湖去玩。整整一个上午，她都坐在树丛中看着别人在湖中洗澡，瞪着圆圆的眼睛望着在万里无云的天空中炽燃着的太阳。中午，二人打开包，在一棵树下用午餐。这时她们听到两个女人一面喝冷饮一面讲堂伊拉留的坏话，说这个人怎样怎样骗过、偷过，要是判刑，不是坐牢就是枪毙。露贝太太说：这都是些流言蜚语。可是到了晚上，阿玛莉娅把听到的告诉了安布罗修。

“关于他，我听到的还要坏呢。不光在这儿，在廷哥马利亚也是如此。”安布罗修说道，“我不明白，这个人这么精，为什么不把生意搞搞好、赚点钱呢？”

“因为他都精在你身上了，傻瓜!”阿玛莉娅说道。

“她这话使我起了疑心，”安布罗修说道，“可怜的阿玛莉娅像狗一样，鼻子挺灵呢，少爷。”

从此以后，安布罗修每天晚上从廷哥马利亚回来，并不忙着掸去身上的红土，而是先问阿玛莉娅卖掉多少大的、多少小的。他把所有卖掉的棺材数目记在一个小本本上。每次回家都神气十足地说，他又在廷哥马利亚和普卡尔帕调查了堂伊拉留的情况。

“你既然这么不信任他，我给你想了个办法，”潘达雷昂说道，“你叫他把你的钱还给你，我们俩倒是可以搞点儿什么。”

那个星期六，阿玛莉娅在雅利纳湖畔听到那些话后，又暗暗地监视起净界棺材殡仪馆的顾客。这次怀孕跟上次不一样，一点儿反应也没有，跟生第一胎时也不一样，露贝太太，我既不头晕，也不呕吐，几乎不口渴。我没有感到没劲儿，家务活儿干得挺好。一天早晨，她和安布罗修去医院，排了个长队。二人一面等，一面数着在隔壁房顶晒太阳的兀鹰解闷。轮到她的时候，她差不多睡着了。医生潦草地给她做了检查，说道：把衣服穿起来吧，很好，两个月后再来。阿玛莉娅穿好衣服，只在走出来的时候才想起来：

“利马产院里的医生说过，我要是再生孩子，可能有危险，医生。”

“那就早该听医生的话，注意点儿，”医生嘟囔着说，但见她害怕了，就强笑了笑，“别怕，小心点儿就不会出事。”

不久，又过了六个月，安布罗修去堂伊拉留办公室之前，把阿玛莉娅神秘地叫到一旁：过来，我告诉你个秘密。什么秘密？我告诉你，我不愿意跟他合伙了，也不想给他当司机了，随便他怎么处理那辆“山间闪电”和“净界棺材”吧。阿玛莉娅惊讶地看了他一眼。他：我没早说，是故意想吓你一跳。这段时间以来，我一直和潘达雷昂搞计划，最后决定了一个天才的计划。要把堂伊拉留的钱挣到我们的口袋里来，阿玛莉娅，这真有意思。有人在出卖一辆用过的小面包车，他和潘达雷昂把车子拆了，洗个干干净净：完全能用。价钱是八万索尔，那人同意首付款三万，其余的可以付支票。潘达雷昂向普卡尔帕公司去要退职费，然后设法凑足他那一万五千索尔。这样二人就可以平摊着购车，开车也对半，票价便宜点儿，这样就能把莫拉雷斯公司和普卡尔帕公司的乘客争取过来。

“都是些胡思乱想，”安布罗修说道，“最后我还是想干刚到普卡尔帕时想干的事。”

5

圣地亚哥和安娜搭另一对新婚夫妇的车子直接回了利马。露西娅太太在公寓门口叹息着迎接二人，拥抱了安娜，还把围裙撩起来擦擦眼泪。她事先在小房间里摆了一只花瓶，洗了窗帘，换了床单，还买了一瓶红酒，以备为二人的幸福干杯。安娜把箱子里的东西往外拿的时候，露西娅太太把圣地亚哥叫到一旁，神秘地嬉笑着，交给他一封信：这是你妹妹前天送来的。小萨，那是蒂蒂特有的字体：强盗，我们知道你结婚了！她那哥特式的句法：你在报社学坏了，大家都生你的气（别看你是超级学者），也急着要认识认识我的嫂子。快回家来！我们一早一晚都来找过你了，我们太想见到她了。你简直疯了，超级学者。千遍地吻你！蒂蒂。

“你怎么脸色发白？”安娜笑了，“他们知道了有什么不好？难道我们要永远保守秘密？”

“不是因为这个，”圣地亚哥说道，“因为……好吧，你说得对，我真傻。”

“你当然傻，”安娜又笑了，“赶快给他们打个电话，要不我们就直接去，如果你愿意。他们又不是吃人的怪物，亲爱的。”

“最好现在先打个电话，”圣地亚哥说道，“告诉他们我们今晚去。”

浑身好像有蚯蚓在搔痒，圣地亚哥下楼去打电话。还没等他说完“喂”就听到了蒂蒂那胜利的欢呼：爸爸，是超级学者！接着又听到她那连珠炮似的声音：疯子，你怎么这么干！她那高兴的劲头：你真的结婚了？她的好奇心：跟谁，疯子？她迫不及待的心情：什么时候？在哪儿？怎么结的婚？她的笑声：可你从没讲过你有未婚妻。她的问题：你把我嫂子藏起来，还躲着我们结婚。她比我小吧？喂，快说，快说呀！

“首先，你得让我讲话呀，”圣地亚哥说道，“我怎么能一下子回答你这么多的问题？”

“她叫安娜？”蒂蒂又叫了起来，“长得怎么样？是哪儿的人？姓什么？哦，就算我认识她了。多大岁数？”

“喂，我说，这一切你最好问她本人，”圣地亚哥说道，“今天晚上你们都在家吗？”

“为什么今天晚上？白痴！”蒂蒂喊道，“马上来，你没见我们都好奇得要命吗？”

“我们七点左右去，”圣地亚哥说道，“去吃晚饭。好，再见，蒂蒂。”

为了去婆家，安娜这次打扮得比结婚时还花力气，小萨。她去理发店理了发，求露西娅太太帮她烫了一件衬衣，把所有的衣服和鞋子都试穿了一遍，在镜子前照了又照，涂口红和蔻丹足足用了一个小时。圣地亚哥回想：可怜的瘦姑娘，整整一个下午都很自信，一面比较、决定穿什么衣服，一面笑容满面地向圣地亚哥了解堂费尔民、索伊拉太太、奇斯帕斯和蒂蒂的情况。但是到了天黑，她走到圣地亚哥面前：我这身打扮怎么样，亲爱的？我这样行吗，亲爱的？话多得不得了，连放松也显得造作，眼睛里闪着焦虑的光。在去观花埠的出租汽车中，她一言不发，神情严肃，嘴角露出不安的神色。

“大家会像看火星人那样看我吧，对不对？”她突然说道。

“是像看火星女人那样看你。”圣地亚哥说道，“你在乎什么？”

是的，她很在乎，小萨。圣地亚哥按门铃的时候感到她想抓住自己的胳膊，看到她用另一只手护着自己的发式。简直荒唐，他们要干什么？为什么要通过这种考试呢？小萨，你感到恼火。蒂蒂穿着节日盛装跳着出现在门口，吻了圣地亚哥，又抱吻了安娜，又是讲又是叫，一对小眼睛盯着安娜直看，正像一分钟之后奇斯帕斯的眼睛和父母的眼睛那样寻找她、缠住她、解剖她。在蒂蒂的笑声、尖叫和拥抱中突显的是妈妈那双眼睛。蒂蒂一边一个地抓住二人的手臂穿过花园，讲个不停，在一阵欢呼、提问和祝贺的旋风中抱着二人，还不时地、迅速地、不由自主地用目光斜扫着步履不稳的安娜。全家人都集中在客厅中等着。这是法庭，小萨，法官也包括波佩耶和奇斯帕斯的未婚妻卡丽。所有人都身着盛装。圣地亚哥回想：五双眼睛就像十支枪同时向安娜瞄准、射击。特别是妈妈那脸色，小萨，你自以为了解妈妈，认为她最能控制自己，最会待人，最能掌握分寸，可是这次她没能掩饰住自己的不快、惊愕和失望，一开始就满面愠怒，虽然她也想掩饰。她最后一个走近二人，铁青着脸，仿佛在受罪，仿佛拖着脚镣。她吻了圣地亚哥，咕哝了几句他也听不懂的话。圣地亚哥回想：她双唇发抖，眼睛瞪得大大的，接着仿佛很吃力似的转向正向她张开双臂的安娜。但她没有拥抱安娜，也没有朝她微笑，只是稍一弯腰，用自己的面颊碰了安娜一下就马上躲开：你好，安娜。随后板着面孔转向了圣地亚哥。圣地亚哥瞅了安娜一眼，只见她倏地脸红了。这时堂费尔民想缓和一下，匆匆走过来：这么说，这就是我的儿媳妇啰。说着又拥抱了安娜一次：这就是瘦儿子瞒着我们的秘密啰。奇斯帕斯带着河马似的微笑拥抱了安娜，又在圣地亚哥的背上捅了一下，不自然地叫道：你可真会保密！当他没有注意自己的表情而忘掉微笑的时候，也和堂费尔民一样地露出了尴尬、苦涩的神色。只有波佩耶显得很开心、随便。金发的卡丽身材矮小，穿着黑色的绉绸连衣裙，没等大家坐定就用她那吹哨般的声音开始提问题，还不时地迸发出一种天真的嬉笑。小萨，说真的，蒂蒂的表现非常好，一冷场她就竭力找话说，这是往妈妈在这两个小时内有意无意给安娜准备的苦酒中搀糖。

妈妈一句话也没跟安娜讲，堂费尔民强颜欢笑地打开一瓶香槟酒，仆人送来下酒菜，但妈妈还是忘了把盛干酪块的盘子传给安娜。安娜在卡丽和蒂蒂的追问下错误百出、自相矛盾地解释着二人如何又是在何处结婚，而妈妈仍然一直僵着，漠然处之——但嘴唇发抖，目光苦涩。安娜对她们说，二人结婚是秘密进行的，没邀请客人，也没举行庆祝活动。蒂蒂说：你们简直疯了。卡丽说：婚礼简朴，这很好。说完，看了奇斯帕斯一眼。堂费尔民仿佛想起自己的义务似的，不时地打破沉默，坐在椅子上突然转向安娜，对她说些表示亲热的话。小萨，你看得出，他的这种自然神态、亲热劲儿是费了很大力气才装出来的。仆人们又端来些下酒菜，堂费尔民第二次斟了香槟酒。大家第二次饮酒时，紧张的空气才稍许缓和，但只是一闪即逝。圣地亚哥斜眼看着安娜吃力地吞着蒂蒂递给她的下酒菜，尽力回答着波佩耶对她开的玩笑，那玩笑也是越开越没意思，越开越带有假惺惺的味道。圣地亚哥回想：那时，空气仿佛要燃烧起来，几个人中间马上就要出现一团大火似的。卡丽却一无所知，一个劲儿地劝人干杯，不时地说些令人为难的话。她一开口就问：安娜，你是在哪儿上的中学？空气凝滞了。玛丽娅·帕斯多德贝依多中学是国立的吗？卡丽眨动双眼，面孔颤抖：啊，原来你是学护士的！卡丽看了妈妈一眼：你学护士不是为了当红十字会的志愿人员而是为了谋生？安娜，说来你会打针了？你在保健医院、伊卡的工人医院工作过？小萨，妈妈紧咬嘴唇，不停地眨着眼，在椅子上坐卧不宁，仿佛椅子下是个蚂蚁窝。爸爸盯着自己的鞋尖，一面听一面不时地抬起头，费力地微笑着，对自己也是对安娜。安娜则缩在椅子里，拿着烤面包夹鱼的手指不停地颤抖着，望着卡丽，仿佛一个惊慌的学生在回答主考官的问题。过了一会儿，安娜站起来走向蒂蒂，在一片通了电似的寂静中向蒂蒂耳语了几句。蒂蒂说：当然可以，我带你去。二人走了，消失在楼梯口，圣地亚哥瞅了索伊拉太太一眼。小萨，她还是一言不发，皱着眉头看着你，嘴唇发抖。你心想：她竟全然不顾波佩耶和卡丽在场。圣地亚哥回想：我比她强，她忍耐不住了。

“你不觉得不好意思吗？”索伊拉太太说道，声音严厉，双眼通红，一面说一面绞扭着双手，“就这么结婚了，偷偷摸摸的？让自己的父母、兄妹感到没面子？”

堂费尔民仍然低着头，盯着自己的鞋尖；波佩耶的笑容在脸上凝固了，像个白痴；卡丽一会儿看看这个，一会儿看看那个，似乎发现出了什么事，用眼神向奇斯帕斯探问着；奇斯帕斯交叉着双臂，板着面孔看着圣地亚哥。

“妈妈，现在不是吵嘴的时候，”圣地亚哥说道，“早知你这样，我就不来了。”

“我宁可你不来！”索伊拉太太提高了声音说道，“你听见了吗？你听见了吗？你就这么结婚了，我宁可不要看到你。你简直发疯了！”

“住口，索伊拉！”堂费尔民抓住了她的胳膊。波佩耶和奇斯帕斯吃惊地望着楼梯口，卡丽张大了嘴。“老太婆，我求求你了。”

“你没见他是同什么样的人结婚吗？”索伊拉太太哭着说道，“你没看出来？你没看见？我怎么能同意？我怎么能同意我的儿子同一个本应做他仆人的女人结婚？”

“索伊拉，你别发傻了，”小萨，你爸爸也是面色惨白，大吃了一惊，“老太婆，你都说些什么蠢话呀？她会听见的。她是圣地亚哥的妻子，索伊拉！”

小萨，你爸爸的声音发哑、惊慌，他和奇斯帕斯安抚着号啕大哭的妈妈。波佩耶的脸红了，雀斑更明显了。卡丽蜷缩在座位上，仿佛遇到了南极的冷风。

“你将永远不会见到她，不过现在请你住口，妈妈！”圣地亚哥终于说道，“我不能允许你侮辱她，她对你也没干坏事……”

“她对我没干坏事？”索伊拉太太咆哮道，极力挣脱奇斯帕斯和堂费尔民，“她迷住了你，迷得你昏了头！这个装腔作势的女人难道没对我干坏事吗？”

圣地亚哥回想：一部墨西哥电影的场面，你最喜欢看的墨西哥电影，就差乐队和骑手①了，亲爱的。奇斯帕斯和堂费尔民把她抱进了书房，圣地亚哥站在那里望着楼梯口。小萨，你好像看到了厕所，你估计着距离：对，她听到了。你感到几年来都没感到过的愤怒，小萨，你感到参加卡魏德时期和革命时代所感到的那种神圣的仇恨。书房里传出妈妈的呻吟声和爸爸无力的斥责声。片刻后，奇斯帕斯回到了客厅，满脸通红，大发雷霆。

"妈妈昏过去了，这都怪你！"圣地亚哥回想：他发火了，可怜的奇斯帕斯发火了。"你一发神经病就全家不得安生。你好像没事干，专惹爹娘生气。"

"奇斯帕斯，别说了，"卡丽站了起来，鸟儿歌唱似的说道，"别说了，别说了，奇斯帕斯！"

"没什么，亲爱的，"奇斯帕斯说道，"这个疯子总是把事情搅得乱糟糟。爸爸身体不好，可他……"

"有些事情我可以对妈妈让着点儿，但对你就不能容忍了。"圣地亚哥说道，"我警告你，奇斯帕斯，对你，我不能容忍！"

"你警告我？"奇斯帕斯说道，但这时卡丽和波佩耶拉住了他，把他拖了回来。安布罗修说道：你笑什么，少爷？小萨，你没笑，你望着楼梯口，背后传来波佩耶喃喃的说话声：别发火，伙计，事情过去就算了，伙计。安娜还没下楼，是不是哭了？你是上楼去找还是等她下来？终于，蒂蒂和安娜在楼梯口出现了，蒂蒂瞅着客厅，仿佛里面在闹鬼。圣地亚哥回想：你却表现得不卑不亢，亲爱的，比玛丽娅·菲利克斯②在某部影片中表现得还好，比利伯塔德·拉玛克③在某部

---

① 墨西哥电影中经常出现乐队演奏和骑手策马奔驰的场面。

② 玛丽娅·菲利克斯（María Félix，1914—2002），墨西哥著名女电影明星，以坚韧和大胆闻名。

③ 利伯塔德·拉玛克（Libertad Lamarque，1908—2000），阿根廷著名歌唱家，电影明星，录制过800多首歌曲，拍摄过65部电影和6部电视剧。

影片中表现得还好。安娜抓着扶手慢步走下楼梯，眼睛只望着圣地亚哥，到了他的身边，坚决地说：

“太晚了，我们是不是该走了，亲爱的？”

“好的，”圣地亚哥说道，“我们到街心广场去雇辆出租汽车吧。”

“我们用车送你们，”波佩耶几乎喊了出来，“我们去送他们，好不好，蒂蒂？”

“那当然，”蒂蒂嗫嚅着说，“兜兜风嘛。”

安娜道了声再见，走过奇斯帕斯和卡丽的时候没跟他们握手。她迅速向花园走去，圣地亚哥跟在她身后，也没道声再见。波佩耶快步越过二人去开街门，把安娜让出去，然后又像鬼赶着似的跑出去把车子开了出来，一跃而下为安娜打开车门。可怜的波佩耶啊！在车中，四个人起初都沉默不语。圣地亚哥吸起烟来，波佩耶也吸了起来，安娜笔直地坐在座位上，望着窗外。

“安娜，给我打电话吧，号码你知道，”在公寓门前告别的时候，蒂蒂说道，声音仍显得不安，“我好帮你找所房子。随便有什么事，你来电话好了。”

“好的，”安娜说道，“我会给你打电话求你帮我找房子的。”

“瘦子，找一天我们四个人出去玩玩吧，”波佩耶说道，笑得极不自然，不停地眨着眼，“去吃饭、看电影，随便你们什么时候，兄弟。”

“当然，好的，”圣地亚哥说道，“我会给你打电话的，小雀斑。”

到了房间里，安娜放声大哭。露西娅太太走进来直问出了什么事。圣地亚哥安慰着她，跟她亲热，向她解释，最后安娜终于擦干了眼泪，开始发泄不满，骂起来：我再也不见他们了。我鄙视他们。我恨他们！圣地亚哥附和说：对，心肝，当然了，亲爱的，我也不知道我当时为什么不下楼给那老太婆一记耳光，给那愚蠢的老太婆一记耳光。对，心肝，管她是不是你的母亲，管她是不是长辈，教训教训她别说我是个不懂礼貌的女人，让她看看我不是好惹的。当然，亲爱的。

“好了，”安布罗修说道，“我洗好了，洗干净了。”

“那好，”凯姐说道，“后来又怎样了？那次晚会我没在场吧？”

“没有。”安布罗修说道，“本来想开一场晚会，但没开成，出了点儿事，许多客人没去，只去了三四个人，其中就有他。奥登希娅太太很恼火，一直在说：净给我泼冷水。”

“那疯女人还以为臭卡约开晚会是为了让她开心呢，”凯姐说道，“其实是为了讨好他的同僚。”

凯姐跟安布罗修一样仰卧在床上，二人已经穿好衣服，正在吸烟。安布罗修的胸口放了一只空的火柴盒，二人就把烟灰弹在火柴盒里。一束灯光照在二人的脚上，脸部则笼罩在暗影中。音乐声和谈话声停歇了，不时地能听到别处房间的钥匙声和街上传来的车辆的隆隆声。

“我早就发现那些晚会另有企图，”安布罗修说道，“您觉得他养着太太仅仅为了这个？为了招待他的朋友？”

“不光为了这个，”凯姐望着喷出的烟雾笑了，笑声中充满了讥讽，“那疯女人漂亮，也能忍受他的怪癖。后来怎么样？”

“您也能忍受他的怪癖。”他充满敬意地说道，但并没侧身去看她。

“我忍受他的怪癖？”凯姐曼声说道，接着把烟头熄掉。等了几秒钟又笑了，笑声中仍然充满了讥讽：“我也能忍受你的怪癖，对不对？因为你到这儿来欢度两个小时得花一大笔钱，对不对？”

“我在别的妓院花的钱更多，”安布罗修说道，接着又像透露秘密似的说，“是因为您后来不收我的房钱了。”

“可臭卡约花的钱比你多得多，”凯姐说道，“我跟那疯女人不一样。她不是为了钱，也没有别的企图，当然也不是因为爱臭卡约，她那么干是由于太天真了。她一直说：亲爱的凯姐，我就跟秘鲁第二夫人一样，大使、部长经常到我这儿来。可怜的疯女人，她好像根本没发觉人们去圣米格尔街就像逛妓院，还以为去的人都是她的朋友，都是去看望她的呢。”

“堂卡约却心中有数，”安布罗修咕哝着说，“他说：这些婊子养的根本不是平等待我！我给他开车的时候，这种话他跟我说过好几次。他还说人们奉承他是因为需要他。”

“实际上是他奉承别人。”凯妲毫不妥协地说道，“那天晚上在晚会上到底发生了什么事？”

“我在圣米格尔街的那个家中见到过他好几次，”安布罗修说道，声音中有一些察觉不出的变化、一种欲言又止的意味，“我也知道他跟太太熟得以‘你’相称。自从我开始给堂卡约开车，我就认识他了。我见过他也许有二十多次了，但我一直以为他并没有注意我，直到那次晚会上……”

“那次为什么把你叫了进去？”凯妲走了神，“以前开晚会的时候也把你叫进去吗？”

“只有那次，”安布罗修说道，“那次鲁多维柯生病了，堂卡约命他去睡。我一个人坐在车里，还以为会让我坐一夜呢，这时太太出来了，叫我进去帮忙。”

“是那疯女人叫你进去的？”凯妲说罢笑了起来，“叫你进去帮忙？”

“帮忙倒是真的，也许是因为她辞退了原来的女仆，也许是因为女仆不干了，走掉了。”安布罗修说道，“她叫我帮忙上菜、开酒瓶、拿冰块。您可以想象，这些事我从来没干过。”他沉默了片刻，接着笑了：“我干了，干得很糟糕，打碎了两只杯子。”

“当时有谁在场？”凯妲说道，“契娜、露西、卡尔敏恰？怎么她们谁也没发觉呢？”

“我不知道这些女人的名字，”安布罗修说道，“不过那天晚上没有女人，只有三四个男人，我是在送冰块和上菜的时候看到他的。他不停地喝酒，但没有像别人那样失态，没喝醉，但也许他醉了而我没看出来。”

“他这个人很有风度，一头白发跟他很相配，”凯妲说道，“年轻时一定很英俊，但总有那么一点儿叫人讨厌。他自以为是个皇帝呢。”

“不，”安布罗修坚持说，口气很肯定，“他没有失态，也没有放肆，只是喝酒，仅此而已。我一直在看着他。他并不自以为是什么大人物，我了解他，我知道。”

“那他有什么可引起你注意的?”凯姐说道，“他看你又有什么奇怪的?”

“是没什么奇怪的，”安布罗修喃喃说道，仿佛在请求原谅。他的声音低下去了，有一种私下密语的紧张意味。他慢慢地解释道：“他可能在此之前看过我许多次了，但是那次，我觉得他似乎发觉自己总看我，而且不再像看一堵墙那样看我了。您瞧。”

“那疯女人也受骗了，她也没发觉，”凯姐心不在焉地说道，“当她知道你要去给金球开车的时候还大吃一惊呢。她当时也被骗了，是吗?”

“我每次走进客厅时都发觉他在看我，”安布罗修低声说道，“他的眼睛闪着光，含着笑，仿佛在跟我说话。您瞧。”

“那时你还没明白过来?”凯姐说道，“我敢打赌，臭卡约早就明白了。”

“我只是觉得他那样看人的样子很怪，”安布罗修喃喃地说道，“他又想看，又要装作不看。为了让堂卡约以为他要喝酒，他举起杯子，但我发现那不是他的目的。他越过杯子看我，直到我走出客厅，才移开目光。”

凯姐放声大笑。安布罗修沉默了片刻，一动不动地等着她的笑声停止。这时二人又吸起烟来，仍然仰卧着。他的一只手放在凯姐的膝头，但并没有抚摸她，只是把手静静地放在那儿。天气并不热，但二人胳膊接触的那块裸露的皮肤上冒出了汗珠。走廊里传来了人声，又渐渐远去，接着又传来一辆汽车嘟嘟的马达声。凯姐看了看床头柜上的钟：两点了。

“有一次我进入客厅问他要不要再加点儿冰，”安布罗修咕哝着说道，“那时别的客人都走了，晚会已经结束，只有他一个人没有走。他没回答我，眼睛一眨一闪，很难说清是为了什么，既像挑战，又像讥讽。您瞧。”

“你到那时还没明白过来?”凯妲问了又问，“你真傻!”

“我本来就傻，”安布罗修说道，“我当时心想：他的醉态大概是装出来的。或许是真的醉了，想寻我开心。我在厨房里也喝了点儿酒，心想也许是我自己喝醉了，这很有可能。但是当我再次走进客厅时，他说：不要了。我想这个人怎么了？那时大概两点，也许三点，谁知道呢？我后来又进去换烟灰缸，于是他开口了。”

“你来坐一会儿吧。”堂费尔民说道，“跟我们喝一杯吧。”

“这不是邀请，几乎是命令。”安布罗修嘟囔着说道，“他那时根本不知道我叫什么，尽管他听到堂卡约叫过我好几次，但并不知道我的名字。这是他后来告诉我的。”

凯妲又放声大笑起来。他沉默着，等着她笑完。一束光线照到椅子上，照亮了他乱堆在那上面的衣服。烟雾在二人上空缭绕盘旋，慢慢地散开，静静地旋转着消失了。两辆汽车接踵而过，像赛车，开得飞快。

“她呢?”凯妲不笑了，“奥登希娅呢?”

安布罗修双眼乱转，陷入一片惊慌。看来堂卡约并没有感到不快，也没有感到惊奇，只是板着面孔看了他片刻，然后表示同意，示意他服从，叫他坐下。安布罗修举着手中的烟灰缸直发抖。

“她睡着了，”安布罗修说道，“躺在软椅上睡着了，她喝得太多了。我坐在椅子沿上很不自在，感到奇怪，不好意思，很不舒服。”

安布罗修搓着双手，终于以一种庄严的神态并不针对任何人地说了声：“祝您健康!”一饮而尽。凯妲转过头去看他的脸，只见他紧闭双眼，抿着嘴唇，不断地出汗。

“照你这样喝，你会把我们都灌醉。”堂费尔民笑了，“去，再斟一杯。”

“他就像猫玩耗子一样地戏弄你，”凯妲厌恶地喃喃说道，“我发现你也最喜欢这一套，喜欢当耗子，喜欢让人踩，让人虐待。我当初要是对你好，你就不会整天攒钱，跟我到楼上来向我讲述你的苦恼了。所谓的苦恼，起初我倒认为是一种苦恼，可现在不了。你对发生的任何事都喜欢。”

“他坐在那里，让我喝酒，平等待我。”安布罗修说道，声调很低，平淡而又心不在焉，“看样子堂卡约并不在乎，也许是装作不在乎。他呢？仍然不放我走。您瞧。”

“你要到哪儿去？安安静静地待着吧，”堂费尔民不止一次地开着玩笑说，命令着说，“待着吧，你要到哪儿去？”

“那次，他同我以往见到的任何一次都不一样。”安布罗修说道，“以往他看都不看我一眼，而那次，他看我的样子、同我说话的口气都判若二人。他不停地讲呀讲，海阔天空，还不时地谈几句粗话，看起来那么有教养、那么体面的人竟也……”

他犹豫了。凯妲微微侧过头看着他：怎么个体面法？

“一副绅士派头，”安布罗修迅速说道，“一副总统的派头。我也说不清楚。”

凯妲发出一阵好奇而放肆的笑声，欢快地伸了个懒腰，臀部碰到了他的臀部。她顿时感到安布罗修放在她膝头上的手活跃了起来，伸进她的裙子，急切地摸上了她的大腿。她感到他伸长手臂从上到下、从下到上地抚摸着。她没有骂他，也没有阻止，只是听着自己那欢快的笑声。

“他是在用酒精软化你。”凯妲说道，“那疯女人呢？”

奥登希娅就像沉在水中一样不时地抬起头，用无神、潮湿、梦游般的眼光望着客厅，有时抓起自己的酒杯送往嘴边喝着，咕咕哝哝说着谁也听不懂的话，随后又躺下去。臭卡约呢？他呢？他有节制地喝着，在谈话中只是哼哈地回答对方，那副样子仿佛认为安布罗修跟他们平起平坐地一起喝酒是很自然的事。

“我们就这样过了一会儿，”安布罗修说道，这时他的手安静了下来，又回到了凯妲的膝上，“喝了酒我就不感到不好意思了，而且对他看我的那种目光也不在乎了，也开始跟他开起玩笑来。我说：是的，老爷，我喜欢威士忌，老爷，我当然不是第一次喝威士忌。”

但是，那时堂费尔民已经不再听他讲话，或许是表面上不听，而是一个劲儿地盯着他看。安布罗修也看着他。您瞧，您瞧。凯妲点点头。突然，堂费尔民匆忙喝掉自己杯中的酒底，站了起来：堂卡约，我累了，我该走了。卡约贝尔穆德斯也站起身来。

“让安布罗修送您回家吧，堂费尔民，”贝尔穆德斯用拳头捂着嘴打了个呵欠，“我明天才需要用车子。”

“这就是说，臭卡约不仅仅发觉了，”凯妲动来动去地说道，“当然，当然啰，这就是说，这一切都是臭卡约安排好的。”

“我也不知道，”安布罗修打断了她的话，翻了一个身，声音突然激动起来，望着她沉默了片刻，然后又仰面躺下，“我也不知道自己当时是不是了解这一切，不知道是不是他安排的。我现在倒想知道。堂费尔民说他不知道。他没跟您讲过吗？”

“他现在明白了，我只知道这个。”凯妲笑了，“不管是我还是那疯女人都不能从臭卡约口中探听到什么。只要需要，这个人可以像坟墓那样一声不吭。”

“我一点也不知道，”安布罗修又说了一遍，他的声音像是落在井里，然后又浮上来，显得虚弱而困惑，“堂费尔民也不知道。可他有时说知道（他应该知道），有时又说不知道（也有这个可能）。后来我见到堂卡约好几次，可堂费尔民从来没向我透露过他知道。”

“你简直疯了，”凯妲说道，“他现在肯定明白过来了。对这件事，现在谁都心中有数。”

卡约·贝尔穆德斯把二人送到街上，命令安布罗修明天十点来接他，同堂费尔民握了握手，就穿过花园回到房子里去了。那时天快亮了，晨曦微露，街角上的警察喃喃地道了声晚安。睡眠少，吸烟多，他们的声音都哑了。

“就在那时，发生了一件更奇怪的事，”安布罗修说道，“堂费尔民并没去坐符合他身份的后座，而是在我旁边坐了下来。这时，我有所怀疑，但不敢相信这会是真的，像他那样有身份的人是不可能干这种事的。”

“哼，像他那样有身份的人！”凯妲一字一字地说道，露出厌恶的神情，随后侧过身来，“你为什么对他那么奴颜婢膝？”

“我当时以为他只是想对我表示友好，”安布罗修说道，“在堂卡约家里，我平等待你，现在我仍然平等待你。几天后我想，他大概想平民化一些，对平民亲切些。噢，不，不，我也不知道我当时是怎么想的。”

“对，”堂费尔民轻轻地关上车门说道，但并没有看他，“到安贡去。”

“我当时看见了他的面孔，似乎和平时一样，那么潇洒，那么正派，”安布罗修怨声说道，“您瞧，我当时很紧张。我问：到安贡去，老爷？”

“对，去安贡，”堂费尔民透过车窗望着微露的晨曦，点头说道，“汽油够吗？”

“其实我知道他家住在什么地方，有一次我曾把他从堂卡约的办公室送回家，”安布罗修怨声说道，“我发动了车子，在巴西路上斗胆地问他：老爷，您不回观花埠您的家？”

“不，我要去安贡，”堂费尔民说道，他的眼睛看着前方，但一会儿之后又转头去看安布罗修。您瞧，他简直变成另外一个人了。“你怕单独一个人跟我去安贡？你怕在公路上出事？”

“他笑了起来，”安布罗修说道，“我也想笑，但笑不出来。我很紧张，因为我明白了。”

这回凯妲没有笑，她侧过身子，枕在自己的胳膊上看着安布罗修。后者仍然一动不动，此时他不吸烟了，手仍然安静地放在凯妲的膝头。一辆汽车从窗外驶过，一条狗汪汪地叫了起来。安布罗修闭着眼睛，鼻翼一张一翕地呼吸着，胸部缓慢地一起一伏。

“那回是第一次吗？”凯姐说道，“以前从来没有人跟你搞过？”

“没有，因此我感到害怕。”安布罗修怨声说道，“我沿巴西路行驶，到了阿方索·乌佳德大街，过了陆军桥。我们二人都没讲话。对，那是第一次。街上一个人影也没有。上了公路，我把灯开亮，因为当时下着大雾。我的精神很紧张，于是加了速，我看到时速指针滑到了九十、一百。您瞧，就在此时，他动手了，但我没有翻车。”

“街灯已经熄掉，”凯姐出了一会儿神，接着说道，“你当时有什么感觉？”

“我没有翻车，没有翻车，”安布罗修说了一遍又一遍，捏紧她的膝盖，“我感到清醒了，我感到……最后我还是刹了车。”

突然，仿佛在那潮湿的公路上不适时地出现了一辆卡车、一头驴、一棵树和一个人，汽车吱吱呀呀疯狂滑行起来，左右摇晃，弯弯曲曲地扭摆，但没有冲出公路。汽车跳跃着，发出吱呀的响声。正当安布罗修以为要翻车的时候，汽车恢复了平衡，原来他降低了速度，但吓得浑身发抖。

“您以为我一刹车，汽车一滑行，他就松手了吗？”安布罗修犹豫着怨声说道，“没有，他的手仍然抓住那儿不放，就这样。”

“谁命令你停车了？”响起了堂费尔民的声音，“我说过，去安贡。”

“他的手仍在乱摸，”安布罗修低声说道，“我连想也没想又发动了车。您瞧，我什么也搞不清了。指针突然又指向了九十、一百，他还是没有松手。他的手就这样抓住这儿。”

“他一见面就把你看透了，”凯姐又仰躺下去，喃喃地说道，“他只看你一眼就发现，他要是对你不客气，你就会跑掉。他一见你就发现，只要在精神上战胜你，你就会俯首帖耳地顺从他。”

“我当时想：我翻车他才会松手，于是我又加了速，”安布罗修喘着气怨声说道，“我不断地加速，您瞧。”

“他发现你怕得要死，”凯姐毫不同情，干巴巴地说，“他发现你不会反抗，你会顺从他的。”

“我必须把车弄翻，把车弄翻，”安布罗修喘着粗气说道，“于是我用脚去踩油门。是的，我害怕了，您瞧。”

“你害怕了，因为你是个奴性十足的人。”凯姐厌恶地说道，“因为他是白人，你不是；因为他是富翁，你不是；因为你习惯了顺从别人。”

“我脑子里只能这样想，”安布罗修更加激动起来，“他要是不松手，我就翻车，然而他的手仍然抓住不放。您瞧，就这样，我们到了安贡。”

安布罗修从莫拉雷斯运输公司回到家，阿玛莉娅一看他的脸色就知道事情并不顺利。她什么也没问，只见安布罗修从她身旁走过，一言不发，不看她一眼就走进菜园，在那张破软椅上坐下来，脱掉鞋子，用力擦了根火柴，点上一支烟，以狠狠的目光在草丛中看来看去。

“那次我同堂伊拉留既没去吃中国菜也没去喝啤酒，”安布罗修说道，“我走进了他的办公室，他在等着我。他的表情似乎在说：你很神气嘛，黑人。”

此外，堂伊拉留还把右手食指放在后脑上来回滑动，然后放在太阳穴上做了个扳手枪的动作：砰，安布罗修。但他做这个动作时，仍然咧着嘴微笑着，一双金鱼眼露出有经验的样子，扇动着报纸说：黑家伙，事情很糟啊，净是亏本，棺材几乎一副也没卖出去，这几个月我不得不自己掏腰包付房租、那个白痴的工资和欠木匠的钱。你瞧，收据都在这儿了。安布罗修把收据揉烂，一眼也没看。阿玛莉娅，我坐在办公桌对面对他说：堂伊拉留，这确实是个坏消息。

“是太坏了，”堂伊拉留承认道，“这种世道对做生意来说太糟了，人们没钱，连死都难。”

“堂伊拉留，我要告诉您一件事，”片刻之后，安布罗修谦卑地说道，“您瞧，您肯定是对的，我们的生意用不了多久肯定会赚钱。”

“这没问题，”堂伊拉留说道，“世界属于有耐心的人。”

“不过，我眼下缺钱花。我的妻子怀孕了，”安布罗修继续说道，“我尽量想耐心点儿，可办不到啊。”

一丝好奇而惊讶的微笑弄圆了堂伊拉留的面孔，他一手扇着，一手开始剔起牙来：两个孩子不算什么，要像我一样生他一打才算本事呢，安布罗修。

“我想把净界棺材殡仪馆让给您一个人经营，”安布罗修解释道，“我希望您把我的股份还给我。我想自己去做生意，碰碰运气，先生。”

于是，堂伊拉留格格地笑开了，阿玛莉娅。安布罗修沉默了，仿佛想集中精力把周围的一切都毁掉：杂草、树木，还有阿玛莉塔、奥登希娅和天空。我当时可没有笑。我观察着堂伊拉留，只见他在椅子上如坐针毡，手扇动得更快了。

“你以为入股是储蓄？”最后，堂伊拉留擦干额头的汗，嚷了起来，随后又笑了，“随存随取吗？”

“他又是一阵格格大笑，”安布罗修说道，“笑得直流眼泪，笑得满脸通红。他笑累了，我就安安静静地等他笑完。”

“你虽说不精明，可也不是傻瓜。我不明白你是怎么了，”堂伊拉留满脸通红，汗水淋漓，在桌上击了一掌，“你说，你以为我是什么样的人？我难道是笨蛋、白痴？你说我是什么人？”

“您先是笑，后是生气，”安布罗修说道，“我也搞不明白您是怎么回事了，先生。”

“既然我的生意垮了，就谈谈垮掉的是什么？”阿玛莉娅，他给我猜起谜语来了，带着遗憾的表情看着我，“如果你我二人在一条船上各放一万五千索尔，船沉到河底去了，那么你说说同船一起沉掉的是什么？”

“可净界棺材殡仪馆并没有垮掉，”安布罗修说道，“还在我家对面，安然无恙。”

“你是想卖掉它，转让给别人，”堂伊拉留说道，“我也很愿意。只是你必须能找到一个买主，叫他随你摆布，而且愿意背这个包袱。不会有人愿意把我们俩那三万索尔给我们的，连疯子都不愿意干这种事，没有人愿意接受这种条件，更不会有人愿意拿出我付给那白痴的工资和欠木匠的钱。”

“您是不是说我那一万五千索尔一个子儿也收不回来了？”安布罗修说道。

“也不会有人愿意付我预支给你的工资，”堂伊拉留说道，“我预支给你的工资一共有一千二百索尔，这是你写的收据，不记得了？”

“你到警察局去告他，去揭发他，”阿玛莉娅说道，“让警察局强迫他把钱还给你。”

那天下午，安布罗修坐在破软椅上，一支接一支地吸着烟。阿玛莉娅感到浑身发痒，但说不出何处发痒，胃里空荡荡的发酸，就像同特里尼达一起过穷日子时那样。不幸会不会再次落到二人头上？二人默默无语地吃了晚饭。过了一会儿，露贝太太来聊天，但看到二人都板着面孔，不久也就走了。晚上，二人躺在床上，阿玛莉娅问道：你打算怎么办？我也不知道，阿玛莉娅，我在考虑。第二天，安布罗修一早就走了，也没带路上吃的东西。阿玛莉娅吐了起来。十点左右，露贝太太进来，正好看到她在呕吐。阿玛莉娅向露贝太太述说了发生的事，这时安布罗修走了进来。怎么？你没去廷哥马利亚？我没去，“山间闪电”正在车库维修，我刚才是到菜园里坐着考虑了一个早上。中午，阿玛莉娅叫他吃饭，二人正吃着，那个人闯了进来，在安布罗修面前站住。安布罗修没站起来，只是叫了声：堂伊拉留。

“今天早晨你在镇上散布我的坏话。”露贝太太，堂伊拉留气得脸色发紫，声音大得把阿玛莉塔·奥登希娅都吵哭了。“你在广场上说我伊拉留·莫拉雷斯骗了你的钱。”

阿玛莉娅感到上午吃的东西要吐出来了。安布罗修坐着，一动不动。他怎么不站起来？怎么不回他几句？他仍然坐着，望着那个怒吼的胖男人。

“你不光是个傻瓜，还是个靠不住的人，”堂伊拉留咆哮道，“你对别人说要到警察局去告我，那好吧，事情很清楚了。起来，咱们干脆一起去。”

“我正在吃饭，”安布罗修咕哝着说，声音低得几乎听不见，“您想叫我到哪儿去，先生？”

“到警察局去！”堂伊拉留怒吼道，“到少校那儿去算算账，看看到底谁欠谁的钱。你这没良心的！”

“堂伊拉留，您别这样，”安布罗修恳求道，“您听到的都是谎话。您怎么能相信那些专爱嚼舌头的人呢？请坐，先生，请允许我给您倒杯啤酒。”

阿玛莉娅惊诧地瞅着安布罗修，只见他赔着笑请堂伊拉留在椅子上坐下来。阿玛莉娅一跃而起，跑到菜园里在木薯丛中吐了起来。她在菜园里听到堂伊拉留说道：我不是来喝啤酒的，我是来搞清是非曲直的。快起来，咱们去找少校。安布罗修的声音越来越低，讨好地说：我怎么能不相信您呢，先生？我只是对命运不满，先生！

“那么，从此以后，不许你再威胁我，也不许说我的坏话，”堂伊拉留说道，稍微平静下来，“你要是再玷污我的名誉，可得小心点儿！”

阿玛莉娅看到堂伊拉留走到门口，又回过头来喊道：我再也不愿在我的公司见到你了，我不能雇一个像你这样忘恩负义的人做司机，星期一你来结算工资吧。对，阿玛莉莉又开始和我吵嘴了。但阿玛莉娅对安布罗修比对堂伊拉留还要恼火，她一气跑进屋里：

“你为什么容忍他这样对待你？你为什么这么卑躬屈膝？你为什么不去警察局告他？”

“为了你。”安布罗修难过地望着她说道，“我是为你考虑，你难道忘了？我们是为什么逃到普卡尔帕来的？你难道不记得了？我不去警察局是为了你，卑躬屈膝也是为了你。”

阿玛莉娅哭了起来，求他原谅。到了晚上，她又呕吐了。

“最后他给了我六百索尔的退职费，”安布罗修说道，“靠这点儿钱，我也不知道怎么的竟然对付了一个月。我一直在找工作，最后找到了一个工资极低的工作：当私人汽车的司机，是开往雅利纳湖的。不久，厄运降临了，少爷。”

6

小萨，婚后的最初几个月，你一直没再见到父母和兄妹，也几乎不知道他们的消息。你是不是感到幸福？婚后你穷困潦倒，靠借债度日。圣地亚哥回想：那几个月里的事我已经忘掉了，但那困难的阶段我却永远忘不掉。他回想：你也许就是从那个时期倒霉的，小萨。也许那拮据而单调的生活，那战战兢兢无信仰、无激情、无雄心壮志、一切都庸庸碌碌的日子就代表着幸福。他回想：连在床上也是如此。公寓的生活很不方便。露西娅太太同意安娜使用厨房，但条件是不能打乱她的安排。这样一来，安娜和圣地亚哥的午饭和晚饭就得早吃或很晚才吃。后来为了使用厕所、烫衣板、掸子和扫帚，还有窗帘和床单过丁破损，安娜和露西娅太太吵了一架。安娜想回保健医院去工作，但医院没有空缺了。两三个月后，她才在德尔加多医院找了个值半班的工作，那时二人才开始找房子。每次圣地亚哥从《纪事报》社回家总看见安娜还没睡觉，在翻阅报上的分类广告。他一边脱衣服，一边听着安娜讲述她一天的奔波。小萨，在广告上画记号、打电话、问价钱、讨价还价，从医院下班后看五六所房子，这一切就是她的幸福。然而波尔达大街上那条窄小胡同里的房子是圣地亚哥偶然找到的。有一次，他去采访住在贝纳维德斯路的某个人，走入对角街的时候发现了那条胡同。胡同入口的门面是用红砖砌成的，几幢矮小的房子排在碎石铺就的长方形地带周围，窗户都安着铁栏杆，砌着飞檐，门前种着天竺葵。胡同口有一块招牌，上写“出租房屋”字样。圣地亚哥犹疑了一阵子，八百索尔太多了。但公寓那种不方便的生活和同露西娅太太的吵架实在忍受不下去了，于是他租了下来。两间空荡荡的房间里，二人以分期付款的方式购来的廉价家具逐渐地填满了。

每当安娜在德尔加多医院值早班，圣地亚哥中午一觉醒来，就可以看到早餐已经准备好，他只要热一下就行了。吃完早餐，他看一会儿书，到上班时间就到《纪事报》社去或办某件事去。平时，安娜每天三点左右回家，二人吃午饭。五点钟，圣地亚哥去上班，第二天清早两点下班。安娜则翻翻杂志、听听收音机或同邻居打牌（邻居是个有说谎癖的单身德国女人，一会儿说自己是国际警察组织的代理人，一会儿说自己是流亡的政治家，一会儿又说自己是欧洲某康采恩①的代表，被派到秘鲁来执行秘密使命）。在有阳光的日子里，她穿着游泳衣到胡同里去晒太阳。小萨，星期六你放假，二人的活动一成不变：很晚起床，在家吃午饭，到本区电影院看电影，然后到沿堤大街、内柯切亚公园或帕尔多路去散步（圣地亚哥回想：我们都谈了些什么呢？我们都谈了些什么呢?）。都是事先选择好的偏僻地方，是为了不致遇见奇斯帕斯、父母和蒂蒂。晚上，二人在某家便宜的饭馆吃晚饭（圣地亚哥回想：一般是在柯切尼达餐厅，月底则在坎布利努斯餐厅）。深夜，二人又钻进电影院，赶得上就去一家首映影院。起初二人还均衡地选择片子——如果下午场看了墨西哥影片，晚上就看侦探片或西部片——现在则几乎光看墨西哥片了。小萨，你这是为了同安娜和睦地度个假日还是你本来就认为无所谓？有时，二人星期六到伊卡去和安娜的父母过上一天。二人从不探亲访友，也没人来访，他们根本没有什么朋友。

---

① 有“相关利益共同体”的意思，是垄断组织的高级形式之一。

小萨，你再也没有同卡利托斯去黑黑酒吧，也再也没有同朋友们去白看歌舞表演、逛妓院。大家根本不邀请他也不坚持叫他去了。有一天，大家拿他开起了玩笑：你正经起来了，小萨，变成资产阶级了嘛，小萨。安娜幸福吗？她幸福过吗？一天夜里，二人正在做爱的时候，他听到安娜说：你酒色不沾，我当然感到幸福，亲爱的。有一次，卡利托斯来到了编辑部，比往常醉得更加厉害，一屁股坐在圣地亚哥的写字台上，一言不发地望着他，满脸不高兴，最后说道：小萨，难道我们只有在这座坟墓里才能见面、说话吗？几天后，圣地亚哥邀请他到那窄小胡同的住宅来吃午饭：把契娜也带来吧，卡利托斯。可他心里想：安娜会怎么想呢？安娜会怎么说呢？不，我和契娜又吵翻了。那天卡利托斯单独去赴约，午饭吃得很不舒服，二人说着自欺欺人的谎话，卡利托斯感到很不自在。安娜用不信任的目光看着他，话题一开始就谈不下去。从此以后，卡利托斯再也没来过。圣地亚哥回想：我发誓，我一定去看望你。

世界很小，利马却很大，观花埠更是无限大。在一个区里住了六个月、八个月，竟一次也没有遇上父母、奇斯帕斯和蒂蒂。一天晚上，圣地亚哥在编辑部刚写完一篇报道，觉得有人在他肩上拍了一下：啊，小雀斑，原来是你。二人到哥尔梅纳路去喝咖啡。

“瘦子，我和蒂蒂星期六①就要结婚了，”波佩耶说道，“我是为这事来找你的。”

“我早知道了，从报纸上看到的。”圣地亚哥说道，“祝贺你，小雀斑！”

“蒂蒂想让你做她的证婚人，”波佩耶说道，“你一定会答应，对吧？你跟安娜一定得参加婚礼。”

“你还记得那天家里的场面吧？”圣地亚哥说道，“我想你也知道，

---

① 此处指星期六举行世俗婚礼，下文提及的星期天是指举行宗教婚礼。信奉天主教的人一般举行两次婚礼。

从那以后我再没跟家人见过面。”

“一切都解决了，我们说服了你娘，”波佩耶那红脸膛显得更红了，带着乐观、兄弟般的微笑说道，“你娘也希望你们参加。你爹就更不用说了，大家都想看到你们，跟你们和解，会非常亲热地对待安娜。你会看到的。”

小萨，家人原谅了安娜。老头子由于很久没看到你，由于你拂袖而去，几个月来大概每天都在怨天尤人，责怪妈妈，不知同她吵过多少次。他也许有几个晚上把车停在塔克纳路等着你从《纪事报》社走出来。他也许和妈妈谈过、吵过，妈妈大概也哭过几场，最后对你的婚事，对你同安娜结婚也就习惯了。圣地亚哥回想：甚至原谅了我们。亲爱的安娜，家人原谅了你。她迷住了圣地亚哥，抢走了圣地亚哥，但我们大家都原谅了她。即使她是个乔洛姑娘，我们也都原谅了。让她来吧。

“为了蒂蒂，特别是为了你爹，来吧。”波佩耶坚持道，“瘦子，你不知道你爹多么喜欢你。奇斯帕斯也原谅了你，伙计，今天下午他对我说：叫超级学者别那么骄傲了，叫他来吧。”

“我很高兴做蒂蒂的证婚人，小雀斑，”亲爱的安娜，连奇斯帕斯也原谅了你，多谢了，奇斯帕斯。“可你得指点我在什么文件上签字，到哪儿去签字。”

“我希望你们能经常到我们家来，好吗？”波佩耶说道，“你没有理由生我们的气，我和蒂蒂都没对你怎么样，对不对？我们一直认为安娜是个可爱的姑娘。”

“但是我们不能参加婚礼，小雀斑。”圣地亚哥说道，“我既没生爹娘的气，也没生奇斯帕斯的气。我只是不愿再看到那天的那种场面了。”

“别这么固执了，伙计，”波佩耶说道，“跟所有人一样，你娘有偏见，但内心里是个大好人。你应该给蒂蒂这个面子，来参加婚礼吧。”

获得学位后，波佩耶离开了他供职的那家企业，那是他跟几个同学合伙经营的公司。生意还算可以，瘦子，总算有了几个顾客。但是他很忙，这倒不完全是由于当了建筑师，也不完全是由于有了未婚妻——他用肘捅了你一下，小萨——而是由于政治生涯。太占时间了，瘦子。

“政治生涯?”圣地亚哥眨着眼说道，“你搞政治了，小雀斑?”

“大家都喜欢贝朗德①,”波佩耶笑了，把上衣扣眼上的一枚徽章亮给圣地亚哥，“你还不知道?我甚至参加了人民行动党的地方委员会。你没看报?”

“我从来不看政治新闻，”圣地亚哥说道，“什么也不知道。”

“贝朗德是我在建筑系的老师，”波佩耶说道，“下次大选我们肯定获胜，兄弟，他是个了不起的人物。”

“可你爸爸怎么说?”圣地亚哥微微一笑，“他可是亲奥德里亚的参议员，不是吗?”

“我们家很民主，”波佩耶笑了，“有时我也同老头子争论，然而是一种朋友式的争论。你不同情贝朗德?你没看见有人指控我们是左派吗?为了这个你也应该站在贝朗德一边。也许你仍然是共产党吧?”

“不是了，”圣地亚哥说道，“我现在什么也不是，对政治我什么也不想知道。我厌倦了。”

“这可不好，瘦子，”波佩耶责备地，却真诚地说道，“如果大家都这样想，秘鲁永远不会有所改变。”

当天晚上，在那条窄小胡同里，圣地亚哥把同波佩耶的谈话告诉了安娜。安娜全神贯注地听着，眼里闪着好奇的目光。我们当然不能去参加婚礼，亲爱的安娜。她：我当然不去，但你应该去，亲爱的，她是你的妹妹，否则她们要说是我不让你去的，会更恨我了。你必须

① 秘鲁人民行动党的创始人，曾两度出任秘鲁总统（1963—1968，1980—1985）。

参加。第二天早晨，圣地亚哥还没起床，蒂蒂就出现在窄小胡同那矮房子里了，头发上戴着卷发器，虽然蒙着头巾，卷发器还是露了出来。她穿着长裤，显得身材笔挺，样子很高兴。小萨，她好像每天见到你似的。看到你自己点炉子热早餐，她笑得要死。她仔细地观察了那两间小屋，翻阅书籍，甚至拉了马桶的链子，看看是否正常。她喜欢这里的一切，这胡同像是娃娃住的，涂着红色的房子一幢幢都一样，一切都是那么小巧、漂亮。

“别翻乱东西，你嫂子要对我发脾气的。”圣地亚哥说道，“坐下，我们谈谈。”

蒂蒂坐在书橱上，但仍然贪婪地观察着周围。你真的爱波佩耶？当然，白痴，你以为我不爱他就跟他结婚吗？我们先跟他父母住一段时间，等那幢大楼盖好了，他父母会送给我们一个套间。蜜月？我们先去墨西哥，然后去美国。

“我希望你给我寄点明信片来，”圣地亚哥说道，“我一生都梦想外出旅行，可至今只到过伊卡。”

“妈妈生日那天，你连打电话祝贺一下也没有，气得她大哭一场，”蒂蒂说道，“我想你星期天会同安娜一起回家吧？”

“我做你的证婚人就行了，”圣地亚哥说道，“可我们既不去教堂也不回家。”

“别说傻话了，超级学者，”蒂蒂说着笑了，“我去说服安娜，给你来个下不来台。我去说服安娜参加我的送礼会①，你瞧着吧！”

蒂蒂下午果然又来了。圣地亚哥去《纪事报》社上班，留下她们二人在家里。姑嫂二人像老朋友似的谈了一下午。晚上，安娜笑容满面地走近圣地亚哥：我们谈了一下午，蒂蒂真是个可爱的姑娘，她甚至说服了我，亲爱的，你还是同家人和解吧。

“不，”圣地亚哥说道，“还是不和解的好，这事我们别谈了。”

---

① 西方习惯，姑娘结婚前夕，女伴们都要聚会并赠送礼物。

但二人在那个星期的剩余几天里仍然讨论着去还是不去。亲爱的，你想不想去？我们到底去不去？我已经答应蒂蒂了，亲爱的。星期六，二人吵了一架后睡了。星期天一大早，圣地亚哥去波尔达和圣马丁大街路口的药房打电话。

“你们还等什么？”蒂蒂说道，“安娜说八点来帮我的忙。你是不是想让奇斯帕斯开车去接你？”

“我们不去了，”圣地亚哥说道，“我给你打电话是为了说：拥抱你、祝贺你，提醒你别忘了给我寄明信片，蒂蒂。”

“你以为我会跪下来求你，白痴？”蒂蒂说道，“你这是心理变态。别发傻了，快来吧，不然我再也不理你了，超级学者！”

“你一生气可就变丑了。为了上相，你得保持美丽，”圣地亚哥说道，“千遍地吻你。度蜜月回来别忘了来看我们，蒂蒂！”

“你别像个受宠的小妞，一不顺心就生气，”蒂蒂说道，“快来，把安娜也带来，家里给你做了虾汤，呆子！”

圣地亚哥回窄小胡同之前先去拉尔柯路的花店给蒂蒂送去了一束玫瑰花。圣地亚哥回想：我写了“衷心祝贺你们。兄圣地亚哥、嫂安娜”。安娜很不高兴，直到晚上，一句话也没跟他讲。

“不是出于利害关系？”凯姐说道，“那又是为了什么？你怕他？”

“有时怕，”安布罗修说道，“其实是可怜他，也是感激他、尊敬他，甚至是出于友谊。我们保持着一定的距离。我知道您不相信，但那是实际情况，我发誓。”

“你从来不感到羞耻？”凯姐说道，“在人们面前，在朋友面前，你不感到羞耻？你也像对我这样对他们讲了这件事吗？”

凯姐看见他在半明半暗的光线中带着一丝苦涩微微一笑。临街的窗子没有关上，但一丝风也没有，在房中那充满湿气、停滞的空气中，安布罗修赤裸的身体开始出汗。为了不碰到他，凯姐挪开了一点。

“在老家那样的朋友，我在利马一个也没有。”安布罗修说道，“我只有几个熟人，比如现在给堂卡约开车的人和那个叫伊波利托的保镖。他们都不知道，不过，即使知道，我也不觉得可耻，他们根本不认为这是坏事。我不是跟您讲过伊波利托跟犯人的事了吗？您还记得吗？我干吗要在他们面前感到羞耻呢？”

“在我面前你也不感到羞耻吗？”凯妲说道。

“也不，”安布罗修说道，“您不会传出去。”

“为什么不会？”凯妲说道，“你给我钱并不是为了让我保密呀。”

“可您并不愿意让人知道我总到您这儿来，”安布罗修说道，“所以您不会传出去。”

“我要是把你讲给我的事告诉给那疯女人呢？”凯妲说道，“我要是传出去，你怎么办？”

在那半明半暗的光线中，安布罗修有礼貌地低声笑了。他仰卧着吸烟，凯妲看到一卷卷烟雾在凝滞的空气中混合到一起。外面没有人声，也没有汽车开过。床头柜上的闹钟滴滴答答地响了，消失了，片刻后又响了。

“那我就永远不再来了，”安布罗修说道，“您也就失掉了一个好顾客。”

“我现在差不多失掉了，”凯妲说道，“你以前每个月、每两个月来一次，可现在多少个月才来一次？五个月吧，还要长。你怎么了？你怕金球。”

“跟您相聚这么一会儿，对我来说等于花掉两个星期的工资，”安布罗修说道，“我不能总来。再说，也不是每次来都能见到您。这个月我来了三次，一次也没见到您。”

“他要是知道你到这儿来，会怎么样？”凯妲说道，“我指的是金球。”

“他不像您想的那样，”安布罗修立即说道，声音显得很庄严，“他不是坏人，并不专横。我跟您说过了，他是真正的绅士。”

“我问你他会怎么样，”凯妲固执地说道，“如果有一天我在圣米格尔街碰见他，对他说：安布罗修把你给他的钱花在我身上了，他会怎么样？”

“您只了解他的一面，所以看错了他，”安布罗修说道，“他还有另一面。他并不专横，他是个好人，是位绅士。他总是让人对他产生敬意。”

凯妲笑得更厉害了。她看了安布罗修一眼，只见他又点了一支烟，火柴的亮光一闪，使她看到了他那得到了满足的目光、严肃平静的表情和额角上亮晶晶的汗珠。

“他把你也变成了个同性恋者，”凯妲轻声说道，“这倒不是由于他给的工资高，也不是因为你怕他，而是你因为喜欢跟他混在一起。”

“我喜欢给他开车，”安布罗修说道，“因为我可以有自己的房间，工资也比以前挣得多，人们也尊重我。”

“当他脱掉裤子对你说：来吧，来尽义务吧！”凯妲笑着说，“你也喜欢？”

“他不是您想象的那种人，”安布罗修又说了一遍，说得很慢，“我知道您是怎样想他的，但是不对，他并不是那种人。”

“你不感到恶心吗？”凯妲说道，“我有时就感到恶心，不过我不在乎，我只要把两条腿一分就行了，反正就是那么回事。可你呢？”

“这确实让人伤心，”安布罗修说道，“我感到恶心，他也感到恶心。您以为我们每天干那事吗？不，一个月也不一定来一次，只在他不顺心的时候才来。我心里明白，他一上车我就知道他遇到不顺心的事了。他面色苍白，双眼深陷，声调怪异。他说：把我送到安贡去。或说：我们去安贡吧。要不就简单地说：去安贡。我就明白一切了。一路上，他一言不发，你一看他的脸色会以为他死了亲人，或是有人告诉他今晚有亲人要死。”

“你呢？你有什么感觉？”凯妲说道，“他命令你去安贡的时候，你有什么感觉？”

“当堂卡约对您说：今晚到圣米格尔街来吧。当奥登希娅太太派人来接您的时候，您感到恶心吗？”安布罗修问道，声音极低。

“早就不恶心了，”凯妲说道，“那疯女人是我的朋友，我们是好朋友。其实我们两个是拿臭卡约寻开心。你呢？你是不是想：他又要折磨我了。你是不是恨他？”

“一想到到了安贡后要干的事，我就不舒服，”安布罗修怨声说道，凯妲看见他摸了摸自己的胃部，“这儿感到不舒服，感到这儿开始翻腾，我害怕、难过，也恼火。我想：但愿今晚只是聊聊天。”

“聊聊天？”凯妲笑了，“有时你们去安贡只是为了聊聊天？”

“他哭丧着脸走进去，拉上窗帘，给自己斟杯酒，”安布罗修说道，声音低沉，“我心里明白，他有不顺心的事了，内心很痛苦。接着他就讲给我听，您瞧。我甚至看到过他哭泣，您瞧。”

“‘快点儿，去洗个澡，把这个戴上！’他这话是什么意思？”凯妲瞧着他反复说道，“他要干什么？他要你干什么？”

“他的脸色越来越苍白，声音也发哽了，”安布罗修喃喃地说道，“他坐下来，也叫我坐下，向我问这问那，跟我聊天，也启发我跟他聊天。”

“他跟你谈女人，讲脏事，给你看裸体照片和杂志，是不是？”凯妲仍然顺着自己的思路说下去，“我只要把大腿一分就行了，可你呢？”

“我向他讲述我的情况，”安布罗修怨声说道，“讲述钦恰的情况、我童年的情况、我妈妈的情况、关于堂卡约的情况。他启发我讲，什么都向我打听，使我觉得自己是他的朋友。您瞧。”

“他使你不害怕，使你感到自然，”凯妲说道，“这就是猫耍耗子。那你呢？”

“他也对我讲述他的情况，讲述他的心事，”安布罗修说道，“还不停地喝酒。我也喝。整个晚上，我从他脸上看出他内心很痛苦，有不顺心的事。”

“在安贡，你跟他讲话用‘你’吗？”凯妲说道，“在那种时候，你敢跟他以‘你’相称吗?”

“尽管我跟您在这张床上睡了两年，可我还是不敢用‘你’跟您讲话。”安布罗修怨声怨气地说道，“他把心事一股脑儿都告诉我了，还有他的生意、政治和子女的情况。他讲呀讲呀，但我明白他的心里在想什么。他说他感到羞耻，这是他后来告诉我的。您瞧。”

“他为什么哭?”凯妲说道，“为了跟你的事而哭?”

“有时他整小时整小时地这样讲着，”安布罗修怨声说道，“他讲，我听；我讲，他听。还一面喝酒，直到我觉得一滴也喝不进了为止。”

“他的话使你激动不起来?”凯妲说道，“难道他光用酒引你激动?”

“他还往酒里放一种药粉刺激我，”安布罗修低声说道，声音低得几乎听不见。凯妲看了他一眼，只见他把胳膊放在脸上，像在海滩上晒太阳那样仰卧着。“我第一次发现他往酒里放药粉的时候，他察觉我看到了，也察觉我吃了一惊。我问他：您往酒里放的是什么?”

“没什么，这药粉叫‘育亨宾’。”堂费尔民说道，“你瞧，我自己也放，没什么。祝你健康，喝吧。”

“有时候，不论是喝酒还是放‘育亨宾’都使我兴奋不起来，”安布罗修抱怨说，“他发觉了，我也看出他发觉了，因为他眼睛中流露出难过的神情，声音也不对头，只是一个劲儿地喝酒。我看到他哭起来了，您瞧。他说：没关系，你走吧。于是他把自己关在房间里，我听到他在房间里自言自语，高声喊叫。他感到羞耻，甚至发了疯。您瞧。”

“他跟你生气、吃你的醋吗?”凯妲说道，“他会不会以为你有女人了?”

“这不能怪你，不能怪你，”堂费尔民呻吟道，“但也不能怪我，一个男人对一个男人当然激动不起来，我理解。”

“他还跪了下来，您瞧，”安布罗修呻吟道，“嘴里抱怨着，有时还低声哭着。他说：让我露出本相吧，让我做一次婊子吧，安布罗修。您瞧，您瞧。他就这样奴颜婢膝地忍受着痛苦：让我摸摸你吧……他就这样跪着对我说，您瞧。真还不如一个婊子，您瞧。”

凯妲曼声笑起来，随后又仰躺下，叹了一口气。

“因此你可怜他，”她喃喃地说，内心极为恼怒，“我却很可怜你。”

“有时尽管他这样，我也兴奋不起来，”安布罗修呻吟道，声音极低，“我想，他马上要生气、要发疯、要……但是没有。他说：你走吧，还是你对。让我一个人待会儿吧，过两个小时你再来，不，过一个小时。”

“如果你兴奋起来，满足了他呢？他是不是感到很幸福？掏钱给你？”凯妲说道。

“那他也感到羞耻，”安布罗修呻吟道，“事后他走进浴室。把自己关起来就不出来了。我则走进另一间小浴室，用肥皂洗个淋浴。浴室里有热水，一应俱全。我走出来，可他还不出来。他几个小时地洗呀洗的，还往身上喷花露水。他终于出来了，面色苍白，一言不发。最后他说：你去吧，把车子开出来，我这就下来，把我送到市中心就行了。他不愿意我跟他一道回家，他不好意思。您瞧。”

“他到底吃醋不？”凯妲说道，“他会以为你从不和女人来往吧？”

“他从来没问过我这种事，”安布罗修说道，把胳膊从脸上移开，“他也不问我假日都干些什么，什么也不问。只有当我对他讲，他才知道。不过，如果他知道我和女人搞过，我心里也明白他会怎么想。倒不是因为他爱吃醋，您还不知道？而是由于他感到羞耻，怕别人知道我跟他的事。他不会对我怎么样，也不会生气，很可能只会说：你走吧，这没什么。我了解他是什么样的人。他不会骂人，也不会对人不好，他很可能会说：不要紧，理应如此，你走吧。他可能感到痛苦，但仅此而已。您瞧，他是一位真正的绅士，不像您想象的那样。”

“金球比臭卡约更叫我恶心。”凯妲说道。

阿玛莉娅怀孕第八个月的一个晚上感到腰部酸痛，安布罗修迷迷糊糊、极不情愿地给她做了按摩。早晨醒来，她感到更痛，浑身酸痛。听见阿玛莉塔·奥登希娅哇哇直叫，她也哭了起来，想到自己必须起床就感到发愁。她从床上坐起来，只见床垫上有几片巧克力色的污痕。

“她还以为胎儿死在肚子里了呢，”安布罗修说道，“我看她已经预感到了，因为她哭了起来，非叫我把她送到医院去不可。我说：别怕，有什么可怕的？”

同往常一样，二人一面排队，一面观看毛克殡仪馆房顶上的兀鹰。大夫对阿玛莉娅说：你必须马上住院。大夫，我怎么会出血呢？我们要为你引产，大夫解释道。怎么个引产法，大夫？没什么，没什么严重的。

“阿玛莉娅留在医院了，”安布罗修说道，“我把日用品给她送去，把阿玛莉塔·奥登希娜托给露贝太太照看，随后我又去开车了。下午回来去看她，她的胳臂和屁股打针都打得发紫了。”

医院把阿玛莉娅安排在混合病房①里，吊床和行军床挨得紧紧的，探视病人只能站在床脚，根本没有地方能靠近病人。整整一个早晨，阿玛莉娅都透过装着铁丝网的窗子望着毛克殡仪馆后面那不断扩大的贫民区。露贝太太抱着阿玛莉塔·奥登希娅来看过她，一位护士对她说下次不能带孩子来。阿玛莉娅央求露贝太太，希望她尽可能去家里看看安布罗修需要什么。露贝太太：那还用说？我还要为他做饭呢。

“一位护士对我说：看样子她必须动手术。”安布罗修说道，“我问是不是很严重。护士回答：不，一点也不严重。实际上我受骗了，您瞧，少爷。”

打了针，阿玛莉娅不感到痛了，烧也退了，但仍然见红，每天都

---

① 指男女临时同住的病房。

有巧克力色的小块血斑污染了床单，护士一天得给她换三次垫布。安布罗修对她说：看样子得给你动手术了。阿玛莉娅吓了一跳：不，我不愿动手术。这是为你好，傻瓜。她哭了起来，所有的病人都看她。

“我见她吓成这个样子，我就编造了些谎话引开她的注意力：我要跟潘达①合伙买下那辆面包车，这是我们俩今天决定的。”安布罗修说道，“可她不听我讲，眼睛哭得肿成这么大。”

由于某个病人一阵阵的咳嗽，阿玛莉娅一夜未能成眠。她旁边床上的另一个病人辗转反侧，直说梦话大骂一个女人，她也吓得要命。阿玛莉娅又哭又求，请大夫理解她。她说：打针、吃药，随便怎样都可以，就是别给我动手术，上次我的苦头吃够了，大夫。上午，给大厅中所有的病人都送来了用罐头盒盛的咖啡，就是没给她送，只来了个护士，一句话也没说就给她打了一针。阿玛莉娅央求她：请您把大夫找来，我有话要说，我要说服他。可护士根本不理她：你以为我们是随随便便决定给你动手术的？随后就同另一位护士把她睡的行军床拖到大厅门口，又把她放在一副带轮子的担架上。当人们开始拖担架时，阿玛莉娅一下子坐了起来，高声呼唤自己的丈夫。护士们走了，大夫走过来，很生气：你闹什么？怎么了？阿玛莉娅恳求着向大夫讲述了在利马产院发生的事和她吃的苦头。大夫点点头：好吧，好了，你镇静些。后来，上午那位护士又来了：你丈夫来了，别哭了。

“她一把抓住我，”安布罗修说道，“她说：别让他们给我动手术，我不愿意！后来大夫不耐烦了，对我说：你要么同意动手术，要么就把她接走。我当时真不知如何是好，少爷。”

安布罗修同一位好心肠的老年护士一道劝说阿玛莉娅，那护士讲话很和气，劝她说：这是为了你好，也是为了婴儿好。最后阿玛莉娅说：好吧，我一定好好配合。人们把她的担架推走了，安布罗修一直把她送到另一个大厅的门口，对她说了几句话，可她似乎没听见。

---

① 潘达雷昂的爱称。

“她一定有所预感，少爷，”安布罗修说道，“不然她为什么显得那么绝望、那么害怕呢？”

安布罗修的面孔消失了，人们关上门，阿玛莉娅看到大夫系着一条白色围裙，在同另一个穿白衣、戴帽子和口罩的男人讲话。那两位护士把她从担架上架起来，放在一张台子上。阿玛莉娅求她们把头垫高些：这样我会憋死的。护士只说：好，别说话。但是根本不理她。两个白衣男人仍在谈话，护士在她周围忙来忙去。一盏灯亮了，灯光照在她的脸上，光线很强，刺得她闭上了眼睛。片刻后，她感到又给她打了一针，接着她看见了大夫的面孔，离自己的面孔好近。她听见大夫叫她数一、二、三……她数着数着，听到自己的声音远了。

“除了阿玛莉娅的事，我还得去工作。”安布罗修说道，“把她送进手术室，我就离开了医院。我先去了露贝太太家，她说：可怜的女人！你怎么不等手术完了再回来？于是我又回到了医院，少爷。”

阿玛莉娅觉得一切都在轻微地摆动，自己也在摆动，仿佛在水中漂浮。她几乎没有认出自己身旁安布罗修和露贝太太那两张拉长了的面孔。她想问他们手术是不是做完了。告诉他们她一点也不觉得痛，但她没有力气讲话了。

“走廊里没有地方坐，”安布罗修说道，“我就站在那里把带的香烟抽完了。后来露贝太太来了，她也得站着等，但一直没有把阿玛莉娅从大厅里推出来。”

阿玛莉娅一动不动，她想，稍微一动，也许就会有许多针在刺她。她不觉得疼痛，却感到沉重，汗水淋漓，有一种疼痛的预感。她也感到疲乏，能听到人声，仿佛人们在窃窃私语或从很远很远的地方谈话，那是安布罗修的声音、露贝太太的声音，甚至是阿玛莉塔·奥登希娅的声音。

“最后，一位护士出来了，推着阿玛莉娅直喊：躲开！躲开！”安布罗修说道，“护士走了，又回来了，手里拿着一样东西。我问：出事了？她又把我推开。片刻后，另一位护士也出来了，她说：孩子死了，母亲有可能救活。”

阿玛莉娅仿佛觉得安布罗修在大哭，露贝太太在祈祷，周围许多人在转来转去地对她说着什么。一个人朝她弯下身，她感到此人的呼吸在自己的嘴边，此人的嘴唇印在自己的脸上。她心想：人们以为我要死或已经死了。她对所有人感到一种羡慕和依恋之情。

“所谓可能救活，也就是说可能死去，”安布罗修说道，“露贝太太跪下来，开始祈祷。我无力地靠在墙上，少爷。”

在这一切景象中，阿玛莉娅不知道过去了多长时间，仍然听到有人在讲话。这会儿她能听到的却是一片沉寂，长时间的沉寂。她一直感到自己在水中漂浮，一会儿下沉，一会儿浮上来，接着再沉下去。突然，她看见了阿玛莉塔·奥登希娅的面孔，她听到自己说：把脚洗干净了再进家。

“后来大夫出来了，把手放在我这儿，”安布罗修说道，“为了救活你的妻子，我们尽了最大的努力，尽了一切可能，可是上帝不同意。”

阿玛莉娅心想，有人要拉她下沉，她感到自己要淹死了。她心想：我要看不见了，我要说不出话了。她动弹不得，就这样漂浮着。她想：傻瓜，过去的事情你怎么还能听到？她害怕了，内心再次感到非常痛苦。

“我们在医院为她举行了守灵仪式，”安布罗修说道，“莫拉雷斯运输公司和普卡尔帕运输公司所有的司机都来了，连那没良心的堂伊拉留也来吊唁了。”

阿玛莉娅在下沉，她感到自己在往下陷，急剧地落了下去。她的内心越来越痛苦。她明白，自己听到的事情都将留在上面。她明白，在她下沉、陷落之际，她带走的只能是内心的痛苦。

“我们用净界棺材殡仪馆的棺材装殓了她。”安布罗修说道，“我也不知道需要付给墓地多少钱。我没有钱，司机们搞了一次募捐，连那没良心的堂伊拉留也多少捐了点儿。当天我就把她埋葬了。医院又派人来催账，不管人死没死，都得付钱。可我拿什么付啊，少爷！”

7

“堂费尔民是怎么死的，少爷?”安布罗修说，“他去世的时候痛苦吗?”

小萨，那是卡利托斯第一次酒精中毒发作不久之后。一天晚上，卡利托斯以坚决的口气在编辑部宣布：我要戒酒一个月。没有人相信他，但他一丝不苟地实践了他那以意志力治疗酒精中毒的诺言，整整四个星期滴酒不沾。他每天都在自己办公室桌上的日历上画掉一个日子，每次总是举起日历挑战似的说：十天了，十六天了。一个月满了，他又宣布：我现在可要开戒补偿一下了。当天晚上一下班，就又喝开了酒，先是同诺尔文和索洛萨诺在市中心的几家酒馆里喝，后来在一家餐厅遇到了几个正在庆祝某人生日的体育版编辑，又同他们一起喝。天亮了，他又在帕拉达市场同几个不认识的人喝，这些人后来偷了他的钱包和手表。这都是他后来自己说出来的。那天早晨，有人看见他向《最后一点钟》和《新闻报》的编辑们借钱。黄昏时分，阿里斯佩发现他在圣马丁广场塞拉酒吧门廊里的一张桌子旁坐着，一个人喝酒，鼻头通红，双眼凝滞。阿里斯佩在他旁边坐下，但根本跟他说不上话。阿里斯佩事后讲道：他不光是醉，简直是泡在酒里了。当晚卡利托斯来到编辑部，看着周围的东西，小心翼翼地迈着步子，一副失眠的样子，浑身散发着说不上是什么酒的混杂气味，脸部不安地抖动着，颧骨、太阳穴、前额和下巴的皮肤不停地颤动，一直在颤动，对众人的玩笑也不理会，摇摇晃晃地走到自己的办公桌前，站了一会儿，焦躁地望着自己的打字机。突然，他用力把打字机高举过顶，然后一言不发地松手，小萨，只听得一声巨响，字键、螺丝钉……雨点般撒了一地。人们过去抓他，他撒腿就跑，一路号叫着，手里揉着稿纸，踢飞字纸篓，撞翻了好几把椅子。第二天他就住进了医院。那是第一次，小萨，从那天以后，他一共住了几次医院？圣地亚哥回想：一共三次。

“好像没什么痛苦，”圣地亚哥说道，“好像是睡着死的。”

小萨，那是在奇斯帕斯和卡丽结婚一个月之后。他们结婚时，安娜和圣地亚哥接到了通知和邀请，但二人既没去参加婚礼也没有打电话送鲜花表示祝贺。波佩耶和蒂蒂也没来劝他们去。这对夫妻度蜜月回来后，到窄小胡同来了一次。他们并没有生他的气，详详细细地向圣地亚哥和安娜讲述了在墨西哥和美国旅行的情况，然后四人乘波佩耶的车子出去兜风，在铁掌俱乐部喝奶油汽水。这一年，四个人每隔一段时间就见一次面，在窄小胡同，有时也在圣依希德罗区，波佩耶和蒂蒂的新居就在该区。小萨，有些事你是从波佩耶和蒂蒂口中得知的，比如奇斯帕斯的订婚仪式、婚礼的准备工作、爹娘要去欧洲旅行的打算，等等。波佩耶完全沉浸在政治活动里，陪同贝朗德周游各省。蒂蒂怀孕了。

“奇斯帕斯二月结婚，爸爸三月就去世了。”圣地亚哥说道，“爸爸本来是想同妈妈到欧洲去的，却去世了。”

“是在安贡去世的？”安布罗修说道。

“是在观花埠，”圣地亚哥说道，“由于奇斯帕斯的婚事，那年夏天，我爹妈没去安贡。我想他们只在周末才去。”

小萨，那是在你们领养了巴杜盖不久后。一天下午，安娜从德尔加多医院回家时带回来了一个鞋盒，里面还直动。她打开鞋盒，圣地亚哥看到从里面跳出一个白花花的东西。安娜说：花匠好心送给我，不好不接受，亲爱的。起初，小狗很惹人讨厌，为此二人总是吵嘴。小狗常在小客厅、床上、浴室里撒尿。为了教会它在外面撒尿，安娜打它的屁股，把它的嘴摁在它自己的屎尿里，这时圣地亚哥就出来保护它，于是二人吵了起来。小狗啃书，圣地亚哥打它，安娜就挺身而出，加以庇护，于是二人又吵了起来。不久它就学会了：想撒尿就用爪子搔门，像触了电似的望着书橱。开始几天，它在厨房里睡觉，睡在一块粗麻布上面，但到了深夜就汪汪地叫，来到卧室门前呜呜地叫。最后二人把它放在屋角鞋子旁边。渐渐的，它又获得了上床的权利。那天早晨，它钻进了盛脏衣服的箱子，怎么也出不来了，圣地亚哥光看着它不管。后来它有了经验，先把爪子扑在箱子边上，把全身重量压到这一边，箱子晃动起来，最后翻了。它一动不动地等了一会儿，接着摆着尾巴走向自由。此时有人在窗上敲了几下，露出了波佩耶的面孔。

“你爸爸出事了，瘦子！”小萨，波佩耶上气不接下气，大概是下车后跑着进来的，悲痛地说，“奇斯帕斯刚给我打了电话。”

小萨，你那时穿着睡衣，找不到短裤，长裤就卷在身上。你给安娜留条子的时候手在发抖。

“快点儿，”波佩耶站在门口不断地说，“快点儿，瘦子！”

二人与蒂蒂同时到达阿美利亚医院。波佩耶接到奇斯帕斯的电话时蒂蒂不在家，到教堂去了。她一只手拿着波佩耶留的条子，一只手拿着纱巾和望弥撒用的书。三人在走廊里找了好几分钟，才在拐过一个走廊时碰见了奇斯帕斯。圣地亚哥回想：他好像化了妆，睡衣坎肩是红白两色的，长裤没扣上扣子，外衣是另外一种颜色，没穿袜子。他正抱着自己的老婆卡丽痛哭。医生说他在我们把他送进医院之前就咽气了，可能是今天早晨死的。妈妈醒来发现他挺着，一动不动，张着嘴。医生说他是睡着死的，没有什么痛苦。可奇斯帕斯说，当他、卡丽和管家把他抬上汽车时，感到他还活着，还有脉搏。妈妈在急诊室，在你进去之前已经打了一支镇静剂，因为她一直在说胡话。你拥抱了她，她却大叫起来。片刻后，她睡着了。蒂蒂哭喊得最厉害。接着家人都来了，最后是安娜。小萨，你、波佩耶和奇斯帕斯办了一下午的手续。圣地亚哥回想：是租丧车、办公墓和登讣告等手续。就在医院里，你同家人再次和好了，小萨。从此你再没同他们吵过。圣地亚哥回想，在办手续的过程中，奇斯帕斯不停地抽泣着，他的衣袋里总是装着镇静剂，像吃糖那样不时地吃上一片。黄昏时分，大家才回到家。花园、客厅和书房里挤满了人。妈妈已经起来，正忙碌着指挥布置灵堂。她已经不哭了，没化妆，看上去老了许多，蒂蒂、卡丽、埃丽阿娜姨妈和罗莎姨妈围着她，还有安娜，小萨。圣地亚哥回想：对，还有安娜。客人不断地到来，人们一晚上进进出出，人声嘈杂，烟雾腾腾，开始有人送来花圈。克洛多米罗伯父守着棺材坐了一夜，一言不发，僵挺笔直，面色蜡黄。等你走近看他时，天已经亮了。圣地亚哥回想：玻璃棺盖蒙上了水汽，根本看不清他的面孔，只见他双手放在胸前，穿着他那身最讲究的西服，头发梳得很整齐。

“我有将近两年没同爸爸见面了，”圣地亚哥说道，“也就是说，自从我结婚后一直没见他。我伤心的倒不是他的去世，反正我们大家都得死，不是吗，安布罗修？我伤心的是，他到死都以为我跟他吵翻了。”

第二天举行了葬仪，是在下午三点举行的。一整个上午持续收到唁电、唁函、名片，做弥撒的礼单、祭品和花圈，报纸上登出了镶黑边的讣告，来了许多人参加葬礼。是的，安布罗修，连总统府的副官都来了。棺材送入墓地时，一名普拉多政府的部长、一名亲奥德里亚的参议员、一名阿普拉的领导人和一名贝朗德分子都执了一会儿缎带。小萨，你、克洛多米罗伯父和奇斯帕斯站在公墓门口，接受人们的吊唁足足有一个多钟头。第三天，安娜和圣地亚哥在家中待了一整天，妈妈待在自己的房间里被亲戚围着，一见他们进来就拥抱亲吻了安娜，安娜也抱吻了妈妈，二人抱头痛哭。圣地亚哥回想：世界就是这样组成的，小萨。他回想：真的是这样组成的吗？到了下午，克洛多米罗伯父来了，同波佩耶和圣地亚哥坐在客厅里，看样子他心不在焉，神情发呆，只用是呀、不呀回答别人的问话，而且声音低得几乎听不见。为了躲避一长串的来访，第四天，埃丽阿娜姨妈把妈妈接到她在乔西卡的家中去了。

“自从爸爸去世，我再也没同家人吵过，”圣地亚哥说道，“我和他们很少见面，离得远了，但相处得还不错。”

“不，我不是来吵架的。”安布罗修一再说道。

“这还不错，否则我就把小罗贝托叫上来，这里他是最会吵架的人了。”凯姐说道，“干脆点儿，告诉我你来干什么，要么你就出去！”

二人穿着衣服，没在床上躺着。房间的灯亮着，楼下酒吧里嘈杂的人声和小客厅中的嬉笑声像往常一样传了上来。安布罗修坐在床沿，凯姐看到他笼罩在光线中，安安静静，身材健壮，身着蓝色西装、尖头皮鞋，浆得挺挺的衬衣露出了白色领子。凯姐看见他一动不动，神情绝望，眼睛流露出气恼的神色，仿佛发了疯。

“您很清楚，我是为了她的事而来的，”安布罗修不眨眼地直瞪着她，“您是能帮忙的，可您什么也不管。您是她的朋友嘛！”

“你听着，我自己的事已经够我受的了，”凯姐说道，“我不想管这件事。我到这儿是来赚钱的。你走吧，别再来了，别到这儿来，也别到我家了。”

“您是应该帮忙的，”安布罗修固执地再三说道，声音和往常不一样，“这也是为了您好。”

“为了我好？”凯姐说道，背倚着门，身子微微弓着，双手放在胯上。

“哦，我是说这也是为了她好，”安布罗修咕哝着说，“您不是说她是您的朋友吗？您不是说，尽管她净发疯，您对她还是很有好感吗？”

凯姐走了几步，在房间里唯一的椅子上与他面对面坐了下来，跷起二郎腿，专注地端详着他。安布罗修没有移开目光，直视着她。他这样还是第一次呢。

“是金球派你来的?”凯姐曼声说道，“他为什么不派你直接找那疯女人去？我与此事毫无关系。你告诉金球，叫他别给我找麻烦。疯女人是疯女人，我是我。”

“谁也没派我来，他根本不知道我认识您，”安布罗修盯着她一字一字地说道，“我来是为了同您做朋友间的谈话。”

“朋友间的谈话?”凯姐说道，“谁告诉你我是你的朋友?”

“您去跟她谈谈吧，叫她理智些，”安布罗修喃喃说道，“叫她知道，她这样做很不好。请您告诉她，堂费尔民并没有钱，他的生意很不顺利。请您劝劝她，叫她忘掉堂费尔民吧!”

“金球不能再次设法把她捉起来吗?”凯姐说道，“那个没良心的，什么事干不出来!”

“上次并不是他设法把她捉起来的，相反，是他把她从警察局救出来的。”安布罗修一动不动地说道，没有提高声调，“堂费尔民帮助过她，替她付了住院费，还给了她钱，可他并没有义务这样做，而是出于同情心。不过，他不想再给她钱了。请您告诉她，她的做法很不好，叫她别再威胁堂费尔民了。”

“你走吧，”凯姐说道，“还是让金球和那疯女人自己去解决吧。这不是我的事，也不是你的事，你就别乱掺和了。”

“您还是劝劝她吧。”安布罗修固执地重复说道，声音很紧张，“她要是继续威胁堂费尔民，对她自己不利。”

凯姐笑了，她感到自己的笑声是那么勉强，带有神经质。安布罗修平静地看着她，仿佛下定了决心。他的眼神镇静，但充满狂热。二人沉默了一会儿，互相端详着，面孔相距只有半米。

“你敢说不是金球派你来的?”凯姐终于说话了，“金球被那疯女人吓坏了？简直是白痴，竟被一个可怜的女人吓坏了。他不久前见到了那疯女人，了解到她的情况。你也很了解她的情况，你还在她身边安插了密探，是不是?”

“这倒是真的，”安布罗修声音嘶哑地说，凯妲看见他紧夹双腿缩成一团，看见他的手指夹进了双腿之间，他的声音凝滞了，“我对她并没干什么坏事，不是我干的，是阿玛莉娅一直在帮助她、陪伴她，所以发生了什么事我就全知道了。她不是有意说给我听的。”

“发生了什么事?”凯妲说道，把身子微微朝他弓去，“那疯女人是不是把你同阿玛莉娅的事讲给金球听了?”

“她说阿玛莉娅是我的女人，说几年来我们每个星期天都见面，说阿玛莉娅怀了我的孩子。”安布罗修的声音嘶哑了。凯妲心想，他要哭出来了，但他并没哭，只是声音中带有哭意，黯淡的眼睛张得大大的，但没有泪水。

“那好，”凯妲挺直了身子说道，“原来你这副腔调是因为这件事，你这么生气是因为这件事。我现在才明白你到这儿来到底是为了什么。”

“您说她这样做为的是什么呢?”安布罗修的声音仍然显得很痛苦，“她难道以为这样做就可以说服堂费尔民，就可以让堂费尔民掏出更多的钱? 她为什么干这种缺德事?”

“那疯女人确实有点疯，”凯妲低声说道，“难道你还不了解? 她想离开秘鲁，她需要离开秘鲁。她不是故意干缺德事，连她自己也不知道自己干了什么事。”

“她以为把我的事告诉堂费尔民就会使堂费尔民感到痛苦。”安布罗修说着，点点头，把眼闭上，片刻后又睁开，“她要加害堂费尔民，要摧毁堂费尔民。她是这样想的。”

“她也是为了卢卡斯那婊子养的。她爱上过那个人，现在那个人在墨西哥，”凯妲说道，“这你就不知道了。那个人写信给她，叫她去墨西哥，带着钱去，说要跟她结婚。她相信了那个人。真是疯了，她自己也不知道都干了些什么事，她并不是出于恶意。”

“对，”安布罗修说道，把手抬起一点，又狠狠地插进双腿间。他的裤子发皱了。“可她损害了堂费尔民，使堂费尔民感到痛苦。”

“金球应该理解她，”凯妲说道，“所有人，臭卡约、卢卡斯和一切她在家中接待过、招待过的人都是婊子养的，都对她干过坏事，还有……”

“堂费尔民也……”安布罗修声音嘶哑地说道。凯妲沉默了，她准备站起来走掉，可安布罗修仍然不动。“堂费尔民也对她干过坏事？我能不能知道一下堂费尔民有什么过错？他欠她什么？他难道有义务帮助她？他不是给了她相当多的钱吗？难道她对一个唯一对她好的人竟干这种缺德事？叫她别再这样干了，到此为止吧。我希望您跟她谈谈。”

“我跟她谈过。”凯妲喃喃地说道，“你最好别管，否则最后倒霉的是你。当我得知阿玛莉娅把自己跟你怀孕的事告诉那疯女人之后，我就提醒过她，我说：你可得小心，别让阿玛莉娅知道安布罗修跟金球的事，也别让金球知道阿玛莉娅跟安布罗修的事，别往里搅和了，你不要卷进去。她那样干不是为了什么，不是故意干缺德事。她是想给卢卡斯带点儿钱去，真是疯了。”

“可堂费尔民对她什么坏事也没干过，相反，他对她很好，还帮助过她。”安布罗修喃喃说道，“她把我同堂费尔民的事告诉阿玛莉娅，我并不在乎，但不应该把我和阿玛莉娅的事告诉堂费尔民。真是缺德，真是缺德！”

“她把你同金球的事告诉你的女人，你反倒不在乎，”凯妲盯着他说道，“可见你关心的只有金球，你只关心那个同性恋者。可见你比金球还坏你快滚吧！”

“她给堂费尔民的太太写了一封信，”安布罗修声音嘶哑地说道，凯妲见他低下头感到了羞耻，“她在信中说：你的丈夫是这种人，你丈夫同司机乱搞，你可以问问你的丈夫，他跟黑人搞有什么感觉……足足写了两页纸。她就是这样给堂费尔民的太太写的。您说说，她为什么要这么做？”

“因为她确实有点疯，”凯妲说道，“因为她要去墨西哥，为此她也不知道自己都干了些什么事。”

“她还往堂费尔民家里打电话，”安布罗修嗓音嘶哑地说道，抬起了头，凯妲看见他的眼睛流露出呆痴痴的神情，也看得出他的内心在沸腾，“她说，你的亲戚、你的朋友、你的儿女都将收到同样的信，内容同我给你老婆的信一样。还有，你的职员也会收到。她就是这样对待唯一对她好、唯一帮过她而又并没有这种义务的人。”

“因为她绝望了，”凯妲提高声音又说了一遍，“为了去墨西哥，她需要飞机票。你告诉金球叫他给她机票钱不就行了吗？”

“昨天就给她了。”安布罗修嗓音嘶哑地说道，“她对堂费尔民说：你会成为众人的笑料，我要毁掉你，我要叫你倒霉。于是他昨天亲自把钱送了去。她简直疯了。她另外还想要一万索尔，您瞧。您还是跟她谈谈吧，叫她别再找堂费尔民的麻烦了，请您告诉她那是最后一次了。”

“我一句话也不想跟她讲了，”凯妲说道，“这和我没关系，我什么也不想知道。让她和金球两个人互相残杀吧，如果他们愿意的话。我可不想卷进这场纠纷。看你这副样子，是不是金球把你辞退了？你这样威胁我，是不是想让金球原谅你跟阿玛莉娅的事？”

“别装糊涂了，”安布罗修说道，“我到这儿来不是为了跟您吵嘴，而是想跟您谈谈。堂费尔民并没有辞退我，也不是他派我来的。”

“你一开始就应该跟我讲清楚，”堂费尔民说道，“你早应该说：我有一个女人，我们要有孩子了，我想跟她结婚。你早应该说出来，安布罗修。”

“你早说就好了，”凯妲说道，“你是不是因为害怕金球才同阿玛莉娅长时期偷偷地见面？好了，事情不是解决了吗？他知道了，而且没辞退你。那疯女人这么做不是故意干缺德事，你别再往里掺和了，让他们自己去解决吧。”

“堂费尔民没赶我走、没发火，也没骂我，”安布罗修嗓音嘶哑地说道，“相反，他同情我、原谅我。您瞧，对一个像他这样的人，她是不应该干缺德事的，您瞧。”

“那些日子，你一定很不愉快，安布罗修，你一定很恨我，”堂费尔民说道，“那时你还得向我隐瞒你同你女人之间的事，而且隐瞒了这么多年。你们来往多少年了，安布罗修？”

“她这样做使我觉得自己像一堆垃圾，使我觉得自己……”安布罗修呻吟道，一面用手使劲地拍着睡床。凯姐一跃而起。

“你是不是认为我会生你的气，可怜的无赖？”堂费尔民说道，“不，安布罗修。去把你的女人从那个人的家里接出来，生儿育女。你可以在我这儿工作下去，想多久就多久。把在安贡发生的事忘掉吧，把所有的事忘掉吧，安布罗修！”

“他很善于操纵你嘛，”凯姐咕哝着说道，一下子奔到门口，“他了解你是个怎样的人。我是不会去跟奥登希娅谈的，你自己去谈吧。唉，你呀你！你要是再踏进这扇门或到我家去，我就……”

“好吧，我这就走，您别担心，我再也不想来了。”安布罗修嗫嚅着说道，立起身来。凯姐打开房门，酒吧的嘈杂声一下子涌了进来。“可我还想最后一次求您：劝劝她吧，劝她理智些吧，劝她让堂费尔民安静地活下去吧，好吗？”

安布罗修开私人汽车开了三个月，车子就坏了。一天早晨，在进入雅利纳湖区之后，车子冒烟了，车身直颤，吱嘎响了一会儿，又突突地响了几声，接着就完全开不动了。车主人卡利克斯托和安布罗修把车盖打开一看，发动机烧着了。卡利克斯托说道：可怜的家伙到此为止了。然后对安布罗修说：一需要司机我就去找你。两天后，房主人堂阿兰德罗·波索来了，和和气气地说：我早知道了，你失掉了工作，死了妻子，境况很糟，我很遗憾，安布罗修。但我这儿不是慈善院，你得搬出去。堂阿兰德罗同意安布罗修用床、摇篮、桌子和煤油炉折价付了拖欠的房租。随后，他把其余的东西装在两个箱子里就到露贝太太家去了。露贝太太见他垂头丧气的样子，给他煮了一杯咖啡，说道：至少你不必为阿玛莉塔·奥登希娅担心，我先照看着她。安布罗修来到潘达雷昂住的贫民区。潘达雷昂还没从廷哥马利亚回来，到了天黑时他才回来，看见安布罗修把脚陷在泥地中坐在门前等他。潘达雷昂想给他鼓鼓气：你当然可以先跟我住，直到找到工作。能找到吗，潘达？说真的，安布罗修，在此地找工作非常困难，你为什么不到别处去试试呢？潘达劝他去廷哥马利亚或哇努柯。但不知道为什么，我不愿在阿玛莉娅尸骨未寒之际就离开普卡尔帕，少爷，再说我一个人怎么能带着阿玛莉塔·奥登希娅到处流浪呢？于是安布罗修留在普卡尔帕试试看，有时帮助卸船，有时在黄记百货店里打扫蜘蛛网、捉耗子，甚至给毛克殡仪馆消毒，但工资几乎不够买烟抽。要不是潘达和露贝太太劝他，他根本什么也不想吃。一天，他强打起精神去找堂伊拉留。少爷，我不是去吵架的，而是去求助的。先生，我倒了霉，您行行好吧。

"我的司机都满员了，"堂伊拉留堆出一脸假笑说道，"我总不能为了雇你而解雇别人吧？"

"那就把净界棺材殡仪馆的那个白痴辞退了吧，先生。"安布罗修恳求道，"我哪怕给殡仪馆看看门呢。"

"那个白痴我不用付工资，只是让他在店里睡睡觉，"堂伊拉留解释道，"我又不是疯子，怎么能辞退他呢？有朝一日你找到了工作，我到哪儿再去找一个不用付一分钱的白痴？"

"您瞧，他说走了嘴，"安布罗修说道，"不知他上次给我看的那些一百索尔的收据付的钱都付到哪儿去了。"

安布罗修什么也没说，只是听着，频频点头，最后嗫嚅着说：太遗憾了。堂伊拉留一面在他肩上拍着一面安慰他，临走时送给他半镑钱：拿去喝酒吧，安布罗修。安布罗修拿了钱，到商业大街的一家饭馆吃了一顿饭，为阿玛莉塔·奥登希娅买了一件坎肩。在露贝太太家，他又得到了一个坏消息：医院又来人了，安布罗修，你要是再不去，哪怕是去谈谈，他们就要叫警察局传你了。安布罗修来到了医院，负责行政的太太斥责他躲起来不露面，拿出收据给他看，一笔一笔地解释着都是些什么费用。

“好像在捉弄人，”安布罗修说道，“您瞧，差不多有两千索尔。他们把人治死了，还要收两千索尔。”

安布罗修什么也没说，只是听着，面孔严肃地连连点头。那位太太伸出手：拿来吧。于是安布罗修向她诉苦，为了感动她，也有夸大的成分。那位太太问他：你有社会保险吗？安布罗修不懂。你以前干什么工作？开了一阵子私人汽车，再以前是为莫拉雷斯运输公司开车。

“那么你是有社会保险的，”那位太太说道，“你去向堂伊拉留问一下你的社会保险号码，再到民政局去取保险卡。然后再带着保险卡到这儿来，那么你就只付一部分钱就行了。”

安布罗修心里明白结果会如何，但他还是想去证实一下堂伊拉留到底狡猾到何等程度。堂伊拉留格格地笑了起来，直盯着他看，仿佛在想：你比外表还要傻。

“什么社会保险？”堂伊拉留说道，“只有固定雇员才有。”

“难道我不是固定司机吗？”安布罗修问道，“我到底是公司里的什么人，先生？”

“你没有驾驶执照，怎么能当固定司机？”堂伊拉留解释道。

“我当然有驾驶执照，”安布罗修说道，“这是什么？这不是吗？”

“哦，但你没告诉我，这就不能怪我了。”堂伊拉留反驳，“再说，我事先没向你要也是为你好。开一次车拿一次工资，不作为编制内人员，就用不着在工资里扣除保险费了。”

“可您每个月不是都扣了吗？”安布罗修说道，“难道那不是为了缴纳社会保险吗？”

“那是退休基金，”堂伊拉留说道，“但是你退职了，就失去了这个权利。法律就是这样，法律是很复杂的。”

“我恼火的倒不是他说谎，而是在驾驶执照的问题上他就像是在编造一个笨拙的故事。”安布罗修说道，“他最亲的是什么？当然是钞票了。于是我当时想：我必须报复他一下。”

那天是星期二，为了事情进行得顺利，安布罗修必须等到星期天。那几天，他下午在露贝太太家，晚上在潘达雷昂家。露贝太太，如果有一天出了事，比如说，如果我死了，阿玛莉塔·奥登希娅怎么办呢？没什么，安布罗修，那就让她继续跟着我，她就像我的亲生女儿一样，我非常想有个女儿。每天早晨，安布罗修都到码头、河滩或广场上去同流浪汉们聊天。到了星期六下午，他看到“山间闪电”吼叫着开进了普卡尔帕，车身满是尘土，用绳索绑系着的木箱和行李不停地摇晃着。车子穿过商业大街，掀起一阵尘烟，在莫拉雷斯运输公司办公室门前停了下来。司机下了车，乘客也下了车，人们卸下行李。安布罗修用脚踢着街角上的小石块，等着。只见司机又上了车，发动起来，把“山间闪电”开到了洛佩斯的车库。对，那是洛佩斯的车库。安布罗修回到露贝太太家，同阿玛莉塔·奥登希娅玩耍起来。女儿对他已经认生了，他一要抱她，她就放声大哭。玩到天黑下来，不到八点钟，安布罗修来到了车库，只有洛佩斯的妻子在家。他说：太太，我要把车子开走，堂伊拉留需要用车子。洛佩斯的妻子根本没想到问问他何时又回到莫拉雷斯运输公司，指了指空地的一个角落：车子在那儿。对，还有汽油，一应俱全。

“我本来想把车子开到某个地方翻到峡谷里去，”安布罗修说道，“后来我想，那样干太傻，于是就把车子开到廷哥马利亚，路上还捎了两名乘客，这样就够我买汽油的了。”

第二天早上，安布罗修开车进入了廷哥马利亚，他犹豫了一会儿就到伊蒂帕雅的车库去了。怎么，黑人？你又给堂伊拉留干了？

“我把他的车子偷来了，”安布罗修说道，“他坑了我的钱，我这是报复他。我想把车子卖给你。”

伊蒂帕雅先是一愣，接着笑了起来：你疯了，兄弟？

"对，我疯了，"安布罗修说道，"你买不买？"

"买一辆偷来的车子？"伊蒂帕雅说道，"我买了之后怎么办？人们都认得'山间闪电'，堂伊拉留没准报了案。"

"好吧，"安布罗修说道，"那我就把它翻到峡谷里去，至少算是报了仇。"

伊蒂帕雅抓了抓头皮：你简直疯了。二人讨价还价，足足有半个小时。与其把它翻到峡谷里还不如利用它来干点儿什么，黑家伙，但我不能出很多钱。我得把车子整个拆了，把零件一件一件地卖掉，车身也得重新漆过，等等。干脆点儿，伊蒂帕雅，你出多少吧？还得冒风险呢，黑家伙。你出多少吧？干脆点儿。

"他给了我四百索尔，"安布罗修说道，"比一辆旧自行车还便宜，刚够用来回到利马，少爷。"

8

“我不是想扫您的兴，绝对不是，”安布罗修说道，“是因为实在太晚了，少爷。”

小萨，还有什么？还有什么要说的？圣地亚哥回想：啊，还有同奇斯帕斯的那次谈话，除此之外再没有别的可谈了。堂费尔民去世后，安娜和圣地亚哥开始每星期天同索伊拉太太吃午饭，在家里也能见到奇斯帕斯和卡丽、波佩耶和蒂蒂。但是后来索伊拉太太到欧洲旅行去了，家庭午餐也就中断了。圣地亚哥回想：以后就没再恢复，将来也不会恢复了。索伊拉太太是同埃丽阿娜姨妈一同去欧洲的。埃丽阿娜姨妈想把大女儿送到瑞士的一所公学就读，顺便到西班牙、意大利和法国玩两个月。晚点儿有什么关系，安布罗修？祝你健康，安布罗修。索伊拉太太回国时不那么颓唐了，被欧洲夏日的太阳晒黑了，手里拎着礼物，口中趣闻不绝。小萨，不到一年的时间，她就恢复了正常，恢复了繁忙的社交活动，打牌、访友、看电视剧、开茶会。安娜和圣地亚哥经常来看她，每月至少一次。她也留二人吃饭。从此母亲与儿媳的关系虽说保持着一定的距离，但很客气、友好，当然还不是那么亲热。现在索伊拉太太以一种有分寸、和蔼的态度，以一种无可奈何的温柔、亲热的态度对待安娜了。小萨，索伊拉太太没忘记给安娜分一份从欧洲带来的纪念品，也送了安娜礼物。圣地亚哥回想：一条西班牙披肩、一件意大利绸衬衣。过生日或逢结婚周年的时候，安娜和圣地亚哥在客人们到来之前很早就过来，匆匆地拥抱索伊拉太太。有时波佩耶和蒂蒂来到窄小胡同跟二人聊天或带他们出去兜风。奇斯帕斯和卡丽却从来没来过，小萨，但在举行南美洲足球锦标赛的时候，奇斯帕斯给你送来了一张头等座的长期票。你经济拮据，就把长期票平价卖了。圣地亚哥回想：我们终于找到了和睦相处的方式，小萨，那就是不即不离，互相微笑，也开开玩笑。可我不能太晚啊，少爷，请您原谅。啊！是太晚了。

同奇斯帕斯的那次谈话是在堂费尔民去世后很久，是在圣地亚哥从《纪事报》地方版调到社论组一个星期之后，小萨，也是在安娜丢掉医院工作的前几天。报社给你加了五百索尔的工资，把工作时间从晚上改为早晨，于是你几乎再没见到卡利托斯了，小萨。一天，你遇到奇斯帕斯从索伊拉太太家中走出来，二人在人行道上谈了一会儿。超级学者，我们明天一起吃午饭，好吗？当然，奇斯帕斯。当天下午你想了很久，但并不觉得奇怪。有许久没谈话了，他想说些什么？第二天中午一过，奇斯帕斯就到窄小胡同来接圣地亚哥了。这是他第一次来，小萨，他进到胡同里来了，你透过窗子看着他犹疑着敲了敲德国女人家的门。他穿着米色西服，还穿了坎肩，黄色衬衣的领子很高。那德国女人从上到下贪婪地打量了他一眼，指着你家的门说：是那扇“C”字的门。小萨，于是奇斯帕斯第一次也是最后一次踏进了你那坐落在窄小胡同的家门。他在圣地亚哥的肩上拍了一下：你好，超级学者。接着带着自然的笑容参观了那两间小屋。

“你找了个理想的小巢，瘦子，”奇斯帕斯观察着桌子、书橱、巴杜盖睡觉的粗麻布说道，“这房子对你和安娜这样到处为家的人倒很合适。”

兄弟二人来到铁掌俱乐部的瑞典餐厅。侍者和领班都认得奇斯帕斯，直呼其名，开了几句玩笑就围在他身边转，既热情又殷勤。小萨，奇斯帕斯要你尝尝草莓鸡尾酒：瘦子，这是这家餐厅的特色风味，又甜又烈。二人在一张能看到堤岸的桌子旁坐了下来，看得见咆哮的大海和布满乌云的冬日天空。小萨，奇斯帕斯劝你第一道菜要一盘利马风味汤，第二道菜要辣子鸡羹或鸭肉米饭。

“甜食我替你点，”侍者拿着单子离去后，奇斯帕斯说道，“奶白薄饼。谈完生意，吃这种甜食最好没有了。”

“我们要谈生意？”圣地亚哥说道，“我想你不至于建议我跟你一道干吧？你可别在吃这顿午饭的时候扫我的兴。”

“我知道你一听见生意这两个字就浑身起鸡皮疙瘩，流浪汉，”奇斯帕斯笑了，“但这次你是躲不过去的，一刻也躲不掉。我带你到这儿来看看辣味菜和冷啤酒能不能使你强吞下这剂苦药。”

奇斯帕斯又笑起来，但此时有些造作了。他一面笑，眼中一面迸出不自然的火花。小萨，他眼中闪着不安的光芒，连叫两声：唉，瘦子，你这个流浪汉！唉，瘦子，你这个流浪汉！圣地亚哥回想：其实我那时已经不发疯了，不再六亲不认，不再有变态心理，不再是共产党了。他回想：奇斯帕斯声音中有某种亲热的意味，也有某种模棱两可的意味，怎么理解都可以。小萨，他叫你瘦子，叫你流浪汉。

“那么就赶快把苦药拿出来吧，”圣地亚哥说道，“我要在喝汤前吃下去。”

“流浪汉，你就一点也不在乎？”奇斯帕斯说道，不再笑了，但刮得精光的脸上仍保持着一丝笑意，神态中仍有一种不自在的样子，并且越来越不自在，小萨，而且又出现了不安的意味，“老头子去世这么多月，你就没想过问一下他留下的生意？”

“我信任你，”圣地亚哥说道，“我相信你会保持我们家的商业信誉。”

“好吧，那我们严肃地谈谈吧，”奇斯帕斯肘撑桌面，以拳支颐。小萨，他神色不安，不停地眨眼。

“快点说吧，”圣地亚哥说道，“我警告你，汤一上来，生意的事我就不谈了。”

“有许多事需要解决，这是很自然的，”奇斯帕斯说道，把声音压低了点儿，向周围的空桌子望了一眼，咳嗽一声，慢慢地讲起来，谨慎地斟字酌句，“就拿爸爸的遗嘱来说吧，这事很复杂，我办了许多手续才使遗嘱生效。我必须到公证处去，在一堆文件上签字。你知道，在秘鲁这个国家，官僚主义、文牍主义把什么都弄得很复杂。”

圣地亚哥回想：可怜的奇斯帕斯不仅不安、不自在，内心还有些怕。他是不是精心准备了那次谈话，设想过我会提些什么问题，会提出什么要求，作好了被我威胁的准备？他是不是准备好了一系列的答案、解释和证据？奇斯帕斯，您感到不好意思了。奇斯帕斯讲讲停停，有时望望窗外。那是十一月，帐篷还没搭起，海滩上没有人游泳，几辆汽车在堤岸上行驶，稀稀落落的人在咆哮着的灰绿色大海边行走，喧嚣的海浪在远处迸得粉碎，洗刷着海滩。白色的海鸭子在浪花上安静地滑翔。

“事情就是这样。”奇斯帕斯说道，“老头子在世时就想把事情安排好，免得像上次发病那样突然。我刚开始跟他安排，他就去世了，仅仅开了个头。他的想法是要避开继承税，避开各种繁文缛节。我们想把事情搞得合法化，于是就把各家公司划入我的名下，假造了转让合同，如此等等。你很聪明，一定能理解，老头子的意思并不是也绝不是把所有的生意全部留给我，只是想避免把事情搞复杂。我们在办转让手续的同时也想把有关你和蒂蒂的权利的事务作出安排。当然，还有妈妈的。”

奇斯帕斯微笑了一下，圣地亚哥也微微一笑。小萨，汤上来了，冒着热气，热气似乎突然而至，同看不见的紧张气氛混合在了一起，也同桌上那过分谨慎、过分造作的气氛混合在了一起。

“老头子的主意不坏，”圣地亚哥说道，“为了避免麻烦，把一切都归在你的名下，这是合情合理的。”

“不是把一切，”奇斯帕斯把手一扬，微笑而迅速地说道，“只是把制药厂和公司的生意归我名下，家里的房子和安贡的那套房子没有。再说，你也明白，所谓转让不过是表面文章，公司划归我名下并不等于真的归我所有。妈妈和蒂蒂的事已经安排好了。”

“这么说，一切都完美地解决了，”圣地亚哥说道，“谈生意到此为止，现在开始喝汤吧。你瞧这汤的颜色多好，奇斯帕斯。”

小萨，他的脸色、他那不停眨动着的眼睛和不停挥动的双手都流露出一种难以言喻的困惑，显出不自在地松一口气的样子。他把面包、葱油递给你，给你的杯子斟满啤酒。

“我知道你对我的话感到厌烦，”奇斯帕斯说道，“但事情不能再拖了，对你的处境也需要有所安排。”

“我的处境怎么了？”圣地亚哥说道，“请把胡椒粉递给我。”

“家里的房子和安贡那套房子归妈妈，这是理所当然的，”奇斯帕斯说道，“但是妈妈根本不想知道什么安贡不安贡的，她说再也不踏进安贡一步，真是个怪想法。我们也同蒂蒂达成了一致，把制药厂和其他公司属于她的股份买下来，这样她等于也继承了遗产，你明白吗？”

“我明白，”圣地亚哥说道，“但我真的感到厌烦了，奇斯帕斯。”

“现在就差你了，”奇斯帕斯笑了笑，根本不理他，眨眨眼接着说道，“不管你厌烦不厌烦，你都是爸爸的儿子，为此我们必须谈谈。我想我们可以商量出一个一致同意的办法，就像同蒂蒂一样。属于你的股份，我们也估了价。你既然讨厌生意上的事，我就想把你的股份买下来。”

“别提我那份儿，让我喝汤吧，”圣地亚哥微笑着说道，但奇斯帕斯严肃地看着他，小萨，你也不得不严肃起来看着他。“我早就告诉老头子了，我永远不会插手他的生意，所以你可以把我的处境和我的那一份忘掉。我离家出走之日就是我自动放弃继承权之日，所以什么我的股份，什么买我的股份，根本谈不上，这个话题就不用再提了，好不好？”

小萨，他迅速地眨动着双眼，陷入了极端困惑不解的状态，他把匙子停在半空，一缕红色的汤滴在盘中，还有几滴溅在台布上。他惊异不安地望着你。

“别净说傻话了，”最后，奇斯帕斯说道，“你虽然离家出走，但仍然是老头子的儿子，对不？我可真的要认为你疯了。”

“我是疯了，”圣地亚哥说道，“任何一份都不属于我，即使有我一份，我也不想继承老头子一分钱。就这样吧，好不好，奇斯帕斯？”

“你不愿要股票？”奇斯帕斯说道，“好吧，还有一个办法，我跟蒂蒂讨论过了：我们把安贡那套房子划归你的名下。”

圣地亚哥放声大笑，一拍桌子。侍者马上过来问他需要什么。啊，对不起。奇斯帕斯仍然很严肃，看样子充满了信心，小萨，他那不自在的神色消失了，这时他亲热而又神气十足地望着你。

“你既然不要股票，这样做就是最明智的办法，”奇斯帕斯说道，“妈妈和蒂蒂都同意这样做。妈妈反正不会踏进安贡一步，她特别恨那个地方。蒂蒂和波佩耶正在圣玛丽亚区自己盖房子。你知道，在贝朗德任总统这会儿，波佩耶的生意做得很顺手。而我呢？工作很忙，没时间去避暑，所以安贡那套房子……”

“那就送给穷人吧。”圣地亚哥说道，“结束了，奇斯帕斯。”

“如果你讨厌安贡，你不一定去住，”奇斯帕斯说道，“可以卖掉，再在利马另购一套，这样你就可以住得舒服些。”

“我不想住得舒服。”圣地亚哥说道，“你再说下去，我们可要吵架了，奇斯帕斯！”

“别像个孩子似的，”奇斯帕斯坚持道，圣地亚哥回想：这会儿他是真诚的。“你是个大人了，也结了婚，有了家庭义务。别再执行你那荒唐的计划了。”

小萨，奇斯帕斯放心了，有把握了，难挨的时刻过去了，胆战心惊的时刻也过去了，他可以给你忠告，帮助你了；可以安安稳稳地睡大觉了。圣地亚哥对他微微一笑，在他胳膊上拍了一下：结束吧，奇斯帕斯。领班上气不接下气吃力地跑过来问：这汤味道不好？哦，没什么，味道好极了。于是二人又喝了几勺，让领班相信的确好喝。

“我们不要再争了，”圣地亚哥说道，“我们两个一直吵，现在好不容易能和睦相处，你说是不是，奇斯帕斯？让我们继续和睦相处吧。但以后不许你再提这个话题了，好吧？”

小萨，他那受了委屈、困惑不解、有些后悔的面孔露出了表示遗憾的微笑。他耸了耸肩，做了个笨拙或无可奈何的表情，缄口不语。二人只尝了几口鸭肉拌饭。奇斯帕斯忘记要奶白薄饼了。侍者送来账单，奇斯帕斯付了钱上车前、二人都深深地吸了一口发咸的潮湿空气，泛泛地谈了几句，什么海浪呀，什么走过去的女郎呀，什么吼叫着穿过大街的那辆赛车呀。回观花埠的路上，二人一句话也没说。到了窄小胡同，圣地亚哥一脚已经迈出车门，奇斯帕斯一把抓住了他的胳膊：

“我永远也理解不了你，超级学者，”圣地亚哥回想：那天，他的声音第一次那么诚挚、激动。“你这辈子到底想干什么？为什么总是想方设法使自己倒霉？”

“因为我是个受虐待狂，”圣地亚哥向他微微一笑，“再见，奇斯帕斯。代我向妈妈问好，向卡丽问好。”

“那就随你发疯去吧，”奇斯帕斯说道，也向他微微一笑，“我只希望你知道，如果有朝一日你需要……”

“我知道，我知道，”圣地亚哥说道，“赶快走吧，我可要睡午觉了。再见，奇斯帕斯。”

小萨，如果你不告诉安娜这一切，就可以避免掉许多次吵嘴了。圣地亚哥回想：我们吵了有一百次、二百次。是不是虚荣心使你倒的霉？我对她说：你瞧，你丈夫多有志气啊，亲爱的，什么都不要，亲爱的，滚他妈的股票、房产吧！亲爱的。小萨，你以为安娜佩服你吗？你想让她佩服你吗？圣地亚哥回想：每月月底前，工资就花光了，每次去华人小铺子里赊账，每次去向德国女人借钱的时候，她就该骂我了，要责备我了。圣地亚哥回想：可怜的安娜，可怜的小萨啊！

“实在太晚了，少爷。”安布罗修又一次坚持说道。

“再往前开一点就到了。”凯妲说道。她心想：这么多的工人，是工厂下班时间吧？对，我挑了个最糟的时间出院。汽笛在响，人行道上挤满乱哄哄的人。出租汽车开得很慢，躲闪着人群。许多人把面孔贴在车窗上看她，向她吹口哨，叫她美人儿、小妈妈，向她做猥亵的表情。一路上都是工厂、胡同，胡同、工厂。凯妲越过行人的头顶望去，沿街都是石砌的门面、铅皮搭的屋顶，烟囱中冒出烟柱。她不时看到远处的街道在田地上种植的树木间向前伸延。就是这儿。车停了，凯妲下了车，司机盯着她的眼睛直看，唇边带着讥讽的微笑。

“你笑什么？”凯妲说道，“我有两个鼻子四张嘴是怎么着？”

“别假装正经，”司机说道，“因为是你，我才只收十索尔。”

凯妲把钱给了司机就扭过身去。当她推开褪了色的粉红色墙上的那扇门的时候，听到出租汽车嘟嘟地开远了。花园里没有人，凯妲在走廊中看见小罗贝托坐在一张皮椅上剔指甲，他用那双漆黑的眼睛看了凯妲一眼。

“你好，亲爱的凯妲，”他以讥讽的腔调说道，“我早知道你今天会来，太太正在等你。”

凯妲想道：他连我身体如何、好不好都不问，也不跟我握手。她走进酒吧间，首先看到伊翁太太那指甲尖尖涂着银色蔻丹的手指、手指上那闪闪发光的戒指和她用来在信封上写地址的圆珠笔，然后才看见她的面孔。

“午安，”凯妲说道，“再次见到您真高兴。”

伊翁太太朝她勉强笑了笑，默默地朝她从头到脚地打量起来。

“啊，你回来了，”最后，伊翁太太说道，“可以想象你吃了不少苦头。”

“还可以，”凯妲说完沉默了，仿佛又感到胳臂上打针处的刺痛和两腿间那冰冷的探针，仿佛又听到那个弯身拿起尿盆、发直如鬃的男护士在讲话。

“你去找塞加拉医生了吗?”伊翁太太说道，“他把无病证明开给你了吗?”

凯姐点点头，从钱包中掏出一张对折的纸片递过去。她心想：才一个月你就变成这副样子了。搽了三层粉，你都看不清东西了。伊翁太太专注而吃力地看着证明，几乎把证明贴在皱着眉的眼睛上。

“好，你总算好了，”伊翁太太又从头到脚地打量了她一番，然后做了个泄气的表情，“可你瘦得像个扫把，还得恢复恢复，面色还得红润起来。这会儿，你先把身上的衣服脱下泡起来。你没带换洗衣服？让玛尔维娜借你点儿什么穿穿吧。你现在可不能浑身带菌，医院里净是病菌。”

“我的房间还是原来那间吗，太太?”凯姐说道，心想：我才不生气呢。我生气让你高兴?

“不，是最里头的那间，”伊翁太太说道，“赶快洗个热水澡，好好用肥皂擦擦，以防万一嘛。”

凯姐点点头，出神地看着满是污迹、被火柴棍和烟头烧了许多洞的红色地毯，咬着牙上了二楼。在楼梯转弯处碰上了玛尔维娜，玛尔维娜一见她就张开了双臂：亲爱的凯姐！二人拥抱起来，在面颊上互相吻了起来。

“你复原了，这太好了，亲爱的凯姐，”玛尔维娜说道，“我本来想去看你，可老太婆吓唬我说：那太危险了，她的病会传染，你会被染上那种病。我给你打了好几次电话，可医院回答说，只有自费病人才能用电话。我送给你的那包东西收到了吗?”

“多谢你了，玛尔维娜，”凯姐说道，“我最感谢你的是那些吃的。医院里的饭食叫人恶心。”

“你回来了，我真高兴，”玛尔维娜笑着说了一遍又一遍，“你染上脏病，我真急坏了，亲爱的凯姐，这世上不幸的人太多了。亲爱的凯姐，我们很久没见面了。”

“一个月，”凯姐叹了一口气，“对我来说就像十个月，玛尔维娜。”

凯姐在玛尔维娜的房间里脱光衣服，走进浴间，在浴缸中放满水，跳了进去。正在擦肥皂之际，她看见门开了，小罗贝托的身影闪了一下：可以进来吗，亲爱的凯姐？

“不行！”凯姐恶声恶气地说道，“走开，出去！”

“你讨厌我看见你的裸体？”小罗贝托笑了，“你讨厌？”

“对！”凯姐说道，“我没允许你进来，把门关上！”

小罗贝托哈哈大笑，走进浴间关上门：我偏不走，亲爱的凯姐，我就是这种别扭脾气。凯姐赶紧钻到水里，只露出头。水色很暗，浮着泡沫。

“你太脏了，水都被你洗黑了，”小罗贝托说道，“多长时间没洗澡了？”

凯姐也笑了：进医院就没洗过，整整一个月。小罗贝托一捂鼻子，做了个恶心的样子：啊，那可太脏了。接着又和气地向她微微一笑，朝浴缸走近几步：你回来了，高兴吗？凯姐点点头：当然高兴。浴缸的水动了起来，凯姐露出了瘦削的肩头。

“我告诉你一个秘密，要不要听？”凯姐指了指门说道。

“讲吧，讲吧，”小罗贝托说道，“我最喜欢听流言蜚语了。”

“我本来还担心老太婆不要我了呢，”凯姐说道，“她最害怕病菌了。”

“你本该到一家二流妓院去的，降一降身价。”小罗贝托说道，“她要是把你赶走，你可怎么办哟！”

“那我就完蛋了，”凯姐说道，“也许真的得去二三流妓院了。只有上帝晓得。”

“太太是好心人。”小罗贝托说道，“她的生意得对付各种风浪，所以小心点儿是对的。可她对你很好。你要知道，得过你这种脏病的女人，她是不会再要的。”

“那是因为我替她赚过大钱，”凯妲说道，“那是因为她欠我的。”

凯妲坐了起来，在自己的乳房上擦肥皂，小罗贝托用手指指着她的乳头：瞧，都耷拉下来了，亲爱的凯妲，你太瘦了。凯妲点点头，我在医院里掉了十五公斤的肉，小罗贝托。你必须胖一点，亲爱的凯妲，否则就征服不了有钱的客人。

“老太婆说我瘦得像个扫把。”凯妲说道，“在医院里，我几乎什么都没吃，只在收到玛尔维娜那包东西后才吃点儿。”

“你现在可以大吃几顿补补了，”小罗贝托笑了，“像头猪似的吃吧。”

“我的胃大概收缩了，”凯妲说着，闭上眼睛，又沉入浴缸，“啊，这热水太舒服了。”

小罗贝托走向前，用毛巾把浴缸边沿擦干，坐下，满面笑容、调皮地瞧起凯妲来。

“我也要告诉你一个秘密，想不想听？”他压低了声音说道，仿佛对自己的大胆感到惊奇似的瞪大了眼睛，“想不想听？”

“想，把这儿的新闻都告诉我吧，”凯妲说道，“最近有什么新闻？”

“上星期，我和太太去拜访了你过去的客人，”小罗贝托把手指放在唇边，不停地眨着眼，“我是说，你过去客人的过去客人①。那个人的行径简直像条狗，什么东西！”

凯妲睁大了眼睛，从浴缸中坐了起来。小罗贝托擦掉溅在他裤子上的水珠。

“你指的是臭卡约？”凯妲说道，“真的？他在利马？”

“他回秘鲁了，”小罗贝托说道，“他在恰柯拉卡约有一栋房子，带有游泳池，一应俱全，还养了几条老虎似的狼狗。”

“你撒谎，”凯妲说道，一见小罗贝托示意她别高声讲话，就压低了声音，“他真的回来了？”

---

① 小罗贝托把奥登希娅看作凯妲的客人，贝尔穆德斯又是奥登希娅的客人。

“那房子漂亮极了，周围是座大花园，”小罗贝托说道，“我本来不想去。我对太太说：去也白去，您会失望的。但她不听。她总是想着自己的生意，说：他有资本，他了解我对合伙人是守信用的，我们过去是朋友。我们到了那里，那个人就像对待叫花子一样对待我们，把我们赶了出来。亲爱的凯妲，你那位过去的客人，过去客人的过去客人，简直是条狗！”

“他留在秘鲁不走了？”凯妲说道，“他回来还想搞政治？”

“他自己说是回来看看，”小罗贝托耸耸肩，“你瞧，他简直是吃饱了撑的，买这么好的房子只是为了回来看看。他住在美国，人跟以前一样又老、又丑、又可厌。”

“他没问起那疯女人？”凯妲说道， “他总得说些什么吧，对不对？”

“你是说缪斯？”小罗贝托说道，“我不是跟你说了吗？他是条狗，亲爱的凯妲。太太跟他谈起了缪斯。太太说：对那可怜女人的事，我们很伤心，您大概知道了吧？可他不动声色，说：我倒不怎么伤心，只知道那疯女人死得很惨。亲爱的凯妲，他倒是问起了你。太太说：对，对，那可怜的女人住院了。你猜他说什么来着？”

“他既然对奥登希娅说得出那种话，对我就可想而知了。”凯妲说道，“他怎么说？别净叫我心痒。”

“他说：你们要是见到她，就告诉她，我一个子儿也不会给她，我给她的够多了。”小罗贝托笑了，“他说：她要是来找我的麻烦，我就用狼狗对付她。这就是他说的，亲爱的凯妲，不信你可以去问太太。不过你最好别去问，别跟她谈起那个人。太太回来时脸色都变了，他对待太太太坏了，太太连他的名字都不愿意听到。”

“他早晚要付出代价，”凯妲说道，“一个连臭狗屎都不如的人不可能永远活得这么惬意！”

“他倒是可能，有钱嘛，”小罗贝托又哈哈大笑起来，朝凯妲弯下腰，压低了声音，“太太向他建议一起做生意，你猜他怎么说？他咧着嘴笑了，说：您以为我会对做婊子生意感兴趣，伊翁？我现只对正经生意感兴趣。随后就说：你们可以走了，我不想再在这个家中见到你们了。他就是这么说的，我发誓。你疯了，你笑什么？”

“我没笑什么，”凯妲说道，“把毛巾递给我，水凉了，我快冻僵了。”

“你要是愿意，我来给你擦吧，”小罗贝托说道，“我总是愿为你效劳的，亲爱的凯妲，尤其是现在。你现在和气多了，不像以前那么傲气十足了。”

凯妲站起身来，迈出浴缸，踮着脚走路，溅得破碎的花砖地满是水珠。她在腰间围了一块毛巾，又在肩上披了一块。

“肚皮平滑，大腿还是那么美，”小罗贝托笑了，“你去不去找你那位过去客人的过去客人？”

“不去。不过我要是有朝一日遇到他，就冲他对奥登希娅说的那些话，我非给他点颜色看看不可！”凯妲说道。

“你永远也不会遇到他，”小罗贝托说道，“对你来说，他是高不可攀的。”

“你干吗要来给我讲这些事？”凯妲说道，蓦地停止擦身，“快走吧！快出去！”

“我是为了看看你的反应。”小罗贝托笑道，“别生气，我也是为了证明我是你的朋友。我再告诉你一个秘密：你知道我为什么进来吗？因为太太命我上来看看你是不是真的洗澡了。”

安布罗修是从廷哥马利亚逐步回到利马的，这是万全之策。他先是乘卡车到哇努柯，下榻一家旅店的一间小房间里睡了一夜，又乘长途汽车到了汪卡约，然后乘火车到了利马。火车穿过安第斯山的时候，高耸的山脉使我头昏目眩，心跳加快，少爷。

“从离开利马到回到利马才两年多一点，”安布罗修说道，“但变化多大啊。我想，实在不得已，就去向鲁多维柯求助，是他建议我去普卡尔帕的，是他把我介绍给他那位亲戚堂伊拉留的。可是您瞧，不去求他又能去求谁呢?”

“求我爸爸嘛，”圣地亚哥说道，“你为什么没去找他?你怎么没想起他?”

“不是没想起来，”安布罗修说道，“您明白的，少爷。”

“我不明白，”圣地亚哥说道，“你不是说很敬重他吗?你不是说他也很看重你吗?他肯定会帮助你，你怎么没想到?”

“正是因为我敬重您爸爸，我才不想使他为难，”安布罗修说道，“您想想，他是什么人，我又是什么人，少爷?我难道能对他讲我是逃回来的?说我是小偷，警察局正在找我，因为我卖了一辆不属于我的车?”

“你原先不是对他比对我更信任吗?是不是?”圣地亚哥说道。

“一个人的处境再倒霉，也有自己的自尊心，”安布罗修说道，“堂费尔民对我的观感很好，我却落了魄，倒了霉。您瞧。”

“可你为什么对我说出来了呢?”圣地亚哥说道，“你把偷车的事告诉了我，为什么不感到难为情呢?”

“可能因为现在我已经没有羞耻心了。”安布罗修说道，“可那时候还有。再说，您到底不是您爸爸呀，少爷。”

伊蒂帕雅支付的四百索尔早就用光了，到达利马的三天里，安布罗修一口东西没吃。他远离市中心，到处流浪，每次从远处看见警察总要吓得浑身发冷。他想着熟人的名字，一面想一面排除。鲁多维柯，不；伊波利托，可能还在外地，即使回来了，也很可能跟鲁多维柯在一起工作，因此，伊波利托，甭想，没门儿。他没有想念阿玛莉娅，没有想念阿玛莉塔·奥登希娅，也没有想念普卡尔帕，心里装的全是警察局、吃饭和抽烟。

“您瞧，为了吃饭，我从不敢乞讨，”安布罗修说道，“可为了抽烟，我乞讨了。”

他实在忍不住了，就在街上随便拉住一个人，找人要烟抽。他什么工作都干过，只要不是固定的工作，不需要出示身份证。他在波尔维尼尔小区卸过卡车，烧过垃圾，为凯罗里马戏团的动物捕捉过猫和狗，掏过阴沟，甚至给磨刀人当过助手。有时在卡亚俄港的码头顶替正式装卸工干几个小时，虽说佣金被抽去很多，但总够吃两三天饭。一天，有人告诉他，奥德里亚分子需要贴标语的人，他去了，在市中心街道的墙上整整刷了一夜糨糊，但是只挣得酒饭。这几个月中，他到处流浪，忍饥挨饿，东奔西走，有时干上一两天临时工。有一天，他认识了潘克拉斯。起初他在帕拉达市场睡觉，卡车下、沟渠里、仓库的麻袋上都是他睡觉的地方。躲在睡在一起的众多乞丐、流浪汉中，他感到安全。但是有一夜，他听到不时地有警察巡逻队过来查证件，于是迁到贫民区去睡了。他知道所有的贫民区，在这个贫民区睡一夜，又到另一个贫民区睡一夜。就这样，他在佩尔拉贫民区遇到了潘克拉斯，就在该区住了下来。潘克拉斯单身一人，在自己的破屋子里给他腾了一块地方。

"很长时间以来，这是第一个待我好的人，"安布罗修说道，"他既不了解我，又对我无所求。我跟您说，那黑人真是个心地慈善的人。"

潘克拉斯在狗场工作了好几年，二人交上朋友后，潘克拉斯把他带到狗场管理员面前。管理员说：不行，没有空缺。但是过了一段时间，管理员把他找了去。需要看证件：选民证、服役证、出生证，都没有？安布罗修只得撒了个谎：全丢失了。啊，那就别谈了，没有证件是不能工作的。潘克拉斯后来对他说：你别发傻了，谁还会记得偷车的事？快把证件送去吧。安布罗修还是害怕：算了吧，潘克拉斯。于是他又偷偷摸摸地做起临时工来。在那段时间里，我回了故乡钦恰一次，少爷，那也是最后一次。您问我干什么去？我想重新搞几个证件，让某个神父用另一个名字再给我做一次洗礼；也是出于好奇，想看看现在的故乡什么样了。安布罗修对那次回乡之行感到很后悔。那天一大早，他同潘克拉斯一道离开佩尔拉贫民区，二人在五月二日广场分手。安布罗修沿着哥尔梅纳路走到大学公园，打听了车价，买了十点那班车的车票。还有时间喝杯牛奶咖啡，溜达溜达，他在依基托斯路的商店橱窗前看了又看，计算着是不是要买件衬衣，好在回到钦恰时比十五年前离开时像样，但他只有一百索尔，买不成了。他买了一卷薄荷糖。一路上，牙龈、鼻子和上颌都感到这糖的清凉香味，但是胃里咕咕直叫。他想：我认识的人看到我这副样子会怎样讲呢？沧海桑田，人的变化真够大，有的死了，有的搬走了，也许连城市都变得认不出来了呢。但是当汽车在中心广场停下来时，一切仍都认得出来，虽然都显得小了、矮了。空气中的气味、长椅、房顶的颜色、教堂前面的人行道上那三角地带的花砖，都同以前一样。他感到一阵难过、头昏，也感到羞愧，仿佛时间并没有流逝，他没离开过钦恰。拐过街角就是钦恰运输公司的办公室，他的司机生涯就是从那儿开始的。他坐在长椅上一面吸烟一面观察。是的，有些方面变了：人们的面孔变了。他热切地望着过往的男男女女，当看到一个人头戴草帽、光着脚，以杖探路、疲惫地走过来时，他感到心脏急剧地跳动起来。啊，那是瞎子罗哈斯。但并不是他，而是一个患有白癜风的年轻盲人。盲人走到一棵棕榈树下蹲了下来。安布罗修站起身，迈动脚步，到了贫民区，只见有些街道铺上了沥青，盖起了几幢带小花园的矮小房子，花园里的草枯萎了。街道尽头是通往格罗修·普拉多村的道路，路旁是田地，也盖起了一片茅舍。他在贫民区那尘土飞扬的小路上来回走了好几趟，没认出个个熟人的面孔。接着他又来到了公墓，心想，黑妈妈的坟也许就在佩尔佩铎墓的旁边。但他没有找到，他不敢去问守墓人黑妈妈到底埋在何处。黄昏时分，他回到市中心，心灰意懒，饥肠辘辘，把重新洗礼和取得证件的事忘得一干二净。在“我的祖国”咖啡餐厅里（现在改名为“胜利”，招待顾客的不再是堂罗慕罗，而是两个女人），他坐在临街的桌子旁吃了洋葱烤肉，一边吃一边望着大街，想认出某些熟人的面孔，但一个也没有认出。他想起了去利马的前夜，特里福尔修同他在黑暗中走的时候对他说的话：我人在钦恰，又好像不在钦恰；我认出了一切，又好像什么也认不出来。现在，安布罗修才理解这些话的含义。他又在另外几个区游荡了一会儿，看到了何塞·帕尔多中学、圣何塞医院、市立剧院。市场现代化了。一切都同以前一样，但显得小了；一切都同以前一样，但显得矮了。只有人不一样。我很后悔去这一趟，少爷，我当天晚上就回到了利马，发誓再也不去了。我在利马倒了霉，可在钦恰，不但感到倒霉，还感到自己老了，少爷。等狂犬病过去，你在狗场的工作是不是也就结束了，安布罗修？是的，少爷。那你怎么办？后来狗场管理员又命潘克拉斯把我找了去，对我说：好吧，你可以帮我们干几天，没有证件也行。等狂犬病过去了，在这之前干什么，我就还去干什么呗。我可以到处找工作。也许不久后再发生狂犬病，狗场还会把我找去。然后再到处流浪，到处找工作。对了，再然后，就去见上帝。您说对吧，少爷？

结构革命的先锋

论秘鲁作家马里奥·巴尔加斯·略萨及其作品《酒吧长谈》

孙家孟

20世纪60年代形成的拉丁美洲“文学爆炸”绝不是一个偶然现象，也不是畅销书突然涌入市场，而是有着深刻的历史渊源。拉丁美洲人民在政治上摆脱了西班牙和其他殖民主义国家的桎梏之后，一直在寻求自己的文学发展道路；不少文学家一方面继承并发扬本民族的文学传统，一方面吸取其他国家各流派的写作技巧，在文学创作方面做了大胆而成功的实验。可以说，拉美文学对世界文坛有过两次冲击，一次是20世纪20年代以鲁本·达里奥为代表的现代主义诗歌，一次是从20世纪40年代开始的以阿斯图里亚斯为先河、一直持续到今天的“结构革命”。在此期间，按时间顺序，先后形成了社会现实主义、心理现实主义、魔幻现实主义和结构现实主义，而结构现实主义正是“结构革命”的集中表现，其代表人物就是秘鲁作家马里奥·巴尔加斯·略萨。

马里奥·巴尔加斯·略萨，当代秘鲁作家，1936年3月28日生于秘鲁第二大城市阿雷基帕。早在其出生前，父母已离异。出生一年后随母去玻利维亚的柯恰潘帕，与受秘鲁政府委派为当地领事的外祖父一家住在一起，并在该地接受了小学教育。在柯恰潘帕期间，巴尔加斯·略萨备受宠爱，据他自己回忆，那是他一生中最幸福的时刻。1945年，其父母和好，巴尔加斯·略萨随母返回秘鲁，定居皮乌拉。1946年，全家迁居利马，他进入拉萨耶中学学习。1950年，迫于父命，他进入莱昂修·普拉多军事学校学习。这所军事学校具有教养所性质，学生过集体生活，课程繁重，军事演习不断。在这个学校里，他第一次认识了人生，看到了人与人之间弱肉强食的关系和军事当局的腐败。这一切给他留下了痛苦的回忆，也使他萌发了把所见所闻写出来加以揭露的欲望。1952年，巴尔加斯·略萨离开莱昂修·普拉多军事学校，在皮乌拉读完了中学最后一年，于1957年回到利马，考入圣马可国立大学。在此期间，他为了在经济上取得独立，曾做过电台广播员、秘书、记者、助教，甚至为公墓抄写过死人名单。1958年，他考取了奖学金，赴西班牙学习，取得哲学文学博士学位后，于1959年去巴黎。在巴黎期间，他再次经历了困苦的生活，一方面开始进行写作，一方面到处找工作，做过记者、翻译、新闻编辑、电台广播员，也教过西班牙文。在此期间，他进行了大量阅读和研究，在法国文学浩瀚的大海中畅游，除了大仲马、雨果、巴尔扎克外，使他深受影响的是福楼拜、萨特和骑士小说，其中尤以《白色的朗蒂》对他影响最大，对他的创作有着决定性的影响。在此期间他还结识了许多拉美作家，如科塔萨尔（阿根廷）、卡彭铁尔（古巴）、阿斯图里亚斯（危地马拉）、博尔赫斯（阿根廷）、富恩特斯（墨西哥）等。他认为这些作家构成了西方小说最富有独创性、最丰富、最具有雄心壮志的倾向，并承认自己在创作中受了这些作家的影响，他说："在某种意义上讲，科塔萨尔就是我的榜样。"

1963年，巴尔加斯·略萨发表成名作《城市与狗》，该作品获得了小丛书奖和批评奖，多次再版，被译为二十几种文字。由于作品揭露了莱昂修·普拉多军事学校的黑暗，触犯了军事当局，在该校约有一千册被当众焚毁，作者被宣布为"秘鲁的敌人"，受到取消秘鲁国籍的威胁。但是巴尔加斯·略萨获得了世界性的声誉。《城市与狗》问世前后，拉美各国其他作家也发表了许多作品，如萨瓦托的《英雄和坟墓》、奥内蒂的《造船厂》、卡彭铁尔的《启蒙世纪》、富恩特斯的《阿尔特米奥·克罗斯之死》和科塔萨尔的《掷钱游戏》等，此时的拉美"文学爆炸"已露端倪。

1964年，巴尔加斯·略萨返回秘鲁，去森林地区做了一次旅行，为写作《绿房子》搜集了大量材料。1966年，《绿房子》问世，再次成为震撼文坛的一件大事。小说通过妓院“绿房子”的兴衰史，描绘了20世纪20年代以来，整个秘鲁北部长达四十年的社会生活，并描写了印第安人为反对剥削、压迫所进行的反抗，虽然这一反抗被野蛮地镇压了，但它告诉人们，秘鲁是一座火山，类似的反抗将随时爆发，最后必将把这不合理的社会埋葬掉。作者在这部作品中成功地运用了“通管法”写作技巧，五个故事被分割为若干小块，然后打破时间和空间的次序，安排在各个场景之中，最后汇集成为整个故事的结尾，使读者被不时出现的悬念紧紧抓住。这部作品被视为巴尔加斯·略萨的代表作，作品发表的当年即获批评奖，次年又获委内瑞拉罗慕洛·加列戈斯国际文学奖，这是全球奖金金额仅低于诺贝尔奖奖金的第二大文学奖。

1969年，巴尔加斯·略萨发表了反独裁小说《酒吧长谈》，这部作品揭露和鞭笞了奥德里亚八年统治时期的种种罪恶和弊端，描绘了当时社会上各个阶层人物的思想面貌。为了写作这部小说，作者阅读了那个时期的各种文件和奥德里亚的多次讲话，并采访了当时各种事件的目击者。小说的表现手法又有了新的发展，其基本格局是一种“对话波”的结构，而且比较集中地运用了现代新小说的各种技巧。一般认为，这部小说是作者的写作技巧达到了高峰的标志。

1973年，另一部揭露和讽刺秘鲁军方黑暗和腐败的作品《潘达雷昂上尉与劳军女郎》问世，作品由对话、梦境和各种文件（包括来往公文、公私信件、报纸评论、电台广播等）构成，写法令人耳目一新。

1977年发表的小说《胡利娅姨妈和作家》是叙述作者本人年轻时同舅妈的妹妹胡利娅恋爱、结婚，因而遭到父母反对的故事。作者使用了“章节穿插法”：全书单数章节是这条主线，双数章节是看来与主线无关系的小故事，这是为了借不同的小故事反映秘鲁社会的不同侧面，使作品所描绘的社会更富有立体感。

接着，巴尔加斯·略萨连续发表了《世界末日之战》（1981 年）、《狂人玛伊塔》（1984 年）和《谁是杀人犯?》（1986 年），这些作品的结构各不相同。

发表于 1986 年的《谁是杀人犯?》表面上是一部侦破推理小说，但实际上是一部反对军权的作品。空军基地司令敏德劳上校与其女有乱伦行为，当他得知其女又爱上青年帕洛米诺·莫雷罗，命人残杀了青年。警察调查此案时，他设置了种种障碍。破案在望时，他杀了亲生女儿，又开枪自杀。真相大白，警察得到的奖赏却是调往异乡，案子不了了之。作品深刻地揭露了军队的腐化堕落、道德沦丧和官官相护的官场陋习。作品结构并不复杂，但作者娴熟的写作技巧使读者陷入一个又一个的悬念，直至最后仍然回味无穷。

巴尔加斯·略萨是一位多产的作家，仅从长篇小说的创作上看，从 1963 年发表《城市与狗》起，到 1986 年发表《谁是杀人犯?》止，平均每两三年就有一部作品问世。此外，他还发表了短篇小说集《首领们》（1959 年）、《崽儿们》（1967 年）、剧本《塔克纳城的小姐》（1981 年）、《凯蒂与河马》（1983 年）、《琼加》（1986 年）以及论文集《加西亚·马尔克斯——弑神的故事》（1971 年）、《永恒的狂欢：福楼拜和包法利夫人》（1975 年）和《逆风顶浪》（1983 年）。

纵观巴尔加斯·略萨的创作历程，可以说他的创作有两个特点，一是紧紧抓住人民所关心的现实，有力地揭露和批判了秘鲁以至整个拉美社会上的三个毒瘤即政权、军权和神权，使其作品具有强烈的民族性和人民性；二是在表现手法上不断创新，大胆实验，在结构安排上达到了新的高峰，因而获得了“结构现实主义大师”的美誉。正是由于他在文学创作上的这些成就，巴尔加斯·略萨曾应邀到世界许多著名大学做过客座教授，并于 1976 年当选为国际笔会主席。这是第三世界作家第一次当选为这个拥有八十多个国家和地区的文学组织的主席。

如前所述，从 20 世纪 40 年代至今，在拉丁美洲先后形成了四个文学流派，但这四个流派不是截然分开，而是互相交错、你中有我、我中有你。更确切地说，实际上是一个流派的四个变体，其共同点就是现实主义。我们在评论拉美文学时，应该首先着眼于作家们的现实主义创作观，这些作家都紧紧抓住了人民所关心的拉丁美洲的现实。什么是拉丁美洲的现实？那就是：几个世纪以来遭受殖民主义、帝国主义的统治、剥削和压榨；政变层出不穷，军事独裁像走马灯，一个接着一个；宗教迷信麻醉着人民的斗志，起到了前两者所不能起的作用；人民日益觉醒，为摆脱上述三座大山而进行不懈斗争。作家的责任就是把严酷的现实展现在读者面前，加以批判、鞭笞或讽刺，激发人民的斗志。巴尔加斯·略萨正是忠于作家的职责而这样做了。他说："作家的天职就是反抗，在道义上有义务成为社会的反抗者。"他认为作家应该把矛头指向几个世纪以来奴役拉美大陆的旧传统观念，因此，腐蚀人们灵魂的政权（如《绿房子》中的列阿德基、《酒吧长谈》中的贝尔穆德斯和费尔民·萨瓦拉）、军权（如《城市与狗》中的军事学校、《潘达雷昂上尉与劳军女郎》中的陆军当局、《酒吧长谈》中的八年军事独裁统治）和神权（如《绿房子》中的传教所、《潘达雷昂上尉与劳军女郎》中的方舟兄弟会）就成为他笔下揭露、抨击的对象。巴尔加斯·略萨还说："文学就是一团火。"要烧掉一切不合理的事物，也就是说，要打扫房间就得先把房间折腾一遍。

《酒吧长谈》发表于 1969 年，是一部反映 1948 至 1956 年奥德里亚军事独裁时期秘鲁社会现实的作品。如果说《城市与狗》反映的是一所军事学校的现实，《绿房子》反映的是一个地区的现实，那么《酒吧长谈》则反映了一整个历史时期、整个秘鲁的国家现实。它所涉及的范围更广，所涉及的问题更深，因而容量也更大。从时间上，包括了整整八年的奥德里亚独裁时期；从地点上讲，包括了利马、阿雷基帕、钦恰、普卡尔帕等秘鲁重要城市；从人物上讲，塑造了从部长、将军直到流氓、妓女等大约七十个人物。无论从广度上还是从深度上，都超过了巴尔加斯·略萨以前的作品。

秘鲁人民是灾难深重的人民，摆脱西班牙殖民主义束缚、取得独立之后仍然不断地遭到帝国主义势力的军事、经济侵略和干涉，国内军事政变层出不穷，政府更迭频繁。我们做了一项统计：从 1821 年秘鲁获得独立到 1968 年这 147 年中，走马上任的政府有 61 届，平均每两年半就更换一届。其中，有两届政府对秘鲁的统治比较长，一是奥古斯托·莱吉亚政府，统治秘鲁达十一年之久（1919—1930 年）；另一届是奥德里亚政府，他的统治共历时八年（1948—1956 年）。奥德里亚统治期间，对外投靠美帝国主义，对内颁布《国家安全法》，疯狂镇压进步力量，宣布阿普拉和共产党为非法组织，实行警察统治，残酷迫害知识分子。在经济上，虽然借了美军在朝鲜战争失利的时机，处于暂时的稳定状态，但山区印第安农民大量拥入利马，失业、半失业问题无法解决，社会危机重重。巴尔加斯·略萨的青少年就是在这个黑暗时代度过的。他耳闻目睹了这个社会的种种弊端，作品中提到的一些事件都是当时发生的历史事实，如奥德里亚的前任布斯塔曼特执政后期，政治及经济危机达到了高峰，一些进步青年军官在卡亚俄港举行起义，惨遭镇压，奥德里亚在美国支持下乘机在阿雷基帕组织复权运动党，发动政变，进入利马，成立军政府。两年后，他又玩弄各种手腕，攫取了总统的职位。又如在他执政期间疯狂迫害进步力量，阿普拉的领袖德·拉托雷逃往哥伦比亚大使馆避难，他竟用重兵层层包围该使馆，不许德·拉托雷离境，直至国际舆论纷纷干预，才放德·拉托雷离境。再如 1956 年各政党组成统一战线，成立联合党，在阿雷基帕举行大规模反对奥德里亚的游行示威，罢工、罢市、罢课，最终迫使奥德里亚下台，等等。这些都是历史事实。小说毕竟是小说，不可能是单纯的历史事件的描述，历史事件只是一个框架。在这个历史框架中，作者可以虚构人物，虚构情节。但巴尔加斯·略萨的创作态度是严肃的，他阅读了大量历史文献（包括奥德里亚的历次讲话），研究了《国家安全法》，采访了当时各种事件的目击者，使得读者能通过作品感受到当时的时代气息，了解到当时的社会风貌以及那个时代人们的思想感情。

作品写到了当时社会上一些人物的经历，这些经历互相交错，构成了全书的情节。在此，就其中四个主要人物的经历作简单的分析：

圣地亚哥·萨瓦拉（朋友们都叫他小萨，他在回忆往事和进行内心独白时也称自己为小萨）可以说是作品的主人公，因为他一生的经历贯穿了全书。他和原来在他家当过司机的安布罗修在狗场相遇，二人来到一家叫“大教堂”的酒吧中进行长谈，回忆往事，推动整个作品的情节进展。

圣地亚哥出身于大资产阶级家庭，中学毕业后不顾父母反对，不去投考贵族化的天主教大学，而是坚持考入了圣马可大学。圣马可大学是国立平民化的学校，学校里思想活跃，是各派政治力量斗争的场所。在学期间，他结识了共产党的地下党员，参加了共产党的地下组织“卡魏德”的各种活动。在此期间他还爱上了同学阿伊达，但这女同学被另一男同学哈柯沃夺走。“卡魏德”秘密集会，研究圣马可大学声援电车工人罢工斗争失败后的对策，在这次集会上，全体成员被捕。圣地亚哥的父亲费尔民·萨瓦拉利用与当局（贝尔穆德斯）的关系使儿子获释，儿子为了表示不依赖家庭，只身出走，在《纪事报》当了记者。后来他在一次采访中遇车祸而受伤，在医院中认识了护士安娜，与安娜结婚后便默默无闻地度过了一生。

圣地亚哥具有知识分子的两面性：一方面富有正义感，有反抗精神，对宗教、资产阶级的世俗偏见和奥德里亚的独裁统治不满，向往革命；另一方面怀疑一切，不能彻底与资产阶级决裂，一遇困难就丧失斗志。他的所作所为都是在不由自主的情况下作出的，也就是说，他不能掌握自己的命运。他的悲剧在于一生一事无成：向往革命却无信仰；参加革命活动又被捕；谈恋爱失败；写社论净写些反狂犬病之类的问题；调查凶杀案，结果凶手是父亲的司机，父亲也被牵连进去。用他自己的话说，他一生倒霉。他说：“秘鲁算是倒霉了，卡利托斯也倒霉了，一切全完蛋了，毫无办法。”他自己却不知道从什么时候、为什么倒霉。他说：“秘鲁从什么时候倒霉的？……小萨，你就像秘鲁一样，也是从某个时候倒霉的。”“倒霉”是他喜欢用的字眼，它概括了一个知识分子毫无出路的情绪，也概括了整个秘鲁社会的现实。

卡约·贝尔穆德斯是钦恰一个高利贷者的儿子，青年时代是个浪荡子，劫持了卖牛奶女人的女儿罗莎并与之结为夫妇，从此与父亲断绝往来。父亲死后，他在钦恰与当地庄园主做拖拉机生意。奥德里亚上台后，他的中学同学埃斯皮纳因在政变中有功，当上了奥德里亚的内政部长，并推荐他做内政部办公厅主任。后来埃斯皮纳因参加政变而被解职，贝尔穆德斯又爬上了内政部长的职位。这个人物的原型就是当时奥德里亚政府的内政部长，所谓铁腕人物阿历托德罗·埃斯帕萨·萨尼亚图。在整部小说中，奥德里亚并没有出场，其统治都是通过贝尔穆德斯进行的，在这个人的统治下，整个秘鲁变成了一座大监狱：他豢养打手，有自己的“团体”，特务满天飞；他逮捕、监禁、放逐了许多进步人士，宣布阿普拉和共产党为非法政党；他镇压了军官们反对奥德里亚的密谋。这个人的个人生活腐化堕落：利用职权向娱乐场所收取月钱；抛弃结发妻子，在利马包养情妇（“缪斯”）；总想染指他人妻女，是典型的色情狂。最后由于各反对党组成的联合党在阿雷基帕举行示威游行，奥德里亚才舍车保帅，将他解职。他携款逃往国外。

作者通过这个人物深刻地揭露并鞭笞了奥德里亚的黑暗统治。奥德里亚统治下的秘鲁是个人吃人、狗咬狗的社会。“你不叫别人倒霉，就得自己倒霉。”（圣地亚哥语）是这个社会的写照。用贝尔穆德斯的话说：“他们今天支持你，明天就会从背后捅你一刀。”为了避免被捅，他就施展浑身解数来巩固自己的统治。在大选中，他建议奥德里亚逮捕竞选对手；对先支持后反对奥德里亚的费尔民·萨瓦拉在经济上钳制，在名声上搞臭；他还利用金钱和职权收买、腐蚀手下人为自己卖命。整个社会风气是尔虞我诈、骄奢淫逸的。这样的人物正是作者深恶痛绝的“政权”的化身。

费尔民·萨瓦拉（圣地亚哥的父亲）是秘鲁大资产阶级的典型人物。他腰缠万贯，与美国垄断资产阶级有着千丝万缕的联系，在政治上颇有影响，可以左右秘鲁的政局。用他的话说，在秘鲁只要拿出一千万索尔就没有一次政变会失败。正是他支持了奥德里亚的政变。他供认：“1948 年，为了说服人们支持奥德里亚，我出了钱。我是第一个煽风点火的人，因为当时我对奥德里亚有把握。”他与贝尔穆德斯的关系是既有勾结又有斗争：在情况对自己不利的时候，懂得忍气吞声，甚至出卖朋友；在情况对自己有利的时候，又善于进攻。他看准形势，参与组织了联合党，发动了阿雷基帕事件，导致贝尔穆德斯出走和奥德里亚最终垮台。他外表道貌岸然，但一肚子男盗女娼，在娱乐界以外号“金球”著称，同自己的司机安布罗修搞同性恋。伪善、狡诈、野心勃勃，这就是秘鲁大资产阶级的真实写照。

安布罗修是整个作品中的一个关键性人物。他出身贫寒，父亲是犯罪分子，后来成为参议员阿雷瓦洛的打手，在镇压阿雷基帕事件时被打死。他本人从小与贝尔穆德斯交好，帮贝尔穆德斯劫持了罗莎。贝尔穆德斯当上内政部办公厅主任后，他去利马投靠，成了贝尔穆德斯的司机。在此期间，他目睹了贝尔穆德斯的种种恶行，而且参与了一些肮脏勾当。贝尔穆德斯后来看出费尔民·萨瓦拉对他感兴趣，又把他介绍给费尔民做司机，成了费尔民的泄欲工具。他爱上了先在费尔民·萨瓦拉家后在贝尔穆德斯情妇家当用人的阿玛莉娅，但他们的爱情瞒着费尔民·萨瓦拉。当“缪斯”对费尔民·萨瓦拉进行讹诈，扬言要将他们主仆搞同性恋的事告诉阿玛莉娅和费尔民·萨瓦拉的妻子时，他杀死了“缪斯”。行凶后，他接走阿玛莉娅逃到普卡尔帕，后又因盗车案回到利马（此时阿玛莉娅已死），最后在狗场以捕狗打狗为生。正是在狗场，他与圣地亚哥相遇，一起去“大教堂”酒吧饮酒忆旧。

安布罗修是个有奶便是娘的人，谁给他钱，他就给谁干事、忠于谁，不管干什么事。他可以为贝尔穆德斯到妓院去收月钱，镇压妇女游行，甚至甘心做费尔民·萨瓦拉的泄欲工具。他的悲剧在于被这个患了癌症的社会腐蚀透了却麻木不仁。我们说他是作品的关键人物是因为：他当过贝尔穆德斯的司机和打手，又是费尔民·萨瓦拉的司机和同性恋对象；他是先后在贝尔穆德斯和费尔民·萨瓦拉家当用人的阿玛莉娅的情人，也同与贝尔穆德斯和费尔民·萨瓦拉都有交往的妓女凯妲鬼混过；他目睹上层社会的种种丑行。贝尔穆德斯的一生、那些政治阴谋和腐化生活都是通过他同费尔民·萨瓦拉的谈话讲出来的，而他同费尔民·萨瓦拉的关系又是通过他同凯妲的谈话讲出来的。此人可以说是沟通各条线索的人物。

以上述四个人物构成的故事作为主线之外，作者还写了其他许多人物，从上层人物如将军、部长、参议员等到社会的下层人物如工人、女仆、打手、流氓、妓女、同性恋者等，也写了一些次要情节如竞选丑剧、“缪斯”的一生等。作者在我们面前展现了奥德里亚八年统治时期社会现实的广阔画卷，使我们看到“奥德里亚独裁与其他以暴力为手段的独裁不一样，他是用腐蚀、阴谋和两面派进行统治的。他腐蚀了我们整整的一代人”。“在奥德里亚的统治下，秘鲁社会变成了一个手指一摁就会流脓的毒瘤”。巴尔加斯·略萨写这部作品的目的可以用书中人物贝塞利达的话来概括：“使劲挖，挖到流脓。”

然而文学作品不是政治宣传和揭露内幕的小册子，而是要具有艺术感染力和美学力量才能打动读者。20 世纪 30 至 40 年代以来，拉美作家摒弃了传统的写作技巧，一直善于把自己的社会职责（反映拉美的社会现实）和实验性的技巧革命融合在一起。内容与形式的统一在他们的作品中达到了完美的程度，犹如语言符号的能指和所指缺一都不能成为语言符号那样，内容与形式两者缺一都不能成为文学作品。拉美作家是深深懂得这一点的，他们善于吸收外来技巧，但又不为这些技巧所束缚，而是有所创新，有所突破。真正的拉美现实，加上不断革新的形式，使得拉美文学在世界文坛发挥了巨大影响，为欧洲、北美乃至亚洲文坛所瞩目。巴尔加斯·略萨正是在这场技巧和结构革命中不断地探求，起了先锋作用。评论界把他誉为结构现实主义大师。这里，我们认为有必要先把“结构主义”作一介绍。

拉美文学创作上的结构现实主义和文学批评上的结构主义的历史很短，是第二次世界大战以后兴盛起来的。溯源追根，一般认为结构主义最初的奠基人是瑞士语言学家费·德·索绪尔（1857—1913）。他在方法论上提出了一系列既矛盾又统一的对立原则，第一个把语言看作有声符号的体系，每个语言单位都是依据其与其他语言单位之间的相互依赖、相互区别的关系而存在，而起作用，而具有意义。一个语言单位由几个更小的语言单位构成，同时又是更大的语言单位的组成部分，这样就把语言的线性研究推向了层次研究，从而为语言的立体研究打下了基础。后来，继俄国形式主义和英美新批评派之后，以莱维·斯特劳斯的《结构人类学》为开端，结构主义成了 20 世纪人文科学和社会科学中的一种动向。到了 20 世纪 60 年代，又成了文学批评和文学创作的一种动向。在拉丁美洲，1971 年，委内瑞拉加拉加斯师范学院应届毕业的研究生班在著名文学批评家马努·伊拉吉的指导下，对拉丁美洲的一些名著进行结构分析，发现其中有着某些规律。后来将他们的论文汇集出版，题为《结构主义》。从此在拉美的文艺批评界形成一门学科，也促进了作家们在创作中注意结构改革。结构现实主义作品日益受到重视，成为拉丁美洲当代重要文学流派之一。

需要指出的是，文学研究上的结构主义与文学创作上的结构现实主义是两个不同的概念。尽管两者都是从结构主义语言学上得到启发，但前者探求文学作品的共同规律和普遍“语法”，是研究方法；后者则是在文学创作中在篇章结构和语言结构上进行精心安排，是创作技巧。结构现实主义作品不一定都是自觉地依循结构主义文学批评理论而创作出来的，但对这样的作品，如同对其他任何作品一样，都可以用结构主义理论加以分析。但这不是本文的目的，本文只拟对巴尔加斯·略萨作品的结构安排作简单剖析。

结构现实主义作品最突出的特点是立体感。巴尔加斯·略萨认为应该艺术地、全面地反映现实。所谓“全面地”就是在各个层次上、从各个角度反映现实。因此结构现实主义作品也称立体小说或全面体小说。可以说，立体感是结构现实主义作品的灵魂。为此，作家把一个故事中的一条或几条线索分别切割成若干小块，然后打乱时空关系，重新加以组合，每一小块依据其与其他小块相互依赖、相互区别的关系而存在，而起作用，而具有意义，这样就给读者造成了一种立体感。这样做也有其生活基础，因为一个人认识事物并不总是由头到尾、按照事物发展的时空次序认识的，而往往是从某个角度、某个时间、某个地点开始认识的，有时先看到事物的结尾，有时是先从事物发展的某个层次看到的。这样进行结构安排，就把小说创作从线性发展推到了立体再创造。秘鲁当代著名文学评论家阿尔贝托·桑切斯在谈及结构现实主义时说：“作者认识了、体验了现实之后，把现实的适当成分和人们对之感兴趣的成分提炼出来，在不歪曲原素材的前提下重新组合一个世界、社会或人物。”这里所说的“成分”，实际上就是我们上面所提到的“语言单位”，也就是被切割出来的“小块”。巴尔加斯·略萨谈到他本人的创作观点时也写道：“伟大的小说不是去抄袭现实，而是把现实解体，又适当地加以组合或夸张。这并不是为了标新立异，而是要把现实表现得更富有多面性。”“多面性”产生了立体感。《绿房子》就是这样创作出来的，这样的作品乍看起来令人眼花缭乱，有一种不知所云的感觉，但读者一旦抓住了结构上的编码就会被作品情节的真实性和结构安排制造的悬念抓住，产生非一气读完不可的愿望。这种结构安排到了《酒吧长谈》又有了新的发展。

《酒吧长谈》全书共分四部，每部又分若干章，有的章还分为若干场景。第一部可以说是一个纲，介绍人物，提出线索，主要集中在圣地亚哥大学生活中所发生的事。第二部主要是通过阿玛莉娅的眼睛所看到的贝尔穆德斯的各种丑行和罪恶活动。第三部描述了圣地亚哥在报社的记者生涯、“缪斯”被害、军人谋反和阿雷基帕事件。第四部是安布罗修向凯姐讲述自己同费尔民·萨瓦拉的关系、他在普卡尔帕的经历以及圣地亚哥的婚姻，悬念解开，全书结束。全书的整个结构由“对话波”组成，也就是说，《绿房子》中所使用的情节“小块”组合在这里变成了一种波状的“涟漪”组合。第一部第一章圣地亚哥和安布罗修的谈话（历时四小时，涉及奥德里亚统治八年中所发生的各种事件，原文用现在时态写成）是全书的中心，由此中心蔓延开去，一个涟漪接着一个涟漪，每个涟漪都是情节的一部分，都由一组对话或若干组对话，甚至由十八组对话（如第三部第四章）构成。在大部分“对话波”中，各组对话都常常插入第一部第一章圣一安谈话和圣地亚哥在谈话时的回忆，其作用在于不时提醒读者。所有这些对话都是从圣一安谈话这一中心派生出来的。

圣一安谈话是以两种形式出现在其他对话中的，一种是直接对话，如第一部第三章埃斯皮纳派一名中尉去钦恰接贝尔穆德斯去利马，中尉和贝尔穆德斯在汽车中进行了谈话，这个谈话就不时地被圣一安谈话打断：

“您很久没去利马了吧？”中尉尽量显得和气些。

“我每年去两三趟，去做生意。”他不动声色，平淡地说道，声音轻微、懒散、刻板，仿佛对全世界都感到不满，“是代表这儿的几个农业公司去的。”

“我们并没有正式结婚，但是我总算有过老婆了。”安布罗修说道。

“您的生意怎么会不顺手呢？”中尉说道，“这儿的庄园主不都是大富翁吗？这儿的棉花产量很高，对吗？”

“你有过老婆？”圣地亚哥说道，“也就是说你跟她掰了？”

“在过去的时代里，生意还顺手，”贝尔穆德斯说道……

另一种是以间接引用形式出现的，在一段叙述文字中，圣一安谈话以间接引用形式插进来。如第一部第二章圣地亚哥同其未来妹夫在一家冰激凌店谈话，中间就插入了酒吧中的圣一安谈话，而且插得很巧妙：

> 圣地亚哥和波佩耶旁边桌上的一对男女站了起来。安布罗修指着女的说道：那是个夜蝴蝶，成天到“大教堂”来拉客。二人看到那一对走到了拉尔柯路上，穿过雪尔大街。汽车站上这时已经没有人了，公共汽车和私人汽车驶过去，一半都空着。二人唤来侍者，分摊着付了账。你怎么知道那女人是妓女？“大教堂”是个酒吧、饭馆，还兼幽会旅馆，少爷，厨房后面有一间小屋子，租金是每小时两索尔。圣地亚哥和波佩耶沿拉尔柯路一面走着……

如前所述，为了提醒读者第一部第一章的中心作用，在以后各章中插入了圣地亚哥回忆形式的倒叙。“回忆”两字也用现在时态，告诉读者这是圣地亚哥同安布罗修谈到有关事件时的回忆，如第一部第四章：

> 阿伊达：要是口试通过了，我就可以进圣马可，到那时我就进行调查，同幸存者建立联系，研究马克思主义，然后加入共产党。圣地亚哥回忆着：她那时用挑战的目光看着我，仿佛在说：来吧，跟我辩论吧。

此外，在所有的“对话波”中，除了圣一安对话起着中心作用，还有两组对话也很重要，一是费尔民·萨瓦拉同安布罗修的对话，一是圣地亚哥同报社同事卡利托斯的对话。这两组对话同圣一安对话一

样，有时以直接引用形式出现，有时以间接引用形式出现。在费一安对话（以对话中出现“老爷”字样为标志）中，作者通过安布罗修之口讲述贝尔穆德斯的出身、当上政府官员后所干的各种卑鄙勾当、杀“缪斯”的始末等。通过圣一卡对话，作者使我们了解圣地亚哥在圣马可大学的经历、当了记者后的活动、调查“缪斯”被害案的经过等。这里就不一一列举了。

结构现实主义的另一个特点就是在文学创作中引进戏剧、电影和电视的艺术技巧。结构现实主义的一些代表人物认为，作品应该使读者不但有视觉上的感受，而且要有听觉上的感受。这也是创作全面体小说的需要，因为只有这样，才能在读者的头脑中建立起立体的形象。为此，他们到戏剧、电影和电视的艺术技巧中去寻求借鉴，创造出了多角度、多镜头式的写作手法。巴尔加斯·略萨在《酒吧长谈》中运用了各式各样的手法：

一、两个（或两个以上）情节或两组（或两组以上）对话同时进行，用“通管法”将两者联系起来。所谓“通管法”，按作者的说法，就是“在一个整体故事中把在不同时间、不同地点发生的事件和其中的人物、情景联系在一起”。也就是说，几个不同的小故事或几组对话平行发展。其中，由某一人物或事件将两者联系在一起，最后构成总体。如第一部第七章第一段有两条线，一是费尔民·萨瓦拉同贝尔穆德斯谈论自己的儿子，另一条线是安布罗修同自己的父亲特里福尔修谈话，摄影镜头在两组对话之间转来转去，联系点就是“儿子”这一话题：

“不，我不去。”特里福尔修说道，“这点钱也够了，算我找你借的，我会还给你……”

“您那小儿子是不是也很难弄？”贝尔穆德斯说道。

“我不要您还，这钱是我送您的。”安布罗修说道，……

“不，瘦子和奇斯帕斯刚好相反，”堂费尔民说道，“他在班上是第一名……真是个好孩子，堂卡约。”

“你大概在想，我比托玛莎讲的还要坏。”特里福尔修说道，……

“看得出来，您最喜欢小儿子。”贝尔穆德斯说道，……

“通管法”在《酒吧长谈》中又有了新的发展，两个故事连接得很巧妙。请先看第一部第三章中的例子：

“您从来没到部里来过吗?”中尉鼓励他道，“房子是老了些，但里面的办公室可漂亮呢……”

二人走了进去。不到两分钟，门又开了，里面仿佛发生了地震，卡约和罗莎跌跌撞撞地跑了出来，布伊特列像公牛似的追打着他们，用污言秽语臭骂他们。

原本是中尉陪同卡约·贝尔穆德斯第一次来到内政部去见埃斯皮纳，但镜头一转，转到了布伊特列不同意儿子卡约·贝尔穆德斯同罗莎的婚事，把一对私自结婚的新人赶出家门。两个故事的连接点就是“进门”这一事实。

作者使用“通管法”，有时像是在处理音乐中的对位法，两个旋律上下波动，有时平行发展，有时交叉，有时分开。如第一部第二章中，圣地亚哥年轻时和其未来妹夫波佩耶同女仆阿玛莉娅胡闹，阿玛莉娅因而被萨瓦拉家解雇，圣地亚哥过意不去，邀波佩耶一起去阿玛莉娅家去看望她并送给她五镑钱。圣地亚哥同波佩耶商量如何捉弄阿玛莉娅是在一家冰激凌店，后来二人去阿玛莉娅家也在这家冰激凌店中先碰面。二人捉弄阿玛莉娅是通过在可口可乐中放药粉，后来二人去看阿玛莉娅，后者也买了可口可乐招待二人。作者别具匠心地把这两个故事联系起来，连接点就是上述两件事。整个第二章都是这种写法。

二、不同平面的跳跃。巴尔加斯·略萨称这种写法为“质的跳跃”或“质的变换”，即由一个平面跳到另一个平面。让我们举例加以说明。一是现实与内心独白的互相跳跃，如第一部第六章：

阿伊达说道：小萨，你就这么想不开？哈柯沃：既然无论如何要有信仰才能有所作为，那么对上帝宁可信其无，不可信其有。圣地亚哥：我也是这样认为的，阿伊达，我愿意相信波利采尔的话是对的。哈柯沃：我感到烦恼的是我总是怀疑。阿伊达：总是不能肯定，哈柯沃。小萨，这是小资产阶级的不可知论，是用来掩饰其唯心主义的。阿伊达就没有怀疑吗？哈柯沃就那么相信波利采尔？阿伊达：对什么都怀疑是一个致命的弱点……

这时的内心独白仿佛是电影中的画外音。另一种是叙述与对话的互相跳跃，如第三部第一章中：

你瘦了，眼圈发黑。大家走进客厅。谁给你洗衣服？圣地亚哥坐在索伊拉太太和蒂蒂中间。公寓的饭食好吗？好，妈妈。

这时，读者的感觉就仿佛在看电影，一面看着画面上人物的动作，一面听着人物在动作时的对话。

三、戏剧旁白的使用。在对话中，直接引语一般会插入“某某说道”或“某某微笑着说”，充其量不过“某某说着坐了下来”等，这已经成了程式化的写作方法。巴尔加斯·略萨在《酒吧长谈》中突破了这个程式，把这种写法发展成为戏剧中旁白的形式，如：

“我儿子不能再关在这里了，他不是罪犯。”卡利托斯，我爸爸抑制不住了，他一拍桌子，提高了声音。“从一开始我就是政府的朋友，也反对前政府，现政府欠着我的人情，我这就去找总统。”（第一部第十章）

这句话是费尔民·萨瓦拉对贝尔穆德斯讲的，通常的写法是“堂费尔民说道，”但作者没有这样写，而是通过圣地亚哥的口讲了出来，而且是圣地亚哥事后向卡利托斯讲述的。更有趣的是，卡利托斯有时也参加进来做旁白：

“你瞧，我们谈得不是很好吗，你怎么又生气了，爸爸？”卡利托斯说：他是有些低声下气，但他只能这样。“我们最好不要谈这些事了。”（第三部第二章）

有时这种旁白发展成一个故事：

“社论组的工作少一些。我每天很早就去上班，一拿到题目，我就捂着鼻子，两三个小时写下来，一拉链子，好了。”圣地亚哥耸耸肩，他想，也许我就是从那天倒的霉。那天社长把他叫去，要了一瓶水晶牌冰镇啤酒，向他问道：小萨，你愿不愿意顶替奥尔甘比德写社论？你上过大学，社论是能写的，对吧，小萨？（第一部第一章）

结构现实主义的第三个特点是通过结构安排来制造悬念。巴尔加斯·略萨可以说是制造悬念的能手，他的作品虽然不是侦探小说，但由于悬念运用得很巧妙，使人产生非一口气读完弄个水落石出不可的愿望。他的特点就是通过结构安排制造悬念。让我们来看一个例子，在第一部第一章中写了圣—安对话，其中有一段是这样的：

“您真的没事吗，少爷？要不要我送送您？”

“感到不舒服的是你。”圣地亚哥说道，……“整个一下午，整整四个小时，你都感到不舒服。”

“您可别这么想，我的脑子很清醒，喝酒也不怕。”安布罗修说着笑了，片刻之后，他张大嘴不动了，一只手僵硬地停留在下巴上，整个人呆住了……

“你很清楚我的话是什么意思，”圣地亚哥说道，“别装傻了。”

这段对话和描写使人感到圣地亚哥一定暗示了安布罗修某个隐私，但作者故意没有写出来。接着又在另一处出现了这样的对话：

“你别装疯卖傻，”圣地亚哥闭上眼吸了一口气，“……‘缪斯’是怎么回事？我爸爸是怎么回事？是不是他命令你干的？您别怕，没关系，我只是想知道知道是不是我爸爸命令你干的。”

他噎住了……

“我得走了，免得您为自己说出的话后悔。”安布罗修的声音嘶哑了……“……您要知道，您那位爸爸不配做爸爸，你知道这一点就行了……”

这段对话使我们知道，安布罗修干了某种坏事，而且同费尔民·萨瓦拉有关系，但有什么关系？“缪斯”又是谁？作者仍没有写出来，这使人产生了好奇心。在以后的几章中，又突然孤立地出现了费尔民·萨瓦拉同安布罗修的对话，通过这些分散的对话，读者可以看出安布罗修肯定是为了一个女人而干那件事的，但那个女人是谁？他为什么怕费尔民·萨瓦拉知道他有女人？他和费尔民·萨瓦拉是主仆关系，但二人谈话为什么用如此亲密的口气？他对“缪斯”到底干了什么事？作者安布罗修和凯妲的谈话中才做了透露。通过这组对话，读者可以隐隐约约地捉摸到安布罗修对“缪斯”干下的事的动机，但究竟干了什么事还是不知道。这个谜直到第三部才得到解决。然而安布罗修和凯妲的对话也是突然孤立出现的，这又给读者制造了一个新的悬念：凯妲是谁？她与安布罗修又是什么关系？这些悬念到了第二部和第四部才分别解开。

以上我们结合《酒吧长谈》简单介绍了结构现实主义的几个特点。如前所述，拉美作家摒弃的是旧的、传统的写作技巧，而不是优良传统即牢牢抓住拉美的现实。他们在技巧上的实验不是沙上筑堡，不是为技巧而技巧，不是音乐素养蹩脚的演奏者随意加上华彩乐段，而是有着深刻的现实主义基础。尽管他们使用了许多现代文学的写作技巧，但读者一看便知这是一部真正的拉丁美洲作品。他们的作品既不同于19世纪批判现实主义和自然主义的作品，也不同于当代一些以炫耀技巧为能事的“新小说”。一部作品之所以能够传世，我看秘密也就在这里了。最后让我们引用拉美著名评论家何塞·路易斯·马丁的一句话来结束本文吧：“真正的拉丁美洲文学开始于一个秘鲁人（印加·加尔西拉索·德拉维加），目前，则以另一个秘鲁人达到了高峰。”这“另一个秘鲁人”就是马里奥·巴尔加斯·略萨。